JN128945

賀川豊彦著作選集 三

一粒の麦

乳と蜜の流るゝ郷

賀川豊彦［著］

目次

一粒の麦……5
乳と蜜の流るゝ郷……231
解説……515

一粒の麦

序

憂欝な日本を救ふ道はあるだらうか？　私は、そんなことを考へながら、都会に、貧民窟に、また農村に、魂のうごきを感じつゝ、歩いて廻つた。三十年すれば、日本の内地の人口が一億人になり、ロシアと支那の圧迫を受けて、日本は正に破滅に瀕すると人はいふか、それに処する道はないだろうか？　そんなことを考へながら、私は、雑誌「雄辯」に連載したのが、この小説「一粒の麦」であつた。私は過去三年間、月の半分は、北海道から沖縄県までの旅行に費した。そして今更ながら、日本が、まだ真の意味に於て目醒めてゐないことを考へた。窮乏のどん底に沈んだデンマークは、土を愛する精神と、隣を愛する精神と、神を愛する精神の三綱領によつて復活した。私はこの小説に於て、この三つの愛を実現せんとする同志達のことを書いた。私は農民福音学校を開いてから、もう四年になる。一緒に同じ鍋から飯を食つた四十余人の同志達は、全国各地に散つて、みんな一粒の麦の努力をしつゝある。彼等の陰にかくれた女性達も、みな勇敢にやつてゐる。

土に対する愛、隣に対する愛、神に対する愛さへあれば、日本内地だけでも、八割五分の山が食糧資源の泉となり、人間相愛の巣となることを私は信ずる。たゞ、我々に欠けたることは、苦難を突破し得る冒険性と、困苦を忍ぶ忍耐力である。英国を逐（お）はれた清教徒は年中、牡蠣（かき）を食ひつゝ、今日の米国を開拓し、ボストン地方で追はれたモルモン教徒は、饑餓に耐へつゝ沙漠を開いた。あゝ、今日我々に欠けたるものは、神に対する愛と、困苦を突破する信仰である。私は日本の山奥に埋れた麗しい物語を思ひ出しながら、日本の行末をこの物語のうちに発見せられんことを、私の愛する読者たちに要求したいのである。

一九三〇・一二　摂津武庫郡瓦木村にて

木遣音頭

藍を溶かしたやうに、豊川の水は、真つ青に澄んでゐた。三河の山々は、遠く霞んで見え、霜枯れに遭つた桑畑は、所々細い松林に杜切られて、地面を灰色に染めてゐた。空は重苦しく鉛色に垂れ籠め、いつもじめじめしてゐる豊橋附近の平原の上におつ被さつてゐた。

嘉吉の仕事は、豊川の上流から流されて来る筏を解いて、それを陸揚げする、まことに勇ましい役割であつた。彼は河岸に下つて行くのが大好きであつた。店先に愚図々々してゐて、大番頭の正吉どんにきめ付けられるよりか、水際にやつて来て、材木の一本でも多く陸揚げすることが、彼にとつては愉快でもあり、また勇しかつた。嘉吉の一番好きな仕事は、大勢の鳶職と一緒に掛声よろしく、直径二尺もあらうと思はれる大木を唄声に合せて陸揚げすることであつた。

「よいや巻いた
　よつとこどつこい
　お山は雪だよ
　今年は豊年
　お家は緊昌
　宝がどつさり
　お倉に積んだよ
　よつとこどつこい
　どつこいどつこい」

マル八の店には、鳶職は二人しか居なかつたが、大きな筏が着くと、いつも臨時に七、八人の材木仲仕が雇はれて来た。どんな寒い冬期でも、これらの勇しい鳶職は、ぢやぶぢやぶ水中に這入つて日白のやうな美しい声で唄つて呉れる。浜松生れの丑太郎の調子に合せて、鳶の先きで、一寸二寸と大きな材木を陸上に繰上げるのだつた。

嘉吉(かきち)は、十四の時に、この材木屋に雇はれる事になつたが、どちらかと云へば鈍物扱ひにされ、余り調法がられる方ではなかつた。実際、彼は、学校もやつと尋常の四年生を半途までしか行つてゐないで、手紙も碌々書けなかつた。彼の父は、非常な豪酒家で、彼が物心ついてから今日に至る迄、父が晩酌に、酒を二、三合傾けてゐない日を見たことはなかつた。勿論家には別に貯金のある訳でないから、二十四を頭に六人あつた子供は、娼妓に売られるか、芸者に出された。子供を他処に出して少し儲かる様になれば、父は、片つ端から処分する傾向を持つてゐた。一番上の姉は、名古屋に芸者に売られ、その次の余り美しくない、彼より四つ上の姉は、朝鮮の方へ娼妓に売られた。彼のすぐ上の兄は、岐阜の傘屋に丁稚にやられた。嘉吉は十になつた許りであつたに拘らず、山奥の伐採に出されることになつた。小僧の手助けが要ると云ふので、学校を中途で止めさせられ、山奥の伐採小屋に給仕として、賄ひの外に月三円の契約で働くことになつた。次の弟は佝僂(せむし)であつた。末の妹はその頃、まだ二つだつた。母はその子を背に括り付けて野良仕事に出た。

嘉吉が豊橋のマル八商店に務めるやうになつたのは、全くこの伐採小屋の引合ひからであつた。彼は天竜川の山奥で、満四年飯炊きをさせられた。そして、十四の春、豊橋に出て来てから五年間、材木小屋と筏のついた豊川の河岸を往復した。岸辺に生えた葦がさらさらと風に靡(なび)く、鶺鴒(せきれい)が浜の砂地の上に美しい足跡を残して行く、額に吹き出た汗を拭きながら、丑太郎は美しい声で唄ひ続ける。

「よつとこ、どつこい
　吉田通れば
　二階で招く

今宵一夜は
泊つて行きやれ
吉田よいとこ
泊つて行きやれ」

嘉吉もその調子に合せて、鳶口の尖を勢よく、下より上に繰上げた。大きな材木が堤まで上つた時に丑太郎は、長八に大声で言つた。

『おい、長八、近頃嘉吉もなかなか隅に置けないんだぜ。だんだん一人前になつて来やがつて、夜遊びをするつてことだよ』

鳶口を片手に、今堤防に下つてまた水際に降りかゝつてゐた嘉吉は、その罵声を聞いて耳の根付まで顔を赤らめた。

小鮒の一群が、澄切つた浅瀬を右に左に餌を漁つてゐる。

『おい、嘉吉、近頃はおめいさんも景気がいいつていふことぢやないか。黙つてゐるに似合はない、だんだん隅に置けないやうな男になりやがるな』

長八は鉢巻を解いて、頸筋を伝つてゐる汗を拭きながら、堤の上から水際に立つてゐる嘉吉にさう云つた。あたりには家も疎らで空気も澄んでゐる為めに、その声は水面に反響して、遠くに迄聞えた。嘉吉は黙つてゐた。嘉吉は、一週間程前から殆ど毎晩通ひつゞけた遊廓の入口にある射的場や、鯉釣りの店を思ひ浮べた。年頃になつた彼は、さうした性慾の誘惑に引かれて、この頃は殆ど毎晩のやうに、札木を通り抜けて、豊橋の遊廓の入口を彷徨するのであつた。長八が大声で冷かしてゐるのは、全くそのことを指してゐたのであつた。

『黙つてゐる奴が却つて蔭で悪い事をするんだぜ』

ゆつくり堤を下り乍ら丑太郎はさう云つた。

『嘉吉にも、女房がそろそろ要るなア』

四十恰好の脊の高い権蔵と云ふ男が合槌を打つた。

『いや、十九、廿歳の時は一番女が欲しい時だよ。俺も覚えがある』

長八は独言のやうに云つた。

嘉吉は、丑太郎が彼の夜遊びを知つてゐるとは思はなかつた。一方では悪い事もなかなか出来ないと思ひつゝ、赤い布をぶら下げてゴールデンバットや朝日、敷島の煙草の箱を幾つか並べ、コルクの鉄砲玉でそれを射落す射的場の面白さや、鯉釣りの店を番してゐる小綺麗な娘の顔を目の前に思ひ浮べた。

嘉吉は、山奥で育つた関係でもあるか、他人の前で碌々口をよう利かなかつた。彼は、一日の中殆ど一度も物も云はないで済ませることもあつた。身なりも構つたことなく、給金と云つても僅か一ト月に十五円そこそこしか貰つてゐないので、勿論贅沢な服装の出来る筈がなかつた。自分でも、もう少し上手に物が云へるやうになれば、と思はないでもなかつたが、生れつき他人の前で物を云ふのが恥かしくてならなかつた。それでいつも、集金に行くのが一番辛かつた。然し彼の主人公は彼を信頼して、毎月きつと集金に廻らせた。彼は集金が嫌ひではなかつたが、物数云はなければならないので、それが厭だつた。

『お前はいつも怒つてゐるやうだね。口数の多いのも困つたことだが、お前のやうに必要な事までよう云はぬと云ふのも困つたものだね。お前のお父つあんは大酒でも飲むかい』

帳場に坐つたマル八の大旦那が、集金を三口取り損ねて帰つて来た先月の末に、眉間に皺を寄せて体裁よく彼を叱つたこともあつた。

その時にも彼は、一言も答へないで、その儘材木小屋に隠れた、大旦那が気付かない様に、彼の無口は全く変質的であつた。父が大酒を飲んだ上で生れた関係でもあるか、彼の顔は生れ落ちるから茶褐色に焦げ、大酒を呑む人がアルコールで焼けてゐるやうに、彼も生れ落ちた日から、日に焼けたやうな顔色をしてゐた。その関係でもあつたが、彼は小さい時から酒が好きで、一合や二合位飲んでも少しも酔はなかつた。そして、酒がほんとに甘いと思ふ程、毎日でも飲みたかつた。

「よつとこ、どつこい」がまた始まつた。嘉吉は黙々として鳶口を運んだ。鳶職は、仕事の合間、猥褻（わいせつ）な話をすることが殆ど唯一の楽しみになつてゐた。若い嘉吉は、それらの強い暗示に青春の血をひとり燃やして、灯が町の電燈に点る時を待ち焦がれた。

昏黄時の誘惑

夕闇が豊川の流域を全く包み、水蒸気が銀色をした水面の上にたなびく頃、嘉吉は一人残つて、材木が流れないやうに後始末をせねばならなかつた。然しその間も、彼の頭を文配したものは、鯉釣りの店を番する小娘の顔と、そこから半町もない遊廓に就ての好奇心であつた。

『迚（とて）も僅かな金では遊ぶことも出来やしない。先月の給金はみな使ひ果してしまつた。金を何処かで工面しなければ遊びに行くことさへ出来ない』

こんなに考へた嘉吉は、心の中で頷いて、真直にマル八商店に帰らないで、西八丁の箱屋を訪問した。店には誰も居なかつた。で、彼は大声を上げて怒鳴つた。やつとのことで風呂に入つてゐたおかみさんが、帯もしないで出て来た。で、彼は先月末に届けた箱の材料代を呉れと請求した。するとおかみさんは、愛想よく、奥から五円紙幣一枚を持つて来て、彼に手渡した。嘉吉はそれを受取るが早いか、いつも彼がするやうに無言のまゝ一つお辞儀をして立去らうとした。

それをおかみさんが呼び止めて、

『若し若し、判取帳に判をついて行つて下さい』

その時、嘉吉は、体裁よく斯ういふ返事をした。

『仕事の帰りですので、明日判を押さして貰ひます』

さう云ふが早いか、彼は一目散にその家を飛出して、わざわざ裏道を通つて浜迄とつて返し、さも遅くまで働いてゐたがのやうに見せ付ける為に、道筋までいつもの道を選び、堂々とマル八商店の玄関から奥の方へ這入つて行つた。勿論、大番頭の止吉も、主人の一家族も彼が五円の金を領収書を渡さないで取つて来たことを悟らなかつた。彼は腹の中で、こんな言訳をしてゐる。

『月末に給金を貰へば十五円あるから、その中から五円主人に返せばいゝので、別に泥棒でも何でもない』

とは云へ、嘉吉は、さうした胡麻化しを平気でやれる程、まだ良心は腐つてゐなかつた。然し、彼の無口は、かうした胡麻化しをするに非常に都合のいゝやうに出来てゐた。彼は、台所の板間に腰を掛けた儘、夕飯をかき込んだが、その間一言も物を云はなかつた。若主人の妻君が、もう少し待てば温かい雑炊が出来るからそれを食つて行けと云つて呉れたが、それさへ返事をせずに顔を逆けた儘、茶漬を口にねじ込んだ。

嘉吉は自分の顔に「五円胡麻化してゐる」と言かれてあるのを見透かされない為に、顔を俯向けて食事をした。そして食事が済むや否や、仕事着を脱ぎ棄て、小ざつぱりした袷の着物を引懸けて、例の射的場の方に飛んで行つた。

給料日が来た。その金を握つて嘉吉は、亦射的場の方に飛んで往つた。彼は、何日の日にか、さうした悪事が露顕しないものではないと考へぬ程馬鹿では無かつた。

豊橋には珍らしい秋の晴れた日であつた。大番頭の正吉は、彼を呼び出して、西八丁の箱屋から代金を貰つて来いと命令した。其時彼は心臓に釘を打たれた様に思つた。言葉数の少ないことで通つて居る嘉吉は、うんとも、はいとも答へないで、その儘請求書を握つて飛び出した。

彼は歩き歩き、五円の金をどうして弁済しようかと心を砕いた。小面憎いほど空は晴れて居る！　太陽はその日に限つて彼の魂の髄まで見通すかの如く、キラキラと頭の上から照らし付けた。太陽が上から見て居ると思ふと、すぐ小さい時に見た、地獄極楽の見世物を思ひ出した。然しさうした考へもすぐに打ち消して、太陽の直射を避けながら、街路の影つた処をよつて歩いた。

五円の金を如何しよう。胡麻化して仕舞つたあの金をどうして後始末をつけようか。そんなこと計りが、小さい彼の胸に一杯になつて、唯でさへ沈み勝な彼を非常に憂鬱にした。砂利の這入つた大通が太陽の直射で水銀を撒いたやうに輝く。市と云つても人口四万あるか無しの、ちつぽけな豊橋の裏通は真昼でも通行が疎らであつた。

『俺はだんだん、不良少年になりよる』

彼の良心はさう囁いた。性慾の誘惑が俺に盗みをさせ、盗みが嘘をつかせ、嘘付が今度は人殺をさせるかも知れない。やがて彼の両手に手錠がはめられ、監獄にぶち込まれる日も余り遠くはないと嘉吉は考へるやうになつた。

『血筋を引いて居るのかも知れない。父も若い時に、主人の金を費ひ込んで六ケ月とか一年とか監獄に往つて来たと聞かされて居る。その子に産れた俺もやはり血が濁つて居るらしい。それにしても逃げ出す工夫はないか知ら』

軒下の小溝の側になつて居る切石の上を伝ひながら嘉吉はそんなことを考へた。そしてわざと箱屋の前を通り過ぎ、ぐるりつと同じ道をまた、マル八商店にとつて返した。

『主人公が居ないから今度にして呉れと云ひました』

さう云つてポンと彼は請求書の這入つた状袋を、帳場に放り出した。正吉は忙がしく算盤の珠を強いてゐた為めに、嘉吉の顔を見ることさへしなかつた。それを善いことにして、嘉吉は急いで店を飛び出した。

然し、そんなことが有つてから、毎日々々愉快に労働したと云ふ日が一日も無かつた。

大勢の鳶職に混つて、浜で仕事をする事が億劫になつて仕舞つた。

『山サに替らうか、あしこであれば、月給も三十円以上は呉れるだらうし、その中から五円位弁償することはなんでもない』とも考へた。

口不調法な彼は、マル八の母屋となら半町とは離れてない、山サの店に、蔵替することはどうしても出来なかつた。

浜で聞くことは毎日、猥褻な話ばかりであつた。山で育ち、教育のない材木仲仕の間で育つた嘉吉は、此れ迄身の為になる修養の話や宗教の話を、露程も聴かされたことはなかつた。唯毎日聴かされることは金と女の話ばかりであつた。そして嘉吉はその二つに饑ゑてゐた。長八が、財布の中から大事にとり出した猥褻な絵を見てからと云ふものは、一層彼の青春の血は、狂ひさうになつた。然し言葉数の少い彼は、一言だつて彼の胸の中を人に明さなかつた。

短い秋の日も次から次に過ぎ去つて、豊川の水はだんだん、冷くなつて行つた。蟹は姿を匿し、石垣に付いた青苔が、みな萎びてしまつた師走の初には、嘉吉の持つてゐた柳行李の底に、ニキビ取りの薬と裸体画の絵はがきが、十数枚隠して置かれた。

然し、彼はまだ鏡を買うて来るだけの勇気は持たなかつた。さうする事によつて、ますます丑太郎や長八に評判にせられ、終ひには箱屋で胡麻化した五円の金の穴探しまでせられるからであつた。

然し、毎日浜から帰つて来れば、ちよつとでも「札木」の方角に足を向けなければならないやうに、決定づけられてゐた。御油から来た女中のお初が蔑んだ口調で、

『嘉吉さんは近頃どうかしてるね。毎晩々々欠かさずに何処に行くんだね』

さう尋ねられて、一晩位は家に居りたいと思つても、また八時過ぎになると、耐へ切れなくなつて、こつそり家を飛出すのであつた。

「札木」の四辻ではよく日蓮宗やキリスト教の辻説教があつた。しかし、嘉吉には、

――あんな事を云うて、上手に、お布施を集めてゐるんだ。今の坊主はみな堕落してゐるから、裏を立ち割れば、みんな金と色とに迷うてゐるんだ。耶蘇教は日本の国賊で、あれは危険思想だ。馬鹿らしい――

そんなに考へた嘉吉は、寧ろ易判断や運星の話の方がよく判つた。

運命の架橋

十二月の五日の晩だつた。その日は朝から曇つて、何だか気が引立たなかつたので、彼は日が暮れるのを待ち兼ね、札木の方をぶらつくことにした。給金はもう疾(と)つくの昔、鯉釣と射的場とそして遊廓で費ひ果してしまひ、彼の懐には五銭の白銅貨二枚と一銭銅貨三枚しかなかつた。それだけでは魚釣さへ出来なかつた。

それで彼は、札木の露天商人を片端から立覗きしてゐた。易判断をやつてゐる総髪の脊の高い男が面白いことを云ふ。で彼はその講釈を聴かうと群衆の後に立つた。突然講釈師は、彼の顔に目を付けて、

『お兄さん、ちよつと此処まで出て来て呉れませんか。あなたには出世する相がある』

さう云ふが早いか、総髪に紋付姿の大きな男が、長い腕をつき出して、彼の右の肩を掴み、群衆の中央に立たせた。法廷にでも立たせられかの如く、嘉吉は顔もよう上げないで其処に立つてゐた。帰りたくはあるし、易者の云ふことを聞かなければ、どんな悪口を云はれるか知れないし、立竦(すく)みの様子だつた。

易者は目の上にほつれかゝつた総髪を後に撫で上げ、如何にも重々しい口調で、

『今、諸君に説明した沈勇の相と云ふのは斯ういふ顔を云ふのだ。この人は無口で沈着で、仕事にねばり強く、何事をやらしてもやり抜くといふ相が現れて居る……然し、注意をしないと青年の間によくあることだが、金と色とて堕落する怖れが顔面に現れてゐる。わしが天眼鏡で見ればこの青年が心中で何を思つてるかを見徹すことが出来る……』

その言葉に、嘉吉は頭から冷水を浴びたやうに感じた。

『そら来た、この易者は、俺が箱屋から五円の金を胡麻化したこともニキビの薬と裸体の絵はがきを行李の底に匿してゐることもみな知つてゐるにちがひない』

アセチリン瓦斯が唸りを立てゝ燃えてゐた。群衆の顔がそれに照らされて版画のやうに浮き出した。天眼鏡を取出してきた易者は、俯(うつ)向いて人の足ばかり見詰めてゐた嘉吉の顎の下をこづき上げ、

『将来の英雄は、そんなに下ばかり見て居るものぢやない。下を見る者は堕落し、上を見るものは向上する。青年は須く天空を狙ふやうにならねばならない』

ぺらぺら早口で、総髪の大きな男がさう云ひながら、天眼鏡を通して、彼の顔面を仔細に覗き込んだ。いつも落ち着いてゐる嘉吉も、その時には、穴にでも這入りたいやうな気持になつた。

『ふふム』

易者は独り合点してゐる。それが嘉吉には恐かつた。

『あなたが生れた時には、近くに火事があつて、あなたの家も焼けたやうにちやんと顔に書いてあるが、違ひないだらうね』

嘉吉は、その通りなのに驚いてしまつた。十九年前、彼の故郷の三河の国北設楽（したら）郡上津具村に大火があつて、荒物屋をしてゐた彼の家が、類焼の為に、家財をすつかり無くしてしまつた事を父から聞かされてゐた。

『それに、君のお父つあんは、随分酒を呑むな、君の手を見せ給へ』

嘉吉は、彼の一身上のことを見透かされるのが恐いので、出すまいかと思つたが、運星を決めるのによい機会だと思つて、素直に手を出した。

『ふふム、君には兄弟が六人あるな。違ひないだらう』

嘉吉は吃驚して、彼を見上げながら、頭を上下に一度振つた。彼は何処にそんな事が書いてあるか知りたかつた。然し口不調法な彼は、口を開く事を躊躇した。

『君は将来、まつすぐに行けば、国家に有要な人物になるか、誘惑に負けると、石川五右衛門のやうな男になるぜ』

群衆はその言葉にどつと笑つた。あまり辱かしかつたので、嘉吉は、その笑が沈まらない間に、こそこそ、と群衆の中に潜り込んだ。そして、後も振り返つて見ないで、一目散に、マル八の店に飛んで帰つた。『俺の犯した罪を確かに知つてる人間が世界に一人居る。俺の生れない前に、俺の家の燃えたことを知つて居り、父が酒飲みであることも、兄弟が六人あることも知つてゐる易者は、きつと俺が五円の金を胡麻化してゐることも、遊廓へ遊びに行つたことも知つてるに違ひない。あゝ怖ろしい、怖ろしい』

然し、それだけではまだ、ニキビの薬と裸体画の絵はがきを棄てる勇気は起らなかつた。まだまだ性慾の誘惑に打勝つ工夫を考へるまでに行かなかつた。誘惑は強いし、金は足りないし、泥棒でもしようかと云ふ悪魔の囁きが、彼の耳元に強く回いた。

翌日、彼はまた一番番頭の正吉から箱屋にもう一度行つて金を貰つて来いと命令せられた。

『さあ弱つた、二度と嘘はつけない。弁償するに金は無い。絣（かすり）の袷（あわせ）を質に入れても二円位しか貸して呉れないだろうし、持物全部を売払つても、五円にはならないだろう』

と思つた。発覚する、警察に訴へられる。裁判所に引張られる。監獄に這入る……一層のこと死んでしまはうか。否、否、それはまだ早い。そんなにも彼は考へた。彼は覚悟してそのまゝ家出しようと決心した。で、彼は仕事着の儘、二階の自分の部屋に這入り、金になりさうな綿入の着物と、いつも遊びに行く時着て出る袷と、二枚の着物を新聞紙に包んで、それを売払ひ、旅費のたしにでもしようと考へた。

店には箱屋へ行つて来ると云つて、請求書を持つて出掛けたが、その足で彼は真つすぐに、遊廓の裏通りに当る、小さい古着屋に立寄つて、二枚の着物を買つて貰ふことにした。彼は少くも四円か三円五拾銭位は貰へると思つてゐたが、袷が一円、綿入が一円五十銭にしか売れなかつた。余り僅かで旅費のたしにも出来なかつたが、彼は何処かまで歩いて行つて、マル八商店へ「チチキトクスグカヘレ」の偽電報を打たうと計画した。それで彼は、一旦店に引返し、番頭に、

『今日も主人公は留守で、晩に岡崎から帰つて来ることだからその時にしてくれと云ふことでした』

と如何にも尤もらしい口実を作つて、胡麻化しを上塗りした。正吉はまだ気付かぬと見えて、返事もしないで簿記帳をいぢくつてゐた。嘉吉は、浜に行くやうに見せかけ、鳶口を材木置場に隠し、その足で停車場まで行き、豊川稲荷まで電車で飛ばして、そこで彼自身に宛てた父危篤の偽電報を打つことにした。電報を打つて、彼はすぐまた豊橋に引返した。そして、素知らぬ振りをしてまた鳶口を持つて浜に下りて行つた。今日は風がきついので、いつも鏡のやうに光つてゐる豊川に荒波が立ち如何にも師走らしい印象を与へた。然し勇ましい鳶職の連中は相変らず丑太郎の唄に合せて、陸揚げに忙しかつた。嘉吉もその中に混つて、今に店から電報を持つて来るかと心待ちし乍ら水の中でじやぶじやぶやつてゐた。田舎の電報だけあつて非常に遅れた。恰度五位鷺の一群が御油（ごゆ）の方から二川（ふたがわ）の観音山の方にいつも帰つて来る黄昏時に、二番番頭の彦三が、嘉吉を呼びに来た。

『嘉吉よ、大変ぢや、大変ぢや、電報、電報！』

去年兵隊から帰つて来た計りの色白の彦三は片手に電報を持つて堤に立つた。

『扨は、一芝居打てるわい』

と心の中に思ひつゝも、相変らず重々しい態度を示して、嘉吉は急ぎ足にその電報をとりに行つた。みんなの者は鳶を握つた手を休め、嘉吉の方を見詰めた。長八は、いつもの口調とちがつて、如何にも親切げに尋ねた。

『どうしたんだい?』

『お父つあんが危篤つてんだよ、ちよつと帰つて来らあ』

無愛想な嘉吉は、仲間に碌々挨拶もしないで、鳶口を持つた儘、本店の方に引き上げた。

師走の荒波

汽車は豊川に沿うて真北に走つた。長篠から嘉吉は歩かねばならなかつた。九里の道をこつりこつり彼は歩いた。自動車であれば二時間で行ける処を、金が無いために彼は、一日歩かねばならなかつた。然しこれも天罰だと諦めてゐた。彼は豊橋を立つ時、其処には帰るまいと決心してゐた。彼の空想の中には村に帰つて、材木屋の店を開業したいと云ふ野心があつた。それが出来なければ、何処かの禿山に植林をしてみたいと云ふ考へも湧いた。

道は至極なだらかで、ごく嶮しい坂と云ふのは一つも無かつた。みな自動車が走る程度の道であるから、年中立仕事をしてゐる嘉吉にはごく楽な一日の行程であつた。天竜川の流域に長く住んだ彼にとつて、豊川の流域はあまり平凡に見えた。太古この辺は海の中に沈んでゐたから、山々がなだらかで変化に乏しいと、山林の技師に聞かされたことを嘉吉は思ひ出した。石は黒ずんだ、燧石(ひうち)に近い硬質のものが多く、山の格好もごく醜いと云ふ程ではないが、天竜川の流域のやうに、あまり茂つてゐないで、山は随分荒されてゐた。谿間は鶲(ひは)や百舌鳥が活溌に啼いてゐた。重い荷物を引張つた馬力が幾十台となく続く、彼は幼い時、上津具の往還でこの種類の荷車の後にぶら下り、一町も二町も運んで貰つたことを思ひ出した。

『もしかすると、父に無理を云つて、五円の金が返せるかも知れない』

そんな事も考へた。然し、酔払ひの父のこと、佝僂(せむし)の弟のこと、ヒステリーのやうに喚めき立てる母のことを思ふと、息のつまるやうに考へられもしたので、山奥に帰つて行きたくはなかつた。それに貧乏だし、店は不景気で売れないだろうし、帰つて行つても食はしてくれる米がないかも知れない。そんなことを思ふと、亦町が恋しくてならない。最後の坂を登り詰めて津具の高原に着いた時は、もう八時過ぎてゐた。海抜三千尺に近い北設楽(したら)の山地は、処々雪に蔽はれて、豊橋あたりで想像も出来ない程寒かつた。それでも五年前に此処を出た時とは余程違つてゐて、電燈の数も増し、郵便局の辺は、まるで豊橋の札木を思はせる程賑やかであつた。嘉吉の家は村に入つて往還が二度目に曲る南側の角の家であつた。東側には、下津具の方に落ちる小川が流れ、それに沿うて村道が、下津具から山の裾を縫うてゐた。場所としては上津具の一等地に属してはゐたが、何と云つても家は貧弱であるし、四方はないものだから、辛じて家賃を上げ得る程度の商売しか出来なかつた。

ひよつくり嘉吉が、自分の家の店先に立つて、我家の様子を窺ふと、店には漸く十六燭光位の電燈が一つ灯つたきりで、誠に貧弱に見えた。父はまだ晩酌をひつかけてゐるらしい。店の次の間で、猪口(ちよこ)を片手にちびりちびりやつてゐた。この光景を見た彼は、父に叱られることを恐れて、這入り渋つたが、旅に疲れてもゐるし、今夜だけでも我家に寝さして貰はうと思ふ心が一杯になり、いつものやうに黙つて、台所の内庭まで這入つて行つた。そして、言葉も出さないで叮嚀に父の前でお辞儀をした。父は驚いた様子だつた。

『おゝ、嘉吉か、大きくなつたなア。よく帰つたなア、どうしたんぢや』

きめ付けられるかと心配してゐた割合に、父は親切に言葉をかけてくれた。父は二階で針仕事をしてゐた母を呼んで呉れた。母のまさが降りて来る後から、嘉吉のすぐ弟の今年十六になる佝僂の泰次と、十一になる百合子が下りて来た。母のまさが降りて来る後から、嘉吉のすぐ弟の今年十六になる佝僂の泰次と、十一になる百合子が下りて来た。二人は鳶職の服装そのまゝで庭に立つてゐる兄の嘉吉を見て、お辞儀もしないで突つ立つてゐた。母は、二人に注意して、

『兄さん、お帰んなさいと云はんかい』

と大声で怒鳴つた、母は下に飛降り、古盥（たらひ）の中に鑵子（くわんす）の湯をあけて『兄さん、足を洗ふ湯がとれましたよ』

と、如何にも嬉しさうな声で云うた。嘉吉が盥の置かれてある裏口に廻ると、母は、台所の隅つこから足駄を運んで来て、嘉吉に穿（は）くやうに勧めた。

足を洗つて座敷に上ると、這入つて来た時とは打つて変り、父は不機嫌な顔をして、嘉吉を睨み付けた。

『嘉吉、お前は何しに帰つて来たんだ』

それに対して嘉吉は何も答へなかつた。

『何か、失敗でもあつたんかい』

嘉吉の沈黙は続いた

『平常には一通の端書も寄越さないで、そんな態して辱しい、村に帰つて来るものがあるか』

お茶を汲まうとしてゐた母は、細い柔和な眼を嘉吉の方に向けて信号の瞬きをした。嘉吉はそこにかしこまつて坐つてゐた。母は、彼に二階に上るやうに勧めた。

『疲れてるでせう。長篠から歩いたんですか。今夜はゆつくりお休みなさい』

その優しい言葉に、嘉吉は、つと立上つて階段を静かに上らうとした。その時、父は、燗徳利（かんどくり）を下げて大声に怒鳴つた。

『百合子、もう一合買うて来い……おい、おまさ、百合子に金を出してやれ』

その時、母は静かに悟すやうに云うた。

『あなた、お金は一文もありませんよ、もう今夜はそれだけで御辛抱なさい』

頭の真中が禿げた丸顔の父幸吉は、顔をてかてかに火照らして、顔面の筋肉をいろいろの形に変化させた。

『買つて来いと云へば買つてこい！』

さう云ふが早いか、自分の着てゐた綿入の着物を脱ぎ棄て、それを丸めて妻の前に放り出して、大声に怒鳴つた。

『之を質に入れて、もう一合買うて来い』
労働者仲間の乱暴な為打ちになれてゐる嘉言も、父の気狂ひじみた態度にあきれてしまつた。こつそり嘉吉は腹掛の中から五拾銭銀貨一枚を取り出して母に渡した。母は父の方に目配りをして左手を沈黙の儘左右に振つた。嘉吉はそのまゝ二階に上つたが、母は後から従いて来て、小声に彼の耳元に囁いた。
『お父つさんの酒乱には困るんです。ほんとに』

夜明け前

遠くに鶏の啼く声が聞こえる。家の東側を流れてゐる谷川が、雨のやうな音をたてゝ、真夜中の静けさを破る。往還を軋る荷馬車の轍の音も絶えて、山奥の澄んだ空気が身体に密着するやうに感じられた。かすかにどつかの馬屋で、馬が床板を蹴る音が聞えて来る。それが叉間もなく止んで、犬の遠吠さへ聞えなくなつた。

嘉吉は一日歩いて疲れてゐるのにかゝはらずどうしても寝付くことが出来なかつた。とろとろと宵の口少し眠つたと思つたが、十二時過ぎ眼がさめてから、どうしても寝付くことが出来なかつた。自分の傍に寝てゐる佝僂の弟を起すまいと思つて、寝返りもようしなかつたが、ちつさい弟の蒲団の中に大きな男がもぐりこんだものだから、夜中から足が冷えてどうしても寝付けない。然しそれには恐怖も半分手伝つてゐた。今に豊橋の材木屋から手がまはつて巡査がつかまへに来ると言つたやうな、いやな悪寒が彼の髄まで冷やすやうに思はれた。彼は何故こんな間違つた世界に生れて来たかと、今更ながら人生のつまらないことを考へても見た。

然しかうした煩悶の中に、札木の射的場の娘の顔が、横向になつたまゝ目の前に現はれたり、昨夜怒鳴つた父の凄い眼が幻のなかに現はれたり、さうかと思ふと芸者に出てゐる姉の身の上のことが羨やましく思はれるなど、ちつさい嘉吉の胸は低気圧の中心になつたかのやうであつた。

隣の時計が一時を打つた。それから間もなしに犬の遠吠が聞え、自転車が往還を静かに走る音を聞いた。正しいこと、猥褻なことが交互に嘉吉の胸に湧き上つて、また隣の時計の二時を聞いた。佝僂の弟が歯軋りをする。父も母もよく眠つてゐるらしい。鼾の声だに聞えない。そつと眼を開いて、周囲を見まはすと、周囲の壁は垢臭い襤褸をつり下げた間から、すた丸出しの荒壁が所々見える。娼妓に売られてゐる二番目の姉の事が思ひ出される。それが下等な感情に彼を導く。三時がなつた。彼も父の血をひいてゐるだけに又監獄づとめをせねばならない運命にあるかと考へられると、深い谷底に蹴落されたやうな気がする。谷底のことを思ひ出すと、天竜川の渓谷が目の前に浮ぶ。そこの伐木小屋で恥しい日の幾日かを送つたことを思ひ出す。

『改心しよう』

『改心出来ない』

『もう改心は遅い、自分はもう囚人以上の罪人になつてしまつた。霊も汚がれ、神仏には見離され、家は貧乏で、父は前科者、姉は芸妓と娼妓、そして自分は泥棒。学校は尋常も卒業してをらず、文字は書けないし、算盤も出来ないし、仕事はないし、金はなし……新聞に出てゐるやうな強盗をするか、窃盗を働くか、それより外今身を立てる方法はない』

又四時が鳴つた。コトコトいはせながら、山奥から馬力が出て来る。三台も四台もそれが続く、馬がいなゝく、犬が吠える。鶏が勢ひよく啼く、谷の奥にかまびすしく幾十種類かの違つた小鳥が勢ひよく囀つてゐる。朝だ。朝だ、もう朝が来た。さう思つてゐるうちに、彼は又うとうととしてしまつた。こんど彼の気がついた時に、母は大声で、悲しさうに何事か叫んでゐるのであつた。

『動きませんか、中風でせうね。今日は医者に診てもらひませう』

それに対して父は何事も答へなかつた。母は嘉吉に呼びかけた。

『嘉吉さん、お医者さんをよんで来てくれませんか、お父つさんは半身が痺れてしまつて自由がきかんやうになつたわ。大至急に飛んでいつて頂戴』

大変なことになつたと彼は考へたが、彼は着の身着のまゝで寝てゐたので、そのまゝ二町ばかり上手の栗野医院迄飛んでいつた。そこもまだ寝てゐたが、無理に起きて貰つて至急に往診して呉れと依頼した。

暗い家の中にひきかへて、表はとても明るく感じられた。栗野の医院も診察室を建てかへ、外形だけは西洋式になり、明るい感じがした。その向ひの郵便局も間口を拡げて何だか勢ひ付いたやうに受取られた。郵便局の南側にある水野の薬屋は、豊橋市に、見つからないやうな大きな構へをして、大きな一枚硝子を張りまはし、其処で買ふ薬が如何にもきゝさうに見えた。幼い頃に一緒によく遊んだお花さんの旧宅八百屋の店は昔ながらに同じではあるが、養子が甲斐甲斐しく朝から表に水を打つて客の来るのを待つてゐた。八百屋の向ひの運送店には奥にゆく荷馬車と、豊橋に下つてゆく馬力が、五六台も並んで、馬は車に繋がれたまゝ馬草を喰つてゐた。その馬草の喰ひ方が如何にもうまさうに見えて、昨夕から充分食物をとつてゐない嘉吉には羨やましく見えた。

感じの鈍い嘉吉は母などが慌てゝゐた割合に、父の病気を悲観してはゐなかつた。唯嘘の電報を打つたことが余りほんとになつて、自分がほんとに田舎の荒物屋の主人公として、一生懸命に働かなければならなくなつたことを淋しく思ふただけのことであつた。嘉吉には幾分は焼け気味の部分もあつた。今迄とにかく、生きてこられたのだから、此の後もどうにかかうにかやれるだらうと言ふ、行きあたりばつたりな気分も手伝つてゐた。

『上津具村はみな朝起きだなあ』

さう彼は感じながら家に帰つて来たが、自分の家の前があまり穢いのにびつくりしてしまつた。往還に面した大抵の家は起き揃つて、表を奇麗に掃ききよめ、水を打つてゐた。

こんなに穢くしてゐては、商売の繁盛しないのはあたりまへだ。

そんなに感じながら、二階に上つてゆくと、梯子段の上り口の所で、百合子が泣いてゐた。その傍の窓によりかゝつて佝僂の泰次がこれも目をあからめて泣いてゐる様子だつた。奥の間に寝てゐる父の傍に寄り添うた母は、口惜しげに、

『これがあがりませんか?』

と父の右腕を肩の方に持つてゆき、自動的に右腕が動くか動かないかを、幾回となく繰り返へしてゐた。

彼女の頬つぺたには涙が流れ、彼女は鼻汁を袂(たもと)の端で幾回も拭うてゐた。だんまりやの嘉吉は両親の傍に坐り込んで、母の実験のすむ迄報告もしないで、今にも父の右の手が自由になるかどうかを見詰めてゐた。

『半僧坊のお札が内にあるかいなあ？』

母は独語のやうにさう言つて、百合子を呼んだ。

『百合子、下の神棚に半僧坊さんのお札があるか見て呉れやい』

泣いてゐた百合子は、声を出してよう答へもせず、その儘下に降りていつた。そしてすぐまだ煤けてもゐない真白のお札を、大事さうに高くさゝげて持つて来た。

『お前それを、お父つさんの右の腕に、つけて撫ぜてあげなさい。半僧坊さんは厄除の神さんで、ほんとによく効くのぢやから』

髪をお下げにした百合子は父の枕もとに跪き、母の言ふ通りお札を両手で父の腕に、撫ぜつけた。母は小声に呪文を唱へてゐる。

『マクサアマソダバーサラ、ダーオンオンプキヤペヒロシヤニジンパラターバラー、サラダー……』

百合子の涙はかわいてゐた。母の眼は据つてゐた。今にも奇蹟が起つて、父の腕が忽ち伸びると二人は思つたらしい。母は呪文を繰り返へし繰り返へし有難相に、百合子のお札を持つた両手をさゝげて、手ばかりではなく、足までそれをなすくりつけた。然し父は目を見張つた切り、よくなつたとも、気持がいゝとも一言も言はなかつた。

『すこし動きますか？』

母は奇蹟を待つ心でさう尋ねたが、幸吉は一言も答へなかつた。

『この人は神様にも見離されてをる人かいなあ？』

母のまさは、恨めしげに独語を言ひながら、そのお札を神棚に納めて来るやうに百合子に命じた。

『医者は来て呉れるのかいなあ？　嘉吉さん、これからしつかりしなさいよ。今迄と違うてお父つさんも動けなくなつたのだから、あなたは二人前働かないと、内は立つて行きませんぜ（佝僂の泰次に向ひ）泰！

竈の下を焚きつけて来い』

さう言はれて、泰次は下に降りていつた。さつきから、畏まつて坐つてゐた嘉吉は、初めて口を開いた。

『栗野さんはまだ寝てゐたけれど、すぐに来て呉れるさうな。それまでおさすりでもしませうか?』

嘉吉は我ながらにそんな優しい言葉が出たことを不思議に思つた。彼は心のうちで独語を言うた。

『此調子ぢや、俺も善人になれる望がある』

昨日迄材木揚げ場の鳶職をしてゐた男が、その服装そのまゝで父の介抱をすることが、如何にも殊勝らしく自分に感じられた。

母は下に降りていつた。嘉吉は続けて父をさすつた。

それから一時間位たつて、医者がやつて来た。母のおまさが恐縮しながら、彼を二階に導いた。頭の禿げ上がつた年はもう五十を過ぎたと思はれる、にがみの走つた顔に、頬髭迄はやした栗野さんは見かけによらずやさしく、嘉吉に迄おじぎをして、

『おやおや、あなたのうちの総領息子かいなあ！　大きくなつたものだね！』

さう言ふなり、垢でよごれてゐる父の敷いてゐるふとんの上にどつかと坐り、百合子がすゝめる座布団には目もくれないで、丁寧に診察を始めた。脈を見る、打診する、眼瞼の充血をしらべる、脊髄をおさへて見る。血圧を計る、足の爪先の血の循環の模様まで丁寧にしらべて、栗野さんははつきりした語調でいつた。

『やはり、これは中風ぢやなあ』

それだけ言ひすてゝ、栗野さんは丁寧に嘉吉にお叩頭しながら逃げ出すやうに帰つてしまつた。然し嘉吉は栗野さんが丁寧に父を診察して呉れたことがうれしかつた。親切と言ふものはこんなに丁寧にするべきものだと言ふことを、生れて初めて考へて見た。

嘉吉はたとへ善人になれなくとも親切な人にはなれると、此の時はつと感付いた。母はもう二階には上つて来なかつた。百合子と二人で表の戸を開き、裏口にまはつて朝飯の準備に急がしかつた。嘉吉は引き続いて父をさすつてゐた。腹がへつて、胃のなかがぐいぐい鳴つた。痺れる足を坐り直し、彼はこんな時に孝行

しなければ孝行のする時がないと思つたものだから、一生懸命にさすりつゞけた。

然し父は死人同様であつた。彼の顔の半面は引きつり、格好が全くくづれてしまつてゐた。嘉吉は父をさすりながら、色々考へ続けた。もう彼はこれで村にくゝりつけられてしまつた。父が死ぬ迄動かれない。どつかに仕事を見つけて、五人の家族が喰へるやうにしよう。幸ひ身体も強いし、力仕事は一人前やれるから、土方人足にでも道路工夫でも何でも職にありついて、母に安心させ父を養はなければならない。彼は堅く決心した。この後豊橋でしたやうな馬鹿な真似はよして、堅気な男になつてやらうと。

めぐる火車

朝飯に呼ばれて、百合子と入れかはりに二階から下りた嘉吉は、重い唇を開いて彼の決心を母に告げた。

『何ぞ村に仕事はないかいなあ？　わたしはもう一生お父つあんの面倒見る気ぢや』

母はその言葉を聞いて、喜びの色を顔に現はした。色は浅黒いが細眼にやさしい眉の持主である母は貧乏で窶（やつ）れてはゐるが、愛嬌の持主であつた。

『さうして呉れるとほんとにいゝなあ。どつかに仕事があるか二三軒聞いて来るわ』

さう言ふが早いか、彼女の姿は裏口に消えた。母はなかなか帰つて来なかつた。手まはしのいい嘉吉は、佝僂の弟に藁を買はせ、手製草鞋をつくる準備を始めた。

太陽がまばゆく照る。下津具の方に流れてゆく小川が、銀のやうに光る。その川に沿うた両側には、深い森が生え繁つて、何とも言へぬ美しい風景を見せて呉れた。河原の丸石を拾ひ上げ、それを台にして三十分以上も、彼は藁を打つてゐた。

小川のせゝらぎが美しいセレナーデを奏でるやうに響き、うららかな太陽が破れ障子を照らすと嘉吉の胸にも光が一杯に這入つて来た。

表から母は下駄の鼻緒を切つて帰つてくる。

『縁起が悪いと云へば、うちの人も、わしも厄が過ぎてをるのにどしたんだらうな、けさはよつぽど、どうかして居るわ……下駄の鼻緒を立てる紐は無いかいな？』

母は独言のやうに口の中で呟きながら裏口まで出て来た。そして嘉吉の藁をうつて居るのを見るなり、

『手廻しが善いな……あゝ、その藁を少しおくんなさい、鼻緒をたてるから……』

無口な嘉告は答もしないで、母の手から下駄を取り上げるやうにしてそれをたてゝあげた。さうすることの出来るやうになつたことを嘉吉はどんなに幸福に感じたか知れなかつた。母は、

『ありがたいなあ、子供は産んでおくもんぢやなア』

と微笑を二つの頬に湛へ乍らニコニコしてゐた。嘉吉は生れてから、こんな愉快な瞬間を持つたことはなかつた。

『人に親切にしてあげると、こんなに喜ぶものだ』

と云ふことは今日まで荒くれ男の間に育つて来た彼には、全く未知の世界であつた。

嘉吉が下駄をたて終へ、母がニコニコし乍らそれを足の指の間に差入れてゐると、

『アー……お母さん……早く来て頂戴！』

と裏口に近い炊事場から、末つ子の百合子が甲高い声で呼ぶのが聞えた。

『どうかしたんかい？』

母は飛ぶやうに家に駆け込んだ。見れば百合子は沢庵を切りそこねて、人差指を随分深く切り下げてゐる。

『運と云ふものは悪い時には重なるものぢやからなア……余程用心せんといかんよ……今朝から、うちは縁起が悪い、何か崇つて居るのかも知れん』

さう独言云ひ乍ら、母のおまさは袂（たもと）の底から、袂くそをつまみ出して、それを傷口にこすりつけ鼠色になつたエプロンの端を噛み切つて指に巻きつけた。表には嘉吉の藁を打つ音が聞える。

『泰！　お燈明をおあげ！　神棚に！』

百合子と交替に二階に上つてゐた泰を母は大声で呼んだ。泰次に何事かと大急ぎにおりて来た。泰次は大

の慌て屋で、段梯子の途中から辷り落ちて、佝僂で曲つてゐる背中をした、か打ちのめし、擽(くすぐ)つたい笑ひと苦痛を半々に洩らしてゐた。泰の慌て屋であることをよく知つてゐる母は、

『それ！　また慌てる、ゆつくりせんかい！　今日は朝から縁起が悪いから、神さんにお燈明あげて、拝んでおいておくれ、今日はまだ、之から何ぞあるぜ！』

さう泰次に云付けて母は裏口に出たが、彼女が、裏口に出るが早いか、神棚の前の泰次が、足台の上から、転び落ちる大きな響きがする。

『そら、またあの慌て屋が、踏み台から落ちた！』

母はすぐ取つて返して、薄暗くなつてゐる中庭まで引返した。泰次は背中を打つたと見えてうんうん吁鳴り乍ら、足をもぢもぢさせてゐる。お燈明の瓦器は四方に散乱し、油が畳の上に点々としてゐた。

『それ、今の先、言つたぢやないの！　今日は縁起の悪い日ぢやから気を附けないといけないよと！　慌てるから、こんなことになるんぢやよ』

然し、泰次は答だにしなかつた。打ち処が悪かつたと見えて、手足に痙攣が起つてゐる。それを見た母は大声で嘉吉を呼んだ。

嘉吉は手に槌を持つたまゝ飛んで来た。母は泰次を抱上げ、

『お、お、泰は気が遠くなつてゐるやうだよ。兄さん、早う！　水！　水！』

嘉吉は槌を投げ出し、茶椀に水を一杯汲みそれを泰次の唇に持つて行つた。百合子も真青の顔をして、やつて来た。

『お――い、泰よ！　た――い――よ――』

母は悲しげに泰次の耳元に口をあてゝ、彼の名を呼んだ。その呼び方が尋常一様で無かつたものだから、隣近所から、大勢かけつけて来た。頭に櫛を乗せた儘飛び込んで来たのは、向隣の散髪屋の松さんであつた。

『おい、どうしたい？　おまささん。泰が気絶したのかい？　そらお医者様を呼んで来なくちやいかぬ』

透き通つた声で、彼はおまさに注意した。彼女は破けたエプロンを眼に押当てゝ涙をそつと拭いてゐた。

『お――い、泰よ！　た――い――よ』

西隣の鍛冶屋のお神さんが赤ン坊を背負つて裏口から這入つて来た。

『変つたことでも、あるんかいなも？………おや、おや、泰が踏台から落ちたの？　そら悪いことぢやなも』

『ありがたうお神さん』

そこまで言うたおまさは、泰次が矢張り気にかゝると見えて、百合子を呼んで、泰次の頸を抱かせ、嘉吉に顔へ霧を吹きかけるやうに言ひ付けた。散髪屋は医者にゆくと言つて表に走りだした。それと入れかはりに、散髪屋の隣りの酒屋の親爺が、青前垂を片方端折つて這入つて来た。

『脊中を叩いてやれ、脊中を』

気絶した事情を知らない酒屋の親爺は、無茶を言うた。

『お燈明を上げようと思つて踏台から落ちたんぢやなも。そして脊中打つたんぢやなも、この上脊中を叩いたら、死んでしまふわなも』

鍛冶屋のお神さんが、酒屋の親爺に説明する。

『さうか、葡萄酒飲ましてやれ』

親爺は表へとつて返し、一分とかゝらぬうちに葡萄酒を一本持つて来た。

「さあ、これやれ……おや嘉吉さん帰つて来てゐるな、大きうなつたなあ！」

嘉吉は霧吹いてゐた口を開いて
『お世話になります』

短かくはあつたけれど丁寧に酒屋の親爺に叩頭をした。

『茶碗ないか……その茶碗がいゝわ。水あけ』

嘉吉が茶碗の水を庭にすてるが早いか、酒屋の親爺は茶碗一杯に溢れるほど、葡萄酒を注ぎ、

『それのました、これ、気がつくよ。葡萄酒はよく効くぞ』

母は神棚に手を伸ばして、秋葉山半僧坊のお札を捜してゐる。嘉吉が泰次の口へ葡萄酒を注いで間もなくすると、泰次の気が付いた。

彼は一寸眼を開いて、又眼を閉ぢた。妹の百合子が大声で叫んだ。

『お母さん、泰次の眼が開いた。気が付いた！　気が付いた！』

母は半僧坊のお札を捜すことを中止して、泰次の顔にのぞき込んだ。

『ほんとによかつたなも、早う正気づいてよかつた』

子供を抱いたまゝ、心配さうに庭から見てゐた鍛冶屋のお神さんがさう言つた。表から電報配達夫が飛込んで来だ。

『山下さん！　電報！』

鍛冶屋のお神さんはそれを受け取つて、心配さうにおまさに渡した。おまさは一先それを開いたが、眼瞼を落したまゝ、それをそつと嘉吉に渡した。

『何のことぢやらうなあ？　おあさがどうしたんと言ふんぢやい？』

電文はかう読めた。

「オアサアシヌキシタオルナラスグ　シラセ」

口の重い嘉吉は、一言も言はなかつた。

『縁起が悪いと、災難が続くものぢやなあ、おあさも不仕合せやからなあ、あの子も長生は出来ぬわ』

おあさを知つてゐる鍛冶屋のお神さんは
『今の電報は、悪い電報ぢやなかつたの？　ほんにおあささんも気の毒ぢやなあ』

又栗野先生が散髪屋に連れられて這入つて来た。

『今度は此の子ですか？　もう気がついたやうですなあ？　もう診なくてもいゝだらう』

栗野先生はさう言ひ乍らも、スリツパを庭にはき捨てゝ、薄暗い座敷に上つていつた。泰次は医者の声に驚いたか、大きな目を見張つて、栗野先生を見詰めた。それを見て、栗野先生は大声で言うた。

『大丈夫、大丈夫、此の調子なら大丈夫だよ。然し此の子は脊髄が悪いのだから余程注意せんと後でどんなことがあつても悪いから、一寸見とこか』

親切な医者は、泰次の着物を脱がせて、気絶の原因を診察した。

『おや、悪い所を打つてゐる。脊髄の所がしにいつてゐるよ。後が悪くなければよいが、このままそつと寝かしてあげると好いなあ、お内も大変ぢやなあ、お父つあんも気の毒だし、此の子も当分動かせんし』

その言葉を聞いて酒屋の親爺は吃驚してゐるやうであつた。

『え？　先生、幸吉さんに何かあつたんですか？』

『い丶やさあ、今朝から半身が動かなくなりましてなあ、先生に見ていたゞいたら中風だと言はれるんですよ』

『それや悪いこつちやなあ。二階に寝てゐるんかい？　大変ぢやなあ二人も寝ちや介抱に人手がか丶つて、おまささんも忙がしうて困るなあ』

小屋の朝

豊橋から帰つて、嘉吉は三日ばかり遊んだ。その間、嘉吉は家計がほんとに行き詰つて、二進も三進もならぬことを母に教へられて知つた。からうじて食つてゆけるのは、荒物問屋から取り寄せた品物を売り食してゐるのであつた。それも卸問屋に余り金をいれないから、店には品物が減る一方で、客が来てもないものばかりであつた。十二月は押し詰つて来るし、正月の餅の手筈はせねばならず、母のおまさは随分耄碌して、近頃とんちんかんなことばかりしてゐた。幸ひ年末に押し詰つて、下の水車小屋が急がしいと言ふので、嘉吉を雇うてもらふことにした。日給は僅か一円四十銭でそれも臨時と言ふ契約だつた。それでも饑ゑてゐた嘉吉にとつてはすこぶる福音であつた。母は毎日のやうに、氏神へ日参を始めた。そして天理教の先生に来てもらつて、夫と三番目息子の病気が全治するやうに御祈祷して貰つた。

嘉吉の通ふ水車小屋と言ふのは、嘉吉の家から見える所にあつて下津具に下る村道の傍にあつた。古くからあつたものと見えて仕事は存外楽であつた。俵から玄米を計つて出し、それを臼に入れ、精白になつたものを叉袋に詰めかへるだけのことであつた。父はいまだに物が充分言へなかつた。困つたことには奈次の病気はだんだん重り、不思議なことに身体が漸次縮小するやうに見えた。そこで母のおまさも兄の嘉吉も一種言ふべからざる不安の念にかられた。

或朝のことであつた。師走の月ではあり、五時頃起きて嘉吉は水車小屋にゆかねばならなかつた。津具川に沿うて四五町行くと藁葺の水車小屋があつた。その道は冬でもとても景色がよくて、嘉吉はそこを通るのが好きであつた。何気なしにそこを通り水車小屋に近づくと、不思議に犬が何匹も集まつてゐた。そして水車小屋の中にも、犬が十数匹居ることに気がついた。どうした事だらうと思つて戸を開けて見ると、これは驚いた。一人の猿廻しが猿を抱いて地べたの上に蓆を敷いて寝ころんでゐた。彼の周囲には大犬小犬合計九匹の小動物が、円陣を作つて彼を温めてゐた。

『こんな所で寝ちやいかんぢやないか！』

さう言つたけれども、その男は別に答へもしなかつた。大きな目を見張つて、唯嘉吉の顔を見詰めてゐた。嘉吉も彼の顔を注意して凝視した。顔は口髯や頬髯で半分はかくれてゐた。然し色は白く、何所となしに非常に高尚な様子がほの見えるのであつた。額は広く目はぱつちり開き、何所となしに仙人らしい面影があつた。着物は印袢纏を幾枚も重ね、その上に袷の筒袖を着てゐた。猿は彼の懐に抱かれていかにも安心してゐるかの如く眠つてゐた。九匹の犬は大きいのもあれば小さいのもあつた。一番大きいものは土佐犬であらう。小牛ほど大きいのが一つゐた。其奴は背の方に蹲り、嘉吉の這入つて来たのを見て唸つてゐた。猿の傍にはちつさい真黒のポインター種が、猿と仲よく一緒になつてゐた。足もとの所には斑犬とセツター種の二匹が前肢をたて丶、駒犬のやうに番をしてゐた。赤犬は枕もとに、白犬は土佐犬の彼方に、それにブルドツクが一匹遠くの隅つこで小便をひつてゐた。尻尾の短い雑仕と純日本種の駒犬が臼のぐるりをくるくるる廻つてゐた。

猿廻しは米俵を枕に、相変らず眠りつゞけて、起き上がらうともしなかつた。で無口の嘉吉は、山中の伐木小屋の習慣も知つてゐたので、彼を無理に起こさうともしなかつた。却つて『こんなところで寝てはいかないぢやないか』と言うたことを恥ぢだ。彼は臼の周囲を手箒ではききよめ、糯米のはいつた四斗俵を臼にあけ、水車を仕掛けて、コトコトそれをつき始めた。まだ太陽は出なかつた。表には一面霧がかゝり、霧の間に杉やブナの大木がぼかされて見え、海抜二千尺の高原の美が此の上もなく印象的に見えた。霜柱が一寸も地面より上に突き出し、鋸の歯を立てたやうに水銀色に光つてゐた。水車小屋の持主はまだ出て来なかつた。深山で一人ぼつちの生活を、ちつさい時から住み慣らした彼には、淋しい所で一人仕事することには慣れてゐた。次から次へ四斗俵を震ひ、藁の間に残つてゐる米粒をとほしの中に彼は寄せ集めた。

ものの小一時間を経つたと思ふ頃、猿廻しが起きて来た。彼は、表の小溝に顔を洗ひに行つた。小猿がちやんと肩に乗つてゐる。九匹の犬がぞろぞろその後から追いて行く、その犬が主人公のする通り、或る者は小溝に口を突き込んで、水を飲むものもあれば、或者は草叢の間を駆け廻り、或者は杉の幹に小便をひつかけ、或者は、も一つの鼻先へ、自分の鼻を持つて行き『機嫌は善いか』と尋ねてゐるやうであつた。或者は又、小道の側で糞をして出発の用意を整へてゐるかのやうであつた。まるで兵営に起床ラツパが鳴つた後、兵隊さんが、銘々勝手に行動してゐる様にも等しかつた。

嘉吉は俵を振ふ手を休めて猿廻しの一行のすることを見てゐた。顔を蒟蒻色をしたタオルで拭いた後、東に向いて合掌し、暫くの間神様を拝んでゐた。その時猿は背中に喰ひ付いてゐた。その儘彼は何処かへ行くかと思つてゐると、また水車小屋に引返して来た。まだ小屋には、大きな風呂敷に包んだ小さな柳行李が置かれてあつた。

猿廻しの風変りな生活に非常な刺戟を受けた嘉吉は例を破つて、こちらから口を切つた。

『寒くて睡られんぢやらうな?』

『いやのう。いや……のう。犬と一緒に寝ると、蒲団着て寝るよりずつと暖かいよ』

猿が背中から嘉吉の顔を見詰めてゐる。百舌鳥が裏の柿の木の上で、大きな声で啼いてゐる。

『おつさん、あなたはいつもこんなにして野宿してるんかい？　あなたの国は何所ですかい？』

『わしや生れは石川県ぢやがなあ、山が好きでのう、犬と猿とをつれて、かうしてうろついてゐますのぢや』

『ぢや、いつもそんなにして諸国を廻つてるんですか？』

『まあさうですなあ』

『蒲団がなくとも、こんな所に寝て寒くはありませんか』

『あなたもやつて見なさい。そらあ、犬をからだのぐるりに置き、ちつさい奴を二三匹身体の上に乗せて寝ると、炬燵に這入つたやうに気持がいゝですね』

さう言つて、猿廻しは微笑をもらした。それを聞いで嘉吉も大きな声で笑つた。

『然し、いゝ考へぢやなあ』

『山の中ではなあ、折々狼が出たり熊が出るので、犬をつれてゆくと猛獣にでくはしても大丈夫だし、坂路は引つ張り上げて呉れるし、此の斑は中々よく曳く力をもつてるからなあ、山回りにはもつて来いぢや、夜は蒲団の代りになつて呉れるしさあ、人間のやうに悪口は言はんし、旅してれば食物には困らんしなあ、何……他所のうちの残飯を貰つてやりさへすればいゝんだから、九匹をつても、十匹をつても、養ふことには少しも困りやしませんよ。……然し、あなたは此所で一人ですか、少し手伝ひませうか？　私は別に旅を急いでゐる訳でもないし、暢気にかうやつて山の中をうろついて居ればそれでよいんだから半日でも一日でも手伝はさせて呉れゝばお手伝しますぜ』

嘉吉は、見付に似合はない猿廻しの親切な口振りに、多少驚かされた。三河の山奥に居る山窩(さんが)はよく里に這入つて、泥棒することで有名であるから、嘉吉も此の猿廻しが、山窩の一人だと最初の程は思つたが、獰猛な山窩としては人情味があるのに、或る種の引力を感じた。猿廻しは枕にしてゐた俵を積み重ね、そのあとを手箒で掃き道迄綺麗に掃いていつた。そして森に這入つてゆき、枯枝をへし折つて、小屋の入口でとんと火を焚き、行李の中からエナメルの茶瓶と鍋とを取り出した。

『おつさん、世帯道具一切そん中に這入つとるんぢやなあ』

冷やかし半分に嘉吉は臼の傍に立つたまゝ大声で怒鳴つた。紫の煙が勢よく立ち昇り、赤い火がすさまじく燃え始めた。

そこへ水車小屋の主人公が口に煙管をくはへながら、頬冠りした上に、鳥打帽をかぶつてやつて来た。

新しき心の七五三縄

母親のおまさは、新年に食ふ餅の心配をしてゐた。

『来年は何でもよいとしとらないと、今年のように災難が続いては家の中は真暗がりだから、一升でもよい、餅をついて、神様にお祀りしたいもんだのう』

母親の餅を搗きたいと云ふ理由は、お鏡にして祀りたいと云ふ意味であつたらしい。平素から神信心など考へたことも無い嘉吉は、鏡餅の話を聞いただけで、新年が来たやうな気持がした。母の苦労に同情した彼は、やさしい言葉で、七五三縄（しめなわ）を綯（な）うてゐた両手を休めて、母親に云うた。

『三升か五升位は搗（つ）けるだらうよ。水車で借りても、お鏡だけは作ることにしたいもんだねえ』

暮の三十日、隣の鍛冶屋では勢よく餅つく杵の音が、朝早くから隣近所の夢を破つた。いつもならば、五時過ぎに起きるおまさも、杵の音に驚いて、三時過ぎからことりことり台所を片付け始めた。働く為めに生れて来たかと思はれる程精の出るおまさは、夫の幸吉が病み付いてから一層勤勉に働き出した。彼女は、家内の者が、まだ寝てゐる中に、氏神に参拝して、夫と三番息子の泰次の病気回復の願籠をして帰るのであつた。いつも彼女は手に線香を持ち。素足になつて霜柱の立つた畔路を一目散に、

『南無秋葉山大権現、南無半僧坊大権現！』

と口吟（くちずさみ）へながら、韋駄天（いだてん）走りに坂道を駆け上つた。彼女は今日も夜明け前に跣足（はだし）の儘、神参りして来た。

餅の話を嘉吉にしたのは、神詣でから帰つて、裏口を這入つた時のことであつた。母が真剣になつてゐるこ

とを知つてゐる嘉吉は、いつも母に負けないやうに、早く起き、朝飯前に草鞋の一足位作るのが習慣になつてしまつた。今口も彼は四時過ぎ、隣の杵の音に目を醒まし、便所に行つてみると母親の姿はもう見えなかつた。それで彼も、すぐ着物を着替へ、草鞋仕事に懸つたが、まだお七五三縄を作つてゐない事に気が付いて、それを作ることにした。彼は先づ口を嗽ぎ、襟を正して新藁のすべを揃へた。壮厳の気持が、胸の底から湧いて来る。それと共に彼がまだ穢れた身であることに、後髪を引かれるやうな思ひがした。主人の金を五円盗んで来た半月前のことが、済まなく思はれ、今にも罰が当るやうに考へられてならなかつた。

『――もう罰が当つてるんだ、お父つさんが、中風に罹つたり、弟が脊髄を痛めたり、妹が指を切つたりするのは、全く俺が泥棒して来たから、さうなつたので、俺が五円の金を返して来る迄、天罰が当り続けるのだ――』

そんなに思ふと、七五三縄を綯うてゐる指そのものが、今にも癩病にかゝつて腐つてしまふかのやうに思はれたならなかった。二二日前も迷信深い母が、隣村の八卦見に見て貰つた処によると、祟りが西南の方角に当る処にあつて、その祟りを封じないと、お父つさんの病気は治らないと云ふことであつたが、母親はそれを蒲郡の自分の里に長く墓参りに行かずに放つてあるのが悪いのだといつた風にとり、嘉吉は、豊橋で金を胡麻化して来たことが祟つてゐるととつた。

隣の餅搗は迚も長く続く。羨ましい位皆元気がいゝ。それに何と云ふ差であらう。嘉吉の家は新年は明後日だと云ふその日に、まだ餅にする一升の米も見当がつかないでゐるではないか。

『――みんな俺が悪いんだ。この俺が十九にもなつて、まだこんなに不甲斐ないからだ。学問は無し、手に職はついてゐず、街に行つても善い事は覚えて来ず、その間に難癖が出来て、村の人に訊かれても、恥かしいやうな事ばかり為出かして来たから、天罰が当つたのだ。お天道様よ、心を入れ換へます。これからはどんな事があつて心悪い事は致しません。あの痛ましい弟を可愛がり、両親に孝行いたします。仮令、自分に食ふ物が無くとも、泰次には食はしてやります。こんど金が出来ましたら必ず弁償して来ますから、どうか罰を当てることだけ許して下さい』

ぼんやりそんな事を胸の中万考へながら、彼は小さい門口に付けるお七五三縄を一つ作つた。「悔改からに憚るなかれ」そんな言葉をいつか、上津具の小学校で、修身の時間に教はつたやうな気がする。扨ては、天道様も私の改心した心を御照覧ましまして、来る年は新しい福を授かるに違ひあるまい。此処に橙をつけ、此処へ白紙に炭を巻いて水引で結び付けよう。そんなことを楽しみにし乍ら、彼は根気よく戸口々々に付ける七五三縄を作つた。もう七五三縄を作るだけで、心に新年が来たやうな気がした。古い自分は、も抜の殻となつて葬り去り、暦が改まつたと共に、新しい自分に復活するのだと、彼は全く新しい希望に燃えた。鶏がくつくくつく啼き出した。雄鶏がけたゝましくこかこつこと大声に叫ぶと、母親が炊事場で炊いてゐる味噌汁の匂がぷゝんとして来る。隣では相変らず。勇ましい杵の音が鳴る。

竈の下を覗いてゐた母親が、裏の戸口の蓆の上に坐つてゐる嘉吉を、炊事場から大声で呼び掛けた。

『のう、序にのう、お米があれば搗いて貰ふといゝんだがのう。餅米の都合は出来んかいな。夜が明けたら水車の親爺さんに頼んで来るがいゝのう。三升でも四升でもいゝわいの』

さう云つてゐる処へ、隣のおかみさんがひよつくり裏口から顔を出した。

『嘉吉さん、あんたん処餅を搗かんかい？　蒸籠は温まつてゐるし湯気の具合はいゝし、お米の都合がつかなければ、家で都合つけとこか』

母親のおまさは、その声を聞いて、すぐ顔を出した。

『おかみさん、お早うございます。お言葉に甘えまして、さうさせて頂きませうかなも。夜が明けるとお米の算段がつく見当もあるのですけれども、まだ水車の親爺さんに話してないので、うちは今年買餅でもしようか、と思つたりなどしてゐたんです。お家に餅米の余分がお有りになれば三升でも四升でもお祀りにするだけの分を鏡にとらせて頂きませうかなも』

なほお七五三縄を二つ三つ作りかけてゐた嘉吉は、中途で立上り、隣に手伝ひに行くことにした、その時、彼は大きな町と違つて、小さい村の近所の交際が如何に親密なものであり、如何に美しいものであるかを沁々と感じるのであつた。然し分けても、このおかみさんは特別で、まだ二十五かそこらにしかならない若い女であつたけれども、なかなかしつかりして居り、人と違つて、精神修養を怠らず村の処女会の牛耳をとり、初めは修養団などに関係してゐたが、最近は感ずる処があつて、下津具の村野与吉と云ふキリスト教の先生の処に通ひ、日曜日には必ず、朝晩、そこへお参りに行くことを、彼はつい先達て母親から聞かされたことであつた。母親は、耶蘇教が大嫌ひであつた。その理由は至極簡単であつた。

『耶蘇になると、先祖の位牌を捨てゝしまはなければならないし、近所の交際が難しくなるから先祖の罰が当る』

と云ふのであつた。然し嘉吉にすれば、豊橋の札の辻で、よくキリスト教の路傍説教を聞いたこともあるし、豊橋には大きなキリスト教の教会堂も建つてゐるので、別に、ごく悪い宗教であるとは考へなかつた。たゞ嘉吉の家が困つてゐるのを察して、こちらが頼まない先に、言葉をかけて呉れるのだと思ふと、キリスト教の人は、親切だと思はざるを得なかつた。

愛の鏡餅

隣のおかみさんの後に従いて、鍛冶屋の裏口から台所に這入つて行くと、主人の藤太郎は三人の職人を相手にして、勢よく餅を搗いてしまつた処であつた。彼は、大きな木の臼の傍にある手桶の中に、杵を持つて行き乍ら、嘉吉を顧て云うた。

『湯気の調子が充分いゝんぢやが、あんたん処も一緒に搗きませんか』

男振りのいゝ、体格のしつかりした藤太郎が、さう云つた口許には、ある優越感が漂ようてゐた。座敷の上では、おばあさんと、手伝ひに来てゐた、向ひの酒屋のおかみさんが、一生懸命に小餅を揉んでゐた。

『うちはもう後蒸籠一つで済んでしまふんぢやが、あんたん処で搗きたければ、火を落さずに残しておくがどうでせうかな?』

藤太郎は輝かしい瞳を嘉吉の方に向けて、さう尋ねた。

『お米の余分がありますかなア』

藤太郎は、妻を顧て尋ねた。

『なア、あるんだらう、搗けた奴が』

『えゝ、有るんですよ。もう少し搗かうかと思うたんですが、旧の正月にもう一度搗いて、こんどはあられとかき餅をしておきたいと思ふものですから、四五升余分に余つて来るんです。嘉吉さん心配は御無用ですよ。お家はお父さんがあんなに休んでいらつしやるのだから、御不自由でせう。お米はいつでもいゝですから、こんど搗く時に間に合ふやうに、返して下したらいゝですよ。湯気も立つてゐるし、蒸籠もぬくもつてゐるのだから、あなたさへ善ければ搗いて差上げませうよ』

藤太郎の妻のお雪さんは、下津具から来てゐて、豊橋の実科女学校を卒業してゐるだけに、言葉も山奥の女とは違つて、歯切よく、髪の結び方まで現代風で、如何にもきびきびしてゐた。

『ではさうお願ひしませうかなも。厚釜しくてお願ひしかねますけれども、お母さんがお供への鏡餅だけは搗きたいと云つて居ますから』

『お安い御用ですよ』

三人の職人は蒸籠を蒸す釜の前で煙草を吹かしながら、夜警に出た晩の滑稽談を話してゐる。

『直ちやんがさ、大の腰抜けだらう。あそこの墓場の側に来ると、俺の処にへばり付いて来るのさ。幽霊が出ると云ふのよ』

『腰抜けだなア。ははゝゝゝ』

『あれでも、女にかけちやア、なかなか剛の者で、近頃は日進亭の仲居にうつゝを抜かしてると云ふ噂が高いなア』

餅を揉んでゐた藤太郎は、若者を顧て尋ねた。

『荒木の直さんですよ』

『え？　もうあの子がそんなになつたかね』

嘉吉は、運送屋をしてゐる荒木の直太郎と云ふ少年をよく知つてゐる。彼とは同級生で、幼い時には青瓢箪の、それは弱い子供であつた。もう女遊びをする時になつたかと思ふと、今昔の感に堪へない。蒸籠が噴いて来た。藤太郎は、上に重なつてゐる三枚の蒸籠を取除け、一等下になつてゐるものを角刈にした若衆が、臼にあけた。

『私にも少し手伝はさせて下さい』

嘉吉はさう云つて、手桶の中から一つの杵を取り出した。搗けない餅が、搗ける喜びを嘉吉はどんなに喜んだか知れない。米粒を臼の中で潰し、合図よろしく、三拍子で打つて行く勇ましさは、盆と正月が一度に来たやうな気持がした。今日まで他人の事ばかりしてゐた自分に、今年は自分の家の、自分が食ふ餅が搗けるのだと思ふと、一升の餅を搗くのも愉快でたまらなかつた。杵取りがすばしこく、水を加減して行く塩梅、暗い薄明りに、白い餅がだんだん丸くなつて行く有様は、この上なく嘉吉を楽しましめた。

『新手が加はると捗どるね』

藤太郎はさう云つた。杵の落つる度毎に、はーは、は、と二人の搗き手と、一人の杵取りが、呼吸を合せるのだつたが、その声の中に、我子の声が混ざるので、おまさは、鍛冶屋の裏口から覗きに来た。外はもう充分明け放れて、遠くの山に雪が降つてるのが、よく見えた。

『お前は、手伝はさせて頂いとるんかい？』。

『ウム、隣の姐さんが、餅を一緒に搗かしてやると云はれるので、一緒に搗かして貰つてるんぢや』

『そりや済みませんなア。毎度お世話になりますなも』

『この次から、うちの分ぢやよつてに、お阿母、お前も餅揉みにお出で』

『えらい、話が早いんぢやなア。おほゝゝ』

嘉吉の家の分にかゝる迄に、また暫く間があつた。若者の一人が犬を連れた猿廻しの話を始めた。すると、丸刈にしてゐる徴兵から帰つたばかりの甚之助と云ふ男が、感心したやうな口調で云うた。

『あれも呑気だね。あゝなれると世渡りも楽なもんぢやが、我々はなかなかあれだけ徹底出来んなア』

藤太郎はそれに合槌を打つた。

『ほんとぢやなア、甚ちやん、あんな世渡りをすれば、この世も愉快だらうなア』

藤太郎は、傍で餅を揉んでゐる嘉吉を見返つて云うた。

『近頃、あの人はよくお家に出入りしてるやうですなア、何しに来るんです？』

『お灸をするゑるのが上手で、父と弟に毎日お灸をすゑに来て呉れるんです。ほんとに風変りな人です。全く欲の無い人で、お金をあげても取らないし、たゞ犬に食はす雑魚を呉れとか、猿にやる飯を呉れとか云はれるだけで、自分の食料さへ呉れとは云はないんです。しかし、こちらが気をきかしてお膳を拵へると残さず食べて、お膳まで奇麗に押入に蔵ひ込んで、木賃宿に帰つて行くんです。あんな人こそ仙人と云ふんでせうなア』

『はあ、そりや感心ぢやなア。今日もあの人は来ますか？』

『えゝ、当分の間、父の手足が動くまで来てくれるさうです』

『ぢやア、うちのお阿母も、お灸を下して貰ふといゝなア。そんな仙人にすゑて貰ふと、よく治るだらう』

おまさは、嘉吉の妹の百合子を連れて這入つて来た。それで女手が五人になつた。狭い台所に女五人が居並んで、餅揉みを始めると頗る賑やかなものである。お雪さんは、甲斐々々しく立廻つて、もろ蓋を積上げたり、粉をみんなに分配したり、愛想よく働いてゐた。嘉吉の家の分は僅か四升五合位しか無かつたので、瞬く間に済んでしまつた。それで嘉吉は、若夫婦に厚く礼を述べ、その日は水車場へ最後の片付けに出掛けた。晩方、家に帰つてみると、母はちやんと七五三飾を了へ、お鏡を神棚に祀り、嬉しさうににこにこしてゐた。

『口はきけんけれども、餅が搗けた話をするとお父つさんも喜んでゐたやうだつたよ。来年は何でもいゝ年をとらんと、どうならんのう』

それから間もないことであつた。母は、嘉吉に
『猿廻しの処へ餅の少しでも持つて行つてあげるがいゝ。今日はどうした訳か顔を出してくれなかつたが、

風邪でもひいて寝てるのかも知れん』

そんなに注意せられたので、麦飯にめざしを添へて簡単な夕飯を済ませ、新聞紙に十ばかりの餅を包んで、村外れの木賃宿に、猿廻しを尋ねて行つた。母が心配した通り、猿廻しは風邪をひいて寝てゐた。呑気な人だけあつて、朝から何も食はずに寝てゐると云ふことであつた。新聞紙に包んだ餅を見て、大層喜んでゐた。

『明日は起きるけにな、安心しておくれ』

そんなに云ひ乍ら、煎餅布団の中で、濃い口髯を叮嚀に撫で下してゐた。

天女の途しるべ

木賃宿からの帰り途、呉服屋の北隣に、オルガンの鳴る音が聞えた。大勢の子供等が集まつて讃美歌を歌つてゐた。ふと覗いて見ると、オルガンを弾いてゐる人は、鍛冶屋のお雪さんだつた。

『成程、お雪さんは耶蘇教であつたのだ』

そんな事が思ひ出された。歌を指導してゐる人は、彼の見覚えのある村野与吉先生で、ずつと前から下津具に住んで、近村に耶蘇教を広めてゐる人だつた。もともと村の小学校の先生をしてゐたことがあつたから、津具の村で誰一人この人を知らぬ者とては無かつた。木椎頭(さいづちあたま)をした眼の丸い人で、話は冴えないひとであるが、近村で彼を尊敬せぬものは無かつた。小学校の先生になる前も寺小屋を開いて、漢文や国語の個人教授をしてゐた。村野先生は、嘉吉の父を診察してくれてゐるお医者さんの親類で、下津具で一番大きな邸を持つてゐる栗本の娘を嫁に貰つてゐた。そんな事も嘉吉はよく知つてゐる。それで耶蘇教と云へば、すぐ下津具の村野先生を思ひ出す程であつた。

賛美歌が済んで、三四十人の子供が蜘蛛の子を散らすやうに、表に出払つてしまつた。

『これから大人の話が始まりますから、表に立つてゐるお方はどうか中にお這入り下さい』

村野先生は、表に立つてゐた四五人の者に呼び掛けられた。さう云はれてみると、却つて気極(きまり)悪くなると

見えて、他の者は皆、隠れてしまつた。嘉吉も余程帰つて行かうと思つたが、その時、鍛冶屋のおかみさんが、

『嘉吉さん、あなた這入つて聴いていらつしやい』

さう声を掛けたものだから、今更帰る訳にも行かず、その儘座敷に通ることにした。そこは、呉服屋の納屋のやうになつてゐた処で嘉吉が記憶する処では、ずつと前には反物の箱や菰包みの商品が一杯詰つてゐた。それをいつの間に修繕したが、今ではちやんと、表に硝子戸を入れてキリスト教の説教所に使つてゐるのであつた。嘉吉は、上津具にこんな処が出来たことを今日の今日まで知らなかつた。

『キリスト教はなかなか盛んにやつてゐるなア。こんな山奥にまで日曜学校を開かれて、子供から耶蘇教に引き入れようと云ふんだな』

嘉吉が、座敷に上つた時の第一の感想もさうした簡単なものであつた。大人の話が始まると云ふけれども、其処に居る人は、嘉吉を入れて僅か五人しか居なかつた。村野先生と、鍛冶屋のお雪さんの外に、津具郵便局に出てゐる、女局員一人と、もう一人彼の知らない賢さうな青年だけだつた。呉服屋が貸してゐるから、奥から其処の主人公でも出て来るかと思つてゐたが、そんな気配はなかつた。

『賛美歌百八十五番をうたひませう』

甲高い声で、テーブルの前に突つ立つた村野先生は譜のつかない讃美歌をめくりながら、さう云つた。額の両側に静脈が著しく現れて、如何にも病人らしい印象を与へた。着物の上から縞の羽織をつけて、それをこよりで止めてゐた。

其処には四人しか居なかつたが、歌の声は迚も大きく、彼は全く吃驚してしまつた。

「みめぐみ　あふるゝ　イマヌエルの
　血潮のいづみに罪を洗へ
　十字架の上の　盗人すら

この泉を見て　よろこびけり」

讃美歌が済むと、聖書の朗読があつた。それが、何を意味してゐるか、嘉吉には充分理解出来なかつた。唯「心の清きものは幸ひなり、その人は神を見ることを得べければなり」と云つたやうなことが、読まれたやうに記憶した。その言葉に彼の胸は暗くなつた。嘉吉の心は汚い。それが悲しかつた。彼はかしこまつて、その続きを聞いてゐた。祈をすると云つて、村野先生は敬々しく机の隅に跪き、頭を垂れて瞑目した。嘉吉は何の事だが、さつぱり判らなかつたので眼を開いた——見てゐた。すると、傍に坐つてゐる女郵便局員も鍛冶屋の妻君も、紺絣の羽織を着た賢こさうな青年も、みな瞑目して頭を垂れてゐた。祈はこんな文句で始まつた。

『御慈愛の深い天地の父なる御神様』

その次の言葉は、嘉吉に判らなかつた。嘉吉には御慈愛といふ意味も解らなかつた。たゞ耶蘇教は、仏様を拝むのではなくて、神様を拝んでゐるのだと云ふことが解つた。祈は猶も続いた。

『——神様、我々はあなたの前に大なる罪人であります。どうぞ我々を救ひ給うて、キリストの血によつて贖ひ……』

この言葉によつて察するに、あの聖人のやうな村野先生も、矢張り何か悪い事をしたことがあるのだと嘉吉には受取れた。人間つて云ふものは見掛けによらぬものだと彼は考へた。「五円位盗むのは、さう大きな罪悪でもないらしい」。斯うも考へてみた。水力電気が電力を充分送らないものだから、廿四燭光位の電燈も五燭位にしか光らない。その上けちなことに、六畳と八畳の二間に、電燈が一つしか灯つてゐない。壁には模造紙を貼り詰めて、白くは見せてあるけれども、もともと、納屋であつたことがそれでよく判る。祈の済む前に、「アーメン」と云ふ言葉があつた。その言葉の聯想が、嘉吉には滑稽に響いた。しかし、みんなが真面目なので、彼は眼を開いたまゝ、猶も、村野先生のすることを見てゐた。讃美歌がもう一つ歌はれた。

「しづけきゆふべの　しらべによせて
　うたはせたまへ　父なる神よ」

　この歌に、嘉吉はほろりとした。この歌を聴いただけで、「キリスト教はい丶宗教だ」、訳が判らないけれども、そんな感じがした。それから村野先生のお説教が始まつた。お説教は解る処もあり、解らぬ処もあつた。まだ先刻に歌つた讃美歌の言葉が、彼の胸に新しい感興を唆つた。水車場から帰つて来る夕暮の景色、上津具へ帰る夕方、八坂神社の下を廻つて、五位鷺が信州路に飛ぶ頃、彼の疲れた身体を自宅に運ぶ、その帰り途の美しい景色が目の前に浮んだ。さてはまた、四年の間、豊橋の材木屋と、豊川の青く澄み切つた岸辺を、夕暮時に往復したその黄昏の静けさを憶ひ起すのであつた。

　村野先生は、繰返して独一無二と云ふ言葉を使はれた。それが何のことだが、彼にはさつぱり判らなかつた。それが漢語であるのか、英語であるのか、独逸語であるのか、その区別が彼にはつかなかつた。折々、天地に唯一つしかない神様といふ言葉が混つた。それで彼は、成程と感心した。キリスト教では一柱の神を拝み、それは天地至る処に隠れていらつしやると云ふことも略合点がいつた。

　村野先生はまた、外側に見える物質は、頼りにならない、みんな変つて行く。変らないのは神様だけだと、天井を見詰めながら云つた。

「それもさうだ」と嘉吉には頷かれた。村野先生は、師走の暮の感想を述べてゐられるらしい。

『新年は新しい心を持つて、神にお仕へしなければならない』。羽織の紐にしたこよりをも手でいぢり乍ら、そんな事を村野先生は、小さい声で云はれた。嘉吉はそれに大賛成であつた。今朝もお七五三縄（しめなわ）を作り乍ら、それで泣いたのだつた。

『――青年時代の誘惑が多いから、誘惑を退けなければならぬ。殊に正月は酒と女の誘惑が多いからそれに打ち勝たねばならぬ。宗教は誘惑に打ち勝つ唯一の道である』

　言葉を励まして、村野先生は特別に嘉吉を見詰め乍ら、大声でさう叫ばれた。その時、嘉吉は身慄（みぶる）ひがした。村野先生は、誘惑に勝つた一つの実例として、白隠禅師が青年時代、性慾に悩まされ仙人を訪ねて、色慾に打ち勝つた話を細かに話された。

それを聴いてゐて、嘉吉もこんな話を早く聞いて置けばよかつたと今更乍ら後悔した。之からは一生懸命に、斯ういふいゝ話を聴いて精神修養に努力しなければ、人間は馬鹿になる。成程人々が宗教に熱心になる筈だ、耶蘇教は精神を修繕する工夫なのだ。彼はその事が解つたので、嘉吉は思はず襟を正して両手で頭を撫で上げた。彼は頭を一つ振り、自分に性根を新しく入れる証拠として、両手を合掌し、村野先生が云はれる天地の神様を拝む覚悟をした。

『――天地の神様、これから私はしつかりやります。きつと今度金が出来たら、マル八へ五円を持つて行き、新しい生涯を始めます。この十二月三十一日を区切りとして、すつきり生れ変ります。来年は廿歳です。もう一人前です。今までは悪い方に向いてゐましたが、これから生れ変つて善人になります……』

嘉吉は村野先生の云ふ事がよく判つた。否、今日迄忘れてゐた村野先生が、新しい意味で彼に復活して来た。神様のことは解らないけれども、村野先生は正しい人であり、村野先生位真面目な人になれば、それでいゝといふ事が彼によく理解せられた。村にも夜警に出て、女狂ひをする青年もあれば、相当に放蕩をしてゐる若者も居るのだから、若しこの際、村野先生のやうな真面目な人に指導して貰はなければ、彼は決して善人になることは出来ないと痛切に考へた。唯一つそこに困難が横(よこたは)つてゐた。それは母の反対であつた。母は、キリスト教は西洋の宗教だから日本の国に合はないといつかも云つてゐた。然し彼は、今時そんな事を云つてゐる時期でもないし新聞で本願寺の法主の堕落してゐることや、いろいろ日本の宗教家が腐敗してゐることを報道してゐるのを見ても、今時、日本の西洋のと区別をするべきものではなく、精神修養になるなら、凡て進取的にせねばならぬことを強く考へた。

殊に、女に弱い彼は、キリスト教によつて女色に迷はぬ工夫がつけば、これ以上大きな力は無いと、新しい泉でも発見したやうに嬉しくてならなかつた。

さう思つてゐる矢先に、彼の目は傍に坐つてゐる郵便局の女事務員の美しい姿に注がれた。むらむらと浅間しい想像が、彼女に就て広がつて行く。すぐまた、豊橋で送つた彼の猥褻な日の幾ケ月の生活が、目の前に展開した。

『キリスト教は窮屈だ。女も不可ぬ、酒も不可ぬ。そんな事を云うて居れば、人生に楽しみなどはない、あまり窮屈なことを云つて居れば、こんな山奥で人間の乾物が出来てしまふ。村の青年団に混つて、女遊びをすることも愉快であるかも知れない……』

窮屈な道を歩いて、善人にならうか、楽な道を歩いて、ぼんくらで生きようか。一つの心は楽せよ、楽せよと云ひ、一つの心は善人になれ、善人になれと彼を励ました。

こんな気持で、鈍く光る電燈を見ると、半分は暗く、半分は光つてゐるやうに見えた。

その中に、村野先生の話が終つてしまつた。終の部分は殆ど聞かなかつた。それは二つの心に悩まされて、善人にならうか、楽しまうかと云ふ煩悶の中に、傍に坐つてゐる女事務員の高い油ぎつた女の香が、彼の心をかき乱したからであつた。

『俺は駄目だ、俺は山下幸吉の息子だけあつて、親爺の悪い血を承継いでゐるのだ。俺は神様に見棄てられてゐる』

冷い空気が、庭の方から這入つて来て、彼の頬ぺたを嘗めづり廻し彼の頸筋に手を入れ、折角彼が、改心しようとする気持を鈍らせるらしく考へられた。また訳の判らぬ讃美歌が一つ歌はれて何だかわからぬお祈の文句があり、「アーメン」で会は閉ぢられてしまつた。

然し、真面目に煩悶を続けた嘉吉は、その場から立上る勇気はなかつた。で、彼は其処に坐つた儘、瞑目して考へ込んでゐた。其処へ鍛冶屋のお雪さんがやつて来た。そして両手をついて、恭々しくお辞儀をし乍ら、

『よく来られましたね』

と恰で、お客様にするやうな挨拶をしてくれた。その叮嚀な言葉に彼は慄上つてしまつた。今朝は今朝で、搗けない餅を搗かして貰ひ、今は今で、こんなに親切に取扱つてくれる彼女の態度に、彼は活動写真に出て

来る、西洋の親切な貴婦人の事を思ひ出した。その時のお雪さんは、天の使の様に見えた。今日まで彼が接近した女と云ふのは、母と妹は別として、我儘であるか、虚栄心が強いか、金が欲しいか、着物が欲しいか、兎に角人間の屑のやうにのみ見えてゐた。それが隣のお雪さんの場合に於ては、天の使のやうに見えるので、全く驚嘆する外なかつた。彼女に会ふと、今迄抱いてゐた女に就ての不潔な考へがすつきり剥ぎ取られてしまつた。善人になること丶、美しい女に接近することは、決して相一致しないものでないと云ふことが、強く感じられた。

其処へまた村野先生がお辞儀に来られた。日本流に云へば、こちらからお辞儀をするのが当り前だのに、偉い先生の方から、何処の馬の骨だがわからない者に対して、恭々しく挨拶せらる丶ので、彼は全く恐縮してしまつた。

『俺のやうなものでも尊敬してくれ、認めてくれる処が何処にある』

そんな声が胸の隅つこで聞えた。

村野先生は紺絣(こんがすり)の賢こさうな青年に、彼を紹介してくれた。彼は東京の高等商船学校に行つてゐたが、肺病で、近頃村に帰つてゐる郵便局長の息子だといふことが解つた。

帰途は、お雪さんと郵便局の女事務員と、嘉吉の三人が一緒になつたが、そんな幸福な時は、嘉吉が生れてから、曾て経験しないことであつた。

『嘉吉さん、これから毎日曜にお話がありますから、聞きにいらつしやいねえ』

さうお雪さんは、呉服屋の前を通り抜ける頃、嘉吉に云うた。

無口な嘉吉は、

『はい、寄せて頂きます』

彼は叮嚀に一つお辞儀をしてさう云つた。

仙人と山の秘密

お燈明が、神棚に上つた。母は、朝の二時頃から起きて、新しい年の祝福を八百万の神様に求願してゐた。母が氏神にお詣りに行つた留守の間に、嘉吉は雑煮を煮る手筈をすつかり整へておいた。彼には、十四の時から山奥の伐木小屋で炊事をやらされた経験があるものだから、一家族位の雑煮を煮る仕事は何の苦もなく出来た。形ばかりであつたが、三方に鏡餅の一重ねと、蝦（えび）と串柿とかち栗、数の子の一袋等を買ひ整へ、店先の玄関の傍に、恭々しく屏風に囲つて据ゑてみた。すつかり新年らしくなつた。唯困つたのは、彼が着る新年の着物がなかつた。然し彼は、もう着物のことなんか苦にしてゐなかつた。三日前に、物質の世界は頻りにならぬと、村野先生に云はれた言葉が、彼の胸に応へた。彼は襤褸（ぼろ）のまゝで　心に新しい年を迎へようと思つた。朝早くから猿廻しのおぢさんが、大勢の犬と猿とを連れてやつてきた。

『おめでたう。嘉吉さん、今年も相変らず。今日は一つ儲けて来るわいな。新年は俺の掻き込み時だからのう。一緒に行かんか。お前さん太鼓叩きになつてくれ、俺がお猿を廻すから』

『暢気なことを云つてるねえ』

『いや、本当に、頼むつてよ。昨夕来て、その手筈をするつもりだつたけれど、すつかり忘れてゐたのだよ。なあに、お前さんの知つてゐる処へは行かんから、大丈夫だよ。少し遠いけれども信州の方へ寄つた奥へ行けば、お前さんの顔を知つてる人は無いだろうがな』

『俺は太鼓をよう叩かねえや』

『何でもないんだぜ。この小太鼓をさ。ことこと云はしたらいいのさ』

『まあ、お母あに訊いてみらあ』

『お母あは行けつて云ふさ。日当は二円出すよ。儲かれば、まだお礼するさ。晩に帰つて来ればいゝぢやないか。万歳に行くことに比べちや、悪くないぜ』

二人は雑炊鍋の煮えてゐる竃の前で、暢気さうに押問答してゐた。猿は、二人の間に挾まつて、人間の仲間入りしてるやうな調子で、火にあたつてゐた。

『村に愚図々々してゐて、博奕打つたり、女を相手にして暮すより猿を相手にしてみんなを喜ばせる方が、どんなに楽しいか知れないぜ。これも民衆娯楽の一つだからなア』

『それらさうだなア』

『うちに居つたつて、別に用事はないんだらう?』

『うム』

『いゝ事がある。今日一日だけでも従いてお出で、俺はお前に木を植ゑることを教へてやる。お前は材木屋だから、山を見せてやらう。まあ、ついて来いよ』

仙人のやうな顔付をした猿廻しは、その名字さへ誰にも云はないで、唯「越後、越後」と人に呼ばせてゐた。非常に風変りをしてゐる男だけに、いろいろ変つた事を知つて居り、生来親切な人だけに種々嘉吉の知らないことを知つてゐた。嘉吉はそれが聞きたかつた。で、山の事を教へてやらうと、この猿廻しが云うたので、すぐその日一日だけでも、彼に従いて行くことに決めた。母が帰つてから、妹を起し、猿廻しの越後さんを加へて、四人で新年の雑煮を頂き、嘉吉は、新年の第一日から変つた生涯に這入る覚悟をもつて、山の事を教へて貰はうと、母の許可を得て猿廻しに従いて行くことにした。越後さんの背中にも小さい行李が一つ乗つてゐた。その中から猿が首をつき出してゐた。嘉吉は、父の縞の羽織を借りて、印半纏の上に引掛け、小太鼓を肩にして、撥を二つ手に持ち、猿廻しの後から従いて行つた。手製の草鞋が、軽く白分の足にしつくり合つてゐる。下津具の家並に日の丸の国旗が出てゐた。空はからりと晴れた元日日和であつた。

山の黙示

『この辺りの山も、之でもとは海の底だつたんだぜ』

物知りの猿廻しはすたすた歩き乍ら嘉吉を顧てさう云つた。九匹の犬が後になり、先になり二人に従いて来る。小猿は脊中に止つてしよぼしよぼした目玉をぱちつかせてゐた。

『小父さん、ほんとかい？　まるで嘘のやうだなア』

『お前知らねえか。あの水車のちよつと下に沢山化石が出るのを』

『うム、あの貝の化石かい？　小父さん、成程なア。海でなければ貝は居らん筈だなア』

『だからさ、この辺りは何千万年か前に海の底であつたんさ。一体になあ、日本の陸地の半分以上は大部分海の底から上つて来たものが多いんだよ。四国中国は勿論、東北でも、三河遠江岐阜県あたりでも大部分は海に浸つてゐたんだなア。だから山の上が平たい高原になつてゐるよ。日本は高原の事をもう少し研究すれば三百万町歩や四百万町歩はまだまだ山を開くことは出来るね。岐阜県の岩村などへ行つてみろ。山が一直線になつてゐて、湖水の底であつたことかよく判るよ。国々を歩いてみると、色々面白い事が判るなア』

嘉吉は、この髯武者の老人が山の地理に就て委しいことに驚嘆させられるのであつた。

『小父さん、山には米が作れんから、高原を開いても人間は這入れんなア』

久々に家庭の重苦しい空気から解放せられた嘉吉は、のんびりした心持になつて、物知りの猿廻しに、いろいろと質問を発した。彼の平常ととつて変つて、重い唇が容易に動いた。

『そこだてよ、嘉吉さん、君なア、日本の国がなア。米ばかり作つてゐるから駄目なんだよ。日本は山と海が多いんだから、山のものと海の物を食ふ覚悟をして居りや、日本に生活難はないんだ。山にだつて食ふ物は幾らでもあるんだよ。人間つて云ふものはな。蛋白質と澱粉と、脂肪分と――つまり油ぢやなア、この三つがありさへすれば生きて行けるんぢやから、栗やどん栗やくるみ、椎茸をもう少し利用するやうにすればいゝんだ。幸ひ、日本は栗がよく出来る国なんだから、栗を作るんだなア。嘉吉さん、お前は山に長く這入つてゐたから、殖林のことは少しは知つてるだらうなア』

『いや、俺は木を伐ることは知つてるが木を植ゑることは知らねえ、小父さん、殖林つていふのは難しいんかい？』

『いや、むづかしくはないがなア、近頃の人間は木を伐り出すことだけを知つとつて、木を作ることを知らぬから駄目だよ。なア嘉吉さん。この辺りでも随分山が遊んでるだらう。少し皆が注意して木を植ゑるとい丶んだがなア。嘉吉さん、どうぢや少し木を植ゑんか？　栗は四年で大きくなるぞ。さうぢやなア、栗一本で二斗実が実るなア。一反に四十本植ゑて八石か、一反に米二石穫るより収入がい丶訳ぢやなア』

熹吉はその計算に全く吃驚（びつくり）してゐるやうな様子であつた。細い眼を瞠（みは）つて、髯武者の猿廻しの顔を覗き込み乍ら、また尋ねた。

『小父さん、そんなに栗が穫れたつて、腐らしたら仕方がないぢやないか』

『そこだつて、豚にやるのさ。栗で豚を飼つて、人間が豚を食ふのよ』

『うム。成程なア。それらい丶工夫だなア、豚が栗を食ふだらうか？』

『人間が食へるものを豚が食へないことがあるかい。昔はのう、嘉吉さん、日本人も栗を食つたんぢや、その証拠にお三方の上に乾栗（ほしぐり）が載つてゐるだらうがな。猿蟹合戦の話でも栗の話があるが、昔はみな栗を食つたもんぢや、今でも福島県の会津若松に行くと、年中栗ばかり食つてゐるよ。米より滋養分が多いんだぞ、あれで。だからさ、日本人が米ばかり食はないで、もう少し人間の食へる物を深く研究すれば、日本では困らんさ。蕎麦（そば）もなかなか、い丶んだぜ。わしは蕎麦をなア、焼いて食ふんだが、なかなか香ばしくてい丶よ』

『小父さんは何でも知つてるなア、何故そんなによく知つてるんだい？　小父さん』

『まあ尋ねてくれるなよ、わしはなア、理由があつて世を忍んでゐるので、今こんな気狂ひ染みた生活をしてゐるが、昔は実業界に雄飛した時代もあつたんぢや』

さう云つた時に、猿廻しの瞳は輝いた。

『小父さん、あんたの名前は何て云ふの？　随分長く附合ひしてるけれど、私はまだあなたの名前を知らないが、教へてくれんかい？』

嘉吉は笑ひながらさう尋ねた。その時、猿廻しは、糞をする為に遥か後方に遅れたセツター種の犬を呼ばうと、はたと立ち止り、青年でもあるかの様に、上手に口笛を吹いた。そしてにこにこしながら嘉吉の方に振り向きもしないで、快活に答へた。

『俺の名字かい？　猿廻しの角兵衛つて云ふんだよ。昔はあつたけれど今はねえんだ。またの名は神の子、天下無涯の浪人、本職は鶏飼ひ、副業は猿廻し、は、、は、、』

　猿廻しは何処となく上品な、奥深いところがあつて、如何にも気持の好ささうな笑声を洩らすのだつた。嘉吉は、猿廻しの親切を知つてゐたから、彼の性格が不思議に思へてならなかつた。半ばは彼の憧れから、半ばは彼の好奇心から、嘉吉は猿廻しの身元を訊き質さうと努力した。然しそれは凡て無効であつた。猿廻しはすぐ話を逸らしてしまつた。

『嘉吉さん、今日は根羽村へ行つて泊まらうかのう』

『それには小父さん、あまり近いでやないか。根羽迄であれば昼迄に優に着いちやふぜ』

『だからさ、昼から少し太鼓を叩いて、餅をもらつてさ、お猿さんを踊らせて、根羽の木賃宿に今晩泊らうかと思つてるんだよ』

『小父さんも随分暢気だなア』

『うム、俺は暢気ぢや、百万円儲けて百五十万円損するより、一文も儲けなくて一文も損しない方が人間らしいじやらう』

『そりやア、理窟に叶つてるなア、小父さん』

『わしはその理窟に叶つた方をやつてるんぢや』

　彼は止つた。そして電信柱の傍で、山々を眺めつ、、立小便し乍ら大声で云つた。

『嘉吉さん、これから奥へ行くと、まだ随分珍しい木があるのう、立石の杉の話を聞いたことがあるかい？　随分大きいぜ、直径二間位あるだらうなア、随分美事なものだ。信州路の遠山村へ行くと、あしこは胡桃の名所でなア、瓜を刻んで茄子を合へてもすぐ胡桃の叩いた粉をかけて出すよ。あんなに胡桃を食ふ所も少いなア、実際胡桃を食ふのはい、事つちやなア。皆もう少し胡桃を多く植ゑるとい、んぢやなア』

山には楢、欅(けやき)、やしや等の木が、まばらに生えて居て、葉の落ちた枝先が青い大空の脈絡のやうに透かして見える。余り自然美に就て感じない嘉吉も今日は特別に自然の美しさを感じるのであつた。

それから先の途を猿廻しは急いだ。それは信州境の根羽村へ昼迄に着きたいと考へたからであつた。嘉吉は三河でなくて信州であれば知つてる人も少いから猿廻しの太鼓を叩いてもよいと、快く承諾したことが、道を急ぐ理由の一つでもあつた。然し、嘉吉には一つ、猿廻しが途中で話した事の中に、疑問の言葉があつた。それは「またの名は神の子」と猿廻しが云つたことであつた。で、少し道を急ぎ出してから、話をするのに困難ではあつたが、嘉吉は歩調を合せて、猿廻しの側に寄添つて行き、彼が「またの名を神の子だ」と云つた言葉を訊き質した。その答は簡単であつた。

『嘉吉さん、天地はなア、神様で一杯なんぢや。我々の胸にも神様が住んでて下さるのだよ。そこでな、俺も神の子だと云へるんだ。有難い事ぢやないか』

たゞそれだけであつた。それで嘉吉はまた、尋ね直した。

『小父さん、耶蘇教つて云ふのは、ありやい、宗教か、悪い宗教かい?』

その問に対しても、猿廻しは至極明瞭に答へた。

『ありや、い、宗教ぢやのう。世界の人が信ずる宗教ぢや、神の愛、人の愛を教へる宗教ぢやから間違ひはないわなア、わしは八卦を見てやつて、迷うた人間には皆耶蘇教を信ずるやうに勧めてゐるんぢや、運勢の悪い人は耶蘇教を信ずるに限る。耶蘇教を信ずると妙に運勢がよくなるやうだなア』

猿廻しはある確信をもつてまた斯う云つた。

『あの耶蘇教の開祖の耶蘇と云ふ大工は偉い男ぢや、あゝ云ふ大工にならんといかん。嘉吉さん、お前も木をいぢるのが商売ぢやが、同じ木をいぢる商売なら、大工の耶蘇のやうにならんといかんぜ。若い時には間違ひが多いから取返しのつかん事が出来るからなア」

そう云つた彼は、何を感じたか、長い睫毛に涙の雫を泌じませてゐた。それを凝視し乍ら好奇心に燃えてゐる嘉吉は、更に突込んで訊いた。

『ぢやア、小父さんも耶蘇教なんかい？』

『いや、耶蘇教ではないがな、耶蘇教が好きなのぢや』

『耶蘇教が好きなら、何故信者にならないの？』

『耶蘇教になると、筮竹(ぜいちく)を捨てなくちやならんのでなア。そこだけは耶蘇教になりきれぬ処があるんぢや。わしはどうも人間の運勢つて云ふものは、ちやんと易に出て来るやうに思ふんでな、バイブルにあるやうな予言が今も出来るやうに思ふんだよ。神は人間の運命を易判断によつて示してゐられるやうに思ふんだ。その修行がしたいばかりにな、わしはこんなに苦労してるんだ』

『小父さんは何故泣いてるんだ。小父さんにも悲しい事があるんかい？』

急所を突込まれた猿廻しは、蒟蒻(こんにやく)色をした手拭を腰から放して、静かに睫毛を拭いた。

『わしはなア、お前のやうな純真無垢な青年を見ると、羨ましくて仕方がないんぢや。俺は欧州戦争の好景気時代に実業界に雄飛してしこたま儲けたんぢやが、大正九年の不景気の時、多くの銀行に迷惑をかけ、それに人間としてあるまじき色の道に迷ひ、人生を棒に振つて来た人間ぢや。今は懺悔してこんな山奥に引籠つてゐるが、お前さんのやうな青年を見る度毎に、俺のやうな失敗をさせたくないと、つい過失の事を思うて懺悔するんぢや』

さう云はれて見ると、嘉吉にも思ひ当ることがある。彼はまだ、盗んで来た五円の金を弁償してゐない。その事が思ひ出されると、胸の中は急に暗くなる。そして父の事、母の事、姉のこと、佝僂(せむし)の弟のこと、経済の立たない我家のことが、走馬燈のやうに頭の中を駆け廻る。十四五町二人は沈黙のまゝ山路を歩いた。今日に限つて、馬力車も通らず、人影も見えず、輝く太陽の下には黄いろい砂の上に落した二つの紫の影だけだつた。猿廻しと若者は自分の影を踏みつゝ、北に北に急いた。

「とことん、とことん
　とことん、とことん」

根羽村に近い鎮守の森で、猿廻しの爺さんは、嘉吉に小太鼓を叩いてみせた。嘉吉は手を持つて教へられたが、二尺以上もある竹の「ばち」が、どうしても巧いこと当らないので、業を煮やしてしまつた。幼い時、氏神の祭に、やゝ大きな小太鼓を叩いた覚えがあつたので、猿廻しの太鼓位何でもなく打てると思つて従いて来たものの、猿廻しに用ふ小太鼓は、祭の小太鼓より数等倍小さい関係でもあるか、なかなか打つことが出来なかつた。その辺りに人も居ないし、見物に来る者も無かつたので、十分間位一生懸命になつて稽古してみた。昔練習した手は恐ろしいもので、とうとう十分もやつてゐる中に、小太鼓が少し物を云ふやうになつた。

『その調子、その調子、今猿に廻はさせるからな、あんたは続けて小太破を打つてお呉れ、調子を崩さなければ、猿は非常に踊れ易いので、猿も使ふ人間もまことに仕易いんだ。うム、出来る、出来るこの調子、この調子』

「とことん、とことん
　とことん、とことん」

大きな鎮守の森の杉の大木に、小太鼓の音が反響する。それが如何にも神秘的に響いて、青空と緑の森が、物を云つてるかの如くに聞えた。自称猿廻し角兵衛の肩から、小さい猿が飛出した。そしてお婆さんのやうに腰を屈め、頸の綱を気にしながら、ひよつくりひよつくり歩き出した。社の掃き潔められた庭の上を鵜の目鷹の目、食物でも落ちてゐるかと見廻してゐる。太陽は眩いばかり照らし付け、鳥は枝先で大声に鳴いてゐる。九匹の犬は森の中を走り廻つて、面白さうに遊んでゐる。

『おい、嘉吉さん、猿に踊らせるからな。続けて、太鼓を叩いてくれよ、下稽古をしてみるよ』

猿は引寄せられて、背中の小さい行李から取出された日の丸の旗を渡された。

「今日は　めでたや
お家は　繁昌
天下泰平
日の丸　出して
今日の　この日を
祝ひませう
とことん、とことん
とことんとん」

髯の親爺は要領よく拍子をつけて、面白い唄をうたつた。猿は日の丸の旗を持つて、身体を左右に振り乍ら太鼓に合せて右左に歩き廻つた。それが如何にも滑稽だつたので、嘉吉は大声で笑つた。

『よく仕込んであるな、小父さん』

『いや、この猿は少し馬鹿なんだ。猿にも賢い奴と馬鹿な奴があつて、なかなか仕込むのはむづかしいや、この猿は肝腎な処に来ると間が抜けてしまつて、それから先が出来ないんだぜ』

『うム、そんなもんかね』

それから二人は鎮守の森を出て根羽村に這入つた。小さい町のやうになつた大通りを半ば過ぎて、とある料理屋を見付けた髯さんはつかつかとその中に這入つて行つた。猿は肩から飛下りた。家の者は猿の襲撃にどぎまぎしてゐる。然し次の瞬間に日の丸の旗が猿に渡され、小太鼓の音が表に聞えると、炬燵に這入つてゐた大勢の若い者が、奥からどやどやと出て来た。そしてみんなにこにこしてゐる。

「今年は豊年
　家は繁昌
　とことん、とことん
　　とことんとん」

あだつぽい、十八もの酌婦型の女が若者の肩に両手を掛けながら頻つて猿を見詰めてゐる。その女の手がかゝつてゐる若者は、頭を角刈にした中脊の元気さうな男であつたが、どす声で、

『おつさん、猿に舞廻はせよ』

さう云つて、五銭の白銅を座敷の真中に投出した。猿は素早くそれを拾ひ上げて、角兵衛の処に持つて行く。料理屋のお女将さんが猿の賢いのに吃驚してゐる。

『かしこい猿ぢやね』

さう云つて、おかみさんも一銭銅貨を座敷の真中に放り出した。小猿は素早くそれを掴んで口の中に入れてしまつた。奥から出て来た若者の一人が蜜柑を放り出した。猿はどうしてもそれが欲しくて仕方がない。それを角兵衛の爺さん、綱で制限して蜜柑の処まで猿をやらない。ばらばらつと村の青年達が、五銭一銭の通貨を座敷の上に放り出した。猿はそれらに眼もくれないで、蜜柑ばかり取らうともがく。大勢の者はそれを見て吹出した。

『矢張り猿は馬鹿ぢやね』

あだつぽい女給らしい女がさう云つた。猿廻しは、綱をゆるめて猿に蜜柑を取らせ、大急ぎで綱を手繰り、その蜜柑を取上げてしまつた。太鼓が鳴る。猿に神主のやうな衣裳が着せられる。烏帽子が冠らせられた。小猿はのこのこ歩き出す。並居る者はどつと笑ふ。角兵衛さんはいゝ声で斯う歌ふ。

「山家山猿
　山から来たが
　里の広いのに
　おどろいた。
　山家は狭いし
　お山は雪で
　踊る処が
　ござらぬ故に
　ここらで　ちよいと
　踊りませうか
　すつてん、すつてん
　すつてんとん」

猿は身体を酔払の男のやうに、ふらふらさせて腰に手を当てる。

『まあ、可愛いわ』

若者に手を掛けた婀娜(あだ)つぽい女がさう云ふ。

嘉吉は、皆の視線が猿に集つてゐて、自分の事に誰も気付かずに居ることを嬉しく思つた。角兵衛さんは一生懸命である。

「猿も時には
　枝から落ちる
　陸軍大将も

馬から落ちる
雲から落ちるは
粂(くめ)仙人で
首の落ちるは
失業者

すつてん、すつてん
すつてんとん」

髯さんがさう唄ふと小猿は冠をとつて、畳の上に振り落す。大勢の者はその皮肉な小猿の仕草に大声で笑ふ。

『今時のお猿さんも変つたもんぢやのう。猿廻しに失業者のことが出て来るからのう』

料理屋の主人公らしい男がさう云つて笑ふと、大勢の者がどつと笑ふ。それだけが猿の芸当であつた。畳の上に投げられた通貨は拾上げられ、猿はまた髯さんの脊中に飛乗つて、次の家に這入つて行つた。単調な山家だけあつて、一軒として猿廻しを拒絶した家は無かつた。そしてまた餅一つしか呉れない家でも、髯さんは『ありがたう』と、出て行く時には叮嚀にお辞儀をした。

『信州の山家ではなア、嘉吉さん、正月にお猿さんが来んと、一年中縁起が悪いやうに考へてゐるんでな、一軒一軒寄つて上げるのも社会奉仕なんだぜ』

髯さんはそんな事を云うた。子供が大勢ついて来た。そして皆犬が何匹も居るのに驚いてゐるらしかつた。犬が恐いので近くは寄り添うて来なかつたが、五間位離れて、ぞろぞろ数十人の子供がついて来た。三河路を出た時には晴れてゐた空が、信州に這入つてから急に曇り、細かい雪がちらちら落ちて来た。然し嘉吉は、この無邪気な猿と犬との髯さんの一行に、ある興味を感して、小太鼓を心持よく打つた。五軒十軒と打つて行く中に、だんだん上手になり、その響きに何とも云へぬ恵を感ずるやうになつて来た。貧乏も苦労も、悲しみも、罪悪も、凡てを忘れ、空気の震動と、小太鼓の胴の共鳴に、竹の「ばち」のうねりに、恍惚として無我の境を行く心持がした。杜鵑(ほととぎす)が鳴くやうな高い響きがあるかと思へば、谷底で響く川の流れのやうな音も出る。暴風雨の中で神様が何か物を云つていらつしやるやうに聞えるかと思へば、大地が裂けて、凡て地上の不浄物が大地の底に吸込まれて行くやうに聞えもした。

嘉吉は、ついて来て好かつたと思つた。それで彼は凡てを忘れ、恍惚として小太鼓を打つた。大勢の者は猿を見てゐたが、嘉吉は太鼓の上を凝視してゐた。

洞窟の午後

三日程、信州をさ迷つてゐる中に、嘉吉はほんとにいゝ学問をした。嘉吉は根羽から十二里離れた下伊那郡飯田町迄連れて行つて貰つた。そして「組合生糸」の繁昌してゐる事など聞かされて、全く感心してしまつた。村の者がみないゝ。一つの工場で協力し、一つの工場に村の娘達を集め、共栄共存の実を挙げてゐる。その実際を目の前に見て、こんなに珍しい処が、地上にもあるんだと云ふことを知り、今迄の自分の小さい量見を恥しく思つた。髭の爺さんは叮嚀(ていねい)に、新しい社会が「組合生糸」のやうな形で発展すべきものだと云ふことを叮嚀に教へてくれた。そして帰り途、あららぎ峠で、角兵衛の小父さんが一冬送つたと云ふ洞を見せて貰つた。そこには今猶、茶碗やブリキ罐がそのまゝになつてゐて、洞窟の中は少しも取乱されてなかつた。嘉吉はその洞窟を見て、何とも云へぬ崇高な、宮殿にでも這入つたかのやうな感じを与へられた。其処は樅(もみ)、黄楊(つげ)、たらの森の生ひ茂つた、谿(たに)の近くの洞窟であつたが、床も半坪許り叮嚀に作つてあるし、竈(かまど)も出来てゐた。読み古した雑誌もそこに置かれてあつたし、叮嚀に割られた薪の数十本、洞窟の入口に積上げられてあつた。

『人家には近い処で一里あるからなア。淋しいことは淋しいが人間界の厭な事を聞かんでなア、ほんとに心が澄んで来るよ、こんな処に居ると。夏になると俺はこゝに帰つて来るんぢや。去年の冬は此処があんまりいゝので、とうとう一冬送つたがな。人間つて云ふものは、簡単な暮しをすれば、どんなにでも出来るもんぢやなア、嘉吉さん、あんたも余り物理学に迷ふなよ』

嘉吉は、この実物教訓に心から感銘した。髭の爺さんは変つてゐる処があると思つたが、こゝ迄徹底してゐるとは考へてゐなかつた。その日はどんより曇つて寒かつたが、ひげさんはいつも彼等がするやうに、先づ洞窟の真中で焚火を作り、餅をその傍で焼き始めた。その餅がまた馬鹿に甘かつた。嘉吉も、一生涯こんな呑気な生活を送りたいと思ふ位であつた。彼は山の生活に馴れてゐた。然しこんな深山に一人で何年間も居ると云つたやうな、そんな徹底した生活には考へもつかなかつた。で彼は、また再び、髯さんの身の上話を聞かうと努力した。犬は古巣に帰つて喜んでゐるらしい。洞窟の周囲をはね廻つてゐる。

『小父さん。あなたは何処で商売してゐたんですか？』

餅を半分喰ひかけた髯さんは、にこにこしながら嘉吉に目を注いだ。

『嘉吉さん、誰にも云はんか？　云はなければ話してやる』

それで嘉吉は、堅く人に云はないことを契つた。

『それぢやア。身分を明すがね。わしは大阪で造船業をやつてゐたんだよ。木津川尻と云つてな戦争当時には、造船所が百四五十軒も出来、それは繁昌したもんだつた。それでわしも一時は、二三千万円儲けたがな、その時は只、物欲に迷うて、儲けた金をすつかり、芸者遊びや、妄狂ひに費してしまつて、何一つ社会にいゝ事も残さないで、したい放題悪い事をしたので「ばち」が当つたのさ。今日この頃のやうに気が付いて居れば決して大きな間違ひはしなかつだろうが、人間つて云ふのは馬鹿なもので、少しも目先が見えないから、鉄を無暗に買ひ入れて、何百万円つていふ借金はする。人様には迷惑をかける、馬鹿騒ぎした間に妻は怒つて身投げする。嘘を云つて銀行を踏み倒し、踏み倒した銀行の支店長は自殺する。その家の妻子は離散し、銀行は潰れて何千人かの預金者を私が泣かせ、ほんとに私は罪なことをして来たんだ。だから私は発心をして、お寺にでも這入らうかと思つたが、実は寺にも行つたが、あまり俗気芬々なんでな、とうとう、こんな処に来てしまつたんだよ』

さう云つて、髯の自称角兵衛さんは、膝の上に坐り込んだ小猿の頭を撫でた。

『小父さん、あなたのほんとの名は何と云ふんだい？』

『そいつだけは、訊くことをこらへてくれ、髯の角兵衛で結構だ……然しお前さんもほんとに気の毒だな、お父さんは病気だし、弟さんはあんなに脊髄が悪いし、大抵のこつちやないな、しかしお前さんは落ち着いてゐるから、何処までも落ち着いて、お父さんや弟を可愛がつてあげなさい』

さう云はれて、嘉吉はまた黙り込んでしまつた。

日はもう西に傾いて、黄金色の雲が信州高原一体の空を覆うた。洞窟の一町位下には、細い谷川が音を立てゝ流れ、山に馴れてゐる者にも、何とも云へない絶景であつた。遠くには炭焼く煙が立ち昇り、夕空に淋しい感じを与へた。それが何だか我家を連想させて、嘉吉は耐らなく母が恋しくなつた。

『――おつ母さんに孝行しよう。あれだけの煙もよう立てない、貧乏な我家に煙を立てよう。どんな細い煙でもこの二本の脛と、二本の腕で両親を養ひ、妹と弟を食はせて行かう。新年から何をしていゝかまだ仕事は決つてゐないが、この髯の仙人の落ち着きと忍耐があれば、どんな事でも出来る――』

そんな事が、夕空に立上る信州の山路の炭焼小舎の煙を眺めた時に思ひ浮んだ。で、彼は、風変りで面白いから洞窟で泊つて行けと勧められたが、母の事を思ひ出すと、ぢつとして居れなくなつたので夜徹しかゝつても、是非今夜中に、上津具まで帰つて行きたいと主張した。彼は道をよく知つてゐた。それで洞窟の入口で仙人と別れ山道を急ぐことにした。曲りくねつた山道を嘉吉は日がとつぷり暮れてから、ひとり歩いた。今迄なら、淋しいとか恐ろしいとか考へるのであるけれども、仙人と三日一緒に送つてから彼は全く生活が一変したやうに考へられ淋しいなど云ふ感じが全く無くなつてしまつた。淋しい処か、彼は暗闇を享楽した。悪鬼でも、猛獣でも、幽霊でも出て来るがいゝ、自分は仙人の云つたやうに神の子だ、その言葉が彼に強く、魂の髄まで浸み込んだ。その仙人の言葉で、今迄余り好きでなかつた隣の鍛冶屋のおかみさんの宗教が馬鹿に好きになつた。豊橋の札の辻で易者が俺の骨相を見て、きつと偉くなると云つた。俺のやうな無学の者でも何処かに取得があるのかも知れないと云つた。何処にか俺に落ち着いた処があるのかも知れない。そんな事ばかり考へて歩いてゐると、何里歩いたのかさつぱり判らない。周囲は森の立木で全く暗闇だし、道ばかりほんのり白く見えるけれども、それも夕闇で閉ざされ、闇の中を鳥が飛んでゐるやうな気持にならないでもなかつた。

淋しい、淋しい、何か悪鬼が後から追駆けて来るやうに考へられる。豊川の橋の下で見た土左衛門の顔が目の前に浮ぶ。その次の瞬間に、豊橋の遊廓で一緒になつた娼妓の顔、夢中になつた鯉釣り場の娘の顔、射的場の娘の顔、それから暮に一緒に帰つた郵便局の女事務員の顔――彼は幾つかの女の顔が別々に見えたり、また一緒になつたり、六々首の女の顔のやうに見えたり、恐ろしい幻想が彼の前に展開することを見て、物凄くなつた。前方から馬に荷を付けた馬子が、無言のまゝにやつて来る。それが大入道のやうに馬鹿に大きく見えて、また消えて行つてしまふ。仙人の洞窟から遠く離れて行くと共に、俗界の気持が彼の胸に甦つて来た。白粉をつけた女が恋しい、香水をつけた女に寄り添つて行きたい、悪魔の声だとそれを考へるけれども、その力が良心以上に強いことを認めざるを得ない。上津具への四里の道は全く、煉獄の道のやうであつた。

家に着いたのは十二時過であつたが、戸を叩くと、妹の百合子がすぐ起きてくれた。そして可愛い澄み切つた声で、

『お帰りなさい、兄さん』

と声をかけてくれた時に、嘉吉は煉獄の第九の門で、天の使に救上げられたやうな気持になつた。母はもう二階で寝てゐたが、寝床の中からこんな事を云うた。

『隣りのなア、おかみさんがなア、親切に正月から鍛冶屋の手伝をせいと云つてくれてゐるんだが、お前するか？　一日に一円呉れるさうな。あまり安いからみんな食へるかどうか解らんけれども、遊んでるよりましだから、お前行くか？』

嘉吉はその時考へた。

『正直にしてゐる人間には、天は決してお棄てなさらない。必ず仕事をお与へ下さる。たゞ、儲けたいと思ふから反つて仕事がないので、食ふだけのことなら、どうにか斯うにか、神様は人間を食はして下さるのだ』

そんな事を考へ乍ら、彼はそのまゝぐつすり寝込んでしまつた。

浮世百態

隣の鍛冶屋の若い衆の一人が徴兵にとられるので、その候補者を探してゐたけれども、誰も見付からないので、嘉吉にその補充をさせることに、隣のおかみさんと嘉吉の母は決めたらしかつた。嘉吉は材木のことは判つてゐたけれど、鍛冶屋のことはさつぱり判らないので、最初は躊躇した。然し彼は、この不景気時に余り無理を云へば村で仕事のない事を知つてゐたから、すぐ翌日から鍛冶屋の手伝をすることに決めた。最初えらいと思つた仕事も、存外面白かつた。熱を加へられた鉄が様々の形に変つて行くことが、彼にとつて興味深かつた。然しそれよりも嬉しかつたことは、おかみさんが親切な事だつた。主人公も物の解つた男で、親切であつたが、それにもましておかみさんは、嘉吉の家の事を種々心配してくれた。それで彼は、おかみさんに連れられて、毎日曜の晩、下津具の耶蘇教の先生の処まで、聖書の講義を聞きに行くことにした。然し、聖書の話を聞けばきく程、彼の良心は悶えた。それで彼は食ふものを減らしてもどうしても五円の金を持つて、豊橋へ返しに行かなければ良心が安らかにならないことを深く考へた。この事は、誰にも話してないことだつた。母も父も勿論弟も妹も村の人達も誰も知らなかつた。然し、いつかは豊橋からそれがばれてしまつて、彼は立つ瀬がなくなりはしまいかと、非常に不安に思つた。

然し彼の兄貴株に当る忠吉といふ男は、酒の好きな、そして頗る猥褻な男であつた。汚い画を沢山持ち、毎晩のやうに料理屋へ遊びに行き、カフエーの女のことを如何にも面白さうに話した。最初金を貰つた一月十四日の晩であつた。彼は母に依頼して、その金の中五円だけを豊橋の材木屋に持つて行きたかつた。彼は余程、ほんとの話を母に打明けようと努力してみた。然し胸の秘密を打開ける勇気はなかつた。で、躊躇してゐた。すると母はその金を持つて、米を買うてしまつた。その晩であつた。忠吉は、嘉吉を村の料理屋に連れて行くと云つてきかなかつた。

日進亭には村の青年が十四五人も寄つてゐた。中には酌婦の肩に抱付いて、ひそひそ話してゐる者もあつた。若い美しい女が五人程ゐた。そこは鍛冶屋のおかみさんが連れて行つてくれるやうな世界と全く違つて、根羽で見た料理屋によく似てゐたが、それよりもずつと淫蕩な空気が湛うてゐた。若い嘉吉の胸は燃えた。女を抱き〆めるやうなそんな自由な気持になつてみたいとも考へないこともなかつた。忠吉はすぐ二階に上つた。そして仲居のお竹と云ふのに酒を持つて来させた。お竹は寒いのに袷（あわせ）の着物一枚で辛抱してゐるやうな、おやつしの好きな女であつた。あまり美しい顔立はしてゐなかつたが、東京浅草のカフエーの女給をしてゐたとかで垢抜けがしてゐた。忠吉はお竹と二人で撮つた写真を大事にして持つてゐた位、相当にお竹には打ち込んでゐた。お竹は嘉吉に盃を勧めたけれども、嘉吉はその瞬間、父の若い時の放蕩生活を目の前に浮べて、盃を受取る気がしなかつた。嘘を云うては悪いと思つたが、彼は腹が痛いと称して、自分の家に逃げ帰つて来た。すると母は、二階座敷でひとり喜んで、はしやいでゐる処であつた。どうしたのだと訊いてみると、

『隣のおかみさんの胆入りで無尽頼母子の講が立つて、うちが子になつてよ、百円のお金がたゞで頂けたんだよ。ほんとにありかたい事でないか、お前、お礼に行つて来てお呉れよ。ほんとにあの人は偉い人ぢや、これでうちも助かつた。来年はお前も兵隊に行かなくちやならんし、どうしようかと思つてゐたら隣のおかみさんは親切だから、荒物屋の資本金にするやうにと云つて、五円の頼母子をさ二十本立てゝくれたのさ。ほんとにあの人は観音さんのやうな人ぢや』

さう云つて、母は父の枕許で五円札を二十枚、読み返しながら涙を流した。

父の病気は重かつた。その上喘息と腎臓炎を併発してゐるため一睡もしない夜がしばしばあつた。然し、気丈夫な父は小言一つ云はず、凡てを辛抱して行く姿が脇で見てゐる嘉吉には、いぢらしく思はれた。

弟の泰次は、父の傍に寝てゐた。

不思議なことに、身長が一ケ月許りの間に一尺位縮まつた。真面目な母さへ毎日蒲団を開けては、苦笑を洩すのであつた。

『こんな不思議な病気を私は聞いたことがない、之も何処かの神様が触つて居るのだから天罰が我が家に当つたんぢやから』

問はず語りに、母は同じ事を毎日繰り返した。二人の病室は半二階の六畳であつた。そこには三尺の窓が南に向いて開いてゐるだけではあつたが太陽はよく差し込んだ。

嘉吉は不自由な父を慰めようと隣の仕事場に働きに出掛ける僅かの時間を利用して、父に新聞を読んできかせた。

父は若い時に、暫くの間俳優をしてゐた経験がある為めにか小説が大好きであつた。嘉吉はどちらかと云へば、小説は好きでなかつた。然し父の為めだと思つて、名古屋新聞の連載小説を二つとも読んできかせた。

晩の五時過、嘉吉は疲れた身体を休める暇もなく、すぐ父のために小説を読みに掛つた。荒木又右衛門、唐犬権兵衛、岩見重太郎等々手当り次第に読ませられたが、嘉吉も文字を覚えるので学校に行くやうなつもりで、毎晩講談本を読んだ。短い小説は大抵一晩で読み切り、厚いものは二晩で読み切つてしまつた。母も昼の重い嘉吉が、よく辛抱して、何時間も何時間も読み続けることが出来るものだと云つて不思議に思ふ位であつた。

短い冬の日は早く暮れ、来る日も来る日も単調な鍛冶屋の槌の音と、変つて行く講談小説の同じやうな性格に、一月、二月も過ぎ去つてしまつた。母が、

『蒲郡の里のお父つあんの三年忌だから、嘉吉が行くか、自分が行くかしなければ、支障があると悪いから』

と云ふので、海岸の村里のことを久し振りに思ひ浮べてみた。

細眼の内裏雛（だいりびな）

三月三日のことだつた。ぼんやり嘉吉が家に帰つてみると、二階の上り段の傍に雛壇が飾られ燭台に蝋燭の灯が、明々と点いてゐたので、嘉吉は、貧しくとも家はいゝ処だと思つた。父の命令通り貸本屋に走つて行つて、片桐且元、左甚五郎の二冊を借りて来たが、台所の隅つこで、母が涙を前掛の端で拭いてゐるのを見た。

『おつ母さん、何を泣いてるの？』

母はすぐには答へなかつた。暫く沈黙した後、涙を飲み込んで、次のやうに答へた。

『今日なア、嘉吉、雛飾りをしてて思ひ出したんだがなア、家にこんなに不幸の続くのは、矢張り私が悪いのや、娘を身売りに出したのが、先祖のお位牌に崇つてゐるのぢや、わしは此の頃毎晩のやうに朝鮮に売られてゐるおあさと名古屋にゐるおゆきさんの幽霊ばかり見てなア、泰次の身体の縮まつて行くのも娘を身売りに出しも天罰が当つたやうに思はれて、良心の責苦にあつて辛うて辛うて、この儘一そ地獄へでも落ちた方が楽なやうな気がしてならないのよ。悪い事はしちやならないもんぢやなア』

『おつ母さん、まあさう思ひ込まなくともいゝよ、待てば海路の日和と云ふことがあるから、辛抱して待つて居りや、必ず楽になる時が来るから、今暫くの間辛抱して、余り泣かないで、運を天に任せてやりませう』

『然し、嘉吉、あの泰次の病気はどうしたもんだらうなア。毎日身体が小さくなつて行くが、ありやまたどういふ病気だらうなア』

さう云ひ乍ら真面目な母はまた苦笑した。苦境のどん底にも笑ひは残されてゐる。嘉吉も母の泣き笑ひに釣り込まれて苦笑を洩らした。

『面白い病気やなア、頭だけは小さくならんのだね。身体がまるで赤ん坊のやうに縮まつて行くが、何処まで縮まるかね、神様も冗談なさるね』

母はまた嘉吉の神様は冗談なさると云ふことを聞いて笑つた。嘉吉は母を台所に残して、二階に上らうと階段の途中まで上つた時、彼は母の身の上のことを思うて、暗がりの中でさめざめと泣いた。実際母は世にも珍らしい生一本な正直な女であつた。朝は四時からもう起きて働き、手がすいてゐると、すぐに内職の蚕棚を編み、晩遅く迄手仕事をするか内職をするか、彼女の手の休んでゐる時を見たことがないのであつた。その勤勉さに刺戟せられて、嘉吉も自然親思ひとなり親孝行をせねばならぬと云ふ気になつたのだつた。

嘉吉は、長く両親と離れてゐた為に、親の有難味と云ふものを、あまり思つたことは無かつたが、家に帰つてみて母親の有難味をつくづくと感じるのであつた。見上げると、二階の雛壇の明しが微かに見える。あの雛壇がおあさとおゆきの為に思ひ出の雛壇だと思ふと、母の心床しい親切さが身に沁みた。嘉吉は、階段の途中で腰を下し神様が一日も早く、おあさとおゆきさんの二人を母の懐に送り帰して下さいと祈るのであつた。百合子は母に似て、非常におとなしい児であつた。学校もよく出来、内職もよく手伝ひ、毎日十銭位の収益はビールの菰（こも）を編むだけで儲けた。

雛壇の前には百合子が一人坐つて、鈍い蝋燭の光で、内裏雛の細い眼を一生懸命に凝視してゐた。

春は帰つて来た

高原に春が帰つて来た。水は温み、氷柱は融け落ち、小鳥は朝早くから、森の梢で大声に囀る時が来た。

長い冬籠りの淋しい数ケ月も、お粥を啜りつゝ嘉吉の一家族五人は兎に角過ごすことが出来た。この間に嘉吉の得た大きな利益は、父に毎朝毎晩読んであげる講談本によつて文字を知つたこと、、人情や歴史に詳しくなつたことであつた。幸ひにも、鍛冶屋のおかみさんは毎日曜日に下津具の耶蘇教の講義所へ嘉吉を伴つてくれたので、彼の聖書に就ての知識もうんと進んだ。

村野先生は、彼の幼い時の小学校の先生でもあるし、山奥で誰一人知らない者の無い程徳望の高い人であるだけに、母も嘉吉が、村野先生の処に行くことを反対はしなかつた。村野先生は漢学の先生であるだけに、聖書の講義も漢学を教へるやうに教へてくれた。下津具の教会と云つても、別に教会が建つてゐる訳ではなく、村野先生の私宅をそのまゝ教会に使用してゐた。村野先生の奥様と云ふのが、また馬鹿に親切な人で、嘉吉の来るのを心から喜んでくれた。

村野先生は血続から云へば、この村野家へ養子に来たのであつた。上津具の医者の栗本先生と村野先生の奥様とは従姉妹同志だつた。村野家は下津具の旧家で、本宅は堂々たる構へを持つた家であつた。村野家に集まる人々は、殆ど数へる程しか無く、村野の本家と、村野の親類で川下に住んでゐた、同姓の農家へ養子に来てゐる男、それから上津具から鍛冶屋の一家族が通うて来るだけのことであつた。然しこれだけの家族は殆ど間違ひなく毎日曜の晩に集まつた。村野先生が、耶蘇教になつた動機は非常に簡単で、全く書物の感化であると云うて差支ないだろう。明治十八九年頃、三河の岡崎に、米国宣教師、エス・ピー・フルトンの開いた小さい塾があつた。村野先生は其処へ英語を習ひに行つて、耶蘇教になつたのであつた。それから、村野先生は山の中に引込んで、半分自給の伝道を始めた。村野先生が草鞋（わらじば）穿きで、田口岩村方面まで伝道説教に出掛けられるのは毎月のことであつた。

嘉吉はそんなに旧い時から津具村にキリスト教が入つてゐることを全く知らなかつた。こんないゝ宗教が何故早く日本に伝播しないかと云ふことを、自分乍ら不思議に思ふ程であつた。然らばと云つて彼自身大声で、路傍説教する元気はなかつた。否それ処ではない自分の母や自分の父に、この尊い教を知らせる工夫すら、彼はよう考へ付かなかつた。彼は自分の行為によつて、父母に神の教を知らせる外、途はないと考へた。

村の小さい教会への往帰りに、嘉吉の気にかゝることは、マル八の店で胡麻化した五円の金であつた。この五月もし三河の蒲郡（がまごおり）に出るやうなことがあれば、必ずマル八の店に廻つて、その金を弁償して来たいと彼は考へてゐた。

杜鵑（ほととぎす）の雄叫

新緑の萌え立つ深い森に、三河の名物の杜鵑が、血を喀くやうな大声で鳴き始めた。実際、下津具の椋の林で幾十羽の杜鵑が声を揃へて鳴く光景は、日本の何処でも聞けない壮烈なものであつた。その杜鵑が鳴き出して間のないころであつた。母のまさは何処から工面して来たか。嘉吉に十円の金を渡し、四月の初めから縫うてゐた上下揃ひの綿大島の羽織と袷せを嘉吉に着せ、自分の父の三年忌にお参りに出さうと云ふのであつた。

嘉吉に貯へと云ふものはなかつた。彼は家の貧乏を知つてゐたから、一厘の金でも隠すことをしなかつた。彼はこんどこそはマル八へ支払ふべき五円の金が欲しかつた。十円の中から工夫すれば出ないことは無かつた。然し、それは無理であつた。彼はそれを母から要求する元気がなかつた。それで鍛冶屋の主人公に男らしく口を切つた。それは彼が着物を着換へて今出発すると云ふ間際のことであつた。鍛冶屋の主人公は裏口で顔を洗つてゐた。嘉吉は脚絆に草鞋穿で、新調の綿大島の裾を端折り、腰を引からげて勇ましく山を下らうとする装立をしてゐた。

『大将、まことに済みませんがなア、今日私はこれから豊橋に出ようと思ふですが、前に居つた家に五円ばかり借財があるので、それを返して来たいと思ふのです。前借さして下さらないでせうか。月賦にでもして下されば毎月払つて行きますから』

彼が男らしく出たものだから、鍛冶屋の主人公も、すぐ男らしくそれを引き受けてくれた。彼は奥へ這入るなり、五円紙幣を箪笥から掴み出し、物も云はないで、それを嘉吉に渡した。嘉吉はそれを神の助けと小踊りして感謝した。その日、彼が蒲郡に着いたのは晩の八時頃であつた。停車場を下りて海岸に行き、海岸を伝うて、余り広くもない道を東へ八町位行くと、府相村があつた。宵の口だつた為か、あちらにも此方にも、まだ機屋は起きてゐた。村の最も賑やかな半鐘の立つてゐる処から南に折れて、道の二町も行くと、島村と云ふ漁師の家があつた。その家を通り抜けて、矢張り同姓の島村と云ふ船大工の家があつた。この家が母の兄に当る者の家であつた。親類とは云へ、生れてから訪問したこともなければ、会つたこともない人々であつた。家は実に小さく、三河の山奥の広い農家を見つけてゐる嘉吉にとつては、凡てが玩具のやうに見えた。親類とは云へ、生れてから訪問したこともなければ、会つたこともない人々である為に、最初の程は先方も全く見当が付かない様子であつた。然し事情を話し、山奥から持つて来た菓子折を出すと、伯父は初めて合点して呉れたやうだつた。伯父の妻に当る人は、芝居を観に行つたとかで居らなかつた。

『そこに芝居小屋があつただらうがな、停車場から降りて東へ曲つてから一町も行かない処にさ。あちらへ今夜行つてんのよ。蒲郡の芝居は安いからなア。十銭も出したら一晩観られるのよ、あんたも今夜観て来んか。今からだつたら五銭で観られるよ』

芝居で思ひ出したのに、嘉吉の母が父と一緒になるやうになつた、抑々の動機は、父が俳優として蒲郡の劇場に来てゐた為であつたと云ふことである。その劇場が今猶続いてゐるかと思ふと、嘉吉は何とも云へない気持がした。一体三河は、三河万歳の発祥地だけあつて、非常に俳優の多い処である。

それで、農家の忙しい時は、劇場は暇で、多くの俳優は失業状態に陥り、自分の故郷に引き上げて、農業をしてゐるものが決して尠い数ではない。嘉吉の父なども、若い時はこの種類の暢気（のんき）な旅芸人であつた。今でも斯うした生活を送つてゐる旅芸人の数は、三河の各地で決して少い数ではない。俳優が多い為に、俳優の受取る賃銀も実に僅かであり、殆ど食へない程度のものだつた。

嘉吉の伯父はしきつて、劇場に行くことを勧めたが、嘉吉は疲れもしてゐたので、その晩すぐ寝さしてくれと頼んだ。

『ぢやあ、風呂にでも一緒に行かうか』

さう云つて、嘉吉は銭湯に連れて行かれた。さつき通つた村の最も賑やかな火の見台のすぐ北側に銭湯があつた。そこは男湯も女湯も満員で、賑やかなことは到底話にはならなかつた。男湯と女湯の境と云ふものは殆ど体裁ばかりで、男湯からも女湯からも両方の様子がまる見えであつた。

女湯に這入つてゐた客の大部分は、年若い機織女工であつた。皆はち切れさうな肉付のいゝ廿歳前後の身体の持主で、揃うておめかしをしてゐた。男湯に入つてゐた多くの者は、大抵沖へ出る漁師仲間の若い青年であつた。その青年等はたぎり立つ血潮も押へられないで、猥褻な話で持ちきつてゐた。三河の山奥で澄切つた五月の空に杜鵑の声を聞いてゐた嘉吉の耳は、全く想像もつかない、けがらはしい会話が聞えるので、清くなりたいと思つた嘉吉の心は著しく緊張を破られたやうに思はれてならなかつた。

『お花さん、表で待つておいでよ』

湯槽の中で廿歳位の青年が大声で、女湯に浸つてゐるお客を呼んだ。女湯男湯両方から汲むやうになつてゐる水槽の脇で青年男女が陣どつて、媾曳（あいびき）の相談をしてゐる。湯槽に浸つてゐる伯父は、村の青年と新造船の設計に就て話込んでゐた。

『こんど出来る友さんの船は大分調子がよささうだぜ、あいつに十一間の帆を捲いて遠州灘を走つたら、一時間に十五浬は大丈夫だらうなア』

『そんなに走らなくとも、十一浬（ノット）や十二浬は出るなア、そこら辺りに通うてゐる汽船よりはずつと早いぞ』

青年の一人は伯父の力量を激賞した。

『定さの造つた船はみな足が早いなア、三谷で造つた船と大分調子が違ふよ』

さう云はれて伯父は大分得意らしい。

『毎年篠島でやるあの競走で、わしの船はいつも一等をとつてゐたからなア、わしの造る船足の速いことだけは威張ることが出来るだらうなア、しあさつても篠島であるんぢやが、みんなで見に行かうか。どうぢや、嘉吉さん、あんたもいゝ時に来たなア、伯父さんの造つた船で帆掛競走でも見に行かんかい、そりや迚（とて）も面白いぜ、知多半島からも渥美半島からも、みんな競走に集まつて来るんぢやからなア、あんな面白いことはちよつと無いよ』

伯父は親切に、嘉吉にさう云つてくれたけれども、彼は山奥に棄てゝある父のことが気にかゝつて「うム」とはすぐ返事が出来なかつた。返事しない代りに彼は湯桶に一杯湯を湛へて伯父にさゝげ、黙つて伯父の背中を擦り始めた。

『こりやいかん、こりやいかん、お客さんにこすつて貰ふと罰が当る』

さうは云つたものゝ、伯父は非常に満足さうに微笑を洩らした。伯父が入換つて嘉吉の背中を擦らうとした時に、嘉吉はすばしこく湯ぶねの中に飛込んだ。

『すばしこい奴やなア、来年が徴兵かな』

干潮満潮

翌朝、空は誂へ向きのやうによく晴れてゐた。彼が顔を洗はうと思つて裏口に出て見ると、伯父の定吉は、もう疾つくに浜に出て、新造船の進水式の準備をしてゐた。母も勤勉家と思つたが母の兄も非常に勤勉家であるのに、嘉吉は驚いた。

『嘉吉よ、もう二三時間するとな、この船が下りるんぢや、この船は朝鮮の元山沖へ廻されて、遠洋漁業に使ふんぢやが、恰好よく出来ただろう。お前も船大工にならんか、津具の山奥に引籠つてゐたつて仕方がないから船でも造る稽古せいよ』

さう云はれてみると、伯父のやうな仕事は実に有意義な仕事だと思はざるを得なかつた。やがて、船主がやつて来る。初栄丸と染抜いた赤い旗や青い旗が、艫にも舳先にも打ち立てられる。一本の高い舳によつたマストには、満艦飾が張り廻らされる。

五月の空は東に太陽が昇ると共に水晶のやうに澄み切つて、海の色と空の色の間に区別が付かぬ程、朗かに見えた。楠の茂つた弁天島が手近に見え、潮干から帰つて来た村の娘が海岸伝ひに、二組三組こちらにやつて来る。対岸の片の原は薄靄に包まれて、打瀬から帰つて来る大きな帆掛船が、居睡るやうに浮んでゐた。

『もう二三時間すると満潮だからなア。船はそれ迄に降りるやうな準備せんといかんからなア』

潮がだんだん満ちて来た。嘉吉が要領のいゝ伯母に呼び込まれて、茶漬けを食はうと思つて家に這入ると、裏で大勢のものが鬨の声を挙げてゐる。障子を開けて覗いてみると、初栄丸の新造披露で餅撒きが始まつたのだつた。村の機織女工や漁に出る若い者がきやつきやつと云つて餅を拾つてゐた。

潮はますます満ちて来た。朝起きたときに見えてゐた弁天島への浅瀬が全く水の中に没してしまつた。干上つてゐた幾十艘かの漁師の船はみな水に浮き上つた。

『おい、嘉吉、進水式ぢや、進水式ぢや』

伯父は浜から嘉吉を呼んだ。朝飯を済ませて、訊かれる儘に家の様子を伯母に話してゐた嘉吉は、慌て、表に飛び出した。その時、伯父が今や最後に残つた突張りを打払はうとする瞬間であつた。花火が一発、勢ひよくずどんと上つた。その瞬間に、伯父の持つてゐた槌が左右に振られた。支柱が倒れた。家のやうに大きな長さ十五間もあらうと思われる船が、まるで玩具を水に浮かばせるやうな調子でするすると海の中へ辷り込んだ。餅を拾つてゐた連中は万歳を叫ぶ。岸に立つてゐた機織女工も一斉に万歳を声の続く限り怒鳴つた。伯父は、海岸に突立つた儘万歳も云はないで、船の辷り落ちて行く様子を見詰めてゐた。その仕事に忠実な態度が、母とよく似てゐるのを見て、嘉吉は伯父に対する尊敬が一層増した。

法事と云ふのはほんの形ばかりで、その日の午後三時頃から行はれた。村の大師講の人々が十四五人やつて来て、卅三ケ所の御詠歌をあげる。お寺の坊さんがやつて来て、何やら訳の解らぬことをくどくど云うてゐたが、その後みんなが膳に坐り、晩の五時頃にはもう早や済んでゐた。信心深い母は、これだけのことに気が掛つて、わざわざ三河の山奥から嘉吉を代拝に寄越したのであつた。しかし嘉吉としては、変つた海岸の風俗を見て、この上なく愉快に感じた。何だか明るい世界が、山奥の陰気な貧乏な世界の外にあることを考へた。で、彼は伯父が云ふ儘に、なほ二日止つて篠島の帆前船競走に行つてみようと云ふ気になつた。

魂の狭き門

翌日彼は朝早く汽車に乗つて豊橋に行き、マル八商店の主人公に面会する決心をした。僅かであつたが、豊橋の停車場で一円足らずの菓子折を買ひ、それを風呂敷に包んで、彼は豊川べりをマル八商店へ急いだ。店には例の意地の悪い年寄の番頭がせつせと横帳に筆で、何かしきりに記入してゐた。

『お久しうございます』

さう云つて、彼が這入つて行つたけれども、番頭は横柄な顔をして一言も答へなかつた。そこには蒲郡の海岸で見るような漁師の群の温かさはなかつた。それでも嘉吉は馬鹿叮嚀に腰を低くし、上り框に両手をついて四角張つてお辞儀をした。すると、番頭は、

『あゝ、誰かと思つたら嘉吉さんか。久し振りぢやなア、まあお上り』

それだけ云つてくれたが、何か忙しいことがあると見えて、相も変らず算盤を持つてぱちぱちやつてゐた。その時、嘉吉は初めて昔の自分を思ひ出した。彼が何遍も何遍もこの番頭に嘘を付いた去年の秋のことを思ひ出さずには居れなかつた。嘉吉が黙つて庭に立つてゐると、番頭は頭を上げて尋ねた。

『嘉吉、何か特別に用事があるか？』

『はい、御主人は御宅でせうか？』

『居つたやうだぜ、さうださうだ、嘉吉さん、あなたまだ荷物を放つてあるな、もう家に来ないんなら持つてお帰んなさいよ』

さう云ひながら番頭は、主人公を呼びに奥へ這入つて行つた。すぐ奥から主人公が出て来た。主人と云ふのは、写真で見る勝海舟を思はせるやうな、小柄な人で、まことにやさしい上品な人だつた。

『お、嘉吉さん、暫くですね。いつ豊橋に来たんです？　さあお入り』

さう云つて主人公は遠慮する嘉吉を無理矢理に奥の間に通した。嘉吉は敬々しく、懐からハンカチに捲い

た五円の包みを取出し、もう切り出さうか、もう切り出さうかと様子を窺つてゐたが、なかなかその時が来なかつた。主人公は次から次へ嘉吉の家の様子や、自分の一家族の商況を尋ねたり物語つたりなどして、嘉吉が切り出す時期を与へてくれなかつた。十分間位、嘉吉はもぢもぢしてゐたが、話が杜切れたので、

『時に旦那様』

と、彼は切り出した。

『昨年はどうも』

毎晩父に読んで上げてゐた講談本もどきの光景が彼の前に現れてならなかつた。

『本日、お宅へ推参いたしましたのは、余の儀でもございませんで、実はお詫びに参つたのでございます』

『お詫び？　そりや何ぢやね』

『実はお宅で御厄介になつてゐる際、箱屋からとつて帰る勘定を五円ばかり胡麻化しまして、その儘隠して偽つて居りましたが、どうも良心に責められて苦しうございますので、本日そのお金を弁償させて頂かうと思つて参つたやうな次第でございます』

嘉吉は両手を畳の上につき、顔もよう上げないで、大体にそれだけのことを告白した。

『ふム、そんな事があつたかなア。まあ調べてみるよ』

主人は番頭の正吉を呼んだ。

『おい、箱屋から材木代五円取り立てずに放つたらかしておいたことがあるかい？』

『そんな事はございませんでせうな。えらい小さい金でございますなア』

『な、嘉吉は五円の金を胡麻化しをしてゐたから、弁済すると云つて持つて来たんだが、こちらも忘れてゐるやうな金だから、貰ふ訳にいかんなア』

さう云うて主人はどうしても五円の金をとらうとはしなかつた。それで嘉吉は泣き出しさうになつてしまつた。

『さうせられますと、私は全く穴にでも這入りたいやうな気がいたします。良心の責苦に会うて苦しんでゐ

るのですから、どうかこれだけはお納め下さいませ』

さう云ふが早いか、彼はつかつかと庭に下り、一目散に表に飛出した。そして、去年の秋、よく佇んだ材木置場の蔭に隠れて、こんどは前とは打つて変つて、神に祈をした。

『――天地の神様、私はこれから真人間になります。今迄の罪悪を全部お許し下さいまして、社会の役に立つ男になり度いと思ひます』

さう云つて天を仰ぐと、材木と材木の間に少ししか見えない天が如何にも情深く手を伸ばして、井戸の中に落ちてゐる自分を救ひ上げてくれるやうに考へられた。

『さあこれで過失の罪悪は償うた。これから人生は出直した。世の中の人がどんな悪い方向に進まうとも、自分一人だけは善い方向に出発するのだ』

斯う覚悟を決めた彼は、材木置場の間から踊り出て、一目散に豊橋停車場に駆け付けた。

夕闇の花時雨

府相の船大工の家に帰つてみると、家の中は若い娘の声で一杯になつてゐた。嘉吉が帰つて行つても、誰も立たうとはしなかつた。話は村の芝居で持ちきり、声色の上手な機織女工の一人が、花形役者の口真似をしてゐる処であつた。余り上手なので、その続きをやらさうと其処に集つた皆でおだてゝゐた。伯母には子供が無いために、村に集つて来る女工を次から次へ可愛がつて行くので、毎晩のやうに、五六人の女工が詰めかけて来るのが普通であつた。伯母が女工達に嘉吉を紹介すると、女工の一人が、

『小母さん、この人をあなたの家の後嗣にしたらいゝぢやないの、そしたら私は嫁さんに貰はれて来るよ』

さう云つたのは、眉の太い、茶褐色をした丸顔の脊の高い娘であつた。大勢の者は嘉吉が恥かしさうに座敷によう上らないのを見てまたどつと笑つた。伯母は、羞(はにか)んでゐる嘉吉を労るやうにして、

『嘉吉さん、まあお上りなさいよ、この娘たちは皆、うちの娘のやうなものですから、遠慮も何もない代り

に、みな心安い人です。あなたも仲間に這入つて、面白い話でも一つしてやんなさいよ』

生れて自分の母と妹の外は、女と云ふものに心安く話したことのない嘉吉は、こんな大勢の若い娘の間に、自分が自由に置かれる境遇に導かれようとは、今の今迄考へないことだつた。女工の中には卅を越えたと思はれる年増の女も混つてゐたが、六人来てゐた中五人迄は、廿歳前後の艶々しい血色をしてゐた。その中の二人は女工らしく、髪を蝶々髷に結ひ、あとの三人は七分三分に分けたハイカラな髪を結うてゐた。六人とも器量は相当によく、風呂上りと見えて、頬紅までさしてゐる娘まで混つてゐた。昼の疲れに、女工の多くはそこに横になり、伯母の出した塩煎餅を噛つてゐた。口真似の上手な女工は、面長の眼の丸い蝶々髷に結つた、廿歳になるやならずの一見生な娘であつた。表から風呂上りの伯父が帰つて来た。口真似の上手な女工は歌舞伎まがひで、

『御上使のお帰り』

と甲高い声で怒鳴る。若い娘がどつとみな笑ふ。滑稽な伯父は芝居でする御上使の真似をして、そこに寝転んでゐる女工達を踏付ける真似をする。すると、先刻船大工の家に嫁に来たいと云つた茶褐色の顔色をした娘が、

『よう、千両役者』

と半畳を入れる。みんなでまたどつと笑ふ。山奥で苦り切つた家庭に冬籠をしてゐた嘉吉には若々しい女の笑声に、春めいた気持がさして来るのを感ぜずには居られなかつた。嘉吉はかしこまつて、表の窓際に凭つて坐つてゐたが、伯父は冗談半分に嘉吉にからかつた。

『嘉吉よ、こん中のどれかお前の嫁に貰つてやろか。より取り一匹三銭で、いつでも売るぜ』

大勢はまたそれを聞いて笑つた。

『伯父さん、より取り一匹三銭は酷いですぜ』

口真似の上手な女がさう云つた。

『伯父さん、ほんとに私を、あなたの家の嫁にしてくれんか』

例の丸顔の女が真面目腐つた顔をしてさう云うた。

『嫁につてか。うちには息子が無いぢやないか』

『あの人をさ、養子に貰うて、わたしをあの人の嫁さんにしてくれんかい』

『さうしてやらうかなア』

伯父は何処かで一杯ひつかけて来たと見えて、酒の香をぷんぷん匂はせ乍ら、奥座敷の真中にどつと坐り、煙管に刻煙草を詰めた。

『そいつは安い御用だ。然し、この人は家に養子に来てくれるか、お前直接に交渉してみいよ、なア、芳江さん』

その娘の名は芳江と云ふのらしい。傍に聞いてゐた嘉吉は、海岸の女のあまり自由な生活に、全くど胆を抜かれてしまつた。茶褐色の女は口真似の上手な娘の足を枕に横になつてゐたが、嘉吉の方に向き直り、大声で怒鳴つた。

『ちよつとあんた、わしをお嫁さんに貰つてくれるか』

その滑稽な口調に、大勢の者はまたどつと笑つた。

『小母さん』

茶褐色の女は、また伯母さんの方に向つて尋ねた。

『あなたの甥の年は幾つぢやな』

『来年徴兵だつたなア。違つたかいな?』

伯母は嘉吉にさう尋ねた。それに対して嘉吉は沈黙して答へなかつた。伯父の定吉が代りに答へた。

『うム。来年は徴兵ぢや、芳江さんも十九ぢやつたなア、相性でいゝわ』

『ほんとに、こんな気安い家に嫁に貰はれて来るといゝなア、御飯は小母さんが炊いてくれるし、食ふ心配は小父さんがしてくれるし!』

そこまで云ふと、年増の女が、

『――若夫婦は昼まで寝てるか』

大勢の者はまたどつと笑ふ。

『然し、漁師の女房にはなるもんぢやないな。船板一枚の下は地獄だし、風がいゝと云へばすぐ漁に出るし、漁がなければ、二日も三日も食はずに居なければならないし、わしはどんなに惚れられても漁師の女房にはならんなア』

茶褐色の女は真面目腐つてさう云つてゐた。

『そんなもんでもないぜ、漁師は胆魂（きもつたま）が大きいから、百姓に貰はれて行くよりずつと気楽でいゝなア』

さう云つたのは、口真似の上手な娘であつた。

『よく云ふわ、お玉さんは新次郎さんと近頃仲が好いんだから漁師の贔屓（ひいき）するのは当り前ぢや……然し、お玉さん、新次郎は浮気な男だから、余り深入りしたらいかんぜ。あの人は今迄にでも女工を何人も騙してるんだからなア。然し小母さん、今時の男はどうしてあんなに浮気なんでせうね』

さう茶褐色の女が真面目に尋ねた。

『ほんとやなア、斯うやつて女工さんが何百人も府相の村に居るけれども、女の子は真面目な割合に男の方は浮気ぢやなア、男にもう少し、しつかりさすやうな工夫はないもんかなア』

それを聞いて、伯父の定吉は、名答を与へた。

『男にも妊娠させたらいゝのさ、さうすれば少しは真面目になるよ』

大勢はまた笑つた。それから話に花が咲き、村の男女関係が大となく小となく、皆の噂に上つた。無口な嘉吉は、膝も崩さないでその噂を一人前に聞いた。そして精神運動も、趣味の運動もなく、ただ肉欲のみに生きてゐる村の青年男女の堕落を悲しく思はされた。然しまた無邪気な、悪びれてゐないこの女工達の伸々した気持を羨ましく思はざるを得なかつた。

潮高鳴る篠島

朝の六時と云ふに、船は篠島に向けて出帆した。嘉吉は伯父の厚ぼつたい仕事着を借りて、十一人の一行に加はることになつた。船は、伯父の親類に当る島村初太郎の新造船であつた。二本の檣(マスト)に船一杯の帆を上げ、鏡のやうに滑らかな渥美湾を、篠島に向つて真一文字に走つた。渥美半島が細い眉墨をひいたやうに見え、水際立つた蟇(がま)のやうな額田半島は、たんだん小さく、地平線上に低くなつて行つた。篠島は、知多半島と渥美半島の丁度中央点に位する実に風流な一孤島であつた。昔、源頼朝も、若い時に、此処に暫くの間流されてゐたことがあるとか、無いとかで、近海を通る船で篠島のローマンスを思はない者は一人も無かつた。小さい船で往来すれば、海上十数里も離れた篠島などは、随分遠く隔つてゐるものと考へられようが、汽船よりも速く走る帆船にとつては、蒲郡から篠島迄の航海は、最も気持のいゝものゝ一つであつた。渥美湾は水も浅いためにやゝ濁つて見えるけれども、篠島まで出ると水色は太平洋の色と少しも変らず、その美しさは、何に譬へることも出来ない程だつた。船が篠島に近づくと、知多半島からも、遠くは志摩の五色湾あたりからも、今日のヨット競走に参加しようとする大きな打瀬型の帆船が、幾十となくやつて来るのが見えた。青い海原に紫水晶のやうな空がおつ被さり、鴎(かもめ)のやうに翼を張つた大型の打瀬船が、潮をかんで走つて来る勇壮な姿は、山出しの嘉吉には異様な光景であつた。

帆走会は午後の一時から始まつた。コースは二哩半の間を十艘の船が往復するのであるが、風の具合でコースを他の船にとられる関係もあり、審判官がなかなか審査に胆を砕く様子であつた。普通のボートレースなどと違つて、長さ十四五間もある大型の帆船が競走するので、大洋的な空気が競走場全体に漲つてゐた。嘉吉が乗込んでゐた愛鷹丸は第六番目の競走に加はることになつた。敵は愛知県半田町、伊勢二見ケ浦、御油三谷等の漁船ばかりであつた。十艘の船がスタートの浮標(うき)を握つて信号を待つてゐた。新次郎は舵(かじ)を持ち伯父は第一橋の帆綱を握つた。岩太郎と云ふ男が第二檣の帆綱に着いた。ヘッドの三角帆には虎吉と初太郎の息子が各々当ることになつた。信号が鳴つた。船は東北東の風を受けて韋駄天の如く走り出した。みんなよく走るので愛鷹丸は、二哩半の処に置かれた浮標を廻る迄は三番目であつた。然し、浮標を廻り、帆の方向を逆に持つて行く瞬間に、他の凡ての船を圧して一等になつた。が、新次郎の舵のとり方が少し悪かつた為に並んで走つてゐた、半田町の船のコースを僅か三十秒ばかりであつたけれども、妨ぐことになつた。決勝点に入つた時は勿論愛鷹丸は一等であつた。そして半田町の船は四等であつた。然し半田町の船はどうしても愛鷹丸が妨げたと云つて審判官に抗議を申込んだ。

『殴つちまへ』

半田町の青年の仲間は、櫂や板片を持つて、今や防波堤の上の審判官から一等賞を受けとらんとする新次郎を目がけて飛び掛つて来た。それを見た短気な伯父は、敵に負けじと伝馬の櫂を取つて防波堤に躍り上つた。

『そら喧嘩だ！』

と云ふので、狭い篠島の防波堤の上は人山を築いた。喧嘩があちらこちらで起る。何か何やらさつぱり判らない。防波堤の上から海の中に投げ込まれる者もある。何か喧嘩の主体が解らなくなつてしまつた。船から見てゐた嘉吉は、伯父が今にも半田町の青年にとつ掴へられて殴り殺されさうになつてゐるのを見た。「さては大変だ」と思つた彼は、すぐ様、船から躍り上り獲物も何も持たずに喧嘩の真中に飛込んで行つた。そして彼は大声で怒鳴つた。まづ彼は半田町の青年の持つてゐた櫂を握りメめ、相手が身動きの出来ないやうにしてゐた。

『喧嘩をよせ、喧嘩を』

喧嘩してゐたものは、彼の山出しの声を刑事の声と聞き違へたか、

『刑事だ、刑事だ』

と云ふ声が周囲に起つた。然し、半田町のもう一人の青年が打ち下した櫂の先が、運悪く嘉吉の頭の真上に落ちて来た。血がたらたらと流れた。然し嘉吉はそれにもへこまず、大声に、

『喧嘩をよせ、喧嘩をよせ！』

と呼ばはり続けた。殴つた半田町の青年は何処かに隠れてしまつた。巡査が駆け付けて来た。然しあまり怪我も大きくないので安心してゐるやうだつた。巡査は嘉吉の姓名を委しく尋ねた。そして仲裁に入つて負傷した事を聞き、気の毒がつてゐた。血がどうしても止まらない。彼は頭に手拭で繃帯した儘、交番所の近くにあつた医者の処で三針縫うて貰ふことになつた。帆走会の役員も『済まない済まない』と繰り返しつゝ、慰謝金など包んで、謝罪にやつて来た。しかし、無口な嘉吉は、一言半句苦痛を訴へないので、伯父の定吉も、嘉吉の豪胆さに舌を捲いた。帆走会はそれで後のコースを続けることが出来なかつた。愛鷹丸はすぐ負傷した嘉吉を乗せて帰路に着いた。

彼の船は、その日の競走の話よりか、嘉吉の侠気な性質をみんな舌を捲いて、噂するばかりであつた。

渥美湾の浜千鳥

波打際には、大勢の村人が、愛鷹丸を歓迎する為めに立つてゐた。帰りは風の吹き廻しが悪くて、蒲郡に着いたのは朝の七時頃であつた。岸には機織女工の芳江も、玉子も、鶴子も混つてゐた。

『小父さん、勝つたか?』

玉子は例の燥いだ調子で、船大工の島村定吉に尋ねた。

『旗を見んかい、旗を』

檣の上の優勝旗を指差し、その次の瞬間に彼は錨を下しながら大声に怒鳴つた。

澄み切つた、海潮に透明なくらげがブクブク浮いて居た。その下に「はえ」の密集部隊が屈線型にすばしこく泳いで居た。更にその下には丸い小石が寄木細工の縁に海底を彩つて居た。初夏の太陽が麗かに晴れ渡つた大空を照らし、長い檣の影が、コバルト色の海面を紫に彩つた。鴎が二羽三羽、五羽十羽、隊伍を組んで、入江の奥迄、餌を漁りに這入つて来てゐた。干潮の時とは違ひ、静かな満潮に磯辺の汚物が皆隠れ、浜は何となしに豊かに見えた。三日前に進水したばかりの初栄丸も、軽く水上に浮かんでゐた。

バッサリバッサリ、波が静かに水打際で崩れた。檣の上に優勝旗は翻り、説明しなければ凱旋将軍の得意な気持が汲み取れなかつた。

『今年も賑かだつたかい？　新次郎さ』

定さの主婦さんが舵を上げてゐた大兵の新次郎に問ひかけた。

『今年は不景気でなア、少し船の数が少かつたわい。半田の船がチヤチヤ入れやがつてなア、すんでの事にお前ンとこのお父つあんが殴られる処だつたんだ』

新次郎は主婦さんの顔をも見ないで、メーン檣の帆を手入れしながら、独言の様に答へた。

『今年も亦喧嘩があつたんか』

おかみさんは続けて尋ねた。新次郎は頬面をふくらまして低音に答へた。

『篠島の帆走会には喧嘩が附きものだからなア』

乗り込んでいつた面々は皆船を片付けるのに急がしくしてゐた。その中に唯一人、嘉吉が見えない事に気が付いた。定さのおかみさんは、大声で尋ねた。

『新次郎さ、うちのお客さんはどうしたい？』

それに対して新次郎は答へなかつた。反つて檣先で三角帆を片付けてゐた夫の定吉が彼女に答へた。

『一寸怪我したんでなア。舳で寝て居るんぢやア、うちへ帰つて床敷いとけ、頭痛がすると言うとるから、今日明日起きられんだらう。また、皆、飯食うとらんから、皆でうちに行つて食はう。茶を沸かしといて呉れ』

愛鷹丸は少し大きい為に干潮を心配して水打際から三四間離れた処で錨が下された。舳に繋いであつた、伝馬がひき寄せられ、右舷に廻された。すると定さも新次郎もしめし合せたやうに、船のハッチを潜り込み、甲板の上から姿が消えた。そして暫くして頭に繃帯を巻いた嘉吉が、狭いハッチの下から出て来た。船に居た六人の者が、皆、病人を両手で担ぎ上げ伝馬の処まで運んで来た。それが余り大袈裟なので浜に立つてゐた二三十人の見物人は顔色を変へた。然しその中でも一番顔色を変へたのは芳江であつた。彼女は小さい声で、独言を云うた。

『あア嘉吉さんが死んだやうになつてゐる、どうしたんだらうなも』

伝馬の中に嘉吉は静かに寝かされ、新次郎が艫先に、定吉は舳で櫂を左右に漕ぎ、数間離れたところを静かに進めた。

美しい波紋が模様硝子のやうに立つた。心配した芳江は、裾をめくつて伝馬のところ迄近付いた。芳江に負けじと、玉子も鶴子も、皆裾をめくつて、ヂヤブデヤブ伝馬を引き寄せる為め水の中に這入つていつた。

大勢の村人は、病人を見ようと、伝馬の前に塊(かたま)つてしまつた。定さのおかみさんは岸に躍り上つて行つた。嘉吉は眼をつぶつたまゝ開かうとはしなかつた。

『小父さん、嘉吉さは大丈夫？　余程怪我が大きかつたやうだなも』

玉子は血の気のない、石膏の様な嘉吉の顔を見詰めてさう云つた。

『わしが櫂で突張つて居るからなア、姐御(あねご)に助けて貰つて新次郎さ、病人を家まで運んでいつてくれよう』

さう云つた定吉は、漕いでゐた櫂を抜き取つて、舳の処で船を動かぬやうに工夫した。それで新次郎は頭を持ち。芳江が足を持ち玉子と鶴子は左右から胴体を持つて、嘉吉をすぐ浜の上手に建つてゐる、定吉の家に運び入れた。そこにはおかみさんが床を敷いて待つてゐた。

天井の節穴、障子の桟

篠島の喧嘩の噂は、すぐ村全体に知れ渡つた。新次郎が半鐘の下の駄菓子屋で物語つたその日の勝利と喧嘩の話が、それからそれに伝はつて、嘉吉は村の噂で忽ち仁侠者にされてしまつた。その話が十幾つかある織場の隅から隅まで広まつた。そして昼休みには、数十人の女工が定さの表座敷の障子に大きな穴をあけて、村の英雄の寝姿を覗かうと大騒ぎまで演じた。さうなると妙なもので、芳江や玉子や鶴子など、定さの家を自分の巣のやうに考へてゐる女工連は、他の女工に対する面目上、村の英雄に肩入れしなければいけないやうになつてしまつた。

その日の朝、嘉吉を伝馬から定さの家まで担ぎ込んだ後、三人の女工はひと先づ、自分の属する織場に帰つて行つたが、村の人気が嘉吉に集つてから、三人は云ひ合せたやうに仕事を休んで嘉吉の看護に尽すことになつた。その中でも芳江が殊に熱心であつた。彼女は余り豊かでない蝦蟇口から大枚三十銭の金を放り出して、餅菓子を買うて来たり、二十銭出して林檎を手に入れたり、ひとり思ひ詰めて、ひとりでやきもきしてゐる様子であつた。玉子と鶴子もそれに負けないつもりか、煎餅を買つて来たり、村の駄菓子屋から花瓶を借りて来て、島村の本家の庭に咲いてゐた椿の花を活けたり、それはそれは大変な騒ぎになつてしまつた。周囲の者が騒いでゐる割合に、嘉吉はいつもの癖が出て、殆ど一言も物を云はなかつた。

気の張つてゐた時にはそれ程でもなかつた嘉吉の傷も、一晩船に揺られて発熱してからは、一入重態に傾く様になつた。はげしく発熱して、だんまりの嘉吉は一層だんまりになつてしまつた。芳江は定さのおかみさんに教へられて大急ぎで、蒲郡の氷屋まで馬穴を持つて走つて行つた。医者がやつて来た。丹毒にならなければよいがと心配さうに云つた。熱が四十度を二分も越えてゐた。二日の間、嘉吉は何も食はなかつた。頭痛が激しい為に、床の中で夜通し転がつた。然し幸ひにも、嘉吉が神と云ふことを山奥で少し学んでゐたばかりに、その苦痛の真最中でも、床の上に端坐して、神に絶対の信頼をうちかけ、無念無想の境域に、自分の魂を置くことに努力することが出来た。

夜の一時二時頃には、けたゝましい梭の音も聞えず、漁師の網干す唄も絶え、たゞ静かに岸辺を洗ふ波の音と、府相の小山に松風が靡いてゐる音だけが聞えた。不思議なもので、祈つてゐる時だけは苦痛が忘れられた。で、彼は、時によると、氷嚢を外して二十分も三十分も神に任せきつた気持で、静坐することもあつた。そんな事が三晩も続いたが、四日目から不思議に熱が醒め、傷口は忘れたやうに痛みが止つた。

それからの床の中の四日間は、非常に愉快な日であつた。篠島に一緒に行つた船友達は勿論のこと、村の青年団の有志家が代る代るに慰問に来てくれた。また、芳江を初め、玉子や鶴子の外に暫く顔を見せなかつた花子も、友達数人を引連れて見舞に来てくれた。毎晩、狭い家はクラブのやうに賑つた。海の話、機屋の話、芝居の話、そして女の話が面白く語られて、半漁村、半機業の村の生活が、無邪気な物語の中に織込まれた。

黙つて聞いてゐた嘉吉は、山奥に帰り度くないやうに思つた。実際暗い山奥の生活に比べて、海岸の生活がどんなにか豊かで、どんなにか自由であることを考へさせられたのであつた。然し又、中風の父や、身体が縮まつて行く弟の事や、娼妓に売られてゐる二人の姉や、岐阜の傘屋に奉公してゐる弟のこと、可愛い妹の百合子のこと、観音さんのやうに美しい心を持つてゐる、あの窶れて行く母のことを思へば、自由な海岸より生活の苦しい山奥に帰つて、どうしても一家を支へなければならぬことを、つくづくと考へさせられるのであつた。

明日あたりは起きてもいゝだらうと云はれた日の朝のことであつた。伯父の定吉は初栄丸の艤装に朝早くから出掛け、伯母も買物に出て家をあけてゐた。静かになつた部屋の中でぼんやり、天井の節穴や障子の桟を眺めてゐた嘉吉は、突然裏口から芳江が這入つて来たのに驚かされた。

鶺鴒の水汲み

芳江は病気になつた最初の晩から、殆ど碌々仕事にも行かないで伯母の手伝をしてゐたが、『あまりうちにばかり来てゐると、給料日に渡される金が少いから少し機を織つておいでよ』と、伯母が彼女に注意してから、間々に工場に通うてゐるやうであつたが、それも二三時間とは長く続かなかつた。すぐまた嘉吉の傍にやつて来て、氷を割つたり、病人の食ふ粥を炊いたり、医者の処に薬を貰ひに行つたり、嘉吉が最初芳江に会つた晩、冗談のやうに云うてゐたその言葉を真面目に実行した。それで嘉吉は彼女の熱烈な行為に感謝と感激を持たないでもなかつたが、多少薄気味悪くも感じた。

今日も芳江は、紺の筒袖の上つ張りを着て、髪を七分三分に分け茶褐色の顔に薄化粧さへしてゐた。彼女は徹底的に嘉吉に親切であつた。然し嘉吉は、女に対して一種の恐怖心を持つてゐた。それは今若し彼に女との関係が出来たなら、彼の一族が全く破滅に陥ると云ふことを考へてゐたからであつた。然し、嘉吉とても男である以上、異性の親切と友情に心が動かされない訳ではなかつた。村の青年団の武骨な若者が、一時間喋つて行つてくれるより、芳江や玉子が十分間彼の枕許で沈黙した儘坐つてゐてくれた方が遥かに嬉しかつた。彼はこんな事も考へた。性の問題を抜きにして男と女が、もう少し愉快に交際の出来るやうな時代が来れば、どんなに世界は美しくなるだらうと。

そして彼はまたこんな事をも考へてみた。男と女が男同志のやうに自由に一緒に寝床にも入り、一緒に風呂にも入り、一緒に相撲もすれば、自由に散歩もする。そんな時が早く来ればい丶と思つた。それに日本では、あまりに男と女の距離が距り過ぎてゐて、気の合つた男女が性の問題を離れて一緒に散歩をしたり、相撲をとつたり一緒に遊んだりすることを何だか特別に怪しからぬことのやうに思うてゐる。さうした悪びれた考へが全く無くなつて、男同志にい丶友達があるやうに、男と女の異つた性の間に、仲の好い友人が沢山出来てもよささうなものだとも考へた。

彼はそれを初め、彼の空想であらうかとも疑つてみた。然し彼は彼の考へが間違つてゐるとはどうしても思はなかつた。伝馬から彼を担ぎ出してくれた三人の女性を彼は一生の友達の中に数へたかつた。いやまだもう一人あつた。それは上津具の郵便局の女事務員村瀬たか子であつた。この人とは余り言葉を交したことはないけれども信仰の友人として尊敬出来るやうに思われた。彼は然し純情な気持で、女性を尊敬することが出来ない心境になつてゐることを自ら悲しんだ。

彼は、豊橋でもう異性を充分知つてゐた。そしてその悪い印象が無邪気な娘を見る度毎に彼の胸に甦つた。つまり彼は無邪気な気持で、可愛い娘達を眺めることが出来なかつた。半年前に女を金銭で持遊んだ邪淫な気持が、悪魔のやうに彼の胸にしがみ付いてゐた。で、少しも罪のない娘達を眺める時でも、まつさきに浮んで来る感覚は、恐ろしい自ら蔑むやうな本能そのものであつた。山奥に帰つて彼の心持は、多少浄化されたやうであつたけれども、まだまだ若い青春の血が、聖い神のやうな憧れを跳ね飛ばして、機会さへあればすぐ、彼を悪魔の子に化するやうに見えた。

　殊に芳江のやうな、自由な感情で愛せられてみると、彼女を持遊んでみたい気持が激しく胸の底に湧いた。然し物を云ふことに臆病な嘉吉は、幸ひにもその感情を言葉の上に表はすことを慎しむことが出来た。

　女と云ふのは妙なもので、大勢一塊に眺める時には、愛らしいとも、美しいとも感じない者でも、一人だけ選び出して静かなバックの前に据ゑると、彼女の欠点も、醜い処もすつかり省かれ、美しい点のみが拡大されるものである。玉子の傍に置くと、芳江も美しくは見えなかつた。玉子は色白の一重瞼であるけれども、何処となしに人好きのする輪廓を持つてゐた。けれども、芳江は日に焼けたやうな皮膚をして、極美しいとは思へなかつた。然し、眼だけを見れば、何とも云へない愛らしい涼しいものを持つてゐた。その白球（しろめ）は水色に彩られ、物思ひに沈んでゐる時など、黒球（くろめ）が上瞼に半分隠れて、美しい表情をすることがあり、嘉吉のやうな山出しの男には珍しい程、魅惑される処があつた。然し、何よりも嘉吉にとつて嬉しかつたことは芳江に職業的な媚諂（こびへつらい）のなかつたことであつた。豊橋の札木の娘達、殊に射的場の娘や、鯉釣場の娘には職業的な所があつた。勿論、遊廓の女には毒々しい、人を馬鹿にするやうな処があつた。それに反し、芳江を初め、定さの家に遊びに来る娘達は、みな天真爛漫で、譬へてみれば、一寸触るとすぐ散る芍薬の花辯のやうな感じが、与へられた。繕ろふ所もなければ、隠し立てする処もなかつた。棘もなければ毒つ気も含んでゐなかつた。家のことも心配しなければ、貧乏も苦にしなかつた。彼女達は貧乏には余りに馴れ過ぎてゐた。その馴れ切つた窮乏の中で、彼女達は最も無邪気な親切さと、愛と、幸福の道を辯へてゐるやうに思はれた。唯一言、嘉吉にとつて不満な点は、彼女達が宇宙の神に就て何等知識がなく、眼の先の愛の外、深い十字架の愛を意識してゐないことであつた。僅か半年であつたけれども彼が山奥に帰つてから、少しでも宇宙の神と、その犠牲愛が、十字架の苦痛を貫いて、人間に黙示せられてゐると云ふことを学んでからと云ふものは、彼の人生観が全く変つたやうに思はれた。

　それ迄彼は「人生観」と云ふ言葉さへ知らなかつた。ところが今ではむづかしい話がよく判るやうになり、宗教や哲学といふ言葉がや丶理解されるやうに思へた。ところが、芳江やその若い女友達は斯うした深い人生の意義を味はつてゐないから、まだまだ野獣のやうな処があると思はれて、物足りなく受け取られた。

然し理窟を抜きにして、若い娘に可愛がつて貰ふことは全く悪い気持のするものでもなかつた。それが嫌ひな女に接近せられるのであれば、顔も隠したいのであるけれども、どちらかと云へば、六分位好きで、四分位恐い気持ちの這入つた女であるだけに、嘉吉は言葉を交すにも余程注意した。芳江はほんとに気の付く娘であつた。彼女のする事を見てゐると、定さのおかみさんの残して行つた雑仕などは、片つ端から自分の家の仕事のやうに、どしどし片付けて行つた。さうした処は教へられないで、キリストの心持を実行してゐた。伯母はそこが好きで、芳江をほんとに我子のやうに可愛がつてゐた。

家が狭いので、表に寝てゐても、炊事場の様子がよく見えた。裏口から這入つて来た芳江は、まつすぐに病人の処にはやつて来ないで、すぐ流し場の方にそびれて行つてしまつた。嘉吉としては芳江にあんまり接近せられることが恐ろしくはあつたけれども、彼女と二人だけになつて、泌々と甘い恋愛ごつこをしてみたいと云ふ遊戯的な気分が、少からず動いてゐた。伯父夫婦は居らないし、近所は静かだし、こんなよい機会がないとも思へた。それで、芳江が、飽気なく炊事場の方へ逸れて行つたことを本意なく思つた。

——芳江はあんなに熱烈に世話して呉れたけれど、恋愛にまで熟してゐないかも知れない。織場まで休んで通うて来てくれたその熱烈さに、何か含んだ処があるに違ひない。その胸の中が聞きたい、それを聞かしてくれるのは、斯うした瞬間の外、もう時はない——

彼はいら立たしく、そんなにも考へた。然し芳江は、二人になると却つて落ち付き払つて、なかなか炊事場から動かうとはしなかつた。茶腕やお膳をみな片付け、一々押入や水屋に蔵ひ、流し場を綺麗に洗ひ、おまけに表から水まで汲んで来て、流し場の傍の水甕一杯に満たした。それは恰も、嘉吉の居ることを忘れてしまつてゐるかのやうであつた。その間少くも半時間も経つだろう。嘉吉は静かにこそ寝て居れ、芳江の態度を泣き出したい程、不満に感じた。その癖、彼は芳江を一生の妻として愛して行き度いと云ふ気は少しもなかつた。余り深入りしないやうに、甘い蜜だけ吸うてみたい。然しまた余り飽つ気なくもなく、甘い甘いキッス位で打切り、彼女の胸も痛まず、自分も魂に傷つけないで、家計にも触らず自分の出世にも邪魔にならず、恰度いゝ具合に、余興になる程度で、人生の春を面白く愉快に送りたい。

この程度で、適度の恋愛に陥り、自分の神聖な宗教的憧れも害しないで、また彼女の処女性も蹂躙せず、余り評判も立てられないで恰度よい処で止めておき、得ばかりあつて少しも損をしない甘い場面に酔うてみたいと、そんな事を彼は、炊事場の傍で、いつも嘉吉には脊中ばかり向けて立つてゐる芳江を見詰めながら考へてゐた。

嘉吉の心配してゐることは、表から人の這入つて来ることであつた。若しも誰か、例へば犬一匹でも這入つて来ては、この絶好の機会を失つてしまふのだと思つてゐた。然し彼は余り芳江がそ知らぬ振りをしてゐるので、もうしびれを切らしてしまつて、彼女の事を思はない決心をつけ顔を反対の方向に向け、眼を閉ぢて、仮令(かりに)彼女がやつて来ても、そ知らぬ振りをしようと思つて済まし込んでゐた。すると、突然彼の頭の上に手を置く者があつた。勿論彼は、それが芳江であることを察した。然し彼はわざと眼を開かなかつた。

『もう今日は熱がありませぬねえ』

さう独言を云つた声はたしかに芳江であつた。然し彼は心の中でわざと冷淡に装ふ事を決心してゐたから、芳江が延ばした手を堅く掴へて接吻したかつたけれども、わざと知らぬ顔をしてゐた。すると芳江は、至極落ち着いた声で、

『嘉吉さん、長く寝てゐて身体が痛いでせうね、肩でも揉みませうか?』

さう云ふが早いか、両手を床の中に入れて、肩を揉み始めた。全心的に愛してゐないとは云へ多少なりとも想つてゐる、いや瞬間的には恋愛の対象にしてゐる若き娘の皮膚に触れることは、彼にとつてどれだけの衝撃であつたらう。彼は、肩から冷水を被つたやうに慄へ上つた。然し嘉吉はその柔かい女の両手を追払ふ勇気は持たなかつた。沈黙の儘、彼はいろんな事を想像しつゝ、芳江のするがまゝ気に任しておいた。嘉吉としては、若い娘に肩を揉んで貰ふと云ふやうな事は、生れて初めてのことであつた。然し、彼は、芳江がそんなに親切にする動機を勇敢に尋ねる元気を持たなかつた。それが恋愛であるか唯普通の親切であるか、それが知りたかつた。嘉吉は、最初の晩の事もあるものだから、それを全く恋愛ととつた。然し嘉吉としては

斯うした行為以上にある何か彼女の告白が聞きたかつた。冗談半分でない、二人でゐる時に、心から底からの彼女の打明話が知りたかつた。何処に彼のやうな醜い男に見込を付ける理由があるか。貧乏な、材木屋の番頭から鍛冶屋の槌振りに早変りした世界の悪太、文字も知らない無学な小僧、物も碌々よう云はない卑怯者、その男の何処に見込をつけて彼女が接近して来るか、それが聞きたかつた。

然しまた、彼はこんなにも考へた。女工の間で色男を作ることが或名誉に考へられ、男を愚弄し、男を持遊んでおいて途中で突放し、そして痛快がる意志が彼女にあるんではなからうか。多くの女工の間では、男恋しさにそんな事を為兼（しかね）まじい者もあらうと、邪推もしてみた。

芳江は相変らずで肩を揉み続ける。肩を揉むのは余り上手でない。然し若い女に触れて貰ふことその事が、何だか嬉しくて耐らない。それで、くすぐつたくはあるし、余程断らうかと思つたけれども、何処まで芳江がそれを続けるか、勝手に止めるまで放つといてみようと、黙つて揉むに任せておいた。

表に足音がする。それでも芳江は平気で揉んでゐた。

『おや、小母さんは居ないの？』

その声は鶴子であつた。

『あなた揉んで上げてゐるの？　少し代りませうか？』

さう云つて鶴子は、つかつかと床の傍までやつて来た。鶴子は今年廿二で、芳江より年は三つも上だつた。身の丈は五尺四寸位あつて、女工の中では一番脊が高かつた。玉子のやうに美人ではなかつたけれども、芳江に比べて血色は良かつた。家は相当にしてゐるとかで、もう近い中に嫁に行かなければならぬのだと云ふ事も、伯母が云うてゐた。それで嘉吉は、鶴子に接近することを最も遠慮した。

『按摩つて、本式にやればむづかしいんでせうね。私は肩だけなら揉めるけれど、外の処はどんな風に揉んでいゝのか判りやしないわ』

鶴子は、嘉吉の着てゐる布団の上に坐り乍ら、語をつゞけた。彼女の重みが布団を通して彼の身体に感ぜられた。芳江は、返事もしないで揉み続けた。

『ねえ、ちよいと、新次郎さのおかみさんは、昨夜里へ帰つたんだつてね。玉子さんの事が問題になつてるんだつて』

鶴子は新しいニユースのやうに、珍しげに物語つた。

『いやな人ねえ』

芳江は落ち着き払つてさう答へた。

『おかみさん、あんなに焼きもち焼かなくたつてい丶んだらうにね。玉子さんは何も深入してゐないんでせう。玉子さんが逃げてるんでせう。此処に来とれば新次郎さがひつこく寄付かないからだわねえ、此処の親爺さんは、つけつけ新次郎さの悪い処を一々云ふもんだから、余程恐がつてるのね。玉子さんのやうに美人に生れるのは随分罪ねえ』

『えつこらさ』

鶴子がさう云つてゐる処へ、伯母が買物から帰つて来た。縞の木綿の風呂敷包みに何か知ら一杯包んで、と、云ひ乍ら階段を上つて裏口から這入つて来た。彼女は、鶴子と芳江が病人の傍に坐つてゐるのを見るなり、

『お二人とも御苦労さん、ほんとに済まんねえ、家をあけまして』

彼女はさう云ひ乍ら、台所の板間に風呂敷包を置いて、流しまで行つたが、そこが美しく片付いてゐるのを見て、驚いた様子であつた。

『やあまた、娘さん達が片付けてくれたんぢやな、ほんとに有難い事つちやなア。こんない丶娘は何処から来たんぢやなア』

さう独言を云ひ乍ら、伯母は病人の処まで近付いて来た。彼女は嘉吉の足許の方に坐り、

『今日は病人さんも機嫌良ささうやなア』

さう云つて、につこりした。嘉吉も伯母の方に向き直つて、につこりした。二人がにつこりしたので、芳江も鶴子も皆につこりした。

『笑へるやうになつて結構ぢや、ありがたい、ありがたい、一時はどうなる事かと、ほんとに心配したなア。やつとこれで安心した』

麗らかな太陽が表に入つた二枚の障子をぽかぽかと照らし付けた。破れ目から、南蛮黍(きび)の伸びて行く葉先が、よく見えた。隣の屋敷で鳴く牡鶏の声が聞える。裏の大工小屋には、伯父の使つてゐる鉋(かんな)の音であらう、連続した摩擦音が徴かに聞える。芳江の塗つてゐるクリームの匂ひであらう、嘉吉の鼻には花園にでも行つたやうなゆたかな馨がして来た。

甘露の一滴

医者は二週間位すれば繃帯がとれると云つてくれたが、家のことが気にかゝるので、嘉吉は繃帯したまゝ山奥に帰らうと決心した。

それで恰度八日目に床払ひすることにした。

五月の朝は早く明けた。伯父は五時頃に起きて、六時にはもう仕事場に出る習慣を持つてゐた。嘉吉も伯父夫婦にその前にちやんと床を離れて竈(かまど)の下に火を焚き付けるのが、決つた一日の慣ひであつた。伯母も、負けまいと、夜明け前に一度身体を起してみたが、熱が激しかつた為か、ふらふらしてどうしても立上ることが出来なかつた。それでやつとのこと、伯父が仕事場に行き、伯母が水汲みに出た七時過ぎに、起きる仕度が出来た。重い頭、ふらふらする足を我慢して丈へ乍ら、余り美しくもない布団を一枚一枚揚げて行つた。大布団をめくり、その下の毛套(ケット)を畳み、敷布団を揚げてみると、その下からピンク色の封筒に「島村嘉吉様御許へ」と書いた手紙が一通出て来た。

『――自分は山下嘉吉であるのに島村嘉吉はをかしいなア。これはきつと芳江の仕業に違ひない――』

と、幸ひ、そこに誰も居ないので、急に激しく打ち出す心臓の鼓動を押へ乍ら、封を切つて読んでみた。嘉吉の驚いたことは、それが芳江の手とは思へない程上手な字で言いてあること丶、文章がすらすら淀みなく書かれてあることだつた。最初の程、彼は、それは芳江が書いたのではないだろう。誰か人に書いて貰つたのだらう、そんなにも疑つてみた。然し、その内容は、最初の晩、芳江に会つたことから始まり、確かに芳江でなければならないやうなことが書いてあつた。芳江の希望は、『一生あなたを兄様と思うてお慕ひ申しますから、一言あなたがそれを許すと云うて下さい』と云ふ程度のあまり奥深く這入つたものでもなかつた。然し読み様によると、それがまた、甘露のやうに甘い滴りをも含んでゐた。

嘉吉は、一週間も寝てゐる中に、あれ程芳江と接近する機会があつたに拘らず、殆んど一言半句もそれらしい語を発しなかつたことを今更ながら臆病であつたやうにも考へた。芳江はそれが、気だるくて斯うした手紙を書いたものらしい。さう彼は臆測をつけた。確か芳江は高等小学校を卒業してゐた。それで手紙を上手に書けるのだと気が付いた。然し嘉吉は碌々小学校も卒業してゐない。手紙の返事を書かうにも文字を充分知らない。近頃漸く父に講談本を読んであげる為に、読書の喜びを知つたばかりのことである。況んや、女に出す手紙など、今迄一度も書いたことはない。それでその手紙の端に返事を下さいと書いてあつたけれど、彼は返事を書かぬことに決心した。彼は生れて初めて、女から手紙を貰つたので、異常に昂奮して、その次の瞬間に何をしてい丶か見当が付かなかつた。彼は神と恋愛がどうしても一致出来ないやうに思へてならなかつた。ピンク色の封筒がなつかしくもあり、癪にも触つた。

『これは誘惑だ！　いやこれは天の使の仕業だ！　神を愛する者は女を愛することは出来ない、いや、そんな事は聖書の何処にも書いてない。女は汚れてゐる、いや、女は神聖だ』

『肉慾は神に叛く、いや、肉体なしに生きられないではないか。色慾をもつて女を見る者は、姦淫を犯してゐるのだ。いや、神聖な気持で女を友達として愛することは間違つてゐない。お友達として女を愛するなどいふことは嘘だ、肉慾を離れて恋愛はない。いや、魂だけで愛することが出来る。生活に困つてゐる者が、恋愛することが間違つてゐる。いや、生活が出来ないやうに、神様は我々を造つていらつしやらない筈だ』

生活の新しい経験に這入ると、新しい疑惑が胸の裡に湧いて来る。芳江が肩を揉んでくれた時でも、それ程迄に感じなかつた嘉吉も、芳江の胸の裡を少しでも聞かされて、非常に昂奮した。天井の節穴も、障子の桟も、畳も、布団も、凡てが万花鏡の硝子玉の片々のやうに見え、彼は失心する程嬉しかつた。彼は同じ手紙を顔を洗ひに行つては読み、便所に行つては読み、座敷に坐つては読み、自分で発狂してゐるのかと思ふ位読んだ。そしてその次の瞬間に、

『あゝ馬鹿臭い！　あの茶褐色の女にこんなにまで熱中しなくともよささうなものだ。こんな事では俺は迚も偉い人間にはなれない。俺は女を思つてゐる間神を忘れてゐるやうだ。女の事など断然思ひ止まらう。』

さう思ひ付いて、彼は芳江の手紙を破り捨てた。そして自然でにをかしくなる程独りで笑ひ、破つた手紙の切れつ端を継ぎ合せ。また二三度読み直して、それを叮嚀に兵児帯の中に蔵ひ込んだ。

その間、伯母は流し場で雑仕に一生懸命になつてゐた。伯母は親切に朝飯を勧めてくれたが、芳江の手紙で胸が一杯になつてゐた嘉吉は、飯も一杯しか食べなくて、その儘席を立つてしまつた。

『あまり御飯がいけんなも、うんと食はんと、傷が早く治らんよ。まだ病気のせゐで、食が進まんのぢやなも』

伯母は親切にさう云つてくれたが、それを聞いて、嘉吉はひとりでをかしかつた。伯母が半鐘の下へ買物に出た留守に、嘉吉は兵児帯の中からずたずたに破つた二枚の西洋紙の手紙をとり出し、またそれを読み直して、お櫃から飯を取り出し、叮嚀にちり紙で裏打ちをした。それが出来上つた時に、嘉吉はひとりで笑つた。裏打した手紙を叮嚀に六つに折り、懐に蔵つて、台所から表座敷に這入らうとした瞬間、裏口から芳江が這入つて来た。

今日も芳江は髪を綺麗に結ひ、薄化粧して特別に美しく見えた。芳江はにこにこしてゐた。

『小母さんは？』

『買物に行つたんでせう』

『ぢやあ、あなた一人？』

『えゝ』

さう云つた芳江は台所の上框に腰を下した。嘉吉は気まりが悪いので、台所と表座敷の敷居の上で、芳江

に顔を反け、障子の破れ目から、唐黍の葉先を見てゐた。二人の間に沈黙がつづいた。芳江は俯向いた儘、足をばたばたさせ、下駄で土べたを蹴つてゐた。女が居らないと弱い嘉吉は、女が居ると如何にも強く見せかけたかつた。彼はそ知らぬ顔をして、敷居の上に立つたまゝ、芳江の後姿を見てゐた。黒い髪の上に塗つた椿油の匂と、いつも芳江がつけてゐるクリームの香が、女らしい匂ひを漂はせた。芳江はばたばたさしてゐた足を止め、何か頻と物思ひに沈んでゐた。然し暫くして、彼女は嘉吉の方に向き直り、小さい声で尋ねた。

『あれ見てくれた？』

気まりが悪かつたので、気が付いてゐたけれど、嘉吉は尋ね直した。

『あれつて、何アに？』

『あなた床を揚げた時に何か見付からなかつた？』

『うム、あれ？』

『返事して欲しいわ』

『返事よう書かない、あなたは随分字が上手ね』

『そりや嘘』

甘つたれた口調でさう云つた芳江は、大きな眼をぎよろつと上に廻して二つの頬に靨を表し、更に語を続けた。

『わたし昨夜、夜通し寝ずよ。考へてばかり居つたの、あの返事が聞きたくてね』

嘉吉は黙り込んでしまつた。そこへ表から伯母が這入つて来た。

『芳江さん、お早う、病人もお蔭様でやつと今日は起きました。ほんとに芳江さんには今度は世話になりましたなア。この次の休みにはお寿司でも拵へるから、みんなで食べに来て貰はうかなア』

『小母さん、嘉吉さん、いつ帰るの？』

『嘉吉さんに訊いてみな』

芳江は嘉吉に向き直つてすぐに尋ねた。

『いつ帰るんです?』

嘉吉は答へなかつた。

『いやだなア、嘉吉さんはいつまでも此処に居ればいゝがなア』

『ほんとやなア、芳江さん。少しでも親しくした人は、なかなか離れるのがいやぢやなア』

然し真面目になつた芳江は、今日は冗談を云はなかつた。その儘彼女は黙つて裏口から飛び出し、生垣に沿うて、織場の方へ帰つて行くやうだつた。濃い緑の葉の間に、真赤に咲いた紅椿の花の下を紺の上つ張りを着た芳江は、うなだれた儘、すたすた北の方に小走に走つてゐた。

白い繃帯と茶褐色の顔

笛が鳴つた。汽車はもう動き出しさうになつてゐた。三等客車の窓から、嘉吉は繃帯を頭に巻いたまゝ、胸から上を突出してゐた。その下に五十を越えた眉毛の薄い、平ぺつたい顔をした脊の高い婦人と、茶褐色の顔をした涼しい眼の娘と、爪実顔をした色の白い美しい女と、脊の高い細眼の若い娘三人が見送りに来てゐた。年寄りの婦人が、嘉吉に云うた。

『またお出でよ、四月頃の潮干時が一番面白いよ、もう五月になるとなア、旧三月のやうに潮が引かんからなア、あまり面白くないよ。お嬶アによろしく云うてな。お嬶アにもちとお出でつてさう云うて――』

黙んまりの嘉吉はたゞ頷くばかりだつた。眼の涼しい茶褐色の女は、ハンカチでしきつて眼を拭いてゐた。

爪実顔の美しい顔の娘が云つた。

『嘉吉さん、ほんとにまたいらつしやいよ。お正月には来られるでせう。来なければこつちから押掛けて行きますよ。出来れば来年の正月は、七五三の中だけでもいらつしやいよ』

『けれど詰らないわ、わたし、その時は府相に居ないかも知れない』

脊の高い娘は、色の白い娘を見詰めながらさう云つた。その間も眼の涼しい茶褐色の女は、一言も云はないで、繁々ハンカチを眼に運んだ。汽車は出た。四人の女は、叮嚀にお辞儀をした。で、嘉吉もお辞儀をした。お辞儀をした瞬間に、もう汽車はプラットホームから十間も離れてゐた。

碧(あお)い豊川と暗い山家

津具の山奥への登道は、恐ろしく暗かつた。無理して家に帰つて行くものゝ、傷口が充分治つてゐない為に、当分の間労働することも出来ないと思つた。然し家に貯へがあるでもなく、その日買ふ米代にも困つてゐる昨今のことではあり、病んだ父を抱へ、身体の縮まつて行く弟を世話しながら、自分が一週間でも寝付けば、その日の暮し向きをどう立てようかと、それが気になつてならなかつた。その事情を伯父に余程打明けようと思つたが、あまり褒められたので、卑怯にもそんな事を一言もよう口に出さなかつた。

碧い豊川の流れに沿うて登れば登る程、嘉吉の胸は圧へ付けられるやうであつた。家に着いたのは晩の九時頃であつたが、母は頼母子講の花籤(くじ)を引く為に出て、家の中は森閑としてゐた。相変らず父は舌がもつれて、発音も充分出来ず、弟はますます身体が縮まつて羅漢堂の化物のやうに見えた。百合子だけは柘榴のやうな頬ぺたをして、兄の帰宅を待ち焦がれてゐた様子だつた。

『兄さんが居らないと、淋しうて淋しうて、おつ母さんは毎日泣言ばかり云うてゐたよ』

そんな報告をしながら、百合子は兄の夕飯を支度するために、目刺を焼いたり、冷めかゝつた茶釜の下に柴を燻(く)べたりして小忠実(こまめ)に動いた。嘉吉は自動車で帰ればいゝものを、五十銭の金を始末する為に四里の道を歩いたので、足が棒のやうになつてゐた。然し彼は百合子の甲斐々々しい姿を見ながら、貧乏の家に育つた小娘が、如何に柔順に成長するかを、つくづくと考へさせられてゐた。

夕飯を済ませて二階に上らうとしてゐる処へ母が帰つて来た。そして第一に訊いたことは、頭の繃帯のことであつた。口数の少い彼は、それを充分説明しなかつた。

『遊びに行つて、罰当つてなア。ちよつと怪我したんぢや』

『何処で、どうしたんぢや』

母は訝しげに、繃帯のあまり大きなのに驚いてゐる様子であつた。

『もう治つてるんぢや、心配する程の事でもないのよ、然し黴菌が這入ると悪いから繃帯だけして帰つて来たんぢや』

母はそれ以上尋ねなかつた。

『府相の方はみな達者かいな、どうぞかうぞ食へるんかいな』

その問に対して嘉吉は、新造船の進水式の話や、篠島へ遊びに行つた話を聞かせた。話が終まで済まない中に、母は思ひ出したやうに『嘉吉、また心配な事が一つ殖えたぜ。佐助がのう、監獄に入れられてんだつてよ。何でも不良少年の友達と悪い事をしたとかで、それが法律に触れて、今岐阜の刑務所に引張られてるんだつて、親方からも手紙が来るし、津具の分署の角袖（かくそで）も家にやつて来て、佐助が引張られた事が載つてゐる新聞を見せてくれたよ。年廻りが悪いつて云つたら、ほんとに今年程縁起の悪い年はないのう。貧すりや鈍すると云ふが、よくまあこんなに災難が続くもんぢやなア、今に見とつてみろよ。おゆきもおあさも善い事を知らして来やしないから』

母は座敷にも上らないで、上框に腰掛けた儘、花籤を引いて帰つた竹のざる籠（かご）を右手で、ぐるぐる廻しながら、言葉にも似合はず、晴々しい様子をして嘉吉の顔を見入つた。母は、頼母子講に行くので、久し振りに髪を撫で付け、頸筋の後れ毛を剃つたらしい。元来が色白の形の整うた顔立をしてゐるだけに、貧乏してゐるにも似合はず、何処となく引締つて見えた。娘はその遺伝でもあらう、皆十人並以上で、それが却つて祟り、父の不身持の真最中、二人まで娼妓稼ぎに出なければならないやうな破目になつた。宵の口にあげられた神棚のお燈明が、まだ三つとも明々と灯つてゐた。

『おつ母さん、佐助さんのことが出た新聞つて云ふのは何処にあるの？　見たいね』

『うム、貰つといたからいつでも見られるよ』

『何処にあるの？』

『その神棚の右側の升の下に置いておいた。百合子さん、兄さんに取つてあげなさい』

百合子は踏台を持出して、升の下の新聞を下して来た。

『序でにお燈明を消しときなさい』

命ぜられた通り百合子は升の側にあつた扇子でお燈明を一つづつ消した。嘉吉は、鈍い電燈の光で、彼より二歳上の兄に当る佐助の記事を探した。

出てる、出てる、三段抜きの大きな記事になつて、岐阜の不良少年の団体が検挙された事が出てゐる。山下佐助の名は、検挙せられた十六名の第二番目に出てゐる。検挙された理由は、婦女誘拐、金品掠奪、営業妨害等でやられてゐるらしい。不良少年の団体の名前は、黒竜団と云ひ、最近東京から落ちて来た岩波一雄といふ、私立大学出の男が団長だと書いてあつた。佐助はその副将株で、岩波の次に名前が載つてゐた。

『困つたなア』

さう云つた嘆息を洩らし乍らも、嘉吉は半年前に自分も殆どさうした境遇に陥る処であつたことを思ひ出さずには居れなかつた。彼は心の中で都会を呪うてゐた。そしてすぐ幻想は蒲郡のステーションで別れた娘達の上に拡まつて行つた。嘗て彼が聞いた村野先生の言葉に、現代文明は獣と蛇と蛙の権化であると云ふことがあつた。獣と云ふのは暴力の表象、蛇といふのは邪淫の表象、蛙といふのは偽予言者の表象を意味してゐた。村野先生は新約聖書黙示録からこの言葉を引用せられてゐたが、彼はつくづくとその真理を思はせられるのであつた。

『どうしようかなア。放つとこか。差入の一つもしてやればいいんだけれども、お前が出て行くのも大儀だらうし、またお前が度々町へ出ると、家は食へなくなるのでなア。名古屋のおゆきの処へ手紙をやつて、差入物の一つでもしてやるとい丶がなア。お前一つおゆきさんに手紙を書いてくれるか』

手紙と云ふものを余り書いたことのない嘉吉も、母の依頼に金釘流で書く元気を出した。で、彼は二階に上り、父が常に使つてゐた父の曾祖父さんのものだといふ抽出（ひきだし）の付いてゐない低い机に凭（よ）つて手紙を書き初めた。そして思つたよりもすらすら書けるのに、自分乍ら驚いた。これは平素から聖書と講談本を毎日読んでゐる加減で文字を相当に覚えた為であることを自分乍ら不思議に思つた。手紙を書き了へて郵便局に持つて行かうとしてゐると、母が、梯子段の下でまた黙つて、役場の書付のやうなものを嘉吉に渡した。

『お母さん、これ何アに？』

『徴兵検査の呼出よ。困つた事つちやが、来年お前は徴兵に行かなけりやならんのぢや、その身体だつたらどうしても掛るだらうなア。弱り目に祟り目と云ふが、星廻りが悪いと、運と云ふものはなかなか開けんもんぢやのう』

母け泣くやうに云ひ乍ら、また庭に降りて夜業の莚機(むしろばた)を織り初めた。

『晩の十一時迄こんなにして居つても、一日に四十銭儲けようと思ふとやつとぢやからのう。お前が徴兵にとられたら、うちはもう饑死せにやアならんよ』

百合子も母の傍で、ビール壜(びん)の苞(つと)を麦藁で織つてゐた。麻糸を小石で吊り、編んで行く度毎にその石を交互にはねて行く音が、木の枠にあたつて面白い音をたてた。嘉吉は、何も知らないで唯家計を助ける為に、夜遅くまで夜業をする今年十一歳の妹の指先の早く動くのを見るだけでほろりとした。彼は、眼から頬に伝うて来る涙を振払ひ乍ら、戸口を飛出して、郵便局の方に駆けて行つた。凡ては神様にお任せするより仕方がない。

『神様、兄の佐助を助けて下さい。彼が改心して、私が徴兵に行つた後、一家族を支へられますやうにして下さい』

口にこそ出さないが心の中で、走りつゝ彼は神に祈つた。彼は神がわかつた。今日この頃の煩悶が、神の解らない半年前より激しくなつたことを痛切に感じた。半年前迄、彼は二人の姉が娼妓稼ぎに出てゐることを、そんなにも恥かしい事だとは思はなかつた。然し神を知つてから後の彼の良心には、それが恐ろしく恥かしいことであることを痛感した。どうにかして二人の姉を苦界から救つてやりたいと云ふ念願が、ひとりでに彼の胸の中に湧いた。佐助の問題に就ても同様であつた。これが半年前なら、彼は少しも苦痛に感じなかつた筈だ。然し今となつては、自分が監獄に入れられるよりも悲しく思へてならなかつた。

手紙をポストに放込んで、帰つて来る道すがら、父の罪悪が今頃になつて家族全体に及ぼすその影響の大きさに身慄ひした。彼はどうにかして、佐助を救出し、彼が入営して後も、安心して勤務を終られるやうにしたいものだと、只管に心の中で祈つた。それから毎日のやうに、名古屋のおゆき姉さんからの返事を待佗びた。一週間は疾くに過ぎてしまつた。その間、嘉吉は鉄槌を振る度に眩暈がすることをも辛抱して、毎日隣の鍛冶屋へ働きに出掛けた。彼は毎朝五時には起きて、村野先生が教へてくれた通り、聖書を読み、父の眼が醒めると、新聞を読聞かせたり、手洗の水を運んだり、尽せるだけの努力に骨身を惜しまなかつた。

青春の呼吸

九日目に、嘉吉宛に二通の手紙が舞込んだ。一通は姉のおゆきからで、他の一通は細野芳江からであつた。おゆきの手紙を受取つて彼は別に驚きもしなかつたが、芳江の手紙には身慄ひを感じた。彼は蒲郡のことは蒲郡の事で済ませると思つてゐた。勿論蒲郡を立つた時の光景から判断すると、芳江が必ず後を追駆けて来るであらうといふ予測もつかないではなかつた。然し、彼は女を非常に怖れてゐた。嘉吉は、芳江のことを考へる余地も持たなかつた。病める父と、縮まつて行く弟と、娼妓に売られてゐる二人の姉と、監獄に入れられてゐる佐助の事を思ふたけで、もう充分であつた。

力一杯働いても父を喜ばすだけの金儲けさへ出来ないのだ。それに芳江でも押掛けて来ようものなら、それこそ一家は全滅しなければならない。そんなに考へた彼は、絶対に芳江の事を思ふまいと決心してゐた。勿論、青春の血に燃ゆる時ではあり、寝床に這入ると、蒲郡の珍らしい経験を幸福に思はないでもなかつたが、村野先生のことを思ひ出すと、すぐそれも立消えになつてしまつた。そんな時には神を知つた為に、情欲が楽しめなくなつたと思はないでもなかつたが、少しでも清い方に引き上げて呉れる聖書と村野先生の力を嬉しく思つた。

『邪淫の心に侵された時には真夜中でもいゝ、床の中に坐り直して神にお祈りなさい』

さう教へてくれた村野先生の教訓通り、嘉吉は煎餅布団の中で坐り直し、熱心に、邪淫の心を潔め給へと、目に見えぬ宇宙の神に祈つた。すると忽ち、彼の胸に平安が宿り、邪淫の心は何処かに消去つてしまつた。

『大勝利、大勝利、俺は聖人になれる』

心の中でさう叫び乍ら、彼は静かにまた横になつた。然し、嘉吉も男である。芳江からの手紙を手にしては、まづその方を先に開かざるを得ないやうな気がした。それは彼が男として女から受取つた二度目の手紙であつた。芳江は、思つた通り、恋に酔うてゐた。それを読んだだけで、嘉吉は鉄槌を振上げる勇気が抜けてしまふやうに感じた。然し彼はそれを二度と読まうとはしなかつた。その儘懐に入れて、姉の手紙を慌てゝ開いて見た。

姉はわざわざ名古屋から岐阜まで行つたらしい。佐助が刑務所に廻つて五日目に、未決監の接見所で会つたおゆきの感想をごく大ざつぱに書いて寄越した。それに依ると、佐助は一年か二年か刑務所に居る事を覚悟してゐるとのことであつた。然し、その手紙は佐助の事より、おゆきが自分の苦しみを訴へてゐることの方が多かつた。芸者に売られてから四年、娼妓になつてから六年にもなるのに借金が殖えるばかりで、迚も望みが無いから、自殺でもしようかと思つてゐると云ふことを、くだくだしく書いてあつた。それは忠臣蔵の七段目に、おかるの兄平右衛門が読んだやうな巻紙に書かれた長たらしいものであつた。

それを読んだ嘉吉には、日蝕と日没が一度に来たやうに思はれた。そして労働する気力も何も抜けてしまつた。勿論その手紙を母に見せる元気はなかつた。今は却つて、佐助の事よりか、姉のおゆきの事の方が気に懸るやうになつた。母に云はないでゐることも出来ないし、云へば母は悲観するだらうし、その晩仕事が済んで父の枕許に坐つた時、彼は母に手紙の内容を極簡単に話した。それを聞いた母は、黙つて表に出て行つた。母の態度が気にかゝるので、嘉吉は、そうつと抜足差足で、母の後を追つた。母は跣足になつて、氏神へお参りに行く様子だつた。それで彼も馬場先まで母の後を追つたが、一の鳥居の台石の上に腰を下し、母の帰るのを待ち侘びた。

そんな事があつてから、幾日も幾日も雨の日が続き、家の中は黴(かび)の匂で一杯になつたが、外は田植に忙しく、冬の間、黒い土の儘捨てられてあつた山田は、見る見る中に、緑色に染められた。そんな時だけは、嘉吉も、雨に濡れても可い、水田の中で大勢の村人と一緒に田植がしたかつた。然し彼にはそれが許されなかつた。毎日のやうに彼は、鉄の槌を振上げて、荷車の鉄の轍を作るのに忙しかつた。困つた事には、治りかゝつてゐた頭の傷が、少し膿み始めた。それで、仕方なしに、それ迄自分で換へてゐた繃帯を、栗本医院に行つて、換へて貰ふことにした。

栗本さんは、村野先生の妻君の兄さんだけあつて、慈善心にも富んでゐた。その為めに、待合室はいつも患者で一杯で、忙しい嘉吉のやうな男にはその順番が待遠しかつた。それで嘉吉は、三日目から診察時間外に来させてくれと頼んだ処が、栗本先生は、それを喜んで承知して呉れた。それから彼はいつも、昼飯過ぎに栗本医院に走つて行つたが、看護婦が繃帯を換へてくれる間、先生はいろいろ彼に信仰の話や、村の様子を聞かせて呉れた。

然しそれにも増して嬉しかつたのは、栗本さんの口から、村野先生が嘉吉を褒めてゐるといふ噂を聞かされたことであつた。曾て人に注意されなかつた嘉吉が、信仰を持つやうになつてから少しでも、人の注意を惹くだけ役に立つ人物になりつゝあることを自分もうれしく思つた。自信がつくと云ふのでもあるか、さうなると嘉吉も自ら自重せざるを得なかつた。だからもう子供の時に使つてゐた乱暴な事も人前で云へなくなり、俺とかてめえとか云ふ言葉が、あなたとか私とかに変り、お辞儀しなくてもよかつた処を、叮嚀にお辞儀をしなければならなくなつた。

『村ではあなたを模範青年だと云つて噂してゐるから、あなたもしつかりおやりなさいよ。然し実際あなたは感心ぢや、よくお父つあんの世話や弟さんの世話をなさる、なかなか病人の世話つて出来んもんでなア』

栗本先生は、診察室をあつちへ行つたり、こつちへ行つたり歩み続けながら、嘉吉を褒めてくれた。

『然し、嘉吉さん、あんたのお父つあんも気の毒ぢやが、この村には、あなたのお父つあんよりずつと気の毒な人があるから、あなたも余り気を挫(くじ)かないでやりなさいよ』

それを聞かされた嘉吉は、看護婦が半分巻いてくれた繃帯を途中で遮つて、栗本先生に訊き直した。

『へえ先生、うちよりまだ可哀相な家がございますか?』

『うム、あるとも、あなたは、あの上の木賃宿を知つとるぢやろな、あの山野屋のさ』

『はい、存じてゐます』

『あそこの裏の納屋の中に癩病人の一家族が住んでゐますよ。ほんとに気の毒なもんですなア。何でも、美濃の中津の人ださうですが親爺さんは四年前に県道の土方人夫に傭はれて来たんですつて、来てから間もなく病みついて、最初は山野屋で寝てゐましたがね、それから間もなく国からお神さんを呼んで、裏の納屋を借りて住んでゐましたよ。私も二三度行つて診てあげました。それからずつと顔は見せませんでしたがね、この間お神さんは死んだつて云ふんで、行つてみると、親爺さんは癩病に罹つて、全身膿だらけになり、動かれなくなつてゐました。ところが可哀相に、二人の子供を残してお神さんが死んだもんですから、後を見て上げる人がないんでしてね、今日も村役場へ電話をかけたやうな事でした。然し、役場でもまだ、あの人が寄留届を出してゐないので、どうとも出来ぬと云ふもんですからなア。村野に云うて、せめて子供だけでも孤児院に入れてやりたいと思つてゐる処なんですよ。本人も何処かの癩病院に入れてあげたいが、全身不随だし、その上癩病と来てゐるでせう。誰も寄り付く人がないんですよ。それに比べると、お家のお父つあんなんか仕合せですよ。あなたのやうな良い息子はあるし、お神さんはしつかりしてゐるし、不足は云へませんなア』

それを聞かされた嘉吉は、自分の村にそんなに気の毒な人があることを初めて知つて、その人の境遇に心から同情した。

『先生、そのお神さんが死んだの、いつなんてすか?』

『もう、かれこれ一週間にもなりますかなア。死んだ時は葬式代も無いので、うちからも少し持つて行くし、近所の者も金を集めてあげて、漸く形ばかり葬りはしたんですがな。後に遺つてゐる八歳と五歳になる二人の男の子は、可哀相に、当分の間は死んだ時に貰つたお供物なんかあるので、どうにか斯うにかやつて行けるでせうがもう、そろそろ、困つてゐるでせうなア。何しろ子供が小さいので可哀相ですよ。上の子は今年の四月から小学校に行かなくちやならんのだが、寄留さへしてゐないので、その儘になつてゐるし、もうあゝなると、あの八つになる子がお父つぁんの手助けをしてあげんと、糞便の世話にさへ困るでせうからなア。あれで癩病でもなければ非常にし易いんだが、癩病はみんなが嫌ひますからなア』

瞳を調節するもの

残つた繃帯を巻いて貰つて栗本医院を飛出した嘉吉は、自分の家には帰らないで、すぐその足で、村外れにある汚い木賃宿の裏の納屋を訪れてみた。入口の他には窓さへない洞穴のやうな炭置小屋の中に、栗本さんの云はれた癩病人の一家族三人が住まつてゐた。その時、彼は貧乏しても二階座敷に住まつてゐる自分の家の方が遥かに愉快であるとつくづくと感じた。這入つて行つた瞬間に、蒼白い顔をした八つになる男の子が、箱膳の蓋を慌てゝ蔵(しま)つた。然し弟はまだ食ひ続けてゐた。親爺の顔は、上り段とは反対側になつてゐたので見えなかつた。然し、膿の匂がぷーんと鼻をついて、それは譬へやうもない。不潔な感じを与へた。入口は西側に付いてゐたが、西側に大きな母屋がある為、陽の光を見ることは絶対になかつた。畳はなくて、筵(むしろ)の上に上敷が敷いてあつた。それも、僅か三畳しかなくあとの一畳半は筵が敷いてあつた。筵の上に笈摺(おいづる)と遍路が冠るやうな、菅笠が置かれてあつたのを見た嘉吉には、死んだお神さんが乞食に出て一家族を支へてゐたことが、すぐ感付かれた。大きな方の子供が普通の家では見られないやうな恥らつた態度を示すのも全く乞食に出てゐた為であつたことが、すぐ判つた。

嘉吉は庭に突立つたまゝ、明るみから暗がりに這入つた時の眼の調節をせねばならなかつた。

『お父つさんは具合いゝですか?』

嘉吉は親切に、大きい方の男の子に言葉をかけたが、栄養不良な顔をしたその男の子はすぐ答へた。

『うム、身体が動かんから寝てゐる』

さう云つたきり、弟の茶碗を持つて、部屋の隅つこにあつた水瓶の方へ歩いて行つた。主人公は沈黙して寝たつきり、床の中で動きもしなかつた。それで彼は上の子供に訊いてみた。

『上つてもいゝですか？』

『うム』

その簡単な返事を聞いて、嘉吉はすぐ筵の上に上つて行つた。這入つた時には見えなかつたささやかな仏壇がまづ彼の眼に留つた。誰が祀つたか、殊勝にも、仏前に、ばら餅とちまきをお華束の上に供へられてあつた。聖書で、キリストが癩病人に手を触れたと読んではゐるけれども、嘉吉はまだ恐ろしかつた。もしか癩病が伝染して、彼が父や弟を世話することが出来なくなつたら大変だと、癩病人を訪問に来てゐながら、なほ怖気が付いて、病人の近くに寄添ふ勇気は持たなかつた。そんな卑怯な事では仕方がないと考へつゝも信仰より本能の方が強く働いた。それでも、お辞儀だけは叮嚀にした。

『をぢさん、御病気はどうですか。ちよつとお見舞ひに参りました、私はこの村の者ですがね、私に出来ることがあれば何でも云つて下さい』

さう声を掛けると、仏壇と反対の側に横向きに寝てゐた病人は、彼の方に向き直つた。然しその顔――嘉吉はそれが幽霊ではないかと疑ふ程醜いものだつた。鼻は落ち、口は痙攣り、眼は両眼とも潤んでゐた。たゞ不思議なのは、顔面が白つ子のやうに純白で、色素らしいものが見られなかつたことであつた。喉笛も孔があいてゐると見えて、呼吸する度毎に、そこから空気の出入するのが聞えた。

『こりや人間といふよりか骸骨だ』

そんなに感じた嘉吉は、世話してみようといふ気持よりか、この家から早く逃出さうと云ふ気持の方が、先んじた。

然し、一言発して、親切な言葉をかけてみた。

『をぢさん、何か食べたいものがありますか』

すると老人だが青年だか判らないその男は、喉笛の孔の上に指で蓋をし、嗄れた声で要領よく答へた。

『旦那さん、有難うございます。御近所の皆さんにお世話になりまして、どうにか斯うにか食ふことだけは出来て居ります』

それだけ云うて、彼はまた、喉笛の孔から指を除いた。その態度が滑稽でもあり、悲惨でもあり、笑が口許まで出て来たが、病人にとつて余り気の毒だつたので、すぐそれを押止めた。嘉吉はこの悲惨な男の様子を見て、慰めてあげようにも言葉を知らなかつた。

『をぢさん、ほんとにお困りですね。何処かの病院に這入られるといいでせうがね。お神さんが亡くなつてほんとにお気の毒です…』

さう云ふと、病人の二つの眼には涙の雫が湧いてゐた。布団と云つても、殆ど何年間も洗濯しないものと見えて、垢でどろどろになつてゐるものだつた。勇気を出して飛込んで来たもの丶、布団の垢と病人の膿の匂で、迚も辛抱出来なかつた。それで彼は体裁よくお辞儀をして、

『をぢさん、またお見舞ひに参りますから、今日はこれで失礼いたします』

その儘彼は立上らうとしたが、何だか自分の卑怯な態度に、自分乍ら愛想がつきたので、また其処で坐り直し、筵の上で暫くの間黙祷した。黙祷してゐる間に、彼はどうしてもこの一家族を助けてあげねばならないと云ふ良心の叫を聞いた。それで僅かであつたけれども兵児帯に捲き込んでゐた十銭銀貨二枚を出して、病人の枕許に置き、その儘黙つて座敷から庭に下りた。無邪気な子供は、母屋と納屋の間の狭い内庭で「めんこ」いぢりをして遊んでゐた。嘉吉が戸口を出ようとすると、村野先生が這入つて来られた。

『やあ、山下さん、御苦労様、あなたも病人を見舞ひに来で下すつたんですか。ほんとにこの人は気の毒でしてね。お神さんが亡くなつてから誰も世話する人がないので、同情してるんです。足でも立ちましたらなア、至極い丶んですけれど、もう彼れ此れ一年半は寝たきりださうですからなア、し丶ば丶の世話までして上げんといけないんで、ほんとにお気の毒です……然しあんたは、よく来て下さいました』

嘉吉はその儘ずつと帰らうと思つたが、自分乍ら恥かしかつたこの訪問を、村野先生がどんなに解決してゐるか見直したかつた。で彼は、一旦出た戸口をもう一度這入つて、先生のするのを見てゐた。先生は平気

なもので、

『和吉さん、気分はいゝですか？』

さう云ふなり、傍にある尿壜（しびん）を彼の床の中に押込み、待つてゐる間を利用して座敷の掃除を始めた。傍で見てゐた嘉吉は、成程病人の世話はあゝいつた風にするのだと気が付いた。それで彼も、母屋の裏口に立て掛けてあつたすべ箒を取つて来て、狭い庭を掃くことにした。座敷を掃き了ると、村野先生は、持つて来た風呂敷包を解いて、注射の薬を取出し、病人に腕を出させ、皮下注射を始めた。

『先生、それは何の薬ですか？』

訝（いぶか）しげに嘉吉は村野先生に尋ねた。

『これは大風子油（チャームグラ）つて云ひましてね、レプラによく効くんです。注射も簡単ですから、四日前から日に日にして上げてるんです』

成程、村野先生の親切は徹底してゐると、嘉吉は思つた。村野先生は栗本医院の老先生が生きてゐた当時、薬局の手伝をしてゐたことがあつたので、斯うした事に知識を持つて居られた。

『先生、それは何処にでも注射していゝんですか？』

『えゝ何処でもいゝんです。他の薬を混ぜて、静脈注射をするとよく効くんですがね。この部屋は暗いんで静脈注射が出来ないんです』

『実際暗いですね、この部屋は、窓を付けることが出来ないんですか？』

『ところがね、この病気には暗闇がいゝつて云ふ信仰がありましてね、わざわざ暗闇に居りたかるんですよ』

『けれど冬は寒いでせうね、この部屋は』

注射を済ませると、村野先生はすぐ尿壜を取出し、自分でそれを持つて便所に棄てに行き、帰つて来ると、大便が出るかどうかを訊き、それから繃帯の交換に取掛つた。

『先生は毎日今頃来ていらつしやるのですか？』

『え丶、この人のお神さんが死にましてからね。誰も繃帯をしてあげる人がないと云ふことを聞いたものですから、毎日今頃来てゐるんです』

村野先生は栗本医院から持つて来た繃帯を風呂敷包の中から取出し、腐りかゝつた足の繃帯を外して、新しいのと取換へた。病人は無言のまゝ、村野先生がする通りに、身体を任した。繃帯交換が済むと、村野先生は洗面器に水を汲み、錠になつたリゾールをそれに溶かせ、手を綺麗に消毒した。

要領のいゝ村野先生のやり方に、嘉吉も感服した。村野先生は、手の消毒が済むと、さつさと納屋を出て行つた。それで、嘉吉もその後に従いて行つた。

誰の罪か？

往還を二人で歩いてゐる中に、嘉吉は、村野先生に尋ねてみた。

『先生、あの人は癩病なんですか？』

『癩病と花柳病が一緒になつてゐるんださうです。癩病だけでしたらね、大風子油を注射すると全快はしないけれども押へ付けることだけは出来るんです。然し可哀相に、あそこの子供は癇癪（てんかん）でしてね。一週間に一遍か、十日に一遍位引繰返るんです』

そんな話をして嘉吉は仕事場に、村野先生は下津具の方へ帰つて行かれた。然し、嘉吉はどうしても、その癩病患者のことが気にかかつてならなかつたので、翌日栗本医院に行つた時、先生に詳しく訊いてみた。

『先生、あの人はあれでなかなか死なないんでせうかね』

『あれでなかなか死なないやうですなア。あの状態で三年も四年も生きてる人がおりますね。癩病病院などへ行くと、あんな形で、七十、八十になる迄生きてる人がありますよ。然しあの人は梅毒が加はつてるから、さうは永く持たんでせう』

『あんなになつても生きて居りたいでせうかね』

『さあ、ねえ、矢張り生きて居りたいでせうなア』

『私の考へでは、死んだ方がましのやうに思ひますがね。あんなになるのは人間が悪いんでせうか。神様が悪いんでせうか、先生』

『まあ、梅毒に罹るのなど人間が悪いんでせうなア。癩病だけであれば、近頃は大風子油だけで随分奇麗になりますよ。全く神の栄光の顕はれる為に、いろいろな事があるんでせうなア。我々俗人には判らんけれど、人間はもう少し柔順に、神の御旨をきいて居ればいいんぢやないでせうか』

　繃帯交換が終つて、また癩病人が気にかゝるので、足は自然山野屋の方へ向いた。今日は昨日のやうに恐怖を持たなかつた。這入つて行くや否や、村野先生がされた通り、まづ病人に挨拶して、すぐ尿壜を渡し、座敷を掃除して、その次に庭を掃いた。それが済むと尿壜を受取つて、それを便所に捨てに行つた。たゞ困つたことは、注射器と繃帯と、リゾール水のないことだつた。然し、それだけでも出来たことを自分で嬉しく思つた。消毒水はないけれど彼は水で手を洗ひ、すぐ隣の鍛冶屋に引返した。

　すると、間もなく村野先生が仕事場に立寄られて、感謝してくれた。その晩は下津具に集会があつたが、集会が済んだ後で、嘉吉は村野先生に云うた。

『私も自分が怪我して繃帯を巻くのに慣れてゐますから、栗本さんの処で繃帯を貰ひませう。そして自分でも繃帯交換位出来ますし、皮下注射位やれますから先生が遠くからいらつしやらなくとも昼休みにちよつと走つて行けば訳ない事です。私やらして貰ひます』

　それで話は纏つた。次の日から、嘉吉は栗本医院で、大風子油と繃帯と、消毒薬を貰つて、山野屋の裏に行くことに決めた。

　それがもう殆ど日課になつてしまつた嘉吉は昼飯の休みを利用して、十五分位の中にさつさと癩病人の繃帯交換に出掛けた。母は最初それに大反対であつた。

『お前の身体に癩病でも染つたら、どうするんだい。毎日々々お前が行くものだから、お前の身体に臭い匂がうつつて、厭な匂がするなア』

母がさういふのに対して嘉吉は笑つて返事もしなかつた。然し、嘉吉が、三日や四日ではなく、頭の繃帯がとれて後も、猶毎日のやうに昼の休みを利用して出掛けて行くものだから、母のおまさも、息子に降参してしまつた。

『困つた人を助けるのは、お前の道楽ぢやなア。女狂ひするよりいいから、お前の勝子にするがよい。然し、癩病が染つたら困るぜ』

母は、息子の貧乏人を可愛がる気持が、宗教的動機から来てゐることが判らなかつた。一週間程、時計の針のやうに昼の休みを利用して、癩病人を世話してゐる中に、その男が殆ど飯を食つてゐないことを発見した。有難い事には、山野屋に泊つてゐる乞食が、毎日大きい方の男の子を貰ひに連れて行つてくれた。それで辛じて子供が貰ひ貯めた金と米とで、朝夕二度だけ食事をとつてゐるのであつた。その二度の食事も、子供を連れて行つてくれる男が、親切に炊いて持つて来てくれるのであつた。

『世の中はよくしたものだ』

と彼は、不思議な処に親切をしてくれる人があるのを、奇蹟のやうに考へた。そして自分も、この可哀相な一家族を世話しなくてはならない運命にあることを直感した。で、煙草代と思つて一日に五銭づつ、この病人に与へる決心をした。それは勿論大きな金ではなかつた。しかし彼の賃銀、それもたつた一日に、一円四十銭しか貰はない賃銀から支出すると思へば、決して僅少なものではあり得なかつた。

蛇目傘と鉄槌

雨は降りつゞけた。小さい荒物屋には殆どお客の足跡も絶えた。二人の病人が枕を並べて寝てゐる二階座敷は、特別に陰気であつた。隣の鍛冶屋には毎日単調なトツテンカンが続いた。変化のない山家の生活には、凡てがぼかされて見えた。夜が明け雨が降り、雨が降つて日が暮れた。それで、往還を通る一人の旅人の姿にも、人懐しく感ぜられた。殊に美しい着物を着た女が通れば、鍛冶屋の若い者は、鞴(ふいご)を吹くのを忘れて、表を見た。

その長雨の続いた十日程経つて後の事であつた。山奥には珍しい粋な羽織を着た芸者風の美しい女が、蛇の目の傘をさして、鍛冶屋の前を通つた。

『ひよう!』

と、鞴の前に坐つて、コークスの火を長い鉄の火箸でいぢつてゐた甚之助が、面白半分に合図をした。小僧の寅吉が小さい声で
『よう、姐(ねえ)さん』

と囁いた。若主人の藤太郎も鉄槌を握つてゐた嘉吉も表を見た。

『あの人は、何処の人ぢやね』

藤太郎は甚之助に訊いた。

『知りませんなア。また上の日進亭にでも来たのと違ひますかね』

行過ぎたその女はまた鍛冶屋の前に引返して、隣の荒物屋に這入つた。すぐ嘉吉はその女が、自分の姉のおゆきであることを感付いた。然し彼は、その儘続けて火のやうに赤くなつた鉄板の上に重い槌を投げ付けた。

白粉の惰力

親爺の鼻の上を蝿(はえ)がぶんぶん飛廻つてゐた。長く寝てゐる割合によく肥つてゐる幸吉は、山奥の人間には珍しい程鼻筋の通つた色白の男であつた。顔だけ見てゐると何処の大旦那かと思はれた。然し襤褸布団にくるまつてゐる様子は、華やかな処から帰つて来た総領娘のおゆきにとつて、けち臭い感じを与へた。おゆきは父の側に寝そべつて小説ばかり読み耽つてゐた。

彼女はこれまた山家の娘としては珍しい美貌の持主であつた。然しおゆきにとつては美貌が仇であつた。

その為に芸者に売られ、芸が上達しないのを苦にしてゐた彼女は、更にまた娼妓に身を落さなければならなくなつた。十年近くもさうした生活を送つたおゆきは、家に帰つても、こつてりお化粧することを忘れなかつた。朝に八時頃まで寝訪する。晩は貸本屋から借りて来た講談本に読み耽つて、十二時一時迄も起きてゐると云ふ風であつた。然し母も、おゆきに遠慮して少しも小言を云はなかつた。朝八時頃に起上つたおゆきは、母から湯を貰ひ、湯がない時に、自分でそれを沸かして、上半身を綺麗に洗ひ、熱い手拭で顔の湿布までした上、白粉をこつてり塗るのが日毎の日課であつた。そんなにお化粧をすると、年増のおゆきでも、二十歳をちよつと過ぎた位にしか見えなかつた。帰つて来た時には島田に結つてゐたけれども、その髪もすぐ二三日の中に潰れ、髪結賃のないことを気にしたおゆきは、

『村の髪結さんなどに結つて貰ふと、見苦しいから束髪にしよう』

そんな口実をまうけて、七分三に分けたハイカラな前髪の高く上つた束髪に結ひ直した。

帰つて来たその日、両親はおゆきが見違へる程美しくなつてゐたので、全く他人かと思ふ程であつた。嘉吉も姉があまり変つてゐるので吃驚した。嘉吉は、姉が着換へも持つて帰つて来ないで、毎日絹の着物にくるまつてゐるのを余り心持よく思はなかつた。それで母に注意して、母の袷せの着物を出させたが、おゆきはそれを顧みもしなかつた。

『こんなもんが着れるもんか！』

さう云つたきり、おゆきは毎日、芸者屋にでも居るやうな様子をしてゐた。そんなに美しくしてゐるから、心持ち美しいかと云へば存外言葉遣ひも悪く、毎度食事の不平も云つた。その上、嘉吉が、耶蘇教に熱心だと云ふことを聞いて、頭から罵倒した。

『耶蘇教では位牌を焼捨てゝしまへと云ふんぢやさうなが、嘉吉が後とりにでもなつたらば、お父つさんの位牌もおつ母さんの位牌も祀つてくりやしないだらう。耶蘇教は酒をやめろ、煙草を吸ふな、女郎買ひに行くな、と云ふことをなかなか厳しく云ふやうだが、そんな事実行したら、うちらの商売は立つていきやしない』

これがおゆきの理窟であつた。帰つて来た晩などは、父に飲ますのだと云つて、妹の百合子に酒を五合も買うて来させ、自分もでれでれに酔うて寝てしまつたやうな仕末であつた。

そんなことで、おゆきの帰つて来た理由がさつぱり解らなかつた。二日目の朝、おゆきは二日酔ひしたと云つて、昼過ぎ迄起きて来なかつた。昼過ぎ化粧するために庭に降りた彼女は、徳利の底に残つてゐた酒をまた台所の隅つこで盗み呑みしてゐた。その上その日の午後、父の傍らで昼寝してしまつた。しかし無口な嘉吉は、姉の過去の生活に同情して、一言も姉に対して不平を云はなかつた。おゆきが帰つて来て三日目の朝、名古屋の遊廓から電報が届いた。

「オユキオルカスグ　ヘン　ヒサゴロウ」

母は心配して、嘉吉に相談した。嘉吉はその電報をもつて、二階で講談本「女白浪高橋お伝」に読み耽つてゐた姉に知らせた。姉は大声で笑つて、その電報を引ちぎつてしまつた。

『何でもないのよ、こんな事をして人を脅すんだよ。私はもう借金はみな払つてあるし、帰る必要なんか少しもないんだよ！』

後を胡麻化して、おゆきはまた講談本を読み続けた。嘉吉は姉に何か故障があつて、遊廓から逃げ出して来たことだけは感付いた。母は心配になつたものだから、二階に上つて訊き質した。然し彼女は、黙つたきり一言半句も答へなかつた。

『お前、借金がぬけたのならぬけたで、行李でも纏めて帰つて来ればいゝに、着のみ着の儘で帰つて来れば、親だつて心配するぢやないか』

『そんなに心配しなくとも、今は自由廃業の出来る時節だから、金の五百円や千円位踏み倒してもいゝんですよ。へ、、、、、』

笑ひにまぎらせて、おゆきは豪傑振つた。

『お前はそれでいゝかも知れんけども、家にかゝつて来たらどうするの？』

『その時はその時で私がまた身売りしますよ。どうせ、傷がついてゐるんだから、後は野となれ山となれですよ。仕方ありませんよ。真面目な事を云つた処で、世間が間違つてるんだから、こつちが真直に行くだけ損です、私は高橋お伝のやうに、うんと男を嬲（なぶ）つて嬲つて、嬲り殺しにしてやると面白いと思つたりするんですよ！　へ、へ、へ、へ、へ……』

さう云つて彼女は毒婦高橋お伝の講談小説を畳の上に伏せた。

『そんな無茶を云つたつて仕方がない。あんたもそんな気の強い娘ぢやなかつたけれども、廓で永年送ると、あんたのやうな気になるんかいな、困つた事つちやなも……』

さう云つてる処へまた電報が配達せられた。母は蚕の下を掃き立てゝゐたが、心配で仕事が手につかなかつた。電報をすぐ隣の職場に持つて行つて、嘉吉に見せた。電文には、

「ケイヤクイハンサイバンシヨニウツタヘル　スグヘン」

と書いてあつた。嘉吉の胸は急に暗くなつた。母は半分泣顔してゐた。嘉吉は母を伴つて、隣の二階に引返したが、裏口を這入ると、母は前掛で涙を拭いてゐた。

『さうすると何ぢやなも、おゆきさんは向ふの大将に断らないで、無断で足抜きしたんぢやなも、困つたなも』

嘉吉は、寝そべつて「高橋お伝」を読み続けてゐた姉のおゆきを呼びおろした。顔だけは美しく磨き上げて厚化粧をしてゐるけれども、帯も碌々締めないで、胸まではだけ、手には火のついた巻煙草を持つた儘、ふしだらな様子で姉のおゆきは渋々階下に降りて来た。

『また電報が来たよ、どうしたんだい。この電報によると、あなたは無案内で廓を出たやうだが、どういふ事情があるんです？　たゞさへ家が貧乏してゐるのに、執達吏でも来れば大変な事になるから、ちよつとその辺の様子を知らして下さいよ』

嘉吉は言葉やさしく姉に尋ねた。それに対して、おゆきは平気な顔して巻煙草を喫（の）み続け、一言も返事をしなかつた。母も折返し尋ねたが、それにもおゆきは返事をしなかつた。

『そんなに私を責めるなら、私は家を出て行きますよ。私はもう堅気になつて家庭の一つも持ちたいんです

から、いつまでも親の玩弄物(おもちゃ)になつて居られないんです』

　おゆきは如何にも馬鹿臭いと云つた様子をして、喫みさしの巻煙草を窓の外に抛つた。

　そのことを聞いて、母は顔を前掛で蔽うた儘、裏口から外へ出て行つてしまつた。後に嘉吉は、一人残つて姉に訊き質した。

『姉さんあなた、家庭を持つと云ふか、男でもあるの？』

『をかしい事を云ふね、あんたは、商売が商売だから、男がなくてどうするの』

『まあ、さう怒るやうに云はなくてもいゝぢやないの、私はね、あなたが家庭を持つと云ふから、あなたの特別の仲が好い人があるかつて尋ねてるんですよ』

『さう訊くなら、解つてるわ、たしかに有ります』

　姉は台所に突立つた儘、弟はそこの上り段に腰をかけて問答が続いた。

『その人は何処に居るの』

『まだ名古屋に居るでせう』

『何する人？』

『新聞記者よ』

『あなたはその人と夫婦約束をしたの？』

『はア』

　さう云つた姉は瞼毛一本動かさなかつた。

『あなたはいつ廓から出て来たの？』

『忘れてしまつた！　その人が自由廃業しろと云ふから、もう十日程前に廓を出ちやつたのよ。だけど、お父つさんに無案内で足抜きしても迷惑になると思つたから、ちよつと断りに帰つたんです。私は充分もう稼いだから、借金なんか払はないでいゝと思つてるんですよ』

長髪と黒ネクタイ

そんな会話があつて一週間程経つてからのことであつた。五月雨の上つた蒸し暑い日の午後、髪を長く生やし、嶮しい眼をした嘉吉のすぐ兄に当る佐助が帰つて来た。彼はロシアの共産主義者が着るやうな灰色のルパシカをつけ、破れ靴を穿き、平気な顔をして荒物屋の店に這入つて来た。その時、母は裏口で泰次の着物を洗濯してゐた。無言の儘店先に腰を下した佐助は、そこらに誰も居ないことを見て取り、疲れた身体をすぐ畳の上に投げ出した。そして案内を請ふでもなく、三十分近くも寝てゐた。石鹸が足らなくなつたので、店で売つてゐる洗濯石鹸をとりに這入つた母は、異様な姿をした青年が、そこに寝てゐるのを見て吃驚した様子であつた。其処は陳列台の蔭になつてゐて、外から這入つて来た母のおまさには、はつきり誰であるかを見分けることが出来なかつた。

『誰ですか？　そこに寝て居るのは？』

母のおまさは戸迷うて、そこに立止つた。その声に佐助は驚いた様子もなく、上半身をゆつくり起して母の顔をちよつと睨むやうに見、挨拶もしないですぐ顔を表の方にそ向けて了つた。

『おや、佐助！　お前、いつ帰つたの？　帰つたら帰つたつて、声を掛ければいゝぢやないか、黙つてそんな処で寝てゐるから、朝鮮人でも這入つて来て寝てるかと思つたよ』

佐助はお河童さんのやうに長く生やした髪を両手で撫で上げ、向ひの散髪屋の硝子障子の向ふに、若い女が頸筋を剃つて貰つてゐるのを見詰めてゐた。

『お前、監獄へ行つてゐたのと違つたのかい？　何時出て来たの？』

母は石鹸をとり出すことを忘れて、前掛で濡手を綺麗に拭いてゐた。

『ウム、保釈で出て来たんぢや、傘屋の親爺さんが判をついてくれたので、昨日の朝、出してくれたんぢや、親爺さんが家に帰つて来いつて云ふんで、豊橋から先の汽車賃がなかつたから、豊橋から歩いたんぢやよ』

『え丶？　豊橋から歩いた？』

『えらかつた！』

『そら、えらいわ、まあ靴を脱いで上んなさい。おゆき姉さんからお前が監獄で大分弱つてると聞いて、心配してゐたんぢや。しかし家でもお父つさんが寝てゐるし、泰次も妙な病気にか丶つて、床に就てからもう半年近くにもなるので、面会に行くとい丶と思つたんぢやが、家の事に手をとられてゐる中に、ほんとに済まないことをしたと思つてるんだよ。おゆき姉さんが面会に行つたらう？』

『い丶や来やしない。おゆきさんに頼まれたと云つて、新聞記者が一人面会に来たよ』

その答へに、母はおゆきが嘘をついてゐたことをすぐ悟つた。然し、母はその上は尋ねようとはしなかつた。

『奥で横になるがい丶よ。お客さんでも来ると悪いから奥に這入んなさいよ』

さう云ふなり、母は佐助の穿いてゐた破れ靴を片足脱がせ、更に片足に手をかけた。

『二十里も歩くと、足が棒になつて靴が脱げんわ』

佐助は母の手を押しのけて、自分で片一方の靴を脱ぎ棄て、またすぐに打倒れてしまつた。

『お昼は食つたがい？』

それに対して答へはなかつた。佐助はあまりに疲れてゐるらしく両手をばたばたさせて、けだるさうに頸を左右に振つた。そこへ、表の散髪屋で頸筋を剃つて貰つた姉のおゆきが、しやあしやあと這入つて来た。

『おつ母さん、この人は佐助さんぢやないの？　どうしたんです？』

『豊橋から歩いて帰つたと云つて、物も碌々よう云はないんだよ』

『可哀さうに、奥へ担いで入れてやりませうか？』

二人は大きな佐助の身体を抱き上げようとしてみた。然し嘉吉に比べては二三寸も低い佐助でも、女の力では充分持上げることが出来なかつた。

『重い、重い』

おゆきはさう云つて、中止してしまつた。佐助は一度大きな眼を瞠つて、姉の顔を凝視したが、また眼を閉ぢて起上らうともしなかつた。佐助の足許に突立つた母は、頭の方に直立してゐたおゆきに尋ねた。

『おゆきさん、あなたは佐助さんに差入物を持つて行つてくれたと手紙に書いてあつたが、自分は行かなかつたんだね？』

『あゝ、あの時の事？　あの時に私の知つてる人に行つて貰つたんですよ』

さう云つてゐる処へ表からまた髪の長い変てこなネクタイをつけたもう一人の青年が舞込んで来た。そして母のおまさには挨拶もしないで、おゆきと馴れ馴れしく握手を交した。母はたゞ唖気にとられて、庭に突立つてゐた。その男もまた碌々母にお辞儀もしないで、すぐ上り框に腰を下し、ポケツトから朝日の袋をとり出し暢気さうに煙草を吸ひ始めた。母はそこに居ることが悪いと思つたが、その儘奥に引込んでしまつた。

その日の夕暮、おゆきを尋ねて来た男は、佐助と親しげに二人揃うて銭湯に出掛けた。そんな事を少しも知らなかつた嘉吉は、恰度その時、癩病の乞食に夕飯をあてがつて、家に帰つて来る処だつた。白分の家の軒先まで来ると、我家から髪の毛の長いルパシカの青年と、真岡の兵児帯のやうなものをネクタイにしてゐる風変りの青年が、二人揃うて、石鹸箱と手拭を手に下げ銭湯にでも出掛けて行く様子なので、我ながら変つたことがあるものだと不思議に思つてゐた。然し、兄の佐助が余り変つてゐるので、最初は少しも気がつかなかつたが、後でやつと思ひ出したが声を掛けないですれ違ひに自分の家に這入つた。嘉吉は内庭を通抜け、裏で干物を片付けてゐた母に尋ねた。

『おつ母さん、今出て行つた二人の人は誰？　一人は佐助兄いかと思つたが、余り変つてゐるので声も掛けなかつたが、もう一人は、あれ誰？』

『ウム、一人は佐助さんよ、お河童さんのやうに髪を生やして妙なシヤツを着てるもんだから、最初私も見違へてしまつたよ』

『あの色の白い人は誰？』

母は声を落して呟くやうに云つた。

『おゆきさんのこれでせう』

母はその時左手の親指を差出して嘉吉に見せた。

妹の百合子は竈の前で柴を燻べてゐた。煙突からは、しめつぽい空に紫色の煙が吐き出されてゐた。下津具の方に流れる津具川の細長い水面がきらきらと光り、青色の絨毯を敷き詰めたやうな田圃の向ふには杜鵑がよく鳴く森が続き、夕闇が深くなると共に、霞が森の上にずつと下りて来た。

母は洗濯物を持つたま丶台所に這入つたが、嘉吉は一度に人口が三人も殖えたことを心配してぼんやり其処に立つてゐた。

「窮乏」の相続

無案内で這入つて来たおゆきの恋人は、名を杉田秀三郎と云つた。今年まだ二十三歳の男で、おゆきとは十歳近くも違つてゐる。中央大学を半途退学し、名古屋の名も知れない半分恐喝専門の新聞記者をしてゐた。おゆきが佐助の差入を依頼したのはこの青年であつた。おゆきはこの男に自由廃業を教へられ、手に手をとつて廓を逃出し、第一日の夜は浜名湖の弁天島に遊びに行き、その次の日は金がなくなつたので、岡崎迄引返し、其処で男は一先づ名古屋に帰ることになり、おゆきは上津具の故郷に落ち着くことに諜し合せたのであつた。

突然の人口増加に嘉吉の家では布団の数が足りなかつた。とうとうその晩、嘉吉は布団なしにごろ寝をしなければならなかつた。然しそれよりも困つた事は、おゆきと兄の佐助と、おゆきの恋人の杉田が、毎日ごろごろして、飯だけはうんと食ふことであつた。その為に毎日のお菜だけでも大変であつた。母は、嘉吉に無案内で鍛冶屋のおかみさんから五円借りて来た。勿論それは嘉吉の給料の前借としてであつた。嘉吉が一番困つたのは、懶けてゐる三人が三人とも酒を飲むことであつた。

恰度、六月の第一の日曜の晩の聖書の講義に行つて、下津具から帰つて来ると、三人が台所で酒を飲んでゐた。嘉吉は無口なものだから、ちよつとお辞儀をして其処を通抜けて二階へ上らうとした。すると、兄の佐助が、盃を嘉吉に差伸べて、

『おい、嘉吉、まあ附合ひせいよ。そんなに素通りしなくともいゝぢやないか？』

さう云つて、姉のおゆきに酒をつがせ、無理に嘉吉にそれを強ひようとした。嘉吉は叮嚀にお辞儀をして、

『私は禁酒してゐますから、お酒が飲めないんです』

さう云つて、つうーと二階に上つてしまつた。佐助は少し酔うてゐたと見えて、嘉吉を追駆けて二階に飛上つて来た。

『兄が盃を差出してるに、弟がそれを受けないといふのか、おい、嘉吉、降りて来い！』

佐助は電燈の下で聖書を開いてゐた嘉吉の衿筋を引掴み、引摺り下すやうにして、嘉吉を台所におびき出した。佐助は嘉吉に比べて身体も小く、体格も悪いので、彼は嘉吉の敵ではなかつた。然し、嘉吉は愛の生活に自分を献げると決心した以上、争ふことを欲しなかつた。それで、彼は姉の後に小さくなつて坐り、眼を閉ぢて兄の怒が鎮まるやうに神に祈つてゐた。気狂のやうになつた佐助は、また、盃を嘉吉に突き付けた。

『貴様は一体生意気だよ。兄が盃をさゝげてゐるに、それを受けないと云ふのは、日本の礼儀に叶はんぢやないか！』

佐助は酒を盛つた盃を嘉吉の鼻の先につき付け、二分間位もそれを差出してゐた。然し、嘉吉はそれを受取らうとはしなかつた。彼は沈黙した儘立上つて、祈る為に戸外に出ようとした。兄はすぐに嘉吉の法被(はっぴ)の裾を捉へた。

『坐れ！　嘉吉！　貴様は兄の云ふことをきかんのか？　俺が監獄に這入つても見舞状の一本も送つて来ないで、帰つて来ても、お帰りなさいの一言も懸けんで、生意気ぢやないか！　俺はこの家の相続人だぞ。お前はわしを要らんものにして、自分でこの家を相続しようと思つてるかも知れんけれども、そんな事はお前に許さないぞ！』

嘉吉はその言葉をきいて、腹の底で笑つてゐた。去年の暮から今日まで約半年を支へるだけでも容易でな

かつたこの家計に、何か相続すべき物が残つてゐるだらうか。相続すべき物があるとすれば、貧乏と、饑餓と、借財と、遺伝梅毒と、家に残つた淫蕩な空気だけであつたのだ。声を張り上げてそう云はうと思つてゐたけれども、控へ気味な嘉吉は、沈黙して何も云はなかつた。

『貴様は近頃、キリスト教に凝つてゐるさうだが、そんな迷信なんか止めてしまへ！　キリスト教はブルジヨア階級の胡麻化し宗教だ！　無産階級の階級意識を鈍らす偽宗教だ。俺はお前がそんな宗教を信ずる間、どこどこまでもお前と戦ふんだ』

佐助があまり激しく裾を引張つたので、嘉吉の着てゐた黒の法被が、腰の処で裂けてしまつた。それでも嘉吉は反抗しようとしなかつた。二階で階下の成行きを聞いてゐた母は静かに降りて来た。

『佐助さん、大きな声を出さないで下さいな、近所にみつともないから、あなたが貧乏人を救ふ為に奮闘するなら、家に帰つて少し働いて下さい。嘉吉さんは、何もあなたの財産を取らうと云ふ気など少しもありませんよ。取るにも取らうにも家の中は病人ばかりで、借金こそ残つとれ、嘉吉さんが居らなければ、明日にも食ふのに困るぢやないの、酒に酔うたからと云つて、お前、余り無茶を云つてはいけないよ』

『いや、嘉吉が少し生意気だから、いましめてやる必要があるんだ。第一俺が監獄に這入つた跡に、何故見舞状の一本も送つて来なかつた？』

『無茶を云つちやいかないよ、佐助さん、警察のお方が家に来られて、あなたがどうとかかうとかすると云ふビラを撒いたつて云うて来られたので、嘉吉さんも心配して、おゆきさんに手紙を書いて、あなたの処に差入をして貰つたんぢやないですか。あなたも随分無茶を云ふね』

『いや、こいつは生意気です。姉や私に対して尊敬が足らんですよ。少し教訓してやる必要がある！』

さう云ふが早いか、嘉吉を引倒し、拳固で頭を十位、気に入るだけ打擲（ちようちやく）した。母は二人の間に飛んで這入り、

『情ない人ぢやなア、あなたも、お父つさんの酒乱が、筋を引いてゐるんぢやなも』

母は佐助が、握り〆めてゐた嘉吉の頸筋を放させ、追ひ立てるやうにして弟を戸外に送り出した。

おゆきもほろ酔ひ加減になつてゐたが、佐助の味方した。

『お母さんは何でも嘉吉嘉吉つて、嘉吉ばかり贔屓していらつしやるが、無い無いつて云つても、店にはあれだけ品物が並べてあるし信用もついてゐるから、家を譲るなら、弟に譲らないで、佐助兄さんに譲るのが当り前ですよ』

うまさうに盃を唇に持つて行つたおゆきは冷然としてさう云つた。土間に下りた母は、おゆきに向直つた。

『お前がそんな了見でゐるから間違つてゐるんだよ。店の品物だつて親切に隣のおかみさんが頼母子講を作つてくれて、やつと今年の春備へたばかりぢやないかね。お前も解らん娘ぢやね』

その晩、嘉吉は帰つて来なかつた。彼は下津具の村野先生を尋ねて其処でその晩は泊めて貰つた。

暴風と狂濤（シユトウルム・ウント・ドラング）

警察から毎日のやうに刑事が尋ねて来た。佐助と杉田は面白半分に刑事をからかつて大声で笑つた。二人は不思議に調子を合せて、朝寝坊と酒呑むことゝ、将棋さすことに行動を共にした。二階に病人が寝てゐるので、彼等は、決して二階に上らないで下ばかりに居た。そして店の物が何か一つでも売れると、その金で酒と煙草を買うて来た。母はそのあきれた態度に開いた口を容易に塞ぐことが出来なかつた。

『近頃の若い者といふのは恐しう変つたもんぢやなア』

おまさは、父の枕許に来てそんな事を云つて呟いた。

おゆきが帰つて来てから二十日ばかりも経つたと思つた頃、警察から正服の巡査がやつて来て、田口の警察へおゆきが出頭するやうに命令して来た。それから母と佐助の間に議論が始まつた。母はその翌日おゆきと一緒に、田口の警察に出頭すると云ひ、佐助はその必要がないと主張した。そして、杉田も佐助と同意見だつた。

『今日のブルジヨア階級の政府に何か解るもんか。プロレタリアは祖国を持つてゐないんだよ。ねえ、君、君等は解放の道を忙しく進めばい丶んだ。君等の代りに俺が警察に出頭してやる』
佐助はいきり立つてさう云ふた。その晩の十時頃、三人がまた晩酌を交した後、杉田とおゆきは手に手をとつてまた何処へか消え失せてしまつた。

搾取と怠惰の競争

六月の第三の日曜日に、上津具の小学校で壮丁の体格検査が行はれた。そして嘉吉は甲種合格と云ふ言渡しを受けた。家に帰つて見ると、豊橋から執達吏がやつて来たとかで、店の陳列棚や二階のぼろ鏡台の上に、差押への封印が貼られてあつた。その日、兄の佐助は田口に小作争議があると云つて出掛けて留守であつた。彼はすつかり農民運動者になり済まして、ぢつとして家の助けをすることを嫌つた。然し出歩くにも金が要るので、とうとう陳列棚の差押の封印を破り、その中の品物を売払つて、小遣ひにしてゐた。それを見るに見兼ねて、母は佐助に忠告した。すると彼は、威猛高になつて怒り出した。

『あなたは社会の事情が解らんから、そんな事を云ふんだ。今日の時代は凡て欺瞞なんだから、我々は反抗しさへすればい丶んだ』

そんな事を云うて落ち着いて労働しようと云ふ心構へなどは少しも示さなかつた。母が、

『水車へでも行つて少し働けばい丶に……』

と忠告すると、

『働けば働く程、資本家階級に搾取せられるのだから、今回の経済組織を根本より覆す迄、我々は労働する程損なんだ。だから我々は闘争を先きにして階級運動の犠牲になるんだ』

こんな事を口走つて、毎日――ごろごろしてゐた。母は水車の又さんの処に兄の仕事を探しに行つた。桑摘みにでも出れば、日に一円やると云つてくれたが、佐助は返事さへしなかつた。そして毎晩のやうに「通ひ」を持たせて、百合子に酒を買ひにやつた。嘉吉の不安は募るばかりであつた。もしも彼が徴兵にとられ

て、兄がこんな調子であれば、父も弟も餓死するより外道がないと考へた。

兄の佐助が毎晩、酒を呑んでは嘉吉をいぢめるものだから、彼は全く牢獄に打込まれたやうな気持になってしまつた。嘉吉は出来るだけ兄の顔を避けて、朝早くから仕事場に行き、晩も遅くでなければ家に帰らないやうに工夫した。そのために、日課として読んであげてゐた小説も、兄が帰つて来てから全く中止してしまつた。然し彼は癩病人の世話はやめなかつた。村野先生は、親切にいつでも講義所に来るやうにと云うてくれたので、晩、鍛冶屋の仕事が済むと、彼は裏口から家に這入り、こつそり食事を済ませて、下津具の村野先生の処へ逃げて行つた。

蚕の繭を作る頃

村野先生の処へ逃げて行くことは、彼にとつて何よりの楽しみであつた。第一書物が沢山あるし、奥様は親切だし、茶話が面白かつた。そして訪ねて来る人がみな真面目であつた。

六月の最後の週間の日曜の晩、聖書研究に来てゐた一人の紳士の如きは、全く驚く程の生きた教訓を彼に与へてくれた。その人は何でも医者の栗本さんの遠い親類に当るとか云つてゐたが、小さい時から東京に出て、学校の給仕に雇はれ、午後五時に学校が退けると、それから神田の電気学校の夜学に通ひ、とうとう其処を卒業して鉄道省に雇はれ、三級二級一級の試験を順次に受けて、独学で首尾よく帝国大学の卒業生と同じ学力をつけたと云ふ話であつた。その話に彼は非常に刺戟を受け、一層勉強する勇気を起した。

夏蚕が桑を食ふ盛りであつた。母は、殆ど内庭一杯に蚕棚を並べ百合子を相手に今年は百円も儲けたいと意気込んでゐた。佐助はいやいや桑摘みに出た。恰度六月もあと二日と云ふ二十八日の朝であつた。名古屋地方裁判所から公判の通知が舞込んだ。それで、佐助は母に十円の金を融通してくれと依頼した。然し家の中にはその金がなかつた。母も隣のおかみさんに借りに行く勇気を持たなかつた。それで嘉吉を裏口へ呼出した。嘉吉も親方の藤太郎さんに切り出す元気がなかつた。とうとうその日は金融がつかないで暮れてしまつた。

夜遅く下津具から弟の帰つて来るのを待つてゐた佐助は、裏口から這入つて来た嘉吉の顔を見るなり、

『おい、嘉吉、何処かで十円工面してくれないか。俺公判に呼出されてゐるので、七月一日には是非名古屋に出なくちやならんのだよ。金が出来ないと云ふと欠席裁判で酷い目に遇つちやふから隣からでも借りて来て、二三日行つて来れるやうにしてくれ』

嘉吉はその時「うん」と云はなかつた。日給一円三十五銭しかとつてゐない彼には、十円と云ふ金は大金だつた。兄に毎晩五合以上の酒を飲み店の品物は殆ど半分以上無くしてしまつた。兄がもしも酒に費す金を貯蓄しておけば、名古屋へ行く位の金は何でもなかつたのである。飲むだけは飲んで、それ以上の金を要求することに義憤を感してゐた嘉吉は、たゞ黙り込んでしまつた。

おゆきとおゆきの恋人と、佐助が帰つて来たばかりに、荒物店は台なしになつてしまひ、酒屋の通帳には二十円からの借金が出来、一家の家計は全く引繰り返つてしまつた。その上十円の金を作れと云はれても、何処にも当てがなかつた。それで彼は沈黙して、二階に上つて了つた。嘉吉が二階に上つた後で、佐助は善い思案が浮んだ。

彼は直ちに自分の着てゐた布団をこつそり木賃宿の向ひにある質屋まで運んだ。そして一度二階に上つた嘉吉も、ひそかにまた下津具の村野先生の所まで取つて返した。そして先生から十円の金を借りることに成功した。嘉吉が午後十一時過ぎに家に帰つて見ると、兄は新聞紙にくるまつて、台所の隅つこの蚕棚の下で寝転んでゐるのを発見した。その事を母に告げると、母も初めて、佐助が苦し紛れに、布団を入質したことを知つた。

翌朝、佐助は一番の自動車で、豊橋に向けて立つことになつた。

朝寝坊の彼も、その日だけは四時頃から起出でて母の処にやつて来た。そして小さい声で、

『幾らでもいゝから旅銀をおくれよ』

とせがんだ。母は昨夜嘉吉から受取つた五円札二枚の中、一枚を彼に手渡した。財布の底にまだもう一枚

の五円紙幣を見付けた佐助は、

『それを残しておかなくともいゝぢやないか、おつ母さん』

と無理を云うた。

『お前、布団はどうしたんだい？』

『質に入れて来たんよ。旅費がないと思つてね、然し、向ふへ行くともう帰つて来れんかも知れんから、金の二十円や三十円位は持つて行きたいなア』

さう云つて存外佐助は平気であつた。

母は薄つぺらな布団の上に坐り直し、ほつれた鬢を掻上げながら東の白んで来る空を窓越しにちらつと見て、財布をまた開いた。

『持つて行け、持つて行け、うちも困るがお前も困るだらうから余り自暴酒を飲まんやうにして、しつかりした男にならんと不可んぜ』

母は五円紙幣をまた取り出して与へた。佐助はその足ですぐ、荒木運送店の前に出た。

桑畑の畔道

暴風の過ぎ去つた後のやうに、佐助が去つて家の中はひつそりしてしまつた。寝てゐる病人は一言も物が云へなかつたけれども佐助の去つたことを余程喜ぶやうであつた。悲しかつたのは嘉吉であつた。嘉吉は兄をどうかして真直な道に導き帰したいと祈つてゐたけれども、その機会の与へられなかつたことを残念に思つた。母と妹の百合子は蚕が第四眠に近づいたので、眼の廻る程忙しく働いてゐた。嘉吉も仕事に出る前に一度桑畑に行き、母と妹のために大籠一杯の桑の葉を捲つて帰り、昼休みにまたもう一遍畑に通うた。

彼は蚕で儲けた金で、もう一度荒物屋の店を立て直したいと祈つてゐた。然し運が悪いと云へば、母の作つてゐた桑畑の桑は、もう二日以上蚕に食はすだけの材料しかなかつた。三日分か四日分の桑は何処からか買求めて来なければならなかつた。その話を聞いて、母も妹も全く悄(しよ)げてしまつた。その上、前買ひの噂によるとニユーヨークの絹糸市場が非常に悪化した為に、春先には一貫が七円五十銭もしてゐた繭価が、六月になつて五円五十銭に暴落したと云ふことであつた。信州の伊那方面には工場の潰れたものが、幾十となくあり女工の賃銀も碌々払へないものもあると云ふことであつた。

泣くには泣けず、嘉吉は静かに桑畑の畔道に大きな寵を置いて、その傍で祈つた。恰度そこを通りかゝつたのが、水車場の親爺の又さんであつた。

『いゝ天気ぢやのう！　嘉吉、お前んとこの飲み助は帰つたか？　あいつもしやうがない奴ぢやなア』

例の烏打帽を被つた髯武者の水車の親爺は、下津具では大地主の一人として尊敬せられてゐた。非常に賢い男で、蚕種信友会の会長などをやつてゐた。然し非常な変人で、皮肉と批評は上津具下津具きつての大将であつた。だが親切気も多分にあつて、小作人などは随分可愛がつた方だつた。嘉吉の母が借りてゐた桑畑も、この水車の又さんの所有地であつた。

『いゝ、お天気ですなア』

嘉吉は頬被りを取つて恭々しく敬礼をした。

『お前んとこの兄貴にや困つたよ。うちの田口の親類が、小作争議で弱つてる処へ、佐助が火をつけに来たので、未だに去年の小作米がとれなくて困つてゐるよ。うちの田口の親類つて云ふのはな、永久三割減でもう妥協しようとしてゐた処であつたんだよ。それをお前とこの兄貴がそれをぶち壊して、小作料なんか一文もやらなくともいゝつて煽動しまくつて行つたさうだ……。もう帰つたつて云ふなア？』

『えゝ』

言葉の尠い嘉吉はそれ以上答へなかつた。

『お蚕はどうぢや？　繭価が暴落したので家は弱つてゐるよ。お前んとこ、桑が足らぬやうぢやなア、うちの方が少し余つてゐるから取つて行けよ』

嘉吉はその言葉を天来の福音と喜んだ。

『大将、ほんとに頂いていゝですか。もうあと三日分位足りないもんですから、うちの阿母も弱つてゐた処なんですよ』

又さんは、二十年前にでも買うたと思はれるやうな煙草入を腰から取出し、煙草を吸はうと嘉吉の傍に腰を下した。

『取つて往け！　取つて往け！　うちは今年蚕が悪いと思つたもんだから、紙数を一枚減らしたから、少し桑が余つたんぢや、お金は要らんから要るだけ取つて行けよ！』

『ありがたうございます』

嘉吉は恭々しくまたお辞儀を一つしてそれを夢ではないかと喜んだ。昔予言者エリアが、金雀枝の下で祈つた時、神がそこに水を涌かせてエリアを救ひ給うたと旧約聖書に書いてあるが、嘉吉は桑の木の下で祈つた時に、救ひのあつたことをエリアのそれのやうに喜んだ。奥眼の又さんは余程兄貴のことを気にしてゐるらしかつた。煙草を一服喫うてまた攻撃を始めた。

『わしら、理窟の通ることだつたら何でも賛成するけれど、お前の兄貴の云ふやうな事は少し無理のやうに思ふなア』

嘉吉は黙つて、父さんの云ふことを聞いてゐた。杜鵑が森の間でけたゝましく鳴いてゐる。蟻が忙しく草叢の中を走り廻つてゐた。「ばつた」が桑畑の畝の間を跳ね廻つてゐた。茅草や蓬が所狭い迄、畔道の両側に生え茂つてゐた。夏の太陽が眩く頭から照付けた。又さんの吐き出す煙草の煙が、白く澄み切つた空中に舞上つて行く。暗い北向きの鍛冶屋の鞴の傍から暫くの余暇を盗んで桑摘みに出て来た嘉吉には、そこが天国のやうに思はれてならなかつた。

山村の朝ぼらけ

夜が明けて行く、陰欝な夜が、どんよりした夏雲の彼方に、太陽が目醒め、天空は鉛色に変つてゆく。

朝早く、寝床を抜け出し、気に懸る兄と姉との運命に就て、また病める父と弟の癒されることに就て、神に祈る為に山に登つた嘉吉は、雑木林の間から、上津具下津具の人家を見下して瞑想に耽つた。

彼は我ながら自分の姿の変つて行くのに驚いた。神を知らなかつた一年前、手負ひの猪のやうに豊橋の紅燈の巷で邪淫に狂ひ、女の口紅が自分の頬ぺたに印象せられたことを喜んでゐるやうな浅間しい野獣であつた。それがいつとは知らず、不思議な摂理に導かれて魂の高挙が日一日感受されることを嬉しく思はないではゐられなかつた。今迄は自分の事だけしか考へなかつた彼に、父のこと母のこと、兄のこと姉のこと、妹のこと弟のこと、仕事場のこと、村のこと、そして日本の国のこと、それが犇々と自分の責任のやうに感ぜられ、一年前には感付きもしなかつた高い道徳の基礎工事が、胸の裡に築かれてゆくやうに思はれてならなかつた。今迄馬鹿に思はれてゐた忠孝の道とか、仁義礼智信とかの符号のやうに教へられた修身の道が、まことに容易な魂の工夫であることに気付くやうになつた。

日の下に往還を挾んだ二列の人家がたち並ぶ。それが上津具の住宅地である。その南の端の直角に曲つた処の角が自分の家である。瓦屋根が露にしつとりと濡れて、澄み切つた空気の下に、大魚の鱗のやうに美しく見えた。上津具から下津具へ流れてゐる小川が、思つたより深い鉛の凹みとなつて、死んだ蛇のやうにうねりくねつて物凄い光景を現してゐた。朝から杜鵑が勢よく鳴いてゐる。山の上から見ると、自分の家の桑畑が株だけ残つて捨てられてあることが特別目につく、南側の繁つた森の他、殆ど凡て山は禿げて行き、大木と云ふものは周囲に見られない。今更のやうに犬の仙人が与へてくれた教訓を、一日も早く実現したいと思はせられる。深緑の絨毯を敷詰めたやうに、田の面は極彩色で彩られてゐた。その間にセピア色の藁屋根が所々に介在し、下津具の往還と人家の並びが、縁をとつてあるやうに見えて、まことに壮大な芸術品として受とられた。鉛色の雲が少し破れ、朝日が如露から吹出る水の様に、山や野良の上を斑らに輝らす。すると自然はまた変つてゆく、

嘉吉は遠くの景色から、また近くの自分の村の屋根の上に視線を注いた。この美しい自然に包まれて、静かに眠つてゐる山里に、道徳的廃頽があらうとは想像も出来ない程だつた。しかし実際はさうではなかつた。

自分の一家族の堕落は勿論のこと、近頃村に出て来たカフエは、青年を堕落させる罠となり、この頃は下津具方面から毎晩夜遊びに来る青年が激増する傾向を持つてゐた。平和な村では斯うした形で性慾を満足させるより他に道はない。

それで青年は、それが恐ろしい仕掛けであるとは知つてゐながら、ついつい深入をするのであつた。彼は山の中腹から、村の一軒一軒の生活様式を考へてみて、農村が衰亡して行く状態を沁々と考へさせられた。彼は目を閉ぢては、村の堕落の一つ一つに就て神の救を祈り、禁酒運動を村の有為な青年と一緒に起すことを断然決心した。彼はさうした祈が必ず実現されることを信じた。山を一歩一歩下る時に、彼は新しき力が、加はつたことを感じた。

山を下りて、その足ですぐ彼は、木賃宿裏の病人を見舞ひ、兄貴が朝飯の為に竈の下に焚付を投込んでゐるのを見て安心して帰つて来た。家に帰つて見ると、朝早くから刑事が自分を待ち受けてゐるのを見て吃驚した。無口な彼は、たゞ叮嚀にお辞儀を一つしたが、刑事は碌々お辞儀もしないで、二つの眉の間に深い縦皺を寄せ、彼の視線を嘉吉の二つの目に集めた。

『えらい事やりよつたぜ、お前ンとこの兄貴は、全く佐助は不良少年や、君』

その一言葉に嘉吉は、ど胆を抜かれてしまつた。

『どうかしたんですか?』

『どうの、斯うのつて、佐助は強盗になつて巡査を殺しちやつたんだよ』

嘉吉は、余りにも突飛なその報告に、次の言葉が出なかつた。嘉吉は、恥かしくて、刑事に顔を見られることさへ厭だつたので、すぐ台所に這入つてしまつた。そこへ川へ洗濯に行つてゐた母が帰つて来た。嘉吉はすぐ母に、刑事の云つたことを小さな声で耳打ちをした。

『あゝ、あの子であつたら、それ位のことをするわなも』

さう云つて、二つの眉毛をぴくぴくとさせた。気の強い母はすぐ店に出て、刑事に叮嚀にお辞儀をした。

『これはなア、まだ公に発表してないんだがな、お前ンとこの佐助がなア、巡査を一人殺してしまつたんだよ』

『へえ丶、あいつは悪い奴ですからかも、そんな事位為兼ねまじうございます……』

母はさう云つて、片袖で顔を蔽うてしまつた。嘉吉もぐんにやりして、台所の敷居の上に腰を下し、溢れて来る涙を両袖で拭いた。

『佐助はなア、左翼の思想にかぶれてなア、毎日遊んでゐるもんだから、その日の飯代にも窮したと見えて名古屋の広小路で、宵の口から中学校の二年生の子供の追剥ぎをやりよつたんだよ。取ることは取つたが、すぐ巡査に追跡せられて、とうとう掴へられたので、巡査と格闘になり、持つてゐた短刀で巡査を突殺したらしいな……仕方のない奴やなアあいつ、昨日なア、警察本部からその報告を聞いた時には、わしも吃驚したよ』

『佐助は公判があると云つて出て行つたんでございますが、公判はなかつたんでございますかなア？』

刑事は、敷島の袋をポケットから取出し、平気な顔して煙草を吸ひ始めた。

『お前ンところを立つ時には、一体本人はどれ位の金を持つて出たんだい？　本人は今迄屡々遊廓に出入して随分金使ひが荒いが、家から金を五十円貰つて来たと云つてゐるよ、それはほんとか？』

『旦那、そんな金があるもんですか、やつと二十円の金をもう当分帰つて来ないと云ふので、持たしてやつたやうなことでした』

『困つた事つちやなア。あんな男が一人この管内から出ると署長の信用が落ちるからなア、忙しくなつて困るわ。警察本部から保釈中にどんな行動をしてゐたか、それを書出して来いと云ふんぢやが、一体あの男はこつちに来てゐて別に悪い事しなかつたなア』

母は、刑事の腰掛けてゐる庭先に蹲つて、袖でしきつて涙を拭いてゐた。

『はい、別にこれと云つて、何も悪い事をしたやうに思ひませんが酒癖が悪うございまして、飲むことは毎日飲んで居りました』

『泥棒したやうな事はないなア』

『そんな事はないやうでございました。小作争議にはちよいちよい顔を出してゐたやうでございますが、あれも侠客の真似をするのが好きで、弱い者の為に片肌脱ぐのだと云つて、走り廻つてゐたやうな訳でございます』

蔭で聞いてゐた嘉吉は、自分が嘗て主人の金を盗んだ経験のあること丶思ひ比べて、佐助の今度の犯行を心から同情することが出来るのであつた。たゞ佐助は近頃、フランスの、バフーンの思想にかぶれて資本家に搾取する権利があれば、無産者に盗む権利があると主張して、無茶苦茶なことを云つてゐたので危いなと心配をしてゐたが、それが事実になつて、斯うした結果になつたことを恥かしく思へてならなかつた。

刑事はそれからそれへと、いろいろな事を訊き質して、煙草の吸殻を庭に叩き付け、

『こんな事があると忙しくて困るよ』

と不平を云ひ乍ら帰つて行つてしまつた。

人生の蟻地獄

母はまた蚕を飼ひ始めた。然し繭の値段がだんだん下つて来るので、水車の又さんは結局物入りだから、蚕を凡て捨て丶しまふやうに忠告に来てくれた。しかし遊ぶ事の嫌ひな母は、労力を厭はないで、朝早くから水車の又さんの取らしてくれる桑畑へ桑摘みに出掛けた。その務めた態度には、鍛冶屋の藤太郎さん初め近所の者が、みんな感心する程であつた。

たゞ一つ嘉吉の母が最も恐れた事は、家々を廻つて来る養蚕の指導員が、彼女の家の設備が余り悪いために、蚕の伝染病が勃発した場合、さうした処から他に伝染する懼れがあるといふ理由で、折角彼女が手を着け始めた仕事を厳禁しないかと云ふことであつた。彼女は、巡査殺しを子に持つたと云ふ羞恥感から、桑摘みに行く外、表にはもう一切出なくなつてしまつた。

父の幸吉は、飯を食ふ機械の外何物できなかつた。不思議にまるまると肥つて、長男が巡査殺しをしたと

云ふことを云うて聞かしても別に気にも留めない様子であつた。たゞ、麻酔してゐない左手を打振つて、悪い奴だと云ふ表情を示しただけであつた。名古屋の新聞には殆ど三面の三分の二を費して佐助のことが書き立てゝあつた。職場の甚之助がそれを面白さうに大声で読んでゐた。

然し、嘉吉は首を締められるやうな気持で、それを聞く勇気もなく、泣き乍ら裏口に出てしまつた。嘉吉は裏口の便所の蔭に身体を凭せて、人生は余りに悲惨であることを沁々と考へさせられてゐた。裏庭の南側は石垣で築上げてあつたが、その崖の端には、茄子が一畝植つてゐて、今が実る盛りの時であつた。鳳仙花が北側に寄つてまた植ゑられ、美しい薄紅色の花辯が大地に近く咲乱れてゐた。蟻地獄が庭の処々に小さい噴火口のやうな穴をあけ、その間を山蟻がすばしこく、夏の収獲に急いでゐた。どんよりした夏雲が太陽の直射を碍(さまた)げて、重苦しい影のない午後を出現させてゐた。

職場の方では新聞を読み了つた甚之助が、主人公の藤太郎と大声で批評をしてゐる。

『佐助つて奴は悪い奴だなア』

『矢張りお父つあんが、小さい時にあまり教育をしないで無茶ばかりしてゐると、子供が斯うなるよ』

太いどす声で、藤太郎が合槌を打つてゐる。外で聞いてゐた嘉吉は、ほんとにそれに違ひないと思つた。彼は教会に出入するまで、酒がそんなに恐ろしいものだと云ふことを知らなかつた。酒を飲めば気が荒くなるから、余り飲まなければ、いゝと云ふこと迄は理解してゐたが、酒が子供迄に遺伝して発狂者や殺人鬼や、性格異常者までが生れるつて云ふことは、村野先生に教へを受けるやうになつて初めて知つたのであつた。受けねばならぬ天罰とは云へ、斯うした恐ろしい家庭に生れ、自分もその系統をひいて、日々煩悶を続けなければならぬと云ふ浅間しい人生を呪はずには居れなかつた。

『神様、これをしも人生と云ふなら私は死んだ方がましです』

彼は蟻地獄を凝視し乍ら、そんな事を考へた。一日一円三十五銭かそこらの賃銀を貰つて、九時間も十時間も働き、その僅かな収入で一家族を支へ、儲からないとは知りながら母は朝早くから桑摘みに出かける。その悲しい運命を彼は嘆かずには居られなかつた。彼は永遠に自分の上に太陽が照らなければよいと思つた。

大地が張り裂けて、自分を早く呑み干してくれゝばいいと考へた。さうしてゐる処へ、左手の石段を上つて、母が棒もしわる位の桑の枝を担いで、裏庭に上つて来るのを見た。

『済まない、母は凡ゆる苦しみを突破してあれ程迄に健闘してゐるものを、自分だけが斯うして愚図々々はして居れない、過去一切の罪悪を、イエス・キリストのやうに、自分が十字架にかゝつて贖ふ勇気を持たなければならない。さうだ、そうだ。贖ひと云ふことは千九百年前に、キリストが一度済ましてくれただけでは足りないのだ。現代にもそれが連続してゐるのだ。父の罪、兄の罪、姉の罪、それらを凡て自分が贖はなければならない。キリストに比べると、自分はまだまだ苦しみが足りない……いや、キリストのやうに敵が来て、すぱつと一突きに槍で突いてくれさへすれば断念することも早いが、生かしもせず殺しもせず、だらだらに引張られて、自分自身すら生活に窮迫してゐるその上に、人の罪、社会の罪、自分の家の生活難、人の生活難迄一身に引受けなければならない、その一生の尻拭ひの生活が栄なきものと考へられて仕方がない。思ひ切つた恋愛をもせず、自分の家の生活難も恐れて、女から貰つた手紙にさへ返事をよう書かない自分の惨めさに、ほとほと愛想がつきた』

彼は立竦んだ儘、そこから動かなかつた。また、蟻地獄の上に瞳を据ゑたまゝ、視点をさへもよう動かさなかつた。彼は著しく人生に疲れたやうな感じがしてならなかつた。自分が小さくなれるなら蟻地獄の穴の中に潜り込んで、一生土の下でもぐらのやうな生活を送つてみればよいと考へた。

さう思つてゐると、急にお伽噺の国に住んでゐる様な気持がして何となしに愉快になつた。蟻地獄の巣の中から、天の使が抜け出して、彼を地下の王宮へ案内して呉れるやうに思はれた。急に周囲が眩ゆく照り輝いた。

『嘉吉よ、嘉吉よ、お前は、あの可哀相な癩病人を毎日親切に世話してゐるから、お前には蟻地獄の巣の下に何人も発見しない、安住の地をお前に与へてやらう』

魂の底にさうした声が聞えた。彼は微笑して瞳を蟻地獄の巣から便所の瓦屋根の軒先へ移した。そこには大八蜘蛛が新しい巣を作つてゐた。蜘蛛は勤勉にせつせせつせと無言の労働を続けてゐた。

『斯うしては居れない、俺も、蜘蛛位精を出して勤勉に働いてやらう』

さうした暗示を得た嘉吉は、井戸端に行つて、頭を冷し、眼の涙を奇麗に洗ひ落し、落ち着き払つた気持で、また職場の鞴（ふいご）の前に帰つて行つた。

呪ひの泉の封鎖

斯うした時の唯一つの慰めは、説教を聴くと云ふよりか、人に仕へると云ふことの嬉しさであつた。嘉吉は木賃宿裏の納屋に住んでゐる癩病人を世話することが、自分の一家族の罪を贖ふ上に最も必要な条件であるかの様に考へてゐた。それで日が照つても雨が降つても、彼はその病人を訪問することを怠らなかつた。病人の寝てゐる暗い部屋に這入つて行く時、生理的には一種の恐怖がいつも付き廻つてゐたが、それも僅かの間で次の瞬間には、信仰の力で凡てに打ち勝つた。村野先生も一週間に二回は必ず病人を訪問して来られた。佐助のことが新聞に出てから、村野先生は一層嘉吉に同情して落胆しないやうにと注意してくれた。

日曜日の晩、聖書の講義が済んでから、

『先生、これはどうしても村の禁酒会の運動でもしないといけませんね』

『さうは思つてるんですが、中心になつてやつてくれる人が無いものですから、今日迄捨てゝおいたのです、一つ、あなた中心になつてやつて呉れませんか』

斯うした会話が交されてから、恰度一週間目の日曜日の晩に、村野先生は農村禁酒運動の急先鋒として有名な山田義信氏が、田口町へ講演に来ると云ふことを、嘉吉の耳に入れた。それを好機会に、上津具でも禁酒講演会を開いて貰ほうと云ふことになり、村野先生は翌日すぐ、山田氏に講演依頼の電報を打つた。都合好く、承知したの返事がすぐ這入つた。それで村野先生は学校の講堂を借入れることに、嘉吉は村の青年団の後援を得ることに、各々交渉する範囲を定め、農閑期を利用して大いに禁酒運動をやると云ふことに決定した。小学校の講堂は容易に借入れることが出来た。然し、大酒呑みで通つてゐる小学校の校長は、青年団長を兼摂してゐたが、なかなか容易に後援すると云ふことを約束しなかつた。幹部会を開いた後、お答へすると云つて、その日は体よく断られた。そしてその幹部会はいつ開かれるとも思へなかつた。校長は国粋論者の我利我利で、持論として耶蘇退治に傾いてゐたから、何事に依らずキリスト教信者のすることには反対した。講堂を借りるのは村長の権限で、すぐ許可してくれたが、青年団を動かすことは、この校長を動かさなければ出来ないことだつた。

七月の第三の日曜日の晩に開かれた青年団の幹部会では、校長の反対論で、禁酒演説会後援の案が否決された。それには青年団を牛耳つてゐる荒木直太郎の賛成もあつた。

兎に角演説会は、田口の後をうけて八月五日と決定した。それで村野先生は、ざら紙四半分の広告を二十枚書いてくれた。それを嘉吉はひとりで上津具下津具の電柱へ貼つて廻つた。それが七月の最終の日曜日の晩十時頃であつた。一日の間、そのビラは完全に人目を惹いてゐたが、次の日にはもうどの柱にもビラは残つてゐなかつた。誰が剥ぎ取つたか、完全に挘りとられてあつた。その間の消息を知つてゐる甚之助は、日進亭の親爺がめくつて廻つたのだと噂してゐた。それで次の日また同じビラを貼つて廻つた。そのビラもまた剥ぎとられてしまつた。

愈々八月五日が来た。開会時間は午後二時と云ふのであつたが、午後二時に集つた者は僅か二十人に足りなかつた。それも津具村の者は尠くて、遠く岐阜県の岩村方面から自転車に乗つてやつて来た五人組や、信州境からやつて来た四人組を除けると、上津具の青年と云ふのは一人も無く、他はみな下津具の青年ばかりであつた。然し、村長はどう思つたか、村役場の吏員全部に聴かせる必要があると云つて、役場を閉鎖して出て来てくれた。それには呑み助の校長も恐慌を来たしたと見え、渋々やつて来て、山田講師に挨拶をしてゐた。開会は一時間も遅れたが、村野先生の要求によつて、村長自らが、山田氏の前に挨拶を述べることになつた。それは非常な出来事で、酒飲みの校長などは小さくなつて聴いてゐた。山田氏の講演は、日本に於ける禁酒村の実績を細かに報告したのであつたが、それは実に有益な演説であつた。禁酒して三年目に小学校を改築した石川県の話、禁酒運動が始まつてから農民の貯金が増した山口県の話、禁酒運動を始めてから、村に協同一致の精神が盛んになつた兵庫県美嚢郡の話、山田氏は自らさうした村々を禁酒村に組織した関係上手にとるやうに精しく、禁酒運動によつて農村を改良すべき方法に就て教へてくれた。会衆は僅か四十人足らずの淋しいものであつたが、その日の感銘は永久に会衆の頭から取去ることの出来ない深いものであつた。斯うした運動がもう三十年も前から起つて居れば、我家に今日のやうな不幸がなかつたものをと、人が聞けば少しも感じないやうな処を嘉吉は一人感して泣いてゐた。禁酒が農村を改良する大きな原動力であることを聞かされて、村長は馬鹿に喜んだ。その結果、村役場の吏員を中心にして、津具村禁酒会と云ふのが生れることになつた。そしてその幹事に、山下嘉吉が選ばれることになつた。嘉吉にとつてはそれは身に余る光栄であつた。嘉吉は兄の関係もあり再三辞退したが、村長はどうしてもきかなかつた。

『山下君のやうに熱心な人でないと、斯うした運動はどうしても成功しないから、無理でもやつて貰ふんだね』

村長は斯う云ひ張つてきかなかつた。事務所は、栗本医院の中に設けられ、事務は主として村野先生と嘉吉が執ることになつた。

皮肉にもその晩、向ひの酒屋から兄の借りてゐた酒代の請求が来た。酒屋の親爺は髪を丸坊主に刈つた赤ら顔の脊の高い男であつたが、

『禁酒運動に賛成したいが、みんなが禁酒すると、二億一千万円の酒税が国庫に這入らんからなア、政府が困るよ。酒を売るのは国家の為だぜ、嘉吉さん』

さう云つて親爺はにたにた笑つた。兄貴は酒を通ひで借りたきり一文も入れないで今日迄捨てゝあつた。その金額も二十三円七十五銭と云ふ少からざる額で、嘉吉にはどうともならなかつた。で、嘉吉は真正直に家の窮状を訴へて暫時待つてくれと懇願した。

『お前が禁酒運動をやらなければこつちも辛抱出来るけれども、一方では禁酒運動をやられるわ、酒は売れないわ、とつた酒代は払つてくれないぢやあ、うちも立つて行かんからなア、少し柔かにやつてくれんと困るよ』

厭がらせに親爺は店先に坐つて動かなかつた。

焔の前に居睡る男

さうした窮乏の真最中にまた厭な噂が立つた。それは、朝鮮に売られてゐる姉のおあさが心中したと云ふことであつた。それは誰云ふとなく、近所の人がさう云ひ出したので、嘉吉の家へ手紙が来たのでもなければ、警察から通知が来た訳でもなかつた。嘉吉は隣の鍛冶屋のおかみさんが、母に耳打したことを彼女から聞いたのであつた。藤太郎さんのおかみさんは、郵便局の女事務員村瀬たか子から聞いたと云ふのであつた。それで嘉吉はすぐ、郵便局に訊きに行つたが、彼女は電信係の山崎と云ふ青年から聞いたと云ふのであつた。

それで山崎に尋ねてみると、確か四日程前の「新愛知」に出てゐたと云ふことであつた。それで「新愛知」のその日の新聞を探したが、他の局員が破つて棄てたか、どうしても見当らなかつた。新聞紙を尋ねてくれてる間、小さい電信の窓口にもたれた嘉吉の胸は動悸が高く打つて、表が真昼であるに拘らず、真暗に早変りしたやうな心持になつた。新聞が見当らないと云はれて、彼は一安心した。

『多分違つてるんだらう』

さうあればよいと祈りつゝ、彼はまた隣の鍛冶屋まで引返した。彼はもう槌を振る元気はなかつた。幾ら人生とは云へ、こんなに迄彼一人が苦しまねばならない理由を嘉吉は発見することが出来なかつた。彼は、甚之助に今日は鞴(ふいご)の番人にしてくれと頼んだが、甚之助は、昨夜飲んだ酒に祟られて頭痛がしてると云つて鞴の前を動かなかつた。然し、嘉吉はこんな日に限つて他人に傷付けたり、鉄片が自分の顔に飛んで来たりする時が多いと思つて、主人の藤太郎に休ませて貰ほうと頼んでみた。

『どうも家に不幸が続いて気が落つかないので、半日休ませてくれませんか。人に怪我さしても詰らんから』

藤太郎は顔を顰(しか)めてそれを許可しなかつた。で、嘉吉は厭々仕事を続けた。その日は風のない蒸暑い日であつた。二日酔ひの甚之助は鞴の傍で居睡を続けてゐた。裏から水を汲んで来た小僧が、それを見て笑つた。甚之助は慌てゝ、コークスの中に這入つてゐた真紅になつた鉄片を取り出した。そしてそれを長い鉄の柄のついた鋏(はさみ)で掴んだまゝ藤太郎が要求もしないのに、金床(アンビル)の方に持つて来た。

『何してるんだい。寝とぼけて』

主人の藤太郎が大声で怒鳴つた。吃驚した甚之助は、その焔のやうに燃えた鉄片を金床の上に落した。それが、金床の上で一度はねて、槌を持つて傍に立つてゐた嘉吉の右足の上に落ちた。嘉吉は急いで一歩後に退いたが、その時はもう遅かつた。右足の甲の上に小指から拇指(おや)にかけて、幅一寸位焼け爛(ただ)れてしまつた。

『何、ぼんやりしてるんだい！』

藤太郎は甚之助を怒鳴り付けたが、そんなに怒鳴つても、嘉吉の傷はもと通りにはならなかつた。

『寅吉、醤油を早く持つて来い！』

おかみさんは何事かと、裏口から飛出して来た。おかみさんは焼どが、あまりに大きいので吃驚してゐる。

『こりや、栗本さんに行つて、早う硼酸軟膏でも塗つて貰つたがいいわ』

で、嘉吉はすぐ甚之助に援けられて、栗本医院の方へ静かに歩いて行つた。漸く帰つてみると、いつも快活で母をよく助けてゐる百合子が、昼飯に食つた蝦(えび)があたつたとかで、腹痛を訴へて泣いてゐた。母はまた母で農会の蚕業技師がやつて来て台所で育てゝゐた蚕に病気がついたから、全部焼き棄てるやうに命令せられたと云つて悄げてゐた。息子が仕事場で焼どしたことを知らなかつた母は、裏口から這入つて来るなり、嘉吉が足に繃帯してゐるのを見て、吃驚して尋ねた。

『どうしたんぢや、くじきでもしたんか？』

『いや、ちよつと焼どしたんだかな。大した事ないんぢや』

『矢張り、水車の又さんが云うてくれた通り、こんどは初めから飼はん方がよかつたなア。今日、蚕業技師がやつて来てなア、うちのなア、蚕に病気が出てるんだつてさ、それでみんな焼き捨てゝしまへつて云ふんだよ』

心配さうに、母は座敷の上に作つた棚から、病気にかゝつた蚕を二三匹掌の上に載せて持つて来た。確かに蚕は病んでゐた。その病気も蚕の伝染病としては最も恐ろしい、体全体が軟化して、忽ち全村にそれが蔓延すると云ふ性質のものであつた。無智な母は、蚕と別れることを悲しんでゐた。

『病気に罹つたものだけ棄てたらよささうなものだらうにね、何もみんな放らなくともよいだらうに、十日も十五日も苦労して一文にもならないのは、随分詰らないなア。これぢやア。お父つさんに卵一つ買うてあげることが出来ないぢやないか』

さうした母の悲しみに対して、嘉吉は最近下津具で発生したこの種の伝染病の恐ろしいことをよく説明した。その伝染性の恐ろしいこと、病気に罹つてゐないものも、既に黴菌を持つてゐる懼れのあることなど、つい先達て村野先生から聞いた通りのことを、叮嚀に説明した。そして母に凡てを焼棄てることを承諾させた。母は息子の説明を詳細に聞いて、泣く泣く蚕棚を裏口に運び始めた。

『運が悪いつて云へば、こんなものかなア。一つ縁起の悪いことが起ると、次から次に起るもんぢやなア』

担ぐことの傾向を多分に持つた母は、半分泣き乍ら、裏庭の真中に立つて呟いた。槌を打振る勇気のなかつた嘉吉も、蚕棚を運ぶだけの力を持つてゐたので、焼どした足を引摺りながら、母と二人で凡ての蚕棚を表に運び出し、蚕を一ケ所に集めて、その上に藁を被せ、火をつけて蚕を焼払つてしまつた。

『矢張りなるやうになるより仕方がないなア』

母は、蚕の上の藁が燃上つた時にさう云つた。

銀色の吹抜燈籠

嘉吉の姉のおあさが朝鮮で心中したことはほんとであつた。正式の通知が、朝鮮仁川市の市役所から上津具の村役場に宛て来た。その通知を村役場の小使が鼠色の状袋に入れて、嘉吉の家迄持つて来た。それは嘉吉が負傷してから五日目の朝であつた。毎日栗本さんの家に通うて、嘉吉は仕事を休んでゐた。それで母は、その月の収入の減ることを案じ、米を買うて来る代りに馬鈴薯を買うて来た。そして麦飯と馬鈴薯で腹を拵へることに、皆で申合せた。斯うした窮乏の中にも、嘉吉も、毎日五銭の金を木賃宿裏の癩病人の処に持つて行くことを忘れなかつた。嘉吉は竹の棒で、自分手に松葉杖を作り、元気よく栗本医院に通ふ序でに、足を延ばして病人を訪問した。

然しもう窮乏はどん底に達してゐた。借りに行く処はなし、病人には馬鈴薯を食はすことも出来ず、嘉吉は泣き乍ら、蒲郡の伯父に金を貸してくれと手紙を言いた。勿論、それに対して多くの期待を懸けてゐなかつた。然し、必ず五円か十円か送つてくれると確信はしてゐた。村はお盆の準備が忙しかつた。母は、死んだおあさの初盆だから相当に供養してやりたいから、吹抜燈籠を買ひたいと、嘉吉に相談を持かけた。嘉吉は必ずしもそれに反対でなかつた。然し三円でも五円でも余裕があれば、兄の佐助を一度監獄に見舞つてやりたいと思つてゐた。それですぐ『うム』とは云はなかつた。

蒲郡に手紙を書いてから五日目に、書留郵便が一通配達せられた。それを開けてみると、二十円の小為替が這入つてゐた。そして金釘流の伯母の手で、旅費をやるから遊びに来い、今は海水浴の真盛りで、芳江さんも花子さんも鶴子さんも毎日のやうにやつて来て嘉吉さんの噂ばかりしてゐるから、水が冷たくならぬ中に是非遊びに来い。と長つたらしく書いて寄越した。その手紙を読んで、嘉吉は幸福であつた蒲郡の数日を想ひ起した。そして帰つて来た後も、芳江から甘つたるい手紙を貰つたことの嬉しさをも思ひ出した。彼女を忘れてゐる訳ではなかつた。然し生活の苦しさに追ひ立てられて、彼女に手紙を書く元気と余裕を持たなかつた。心の中では芳江に対して済まない済まないと云ふ気持が毎日してゐた。母はすぐ小為替を持つて、郵便局に飛んで行つた。そして郵便局からの帰途に、大枚一円五十銭の金をはり込んで、おあさの供養の為に吹抜燈籠を買ひ求めて来た。

母はにこにこしながら表から這入つて来た。ダイアモンド型になつた白木の枠の上に、美しく銀紙を貼り、鳳凰と天女の型を切抜いた如何にも優美な形に、母は我児の魂がその燈籠の中に宿つてゐるかの如く喜んでゐた。

『仏さんがなア、この燈籠を見て喜んでくれるだらう。お骨もまだ手に入らんから、お葬式をしてやる訳にもいかんし、今年のお盆はこの燈籠で堪忍して貰はうかい。あの天女の頬ぺたとおあさの頬ぺたとがよく似てゐるやうに思はれて仕方がないわい』

買ひ手と云へば、日に一人もないやうな荒物屋の店先に、母のおまさはその燈を吊下げ、俯向いてこつそりと涙を拭うた。その日は恰度新暦の盆の十三日であつた。母は二階の仏壇のお飾りをするのだと云つて、柵からも華束を下し、裏の井戸端へ洗ひに出た。夕方には、村外れの寺からおあさの位牌に戒名を書いて貰ひ、それが如来さんの掛図の前に敬々しく祀り、母は一人珠数をひねつて、何遍もその前にお辞儀をしてゐた。

夕刻、癩病人を世話して家に這入ると、母はおあさの位牌に焼香をしてやつてくれと云つて、泣くやうにせがんだ。それで嘉吉は、二階の仏壇の前に坐り、母が心を籠めて飾つたおあさの新盆に敬意を表した。進んだ宗教意識を持つてゐる嘉吉は、母の偶像教的態度に賛成しなかつたけれども、母が子を思ふ深い情に心より敬意を払うて、一段高い処から母の感情を害しないやうに努力した。

『心中などすると、よく幽霊が出ると云ふからなア、するだけのことをしておかんと、この上家に祟りがあると悪いでなア』

母は満足げに、仏壇に向き乍ら独言のやうに云うた。仏壇は美しく飾られてゐた。華束の上には大きな蓮の葉が載せられ、その上に赤い干菓子や、白いさうめんや、黒い飴ころ餅や、黄色い瓢箪や、紫色の茄子が、金色の御厨子のバックに反映して、何とも云へぬ美しい調和を保つてゐた。仏壇は家に不相応な程大きかつた。家柄は相当に旧いと見えて、位牌が沢山並んでゐた。仏壇の上方に吊られた天蓋は、優雅な曲線美を持つて下に垂れてゐる。それは二つのお燈明台と共に、凡ての悲しみを越えて、人間の魂を美の世界に誘ひ入れるだけの力を充分持つてゐた。嘉吉は、祖先のことを想ひめぐらすと共に、家の祟りつて云ふことが、祖先から遺伝した恐ろしい罪悪の祟りであることを沁々と考へた。

燈明が揺れる。その心細い光の傍に、黒い線香の先から水色の煙が、二列になつて天井の方に舞上る。その心細い煙の行方を見守つて、嘉吉は、より強い神の力が日本男子の胸に宿らなければ、祖先から承継いだ罪悪の祟りを破壊することが出来ない、と云ふことを沁々と考へたのであつた。

翌日、珍しくまた一通の手紙が舞込んだ。それはピンク色の封筒に、細野芳江と裏書きされた嘉吉宛の手紙であつた。嘉吉はそれを開封する時、手が震へてゐた。それは手紙ばかりかと思つてゐると、五円の小為替が封入されてゐた。手紙は次のやうに読めた。それは候文と言文一致の混つたものであつた。

一筆啓上仕候、陳ば久しく御無沙汰いたして居ります。然しあなた様のことは一日として忘れたことは無く、毎日のやうに夢に見たり、浜のをば様と噂をしたり、いつまたお会ひ出来ることかと、そのことばかり楽しみにして居ります。私があまり、あなたのことばかり云ふものですから、工場では私のことを「嘉吉さん」と呼ぶんですよ。昨日をば様のところに、いつものやうに遊びに行きますと、をば様は、あなたが大勢の病人を抱へて、ずゐぶん困つてゐるとお聞きしましたので、今日は私の小遣の中から、お父様にお見舞金としてお送りしますから、どうかお受取り下さい。

私は、をば様から、あなたが来年のお正月に豊橋の聯隊に入営なさることを聞いてほんとに喜んでゐます。そうなれば私は毎日曜には必度豊橋に出て、あなたに面会しようと思つてゐるのです。をば様も嘉吉と芳江と必度夫婦にしてやるから兵隊から帰つてくるまで辛抱するが善いと云うて下さるのです。私はその日を楽しみにして待つてゐます。然し、その日が待ち遠しくつてしかたがないんです。盆の休みにあなたの処へ尋ねて行かうかと思つてをば様に相談したところが、必度、あなた様が出てくるからと云はれるので、それを日に日に、楽しみにしてゐます。どうか、早くお顔をおみせ下さい。書きたいことが山ほどあるんですけれども、よう書きませんから、またお目に懸つた時に詳しく申上げます。どうぞ暑い時ですから御身をお大事にして下さいませ。近い中に会へると思つて、毎日北山の方に首をのばして、それぱかりを楽しみにして居ります。

先づは　右まで　かしこ

芳江
愛する嘉吉様御許へ

芳江の手紙は活動写真に出てくる手紙に影響を受けてゐることを嘉吉はすぐ感付いた。然し、彼は「捨て石神あれば、拾ふ神あり」

との譬を今更の如く深く教へられて芳江の澄み切つた瞳を思ひ出して、その手紙を読み乍ら一人で微笑んだ。

真紅色の財布

『と――よ――は――し――、と――よ――は――し――』

と駅夫の呼ぶ声に妄想に耽つてゐた嘉吉の幻は破れてしまつた。彼は、大勢の乗客と一緒になつて、狭い客車の出入口からプラットホームに降りた。勿論、豊橋が彼の慕はしい第二の故郷であるとは云へ、全然友人と云ふものを作らなかつた彼は、初めから豊橋を素通りにするつもりであつた。彼は東海道線に乗換へるつもりで、豊川から乗合せた下駄屋のお婆さんの荷物を下げてやり、プラットホームを架橋の方へ急いでゐた。東海道線に乗換へる乗客も二百人近くあつた。彼はその間に混つて、夏の日に焼けたプラットホームの小石の上を踏付けながら心をせかせてゐた。すると、後から女声で、『山下さん、お間違ひしてゐたら御免下さい、あなたは山下さんぢやありませんか?』

と呼ぶ声が聞えた。珍らしく自分の姓を呼ぶ女があるので、誰かと思つて振返つて見ると、それは正しく細野芳江であつた。彼女は顔に薄化粧をして頬紅まで塗つてゐた。前に見た時よりか遥かに美しくなつて、見違へる程艶々しく見えた。

『まあ何処へいらつしやるんですか?』

お辞儀を一つして、帽子を手にとつた儘、嘉吉がさう云つた挨拶をすると、

『あなたを迎へに来たんですよ。浜のをばさんが今日は来る日だから、是非とも名古屋へ行く前に府相へ連れて来いと云はれて、汽車賃まで下したものですから、時間を見はからつて、もうこれで列車を三つ待つてゐたんです。とうとう会へて嬉しかつた。荷物を持ちませう』

彼女は、右手から左手に蝙蝠傘を持ち変へ、嘉吉の下げてゐた大きな風呂敷包を受取らうと、右の手を差伸べた。その傍には風呂敷包を荷負うておばあさんが二人の会話を不思議さうに聞き乍ら、荷物が失はれることを心配して、突立つてゐた。

『いや、いゝんですよ、これはこのお婆さんのですよ、重さうにしてゐたから運んであげるんです』

『さう？　私はまたあなたのお母さんかと思つた……あなたどうなさいます？　すぐ名古屋にいらつしやいますか？　そこで降りて行つて下さる？　あなたを連れて行かなければ、をばさんに叱られちやふわ！』

さう云ひ乍ら二人は肩を並べてブリツヂを渡り始めた。老人は荷物を気にして、後からよちよち従いて来る。芳江の塗つてゐる白粉の匂ひが気持よく鼻に感ぜられる。

『お出しなさいよ、半分持たせて頂戴な』

さう云つて、芳江は下駄の台の這入つた大きな風呂敷包の括り目の一部分を掴んだ。歩く度毎に、芳江の柔かい腕の皮膚が、いつも鉄槌を持ち付けてゐる嘉吉の腕とすれ合ふ。嘉吉は盆の休みであるとは云へ、わざわざ豊橋まで出掛けて来て、三列車も彼を尋ねる為に待ち侘びた芳江の熱情に動かされない訳にいかなかつた。ブリツヂを下りて、プラツトホームのベンチの上に二人は並んで腰掛けた。芳江は親しげに身体を嘉吉の方に摺り寄せ、ハンカチで額の汗を拭き乍ら、ほんとに嬉しさうであつた。

『とうとう、私の願が叶つた。をばさんがね、来ると云はれたんですが、十一時の列車ともう一つその前の時の列車を待つたんでせう。もしかすると自動車で来るかも知れないから、朝早くから行つてゐないと名古屋にすぐ行つてしまふから、早くから行つたらいゝつて云はれるものですから、とうとうステーシヨンで八時半から、今の今迄ぼんやりしてたんですよ。何だか頼りなくてね、十一時の列車の乗客がみな出払つて

しまつた後は、ぼんやりしちやつて泣いてしまひましたよ』

　さう云つて膝の上に出してゐた嘉吉の左手の上に芳江はハンカチを握つたまゝ彼女の右手を重ねた。何処か母のそれに似て一重瞼をした芳江は、村瀬たか子のやうに二重瞼の賢さうな眼付はしてゐなかつたけれども、可愛らしいと云ふ気持は充分与へられた。それにこの前とは違つて、こんどは髪も現代式のハイカラ髷（まげ）に結び直し、何処のお嬢さんかと思はれる程、上品に見えた。

『盆の十四日には兄に面会する為めに名古屋に行くと伯母に手紙を書いたものですからね、伯母はそれを覚えてゐてくれたんです。だがあなたには済まないことをしましたね。どうか、お許し下さい。然し、近頃の女の人の風は変つたもんだね。あなたのやうにしてると、女工さんやら令嬢やら判らんわ。僕はさつき汽車の窓を一つ一つ見て廻つてゐる令嬢風の人があつたから、人を探してるんだとは思つたけれど、あなただとは気が付かなかつた。髪の形が変つてゐるからね、判らないのも尤もですね。しかしあなたはよく僕が見付かりましたね。あの大勢の中で』

『前から一つ一つ見て行つたんですが、あまり大勢でせう、誰が誰やら判らなくて、もう失望してゐたんです、あなたもこの前は繃帯をしてゐたでせう。顔の恰好が違つてゐたんでせうね、気が付かないでせう。ところが不図、自分の前を歩いてゐる人を見るとどうしてもあなたに歩き方が似てるぢやありませんか！　間違へてゐると悪いと思つたんですがね、勇気を出して呼止めてみたんですよ。今夜は府相で泊つて行つて下さらない？』

　さう云つてゐる処へ一時三十二分の浜松仕立明石行きの徐行列車がプラットホームに這入つて来た。岡崎迄行くと云ふ下駄屋のおばあさんは荷物を取りに来た。

『おばあさん、一緒に乗りませう、重いでせうから、私が入れてあげますよ。心配なさいますな』

　さう云つてまた嘉吉はその風呂敷包を三等客車に運び入れた。客車の中はすいてゐた。其処でも二人は並んで腰を掛けた。芳江は嬉しさうに、蝙蝠傘の話から、扇子の話、浜のをばさんの噂から、機屋の不景気な様子、嘉吉が少しも返事を呉れない不平や、浜のをばさんがきつと夫婦にしてやると云ふてくれたと云ふ陽気な夢、それを次から次へ、と切れとぎれに、花嫁にでもなつたつもりか、前の芳江と打つて変つて、恥かしさうに俯向き乍ら話して行くのであつた。客車の中は暑かつたが、芳江の皮膚は柔かだつた。芳江は、浜のをばさんに見立て丶貰つたと云つて、派手な千鳥の模様の入つた浴衣地の上に、真紅な帯を締めてゐた。

『この浴衣はね、玉子さんも、鶴子さんも、花子さんも、私も四人が揃ひで買うたんですよ。十六日の晩は弁天さんの浜で、みんな盆踊りをするんだと云つて楽しんでゐるんですの、あなたもそれ迄居られるでせう？　それまでゐて欲しいわ！』

　そんな陽気な事ばかり話して行く芳江は、嘉吉の使命が、巡査を殺した兄佐助の差入をする為であつたことを知らないでゐるらしかつた。また嘉吉も兄の犯罪に就ては一言半句も芳江に話さなかつた。芳江は小鳥のやうになつて喜び、

『私ね、あなたに贈物をしようと思つてるんですが、受取つて下さる？』

　さう云つて懐から真紅な「もみ」の布で作つた女持ちの財布をとり出して、嘉吉の懐にねぢ込んだ。嘉吉は困つてしまつて、

『芳江さん、あなたも家に送金しなくちやならんでせうから、こんな事しない方がい丶よ』

『そんなに水臭く云つちや、いやよ。夫婦になるんだつたら、私の儲けはみんなあなたに上げるつもりなんですよ』

　車輪がけた丶ましい音を立てるので、傍に坐つてゐた嘉吉の耳にも、芳江の云つたことが充分聞えなかつたが、彼女は、そんな事を早口で云うた。嘉吉が懐からとり出したその手を押へて、芳江はまた、それを彼の懐に捻ぢ込んでしまつた。そして、馴々しく彼の肩に手を掛けて、自分の唇を彼の左の耳にすり寄せて囁いた。

『私はね、着物を一枚縫うてあなたに送らうと思つたのですけれど男の着物を縫つてゐると、みんなが冷かすから自分でお財布を作つて、単衣（ひとえ）の着物が一枚買へるだけその中に入れておいたのです……私を愛して下さるなら、私だと思つて、私の魂の籠つてゐるその赤い財布をあなたの肌身に付けておいて頂戴』

さう云つた儘、彼女は長い二つの袂を顔の上に蔽ひ、物も云はずに俯向いてしまつた。そして何に感じたか小さい声で泣きじやくりしてゐた。

芳江が自分を愛してゐると云ふことを知つてゐても、これ程迄に思ひ詰めてゐるとは、嘉吉は今の今まで知らなかつた。

汽車は、御油駅に停つた。海水浴に来た客らしい。手拭を丸めそれを紐で括つたものをみんな中合せたやうに左手で持ち、どやどやつと客車の中に這入つてきた。それに驚いて芳江は急に顔を上げた。幸ひ、それらの人々は客車の中央部に座席を占めて、面白さうに海水浴場の出来事を物語つてゐた。列車が御油駅に着いてゐる間、芳江は一言も嘉吉に言葉をかけなかつたが、汽笛が鳴つて列車が動き出すと、

『山下さんは今日すぐに名古屋へ行かれるんですか？　今日往かなくちやならない、さし迫つた用事がお有りになるんですか？』

『いや、別に行かなくちやならんさし迫つた用事もないんだが、切符を買つちやつたものですからね、降りてしまふとゆつくり出来んもんだから、先に行つて、後でゆつくりしようと思つたりしてるんですよ』

『さうね。だけれど蒲郡は途中下車駅だから切符の期限のある間は降りてもいゝんでせう？　今夜一晩でもいゝから泊つて行つてくれないと、私がをばさんから汽車賃を貰つて来た面目が立たないから泊つて行つて頂戴よ。そして、明日は朝早く立つて、用事を済まして、すぐ明日の晩、名古屋から引返してくればいゝぢやないの？』

入江の打瀬船

芳江の熱心な勧告に従ひ、嘉吉は、初志を枉げて一晩蒲郡に泊ることにした。二人して蒲郡に降り、降りた処で、伯母の処に贈る菓子折一箱を求めた。その代金を嘉吉が払はうとしてゐると、芳江は自分で払つて、その菓子折を持つて、とつととさきに府相の方に走つて行つてしまつた。

いつも山ばかり見てゐる日には、海の景色がまた特別に珍しく実にのんびりして見えた。水平線の上に真一文字に拡がつて見えるのは、渥美半島の低地だつた。右手には、片の原の小山が、蹲(うずくま)つてゐた。海はどんよりして澄みきつてはゐなかつたが、大島は瓢箪の縦半分を海面に浮べたやうに横たはり、弁天島はエメラルドの珠のやうに鬱蒼と緑色に茂つて水平線の単調を破つてゐる。干潮の加減でもあつたが、打瀬船が黒く塗つた胴体を日にさらした儘、府相の海岸に引き上げられてあつた。船のマストから打瀬に使ふ網が無数に干されてゐた。

竹藪を通り貫け入江に出た。此処は珍しく打瀬船が盆の加減でもあるか多数這入つてゐた。マストの上には普断あまり取り出したことのない船名を紺地に白く抜き出した大きな旗を括りつけ、あるものは万国旗で満艦飾までしてゐた。船頭は、孟蘭盆を楽しんで、自分の命より可愛い船に愛らしい装飾を施してゐるのであつた。窮乏した山地から出て来ていつも感じるのは海浜の豊饒に就てであつた。芳江は、何を考へたか、浜の伯母に、さきに廻つて報告しようとでも云ふのか、小走りに急いで行く。もうかれこれ三町も先を歩いてゐるだらう。嘉吉が入江になつてゐる角の処を曲つた時には、半鐘のある処で彼女の姿が見えなくなつてしまつた。

嘉吉はゆつくり歩いた。そして彼女と自分の運命に就ていろいろと考へてみた。一年前であればきつと結婚してゐるだらうにと思うた。然し、家の貧乏のことを思ふと、色欲が罪悪であるかの如く考へられてならなかつた。たゞそれだけのことであつた。然しまた、芳江が引張る儘について行くことも、あまり深く芳江を思つてゐない彼をして、彼女を欺瞞に導くと、一種の恐怖心を感じないわけでもなかつた。

半鐘の処まで来ると、玉子も、花子も、鶴子も、令嬢のやうに美しい着物を揃へて、皆、にこにこしながら芳江と一緒になつて出迎へてくれた。彼等の着物のこざつぱりしてゐるのに比べて、常着の儘出て来た嘉吉は自分の風采の上らないのを恥かしく思つた。余り偉くもない自分をどうしてこんなに歓迎してくれるかと自分乍らをかしく思つた。然し実際は、彼に魅力があるのではなく伯母の外交手段が彼の上に迄延長してゐるのだとつくづくと考へさせられるまでのことであつた。

『嘉吉さん、芝居見に行きませんか、三谷にね、新派の面白いのが来てるんですよ』

珍らしく花子がそんな事を云つた。

『私達はこれから芝居に行かうと思つて出掛けて来た処へ、芳江さんがあなたの来られたことを教へに来てくれたんですよ。男の連れがないと淋しいから仲間におなんなさいよ』

女工等は、家のこと、兄弟のことも少しも心配しないで暢気なことを云つてゐると、嘉吉は考へた。四人の娘に守られて、「島さ」の屋敷の角で浜に曲り、船大工の伯父に当る島村定吉の小さい浜の家に着くと、伯母も伯父も居なかつた。

『あら、小母さんは何処へ行つたんだらう？　もしかすると、浜伝ひにあなたを迎ひに出たのかも知れない。ちよつと探して来ますわ』

嘉吉と三人の娘を前庭に捨てゝおいて、芳江は大急ぎに浜の方に下りて行つた。そこへ伯母は暢気さうに笑ひ乍ら、島さの屋敷から出て来た。そして嘉吉と娘の群を見て大きな声で云うた。

『あんまり遅いから、土手の上に迎へに出てゐたけれど、待ちくたびれてしまつて島さの処で一休みしてゐた処だつたのよ。よく来られたなも』

娘達はいつもと違つて落ち着いてゐなかつた。玉子と花子と鶴子の三人の間では、小さい声で相談が始まつてゐた。

『今から行くと一幕済んでゐてよ』

鶴子は帯上げを締め直しながら、余程不平らしかつた。

『玉子さん、新次郎さはもう今頃芝居小屋に着いてゐるだらうね』

花子は袖の振りと襦袢の振りを合せながら、俯向いたまゝ、玉子の決断を促す様子だつた。

『ぢや、もう芳江さんを放つといて行かうか？』

玉子がさう云ふなり、嘉吉と伯母が、小屋の内庭で、叮嚀な挨拶を交してゐる機会を狙つて、言葉もかけないで、三人の娘は抜け出すやうに消え去つてしまつた。

その晩、伯母も伯父も芝居を見に行くことを嘉吉に勧めた。然し嘉吉はどうしてもそれを肯じなかつた。兄の事を思ふと芝居を見に行く元気などは起らなかつた。芳江も余程芝居が見たいらしかつた。然し、嘉吉が行かうと云はないので困つてゐる様子だつた。

『留守をさせて貰ひますから、みんな行つていらつしやい、私は明日の朝が早いから、今夜は宵の口から寝さして貰ひませう』

嘉吉のはつきりした態度に、伯母も伯父も嘉吉を連れて行くことを諦め、彼に留守をして貰ひ、芳江を伴つて芝居見物に出掛けた。芳江は余程嘉吉のことが気にかゝるやうだつたが、伯母の云ふことに叛けない事情もあると見えて、嘉吉を一人残して家を出た。然しまたすぐ十分も経たぬ中に舞ひ戻つてきた。その時、疲れた嘉吉は床ものべないで表座敷に引繰返つて寝てゐた。

『小母さんがあんなに云つてくれたけれどもあなたに済まないと思つて、腹が痛いからと云つて嘘を付いて、村外れから、また帰つて来たんですよ。あなたは随分お疲れでせうね、お床を展べませうか、早くお休みなさい、布団は何処にあるのかしら?』

機転のきく芳江は、表座敷の西側についた押入を開けて布団を探した。そこには小ざつぱりした敷布団が一枚と、茣蓙（ござ）が一枚這入つてゐるきりで、大布団も蚊帳（かや）も見付からなかつた。彼女はまた奥の間に這入つて蚊帳を尋ねた。然し、お客様のために使ふ蚊帳らしいものが見付からなかつた。夫婦二人なりの生活には、余分の蚊帳も必要と感じられないらしかつた。

『兄さん、私には判らないけれど、これでも敷きませう』

さう云つて表座敷の押入から取出した敷布団の上に、茣蓙を広げ茣蓙で作つた座布団を二つに折つて、敷布団の上に置き、

『この上の方が楽でせう』

さう云つて、その側に坐り込んでしまつた。嘉吉が、床の上に上つて横臥すると、芳江は世話女房気取りで沈黙した儘、嘉吉の足許に廻り脛から下を擦り始めた。それにびつくりした嘉吉は、

『もう結構です』

と云つて足を縮めた。沈黙した儘、芳江は暫く手を引籠めたが、いつまでも足を縮めて居れないので、嘉吉がそうつと、足を伸ばすと、芳江はまた沈黙した儘、片足を擦り始めた。若い女の柔い絹のやうな掌が、疲れきつた脛の皮膚に上から下へと反復して接触する。各種の幻覚が、嘉吉の目の前に展開する。心臓が急に激しく打つ。さうして十分間も二人の間に沈黙が続いたが、芳江はやつとのことで口を開いた。

『この間も家の方から手紙が来て、いゝ縁談の口があるから、ちよつと帰つて来いと、おつ母さんから云うて来たのですが、私は、私の了見があるから、縁談のことだけは自由にさして下さいと返事を書いたんですよ。兄さん、あなたどう思はれます？　さう書いてやるのは親不孝でせうか？』

『それは親不孝ぢやないね、結婚は自由だからね』

『あゝ嬉しい、あなたもそれに賛成して下さるんですね、……この村には悪い人が多くてほんとに困るのですよ。新次郎さんをあなた知つてゐるでせう、あの人と玉子さんの関係ね、あなたが帰つてから随分揉めましてね、新次郎さんのおかみさんが毒呑んでね、一時は大騒ぎでしたのよ。この村はほんとに男女間の風紀が悪いですからね、私は出来るだけ早く身を固めたいと思つてるんですの』

嘉吉は彼女がそれとなしに謎をかけてゐることをよく知つてゐた。然し、いつもの通り謹直に出て、結婚問題を口にさへ出さなかつた。然し、若い娘の柔い膝帽子が自分の足にぴつたり触れて、その温味が軽く自分の体内に通つて来る気持は、若い青年の胸を掻き乱すに充分であつた。二人の沈黙は猶続いた。

『あなた、私の手紙を御覧になつて？』

『えゝ』

さう云ふなり芳江は前半身を投出して、足許に凭れかゝつて来た。その時、嘉吉は芳江を追払はうともし

ないで冷やかに尋ねた。

『芳江さん、貴方は私の家の事情をよく御存知ですか？』

『えゝ！　あらましは定さの小母さんから承つて居るんですがねえ』

『兄が近頃人殺しをして、名古屋の監獄に居ることもお聞きになりましたか？』

『あの新聞に出てゐた事ですか？　よく知つてゐますよ』

『父も弟も、もう一年近く寝てることもお聞きでしたか？』

『えゝ、私はさう云つた家庭だから、あなたを助けに行きたいと思つてるんですよ。私はね、芝居でする「躄勝五郎」の女房初花が好きでしてね、自分の好きな男のためなら、どんな苦労でもしようと思つてるんです』

さう云つて彼女は、唇を嘉吉の足にもつて行つた。その時、彼女は活動写真で見た西洋人の真似をしてゐるのであつた。それでも彼は、結婚しようとは云はなかつた。

『芳江さん、私は今結婚出来ない理由があるんですよ、来年徴兵に行くんです。それで今決めると、あなたも困るでせうし、私も縛られますから、私は一生を独身で送らうかと思つたりなどしてゐるのです』

『まあ詰らない、私がこれだけ思ひ込んでゐるのに、徴兵から帰つて後でいゝですから、結婚すると云つて下さいな』

芳江は、さう云ふなり両手で嘉吉の足を揺すぶつた。

『執れにしても私は私一人でもう決めてゐるんですから、あなたが結婚して下さらなければ一生独身で送るつもりでゐるんです。私はあなたの家族と結婚するのでなくて、あなたと結婚するのですからあなたの小姑がどうであらうと、舅がどうであらうと少しも苦にしてゐないんです。私は四番目の娘です。家では私が居つても居なくてもいゝんですから、これから儲けただけみんなあなたに捧げたいと思つてゐるんです。あなたの徴兵にいらしつた留守の間、あなたのお母さんが一人でお困りでせうから、私はお母さんの処へ助けに行かうかと思つたりなどしてゐるんです』

芳江の立派な心掛けに嘉吉は全く恐れ入つてしまつた。嘉吉は伸ばしてゐた足を縮め、床の上に坐り直して、両手をついで芳江の方に向き直り叮嚀なお辞儀をした。

『芳江さん、許して下さい。私はあなたがそんな高潔な精神の持主であるとは知らなかつたのです。私はあなたが、たゞ世間によくある安つぽい恋愛関係で私を思つてくれてゐるとのみ思つてゐたのです。それで返事も碌々出さなかつたのです、家は貧乏でもあるし、私は馴れない家事の手伝ひをしなければならないし、父と弟の世話は出来ないし、兄は監獄に這入る、姉は心中する、そのまた上の娼妓に売られてゐる姉は駆落をすると云ふ始末で、たゞ神様のみを相手にして、一人苦闘してゐたのです。私は今、あなたの中に、新しき友人を発見して、心より敬意を表します。私は結婚することについて今考へてゐません、しかしあなたの御厚意は心より感謝して、あなたの御志を頂戴します』

真面目な嘉吉の態度に芳江も坐り直して、二つの眼をハンカチで抑へてゐた。

『結婚して下さらなければ、妹として一生私を愛して下さることが出来るでせう?』

芳江は顔も見せないで泣き乍らさう云つた。

『芳江さん有りがたう、ほんとにありがたう、あなたは私の苦しみを神様がお察し下すつて、私に与へてくれた天の使です。もし許されるなら徴兵を了つて後に、あなたを迎へに来る日を楽しみにしませう』

『あゝ、嬉しい!』

芳江はさう云つて、嘉吉の膝の上に泣き崩れてしまつた。

鬼と人魚

獄門がぎーつと開いた。そこにはピストルを背負つた看守が、じろじろ彼の頭の先から足の先まで睨み付けるやうにして立つてゐた。嘉吉は生れてこんな恐ろしい睨み方をせられたことは一度もなかつた。いくら自分が人殺しをした者の弟だとは云へ、あんなにまで睨み付けなければいゝにと考へざるを得なかつた。

門から未決監の面会室までは相当に長い距離があつた。受付に面会を申込むと、151と刻印された真鍮（しんちゆう）の札が渡された。それから、かれこれ三時間も待たされただろうか。彼は今か今かと全く待ちくたびれてしまつた。然し彼と同じやうに盂蘭盆を利用して未決監に這入つてゐる親兄弟に面会しようとやつて来てゐる者が、三百人近くもあるには全く驚かされてしまつた。

周囲を見廻すと、その堂々たる構造に、ある圧力を感じさせられた。面会人が三人四人と一塊になつて、順番の来るのを待つてゐる。友達のない嘉吉は、と或る群の会話に耳を傾けたが、その噂は偶然にも自分の兄貴の巡査殺人事件に就て噂してゐるのにはまゐつてしまつた。なかなか順番が廻つて来ない、それに面会時間の刻限の切れるときが、だんだん押し迫つて来た。嘉吉も今日は面会出来ないことを諦めてゐた。もう十一時に五分しか残らぬと云ふ瞬間に、看守が大声で、

『百五十一番！』

と怒鳴つた。そしてまたピストルを皮袋に入れた看守が彼を面会室に案内してくれた。そこは、獄房から出て来る男と面会する者が小さい窓を隔てゝ話することになつてゐた。窓が開かれた、窓の向ふには髪をオールバックにした細い眼の青年が、未決監で着させられる紺色の筒袖に紺色の兵児帯を締めて、沈黙の儘立つてゐるのに気が付いた。

嘉吉はそれが全く夢のやうに考へられてならなかつた。どうしてもほんとであるとは信じられなかつた。それで、何から言葉をかけてい ゝか、十数秒の間、言語が喉につまつて云へなかつた。その間兄の佐助も、瞼を伏せた儘一言も云はなかつた。嘉吉は目を閉ぢて、兄の佐助が改心するやうに一言神に祈つた。そして、こんど目を開いて佐助の顔を見てみると、佐助が存外肥つてゐるのに驚かされた。

『兄さん、達者ですか？　おつ母さんからもよろしく伝へてくれと仰しやいました』

嘉吉はさうしたやさしい言葉で、会話の口を切つた。さう云つても佐助は、口を開かなかつた。や ゝ暫く経つて、それこそ物凄い毒蛇のやうな目付をして、嘉吉の顔を睨み付けた。その時の恐ろしい顔に、嘉吉はまた慄（ふる）へ上つてしまつた。彼は何故こんなに刑務所へ来ると、人の瞳が嶮しくなるかを自ら疑つた。佐助の

二つの眉の間には三本の深い縦皺が寄つてゐた。

『兄さん、家の者は、無事にして居りますから御安心下さい』

　さう云つた時にも、佐助は猶沈黙を統けてゐた。兄はオールバックの髪をしきりに気にして、額に落かゝつて来る長い髪を撫で付けようと、右手を屡々頭へ持つて行つた。しかし佐助は相変らず一言も発しなかつた。それによつて、嘉吉に対する敵意を今猶解いてゐないことを嘉吉は見てとつた。慰問しようと思つた嘉吉の心は急に恐怖心に変つた。恐怖心は更に、兄に対する憐憫の情に変り、憐憫の情は兄に悔改を勧めたい気になつた。

『兄さん、私はあなたの為に毎日神様にお祈りして居ます』

　そこまで唇の重い嘉吉に言葉が出たが、その時早口で兄が、

『お祈りする代りに差入でもしてくれ』

　さう云つた。鋭い言葉を言うたので、背中に水を浴びせかけられたやうな気がした。

『兄さん、今朝、お金を五円だけ、差入物が這入るやうに、裁判所の前の米田と云ふ店に頼んでおきましたから、欲しいものをお取り下さい。こちらの様子が少しも判りませんから、差入屋さんによく頼んでおきました。兄さん聖書も一冊入れておきましたから、あなたもあれを読んで神様を信じて下さい』

　さう云つた時に佐助は如何にも侮辱したやうな口調で、

『嘉吉、聖書を差入れてくれる代りに、マルクス全集を入れてくれんか。俺は監獄に居る間、うんと勉強したいんだ。俺は無神論者だから、神とか霊魂とか云ふやうな、抽象的なものは信じられないんだ。俺は俺のとつた行動が決して間違つてゐないと思つてるんだ。俺は資本家の手先として働く凡ゆる……なければ承知が出来ないんだ』

　さう云つた激しい言葉を使ふ間にも、何処となく昂奮した狂的な要素が含まれてゐた。そこで、嘉吉は、兄が親爺の酒の遺伝を受けて、異常性格の持主になつてゐる事に感付いた。父が持つ酒乱の傾向が、子供の時代になつて殺人犯として現れたとしか考へられなかつた。佐助はまだ巡査を殺して、それを犯罪とは意識

してゐないらしかつた。嘉吉はマルクス全集を差入するともしないとも明言しなかつた。さればと云つて、兄に、懺悔して神を信ずるやうになれともよう云はなかつた。

『兄さん、人間は不完全ですからね、寝てゐる時は意識を持つてゐないし、夢を見てゐる時には半分しか意識がついてゐず、やつと、目が醒めると、あゝ夢だつたと気が付く時がありますから、余り極端なことは云はないで、気を落ち付けて下さい』

両手を窓口に並べ、祈の気持で嘉吉はさう云つた。オールバックをもう一度撫で上げた佐助は、

『俺にはお前の云ふことは判らぬ。お前はわしが夢でも見てゐるやうに思ふのか、俺は充分目が醒めてゐるんだ。俺の目には、お前等こそ自覚しない夢心地の毎日を送つてゐる人間のやうに考へられるのだ。俺の行為は、イエス・キリストの行為と少しも変つてやしない。俺は正義の為に倒れる殉教者だ。資本家が搾取する以上、我々がある目的のために…………………いんだ。おれは真理のために仆れるのみだ』

細い眼を瞠つて、兄は、古田大次郎が「死の懺悔」の中に書いた文句そのまゝの事を繰返してゐた。その書物を名古屋から持つて帰つた兄が、屡々褒めてゐたので、嘉吉は処々拾ひ読みしたことがあたが、善悪を転倒した狂気染みた文句が多かつたので、たゞ妙なことを云ふ人があつたものだと考へただけであつた。それが今、場所も場所、人も人、自分の兄から銀行員殺しの青年の云つたことをその儘聞かされることを恐ろしく思つた。

『兄さん、理屈を云ふのぢやありませんがね、民衆の為に尽さんとする人は民衆の心を持たなければなりませんよ。労働者の味方をする人が、労働者を恐怖させるやうな方法をとれば、その道は大衆の道ではありませんよ』

嘉吉は、下津具の村野先生から聞いたその儘のことを思ひ切つて云うてみた。

『さうすると、お前冷かしにアーメンになれと云ふのか。俺は宗教が大嫌ひだ、宗教は無産者の敵だ。社会……を麻痺さす阿片だ。俺は宗教なんか信じられない、俺はアーメンは大嫌ひだ』

そこまで云つたときに看守は、

『あと一分しがないからそのつもりで……』

と注意してくれた。後一分と聞かされて、嘉吉の心臓はどきどきした。その間に何を云はうか、天地の父なる神の前に懺悔して罪の許しを乞ひて死刑になる前だけでも真人間に立帰るやうに進めたかつたけれども、それだけ云ふ元気がなかつた。兄が神を信してないと云ふ以上、それを云ふことは唯兄を激昂さすだけのことであつた。たゞ健康で居れと云ふことも、余り無愛想であつた。さう考へてゐる矢先、兄はまたこんな事を云つた。

『人間には霊魂がないからなア、俺は死刑になつても何とも思つてゐやしない。死は凡てを解決してくれる』

兄は、また額の上に垂れかゝつた髪を撫で上げた。

『いや、兄さん、死後、霊魂は続きますよ、現世に於て、悪い事をしたときには、次の世界で必ずその報いが来ますから、我々は大いに悔改める必要があります』

さう云つた瞬間に、嘉吉は、父の幸吉が放蕩した結果、一家族が惨憺たる状態に置かれてゐる現状を思ひ起してゐた。現在でもさうである。未来に斯うした因果関係がつゞいて行くことを彼は堅く確信してゐた。嘉吉が確信をもつてさういつた時に、兄は、たゞ黙り込んでしまつた。そして、ぽろぽろと二つの眼から涙を机の上に落した。その瞬間に、二人の間を隔てゝゐた木の戸が、上から落ちて来た。嘉吉はたゞぼんやりして、その木を凝視した。それはペンキ塗りのものらしかつたが、多くの面会客がそれに触つたり、引き上げたりしたものと見えて、ペンキも大分禿げてゐた。それが囚人と訪問者の間を隔てた硝子の仕切りに対比して、如何にも不釣合のものだつた。恐らく余りそこを開け立てすることが甚だしいので、硝子戸が壊れたものらしい。周囲を見廻しても、只、其処には白く塗つたペンキ塗の板囲ひの上に、手の垢や、釘でマークをつけたやうな跡のある外、一つの装飾もなければ意匠もない。実に無風流の処であつた。嘉吉はまたも動かうとはしなかつた。硝子の仕切の向ふにサーベルの音がした。そして佐助が沈黙の儘、あちらに引かれて行く草履(ぞうりば)穿きの跫音の響きがセメントの上にするのを聞いた。

公務執行妨害、強盗、殺人の三つの犯罪の上に、共産党事件にまで関係してゐる兄の佐助は、死刑になることが必然のやうに思はれた。嘉吉は廊下に響く跫音が消え去つて後も、看守が来て彼を呼出すまで、其処に瞑祷を続けてゐた。暗いと云へばあまりに暗かつた。自分だけ一人がよくも罪悪の遺伝から救はれてゐることが不思議に思はれる程であつた。もしキリストを知らなかつたら今頃どうなつてゐるだらうかと、自分乍ら神の力の不思議なことを感謝せざるを得なかつた。それとともにせめて兄の佐助が死刑から救はれて無期徒刑か廿五年の判決を与へられるやうに祈らざるを得なかつた。泣くまいと努力はしてゐるけれども、彼は面会室を出る頃から泣けて泣けて仕方がなかつた。それで、未決監と獄門を繋ぐ長いセメントコンクリートの道のことも、這入る時に入口で睨まれた看守のことも全くうち忘れて、自分は、世界で最も不幸な一人であると考へた。獄門の大きな戸が自分の後に閉ざされたときも、娑婆が猶刑務所の続きでもあるやうに考へられてならなかつた。彼は、涙に濡れた顔を人によう見せないので、電車にも乗らず、とぼとぼ停車場まで歩き続けた。そしてたゞ人生の儚なさと神の力を宣伝しなければ、亡び行く魂を救ふことが出来ないと云ふ、激情に燃やされてゐた。白く光る電車線路を頼りに、何処をどう歩いて行くと云ふことすら考へないで、嘉吉は夢現で名古屋駅までとぼとぼ歩いてしまつた。

その晩、彼は蒲郡に泊らないで、すぐ山奥まで帰つて行く決心をしてゐた。時刻も早いし、汽車の便もあるし、幸ひ芳江から貰つた財布も懐にあつたので、乗合自動車に乗れば、晩の九時頃には、上津具に帰れる予定をしてゐた。未決監の印象が、あまり深刻だつたので、彼は二等室の隅つこに、身体を小さくして、殆ど熱田も安城も岡崎をも知らずに過ぎ去つてしまつた。そして蒲郡と云ふ声を聞いて初めて、列車の窓から顔を出してみたが、忠実な芳江は、今回もまた出迎へに来てゐた。彼女の愛に絆されて直行しようとした彼もすぐ降されてしまつた。二人は肩を並べてプラットホームを歩き、肩を並べて、府相の村に帰つて行つた。そして彼は芳江の温い親切と愛も、沙漠のやうな人生が見る見る中にパラダイスに変つて行くやうな気持がした。彼は急に快活になり、夕方、二人は海水着に着変へて、大勢の子供と一緒に、定さの浜で海水浴をした。その日は恰度大潮で澄み切つた海水が、なみなみと岸まで溢れ、暖い潮が皮膚をなめ廻すやうに心持よく揺れた。渥美湾の田原で生れたゞけあつて、芳江はなかなか泳ぐことが上手であつた。人魚のやうに、静かに揺れる波を押切つて、芳江は遠く沖まで泳いで行つた。そして、また得々と岸近く泳いでゐる嘉吉の近くに舞戻り、もう少し沖へ出ようと右手でさし招いた。青い水の中で美しい乙女の皮膚が屈曲し、それがまた彼女が作る白い水泡にぼかされて、この上なく美しく見えた。

追ひ風と逆さ風

蒲郡から上津具の山奥に帰つて行つたのは、八月十六日であつたが、にこにこして歓迎してくれたのは母であつた。店の庭先に這入るなり、母が台所の竈(かまど)の前から出て来て尋ねた。

『佐助さんは丈夫なのかいな?』

母は団子の粉を挽いてゐたと見えて、膝の処を真白にしてゐた。嘉吉は詳しく監獄で佐助に会つた様子を母に物語り、蒲郡の模様も序に報告した。そこへ妹の百合子もやつて来て静かに二人の会話を聞いてゐたが、会話が杜切れると、妹は父のそれに似た二重瞼の大きな瞳を輝かせ乍ら、小さい声で兄の嘉吉に云うた。

『嘉吉兄さん、あなたのことが新聞に出てゐたよ』

『新聞に?』

母は百合子の言葉に附加した。

『名古屋新聞にお前の事を迚(とて)も褒めて書いてあつたさうな、隣の藤太郎さんが聞かして下すつたが、誰があんな事を云つたもんかな。親に孝行尽して、出来ない癩病人の世話を、数ケ月も毎日毎日してゐる奇特の青年が上津具に居るつて、大きく出てゐたよ』

それを聞いて嘉吉は喜ばなかつた。

『困るなア。そんな詰らぬ事まで新聞に出しちやア。近頃の新聞は種がないんぢやなア』

『然し悪い事を出されるより、善い事を出された方が家の名誉にもなるぢやないかね』

母は非常に満足の様子だつた。

『いつの新聞にそんな事が出てゐたの?』

『昨日の新聞だよ、兄さん』

店の上り框に腰を下した母の肩先に、手を掛けてゐた百合子は、兄を崇拝するやうな目付でさう云つた。

『新聞を見るなり、あちらからも此方からもお喜びを云つてくれる人があつて、昨日は迚も忙しかつたよ、お客様が大勢来られたので』

母は膝の粉を庭に振り落し乍ら、百合子に『砂糖水を一杯持つて来てあげよ』と命じた。

『この二三日新聞を読まんからな、世間の事は判らんよ』

『その中でも一番喜んで下したのに、水車の大旦那で、あの子はよく出来る子だから、うちの山を少し委せたいと思つてると、御親切になア、云うて来てくれられたよ。水車の旦那はなかなか変つてゐられるから、見込みをお付けになると、すつかり委して下さるだらう。あんたも確かりせんといかんよ、それでお前さんの願ひも大分叶ふだらう。山に木を植ゑたい、森から食物を採りたいと云つて、今年の正月にはあの犬の仙人について廻つたが、水車の旦那に山を委して貰つたら、面白い仕事も出来るだらうぜ』

さう云つてゐる処へ、表から村野先生が羽織袴で這入つて来られた。

『いつ帰つて来たんですか?』

叮嚀なお辞儀をした後、村野先生は嘉吉に尋ねた。

『えらい、あなたの評判が立つたので、あの話はほんとかつて云つて、会ふ人毎に聞かれるんだが、あなたは新聞の事をきいただらうね、何でも郵便局長からあの種が出たらしいが、あまり評判が高くなると、人を助けるのは為にくくなるから、まあまあ出来るだけ隠れてあんな可哀相な人を助けてあげるがいゝと思ふね』

母が茶を入れる為に台所へ行つてゐる間に、村野光生は、母の坐つてゐた後に腰を下して言葉を続けられた。

『今のさき水車の又さんが家にやつて来られてね……何でもあの人は田口の奥の方に二百四五十町歩山を持つてゐるんださうだが、それをあなたに委せたいから、私にも仲間に這入つてくれと云はれるんですよ。あんたどう思ふね？　あなたも知つてる通りに、あの又さんは家の遠い親類になるんぢやが、余程の変人ぢやけれども、堅い人だから嘘はないだらうと思ふんだ。いつか禁酒会例会の席上で、君が日本の急務は土を愛すること丶、隣を愛すること丶、神を愛することの三つであつて、この三つを実行しなければ国は亡びると云つたさうだね。それを水車の又さんは非常に感じて、その通り実行しようつて云はれるのぢやが、君は鍛冶屋をやつてゐて山林の世話まで出来るかね？』

『へえ、鍛冶屋はほんの真似事ですから、却つて藤太郎さんのお邪魔になつてゐるやうなものです。山には小さい時から這入つてゐたので、少しは自信もあるのですがね。いつかも先生に申上げた通りあの犬の仙人の云ふやうに、立体農業を山で実行すれば日本の人口問題は解決すると思ふんです。是非そりや、山が遊んでゐるものなら私の理想を実行させて貰ひたいものです。然し二百町歩も三百町歩もと云へば、迚（とて）も広くて一人ぢや手に負へませんなア』

『それだから、又さんも水車から上る利益を全部植林の方に提供してもい丶つて云ふ案でしたよ。出来ることなら、上津具と下津具の有為な青年を十二三人団結させ、土地利用組合を作つて山を開きたいと云ふ考へでした』

百合子は奥から砂糖水を盛つた硝子製のコツプを二つ運んで来た。そして一つを村野先生に、　つを兄に敬々しく捧げた。竈の前ではまた母が、仏前に供へるお団子を作る為に臼を挽いてゐる音が聞えた。

『もう暑いからお茶を出さずにおきなさい、百合子さん』

さう云ふ声も聞えてゐた。

『さうすると何ですね、水車の旦那は産業組合で土地を経営しようと云ふのですね、誠に結構ですなア』

『又さんは栗本の長胤（ちよういん）さんにも話し——あの人も随分山を持つてゐるからね、あの人は土地も広く持つてゐるんですよ——協同組合的にやると、随分面白い結果が生れるだらうと云つて、なかなか大きい腹案を持つて居りましたよ。さうなると、医者の栗本長胤さんも這入れば、私の妻の弟に当る弥太郎も這入るだろうし、弥太郎の処も山林はあれで七八十町歩この辺りに持つてゐるからね、随分大きな仕事になりますぜ。けれど炭を焼くんで荒れてゐるから、あなたが考へるやうに、さうすぐには理想的に行かないかも知れないけれども、栗本の一族のものだけを合せても五百町歩やそこらはあるから、青年の十四五人は毎日働いても食ふだけは余る程ありますぜ。つまり一方では雑木を炭にして行き、炭を焼いた後から、あなたが考へるやうな胡桃なり、栗なり、杏なり、植ゑて行くとい丶んだからなア。これからあんた、私と一緒に又さんの家へ行きませんか、今日は盆の十六日でもあるし、まだ休んでゐるから、今日のやうな日に行くと、ゆつくりしてゐて話も落ち着いて出来るだらう』

それから二人はうち連れて、水車場を二町程下つた下津具川の傍に小ぢんまりとした屋敷を持つてゐる通称水車の又さんで栗本又吉の宅を訪れた。又吉は豊橋の中学校を卒業した後、東京駒場の農科大学の予科を出た男であるが、非常な変り者で、下津具にも上津具にもあまり彼と交際するものはなかつた。然し大の読書家でもあり絶対の禁酒家で、産業組合などに就ては特別に理解を持つてゐた。

話はそれでぐんぐん進んだ。

『山は遊んでゐるんだから、嘉吉君のやうな人物が出て来て、山林農業と云ふのか、立体農業と云ふのか、山から有要食物、蛋白、脂肪、澱粉のやうなものを収穫し、それを人間も食へばまた犬や豚も食はうし、山に居つて食物の自給自足が出来るやうになり、豚からハムやベーコンをとり、山羊の乳を絞つて飲むやうにすれば、実際日本の国は開発の余地が充分あるのだから、まだまだ食物には困らないと私には思へるがなア』

又さんが犬の仙人と同じ事を云つてゐるのに、嘉吉は全く驚かされた。

『実際日本人はあまり土地を粗末にし過ぎるですなア。せめては独逸(ドイツ)でやつてゐるやうに、少しの土地でも大事にしてそこへ植ゑれば日本の面積は英国に比べると遥かに広いんだから、まだ此倍位の人口が這入つても充分やつて行けると思ひますね。何でも一平方哩に日本は二百六人しか這入つてゐなくて、英国は何でも三百七十五人這入つてゐると書物に書いてあつたが、山を遊ばすことが悪いんですなア』

表座敷に通つた村野先生は又さんの意見に賛同を表して、立体農業によつて山岳を開発することに同意した。又さんは渋茶を啜(すす)り乍ら猶も言葉を続けた。

『実際今日農業が儲からないと云ふのも、農村の青年や部落人に協同精神が欠けてゐるからですよ。さうでせう、村野先生、工業の儲かるのは大資本があり、大機械があり、分業の組織があり、而も多人数のものが目的を一つにして労働するから儲かるので、農業だつて、土地利用組合を作り、組合員が少しづつ資本を持ちよれば、下津具だけでも五万円や十万円の資本は何でもないことだし、その金で下津具を電力化し、此処で製材もやれば、電灯もつけ、籾すりから製粉まで、その電力でやつて行けば、山村も随分潤ほふね。それにさ、下津具全体の人々がみんな、組合員となれば第一耕地整理は出来るし、今の曲つてゐる道は真直になる。協同施肥は出来るし、土地がよくなるだらうし、小作料は下り、地主は威張れなくなる、労力は余る、副業は進む。販売組合が出来るので、仲買人に絞られる心配はないし、農産加工は充分発達するから、食物の加工も出来るだらうね。またハムや、ベーコンの製造から、胡桃や、杏の罐詰、乾無花果や乾葡萄、山羊の乳の加工品も出来るだらうし、農村は一時に富んで来るんだがね、団結せんから駄目ですよ、ほんとに』

『ふム、数へると随分沢山利益があるもんですなア』

村野先生は感心して居られる。その傍で聞いてゐた嘉吉も、信州の組合製糸のことを犬の仙人から聞いてゐたゞけに、産業組合のことはよく解るけれども、現在下津具の村で、そんな理想郷がすぐ生れると云ふことを想像することが出来なかつた。それで猶も沈黙したまゝ、又さんの云ふことに聞き入つた。

『村が団結すれば組合製糸をやるにしても容易に出来るし、その方は娘達に働いて貰へばいゝので、農業倉庫を経営することも楽なことだし、信用組合も今のやうに生温いものでなくて、もう少し、しつかりしたものが出来るだらう。日用品も組合で買へばいゝし、そこで肥料の安いやつが買へるし、その肥料も大原農業研究所の板野新夫博士が分離した繊維を分解するバクテリアを使へば、安価に共同堆肥が出来て、雑草から肥料が沢山とれ、肥料もあまり買はなくて済むやうにならうよ。共同耕作が出来るから、伝染病などで家族全体が入院しなくてはならない時があつても、組合員が共済組合の精神を発揮して、その人の分担区域や植付保護をしてあげさへすれば絶対に困ることはなくなるね。さうなれば、煩（うる）さい大都会に行つて資本家に苛められるよりか、村の方がずつと安楽で、農村も今の人口の三倍や四倍は抱擁することは出来るだらうね。僕は今までさう云つた理想を持つてゐたけれどもみんな村の人が自己中心で本質的精神を欠いてゐるから、さういふことを云ひ出しても、すぐに僕を変人扱ひにして、又さんは変人ぢや、又さんは変人ぢやと云つて、寄せ付けてくれないものだから、今日まで沈黙を続けて来たんですよ。ね、村野さん……しかし幸ひなことには、山下君のやうな真面目な青年が山村にも出て来る時代が来たのだから、かういふ人を中心にして我々がついて行かんと、日本をよくする機会はまた来ないですよ。私はもう決心してるんです。どうせうちの山は遊んでゐるんですから、山下君のやうな人に開発して貰つたら山の喜びですよ』

『分家の山つて云ふのは、あの十数年前に山火事のあつた処ですか』

『さうです、さうです。あれなり放つてあるんです。日本の山で、うちのと同じやうな調子で遊んでゐる処が多いでせうなア、それを山下君の考へてゐるやうに、立体農業で生かすと理想的ですなア』

髯面（ひげづら）の又さんも、盆だけは頬ぺたに剃刀をあてゝ、今日は珍しく美しく見えた。然し、顎髯だけは長く伸ばして、天神さんのやうな恰好をしてゐた。無口な嘉吉は、這入つて来た時の挨拶と帰つて行くときのお辞儀の他、殆ど一言も云はないで、又さんの家を出ようとした。門口を出ようとする瞬間に、又さんも兵古帯の中に巻込んでゐた数枚の十円紙幣を嘉吉に手渡し、

『山下君、これ僅かだけど、君の生活費に当てゝ呉れ給へ、出来れば、家の山を二三日の中に一緒に見てくれるといゝと思ふんだがね、君も労働してゐるから、生活費は要るだらう。君の出歩く留守の間お父つさんや弟が困らないやうに、僕は相当に努力してみるつもりなんだ』

そんな親切な言葉を又吉はかけてくれた。水車の又さんの家を辞し、村野先生と嘉吉は屋敷のぐるりに植ゑ込まれた生垣に沿うて、歩いたが、村野先生は微笑を湛へながら、嘉吉を顧て小声で云はれた。

『やはり又さんは変つてゐるね』

『いや、あんな変り方は私は賛成です』

機を織る天使

翌日、細野芳江から六銭の切手を貼つた厚ぼつたい手紙が届いた。その手紙によると、父の許可を得次第、一週間以内のうちに上津具へ行くと云ふことが書いてあつた。そして上津具では専門に羽二重を織りたいから、機織の機械があるかないか知らしてくれと云ふのだつた。

その手紙にはさすがの嘉吉も面くらつてしまつた。彼はまだ芳江のことを一言も母に話してなかつた。母は田の水を切りに出て留守であつたが、早速後を追駆け、水車の裏迄出掛けて行つた。――この田も水車の又さんの厚意で、母が今年の五月から借りたものだつた――嘉吉が水車の横まで来た時も母は少しも気が付かないで、手鍬で、水口を夢中になつて切り開いてゐる処であつた。

『おつ母さん、私にさせて下さいよ』

さう大声に叫び乍ら、彼は母に近づいた。

『どうしたんぢや、今頃、鍛治屋は今日は休みかい?』

『いや、おつ母さん、ちよつと相談に来たんだがな。まだ云はなかつたが府相の伯母さんがなア、わしが兵隊に入ると、おつ母さんが困るから、娘を一人手伝ひにやりたいと云つて居られたんだが、その娘が近々の中にこちらに来るつて云ふんぢや、どうしようなア?』

さう云ひ乍ら嘉吉は、母の手から手鍬(てぐわ)を受け取つて、部厚く作られた畔を両側に広く開いた。田以外の水で池のやうになつてゐた水準は忽ち音を立てゝ、下の方に流れ始めた。その美しい流れを、嘉吉は二つの瞳(ひとみ)を据ゑて見守つた。

『それは有難いが寝る処がないがなア』

『お母さん。その女の娘を私も知つてるがね、非常に感心な子でなア、店先でも何処でもいゝつて云つてるんだよ』

『さうすると、伯母さんの考へでは、お前の嫁にでも貰つてくれと云ふのかい？』

『まあ、さう云ふ事つちやろなア』

嘉吉は笑ひながらさう答へた。母もその時は微笑を洩らしてゐた。

『そりや結構なこつちやなア、うちのやうな病人ばかりのやうな処に来て呉れるいゝ娘があつて、お前が気に入る娘ならすぐ来て貰つたらいゝぢやないか』

『それぢやア、おつ母さん、さう云ふ事にして、向ふへ来てもいゝと云うてやつていゝですか？』

水を見詰めてゐた眼を上げて、彼は母の顔をみつめた。その時、母はにつこりした。それで嘉吉もにつこり笑つた。

それから三日目であつた。芳江からまた手紙が来た。八月十五日に出てゐた新聞紙で、田原の父はあなたの事をよく知つてゐた為に、あなたの処へ嫁に行くことを、父も母もすぐ賛成した。浜のをばさんも一緒について行つてくれられたが、非常に満足してくれたので、あと二三日準備が出来ればすぐ行くから、機織機械を何処にでもいゝから据ゑ付けておいてくれ、と云ふことだつた。

嘉吉は母に機のことを相談したが、村野先生に聞いて見れば解るだらうと云ふので、その晩、村野先生の処に聞きに行き、栗本の本家に、旧式ではあるが、機織機が二三台、納屋の隅つこに捨てゝあることを知つた。親切な村野先生は交渉に行つてくれた。栗木の本家は村野先生の奥さんの里でもあつたので、直ぐ貸与することを諾して呉れた。それを翌日朝早く、嘉吉は車で上津具まで運び、裏庭の台所の内側に雨除けをして、其処に据ゑることに決めた。

果して、それから二日目の大雨降りの日であつた。風呂敷包みを一つ宛両手に持つた芳江が、表から這入つて来た。嘉吉の喜びは形容することが出来なかつた。嘉吉が一番心配してゐた母も、芳江を見るなり、非常に満足げに見えた。心掛けのよい芳江は、長い袖の着物を直ぐ紺の筒袖の着物に着替へ、嘉吉の父に挨拶をなし、洗濯物はないかと尋ねて廻つた。

『私は癩病人の着物でも洗ひますから、あなたの世話してゐる病人の処へ連れて行つて下さい』

来るが早いかさう云つた程、芳江は美しい精神を示した。夕方雨がはれた時、裏の物干竿には五六枚の洗濯物が山村の秋風に靡いてゐた。

その晩、嘉吉と芳江は固く約束をした。それは他のことでもなかつた――彼等二人は、性慾関係を、二年の後、嘉吉が兵隊から帰つて来るまで絶対に結ばないと云ふこと、それ迄二人は兄と妹の関係で互に友情を続けると云ふことであつた。それで寝る時なども。芳江はわざと女中の様に店の狭い処に床を取り、嘉吉は母の傍に寝ることにした。

さうした態度に、母も全く驚いてしまつた。

『今時の若いものはしつかりしとるなア！　若い男と女と云ふものに直ぐ一緒になりたがるものぢやが、嫁に来てから二年も三年も、同じ家に居て、別々に寝ても、ちつとも不平を云はんといふことにわしらの時にや無かつたなア』

母はこの変つた嫁を、隣の鍛冶屋のお主婦さんに紹介した他、別に近所の者には挨拶して廻らなかつた。機の事に評しい芳江は、津具に着いた明くる日から、直ぐに木綿の賃機を始めた。彼女は羽二重を織る力量を持つてゐたけれども、上津具にその材料を供給して呉れる処が無かつたので、止むを得ず割の悪い木綿機を織ることにした。府相の工場と違つて、動力仕掛けでないものだから、芳江は随分骨が折れるやうだつた。しかし彼女は機のほかに朝早くから起きて、嘉吉一家族の為め食事の仕度をなし、嘉吉の母が起きて来る時にはもう飯も味噌汁も炊けてゐる位、手廻しよく働いた。彼女がどうしてこれ程迄に犠牲的に働けるかは、殆んど奇蹟だと考へられた。

次の日曜の晩、下津具の礼拝に芳江を連れて行つた。すると芳江は不思議にも讃美歌を大声に唱つた。帰り途に、嘉吉は芳江に尋ねてみた。

『芳江さん、あなたは賛美歌を何処で稽古したの？　賛美歌をよく知つてるね』

その答は簡単であつた。

『幼少い時に田原で日曜学校に二三年も続けて行つたもんですから賛美歌だけ知つてゐるんです』と云ふことであつた。それで嘉吉は今更の如く、日曜学校教育の感化の恐しいのにびつくりさせられた。

郷土愛と誤解

入営の時期がだんだん迫つて来たので、嘉吉も気が気では無かつた。嘉吉の留守の間、家のことは芳江が見て呉れるにしても、折角彼が手を着け始めた村の禁酒会と、水車の又さんがあれほどまでに熱心に云つて呉れる、土地利用組合の組織が少しも出来てゐなかつた。長く世話になつた隣の鍛冶屋の主人公は候補者が見付かる迄、是非働いてくれと云つて、なかなか自由の身にして呉れなかつた。然し、又一方では、水車の又さんも熱心で、九月の朔日、田口の山林を是非一緒に見に行つて呉れと、要求して来た。恰度その日は休日でもあつたので、嘉吉は又さんと一緒に出かけた。そして山が非常に有望であることを発見した。帰つて来るなりその足で小学校長の遠山貢を訪問した。そして山林利用組合を設立するに就て、発起人の一人になつて呉れと頼んだ。校長は趣旨に賛成だと云ふことであつた。嘉吉は、校長が村の青年団の団長をしてゐることを知つて居たので、青年団員の中心有力な人物は無いかと尋ねた。それに対する答は要領を得なかつた。

『君も知つて居られる通り、大抵の善い青年は町へ出てゐますからねえ、今残つてゐる人々は何処かに引掛りの有る人々で、村は養蚕を主として、田畑を従としてゐる処だけに、山林には趣味が無いですねえ』

　実際、彼が頭の中で描いたゞけでも山林に趣味を持つ人物は居らなかつた。日進亭に出入する荒木文吉の弟にしても、酒屋の息子の平井新八にしても、薬屋の息子の上田一郎にしても、彼の幼な友達は、酔つ払ひか、懶惰者か、それで無ければ、善い処で、小学校の教員になつてゐる呉服屋の息子、清水光雄位のものであつた。嘉吉は幼い時、早く故郷を出た為めに、その後どんな青年が出来てゐるかを知らなかつた。実際、往還に居並んでゐる店屋の子供だけ見れば確かりした青年は一人も居ないと云つてよいのであつた。事情をよく聞かされて、尤もな事であると知つた嘉吉は、日本の教育が根本的に間違つてゐると気が付いた。今迄の教育は、官吏や、月給取りを作る教育で、土を愛し、隣を愛し、神を愛する教育では無かつた。山はどんなに荒れ果てようが、農村がどんなに行き詰らうが、都会に行つて地位あり名誉ある人間になれば、それで善いとする程度の教育であつた。で、彼は協同組合の教育などは、小学校でも、中学校でも、農学校でもしてゐないから、農村が滅びるのは当然であると思つた。それで彼は、芳江と二人だけでもよい、山に木を植ゑる運動を始めようと志した。

誰がどう投書したのか、翌日の豊橋の新聞には、嘉吉の悪口が投書欄の処に出てゐた。それに依ると、山下嘉吉と云ふ男は我が国体を傷つける耶蘇教信者であつて、巡査殺しの共産主義者、山下佐助の弟である。彼も亦、過激な思想の持主で、上津具村で彼を信頼する男は誰も無い。と云つたやうな、すつぱ抜きが載つてゐた。

是は恐らく、いつも日進亭を根城にしてゐる青年団の不良分子が彼を嫉妬する余り投書したものと見られた。新聞を見て高等刑事が直ぐやつて来た。

『今度、君は、山をどうかするさうだなア、どうするんだい？　校長の意見では、君の様なことを実行すると、第一困るのは地主で、一番都合のいゝのは小作人ださうだが、君は兄貴の感化を受けて、左傾したのかね、近頃は？』

さうした突飛な質問に、嘉吉も開いた口が塞がらなかつた。世の中の人は愛と暴力を取り間違へ、協同事業と、階級的利益とを混同する。然し知つて呉れるものは知つて呉れると思つたから、彼はいつもの癖を出して返事をしなかつた。すると刑事は又妙な事を質問した。

『君は色女を近頃、町から連れて来てゐるさうぢやなア、君もなかなか隅に置けんなア、やはり君の同志の者かね？』

さうした馬鹿気た質問には、嘉吉も答へる元気が無かつた。

刑事は秘密裡に、山下嘉吉は、農村を社会主義化さうとして同志を募集してゐると報告したものらしい。

彼は翌日、田口警察署に出頭を命ぜられ、理由も無く、検束処分に附せられて了つた。何の事だか、さつぱり解らないので、平気な顔をして、司法主任の取り調べを受けたが、彼が無口であることを司法主任は、生意気だと云つて、ろくろく、取調べもしないで、又監房に彼を投げ込んだ。

監房の中で、嘉吉はかうした誤解は当然だと思つた。彼の父は前科二犯の出獄人でもあるし、姉の二人は娼妓に売られて居り、兄は巡査殺しの殺人犯人である為め、自分一人が善人であると見て呉れないことは、当然すぎる程当然であると考へた。

次の日、又取り調べが始まつた。それに依ると、同志の名簿は何処に在るか？　とか、何故小学校の校長を同志にする必要があるか？　とか訊かれたので、初めて小学校の校長が、警察署長に、彼を危険思想の人物だと報告したことを知つた。そして彼の禁酒運動に、小学校の校長が反対してゐる事も、その時に気がついた。校長は村でも有名な大酒飲みで、しかも狂信的な日蓮主義者で通つてゐた。然し、その事は嘉吉が後で知つたことであつて、最初から彼は、校長がそんな密告する程度の人物でないと思つてゐた。

取り調べられたが、何の確固たる証拠も見付からぬ為め、一週間の後、彼は釈放せられた。

帰つて見ると、木賃宿の裏に住んでゐた癩病人は村外に追放せられ、彼の家は隅々くまぐま迄、家宅捜索を受けた事を知つた。何も知らなかつた芳江は、三日目の朝、村野先生と一緒に田口まで面会に行つたけれども、面会は勿論の事、差入れまで許可して呉れなかつたことを、くやしさうに云うてゐた。隣のお主婦さんが、母に話したと云ふ噂によると、青年団は彼を除名処分に処し、危険人物として一切交際をしないやうに、会員に通知したと云ふことであつた。村野先生も、事件が妙に発展したので全く驚いて居られた。

警察から帰つて来たその日の午後、又嫌な高等刑事がやつて来た。

『君は許可なくしてみだりに秘密結社を造るやうな事をすれば、今度は署長も承知しないと言つてゐるから警戒し給へ、土地利用組合とか、山林利用組合とか云ふことも、結局は左翼の思想を宣伝する秘密結社で、君はこの附近の平和を乱す為に潜入してゐるのだと云つて、思想検事が睨んでゐるから、余程慎まないと、村からも追放されるよ』

斯うした冷酷な警告を受けて、嘉吉は、誤解と云ふものが、極端から極端に走るものだと言ふことをよく理解した。

母は、何の事だかさつぱり解らないので、年廻りの悪いことのみをかこつた。芳江は見る見る中に痩せて行くのが見えた。然し彼女は、相も変らず忠実に、朝は四時から起き、三度の食事を受け持ち、その上に激しい労働に従事した。しかも彼女は、一銭の金も要求する事なく、機を織つて儲けた金は全部嘉吉の母に手渡した。嘉吉はその姿を見て、いつも合掌して拝み度い様な気がした。

田口の警察から帰つた後は、どうした理由か、隣の鍛冶屋も余り彼を喜ばなかつた。主人の藤太郎は、

『甚之助の弟が町から帰つて来たので、二三日したら来て呉れるから、君も近々入営する事だし、家ではもう手が要らないから、君がやり度いと云つてゐた山の仕事をやつて呉れた方がいゝと思ふねえ』

さう云つて体裁よく彼に暇を出した。

斯うした誤解の中にも変人の又さんと、医者の栗本長胤さんだけは、決して彼を誤解しなかつた。

『なアに、警察の奴が知るもんか。彼奴等は人を見れば、皆罪人の様に思つてゐるんだから放つとくさ。土を愛し、隣を愛し、神を愛する者は、誤解せられることもあるさ』

変人で通つてゐる又さんは、なかなか確かりした事を言ふ。そして、彼はわざわざ、名古屋に近い中島村に行つて、栗、胡桃、杏、欅、椎、杉、檜等の苗木を五万本も注文して帰つて来た。

『わけの解らん小学校の校長や、警察長や、村長のやうに長がつくと、みんな威張りたがつて、上に立ちたくなるものだから、長のつく連中に威張らしとけばいゝので、我々は唯黙々として働いたらいゝんだ。木を植ゑる事は郵便貯金よりは有利だ。一銭の苗木を植ゑとけば十年経ては弐円になるのは受け合だ。郵便貯金に比べて、利益が二百倍だが、十年経たなければ解らんから、老耄（おいぼれ）親爺の云ふことなど聞かないで、我々はどんどんやるんだね』

又さんは、去年の暮れに嘉吉と一緒に働いた経験もあり、嘉吉の性質をよく知つて居たので彼を激励して呉れた。

『毎朝、苗を持つて、朝五時頃から田口まで歩いて行かうぢや無いかね。人を雇ふと金が要るから君と僕と、

君の許婚の娘と三人で行かうぢやないかね』

秋風は津具の山々の闊葉樹の木の葉を皆、叩き落して了つた。その頃から植林をするものは、急に忙がしくなるのであつた。彼等三人は毎日々々、星を戴いて田口に向ひ、雑木を伐り払ひ其処に植林する計画を立てた。

最後に進む若者

又さんと嘉吉の努力は空しくなかつた。十二月の中旬迄に、芳江も勿論手伝つて呉れたけれども、約十町歩の植林が済んだ。芳江も嘉吉の趣味、方針がやつと解つて来たので、嘉吉が入隊した後も続けて、植林に来ると誓つた。

十二月も押し迫つて、父の様子が少し変になつて来たので、嘉吉は山に行かないで、一日看護に勤める日があつた。然し不思議に午後から持ち直したので、売れもしない荒物屋の店先を片附けてゐた。すると乞食の子供二人が、物乞ひに店先に立つた。よく見てみればいつも彼が世話してゐた癩病人の子供二人なので、

『おや！　長吉、お父つあん何処に居るのだ？』

さう尋ねると、子供は逃げるやうにして、往来を真北に走つて行くのであつた。それで彼はその二人の後を追ひ、郵便局の前で追付いたので親切に聞いて見ると、村はづれの堆肥小屋の中で寝てゐることが解つた。それで彼は、その二人に案内させ病人の寝てゐる小屋に行つて見た。其処はとてもひどい処であつた。堆肥の為めに積み上げた馬糞の山を蔭にして、彼等三人は、この寒空に蒲団も畳も無く、蓆(むしろ)と菰(こも)をかぶつて寝てゐる始末であつた。嘉吉が直ぐ思ひ出したのは信州の山奥で訪問した仙人の洞穴のことであつた。で、彼は、何処か町に近く、冬を過すに適当な洞穴は無いかと尋ねて廻つた。

在る在る！　幾らでも在る。昔、蚕種の風穴に使つた洞穴が、信州へ抜ける道の両側に幾らも空いてゐた。彼は直ぐ引返して来て、乞食の長吉の父を其処に入れてやる事にした。嘉吉は自ら癩病人を脊負ひ、五六町

村からはづれた山奥の三方山に囲まれて、南側だけ空いて居る絶好の避寒地を見附けた。其処へ一先づ病人を寝かせ、今度は家まで飛んで帰り、芳江と二人で、炊事に要り用な道具を其処まで運んだ。

『をぢさん、私は兵隊に行つて来るがね、近い内に、留守の間はこの娘さんが、世話をやいて呉れるさうぢやから安心していらつしやい』

さう云ふと、もう眼の見えなくなつて了つた長吉の父は、只両手を合せて彼を拝むだけであつた。

今日か今日かと思つた父の命も、不思議に長く続いた。そして一月五日、嘉吉が入隊すると云ふ日には、寧ろ病勢を取り返したと云ふ塩梅であつた。それで嘉吉は、母と忠実な芳江に万事を任して、豊橋の聯隊に入営する事に決めた。

上津具から入営する者も、五人程あつた。それが下津具から入営する七人の青年と一緒になつて、皆同じ時刻に出発することになつてゐた。村人の多くは、村境まで見送りに来る習慣であつた。一ケ月前より、親類知己から「祝入営××君」の景気の良い幟が幾十旒となく門先に立てられるのが、村の習慣であつた。

上津具でも運送屋の荒木文吉の弟、荒木直太郎などは、門先に五十本位幟が並んでゐた。それに引替へ、青年団から除名された嘉吉の門先には、一本も幟が立たなかつた。勿論見送つて呉れる者は、ほんの二三人しか無かつた。即ち、芳江と母と百合子の三人だけであつた。その日、村野先生は、上津具から四里ばかり離れた山村に、青年団の講演を頼まれて出かけられ、変人の又さんはお祭り騒ぎは大嫌ひだと云つて顔も見せなかつた。

『万歳！　万歳！　荒木直太郎君万ざあい』

『石田虎吉君、ばんざあい！』

上津具の青年は、村長が挨拶する度毎に、在郷軍人と青年団が、それに和して万歳を三唱した。然し山下嘉吉には、万歳の番附が廻つて来なかつた。中には『アーメンソーメン冷ソーメン』など云つて侮辱し乍ら傍を通つて行く青年団員もあつた。然し貧苦に馴れた嘉吉には、それ位の事は何でも無かつた。青年団の吹く喇叭卒の一団が露払ひを承り、その次は、幟の最も多い荒木直太郎の一行が先頭に進み、殆んど幟の数に従つて順序が決められた。勿論最後に進んだ者は、山下嘉吉と三人の女であつた。

それでも芳江と妹の百合子は負けん気を出して、先に行く人々が万歳を云へば、こちらも万歳を大声で怒鳴つた。嘉吉は芳江がさだめし入営の日には泣くだらうと思つてゐると何ぞはからん至極陽気で、一人で千人分位の元気を嘉吉に与へた。村はづれに来た時でも、芳江は決して悄（しよ）げて居なかつた。其処から入営する者は凡て、乗合自動車に乗せられるのであつたが、さうなれば、幟の多いのも少いのも全く問題にならず、却つて幟の多いのが邪魔に見えた。皆で、

『ばんざあい！』

と怒鳴つた後、自動車は爆音を立てゝ坂道を南の方に走り去つた。

夜明けの桝星（オリオン）

氷柱が流しの先に五寸も垂れ下り、半月前に降つた雪が、北側の軒下にいつまでも消えないで残つてゐた。蒲郡のやうな暖かい処で冬を送ることに馴れてゐた芳江は、海抜二千尺の北設楽（きたしたら）高原で冬を送ることの困難を沁々と感じた。赤切れが、足と云はず手と云はず五ケ所も六ケ所も切れ込むには彼女は弱つてしまつた。汲置きの水はみな凍り、朝起きても東側を流れる小さい下津具川の他は、凍つてゐないものはない程であつた。さう云ふ時でも、芳江はもう四時半と云ふに起き出でて、竈の下に柴を焚き付けた。それは許婚の嘉吉が居らなくとも少しも狂ひがなかつた。

竈の下に火が付くと、彼女は東側の谿川に降りて行き、岸の氷を割つてその下を流れてゐる美しい清水で顔を洗つた。遠くの方に水車がばたばた廻り、暁を告げる鶏があちこちに鳴いてゐた。森はまだぼんやり夢から醒めないやうな姿で静かに立ち、梢と梢の先を見分けることが出来なかつた。東側の高い山の嶺から、西側の小さい山脈の間を繋ぐ限られた曙の空に銀の粉を撒いたやうな美しい星が、きらきらしばたいてゐた。いつも必ず迎へて来れるのは桝星（オリオン）だつた。芳江は朝方の桝星が一番好きだつた。芳江が裏口から出て、毎朝

探すのはそれであつた。そして奇妙に、芳江は桝星の出る頃起きることが出来た。

『ます星さん、お早やう』

独言のやうにそんな事を云ふ時も、彼女は屢々あつた。顔を洗ひ終へると、庭の真中に突立つた儘、芳江は嘉吉に教へられた通り、宇宙の父なる神に黙祷し、許婚の夫の家庭の為め、また自分の故郷の家族のため、そして最後には必ず嘉吉のために黙祷し、その日の撓みなき努力が続けられるやうに、両手を合して真剣に祈つた。それから味噌を摺り、大根や蕪を刻んで味噌汁を作るのであつたが、彼女はその日課を毎日楽しんで繰返した。嘉吉の父は味噌汁が大好きで、発音こそ明瞭を欠いてゐたけれども、手真似で味噌汁が甘いと芳江を称讃することは屢々であつた。来る日も来る日も義理の父親を喜ばせようと、それのみが楽しみで、芳江は時間が経つのを忘れる位炊事に熱心であつた。

芳江が来てから、母のまさは味噌汁が吹出す頃に起上つて来た。そして彼女もまた、芳江が味噌汁を作ることが上手だと云つて、いつも満足げに見えた。母が起きると、芳江は敬々しく、

『お母さん、お早やうございます、昨夜はよくお休みにたりましたか？』

と、やさしい言葉を母より先にかけるのが彼女の常であつた。すると母はいつものやうに、

『また今日もいゝ味噌汁の匂ひがするなも』

と云つたやうな挨拶をしてくれた。芳江は嘉吉の母を心より尊敬してゐた。言葉数が少く、人の揚げ足をとらず、忠実に働いて、嫁苛めを少しもしないで、彼女を蔽ふやうに蔽ふやうに立廻つてくれるその心構へに、生みの母にも似た温い愛情を発見するのであつた。

それは小さい事であるけれども、芳江が機織に疲れて、台所へ白湯を呑みに這入ると、その頃を見計らつて、母は鏡餅の一片を炭火で焼いて、にこにこしながら芳江の機の傍へ黙つて持つて来たり、時によると藁灰で焼いた薩摩芋の丸太を懐から取出して、物も云はずに、芳江の方に差出すのが、義理の母のおまさの最上の感謝の印であつた。百合子もよく手伝つてくれた。殊に嘉吉が豊橋聯隊に入営してから、百合子は芳江を特別に慕つて、夜も、

『芳江姉さんと一緒に寝る！』

と云ひ張つた位であつた。筬に糸を通す場合、横糸を管に巻換へるとき、百合子は必ず、にこにこし乍ら義理の姉の云ふことを聞くのであつた。それで、冬の間副業として、母が向ひの散髪屋から下駄の鼻緒の内職を受けとつて来て百合子と二人で働く間、芳江も二人に負けないつもりで、木綿の賃機を織り続けた。

三河の山奥は旧正月を二月一日に守り、一日から十五日迄殆ど遊ぶのか習慣であつた。その間も芳江は、習慣を無視していつもの通り朝四時半から機械のやうに働かうとした。然し、母はそれを許さなかつた。

『芳江さん、今日は旧正月ぢやから機を休んで、一日骨休みしようぢや、どう？』

母はそんな親切な言葉をかけてくれた。

『ですけれども遊んだつて詰らないから、お正月の織初めに織りますわ』

さう云つて芳江は、機の台に腰をかけたが、母はいつに似合はず不機嫌な顔をして、機の傍までやつて来た。

『正月はやはり休まんと、近所に対して面目ないから、機の音をたてんことにしたいなも』

これだけ強く云つたことは、義理の母としては初めてだつたので芳江も潔く機から降りた。雑煮を炊いてゐた母は云つた。

『あまり嫁をこき使ふと、近所から鬼婆あて云はれるなも、正月はやはり遊ぶことにしたいなら』

母は近所の事を非常に気にする性質であつた。それで旧正月は骨休みだと云つて、食つては二階に上つて寝、また食つては寝てゐた。母は肩が凝ると云つて、頻つて百合子に揉ませた。芳江も百合子に加勢して母の肩を揉んだ。母は芳江の手が大きくてよく力が這入るから、肩の凝りが楽になつたと云つて大悦びだつた。

枝にからむ蔦蔓

正月の三ケ日の間、芳江は自分の着物を解いて、父の為に夜着を一枚作り、百合子のために他処行きの春着を作つた、去年の正月、機屋の主人から賞与として貰つた大柄のお召しを芳江は、少しも着ないで風呂敷包の中に蔵つてゐた。それを百合子の為に縫直した。木綿の着物の外曾て持つたことのない百合子は、義理の姉の親切に感激して、着物が縫終つた二月三日の午後の如き、

『紀元節にはこれを着て行く！』

と云つて、その着物を着て父に見せたり、母に見せたり、水銀の処々薄くなつた鏡の前に立つてみたり、それこそ大騒ぎであつた。

妙なもので、父に絹の夜着を作り、百合子に外出着が出来ると、身長の縮まつて行く泰次も黙つてはゐなかつた。

『芳江さん、あなたはわしに何拵へてくれるの？』

くすんだ身体を持つた泰次は、くすんだ魂の持主でもあつた。彼は口ぎたなくその言葉を繰返した。

『さあ何を作りませうかね？』

さうやさしく答へたものゝ、身の丈が一尺五寸位に縮まつてしまつた泰次に、どんな着物を作つてやつていゝか芳江には見当が付かなかつた。それで芳江はそのまゝ階下に降りて機を織り続けた。芳江が降りて行つた後で、こんどは母に泰次は要求し始めた。

『わしにも絹の着物を一枚作つて欲しいなア』

『泰次、お前はそれを着て何処へ行くの？』

『芝居に行きたいのよ、寝てゐてあまり退屈ぢやから、その着物を着て、縮緬の兵児帯を〆めて芝居見に行くのよ。ねえ、おつ母さん』

『お前、けつこ一人で行くかい？』

『百合子に負うて行つて貰ふさ……忠臣蔵をやつてゐるさうぢやが、正月に見ないとまた見られんから、おつ母さん、一遍だけでいゝから芝居見物に連れて行つて頂戴よ』

その時、百合子は、次の部屋で人形遊びをしてゐた。兄の泰次の言葉をきいて吃驚したやうに、

『よう負はないわ。無理だわ、泰次兄さんは頭ばかり大きくて身体が少さいのだから、脊中で迚も調子がとれやしないよ』

母が用達しに階下に降りた隙を狙つて、泰次は百合子を枕許に呼付け、芳江の持ち物の中で、自分の着物に仕立直して似合ふ物があるかどうかを早く見てくれと注文した。永年の貧乏に殆ど絹物など見たこともない百合子は、義理の姉の持ち物に非常な興味を持つてゐた。然し、母が二階に上つて来ることを心配して、なかなか「うん」とは云はなかつた。それと悟つた泰次は、

『やい、百合子、芳江姉さんに用事があるから来てくれつて云つてくれよ』

芳江の機織る筬の音が勇しく階下に聞える。泰次の云ふことは百合子にはよく判つてゐた。然し長い日の間、寝てばかりゐる彼は、殆ど精神病的であつた。

『こら、百合子、俺の云ふことをきけつてば、こら、百合子、芳姉さんの処へ行つてこい、ちよつと上つて来てくれつてよう。さう云つて来い！』

百合子が夢中になつて人形遊びをしてゐると、泰次は枕許にあつた父の煙草盆を引寄せ、灰吹を百合子の方に投げ付けた。灰が散る。きたない唾の混つた汚水が畳の上に点々と撒き散らされる。

『いやだわ！』

さう云つて百合子は渋々階下に降りて行つた。そしてすぐ素直な芳江の手を引いて二階に上つて来た。

『おやおや、百合ちやんどうしたの？　灰吹きが引繰り返つてゐるぢやないの』

さう云つて芳江は投げ棄てられてあつた灰吹を煙草盆に直し、帯の間からちり紙を取出して、汚水を拭き、隅の箒を取上げて灰を掃き出し、跪くやうにして泰次の顔を覗き込んだ。

『泰次さん、何ですか？』

『ねえ、芳姉さん、他処行きの着物をわしにも一枚拵へてくんねえ。わしはそれを着て芝居見に行きたいのよ。死ぬ前に忠臣蔵を一つ見たいもんだと思つてるのよ』

『そりや、お安い事ですわ。大島でい丶ですか？　私の羽織を直してあげるわ！』

さう云つて、彼女は軽く引き受け、去年作つたばかりの大島の羽織を取り出して泰次に見せた。泰次はそれを見てにこにこしてゐた。

『ほんとにそれを呉れるかい？　芳姉さん』

『私は着物なんか要らないから、これをあなたの筒つぽにしてあげませう』

さう云つて彼女はすぐそれを解きほぐし、四つ身の筒袖に仕立て直した。縫ひ上つた晩、芳江はその着物を泰次に着せ、自ら泰次を背負ひ、父の為に作つた夜着をねんねこ絆纏の代用にして村外れにある山上の繭倉庫を舞台にして臨時にかゝつてゐる忠臣蔵の芝居を見に行つた。勿論、金が無いので、追ひ込みで初めから終りまで立つてゐた。芳江は忠臣蔵の三段目にやつと間に合つて、夜の十一時近くまで、重い重い泰次を背負つたきり、大詰が済むまで立ち続けてゐた。百合子もその晩は一緒だつた。母は芝居が嫌ひだと云つて出て来なかつた。

芳江も入場券に三十銭も四十銭もとられるのは厭であつたので芝居を見る気はしなかつた。然し余り泰次が喧しく云ふものだから、泰次の云ふなりに、彼を背負うて出て来た。泰次の顔を隠す為わざと頬被りをさせ、赤ん坊に仕立て丶入場券も一枚で這入つたが、幕と幕との間に泰次がどす太い声で、キヤラメルを買うてくれとか、南京豆を買へとか注文するので、傍に見てゐた観客が、風の変つた赤ん坊を凝視するのには、芳江も全く赤面した。芳江は背中の泰次が云ふまゝに、ミルクキヤラメルも買うて与へれば、南京豆も買うてやつた。七段目が済んだ。うんと泣かされた芳江は、背中の泰次がどす太い声で便所へ連れて行つてくれと云ふのには弱つてしまつた。便所から帰つて来る途中、芳江は隣の鍛冶屋で働いてゐる甚之助に会つた。

『おや、芳江さん』

さう云つた甚之助はほろ酔ひ加減であつた。胸をはだけ、頸巻きを後にひつかけ、帽子を横つちよに被つて、眼をとろんとさせてゐた。

『芳江さん、あなたも見に来たんかい。背中の子は何処の子ぢや？　あなた一人かい？　わしの場は広いから、わしと一緒に見んかい』

さう云つて彼は、無理矢理に芳江を桟敷の方へ引張つて行かうとした。酔払つてゐる甚之助は夜着の袖が破れるまで引張つた。百合子は追ひ込みでその様子を見てゐたが、姉が甚之助に苦しめられてゐるのを見て応援に出掛けた。酔払つた甚之助は、百合子を抱き〆めて芳江を離した。その間背中の泰次は一言も発しないで、赤ん坊になり済まし、人に覚られない工夫をしてゐた。とうとう百合子は甚之助に掻き淩(さら)はれて桟敷に通り、芳江は辛じて追ひ込みに逃げ帰つた。そして大切りまで辛抱強く泰次の云ふが儘に立ち続けた。

湖面に起る風波

そんな事があつてから、甚之助は鍛冶屋の仕事の合間々々によく機場の前に立つやうになつた。水が温んで、氷が解け始め、軒先の雪が全く姿を消してしまつた彼岸の中日頃には、甚之助が妙な手紙を機場に置いて行くやうになつた。芳江は勿論それに対して一言の返事だにしなかつた。芳江としては、山家に若い娘が少く、貧乏な山村の青年に嫁のきてがないものだから、若い青年が斯うした迷路に陥るのだと考へて全く同情をした。

恰度彼岸の中日の翌日であつた。水車の又さんに頼まれて、田口の裏山の手入れにどうしても一人出掛けなければならないことになつた。恰度家に柴も少くなり、母も泣くやうに頼むので、彼女は多少危険だと思つたけれども、その日は機を止めて山へ這入つた。遅くまで柴を刈つてはそのあとに栗の苗木を植ゑ、谿の間に薄靄がかゝる頃まで、大胆にも一人で仕事をしてゐたが、帰り途に突然、甚之助が待つてゐるのに出会した。甚之助は仕事着の儘だつた。そこは一方、崖に面して深い谿川が、「く」の字に山懐を抉り、一方は大きな欅の森になつてゐた。はつと驚いて、芳江は背中の柴を背負うた儘立ち止つたが、甚之助は寒さうに両手を内懐にねぢ込み、大きな欅に身体を半分よせかけてゐた。一旦は立ち竦んだもの、、芳江はそ知らぬ顔をして甚之助の前を通り抜けようとした。すると甚之助は後から芳江の荷を引掴み、無言のまゝ芳江の前進を遮つた。

『あなた何をするの？　失敬な事をしたら許しませんよ！』

さう云つて、芳江は力一杯に身体を廻転させた。

『貴様。覚えて居れよ！』

さう云つて甚之助は櫟の森の中に這入つて行つてしまつた。

それから間もないことであつた。夜の中に機がずたずたに鋏で切り離されてゐたり、梭が便所の中に投込まれてあつたり、大便が芳江の掛ける腰掛けの上に塗り付けられてあつた。それを芳江は一言も義理の母に云はなかつた。彼女は凡てを心の中に秘めて、甚之助の復讐のしつこいのにひとり業を煮やした。この頃であつた。芳江は冬の間に少し無理した為に、急性腎臓炎にかかり、足と腰とが冷えてどうしても寝られなかつた。寝てゐる間、芳江は、嘉吉と別れてゐる二年間が余りに長いことを考へさせられた。そして人間の余りに弱いことゝ、ある種の病的青年が堕落する筋道を考へて、誘惑が如何に恐ろしいかをつくづくと思ひめぐらした。どうしたことか、芳江が腎臓で寝てゐる間、母は頗る冷淡であつた。そして百合子までが彼女を厄介視するのには、全く芳江も驚かされた。然しそれも無理のないことだと、芳江は貧乏な一家族に世話になることをも苦しく思うた。

鍛冶屋の藤太郎さんのおかみさんが「はぶ草」の実が腎臓によく効くからと云つて、何処で手に入れたか、一袋持つて来てくれた。それを百合子に頼んで煎して貰ほうとすると、百合子は素知らぬ風をして表に出て行つてしまつた。その理由が芳江によく読めた。それで彼女は重い身体を台所まで運び、ひとりで煎してそれを呑むことにした。

恰度、一週間寝て、大分顔の膨れがひいた時、朝の炊事を終つた母は、芳江が無理をして機を織る為に庭に下りると、いつになく二つの瞼を下に落してこんな事を云つた。

『芳江さん、もうあなた家に帰つて来ちやどう？　腎臓炎はながくかゝる病気だし、嘉吉は家に居らんのだし、うちは結構、私と百合子でお父つあんを世話出来ると思ふから、あなたに世話にならなくともやつて行くことにしますわ』

庭に突立つた母は、どんな返事をするかと、芳江の顔を見詰めた。芳江は当惑さうに云つた。

『ながい事病気して済みませんでした。これから病気しないやうにしますから、嘉吉さんに約束した通り居らして下さいまし』

その日はそれで済んだ。次の朝、また母は芳江より十分位早く起きて柴を焚付け、芳江が起きて来るのを待つてこんなことを云うた。

『あんた、少しの間家へ帰つて来ちやどう？　うちは私と百合子と二人で充分やれるやうだから、少し保養に帰つていらつしやいよ』

その言葉がどうも変にとられたので、

『さう仰つしやらないで、あまり御用に立ちませんでせうけれど、居らして下さいましよ』

さう切り出すと、義理の母のおまさは、芳江には全く意外のことを云ひ出した。

『うちはこんなに貧乏はしてゐても系図だけは正しいのだから、あなたの処の系図をよく調べた上で、嫁に貰ふことにしよう』

その言葉には芳江も開いた口が塞がらなかつた。家は貧乏してこそ居れ、芳江の祖父は田原藩士で、渡辺崋山先生の友人だと、彼女の父が屡々云うてゐるのを聞いたことがあつた。それで思ひ出したのは、病気で寝てゐる間に口の悪い泰次が、芳江の耳へ聞えよがしに母と問答してゐたことであつた。

『おつ母さん、隠坊つて何するの？　墓掘りをするとどれ位儲かるの？』

そんな訳もない話を折返し尋ねて、芳江を賤視する態度に出てゐたことであつた。芳江はそれに対して少しも注意しないで、その時はそれで済んだ。然し今突然、母が戸籍調べや血筋などと云ふものだから、全く驚いてしまつた。次の日の昼頃、母は彼女の機を織つてゐる処へやつてきて妙な質問をした。

『お前――今迄母はお前など云うたことは一度もなかつた。――御近所の人がみんなお前の家は隠坊だと云つてゐるが、それはほんたうかい？』

『お母さん、隠坊つて何ですか?』

少しも取紊(みだ)した態度を示さないで、芳江はさう尋ねた。

『隠坊つて云へば隠坊だよ。それ火葬場の人夫してゐる人を隠坊つて云ふんだよ』

『そりや違ひますよ、お母さん、府相のをばさんに聞いて下さいよ。私の家は士族ですよ。家は今貧乏して町外れで駄菓子屋をしてゐますけれども、隠坊ぢやありませんよ。それは何かのお聞き間違ひでせう』

母は奇妙な日付をして言葉を続けた。

『だつてお前、向ひの散髪屋のおかみさんも、酒屋のおかみさんもみんなお前の家を隠坊だつて云つてゐるぢやないの、隣の藤太郎さんのおかみさんもさう云つてゐたよ』

『そりやねお母さん、私の悪口を云ふ人があるのですよ。それはきつと隣の甚之助です。この村で私の事を誰も知らないから、甚之助は私の悪口を云ひふらしてゐるんです。私は戸籍謄本を持つてゐますからお目にかけませう』

さう云つて彼女は女工募集の際にいつも応募するに必要な戸籍謄本と身分証明書を二階の風呂敷包の底から取り出して来て母に示した。それには明らかに、士族細野源内第四女細野芳江となつてゐた。

『お母さん、猶御不審がありましたら府相のをばさんの処へ手紙を書いて下さいまし、府相のをばさんはよく御存じですから』

さう云ふと母は大声にからからっと笑つた。そしてその戸籍謄本と身分証明書をかり、まづ隣の藤太郎のおかみさんに見せ、それから向ひの散髪屋に廻り、酒屋を訪問した。娘の身分を証明してゐる母の大声が、春の黄昏に澄んだ空気をゆるがせて聞えた。

兵隊靴の享楽

嘉吉が馴れない兵営生活にある種の愉快を感じ始めたのは、雪が融けてから後のことであつた。学校を碌々出てゐない嘉吉にとつては、兵営生活の凡てが大きな学校であつた。中学校出の者は学課に就て頗る不平らしかつたが、彼にとつては凡ての学課が耳新しく、また愉快でたまらなかつた。過去二十年の暗い生活から、規則づくめであるとは云へ、科学的に組織せられた軍隊教育は少しも窮屈に考へられなかつた。荒木の息子は大きな家に住んで、放縦な暮しをしてゐたために、

『とてもやり切れない』

とこぼしてゐたが、窮乏と困苦の中に鍛へられて来た嘉吉にとつては、凡てが楽園のやうであつた。荒木の坊ちやんは飯をまづいと云つてこぼしてゐたが、永年の間毎日まづい物ばかり食つてゐた嘉吉にとつては、兵営の食事が自分の家で食ふ飯より遥かにうまいのに感心してしまつた。荒木の坊ちやんは、銃が重いと云つてこぼしてゐたが、毎日鉄槌を持つてゐた嘉吉は、鉄槌に比べて銃が軽いのに、或程度まで喜悦を感じたほどだつた。荒木の坊ちやんは豊橋の中学校を四年まで行つて、放蕩の結果退校させられた札付きの男だけに、殆んど毎日のやうに小隊長から叱り飛ばされてゐた。坊ちやんと嘉吉は初めから小隊を同じくしたが、嘉吉が金持の子供を不憫に考へた程、荒木は手荒い兵営の訓練に悄げきつてゐた。小さい時から奉公人生活に馴れた嘉吉には、軍曹や小隊長の命令があまり易しいのに感心させられた。寝床は清潔であるし、休憩時間はゆつたりしてゐるし、彼の今日迄の労働に比べて、兵営生活はまるで子供の遊びのやうであつた。彼は軍隊生活の凡てを享楽した。只一つ、彼が戦争と云ふことに就てある種の疑惑を持つてゐたにしても、規則づくめの兵営生活が、こんなにも享楽し得るとは、彼自らも想像し得なかつた。

然し、故郷のことが気になつた彼は、毎日のやうに一家族のために祈つた。そして一週間に一度は必ず両親に手紙を書くか、芳江にはがきを出した。そして可哀相な癩病人のためにと思つて、毎日の小遣銭も全部節約し、その中から毎月一円五十銭を必ず芳江に托してその癩病人に送ることにした。

恰度、春季皇霊祭と日曜日が二日続くことがあつた。兵営内では二日続いて休日があることを鬼の首でもとつたがの如く喜ぶ連中が多かつた。荒木の坊ちやんは勿論その一人であつた。彼は朝食堂から出て来る嘉吉を捉へて、

『山下君、散歩にでも一緒に行かうか？　おごるぜ、君、僕の下宿へ遊びに行かんか？　君！』

さう云つて、嘉吉を誘つてくれた。

それで嘉吉は初めて町へ散歩に出た。それまでと云ふものは豊橋の町の隅から隅までよく知つてゐる嘉吉は、余り散歩に出度くなかつたので、兵営内の図書室から修養書類をとり出し、片つ端から休みの時間を利用して読み耽つた。然し、荒木がいつも小隊長から叱り付けられて、友人もなく、小隊でも除け者扱ひにされてゐるのが可哀相だと思つたのと、一つには、彼を宗教的に導き、他方には彼を力付けてやりたいと思つたので、すぐ彼は散歩することを承諾した。

営門を出て「札木（ふだぎ）」を通抜け、芸者屋町の裏筋を少し行つた処に、こ綺麗なしもたやがあつた。何でも其処から彼は中学校へ通つたとかで、入営しても毎日曜を必ず此処に来て半日以上寝転ぶと云ふことだつた。案内もせず、兵隊靴を脱ぎ棄てゝ、荒木直太郎はとんとんと二階に上つて行つた。そして階段の上から大声で嘉吉に『上つて来い』と怒鳴つた。その声に驚いた奥座敷の女主人公は慌しく襖を開いて出て来た。ハイカラな七分三分に分けた前髪を額の処で現代風に波打たせ、顔には白粉をべつたり塗つて、一見何処かの妾か、さうでなければ、芸者上りの女であることを思はせた。

『どうぞお上り下さいまし』

さう云つて彼女は叮嚀にお辞儀をした。俯向いた彼女の襟筋は、踊に出て来る娘のやうにW型に深く白粉が塗られてあつた。「妙な家に荒木は下宿してゐるなア」。そんな事を考へ乍ら、嘉吉は二階に上つた。二階に上つてみると、荒木は早やちやんと和服に着換へ、錦紗の兵児帯を〆めて、金口のシガレットまで口に啣（くわ）へてゐた。二階は六畳と八畳の二間になつてゐたが、八畳の部屋には、中央に紫檀の大机が据ゑられ、その上には上等の葉巻煙草が箱のまゝ置かれてあつた。荒木は汚れた歩兵二等卒の軍服を押入の洋服掛けに吊り下げ乍ら、嘉吉を顧みて云うた。

『山下君、君はよくやるね、実に感心だわ。君教へてくれ、どんなにしたら小隊長の御機嫌をとれるか、俺はもう彼奴が癪に触つちやつてぶん殴つてやらうと思ふんだが、さうしたら、軍律に触れるだらうしなア、僕は普断から、堕らけた生活を送つてたから、全く叶はんなア、あの規則づくめの生活には』

階下から例の青白い顔をした芸者風の女が、お茶と栗饅頭の這入つた菓子皿を二階に運んで来た。床の間の傍には本箱があつたが、その中に這人つてゐるのはみんな小説ばかりであつた。それも多くは軟文学ばかりで、表紙迄が市松模様のついたものや赤や紫の色刷のものが多かつた。

女が降りて後、荒木は押入から大島紬の袷を取出して、嘉吉に着換へるやうに勧めた。

『君、風呂へ一緒に行かんか？』

云はれるまゝに彼は殆ど生れて初めて、絹の着物に着換へ、芸者町の真中にある小綺麗な「鶴の湯」に出掛けた、行く時から帰る時まで、嘉吉が別に云ひ出したのではなかつたが、荒木自身から、

る途中だつた、嘉吉が別に云ひ出したのではなかつたが、荒木直太郎の会話は、凡て軍隊の苦しい生活の泣き事ばかりであつた。帰

『僕もうんと修養しなくちやいかんなア、君は信仰を持つてゐるから、凡てが気楽にやつて除けられるやうだが、僕には宗教的信念も決つた人生観も無いからなア……君、バイブルつて云ふのは、ありやむづかしいか？』

そこで嘉吉は、生れて初めて自分より学問のある人間に宗教の必要を説明し、バイブルの内容を説いて聞かさなければならなかつた。

一円五十銭の出所

そんな事があつてから、約一週間程経つて、荒木直太郎はまた小隊で人騒がせをやつた。それは彼の持つてゐたウォルサムの腕時計が、営内で何者がに盗まれたと小隊長に申し出た為めであつた。小隊長は厳重な取調を始めた。そして嫌疑が自ら山下嘉吉の上にかけられた。小隊附の花井軍曹は、小隊長の命令だと云つて、真夜中に彼を練兵場の隅つこに連れて行き、まづ彼の身体検査を行ひ「何故外出をしないか？」「何故毎月一円五十銭づつ故郷に送るか？」「何故人とあまり交際をしないか？」「何故春季皇霊祭の日に限つて荒

木直太郎の下宿について行つたか？」さう云つた諸点について一々詳しく説明を求められた。嘉吉は細かに答へたけれども、軍曹の腑に落ちなかつたらしい。

『嘘を云ふと許さんぞ！』

さう云ふが早いか、固めた握拳で気を付けの姿勢をしてゐた嘉吉の右の頬ぺたを殴り付けた。

『何故お前は毎月故郷に一円五十銭送つて居るんだ！　その金は一体何処から送つて貰ふんだ？』

軍曹は嘉吉が煙草銭を貯蓄して、可哀相な人に毎月送つてゐるのだと云ふことが、どうしても腑に落ちなかつたらしい。それを何度も何度も訊き直した。それで嘉吉は、ゆつくり軍曹に説明した。

『早川和吉と云ふ可哀相な癩病人が居るので、その乞食に自分の煙草銭を節約して送つてゐるのでありますす』

と云つたが、軍曹はどうしてもそれを信じなかつた。

『嘘を云へ、お前は煙草を吸ふだろう！　お前が煙草を吸うてゐる処を見た人があるぞ』

あまり嘘も白々しいので、嘉吉はくすくすと笑つた。軍曹は笑はれたのが癪に触つたと見えて、

『上官に対して何だ！　その態度は！』

さう云つて彼の脛を靴の前皮の先でうんと蹴飛ばした。

『今時にそんな親切な事をする男があるか！　お前は偽善者ぢや、日本の国に宗教があるに拘らず、外国の宗教を信じて、日本の国を危くする非国民ぢや、天草の乱を起したのは耶蘇教ぢやないか、馬鹿野郎！　さう云ふ外国の思想にかぶれてゐるからお前は上官を嗤ふんだ！』

軍曹は一人でかんかんになつて怒つてゐる。その姿があまり不憫なので、嘉吉は沈黙した儘静かに花井軍曹のために祈つてゐた。

『お前は荒木直太郎の時計を盗つたろう。ほんとを云へ！　ほんとを！』

無口な彼はあまり馬鹿げた質問に開いた口が塞がらなかつた。彼は沈黙したまゝ答へもせず、五分間ばかり「気を付け」の姿勢を続けてゐると、花井軍曹は、

『現在、お前の兄貴は強盗をした上に巡査を殺して、名古屋の監獄に這入つてゐるぢやないか！　さう云つた兄を持つてゐるお前が、いくら偽つて、煙草銭を貯めて故郷の癩病人に送つてゐるなど云つても、人が信用する道理がないぢやないか！　犯罪と云ふものはなア、みな系統があるもので、遺伝するものぢや、わしは学理的にお前が犯罪系統に生れてゐると思ふから、お前に告白を強ひるので、決して理由もなくお前を疑つてゐやしないんだ』

さう云はれて嘉吉は、軍曹の嫌疑が尤もだと心に頷いた。実際遺伝学的に考へて、嘉吉が、宗教的に甦つたことは全く奇蹟であることを不思議に自分乍ら考へざるを得なかつた。然らばと云つて、盗んでゐないものは盗んだと云ふ事は出来ない。彼はきつぱりと軍曹に答へた。

『私が神を知らない昔でしたら、或はさう云ふことがあつたかも知れません。然し、知らないことは知らないんです。よくお調べ下さい。私はあなたを偽つてゐやしません』

そんな事があつてから二日目の午後の機械体操の時間だつた。荒木直太郎が鉄棒から飛降りた拍子に、シヤツのポケツトから問題の腕時計が飛び出した。小隊長は静かにそれを拾ひ上げて、荒木に尋ねた。

『荒木、貴様は嘘を付いたなア、盗られてゐやしないぢやないか、お前はポケツトに入れて持つてるぢやないか！』

気まりの悪い荒木は頭を掻き乍ら小隊長に詫びた。

『上衣の内側に付いてゐるポケツトの横つちよに穴があいてゐて、そこから時計が上衣の裏側へ落ちて行つたのを気付かずにゐたのです』

それだけ云つて、頻（しき）りに頭の上に手をやつて、べそを掻いてゐた。それを傍で見いてゐた山下嘉吉は、坊ちやんにありさうな出来事だと思つて或る種の憤激を感じたが、虫を押さへて沈黙を守つてゐた。花井軍曹も傍でそれを聞いてゐたが、運動場からの帰り途に苦笑し乍ら嘉吉の処に寄添うて来て、彼に云うた。

『荒木の坊ちやん、仕方がないなア』

無口な嘉吉は無言の儘、頭を縦に振つて、静かに運動場を歩いて帰つた。室に帰ると荒木が上等兵に銃の掃除を命令せられて弱つてゐた。それを見るに見兼ねた嘉吉は言葉もかけ無いで潔よく手伝つてやつた。

霜と秋風

春が去つて夏が来た。学課に於ても、実地に就ても、嘉吉は著しい進歩を示した。夏期強行軍の実習の時の如きは、全中隊の前で特に嘉吉だけが褒められたやうなこともあつた。月日が経つと共に、全中隊の中で、山下嘉吉は模範兵であることがよく知られて来た。それでも耶蘇嫌ひの花井軍曹は、

『嘉吉が猫をかぶつてゐるのだ』

と云うて、彼を偽善者呼ばはりすることを中止しなかつた。

月日が経つた。不思議に、楽しみにしてゐた芳江の手紙も止つてしまひ、約束した面会にも来て呉れなかつた。気になつて仕方がないので、二三度、芳江宛に家の様子を聞かせてくれと手紙をやつたが、芳江は葉書の先に「皆様はお達者です。御安心下さい」と簡単に書いただけで、家の様子は少しも知らして来なかつた。

芳江は書きたいことが山程あつたけれども、入営中の嘉吉に心配させることは悪いと思つて、それをさし控へた。心の曲つてゐる泰次は、母の機嫌のなほつた後も、まだ続けて芳江を侮蔑し、癩病人の世話を毎日する割合に自分を世話してくれないと口汚く罵つた。ある時の如きは、芳江の両親が乞食だから乞食の世話をするのだと云つて、罵詈讒謗（ばりざんぼう）した。

あまり訳のわからぬ悪口に、芳江も一時に逃げて帰らうかと思つて、門口まで出たことがあつたが、キリストの言葉「人その友の為に己の生命を棄つる、之より大なる愛はなし」（新約聖書ヨハネ伝第十五章十三節）を思ひ出して、涙を呑みながら機場に引返すのであつた。勿論、自分の愛する許婚の夫に面会したいと思つても、五円の旅費が工面出来ない為にそれも思ひ止まつた。

そしてたゞ哀れな一家族のために、天の使のやうな心持をもつて、誤解と、中傷と、侮蔑と、讒誣（ざんぶ）の暴風

の真只中をキリストの十字架を見上げつゝ真直に突進しようと努力した。秋風の吹かぬ日があつても、芳江の筬(おさ)の音の止む日はなかつた。霜の降らぬ日はあつても、芳江の糸車の廻らぬ日はなかつた。

一九一二年から引き続き行はれてゐる支那の革命は、孫逸仙の死後、益々混乱を重ね、蒋介石の指導の下に、南京に突入した共産軍の一団は、外国宣教師を初めとし、日本人の生命財産まで掠奪を恣(ほしいまま)にした。こゝに現地保護の目的をもつて、第三師団は山東出兵の命令を受けるに到つた。そして嘉吉の属する中隊も第三師団と具に済南に出兵することになつた。第三師団の本営は大阪で御用船に乗込み、門司にも寄港せず、その儘ずつと青島に直行した。日本を初めて離れる嘉吉には、感慨無量の思ひが胸の底に湧いた。玄海灘をすぎ、支那海を通過して四日目の朝、支那大陸を臨んだ時、嘉吉には世界は実に妙な物だと云ふ感じがした。凡てがまるで夢のやうだつた。世界は苦しみ悶え、何物かを生み出さんと努力してゐるのだと、地球の底に孕まれた赤ん坊の泣声が大地の下で聞えるやうに思はれてならなかつた。

しやぼん玉と世界歴史

噂はとりどりであつた。南軍は破竹の勢ひで北進した。勝ち誇つた蒋介石の軍隊は、日本軍の警告を聞かばこそ、意気揚々と済南城に乗り込んで来た。すべては全(まる)で夢の様に嘉吉の眼に映つた。斯うした事で世界歴史が綴られるなら、世界歴史はまるで、しやぼん玉の上に描かれた七色の模様にも等しいと思つた。勝ち誇つた南軍は手当り次第に掠奪を恣にした。それを見た嘉吉は、それ等の人々が正気で居るとは考へられなかつた。人間に理性があると云ふことをすら嘉吉は疑ふやうになつた。

戦争は、発狂者の行為だ、と云ふ気がしてならなかつた。支那の兵隊が日本の店に物貨を買ひに来る。すべて不換紙幣の三文も値打ない通貨で、略奪同様に持つて行く。それを追かけて行くと、日本の商人を殴る、蹴る、殺す日に遭した。斯うした事が数日続いた後、遂々(とうとう)日本の商人は聯盟して、支那軍隊に捻ぢ込んだが、勿論何等の効果も無かつた。却つて排日のポスターは各所に貼り廻され、南軍は日本軍の済南撤兵を要求するやうになつた。日本軍と支那軍の衝突が起つた。嘉吉は三日も寝ずに露営した。その結論として得た処は、戦争は要するに人間の発狂の結果、生れ出ると云ふ事であつた。発狂者は取り締る為に、或種の保護を加へねばならず、その保護の為に又、暴力を使へば、又発狂者が一組増加すると云ふことを痛切に感じた。さう考へた時に、この平和を愛する一兵卒は、支那の為に、街上に跪いて祈つた。

「全能の神、孔子と孟子の生み出された国を平和ならしめ給へ」と。

彼は毎日貰ふ煙草銭を一文も消費しないで、みんな上津具の芳江の手許まで送つた。そしてその中から一円五十銭を、必ず忘れないで、風穴に住んで居る癩病人に渡して呉れと依頼した。彼は支那に来たことを感謝した。日本の様な狭い国と違つて、広い広い山東の平野は、彼を大陸的に伸び上れと呼ぶかの如く感じられた。暫く、山東の地平線を、彼が楽しんでゐる間に、南軍は北京を占領し、張作霖の乗つてゐた列車が爆発せられ、一旦日本軍も青島に全部を引揚げることになつた。明日、青島に引き揚げると云ふその日に、国から父の死を報して来た。彼はその電報を受け取つた時に旧約聖書エゼキエルの書を毎日々々読んでゐたが、父の死が、支那の衰亡の表徴であるかの如く受け取られた。彼は、その日二度の食事を断食し、不幸であつた父の一生に就て瞑想した。青島に引き揚げて二週間目に、母は芳江の病気を報して来た。芳江が喀血したこと、腎臓炎を併発してゐること、栗本先生に診て貰つた処が、迚も助かりさうにないと云ふこと、そしてまたその終ひには、泰次がだんだん衰弱して行くことと、佐助に死刑の宣告の下つたことも書き添へてあつた。それは仮名書きであつたけれど、母の苦しみを察することが出来た。翌日はまた村野先生から、要領を得た父の永眠の悔み状と芳江の病状を、見るが如く知らして来た。その手紙に依ると、芳江の克己と努力は知つてゐる者をして、皆感激せしめる程であつた。彼女は一月二月の間、あの寒い碌々囲ひもない処で機を織り続け、夜も四時間位しか睡眠を取らず、嘉吉の父の世話、弟の世話、それに癩病人の世話まで、毎日一刻の隙もなく努力し、一ケ月に賃織ばかりで三十円以上も嘉吉の母に与へたと云ふことであつた。然し、父が重態に瀕する様になる迄はそれ程でも無かつた。六月の梅雨時分に、父が重態に陥り、芳江は二週間まで費して介抱したが、遂にその甲斐もなく永眠した。それでも芳江は元気よく、父の野辺送りを済ませたが、それから一週間目に突然喀血し、遂に立てなくなつて了つた。恐らく衰弱が激しいから、秋の終り迄、持たないだらうと、医師が云うてゐるとのことであつた。その手紙を受取つた嘉吉は、芳江が如何に尊い犠牲を彼の為めに払つたかを、追想せざるを得なかつた。彼は人前では涙をかくして居たが、晩の消燈後、ベッドの傍に跪いてさめざめと泣きながら、芳江が癒される様に神に祈つた。床の中に這入つても寝ることは出来なかつた。叉床の中に坐り直して三十分位、芳江の為に祈り続けた。

——大きな犠牲、余りに尊い犠牲、誰に賞讃されるでもなく、誰が新聞に出して呉れるでもなく、自ら進んで前科者の集合してゐる一族に奉仕する事を誓ひ、地位も名誉も無い山村の青年を選んで、自らを捧げた日本の処女を、彼は讃美せざるを得なかつた。一日に四時間しか眠らずに他人の父の為めに二週間も徹夜して看護に専念し、雪の中に、手にひゞを切らしながら機を織り三十余円の金を姑に捧げる、この可憐な日本の処女の為めに、彼は人に聞えない程度で男泣きに泣いた。理想の処女、天上のマリヤの再生、その高貴な魂が、今地上を離れて天国に帰らんとしてゐる、地球の上の何人にも、その偉大さを気付かれずして、彼女は過ぎ行く、神の愛に魅入られた清浄の処女、曾て肉を汚さなかつた天上の白百合、彼女は、その短い愛の一生を終へて、今天上に帰らんとしてゐる。——

こんなに追想すると、彼女は天使の生れ代りの様な気がしてならなかつた。嫁入つて一度も性の関係を持たず、只嘉吉が兵隊から帰つて来る日を楽しみつゝ、努力して努力して、努力し尽して、嘉吉に先立つて、この世を去るかと思へば、一言でもよい、この世に於て、芳江を慰めてやり度い様な気がしてならなかつた。彼は直ぐ聖書の一句を思ひ出した「一粒の麦若し地に落ちて死なずば、唯一つにてありなん、若し死なば、多くの実を結ぶべし」(新約聖書ヨハネ伝第十二章二十四節)

『——芳江の努力は全く、この一粒の麦のそれである。俺は必ず彼女の犠牲を、胸の中に生え上らせて努力しよう』

午前三時

嘉吉は兵営の宿直室の時計が一時を打つのを聞いた。沖合に大きな汽船が這入つて来たと見えて、地声の太い汽笛が、窓硝子を震はせて鳴り響いた。それが軍隊でなければ、あゝした汽船に乗つて、すぐにでも日本に帰つて行きたいと身の異郷にあることを悲しんだ。時計がまた二つ鳴つた。今頃は宿直室へ芳江の死を報じた電報が来てやしないかと、気が気ぢやなかつた。彼は便所に起き、長い廊下を伝つて、コンクリートの上を歩いて用を達し、そこから表に出て東の空を仰いでみた。銀河が美しく北から南に流れ、東の空には彼の名も知らない星が無数に照り輝いてゐた。当番将校が従卒を連れて、此方に近づいて来る。それで彼は気付かれない中にと、また便所の廊下から自分の部屋まで抜き足差し足で馳け込んだ。犬の遠吠が聞える。もう気の早い鶏があちらこちらに鳴き出した。

——人生は余りに悲惨だ。宿命とは云へ、放逸な一人の青年に数人の子が生れ、その人の罪悪によつて、六人の子供の中四人迄が罪の生活を送り、二人は娼妓になり、一人は人を殺し、一人は不具になり、その四人の中一人は情死し、一人は死刑になる運命になつてゐる。その罪を救ふ為に、天から清浄無垢な処女を送られ、正に地獄の道を辿らんとした青年を救ひ、土を愛し、隣を愛し、神を愛する真の道を教へて呉れようとしたが、それが完成しない中に、その若芽は今枯れようとしてゐる。

当番将校の靴音が廊下に響く。サーベルが腰にぶつかる音、従卒が担うてゐるランドセルが、肩に摺れ合ふ重苦しい響き、その物音が彼方に消去つた後、嘉吉はまたベッドの上に跪いて、布団を被つた儘祈つてゐた。すると、被つてゐる布団の上から彼を押さへ付ける者があつた。隣に寝てゐた竹田義行と云ふ知多半島の青年かと思つて、彼はぱつと脊を起し、体をめぐらして見たがそこには誰も居なかつた。また布団を被つて祈つてゐると、また彼の体を上から押さへ付ける者がある。またはね返つて布団の外を見たが、隣に寝てゐる竹田は、頭まで布団の中に突込んで鼾(いびき)をかいてゐた。

『をかしいなア、妙な事があるものだ』

とまた布団を被つて祈つてゐると、また布団の上から自分を圧迫するものがある。それで彼は三回目に静かに布団を開けて坐り直すと、ベッドの傍に芳江が両手を伸ばして立つてゐた。その姿は豊橋のステーシヨンで会つた、美しい芳江そのものであつた。

『おや、芳江さん、よく来ましたね、青島までどうして来たの？』

すると芳江は長い袂を口に持つて行き乍ら、いつもするやうに、

『ほほゝゝゝ』と笑つた、

『嘉吉さん、此処は青島ぢやなくて豊橋ですよ、あなたは思ひ違ひしてるのよ、お約束通り、日曜日には必ず会ひに行く、と申しましたが、今日は日曜日ですから、久し振りに面会に来たんですよ』

『芳江さん、あなた妙な事を云ふね、こゝは豊橋ぢやないよ、青島なのよ、あなたこんな処に来られやしない……まあそれにしてもよく来ましたね、此処までいらつしやいよ、久し振りに会つたんぢやないの』

さう嘉吉は云つて手招いたが、芳江は、

『軍律が厳しいから、此処まで来さして貰ふたけでも容易ぢやなかつたんですよ、普通は宿直室で面会させられるんださうですが、特別の許可を得て此処まで這入つて来ることを許して頂いたんです』

『ぢやア、いゝぢやないの、此処まで来て頂戴、握手だけでもしませう』

さう云つて手を差し伸べると、

『兵営には大勢人がいらつしやるから、握手することもよしませう』

さう云つたきり芳江は頭をうなだれて、長い袂で顔を蔽ひ、その儘姿が遠くの方に消去つてしまつた。

『芳江、向ふへいつちやいけない、此方へいらつしやい！』

さう大声に呼止めたけれども芳江が、離れて行く速力は迚も早くなつて、追ひ馳けようとした嘉吉の力は及ばなかつた。然し彼は万難を排して、芳江を捕へようと後を追ひ馳けた。彼は宿舎を抜出し、営門を通り抜け芳江の後を追つた。しかし芳江は立止らなかつた。とうとう彼は塹壕にぶつかつて立ち止らざるを得な

くなつた。それで彼は勇気を出して、その塹壕をも飛越えようと努力した。その塹壕の幅はあまり彼には広過ぎた。彼は深い数丈もある断崖の下に転落した。

「おや、俺も死なねばならぬ運命になつた」

さう思つた瞬間、気が付いてみれば、彼は自分の着てゐた布団がベツドの上からずり落ちて、彼は寝巻のまゝ山東の夜明けに慄(ふる)うてゐるのだつた。

『――すると、今のは全く夢だつたんだな、芳江に会ひたいと思つてゐたのが、朝方うとうとした為、芳江の夢を見たのだつた。夢は逆夢と云ふから、もしかすると今日は悪い電報が来るかも知れない。もう後二月経ては、故郷に帰られるのだから、せめてその時まで芳江の命をとり止めてやつて欲しい』

さうした甘い回想を続けてゐる中に、起床ラツパが、宿舎の硝子戸を震はせた。総員起床して我勝ちに洗面所へ急いた。彼も敏捷に軍服をつけ洗面所に走つて行つた。彼が、水を金盥に汲取り、俯(うつ)向いた儘、両手で顔を洗つてゐた瞬間、

『おい、山下君、電報！』

さう云つて彼の小隊附の軍曹が、嘉吉に一通の電報を渡した。それを聞いてみると、

「ヨシエ　ケサ三ジ　エイミンスムラノ」

と読めた。それは正しく村野先生が親切にも至急報で送つて来てくれた電報だつた。

『さては昨夜の夢は、芳江が最後に夢の中に会ひに来てくれたものと見える。芳江の死んだ時刻と夢を見た時刻とは、あまりにもよく符合してゐた』

泉のやうに涙が両眼から溢れ出て来る、それを彼は人に見られまいと、引続き顔面を水で冷した。冷しても冷しても涙が溢れて来る洗面器の水が全部、自分の涙であるやうに思はれた。しかし彼は勇敢に洗面器の水を流し場にこぼし、急いで涙を拭いてしまつた。そして平気を装うて点呼の列に加はつた。

人間十八人一噸(トン)

その日、彼は税関波止場の守備に廻された。そして驚いてしまつたのは、波止場に群つてゐる饑民の群衆であつた。そこには一万人以上も居たらう。打続く戦乱に山河は荒れ、民家は焼かれ、重税は課せられ、穀物は全部軍用の目的で徴発せられた。山東省一円人口三千万の柔和なる支那人は——住むに家なく、着るに被服なく、食ふに食なく、何百万人と数の知れない程の多くの民衆は、比較的平和な日本の勢力範囲に雪崩れ込んで来るのであつた。その日、嘉吉は日本人の税関官吏から聞いて驚いたことだつたが、少い年で六十万人、多い年で百二十万、百三十万と云ふ大衆が芝罘(チーフー)或ひは青島(チンタオ)経由で大連に渡つて行くと云ふことだつた。彼等は十八人一噸(トン)として計算され、一々数を読まないで、荷物同様の取り扱ひを受けてゐると云ふことを知つた。

　山下嘉吉が汽船が横付けになつてゐる波止場の上を、剣付鉄砲を肩にして、右向き左向き、警戒に当つてゐると、波止場で昨夜から雑魚寝してゐた幾千と云ふ饑民の群が、次から次へ船に乗込む。申合せたやうに、彼等は丸められた一枚の布団を肩に荷ひ、左脇の下に円形の座布団型になつた支那パンを二つに折つて抱込み、両手で子供の手を引き、女房らしい女は、肩と額で赤ん坊を背負うた紐を支へ、両手には炊事道具を風呂敷包みに一杯詰込んで、よちよちとあぶみの上を渡つて行くのであつた。彼等の多くは跣足(はだし)であつた。そして縞の着物を着てゐるものは一人もなく、みな申合せたやうに紺の着物を着てゐた。一万近くの大衆でも静かで、もう疲れ切つて物さへ云へないと云ふやうな表情をしてゐた。中には何日間も充分食物をとつてゐないと見えて、裸体の儘其処に横つてゐる者もあつた。その肋骨と云へば、日本の学校の博物の教室にある骨格の標本のやうになつてゐて、たゞその上に辛して皮を被せてあると云ふだけのことだつた。見るに見かねた山下嘉吉は、自分が警戒の任に当つてゐることも忘れて、ポケツトから十銭をとり出し、その青年に与へると、青年は弱り果てゝゐると見えて、少しの表情もなく、沈黙の儘それを受取つた。彼が施しをすることを傍で見てゐた幾千の饑ゑた人々は、我も我もと施しを乞はんと彼の周囲に集つて来た。それにはさすがの嘉吉も面くらつた。で、彼は財布の底に残つてゐた五円九十銭かの金を全部両替して、彼の周囲に居た流民に投げ与へた。さうした事によつて、芳江の今日の葬式を遠くから記念し得ると思つたからだつた。

嘉吉は猶も警戒の任に当り乍ら、ひとり考へた。「日本がほんとに支那を開発しようと思へばこれらの饑民に対して根本的に親切でなければならぬ」と、デッキに五六百人の饑民が満積されると、船は次から次へ出て行く、大抵は千五六百噸(トン)の小さい日本汽船であつたけれども、一日に青島だけで四、五隻出ると云ふことを、其処にゐた日本の人夫頭が、嘉吉に教へてくれた。またその人夫頭は、『山東省は御存じの通りに、支那では最も進んだ省ですから、中には学者もあるんですよ、新聞もよむし、仏蘭西語もよく出来るし、共産党のことなどよく知つてゐるんです。欧洲戦争の時には十五六万人位の者が、人夫になつてフランスへ行つてゐましたからね。ヨーロッパの事情をよく知つてゐる者も中にはありますよ。しかし兎に角斯う内乱が続くと国民がたまりませんよ。もうかれこれ支那も十五六年革命戦争をやつてゐますからね。近い中に饑饉の大きい奴が来るだらうと、みんなが云つてゐますよ、何しろ、種を播かうにも種がないんですからなア。つまり何ですね、革命と、餓饉と疫病と饑死は、離れ離れのものぢやありませんね、四つのものが、一緒に来るんですね。今出て行つた仁川丸の表デッキに乗つて行つた男も云つてましたがなア、税金など二十年間先まで取立てられるんださうです。だから村民が自暴を起して、出て来る時にはみんな村に火をつけて出来たと云ふことでした。それに最近は共産党やら土匪(どひ)やら判らぬ連中が、各処に蜂起して、山東の奥地は滅茶苦茶らしいですね。どちらが勝つにしても、支那を武力だけで統一しようと云ふのは随分困難でせうね』

人夫頭はさつきから、山下嘉吉が、自分の金を全部饑民に投げ与へた事を見てゐたものだから、彼にこんな事を云うた。

『あなたは兵隊さんに似合はぬ感心な人ですな。あゝいふ風にしてやると、支那人は馬鹿に喜びますよ、支那人と云へば、皆劣等視して踏んだり蹴つたりするから、却つて排日のビラを貼られるのですよ。親切にしてやれば彼等も人間ですからなア』

また次の汽船が、饑民の群で満員になつた。デッキの上には身動きも出来ぬ程人間がつまつてゐる。

『あんなに詰つてゐて危険ぢやないんですか?』

『いや、あれだけ積んでもまだ運び切れないんですから、多少危険でも非常時のことでもあり、冒険をやるんですなア』

『斯うした群衆はいつから続いてゐるんですか?』

嘉吉は訝かしがつてきいた。

『さうですなア、随分前からですなア。毎年やつてゐるんですが、今年など特別多いやうですな、今年はこれで百万人以上も行くでせう』

岩壁を離れた第二太湖丸は、殆ど吃水線(きつすいせん)すれすれの処まで客を積んで沖に出て行つた。

『日本があるお蔭で彼等は助かりますよ。日本でもなければ、皆ここ二ケ月の中に飢死(うえじに)してしまふんでせうがね』

第二太湖丸の表デッキと云はず、後デッキと云はず、蠅(はえ)が止つたやうに重り合つて積まれてゐる紺色の群から視線を外さないで、人夫頭はさう云つた。嘉吉も立停つて、彼等を見てゐたが、彼等が家もなく、パンもなく、満洲の大平原をさ迷ひ行く有様を忍ぶと「飼ふもののなき羊の如し」と新約聖書の中に書かれてゐる文句をすぐに思ひ出した。

『——彼等に比べると、日本は更に幸福である。努力さへすれば、まだ幾らでも整理の道はつく』

そんな事をまた考へた。交代時間が来たので、彼は兵舎の方に引き上げたが、今日の船に乗れなかつた幾千の饑民は、呑気さうに地べたの上に転がつて寝てゐるものもあれば、携帯してゐる茶瓶から水を飲んでゐるものもあつた。多くは、身動きもしないで、山東の黄塵を浴びながら、目を閉ぢて、時の遷るのを待つてゐる様子だつた。

筬に残る指紋

嘉吉が、第三師団の一部隊と内地に引き上げたのは、出兵のあつたその年の十二月であつた。船が門司に這入つた時に、嘉吉は山の上にまで小さい家が沢山建つてゐるのに驚いてしまつた。矢張り日本は島国だと思つた。支那に居ると日本がい丶やうに思はれたが、日本に帰ると支那が、のんびりしてい丶やうに考へられた。支那では饑民までが、落ち着いてゐる。船は瀬戸内海の島々の間を縫うて、行く時は夜中に通つた米島海峡などは、こんどは朝通るやうになつたので、如何にも美しいと思つたけれども何だか狭苦しい窮屈な処に帰つて来た気がしてならなかつた。船が大阪の桟橋についた時にはもう厭になつてしまつた。煙突文明は要するに人類の自殺であると考へた。内地では済南出兵に非常に反感があつたものだから、久し振りに帰つて来た軍隊も、あまり歓迎してくれなかつた。内地は不景気風で縮み上つてしまつてゐた。山下嘉吉は、築港桟橋から梅田駅へ行進する間、両側にカフエの多くなつたのに全く驚かされた。こんな調子では日本も滅びると思はざるを得なかつた。

豊橋へ帰つたのは、十二月十日であつた。それから二日目に彼は除隊になることになり、出迎へに来てゐた村役場の兵事係と一緒になつて、津具の山奥へ二年振りに引き上げた。村境まで小学校の生徒が出迎へに来てゐた。同時に入隊した五人の者もみな一緒だつた。然し、五人の中で伍長勤務の上等兵になつて帰つたのは山下嘉吉一人だつた。それで在郷軍人団の歓迎振りも立つた時と帰つた時とは非常に違つてゐた。出迎へに来てくれた村長は同じ村長だつたが、小学校の校長は変つてゐた。

後に知つたことだつたが、小学校の校長は酒を呑み過ぎて同僚の頭を殴り、村会の問題になつて退めさせられたと云ふことだつた。母も妹の百合子も――彼女は見違へる程大きくそして美しくなり――紙製の日の丸の旗を持つて迎へに来てゐた。こんどは村長の要求により、嘉吉が先頭に歩かされた。彼の後から小学校の生徒が四列縦隊になつてついて来た。一行は、嘉吉の家の前で万歳を三唱して散会した。

表口から這入つた嘉吉は、中庭を通り抜けてすぐ裏口に出た。そこには、まだ二月前に主を失つた手織機の機械がその儘になつてゐた。紺絣の木綿織が八分通り織掛つた儘棄てられてあつた。梭も筬も、油さしも、管も、芳江が、機を置いたその日から少しも触れずにその儘になつてゐた。嘉吉は、芳江が約一年二ケ月持ち続けたその筬の上に、彼女の愛らしい指紋の跡でも残つてゐないかと探してみた。それらしいものがあつた。油が滲んで明瞭に描かれてゐた。然しそれが果して芳江のものであるか、芳江がこの機を使用し始めた前の人の指紋であるか、明瞭に判別することが出来なかつた。

母は、嘉吉が機の傍に立つてさめざめと泣いてゐるのを見付け、慰めようと裏口に出て来た。

『惜しいことをしたなも、もう二月待つてくれると、お前の顔が見られたものを、死ぬ前の日などは随分元気で、お母さん、きつと私がよくならなくとも二百五十町歩の山林の植付が済むまで、私は決して死にはしませんと、云つてゐたが、急に尿毒症の徴候が現れて、もうその次の日は意識もはつきりしなかつたやうだつたな。村野先生が徹夜して、死ぬ前の晩は介抱してくれられたが、讃美歌を歌つてやると、熱がぐつと下り、囈言のやうにお前の名を呼び続けながら「嘉吉さん、山に行きませう、キリストが山の上で待つていらつしやる」、さう云つたきり、もうあれが、朝の三時頃だつたな、息をひきとつたんだつたよ。ほんに珍しい娘で、わしは我家を救ひに来られた観音様の生れ変りぢやと、ほんとに毎日、芳江さんを拝んでゐたよ。患ひも短かつたから、死んだ時でも、ほんとに柔和なそれこそ御本尊にして拝むと勿体ないやうな顔をして、あの世へ行かつしやつたなも』

さう云つて母は、前掛で顔を蔽つた。遅ればせに、村野先生も裏の道から裏庭に上つて来られた。

『どの自動車で豊橋から着かれるか判らなかつたものだから、つい失敬しました。ほんとにお家では不幸が続いて、まことに御気の毒でした。しかし芳江さんはいゝ信仰を持つてこの世を去られたものだから、村の者はみな感心して、いゝ模範を示されましたよ。ほんとに、芳江さんは、渡辺崋山先生以来、田原が生んだ最も偉大な人物の一人でせうね』

村野先生は二年の間にうんと年寄つて見えた。いつも五分刈に刈つてゐられたが、生え際が奥まで禿上り、目尻の皺が著しく数多く見えた。視線を母の横顔に転じると、彼女もまた著しく年とつた。村境ではあまり注意しなかつたが、今近くによつて見ると、二年前彼が村を出る時にはさうまで思はなかつた髪の毛が白くなり、殆ど醜い程度にまで、後れ毛が、灰色になつてゐた。母は何を考へたか無言の儘炊事場にすつ込んでしまつた。

村野先生に嘉吉は尋ねた。

『芳江さんのお墓はどうなつてゐるんでせうね？』

『さあ、どうしてゐられますか、まだ多分こちらの仏壇に置いて居られると思ひますがね、水車の又さんの意見では、是非田口の裏山の一部分に芳江さんの記念碑を建てたいと云ふことでした。山林も木を植ゑた部分はよく成長してゐましてね、栗本君も楽しみにしてゐますよ。栗本君も昨日はあなたを出迎へに来ると云つてゐましたが、来ませんでしたか？　あゝ、やつて来る、やつて来る、今あそこへやつて来ますよ』

変人で通つた又さんは、例の鳥打帽を被つて、畔流伝ひに上津具の方へ、やつて来るのであつた。

『あの人は、あれでなかなか変つてゐて、曾ては中江兆民の塾に出入したことがあると云ふんだから、世間では変人だと云つてゐるが、あれで変人ぢやないんですぜ。今頃の若い共産党の連中より遥かに根本的な意見を持つてゐても、自分は変人振りを装うてゐるんですよ。それに近頃は、何に感激したか、経済哲学の新しい本ばかり買うて読んでゐますよ。……そりやさうと、いつか来てゐましたなア、犬の仙人、あれがまた近頃木賃宿に来てますぜ。あなたが帰つて来る迄何処にも行かずに待つてゐるんだと云つて、楽しみにしてゐたやうです』

さう云つてゐる処へ、水車の又さんがひよつくり、例の簡単な黒羅紗の法被の上に皮のバンドを締め、生え流しの口髯に、目と鼻だけを覗かせ乍ら、裏道から階段を上つて来た。今日は叮嚀（ていねい）に鳥打帽を脱ぎ去り、腰を曲げて、如何にも心よりの歓迎を示したやうな挨拶を嘉吉に向つてした。

『久し振りぢやつたなア、山下君、済南の方はどうでしたか？　山東省はどうです？　ゆつくり一つ支那の形勢を聞かして貰ひたいもんですね。全く山東出兵も突然であつたが、君はいゝ処を見て来られたよ』

変人は変人だけあつて、目の付け処が違つてゐた。それに対して嘉吉は留守中に皆に世話になつたお礼を云ひ、植付けた山林が成績がいゝ事を、喜ぶ意味の挨拶をした。

『山下君、やはり君の云ふ通りぢや、山から食糧品をとるやうな工夫をして、一寸の土地でも遊ばさんやうにすれば、日本は少しも困らしないと思ふね。然し日本人は妙な国民で、桜を植ゑるけもども胡桃はあまり植ゑてくれんからなア。日本人が胡桃を植ゑ、柿を植ゑ、杏を植ゑ、屋敷のぐるりに無花果を植ゑ、それを乾燥さすなり、貯蔵するなりして、それでパンを作り、豚にやつて、豚をハムやベーコンにすれば、日本の人口が今の三倍になつても、日本は決して困らんと思ふな、ねえ村野先生』

変人の水車の又さんは、嘉吉が芳江の死に就て泣いてゐた事に気が付かないで、虹のやうな、気焔を吐く。

『勿論それだけではいけないがな、僕がいつも云ふやうに、農村が工業組織に負けないやうな協同組織を持たなければ駄目だよ。協同組織を持つて一致しさへすれば、独逸やデンマークでやつてゐるやうに、農村に於ける産業の合理化は実際行はれるんだからなア』

『そら、さうと、栗本君、君はこちらの許婚されてゐたあの芳江さんのお墓のことをこの間云うて居られたなア。あれは実際あそこに建てるつもりなんかね』

『あゝ、是非さう願はれないかなア、さうすると、日本に於る立体農業の第一人者の墓を、その理想の実現される処へ持つて行くのだから、それ程意味の深いことはないなア。然し芳江さんと云ふ人は偉い人ぢやつたなア。わしは女が嫌ひで、女の顔を見るのさへ厭だつたけれど、裏へ出て、戌亥（いぬい）の隅で芳江さんが朝早くからちやんころちやんころ機を織り出すと、此方へ向いて拝みたくなつたなア。今時の女としたら珍しい女ぢやなア。あれも全く宗教の力ぢやらうが、宗教がないとあるとで、大きな差ぢやのう。わしは皆の者が芳江さんの悪口を云うて、芳江さんが淫売上りだとか、乞食の子だとか、近所でも随分悪口を云つたやうだが、芳江さんに接近すると共にあの人格には全く敬服してしまつたなア。……あのお骨はどうなつてゐるんですか？　村野先生』

村野先生は嘉吉の母にお骨のことを聞かうと家へ這入つて行つた。そしてすぐ出て来て、水車の又さんの傍まで立戻り小声で云うた。

『矢張り仏壇にあるさうな』

『ぢやア。今日昼からあれを田口まで持つて行くか？』

『さう願へると結構ですね』

村野先生はさう答へた。その日の午後、村野先生と、水車の又さんと、嘉吉の三人は芳江のお骨を持つて行つて、田口の裏山に記念碑を建てることにした。それで嘉吉は、木賃宿の北隣になつてゐる材木屋へ、記念碑に適当な角材を見付けに行つた。彼が、木賃宿の前を通りかゝつた時、突然犬の仙人が木賃宿の戸を聞いて飛出して来た。

『よう山下君、達者かね、随分久しぶりぢやつたが、兵隊に出たと云ふぢやないか。留守の間にいろいろと御不幸が出来たさうだが、お悔みも出来なくて残念だつた。いよいよ君はこんど山林に手をつけたさうだね。それで僕も喜んでゐるのだよ、少し手伝はせて貰ひたいと思つてゐるんだがね、仲間に入れて呉れることが出来るだらうか？　また山に洞穴を掘つてさ、そこに住みながら豚でも放牧するさ。君は今何処へ行かれるんですか？』

それで嘉吉は芳江の記念碑を田口の裏山に建てるのだと云ふことを、犬の仙人に話した。

『ぢやア。俺もついて行かう。そして俺はその記念碑の番人にして貰はうよ』

一粒の麦

その日の午後一時、水車の又さんの家で落合つた風変りの一行は九匹の犬を先頭に、黒の法被と、上等兵の軍服と、羽織袴と、印半纏と云ふ異様な組合せで田口の方に下つて行つた。約二時間位歩いた後、一行は美しい谿流に到着した。そこは名もない処であつたが、村野光生はその傍に立つ欅の森を「処女の森」と名付け、その中央に芳江の記念碑を建てることにした。

そこから先が、全部新しい今度の殖林地帯で、芳江や嘉吉の植ゑた栗の木が、はや一間以上に仲びてゐた。

『俺は此処に来て住まう！』

犬の仙人は大声でさう怒鳴つた。

『そして落ちた栗を豚に食はして、豚の数をだんだん殖やして行けば、相当に面白い仕事が出来ると思ふなア。水は近いし、雑木は沢山あるし、寒さも此処であればさう寒くないだろうし……住むことを許してくれるだらうかな、嘉吉さん、この旦那に訊いて下さいよ』

犬の仙人は、森の中央部に、持つて来た鋤で穴を掘つてゐた嘉吉にさう尋ねた。水車の又さんは、嘉吉の言葉を聞かない中に自ら答へた。

『そりや、いゝとも、いゝとも、あなた一人でなくとも、大勢連れて来て住んでくれてもいゝんですよ。我々の理想は、山も方法によつては、充分食物がとれると云ふことを試験してゐるのだから、山から採れる食物で何人か何十人が生きて行ける試験をしてくれゝば、それほど満足なことはないし、此処は何も僕一人が持つてゐるのでなく、今まで棄てゝゐた処を、栗本さんや山下さんや芳江さんと共同して植ゑ付けたのだから、君も組合員になつて立体農業の実を挙げてくれゝば、それ程悦ばしいことはないね』

九匹の犬は山林の間を馳け廻り、少しもじつとしてゐない。犬の仙人は谿流に沿うて拡がつてゐる栗と胡桃の林を見て悦に入つてゐる。

『然し毛虫に注意せんといかんなア。この二三年、迚も毛虫が跋扈してるから、巣箱を沢山作つて、林の間に置いてやるやうにするかな』

独言のやうに彼はさう云つた。嘉吉は穴を掘り終り、担いで来た棒杭をうち立てた。その木には、

「細野芳江記念碑」

と表に書かれ、裏側には
「一粒の麦もし地に落ちて死なずば唯一つにてありなん。もし死なば多くの実を結ぶべし」

と書かれ、右脇には

「千九百二十八年十月十八日昇天」

と書かれてあつた。勿論書は村野先生が書いたものであつた。

『実際、我々の立体農業の運動は、芳江さんのやうな犠牲的精神を基礎とし、協同組合運動をその縦として進歩させなければ駄目だね。まあ云へば、芳江さんは我々の為に死なれた人身御供のやうなものだね』

水車の又さんは、顎鬚をすごいて「一粒の麦」と云ふ文字を見詰めながらさう云つた。

『山は田と違ふから実際辛抱が要りますんでね、なかなか俗人にはその辛抱が出来ませんですよ』

犬の仙人はそれに和した。

『今思ひ出すと、あの創世記に書いてある失楽園の事実はほんとだね、栗本君。今日沙漠になつて居るメソポタミヤは、あれで大森林であつたさうだが、蛇に教へられて女が智慧の実を食ひ出してから、全く沙漠に変つたんですなア』

村野先生は、感慨無量と云つたやうな眼付をして、師走の寒い風が、欅の枝先を慄はせてゐるその尖端を見つめながら云うた。

『村野さん、一体あれはどんな事ですなア？　私考へますのになア、神は最初、栗や胡桃のやうな生命の木で人類の生命を維持して行くやうに云はれたものを、女が木によう登らないものだから、神の計画だつた立体農業を無視して、山林を打倒し、麦や米のやうな人間の智慧で収穫を急ぐやうな平面農業に移つた結果、山は荒れ、水源は枯れ、見る見る中に沙漠に変つて行つた実際の現状を神話として伝へたのがあの話ぢやないのかと思ふんです』

『さうすると何ですね、蛇と云ふのは平面を這ひ廻る動物と云ふことなんですね。蛇と女とを関係さしたのに、平面農業への降服と云ふことなんですね』

『さうです、さうです、どうも私にはさうとられるんです』

『全くさうでせうね。山を保護し、山から生命の源をとるやうにしさへすれば、地球の人口が今の百倍になつても大丈夫でせうね』

『さう思はれますね』

『さうすると、細野芳江さんは、エバの罪を滅ぼす新しいマドンナと云へる訳ですね』

水車の又さんは、猶も続いて顎髯をすごき乍ら「一粒の麦」と云ふ文字を見つめてゐた。凩（こがらし）が、さあつと谷を伝うて、処女の森に吹寄せて来た。西に沈む太陽の光が、空一面を黄金色に染めた。山下嘉吉は、落葉の上に跪いて、しづかに黙祷を続けた。それを見た三人の者もみな合掌して黙祷した。凩までが吹止んで、その黙祷に参加するやうに見えた。遠くの山里に入相（いりあい）の鐘が鳴る。空はだんだん薄れ行き、夕靄は梢と梢の先を結んで廻つた。谿谷の水は深紫に染められ、谷間は藍色に変つた。夕靄がその上を水色に流れ、谿川の流れは、ピアノのセレナーデを弾ずるが如くに響いた。主人を案じた九匹の犬は、仙人が記念碑の傍で蹲（うずくま）つたものだから、何事が起つたかとみな馳せ集り、声も出さないでその周囲を取囲んだ。嘉吉は眼を開いて刻々に変つて行く谿谷の美を見つめた。大きな梟が何処からともなく飛んで来て、ほうほうと処女の森で鳴く。野兎らしい、嘉吉の前をすばしこく横切る。静かに静かに、処女の森に黄昏が訪れた。

田植歌

『よい雨だなア。これで田植も充分出来るだらう』

縁から嘉吉が腰をあげて庭に降りると、水車の又さんは、降りしきる五月の空を眺めて、さう云つた。槇（まき）の木で作つた裏の生垣の北側では、土地利用組合の同志達が二十二三人程一団となつて、歌の調子も面白く田植をしてゐた。

「行かうか　まゐらんしよか　コラシヨー
米山の　やく師　一つ　身のため　コラシヨ
ササ　主（ぬし）のため　主のため」

歌つてゐるのは、下津具の笹井の息子らしい。声は鎮守の森に反響して、一種の哀調を催した。二十人位の者が皆一列に並び、歌の調子に合せて、苗を泥田の中に捩込んでゐた。

雨は真直に、田の中に竦んでゐる若い男女の脊の上に落ちた。嘉吉は簑笠姿であつたが、其処に働いてゐた人の半数は、大きな菅笠を被つた他は、濡れる儘に任せて、シヤツや単衣を着てゐた。

銀のやうな雨が、しとしとと降る――

その細い透明の滴が泥田の上に落ちると、その一つ一つが波紋を立てゝ、五銭の白銅貨を投げて行くやうに見えた。仕事が馬鹿に捗取るので、苗を配る役もなかなか忙しかつた。一旦田の中に降りた嘉吉は、大勢の中に混つて苗を挿し始めたが、苗の続かないのを見て、水車の側に積上げてあつた苗を取りに行つた。思ひ出の深い水車も、今は津具利用組合の共同製粉所になつて、米を搗くばかりでなく、粟、稗、玉蜀黍から、馬鈴薯までも製粉する処になつてゐた。五月雨が永く続くために津具川は増水して、水車の廻転も頗る勢ひがよかつた。

嘉吉が水車場に近づくのを見て、水車のなかから出て来たのは、嘉吉の妹の百合子であつた。

『兄さん、この後へ何を持つて来るんですか？』

『蕎麦があるから、あれを挽いて呉れないか……又さんの納屋と栗本の納屋に積んであるから、あれを公平さんに頼んで、荷車に積んで持つて来て貰へ』

嘉吉は、津具土地利用組合の中心人物である関係上、山林田畑約四百町歩位の支配権を握つてゐた。それで彼は、今まで捨てゝあつた山腹の雑木林を、片つ端から切開いて、栗、胡桃、無花果を植ゑ、その間に蕎麦や粟を蒔き、徴兵から帰つてもう二度収穫を済ませ、津具の村人は、山下嘉吉の理想が決して空想でないことを知つた。もう家々には食糧が余る程あり、一週間に二度宛、村の娘達は、栗本医院の調理室を借りて、家庭料理の研究を始めた。百合子が、この次に製粉しろと命ぜられた蕎麦は、去年の秋に収穫したものであつた。

云はれた通り、百合子は、畔道を伝つて、栗本の納屋の方に急いだ。それを見送つて、嘉吉は苗を運ぼうと忙しく籠に積込んでゐると、津具川の堤の上から嘉吉を大声に呼んでゐる者があつた。熱心に苗を運んでゐた嘉吉は、初めの程は気がつかなかつたが、

『おーい、池に水が一杯になつて鯉が逃げるぞ！』

と大声に荒木の息子が呼ばはつてゐた。

『ありがたう！』

と返事して、嘉害は、すぐ又さんの裏まで走つて行き、土地利用組合の有力者である田代を呼んだ。

『君、池に水が一杯になつて、鯉が逃げるといふから、苗の方を頼むよ。もう一人誰か僕を手伝つてくれないかなア』

田代は、熱心に糸で線を作つてゐた柴田をさし招いた。それで嘉吉は、そこから五町程落れた養鯉池まで飛んで行つた。荒木が注意してくれた通り、昨夜からの雨に、三間に四間の小さい池が氾濫して、もう僅かな処で、鯉が逃出しさうになつてゐた。嘉吉と柴田の二人は栗本の納屋に飛んで行き、そこにあつた俵を十五六枚持出し、それに土を詰めて、池の東側の低い処に積重ねた。それで漸く、元気のいゝ鯉の逃げるのを防ぐことが出来た。嘉吉の主張で、村の谿流を利用した養鯉池が去年中に五つ出来た。夏の間は、鯉を田に放ち、冬は池に養ふやうにしたが、非常に成績がよく、今まで干物の他あまり魚を食へなかつた村人も、嘉吉のいゝ思ひ付きに今年の正月などは、鯉の味噌汁が、うんと食へたといつて、喜んだことであつた。然し、嘉吉は鯉ばかりでなしに、栗本の本家が持つてゐる下津具の池を利用して、そこに鰌（どじよう）と鯰（なまず）と鮒（ふな）を多数に飼ふことをも始めた。勿論、これも、土地利用組合員の労力出資によつて経営せられることになつてゐたから、栗本の本家は池を提供するだけで、全収益の三パーセントだけ利益の配分を受けることになつてゐた。嘉吉はこれらの小さい池が気になつたものだから、柴田と二人で、氾濫して魚が逃げる心配はないかと、あとの五つを見て廻つた。雨のしよぼ降る畔道を、谿流を利用して作つた小さい養魚場をあちらこちらと見て廻ると、嘉吉の胸には一種の歓喜が湧いた。それは池のある所在地は大抵、土地利用組合の青年等が管理し

てゐる地面であつて大体この二三日の中に植付を終つた田のみであつた。然し、組合員ももう既に十六人を数へ、労力出資組合に加はるものは三十五人に届いてゐた。それ等の組合員の家の傍を通ると、必ず山羊の仔が、鳴き出すのも可愛かつた。そして、なかには、緬羊を飼うてゐる家もあつた。それは水車の又さんと嘉吉の相談した結果、日本の農村が衰微するのはあまりに偏した耕作をするからであつて、農村計画はどうしても、多角形的にまた立体的に経営しなければならないといふ考へから、一軒の家には必ず、山羊と羊を馬屋の傍に四五頭づつ飼ひ、山羊は乳を絞り、羊は毛をとることにした。水車の又さんは去年の暮、わざわざ北海道まで羊の種を買ひに行つた程、この方面には熱心になつてくれた。

村野先生は、日本のやうな雨の多い国に羊は適しないだろうと心配せられたが、あまり多く飼はないで一軒に四五頭づつ小屋の中で飼ふことにすれば、決して算盤が持てないものでないといふことが解つた。下津具の深い谷川を渡つて、小学校の前を通り抜け、文房具を売つてゐる村井の角まで来ると、そこには密蜂の箱が五つ置かれてあつた。跣足(びつこ)の主人公は、店先からのこのこ出て来て、嘉吉に叮嚀な挨拶をした。

『おかげ様で、どうやら今年は蜜が大分とれさうですわ』

さういつて、蒼白い病人の顔の上に微笑が浮んだ、立体農業の主張で、養蜂の始まつたのは去年の春からであつた。相州小田原の駒井養蜂場から、みんなが出資して、去年は十箱送つてもらつた。それが、もう今年は組合員の十六戸が、箱を二つ乃至五つ位持つやうになつた。

山村の運命

下津具の入口の池の他は、別に異状はなかつた。帰り途に柴田は大いに嘉吉を讃美した。

『実際、君の尽力で、村も大分生活が楽になつたよ。こゝ四五年、辛抱すれば、この村も生れ変るね』

然し、それに対して嘉吉はまだ同意を与へなかつた。

『まだ村の人は頑固だから、理想を実現するには遠いね。見給へ、まだこんなに田をでんぐり返して、桑畑にしてゐる間は駄目だよ。これを秋田県でしてゐるやうに、高木作りにしないと、一度不況が来た場合にとり返しがつかんと思ふね。人造絹糸はどんどん発達するし、支那の製糸事業は、低廉な賃銀で日本を凌駕しようとしてゐるから、こんな乱暴な投機的な農業経営では、ひどい目に遭ふから見てゐ給へ』

嘉吉は、菅笠の紐が顎に喰ひ込むのを気にしながら、広い桑畑を見廻してさういつた。

『嘉吉さん、うちではね、もうあなたが云はれる通りに、今年から高木造りでやらうと思つて、桑の間に豆を蒔いたんですよ。あなたのいふ通りにやると、去年のやうに繭が安くても、豆を食つて居れば生きて行けますからな。安心ですよ、みんな慾だからなア、結局損するやうになるんですなア。胡桃も五本だけ桑畑の北側に植ゑましたよ。イギリス種の胡桃は、一升五十銭するといふのはほんたうですか？』

二人は津具川をまた北に渡り、水車の又さんの裏を目指して急ぎ足で歩きながら話を続けた。

『嘘をいふもんですか。去年の秋、私は信州の小諸在の二三ケ所を見て廻りましたがね、よく手入れしてゐる木などは、十年生で、一本から八斗位イギリス種の胡桃をとつてゐましたよ。一升五十銭ですからね、一本で優に四十円儲かるですよ。だからさ、去年の秋のやうに蚕が悪くて、一貫五円をきれることがあつても、胡桃一本植ゑておきさへすれば会計が立つてすよ』

『すると、五本植ゑておけば、二百円になりますからね、あははははは、それは少しうま過ぎるなア』

『さういかなくとも、たとひそれが、十分の一の値段になつたとしても、殆ど手を入れずに二十円だけ儲かるのだから、いゝぢやないですか。胡桃は蛋白質からいつて、米の数倍多いんだし、それに脂肪は充分あるといふのだから、牛肉よりずつと勝つた食物になるよ。売らなくて山里で食料に用ふるなら、栄養不良に陥ることはないですよ』

遠くから歌声が聞える。

「黄楊(つげ)の横櫛　コラシヨ
伊達にはさゝね

　　切れし前髪さんの　コラショ
　　サヽ　とめにさす」

声のいヽ藤原兵太郎が音頭をとつて歌つてゐるのだつた。道は山腹についてゐて、又さんの水車場を見下すやうになつてゐた。

『景気がいヽね』

柴田は、嬉しげにさういつた。嘉吉は黙つて、そこに働いてゐる人員を数へたが、恰度二十四人あつた。娘は、その中の半ばを数へ菅笠が十四並んでゐた。娘達は申合せたやうに、黒脚絆に黒の手甲を穿き、大きな菅笠を被つてゐた。

『実際よく仕事が捗どるね、もう早植ゑてしまつてゐるぢやないか』

独言のやうに柴田はいつた。嘉吉も全く驚いたやうだつた。

『こりや、驚いた、もう田植ゑも済んぢやつたなア。みんなでやるとほんとに早いね』

『愉快だからな。それに若い娘も大勢混つてゐると元気もつくしね。あはは、、、』

『田代君などは、去年の冬親爺が死んで随分悲観してゐたやうだつたが、組合に這入つたら全く生れ変つたやうに元気がつきましたね』

坂道を飛下りながら嘉吉は尋ねた。

『田代君が、郵便局に勤めてゐる、あの村瀬さんと結婚するつていふのは、ほんとですか？』

『さうですつてね』

『そりやいヽね』

『だけど、村瀬さんは家が貧乏だから、秋まで待つてくれつていつてるんださうです。月給を貯めて着物でも買ふつもりなんでせう』

『そんな馬鹿なことをさしちやいかんよ、組合結婚をさゝうぢやないですか、ね、柴田君』

柴田は不思議さうに眼を丸くして嘉吉の顔を見入つた。

『そりや初耳ですなア、組合結婚つてどうするんす？』

『土地利用組合の組合員がさ、会費三十銭位づつ出し合つて、結婚式をみんなで祝ふんですよ。さうすれば、贅沢な着物は要らないし、みんなが心から祝ふ事は出来るし、無駄は省けるしさ、まあ一挙両得だといふ訳ですな』

『そいつはいゝなア。さういつてみませう。結婚式も組合結婚で済ませるなら簡単ですなア』

『いや、そりや、イエスの友といふ団体でもやつてゐるやうですし、農民組合などでもあちらこちらでやつてゐるんですよ』

『そりやいゝなア、僕ももう一度組合結婚でやり直さうかな。ははは、、、』

丸顔の柴田は細い眼をなほ細くして、笑つた。

嘉吉と柴田が、又さんの屋敷の裏につくと、田代が麻糸を枠に巻取りながら、田の中に立つて大声で叫んだ。

『嘉吉さん、山の病人が死んだつて、今の先、息子がいつてましたよ』

それだけでは解らなかつたのか、

『誰だらうか？』

と嘉吉は、柴田に尋ねてゐた。それをみた田代は、枠を手に持ちながら嘉吉に追ひ付いた。

『あなたの世話してゐた癩病人が死んだのでせう。子供の名は何でも長吉つていつてましたよ。助けが要るなら、もう田植ゑが済んだから、私達四五人の者に奉仕させて貰つても結構ですよ』

『僕も行きますよ』

柴田がさういつた。

『僕も行くよ』

畔道を伝つてやつて来た藤原が、さう申出た。

『私もい丶んですよ』

労力出資組合の処女達の中で、最も美しいと評判されてゐる下津具の文具屋の娘、村井のお花さんが、柴田の背後からさういつた。

『みんな行つてい丶わ』

村井花子の後に立つてゐた五六人の娘が口を揃へていつた。

それを聞いた時、嘉吉は踊り上る程嬉しかつた。彼は、土地利用組合の会員にも、労力出資組合員にも、決して宗教を強ひなかつた。しかし誰がいひ出したのか、キリストの十字架の精神は、若い青年男女の指導的精神になつてゐた。今までと違つて、組合員の中に、利己的な生活を送らうといふものが一人もなかつた。

それで、嘉吉は、田代に棺桶を買ふために、田口町まで自転車で走つて貰ひ、柴田には村役場の届けを済ませるために、また藤原と村井の娘と、彼女の仲間の五人ばかりの処女達には、嘉吉と一緒に山の洞窟に行つて、あと片付をするやうに頼んだ。後にはまだ斎藤、竹中、青山、三浦、笹井、北浦、安藤等の入営前の青年が七人と、高等小学校を出ただけで村に止まつてゐる彼等の姉や妹が残つてゐたが、嘉吉は青年達に水車場で、製粉された雑穀類を栗本の倉庫に運んで行くやうに依頼し、娘達には、又さんの納屋に蔵つてある蜂蜜を罐詰にして市場へ積出せるやうにしておいてくれと依頼した。

犬の仙人

その晩、嘉吉と田代と柴田と藤原の四人が、癩病人早川和吉の棺を前にして、洞窟の中でお通夜をした。初夏とはいへ、夜中は実に寒かつた。それで十時過ぎから、洞窟の外で古木や枯木を集めて、火を拵(こしら)へた。幸ひにも三日降り続けてゐた雨が晴れて、空には数億の星が、銀の砂を撒いたやうに光つてゐた。田代は安城の農学校卒業生だけに、種々なことを知つてゐた。それで研究心の盛んな嘉吉と話がよく合つた。

田代もまた嘉吉が碌々尋常小学校も卒業してゐないに拘らず、いろいろな事をよく知つてゐるのに舌を捲いてゐた。田代が星のことを云ひ出すと、嘉吉は主なる星座を指差して、一々柴田や藤原に教へる程の常識を持つてゐた。山東省に行つてゐる間、彼は毎晩斥候(せつこう)に出されたものだから、「肉眼に見える星の研究」といふ書物を手に入れて詳しく星を研究したのであつた。

星の話がすんで、藤原と柴田は筵(むしろ)の上に横になつた儘、昼の労働に疲れて眠つてしまつた。和吉の子供の長吉も、弟の長次郎も、幼いだけに宵の口から、どろどろになつた布団を被つて、棺桶の傍で寝入つた。田代も睡さうにしてゐた。十一時が過ぎ、真夜中の、鶏が、あちらこちらに鳴いた後、林を渡る冷こい風が、物凄い音を立てゝ、洞窟の入口まで吹寄せてきた。棺桶を前に据ゑてゐる関係もあらうか、この風の音が特別物凄く響いて、幽霊でも出て来さうに考へられるほどだつた。田代も立膝をした二つの腿の間に首を凭せて居睡つてゐた。

嘉吉だけはかうした時を瞑想に利用して、焔の立ち上つて行くのを凝視しながら、宇宙の神秘に同化しようと努力した。また恐ろしい風が吹いて来る。その度毎に焔が揺ぐ。そしてその焔の末端は暗黒に消える。その暗黒と焔の渦巻の間に、死刑になつた兄の姿が見えるやうに思へてならなかつた。それは山東省の済南附近で見た支那人の顔によく似てゐた。さうかと思ふとまた、昼、棺に詰めた膿でづくづくになつてゐた早川和吉の恐ろしい顔もそこに見えた。

『神様、これらの魂を救うてやつて下さい』

焔の末端を凝視しながら、嘉吉はそんなに祈つてゐた。――幽霊なんかあるものか、神の愛は凡ての恐怖を蹂躙する。いや幽霊はある、現実にある、いや、無い、ある！　そんなに考へてゐる瞬間、突然焔の末端から顔が突出た。それは幽霊にしてはあまりに人間らしく人間にしてはあまりに髭が多過ぎた。さすが度胸の坐つた嘉吉も、焔の端から顔が出たときには、全く驚いてしまつた。

彼は、瞬きもせず、嘉吉の顔を見つめた。そして無言のまゝ暫く立つてゐた。瞬間的には恐怖したもの丶、度胸を据ゑ直した嘉吉は、その真夜中の訪問者をぐつと睨み返した。すると、その焔の端に現れた髭面は微笑を洩らした。それはまがひもなく、犬の仙人その人であつた。それに間違ひない証拠には、それから一分も経たぬ中に、五六匹の犬が焚火の周囲に押寄せてきた。

『ほんに、こちらの親爺さんもお気の毒でしたなア』

曾て名前をあかしたことのない犬の仙人は、それだけいうて焚火の脇につくなんだ。

『こんな時には犬はいゝですぜ。一緒に寝ると温いですからなア。ちよつと寝てごらんなさいよ。私が変つて番してあげますから』

云はれた通り、彼は筵の上に横になつて、犬を腹の方と脊中の方に寝させ、足をもう一匹の犬の腹の下に突込んで、身体を縮めると、実にいゝ気持になる。そして、嘉吉は、いつとは知らず東が白む迄、そのまゝ眠つてしまつた。

翌日、洞窟の前で、土地利用組合に関係した労力出資者は全部集まり、村野先生の司式のもとに、ごく厳粛な葬儀を世に見棄てられた癩病人、早川和吉のために執行した。葬儀が済んで後、村野先生は長吉とその弟とを引き取つて、世話をするために連れて帰られた。

青年達は、旧約聖書に書いてある通り癩病が伝染しないやうに、病人の持つてゐた所持品一切を焼棄てゝしまつた。布団や器具類に火をつけた焔がまだ燃えならぬ中に、嘉吉の妹の百合子が飛んできて弟の泰次が永眠したことを知らせた。

彼、嘉吉は、

『うム、さう、今帰るからね』

さういつたきり、そこに立竦んで黙祷をした。

散髪屋の噂

大きな鏡の前に立つて、日進亭の親爺水島卯平が、今散髪を済ませたばかりの頭を撫で上げてゐた。散髪屋の松さんは、畳になつた座敷の端に腰掛けて、長煙管(ながきせる)で煙草を吸うてゐた。

『不景気だね、うちなどはお客が半分になつたなア。不景気になると散髪までせんと見えるなア』

散髪屋は、長火鉢の側で灰皿の吸粕を叩き落しながら、日進亭の親爺を見ていうた。

『お前のとこなどは、まだいゝんだよ、うちなどは惨めなもんだ。山下嘉吉が村々を廻つて、禁酒運動とか純潔同盟とか云ひやかつて騒ぎ廻るもんだから、近頃は、村の青年で酒飲みにやつて来るものなどは、もう無くなつてしまつたよ。こんな事つちやア、今年の税金も払へさうにねえや、然し、山下嘉吉の勢力といふものは偉いもんぢやなア。とうとうあの男の主唱で作つた土地の組合が、うまい事ゆくものだから、あちらこちらで真似をするものが出来て来よつたわい』

さういつてゐる処へ、隣の酒屋の主人公が這入つてきた。

『どうぢや、日進亭、不景気やのう』

水島は鏡に写つた酒屋の主人公の顔を見ていつた。

『やあ、どうぢや、お前んとこも不景気で困つてるだらう。今云つてる事つちやが、向ひの耶蘇教を退治せんといかんなア、あいつ、うちなどは、あいつが兵隊から帰つてきてから儲けが半分になつてしまつたよ。村の客は寄つてきやしないし、飲んでくれるものは繭の仲買人か、材木の取引に奥から出て来る商売人位のもんぢやのう。お前んとこどうぢや、田口の隣の村は禁酒村になつたさうぢやが、今に上津具も下津具も禁酒村にするといひ出すぞ』

くるりと鏡から向き直つた日進亭の親爺は、大きな二つの目玉の上に縦皺を寄せて酒屋の主人平井の横顔に視点を向けた。

『実際、こんなに早う禁酒運動が盛んになるとは思はなかつたのう。おかげで、うちは税金を納めんから執達吏が来るといつて通知が来てゐるよ。あはは、、、、水車の又さんも随分変人ぢやなア。あいつ、自分が耶蘇教ぢやないくせに、嘉吉を利用して遊んどる山に木を植ゑさしてさ、一儲けしようと思つてるんだらう。近頃は下津具の青年達と一緒になつて、土地利用組合ぢや何ぢやといつて、騒いでるやうだなア。こんどの祭の時には神輿をかついで、又公の門をぶち毀してやらうぢやないか』

『ついでになア、向ひの荒物屋もぶち毀してしまへ』

日進亭の親爺は、毒々しい口調で怒鳴つた。

『大声を立てるなよ、向ひへ聞えるぞ』

散髪屋の松公が、日進亭の親爺に注意した。

『聞えたつてい、ぢやないか。先方で俺達の生活の安定を破るならこちらも喧嘩腰でやらな仕方がないぢやないか。しかし……近頃は向ひの荒物屋も品物が並んでるぢやないか、えらい景気がよさゝうぢやなア』

平井はそれを聞いて大声で笑ひながら
『お前も時世に暗い男ぢやなア、あしこの看板が見えねえか、もう去年の暮からあの店を産業組合が使つてるんだよ』

『産業組合つて、何ぢやい。蚕の組合かい？』

『お前も馬鹿ぢやなア、産業組合を知らんのか』

『そんな事知らねえなア、こちらは酒と女を売ることが商売ぢやからなア、そんな世間のことは知らんわい』

『無茶をいふな、無茶を。今時に産業組合のことさへ知らなかつたら人に嗤はれるぞ』

『嗤はれたつて仕方がないぢやないか、知らんのは知らんのぢや、産業組合つたら、なにかい。株式でも払ひ込んで儲けでもするんかい？』

自分の顔の皺を気にすると見えて、日進亭はまた散髪台の大椅子に腰を下して、間断なく鏡に映つた自分の顔を見つめた。

『その反対ぢや、みんなが儲けんやうに、儲けたものは平等に分けようといふ組合ぢや』

平井が簡単にさう説明すると、早呑込みした日進亭は、大声に怒鳴つた。

『すると、なにかい、日本を共産主義にしようつていふんかい？　あの耶蘇の野郎どもが考へる事つちやから、それ位のこつちやろ』

そういつてゐる処へ、小学校の校長をやつてゐる傍、自分の故郷の村で神主をしてゐる園田勝之進が散髪するために這入つてきた。日進亭はすぐ立上つた。そして松さんと入れ変りに、長火鉢の前に席を占めた。日進亭はすぐ校長に問ひかけた。

『先生、あなたのお考へはどうですか。近頃我々は山下嘉吉君などの禁酒運動で生活を脅されてゐるんですが、我々の生活を脅してまで禁酒運動をしてい丶んですかな?』

『そりや、いかんね、神様にさへお神酒をまつる位だから、絶対禁酒させようといふのは無理だね。酒も適度に呑めば、あれは薬だよ』

散髪台に腰を下した園田先生は、自分の晩酌を弁護するために、日進亭の親爺には持つてこいの言論を吐いた。

『先生は話せますなア』

平井は大喜びだつた。表には子供等が夏祭の太鼓を舁いで、神輿の荒れ狂ふ真似をしてゐた。

恰度それから一週間経つて、村の鎮守の夏祭があつた。酒屋の平井と、日進事の水島は、神輿渡御の世話係で、荒木運送店の馬力挽きや、材木屋の番頭、鍛冶屋で働いてゐる木下甚之助などの上津具青年会のうちでも、荒武者を選つて、神輿を舁がせた。村の有力者である荒木直太郎や、呉服屋の清水光雄などは神輿の前に歩いた。山から出て来た時には神輿も静かであつたが、御旅所からの帰り道、呉服屋でも日進亭でも、荒木運送店でも、四斗樽の鏡をぬいてうんと酒を呑ましたものだから、神輿の暴れること、村の巡査もよう手を出さない程であつた。暴れ狂うた神輿は、とうとう山下嘉吉の家の前までやつてきた。神輿を舁いでゐるみんなの方が酔払つてゐたそのために、日進亭と酒屋の平井は、嘉吉の家をぶち毀さうと、神輿が、嘉吉の家の方に寄添うてゆくやうに、木下甚之助や荒木運送店の子にいひ含めたが、都合悪く、恰度大きな電柱が店の前につつ立つてゐるので、神輿をどうしても、嘉吉の家に接近させることが出来なかつた。それを無理に寄せようとするものだから、くるくる神輿が舞ふ度毎に、溝の中に転がり込んで、負傷してゐるものも一人や二人ではなかつた。あれ狂うた酔払ひの神輿は嘉吉の家を進撃することに失敗したものだから、水車の又さんの家を襲撃しようと出掛けた。狭い道を無理してかつがうとしたので、神輿を舁ぐ棒が左右に、揺れる度毎に道路に沿うて流れてゐる津具川に落ちる若者が、必ず四五人はあつた。それを見た巡査は、とうとう下津具の方に下りて行くことを禁止した。それで神輿は平穏に、山の麓にある鎮守の森まで帰つて行つたが、栗本医院に舁ぎ込まれた重傷患者だけでも四人あつた。その中の一人は木下甚之助で、彼は津具川に振落された瞬間、右の手を折つて、もう鍛冶屋の槌が振れないやうなひどい怪我をした。

薄々と夏祭の日には暴れるときいてゐた嘉吉は、その日に限つてわざわざ田口の森に芳江の墓参りをしようと出掛けてゐた。そして晩方、大勢が負傷した話をきいて、同情に堪へなかつた。

その晩遅く、荒木直太郎とその兄の文吉は、何を感じたか、山下の私宅を訪問してきた。二人ともほろ酔ひ加減であつたが、這入つて来る時から、ぺこぺこ頭を下げて、謝罪するやうな事を繰返すのであつた。

『ゆるして下さい。どうか許して下さい。私の顔に免して許して下さい。どうか穏便に済ませるやうにして下さい』

その言葉の意味が、嘉吉にはさつぱり理解出来なかつた。荒木は山下嘉吉が、今日の渡御の不始末に対して演説会を開いて攻撃せられることを恐れてゐるらしかつた。彼等は、十二時を過ぎて引き上げたが、断然この際、禁酒会員になると誓約して帰つた。

狭い三四百戸しかない村では、ちよつとした出来事でも、すぐに隅から隅に伝はるもので、荒木の兄弟が禁酒会員になつたといふ噂が、店が運送店をしてゐるだけに拡まることは早かつた。

筬(おさ)の思ひ出

蟬の声が哀へて、薄が穂を出すやうになつてから、三河の山奥にも不景気風が一層深刻に吹いてきた。春蚕一貫二円、夏蚕一貫一円五十銭、秋蚕一貫二円五十銭の格付によつて、養蚕が主要な産業として発達してきた津具の村里にも、想像するだに困難な農村の暗黒時代を現出させた。嘉吉は彼が想像した通りに、投機的農業が失敗するのを見て、今更ながら、自分の確信を裏書きさせたやうに思はれた。高い肥料を使つて、田や畑を耕作してゐた百姓は、青い顔をして信用組合に金を貸してくれと相談を持ちかけて来た。勿論それらの人々は、平素から信用組合の必要など認めない連中ばかりであつた。それに引かへて、嘉吉は去年の春から、金肥(かなごえ)は絶対に用ひないやうにして、労力出資組合の仲間で、鶏糞とで豚の糞を肥料として用ひることにした。またその他に岡山県倉敷市大原農業研究所の板野博士が分離したバクテリヤを用ひて、堆肥肥料を製造することに意を注いだ。土地利用組合の四百町歩からある広い面積には、堆肥になる原料はいくらでもあつた。それで少し暇があるとすぐ堆肥の方にかゝつた。だから、肥料屋には一文も払はずに済んだ。今になつてその事を悟つた村人は、我も我もと、組合員に入れてくれと申込んできた。それに対して、嘉吉は禁酒禁煙を誓はせ、奉仕的生活を送らんとする者にのみ会員たることを許した。繭は安かつたけれども、豚は不思議に高く売れた。そしてそれを十六戸の組合員に分配すると、小遣とりとして製糸にも劣らないほどの収入になつた。鮒や鯉も、思つたより高く売れた。そして、これからもまた収入があつた。養鶏の方は卵が安いために、大きい利益を得ることが出来なかつたけれども、それでも蚕に比べて非常に有利であつた。かうして、嘉吉が帰つてから僅か二年間であつたけれども、土地利用組合の会員は毎月毎月何か市場に売出す品物を持つてゐた。それで、農村で最も困る現金の流通はこと欠くことがなくなつてしまつた。即ち、十二月には米が売れ、米の後には卵が売れ、卵の後には鯉や鮒が売れ、春先には蜜が市場に捌け、僅かであるけれども、六月から九月にかけて繭が売れた。十月には緬羊の仔が売れ、十一月には豚が高く市場に持つて行かれた。この外に、麦、大豆、蕎麦からの収入も少からずあつたし、木炭の収入も去年の冬は千円を越えた。

かうして、土地利用組合を完全に組織さへすれば、交通の不便な三河の山奥でも、必ずしも生活に窮することはないといふことの解つた組合員は、一層奮起して、山林の開発に努力しなければならないことを誓つた。

十月十八日、芳江の記念会に集つた約四十人の同志達は、日本の面積を占むる八割五分の山岳を食糧資源のために立体的に開発するなら、絶対に困らないといふことの確信をもち、先駆者として倒れた細野芳江の犠牲に深く感銘して、新しい決心をたてたのであつた。それから約二週間経つて、田代一郎君と村瀬たか子の結婚式が下津具の、小さい教会堂で挙行せられた。そこには、土地利用組合員並びに労力出資組合員の凡て、そして産業組合員も禁酒会員も、勿論教会員も、殆ど村を改造しようといふ理想主義者の青年男女の全部が集まつてゐた。狭い会堂は二百人近い人間で一杯になつてゐた。みんな入口で二十銭づつの会費を払ひ、静粛に畳の上に坐つた。鍛冶屋の藤太郎さんのおかみさんが、田舎には珍しい四部音譜でオルガンを弾いた。栗本の本家の温室で咲いた薔薇の花が講壇の上に飾られてあつた。田代の妹と、青木の妹が天長節に着る木綿の紋付の上に袴をはいて、敷かれた白布の上に花をまき散らしながら聖壇の方に進んだ。藤太郎さんのおかみさんが弾く結婚マーチに合せて、田代君とたか子さんが、栗本ドクトル夫妻の案内によつて出てきた。総員は起立した。

「いもせをちぎる　家のうち
わが主もともに　ゐたまひて
………」

と讃美歌の合唱が、労力出資組合の処女達によつて歌ひ始められた。村野先生は厳粛な口調で聖書を開いて、性に関する教訓をエペソ書第五章から若き男女に読みきかせ、宣誓の式が始つた。

村野先生は、厳かにいはれた。

『結婚は遊戯ぢやありません。神が人類を進化させるために設けられた特殊なる道であります。これを紊すものは人類を呪ふものです。でありますから、一方が病気になつても、また貧乏することがあつても、どんなに人から批難されることがあつても、互ひに疑はないで愛し合はなければなりません』

そこまでいつた村野先生は、聖壇の上から白絹につゝまれた一本の筬を取り出して来られた。傍に立つてゐた嘉吉はその筬を見て吃驚した。それはまがひもなく、芳江が、二年の間織続けた血染の筬ではなかつたか。嘉吉は村野先生がその筬を白絹に包んで大事にとつてゐられるとは知らなかつた。

『――新郎新婦並に会衆諸君、こゝに私が持つてゐる筬は、我々の同志の間に於て忘るべからざる貴い筬であります』

その声をきいて、嘉吉は頭をよう上げなかつた。彼の両眼には涙が溢れた。四年前に別れた芳江の姿が、幻のやうにそこに立つてゐることを想像するばかりであつた。村野先生はなお言葉を続けられた。

『――この筬は、我々の間に貞淑の模範を残して、我々の犠牲となつてこの世を去つた細野芳江嬢の二年間織り続けた筬であります。今や日本の家庭から筬の影が姿を隠し、貞節を塵埃の如く侮蔑するやうになりましたが、我々の仲間に於ては、永久にこの筬の持主の精神を覚え、この筬の持主が持つてゐた燃ゆるが如き、犠牲献身の精神が、家庭に国土に溢れ漲つて、この衰へきつた日本の農村生活を神の国のそれと変へなければなりません。私はこれはたゞ女にだけいふのではありません。男子に向つても同様のことを要求するのです』

さういつて、村野先生は敬々しく、その筬を聖壇の白布の上に置き、また振り返つて、田代一郎に尋ねた。

『田代一郎君、あなたはこの女を娶(めと)つて妻となさんとするに際し、彼女を自分の肉体の如く愛し、彼女が病めるときも、悩むときも、苦しむ日にも、誤解せられる日にも、変りなく愛することを、神と会衆の前に約束しますか？』

田代はその問に対して静かに頭を下げた。同じやうな質問がたか子さんに向つても繰り返された。それに対してたか子さんは静かに頭を垂れた。村野先生は聖壇の前に二人の握手を求め、二人の手の上に按手して新しい家庭を通して神の栄が現れるやうに祈られた。それに対して会衆は「アーメン」と和した。

それで宣誓式は了り、会衆は円くなり、会費相当の茶菓の饗応をうけて、祝賀演説並に余興会に移つた。宣誓式の間泣いてゐた嘉吉も、その時だけも両眼の涙の雫を払うて、犬の鳴声の真似をして会衆を歓(よろこ)ばせた。処女会の合唱は、二度までアンコールがあつた程評判がよかつた。藤原兵太郎は例の美しい声でまた「黄楊(つげ)の横櫛(よこぐし)」を唄つた。かうして酒のない結婚式が、酒ある結婚式より愉快に、また神聖に行はれて、暗黒に閉ざされてゐた山里にも、やうやく黎明が近付いてきたかのやうに、会衆はみな喜び勇んで、家路についた。

翌日、嘉吉は田口の山林へ炭焼に出掛けようと門口を出ると荒木直太郎が自転車で上の方から降りてくるのに出会つた。彼は嘉吉の顔を見るなり、自転車をとめて、笑ひながらいつた。

『山下君、とうとう日進亭が夜逃げしよつたぜ』

『いつな？』

嘉吉もその新しき出来事にあるユーモアを感じた。

『昨夜よ、今朝うちの番頭がさういふものだから、今の先行つてみると、家の中を奇麗に片付けて、あれだけ完全に荷造り出来たなと思はれる程奇麗にして、夜逃げしましたよ。あはは〻〻、これで村の青年も大分助かりますよ』

さう云ひ棄て〻、荒木はまた勢よく自転車を飛ばして、下津具の方へ降りて行つた。嘉吉は静かに、坂道を上りながら、山村の曙がやうやく近づきつ〻あることを神に感謝した。東の山の上から太陽が、黄金色の光線を投付け、刈とられた稲田の株が、絣（かすり）の敷物のやうに美しく見えた。遥か向ふには、又さんの裏の水車がことんことん廻り、その向ふには、労力出資組合の一団が麦蒔きをしようと、牛を田の中に入れて、田を犂（す）き返してゐた。太陽の光線が、鋤のきつ先に反射して、ダイヤモンドのやうに光つた。田口の裏山につくと四年前、芳江が血の滲んだ霜焼の手で数十町歩に植付けた栗の苗がもう一間以上も延びて、美事な実が枝も撓（たわ）む程なつてゐた。

――終――

乳と蜜の流るゝ郷

茄子(なす)畑

烏が、近くの森で鳴いた。蝗(いなご)が、茄子の畑の畦から畦へ群をなして跳んだ。

今日もまた、東助は、友人の清吉の奨めてくれるまゝに、時節外れの茄子畑に入つて、ひからびた茄子をちぎつて廻つた。

妹たちは、かれこれ一週間前から、学校を休んで、朝から晩まで蝗取りに、隣村まで出かけて行つた。取つてきた蝗は、鍋の中で炒りつけて食つた。

去年も一昨年も、繭の値が安かつたし、今年は旱魃で、畑の作物が、全部駄目になつた。それで十一人の大家族を抱へてゐた東助の一族は、九月の末から、もう食ふものは何もなかつた。わづか三段しかない山田には、禿頭に毛を生やしたやうな稲が、穂を出したきりで、枯れてしまつてゐた。大根は六遍も播いて、一度も芽が出て来なかつた。陸稲は二分の収穫で、小作料を払ふだけにも足りなかつた。

毎年、今頃は忙しく、製糸会社で働き、毎月五円か六円を必ず送つてきてゐた、今年十九のおみやは、いつも行く会社が潰れたので、家に帰つてきた。そして蚕の手伝をしたが、例年の半分も掃立(はきだて)をしなかつた蚕も、秋蚕になつて安かつた。結局、口が一つ殖えたことになつて、飢ゑる程度を一層激しくした。

『もう、近くの山に、百合の根はないよ、みんな、掘つて掘つて、掘り荒してゐるから、四五里奥の山にでも行かんと。籠に一杯採るだけが、並大抵ぢやないよ』

日本手拭で頬冠りをした、東助の父の春吉が、仕事着の上に結んだ帯に鎌を差して、茄子畑の側を通りかゝつた。彼は百合根の二三個しか入つてゐない竹籠を、右に抱へてゐた。

茄子畑に立つてゐた東助は、父を迎へた。

『お父さん、私は、信州の兄貴を頼つて行かうと思ふが、どうだらうね？』

茄子をちぎる手を休めて、東助はさういつた。

『だつてさ、信州に行かうにも、汽車賃をどうするかい！』

『歩いて行くよ。お父さん、毎日、家にゐても茄子ばかり食つてゐるんだから……百姓家へ寄つて、茄子や生芋を貰へば、ぼつぼつ歩いて行けるよ、うふふゝゝ』

去年、徴兵から帰つてきたばかりの東助は、空腹を抱へて苦笑した。

彼が頼つて行かうといふ、信州の兄貴といふのは、長野県上田市へ養子に行つてゐる彦吉のことであつた。そこは東助の母の兄の家で、小さい料理屋と魚屋を営んでゐた。母の兄夫婦には、子がなかつたので、彦吉は高等小学校を卒業すると、すぐそこへ貰はれて行つた。

『さうだなあ。お前が無銭旅行をする勇気があれば、それも一つの工夫ぢやなあ。おみやとお花も東京あたりへ女中に出すと、助かるんぢやがなあ。もしもお前が上田の叔父さんに頼んで、十円位金を借りられるなら、すぐ送つてくれよ』

さうした会話があつた翌日、田中東助は、旱魃に苦しんでゐる、磐梯山の西北の隅にある、貧しい村を見捨てて長野県へ出発した。

しかし、いざ出発するとなると、万感交々到つて、涙を禁じ得なかつた。

第一に心配になるのは、母であつた。彼女は、八番目の子供の留吉を生んでから、産褥熱を患ひ、もう駄目だと思つてゐた処を、漸く命だけは拾つたが、その後ずつと、腎臓炎が慢性になり、あまり野良仕事もせず、家の中でぶらぶらしてゐた。

彼は、少し留守をする間に、母はもうこの世の人でなくなるのではないかと、気遣はれてならなかつた。

『—あまり無理しないでね。上田の叔父さんにも、叔母さんにも、よろしくいつておくれ』

母は、水気で腫れ上つた青い顔を東助に振向けて、慄（ふる）へながらいつた。

東助は、家を出発するに際して、親友の山本清吉にさへ会はなかつた。父と兄は、またその日も、三里ばかり奥の山に百合根を掘りに、朝暗いうちから出かけてゐたし、妹たちは、これも遠くまで蝗取りに出かけ、一番小さい今年四つの留吉は、姉のおみやに負はれて出ていつた。

一歩、村から外に踏み出すと、東助の眼には涙が溢れて、この亡び行く農村を、どうして救へばいゝかといふことで、一杯になつた。茄子と、百合根と、蝗がある間まだ命は続くだらうが、その三つが無くなれば彼の一族は、どうして生活するだらうかと、それが気になつた。

紺の絆纏(はんてん)に、紺のぱつちを履いて、頭には、夏から冠り続けた経木真田(きようぎさなだ)の安つぽい帽子を載せたきりで、家を飛出した東助は、とぼりとぼり、そんな事を考へながら道を急いだ。

榾柮(ほだ)をくべつゝ

村を出て、尾瀬峠までに四日かかつた。最近一週間ばかり、茄子と蝗ばかり食つてゐた東助は、足がふらついて、一日八里以上は歩けなかつた。

旅をしてゐるうちに、彼は無銭旅行の秘術を知つた。町に入ると、一番人の好ささうな、貧乏人のおかみさんを掴まへてまづ道をきく。そして親切に教へてくれる人であれば、

『握り飯を一つくれませんか』

と、頭を低くして、頼むのである。

すると、人の好い会津の女たちは、握飯を三つも四つも作つてくれ、その上、お金の十銭までつけてくれるものさへあつた。

そんな時には、彼女が観音様の生れ変りのやうに見えて、嬉し涙が、そつと下瞼を走るのを感じた。寝ることだつて、あまり不自由はしなかつた。駐在所に頼むと、大抵親切に、どこそこへ行けと教へてくれた。

南会津に入つてからは、二晩とも、普通の民家の座敷で、布団の中で寝かしてもらつた。

尾瀬峠にかゝる前の晩は、炭焼小屋で寝た。幸ひ栗が沢山落ちてゐたので、栗を囲炉裏の端で焼きながら、杣人を相手に夜更けるまで話した。

『ほんとに惜しいことだよ。こんなに沢山栗が落ちてゐるのに、誰も拾ひに来るものがないんだからなあ』

杣人の万古は、囲炉裡の縁で、煙管の灰をたゝき落しながらいつた。

『これで、豚でも飼へばいゝんだなあ』

『猪を飼つてゐた者もあるよ。猪は、赤樫の実でも、橡の実でもまた喜んで食ふからなあ、木の実を食ふことさへ覚えれば、山で飢死するといふことはないなあ。わしらは、木の実を食つてゐる方が身体が達者で、病気せんやうに思ふなあ』

杣人の万吉は、なかなか賢いことをいつた。

彼は、五十を越えてゐた。髪は霜をいたゞいたやうに、半ば白くなつてゐたけれども、山ばかりに居る関係でもあるか、木の実のことは実に精しく知つてゐた。

最近、饑饉で悩んできた田中東助は、万吉の話すことに、非常に興味が湧いた。

『おぢさん、その木の実の名を、一つ一つ教へてくれないか。僕は村へ帰つて、山にさういふ木を植ゑてみよう』

万吉は、得意の鼻をうごめかして、ぽつりぽつり語り出した。

『さうだなあ、まあ、殻斗科で、二十二、三種類あるかな』

杣人が、むづかしい学名をいひ出したので、東助はびつくりした。

『おぢさん、むづかしい名を知つてるぢやないか』

『だつて、営林区署のお役人さんが、よくこの小舎に泊つて、話して行かれるんでな、聞き覚えたんだよ。殻斗科の次は、松柏科だらうなあ。その次は荳科だらうなあ』

東助が感心して聞いてゐると、万吉爺は、殻斗科の名を、二十位並べ立てた。

『まづ、この辺で、一番食へるのは、殻斗科ではないが、くるみ、くり、とちの類だね。それに、渋を抜くと、みづなら、ならがしわ、あべまき、しらがし、こなら、かしわ、まてばしひ、しりぶかかし、あかがし、しらがし、うらじろがし、びわばかし。これから南へ行くと、しひが多いよ。しひにも、しかし種類が多いので、すだしひ、まてばしひ、こしひ、など区別してゐるが、西洋では、ぶなの実を食ふつてね。日本のぶなは、実が小さいよ』

さういふなり、万吉は、小舎の隅つこの瓶を取出してきて、十種類の木の実を、一々実物で説明し始めた。

それには、東助も、びつくりした。

『おぢさんは、よく研究してゐるね』

『いや、なに、東京の国立林業試験所から、参考にするから拾つてくれといはれたので、少し拾つてみてるんだが……今までの林業では、材木を伐り出すことばかり考へて、木の実を食ふことを、教へないものだから、山を禿山にするだけで、洪水は出る、魚は居らなくなる。気候は変る、山里は貧乏する、といふ訳で、わしもこりや、ひとつ、政府の政策を変へんといかんと思つてゐたんぢや』

さういつて、万吉は、囲炉裡に榾柮（ほだ）を一つくべた。

『近頃、営林署の役人も解つてきて、木の実の研究を始めたらしいなあ』

『そりや、いゝこつちやなあ、おぢさん、僕は、今日まで、こんなに、山から沢山の木の実が採れるとは知らなかつたよ。こんなことに気がつかなかつたから、僕は、毎日、茄子と百合の根ばかりを食つてゐたんぢや、わははゝゝ』

『いや、ほんとに、馬鹿な話ぢや。栗の林などでも、苗を植ゑて十年位経つて炭にして売ると、一反歩から、たつた十五円しか上らんがなあ。その十年目から、実を採ることにすると、毎年三十円にはなるぜ。実を採ることを考へて、炭に焼かんやうにせぬと、日本の国は今に亡びるよ』

万吉は、ますます山岳農業の話に熱してきた。

『それになあ、穀斗科の花には、みな蜜があるんでな……少しその蜜は黒いけれども、蜜蜂に採集させると、とても、うまいやつがとれるよ』

さういつて、万吉は、隅に置いてある鉽力罐（ぶりきかん）を指差した。

思ひ懸けなく炭焼小屋にとまつて、山の精ともいふべき万吉に、将来、日本の山村の進むべき道を示されたので、東助は、瞳を瞠（みは）つて、この賢い杣人の顔を見つめた。

『松の実も食へるぜ。岩手県に行くと松の実の菓子を売つてゐるが、食つたことがあるかね。南京豆のやうにうまいよ。朝鮮松は、とても実がうまいのう。会津では、かやの実も、渋を抜いて食ふなあ……いや、松柏類の実で、食へないものは一つもないよ。仙人は、昔から、松の皮を食つて生きてゐるとはれてゐるが、松の実は、たしかに、い、食糧にならあ』

それから、話は荳科植物の果実にうつつた。えんじゆ、さいかちの実のことから、萩、藤の実が食へる話を、山の精は、面白さうに述べたてた。

『山の小鳥は、みんな。木の実を食つて生きてゐるんだからね。人間だつて、木の実が食へぬといふ道理はないよ』

それから、万吉は、松の葉が、薬として効く話や、山でとれる薬草の話を、いろいろ東助にきかせた。

『食糧になる木の実のことを知つてゐると、山に居たつて、少しも淋しかないね』

さう切り出して、万吉はまた、面白い話を年の若い東助に聞かせた。

それは、猿蟹合戦の話であつた。

『蟹を応援した栗と、臼と、蜂が、四つ這ひに這うてゐる貧乏な百姓を助けてくれさへすれば、日本の農民も困りやしないよ。ねえ、さうだらう……栗は木の実一切を代表してると思へばいいのさ。その花の蜜は、蜂が集めてさ、実は、水瓶の中で渋を抜き、臼で挽いて粉にして、囲炉裡であぶつて、蜜をつけて食へばい、のさ。はは、はどうぢや、わしの蟹の応援隊の譬は！　それに違ひないだらうがな……』

かうして、榾柮を燻べながら、二人は、山村更生の話に熱中して、夜の更けるのも忘れてしまつてゐた。

絃歌に埋もる人々

尾瀬峠を越えて、沼田に出た東助は、利根川を溯つて、碓氷峠を越えた。そして、浅間の煙を右に見ながら、上田の町に着いたのは、家を出てから十日目であつた。

彼は、この旅行で、うんと強い人物に鍛へ上げられた。彼は、山で拾つた栗を五升ばかり、万吉に貰つた袋に入れて、毎日それを食ひながら、旅行を続けたのであつた。

彼は、贅沢をいひさへしなければ、天は、人間を見放すものではないといふことを、確信するに到つた。

しかし、上田の町に来て、料理屋と魚屋を経営してゐる叔父の家に着くと、文明といふものが馬鹿らしいやうに思へてならなかつた。彼が着いた晩に、叔父の家では、村々の農会技手と、特定組合の指導員の親陸会が催されてゐた。芸者が、十四五人も三味線箱を持つて入つてきた。

『農村は、七十億円の借金に困つてゐるといふのに、農会の技手は、芸者をあげて、散財するのか！　成程、これぢや、日本の農村が疲弊するのは、あたりまへだ』

そんなに考へた東助は、農会の技手と特定組合の指導員を、片つ端から殴り付けてやりたいやうな気がした。

あまり忙しいために、叔父も、叔母も、碌々挨拶さへしてくれなかつた。そして、兄の彦吉は下を上へと、膳を運ぶのにてんてこ舞をしてゐた。

『挨拶はあとにするから、着物を着換へて、二階へお膳を少し運んでくれよ』

彦吉は、東助が、十日も徒歩旅行してきたことを少しも知らないで、そんな無理なことをいつた。

足は疲れてゐたけれども、こんな時に奮発しなければ、世話をしてくれないかも知れないと思つた彼は、兄に耳打して、彼の着物を借り、早速、膳を運ぶ役に廻つた。

客は四十三人ゐたが、一の膳と二の膳を運んだ上に、酒の爛徳利（かんとくり）を、一人に一つ宛運ぶことはなかなか容易ではなかつた。

女中も二人ばかりゐたけれども、なかなかそんなことでは手が廻らなかつた。――芸妓の三味線が始まると、大勢の者は、流行歌を、大声で唄ひ始めた。

配膳が済むと、東助は、酒の燗（かん）をする役に廻された。旅の疲れが出て、立つてゐることが実に苦しいので、彼は、板間の上に坐り込んだ。それを見た叔母は、大声で怒鳴り散らした。

『邪魔になるよ、そんな処に坐り込んぢやあ。燗したものは、さつさと上へ持つて行きなさい』

さういつてゐる処へ、芸妓の春駒が降りてきた。彼女は、大きな島田髷を結つて、菊の裾模様のついた小浜縮緬の着物を着てゐた。顔には、当世流に頬紅まで塗つてゐた彼女は、今夜招かれてゐた十数人の芸者のうちでも、一番美人であつた。

彼女は、東助が、腰を曲げながら、隅の方に寄つてゐるのを見て尋ねた。

『どこか、具合が悪いんですか?』

実に愛想がいゝ。

『いや、福島県から、十日程かゝつて歩いて来たものですからね。腰が立たないんですよ、あはゝゝ』

『そら、えらかつたわね』

さういつた彼女は、女将に向つて尋ねた。

『おかみさん、お刺身、もう三皿ほど作つて頂けません? 特別に欲しいといふ方が、おありになるんですの私に、行つて頼んできてくれと云はれるもんですからね、お願ひに来たんです』

土間で吸物を作つてゐた彦吉は、即座にこれを引受けた。そして、彼は、弟に、吸物をついでくれと頼んで、隣の魚屋の店に入つた。

芸妓の春駒が座敷に帰つたあとから、東助が、吸物の椀を双蓋に載せて、二階の廊下まで運ぶと、農会の技手の間に、喧嘩が始まつてゐた。それは春駒の奪り合ひから、酒に酔払つた若い技手が、殴り合ひを始めたのであつた。

皿が飛ぶ! 膳が引繰返る!・ 笑ひ声と、みんなが立上る音と、罵りの声と、引止める叫びの声が、広い二階座敷に響き渡つた。

春駒が、左褄をとつて、廊下に逃出してきた。そして、ばつたり、東助と出会つた。

『ちよつと、ひとりのお客様だけ、他の小さい部屋で、お酒が召上られるやうにして下さいな』

『はい、かしこまりました』

東助は重い足を引摺りながら、また階段を下りて、叔母に尋ねた。すると、叔母は、

『階下の座敷がいゝだらう』

と、彼に指図した。その由を春駒に報告すると、春駒は、早速、喧嘩してゐた一人の男を、階下の部屋に案内した。

二階はそれで静かになつたが、床の間の近くでは、年寄つた農会技手の元老株ともいふべき男が、口角泡を飛ばして、大きな声で議論をしてゐた。

『君のやうなことをいへば、農会の仕事がなくなるぢやないか！　村々の出荷組合の方は、我々が手をつけたんだから、産業組合などの、のさばり出る場面ぢやないよ！』

額の処が心持禿上つた、面長の男がさういふと、顔の平べつたい、背の低い男は負けてゐなかつた。

『農会は、生産技術の指導をすればいゝんだよ。出荷組合などいふ、曖昧な名をとらないで、産業組合法による販売組合でいゝぢやないか。さうすれば、農業倉庫とも連絡はとれるし、低利資金も融通して貰へるぢやないか！』

農会の技手の中にも、なかなか解つたことをいふ男もあつた。

『しかし、俺の村を見てみろ。俺がゐなければ、馬鈴薯の一袋だつて、東京によう送りやしないぢやないか！』

二人の議論が、満堂に拡がつた。

自分の勢力にかゝはる問題だけに、みな勝手な議論をおつぱぢめた。また、春駒が二階の広間に入つてきた。

『おい、春駒！　踊れ、踊れ』

座敷の中央から、さういふ声が起つた。また三味線が鳴り出した。

そして、真面目な議論は、絃歌のさゞめきに葬られてしまつた。

午前一時過ぎ

　その晩一時過ぎ、旅に疲れた東助は、客室の一つに入つて、うたたねをしてゐた。裏口では、宴会で食ひ余した食物を、女中が捨ててゐた。東助は、そのお余りだけでも故郷の父や母に食はしたいと思つた。客はみんな帰つてしまひ、あとには、芸者の春駒と、半玉の玉子が残つてゐるだけであつた。

　階段の上で、叔父の藤井捨一と、叔母のこのとが、会話をしてゐるのが聞えた。

『……世話をするなら、東助の妹を引取つたがいゝですよ。おみやは器量もいゝし、芸妓に出しても恥かしくないですから……東助がいふやうに困つてゐるなら、四年位の年期をきつて、千五六百円借りてやつたならば、福島の方も、ずゐぶん助かるだらうに』

『それぢやあ、お前、東助は断るつもりかい?』

『断りなさいましよ。この不景気にうちも困つてるんだから、そんなに何人も何人も、男ばかり世話出来やしませんよ……それに、東助は気がきゝませんからね。かういふ商売には向きませんよ』

　二人は揃つて、二階から下りてきた。そして、階下で、芸者の春駒に出会つた。

『おかみさん、さようなら、またよろしくお願ひいたします』

　春駒の姿を見たこのは、早速手廻しをして、彼女に訊いた。

『春駒さん、おうちでは、娘をお抱へになる様子はありませんか?』

　東助が寝てゐた部屋は、階段のすぐ下にあるので、みんなの会話が、よく聞きとれた。

『さうね、芸者を抱へたいとは云うてゐなかつたけれども、養子を貰ひたいといつてゐましたよ。誰か、適当な人を周旋してあげて下さると、ほんとに都合いゝんですがね、家の商売が商売でせう、なかなか来てくれる人がないんで、困つてゐられるんですの』

　叔母のこのの話は、頗る早い。夫に向つて、早速、東助を芸者の置屋へ養子にやれと勧めてゐる。それを

聞いた春駒は、

『あの、今日、手伝ひにきていらしつた方？　あの、頭を丸坊主にした、色の白い、背の高い人？　……ずゐぶん、しつかりした顔をしてるのね……あんな、しつかりした人が、うちに来てくれるかしら？　おかみさんは、今の商売を早く廃めて、西洋雑貨の店でもやりたいといつてゐられるんですよ。遊びに来られる方の中には養子になりたいといふ人も無いではないんですがね。おかみさんはさういふ人は嫌ひで、堅気の人が、貰ひたいといつてゐられるんですの』

『それぢやあ、東助を貰つてもらふとい丶なあ』

叔父の捨一は、どす太い声でさういつた。

『おばさん、あの方でしたら、きつとうちのおかみさんに持てますわ。ほほ丶丶。ずゐぶん、しつかりしてゐられるし、体格はいひ分ないですからね。私もあんな人、好きだわ。おほほ丶丶』

傍に立つてゐた半玉の玉子が、小さい声で冷かした。

『そんなに好きなら、春駒さんが婿さんに貰へばい丶のに、ふふ丶ふ丶』

山里ばかりに住んでゐて、美しい芸者などを、生れて一度も見たことのない、山出しの青年が、その朴訥さのために、芸者に好かれるといふことを知つた東助は、くすぐつたく思つた。

『おかみさん、今夜はもう遅いですから、これで失礼しますわ……お話のあつたことだけは、うちのおかみさんに伝へておきませうね』

『どうぞ』

それで、捨一とこのとは奥へ這入り、春駒と半玉は、玄関の方へ、廊下を伝つて立去つた。

しかし、何を忘れたか、春駒は、また廊下を引返して、東助の寝てゐる部屋の障子を開いた。東助はびつくりして飛起きた。

『おや！　あなた、こ丶に寝ていらしつたの？　ごめんなさいね。こ丶に、私の三味線の撥が置いてなかつたでせうか？』

東助は、紫縮緬に巻かれた何物かが足許にあつたことを知つてゐたので、それを取つて、ていねいに彼女に手渡した。

するとと、春駒は、微笑しながら、それを受取つた。

『ありがたう……あなたは今日、会津の方から歩いていらしつたんですつてね。ずいぶん大変でしたわね。お疲れになつたでせう？』

さういひながら、すぐ立去るかと思つた春駒は、そこに坐り込んでしまつた。

美しい女に、熟視せられることの恥かしさを感じた東助は、彼女の視線を避けて、上眼を下に落しながらいつた。

『えらかつたですよ。しかし、い、経験にはなりましたがね』

『面白いでせうね、そんなに何百里も歩けたら……あなたに、美しいお妹さんがあるんですつてね、私、会ひたいわ。私もね、郷里に弟があるんですよ、その弟がね、随分、あなたによく似てゐるの、それでね、あなたに会つた時ね、なんだか、馬鹿に弟が懐しくなつちやつたんですの』

東助は、やはり、芸妓は言葉がうまいと思つて、感心した。

（こんなにいふて、俺を誘惑するのだな）とも考へた。

しかし、もしかすると、自分の妹が、彼女に世話になるかも知れないと思つた東助は、坐り直して、沈黙を続けた。

『今年は、ずゐぶんひどい旱魃でしたつてね。おかみさんに、さつき聞かされて、同情しましたわ。私もね、越後の百姓の子なんですの。越後は小作争議が激しいでせう、そら、ずつと前に新聞に出たでせう、越後の木崎村の小作争議つていふのが――私の村はその近所なんですの、横暴な地主に土地を取上げられてしまつて、一家族が食へなくなつたものですからね、私はとうとう身売りさせられちやつたんですよ。ですから、私は、あなたに、同情出来てよ……今頃は、どうしてるだらうか？　ほんとに』

その言葉を聞いて、東助はほろりとした。それは、貧しい農民の一家族が、同じ運命を辿つてゐることを知つたからであつた。

『そんなに堅く坐つていらしつたら、お痛いでせう。もうお寢みなさいましよ。お疲れになつたでせう？

ねえ、こゝでお寢みになるんですか？　床をとつてあげませうか？』

さういつて、彼女は、押入の戸を開けて、東助のために、布団を取出した。

日の出前

東が漸く白む頃、東助は誰よりも先に床を離れて、まづ、魚を並べる台の上を掃除した。それから少し明るくなつて、表に廻り、向ふ三軒両隣の分まで、街路を掃清めた。

併し、一つの不安が、彼の胸を包んでゐた。福島県の山奥に残した、食糧のない一家族のことが気になつたからであつた。

（……母の病状は、重くなつてはゐないだらうか？　医者にかゝる薬代はないが、どうしてるだらうか？

妹二人が、いよいよ芸者に売られねばならないだらうか……）

そんなことが気になつて、掃除してゐても、どこを掃いてゐるのか、さつぱり見当がつかなかつた。

彼が掃集めた塵埃を塵取に入れて、塵埃箱に捨てに行かうとしてゐる時、後から、澄みきつた若い女の声が声えた。

『お早うございます。東助さん！』

誰かと思つて振返つてみると、そこには、三日前、特定組合の宴会の席で、初めて会つた芸者の春駒が、大柄のお召の単衣の上に、描絵の帯をメめて、素足のまゝ表附の下駄をひつかけて、立つてゐた。

まだ、五時ちよつと廻つたばかりであつたけれども、彼女は、顔に薄化粧をして、襟元から頬にかけて、薄く塗つた白粉が、開いた白百合のやうな感じを与へた。

『えらい、早いぢやないですか、どこへ行つていらしつたんです？』

東助が、塵箱の蓋を開けながら尋ねた。

『私は、朝は早いのよ。私はね、毎朝、夜明け前に、祇園さんにお参りすることにしてゐるの、百日のお願をかけてあるんですの』

『まあ、感心ですね、百日の願といふのは、何の願籠めしてゐられるんです？』

『越後の私のお父さんが、長く、病気で寝ていらしつて、お母さんが、もう助からんだらうといつて、手紙を送つて来られたものですからね。その日から百日の願をかけてゐるんですよ。長いこと、お父さんは、腎臓炎で悪くて、ほんとに、困つてしまつてゐるんです。私が芸者になつたのも、お父さんの薬代を払ふためと、小作料の滞りが払ひたかつたためでしたの』

母の病気を案じてゐた東助は、春駒が芸者に似合はず感心なのを見て、彼女の孝行な心懸けに少からず感動した。

『さうですか！　あなたのお父さんも、御病気なんですか！　私の母も、長く患つてゐましてね、ほんとに困つてゐるんですよ。都会には、無料診療所などがありますけれども、村には、そんなものもありませんしね、一旦病気でもすれば困りますね』

『ほんとですわ、そして、それに私の故郷には、近くに医者もありませんしね、町から、いゝお医者さんに来て貰ふと、一回の往診料が、どんなに少く払つても三十円はかゝるでせう、とてもやりきれませんの、越後でも、長岡市の近くの村などは、医療組合が出来たとかいつてゐましたが、私の方の村には、そんなものさへありませんしね、ずゐぶん不便ですわ』

医療組合といふことを東助は、初めて聞いた。二人の立つてゐる傍を、牛乳屋の車が走つた。その車をみつめながら、東助は、尋ねた。

『医療組合つて、何ですか？』

『医療組合つていへば、組合員が金を出しあつて、お医者様を雇ふんでせう』

『あゝ、さうですか！　そんないゝ組合が出来てゐるんですか』

『ええ、医療組合でやつてゐる村は、お医者さまも親切で、喜んでゐられるんですよ。しかし、私の村では、長野県にあるやうな信用組合さへないものですからね。結局、金に行詰ると、娘を、芸者や娼妓に売つて、借金の穴埋めにするほか、道がないんですの』

東助は、その信用組合といふ事柄に就いてさへ、充分な知識を持つてゐなかつた。彼の故郷の磐城の国、磐梯山の西北にあたる麓は、産業組合のない村が多かつた。で、彼は、その名称を折々聞いたこともあつたけれども、そんな組合が、身売りする娼妓や芸者を救ふ力があるとは、今日まで、考へもしなかつた。現に自分の可愛い二人の妹、みや子と花子が、春駒と同じ運命を見ようとしてゐるその時でも、東助は信用組合を知らなかつたのだ。彼は、産業組合をもう少し実質的に研究したいといふ気が起つた。

箒(ほうき)持つ手

しかし東助は、あまり長く、若い女と立話してゐて、家の者に怪しまれやしないかと心配したので、街路の上に横たへてあつた箒を取上げた。そして春駒には、一言も挨拶をしないで、家に入らうとした。するとと彼女は、二足三足、彼の方に歩み寄つて、平気な顔をして、東助を呼びとめた。

『おかみさんは起きてゐられますか？　……まだでせうね、それでは、お伝へ下さいまし、……あなたの妹さんのことですね、私を抱へてくれてゐる楼主に話しましたの、いつでもお引受けしますつて、お金のことは、いづれゆつくり、相談したいといはれてゐましたが、お引受けだけはするさうですから、それだけ、お伝へ下さいまし』

といつた春駒は、何かまだ、東助にいひたさうな態度をして、戸口の柱に手をあてゝ、彼の横顔をみつめた。

しかし、彼は出来るだけ、春駒の視線をさけて、手箒で、内庭を掃き始めた。

昨夜も遅くまで宴会があつたので、家の者は、まだ誰も起きてくる気配はなかつた。配達夫が表から、新聞紙を、庭へ放り込んで行つた。

　東助が、あまり俯向いてばかり居るので、彼女は、少しぢれつたくなつたと見え、内庭まで入つてきた。そして、彼の肩を叩いて、小声にいつた。

『東助さん、ちよつと、私、あなたに用事があるの、表へ出てきてくれない？』

　東助は弱つてしまつた。しかし、彼女に、秘密の話があると思つたので、彼女を追うて、塵箱の側まで出た。すると、彼女は、こんなことをいひ出した。

『うちのおかみさんはね、私の好きな人となら、夫婦にして、店を、その人に譲つてもいゝ、といはれるんですが、あなた、養子になつて来て下さる勇気はない？』

　東助はあまり突然の申込みに、少したまげてしまつた。言葉は間接的であるけれども、春駒が彼に目をつけてゐることは、それでよく判つた。彼女は、言葉を続けた。

『私はね、こんなに、芸者をしてゐましてもね、根が、小作争議の本場で育つた娘でせう、金で面をはるやうな男の人が、大嫌ひなんですの。ですから、私は、金持のぼんちや、金満家の御隠居さんが、やれ妾にしてやらうとか、落籍してやるとか、言ふて下すつても、今まで見向きもしなかつたんですの、併し三日前の晩、あなたに初めて会つたでせう。そしてあなたを一見ただけで、好きになつちやつたんですの、うちのおかみさんに、皆、打明け話をして了つたんですよ。すると、おかみさんは、私の思ふ通りにしてもいゝ、と、云はれたもんですからね、私は、嬉しくて嬉しくて、昨夜は、ほとんど一睡もしなかつたんですの』

　東助は、弱つてしまつた。

『少し考へさせて下さいよ。私には、親しい友人もありますし、その人達と相談してみないと、私、一存ではいきませんからね』

『いやだわ……ぢやあ、あなたは福島県の村へ、また帰つて行くつもりでゐられるんですか？』

『えゝ、今は、そのつもりでゐますがね、だつて、私の村などは、この不景気で、食物も、禄にない処が多いんですからね、私は、どうしても、福島県の村々を救ひたいといふ使命を感じてゐるんですよ。それで、私は、何万円呉れても、町へ養子に行く気はないんです』

さういひきると、大通であることも忘れて、春駒は、東助の右手を、白魚のやうな指のついた両手で、堅く握りしめた。

『そんなことをいふから、私は、あなたが好きになつちやつたのよ。私も、町が大嫌ひなの、しかし、考へてみると、貧乏な村を助けるためには、第一お金が要るでせう、それで、私は、金のある人が、養女にしてやらうといつたら、すぐ養女にしてもらつて、そのお金で、村の貧乏な人を助けてあげようと思つてゐるんですの』

そこへ、郵便局から電報を配達してきた。

東助は、内庭まで走り込んで、その電報を受けとつた。それは兄の彦吉に宛てられたものであつたが、電文は、

『ハハキトクスグ　コイ』と、読めた。

電文を読んだ東助は、また塵箱の処まで、早足に歩いてきて、春駒に言ふた。

『これで失礼させて下さいね。福島県の母が、危篤だといふ電報がきましたから……』

さういひ捨てゝ、また家に入らうとした。その後姿をみつめて、春駒は、小声に言ふた。

『さつきいつたことね、よく考へて下さいね。お願ひですよ……まあしかし、お母様はほんとにお気の毒ですわね、もう一度、私は、祇園さんに行つて、あなたのお母さんが、早くよくなるやうに祈祷をして貰つてきますわ』

といつて、春駒は、小さい路次の方へ姿を消してしまつた。

魚の行商

その日の午後であつた。料理屋の藤井の養子になつてゐる。東助の兄彦吉は、汽車で、福島県の方へ出発

した。そして東助は、兄に代つて、自転車の尻に、魚の入つた箱を四枚積んで、行商に出掛けた。東は、長野県小県郡神科から和村まで、西は同じく小県郡別所温泉から、青木温泉まで魚を売つて廻つた。

この経験は、百姓のほか、何もしらなかつた東助の眼を開いてくれた。

これは小県郡の村々には、磐梯山の麓で見られないやうな、完全な産業組合の組織が発達してゐることに、気が付いたからであつた。

恰度東助が、兄の代りに、魚類の行商を始めた日は、県会議員選挙の始まつた日であつたので、どの村に行つても、候補者推薦演説会のビラが、べたべたに貼られてあつた。

第一日の日、彼は、魚を自転車に積んで、千曲川の川西（これから川西と呼ぶ）の地方を売つて廻つた。そこには、松下富太郎といふ男の選挙ビラと、大谷初蔵の選挙ビラが、最も多く貼られてあつた。

別所温泉に行つた時であつた。長野旅館の裏口で、彼は叫んだ。

『今日は、魚の御用！』

東助の声はすき通つて勢ひがよかつた。併し、誰も返事はしてくれなかつた。台所にゐた二人の料理番は、松下と大谷の比較論をやつてゐた。一人は、松下のファンであつた。

『松下は、まだ年が若いけれどもあいつは産業組合に理解があるからなア。この辺でも、土地利用組合を最初にやつた男は、あの男ぢやないか！　松下がやつてゐるやうな土地利用組合が発達すれば、長野県は救はれるねえ。組合製糸だけでは駄目だよ、兎に角、松下は人物だよ』

若い料理番がさう言ふと、里芋の皮をむきかけてゐた、年寄りの料理番は、それに反対した。

『しかし俺は、大谷に投票しようと思つてるんだよ。大谷は、中小商工業者の味方をもつて自任してゐるだけあつて、産業組合には絶対反対の声明書を出してゐるね。俺は、どうも、大谷のいふことが、ほんとうらしいと思ふよ。長野県のやうに、何から何まで、みな産業組合でやる計画を立てたら、結局、日本の商売人なんか、みんな太平洋にでも入つて死んでしまふより、道がなくなるからなア。俺は、産業組合に反対だ。おい、考へてみろよ。産業組合が発達すれば、温泉宿まで経営するやうになるぜ』

『それでいゝぢやないか、俺たちは、そこで働いたらいゝぢやないか！』

『すると、君は、一生、独立もようしないで、人の飯を食ふつもりか？』

『うム、俺は、それでいゝと思つてゐるなア』

若い方が、さうきつぱり答へた。

二人の料理番は選挙問題に花を咲かせて、魚屋の方を顧みてもくれなかつた。で、東助は、戸口の柱にもたれて、二人の話を、つゞけて聞いてゐた。年とつた料理番が、東助の方に、視線を注いで言ふた。

『浦里村の購買組合では、こんど、魚屋まで経営するといつてるぢやないか！　さうしてみろ、第一この魚屋など、すぐ失業するぜ』

話が、自分の身上のことになつてきたので、一層興味を持つて聞いた。芋をむいてゐた年寄りの料理番は、東助に向いてすぐ尋ねた。

『おい！　魚屋さん、君は、誰に投票するのかい？　松下に入れちやあ駄目だぜ。あいつに入れたら、君の口は干上つてしまふぜ』

凍豆腐を煮てゐた若い方の料理番は、すぐ傍から、口を出した。

『おい、魚屋！　年寄りのいふことなど聞くなよ。大谷は、川西の財閥を代表してるんだから、あんな奴に入れたつて仕方がないぜ、君などは、組合が魚屋をやれば、そこに雇はれたらいゝぢやないか、この人の思想は古いからなア、こんな男の言葉にのつて、農村を救済する根本精神を没却しもやあいかんぞ、君！』

二人の料理番が、熱心に論じてゐるのを聞いて、川中東助は、全く感心してしまつた。

（――成程なア、長野県はちがつたものだ、思想的に進んでゐるといふのは、ほんとだ。料理番までが、台所の隅つこで、こんなに熱心に、政治問題や経済問題を論じてゐるんだからなア。福島県などとは、比較にならないよ、全く――）

そんなに考へながら、注文してくれるのを待つてゐると、若い方の料理人が、表に出て、魚を見てくれた。

そして、

『おい！　おやぢさん、今夜は、宴会はないだらうなア、しかし、さうだなア、団体客はなかつたかなア、まあ、鰈(かれい)を三匹と、こちを五匹、もらつとかうかなア、それでいゝだらう？　なア、親爺さん』

　政治論では意見が分れても仕事に対しては仲の好い二人の料理番は、すぐ意見が一致した。荷の軽くなつた東助は、すぐ、問題の浦里村まで走つた。

土地利用組合

　彼は、直接、上田から松本に抜ける県道に面した平屋の、ごく質素な建築物に『浦里村信用販売利用購買組合』といふ、看板のかゝつてゐる家を見出した。

　魚を積んだ自転車を、入口の隅つこに置いて、内に入ると、彼の受けた第一印象は、荒物屋といふ感じであつた。店には、誰もゐないで、次の部屋に、組合の書記らしい男が、しきりに、算盤を弾いてゐた。ぐるりと踵を返して、街路の向ふ側を見ると、大きな農業倉庫が建つてゐた。

　書記が出てきた。

『何か、御用ですか？』

『魚の御用はありませんか？』

　東助は、頭を一つ下げて、さう尋ねた。

『今日はよかつたよ』

　この時だと思つたので、東助は、すぐ、彼に質問を始めた。

『この組合は、近く魚もお扱ひになるさうですが、私を、その方に雇つて頂く訳にいかないでせうかね？』

　さういつてゐる所へ、表から中背の、眼鏡をかけた。背広服の紳士が入つてきた。

『みな、行つたか？』

『えゝ、処女会の連中も、四人出かけましたよ、みな熱心ですからね……今のさき、聞きましたがね。村の小学校の子供等が、あなたのために、氏神様へ日参してるさうですよ。子供等にも、産業組合の精神が徹底したらしいですなア。大谷が勝てば、村々の産業組合を潰されるから、こんどは、どうしても組合長に勝たさなければならないつて、親たちがいふてきかせたと見えますなア』

『そいつは、ありがたい！』

紳士と、組合の書記の会話によつて、その紳士は、別所の料理番が噂してゐた、浦里村の産業組合長、松下富太郎であることがわかつた。

しかし、なほも会話がつゞいてゐたので、東助は、沈黙して、そこに立つてゐた。すると書記が、東助の顔を見ながら、松下に尋ねた。

『組合長、こゝに居る人が、購買組合の魚屋の部を引受けさせてくれ、といふて来たんですけれど、どうでせうかね』

東助は、すぐ、沈黙したまゝ、その人に最敬礼をした。

『君は、どこの魚屋だね？』

さう松下は、東助に尋ねた。

『私は、上田の藤井亭の者でございます』

『君は、藤井亭か！　いゝだらう。理事会でも、この間、魚屋をやると決まつたんだが、やつてくれる人がなかつたんで、そのまゝになつてゐるんだよ。藤井亭の方で引受けてくれるなら、当分の間、やつて貰つてもいゝよ』

松下は、解りが早い。

『しかし、なんだね、魚は、やはり、卸値段で組合へもらはんと困るね、そして、利益があれば君の月給位は、こちらの方で持つよ』

話は、すぐ纒まつた

九月二十日の、県会議員選挙が済んでから、浦里村の購買組合の一部の事業として、東助が毎朝上田から、鮮魚を、卸値段で浦里村まで運び、売れ残つたものは、東助が引受けることとして、最初の一ヶ月は、売上の一割を、組合の方でとるといふことにきまつた、そして、それが、うまくゆけば、松下の紹介で、数ケ村の購買組合と連絡をとつて、鮮魚の購買組合だけを独立させ、東助がその主任になつて、月給制度でやることになつた。

話がきまつたので、すぐ帰らうとしてゐると、一人の背の高い青年が、表から入つてきた、

『組合長！ あの池田は駄目ですよ、今のさき、上田警察の高等課の男に会つたんですかね、池田は、全国農民組合会議派に加入したさうですなア』

東助は、農村の産業組合といふものを研究してみたいと思つてゐた時であつたので、店頭に並べられた商品を静かにみつめながら、背の高い青年と、松下の会話に注意した。松下は、大声でいふた。

『道理で、わかつた、それで！ 池田は、土地利用組合では、生温くて仕方がない、まづ直接行動をさきにして、暴力に訴へても、地主をぶつ倒さなくちやあ駄目だと、二三日前も、僕にいふてゐたよ。あいつは、君の知つてゐる通り、今年は、土地も、たつた一反しか組合に出してゐないんだよ。そのくせ、あんまり働きもしないで、ちよつと、顔を出すだけで、一日一円二十銭の賃銀を、組合に要求してくるんだからなア、組合だつて、あんな男に入つてゐられちやあ、経済は持たないよ』

『全くさうですよ、組合できめた日当は、少し高すぎますね、最低賃銀を一日六十銭位出せば、よかつたんですなア』

あまり話が面白いので、東助も話に加はつた、そして、松下が経営してゐる、土地利用組合の内容を聞かせてもらつた、

『大正七八年の好景気の時に始めたもんだからね、少し、賃銀を出しすぎたんだよ。まあ、土地だけは、五町歩位ね、みんなで出して、その土地を、十人ばかりの青年が作ることにしたんだよ、その利益の分配は、全部、現行の産業組合法の定款によつたものだがね、精神的に、結束が足りなかつたものだから、あまり、うまいことゆかないでね……やることはやつてるんだが、大いに改革して、やり直さなければ駄目だと、思

つてるんですよ』
別所温泉で、噂だけ聞いてゐた土地利用組合の内容を、責任者の口から、はつきり聞くことが出来たので、東助は、農村経営にもいろいろ混入つたやり方があるんだといふことが、だんだん判つてきた。
しかし、今まで、山奥にばかり住んでゐた彼には、土地利用組合といふやうな、複雑な産業組合のやり方が、充分のみ込めなかつた、鮮魚の購買組合の仕事をさせて貰つてゐるうちに、是非その組織を深く研究して、福島県の山奥にも、それをやつてみたいといふやうな理想が、彼の胸に湧いてきた。
希望に燃えて、浦里村の産業組合を出た東助は、青木温泉まで自転車で走つて、積んで行つた魚を、全部売つてしまつた。

乱菊

東助は、毎日、魚の行商に出ることを、楽しみにするやうになつた。それは、神稲村に行くと、緬羊を飼ふて、ホーム・スパンをやつてゐる。農村経営の方法が、だんだんわかつて来、和村にまで行くと、胡桃を植ゑ、山羊を飼ふて、農村経営を立体的にやることによつて、負債整理を、完全にやりつゝある状態が、日一日明かになつてきたからであつた。

殊に浦里では、魚を売つて廻る度毎に、なぜ土地利用組合が失敗したかといふことを、学ぶことが出来たので、行商をしながら、大きな学問をした。いよいよ県会議員選挙は白熱化した。上田市を中心とする小県郡では、反産業組合主義の大谷初蔵と、産業組合主義の松下が、猛烈に戦つてゐた。

壁といはず電柱といはず、毎日毎夜開かれる選挙演説会のポスターが、一面に貼り廻された。村々を連絡する自動車の数は、日一日増加した。流言蜚語が毎日飛んだ。何村は某がきり込んだ、某村は、票幾円で買収される契約が出来た……。

全く、金のない、松下富太郎に関してさへ、信用組合が出資して、投票の買収にかゝつたといふ、デマまで飛んだ。

恰度、明後日が投票日だといふ、九月十八日であつた。

上田市の商権擁護聯盟の代表者だといふ男が、

『明日、ちよつとした宴会をしたいから席を借してくれ』と藤井亭に申込んできた。

その話を聞いたのは、東助であつたが、産業組合に出入りするやうになつて、その方面の事情に少し明るくなつた彼は、商権擁護聯盟の正体を見届けてやらうと、気構へをしてゐた。

翌晩、まだ日の暮れないうちに、藤井亭にやつてきた第一の男は、何人であらう？　それは、松下富太郎に反対して立つてゐる大谷初蔵その人であつた。上田市の検番から、五人の芸者も自動車で乗りつけてきた。

その中に、春駒も入つてゐた。

彼女は、自動車から下りるなり、真直に台所まで入つてきて、料理番の手伝をしてゐた東助を階段の下の、小さい部屋に呼込んだ。

春駒は、乱菊のはいつた裾模様の錦紗縮緬に、錦の帯をしめて、十日程前、祇園詣の帰りに会つた時とは、見違へるほど美しく見えた。

その反対に、東助は、大きな魚を染ぬいた印半纏を着込んで、労働者そつくりの風采をしてゐた。

東助は、春駒に呼込まれる理由を、よく知つてゐた。また例の養子問題であつたのだ。検番では、共に一流で鳴らしてゐる〆奴、梅若、照葉、小梅の四人は、隣の部屋に入つて、大谷の手を持つたり、膝に寄りかゝつたりして、愛嬌を売つてゐた。

そのうち、〆奴は、便所に行つた帰りみち、春駒と東助のひそひそ話が余り長いので、障子を少し開いて、春駒を冷かした。

『ほほゝゝゝ、ちょいと、春駒さん、あなたのお話は、ずゐぶん、こみいつてゐるのね、大谷の旦那が、さつきから、あなたをお待ちですよ』

さう云はれたけれども、彼女は〆奴の方を見向きもしなかつた。それで、〆奴は、大声で、隣の三人の芸者を呼んだ。

『ちよいと、みんないらつしやいな、いゝ光景を見せてあげるわ、いゝラヴシーンよ、ちよいと、早く見にいらつしやいな』

と、梅若と、照葉と、小梅は、すぐ、大谷の旦那をひとり部屋に残して飛出してきた。そして大声で笑つた。

『おほゝゝゝ、春駒さんのラヴアは、ずゐぶん振つてるのね、さし当り、一心多助といふ所でせうか』

照葉は、さういつて、冷かした。

『もう少し大声で、お話しなさいよ……えらい、春駒さんは、しめつてるぢやないの』

春駒の方に接近しながら、目の大きな、すらりと背の高い梅若が、さういふた。そして、四人はみな手をつないで春駒を包囲してしまつた。すると、春駒も笑ひ出した。

『まあ、ひどいわ！　ほほゝゝゝ』

『ちよいと春駒さん、あなた、ほんとに何を話してゐたの？』

面長で中背の、五人のうちで一番痩せてゐる小梅が、さう尋ねた。五人は、みんな大抵、年の頃も二十五までの、血気盛りだ。

まだ春駒は、沈黙をつゞけた。しかし、彼女が沈黙を続ければ続けるほど、四人の芸者達の疑惑は深くなつた。

『姐さん、ほんとにあなた、この人をラブしてるの？』

照葉は、また尋ね返した。

『あなたが、二、三日前、養子に貰ひたいといつた人はこの人？　ずゐぶん、いゝ体格ね』

梅若もまた言葉をさし挾んだ。

『春駒さんも、変つてるのね、ねえ、姐さん、あなたは、なぜ労働者が、そんなに好きなの？』

〆奴が尋ねた。

その時、春駒は、初めて、真面目に答へた。

『だつて、さうぢやないの、金持なんかに可愛がつて貰ふのは、玩具として可愛がつてもらふんで、魂まで可愛がつてくれるのと、ちがふでせう、私は、魂まで可愛かつてくれる人と、結婚したいんですもの』

それを聞いて、〆奴は、疳高い声で叫んだ。

『哲学者はちがふわ！』

料理番が、東助を呼びにきた。それで、彼は、五人の芸者を、尻目にかけて、炊事場へ飛び出した。

反産運動と組合芸者

宴会が始まつた。列席したものは、三十人程であつたが、大抵、小県郡の村々を代表する金持ばかりであつた。

大谷は床の間を後にして、みんなの中央に坐らせられてゐた。しかし、実は、今夜の宴会は彼の選挙運動費から出たのであつて、商権擁護聯盟の晩餐会といふのは、たゞ一種の看板にしか過ぎなかつた。

しかし、大谷は八時から、三ヶ所の演説会場に、顔を出さなければならないとかで、御飯の出る前に、起立して、挨拶を始めた。

その要領はかうであつた。産業組合は、全国三百五十万家族の小中商工業者の生活を脅かすものであつて、我等は断然、彼等に反対しなければならない。日本の不景気は、全く産業組合が発達したからである――と、十五分間位も、大谷は演説した。それがすむと、すぐ、席を立ち、玄関口まで、芸者に見送られて、待たしてあつた自動車に飛乗つた。

大谷が去つたあとは、全く乱痴気騒ぎになつた。その中でも、別所温泉の、長野旅館の主人はこんなことを、叫び出した。

『これから、藤井亭で宴会をすることを、僕等は反対するね、藤井亭は、明日から浦里村の購買組合と連絡をとつて、鮮魚の消費組合を作るさうぢやないかね。一方に於いては、商工会議所の会員でありながら、産業組合と連絡をとるなんかは、実に怪しからぬよ……これから、藤井亭の魚も、みんな申合せて、買はないやうにしようぢやないかね』

さう大声にいふと、酔の廻つた面々は、みな拍手した。拍手がすむと、春駒は、長野旅館の主人にいつた。

『あなたは、さういはれますけどね。私が身売りしなければならなくなつたのも、全く、村に、産業組合がなかつたからですよ。村に産業組合がなかつたら、日本は、もつと今頃は、困つてゐるでせう』

春駒が大胆に主張したので、長野旅館の主人の左に坐つてゐた上田市商工会議所書記長の小田は、苦笑しながらいつた。

『産業組合が発達したら、もう芸者なんか出来なくなるぞ！』

春駒は、すぐ、彼に盃をさしのべながら、答へた。

『それこそ、私達の理想ぢやありませんか。全国の芸者たちのうちで、好きこのんで、芸者になつてゐる人が何人あるでせうね。芸者をしなくてもいゝやうな社会をつくつてくれるなら、私は産業組合を、ほんとに宣伝しますわ』

春駒の大胆な言動に、村々の金持は、色を失つてしまつた。

『なんだ！　春駒は、産業組合の宣伝にやつてきたのか。商権擁護聯盟も、春駒にかゝつちやあ叶はんなあ、わはゝゝ……まあ、さう堅くならないで、一杯ついでくれ』

さういつて、盃を春駒の方へ差出したのは、正面に坐つてゐた、上田市商工会談所会頭田所七介であつた。

価格の迷信

東助が、長野県小県郡浦里付の産業組合のために、鮮魚部を開いて間もないことであつた。

彼は、勢よく、村役場に近い料理屋へ、鮮魚を積んだ自転車をつけて、大声で叫んだ。

『今―日―の―御用―――！』

奥から出て来た若いお女将さんは、東助の顔を見るなり、疳高い声でどなつた。

『組合の魚屋さん！　あなたの魚は、ほんとに、新しいんですか？　なんだか、あまり値段が安すぎて、腐つてゐるやうな気がするけれど、もう少し高く売つたら、どう？　おほゝゝゝ』

『奥さん、大丈夫ですよ。購買組合の利益は、全くこゝにあるんです。市価より安いですけれども、新鮮なことは、間違ないんですからなあ。打明け話をしますが、鯛などは、原価の三倍に売つてゐるんです。それでもまだ安いといはれるので、困つてゐるんですが、仕方がなければ、五倍位にでも売りませうかなあ。わはゝ……実際、人間は馬鹿ですね、高くないとうまくないやうに思ふんですからなあ』

これは一例であるが、普通の百姓家へ行つても、東助の魚は安すぎるので、信用が出来ぬといふ者が多かつた。

東助は、価格に対する迷信が、かくの如く人間の頭に深く浸みこんでゐるかと思つて、驚いてしまつた。それで、彼は次の日から、思ひきつて高く売ることにした。

すると、不思議に、買手が安心したので、少し儲け過ぎて困るやうな気がしたけれども、その利益は、全部、決算の時に、払ひ戻すことにした。

かうした関係で、小県郡の村々の組合と、完全に連絡がつくやうになつた。そのために、彼は神稲（くましろ）では羊毛のホームスパンを学び、和村では胡桃栽培や、山羊の飼育について学ぶ多くの機会を得た。

黄金の魅力

仕事を始めてから十日目に、福島県へ行つてゐた兄の彦吉が得意になつて帰つてきた。それは故郷へ帰つてゐる間に、岸田製糸会社の特約組合を、自分の村に作ることが出来たからであつた。彦吉には、産業組合と特約組合の区別が全く判らなかつた。それが、理論上どういふ系統に分れてゐるか、究極に於いて、どういふ結果になるか、そんなことは、彦吉には全然理解出来なかつた。いや、むしろ産業組合などいふものは、話にならぬほど小さいものであり、信州の財閥である岸田製糸と、自分の貧しい村と連絡をとることは、村を繁栄に導く、近道であると考へてゐたらしい。

『おい、東助、いよいよ耶麻郡の村々も、生活に困らぬやうになるぞ。今まで、なぜ、岸田さんの特約組合をつくつてやらなかつたかと思つて、わしは、自分の不明を恥かしく思つたなあ』

骨休めに、爛徳利一本を膳につけてゐた彦吉は、自分の手柄を、弟に吹聴した。しかし十日近くも、村々の組合を廻つて、特約組合と産業組合の行き方の相違を、よく認識してきた東助は、酔払つてゐる兄貴を怒らしても悪いと思つたので、別に反対もしなかつた。

『岸田さんの店からは、手当として毎月三十円下さるといふから、有難いこつちや。しかし、来年の春は、また忙しいわい』

問はず語りに、盃の縁を舌でなめずり廻しながら、彦吉は、ひとりで悦に入つてゐた。

義理の母親のこのは、養子の機嫌をとらうと、自分で刺身を料理して、彦吉の膳の所まで持つてきた。

『しかし、東助もなかなか、よく働きますぜ。近頃は、毎日、五六十円売つてくるから、えらいもんぢや』

それは、彦吉にとつては、新しいニユースであつた。

義理の母親は、養子の盃を貰はうと、膳の前に坐つた。彦吉は、すぐ義母に、盃をさし出した。それを受収りながら、彼女は、いつた。

『魚が、よく売れるのはいゝんだがね、儲けは、根つから無いんですよ。それは、みんな、村々の産業組合と連絡をとつてゐるので、儲けは、組合の方にとられてしまふんでね』

それを聞いた彦吉は、さしかけた酒徳利を膳の上に置いて、大声にいつた。

『そんな馬鹿なことはありませんよ。儲けを他人にやつてしまふなんて、そんなことぢやあ、商売にならんなあ。特約組合であれば、儲けはちやんと、此方に貰へるのに、産業組合は、をかしいことをするんだなあ』

義母のこのは、傍から口を添へた。

『結局、産業組合のために働いてあげても、しまひには、みんなお株をとられてしまふんだから組合のために働くのも、ありや、問題だね』

そんな話から、彦吉は、だんだん顔を曇らせて、持つてゐた盃を膳の上に置きながら、弟を呼んだ。

『東助、お前も、特約組合で、働いたらどうぢや。今、頼めば、岸田さんのお店から、福島県の出張員として、派遣して下さるがなあ。月給は安いけれども、仕事の成績によつて、歩合も貰へるし、村で妻子を養ふのには困らないぞ』

さういはれたけれども、東助は、兄の意見に賛成出来なかつた。手をもじもじしながら、駄つて坐つてゐると、親爺が、隣の部屋から入つてきた。

『おい、東助、産業組合の応援をして、鮮魚の小売を手伝ふのは問題ぢやなあ。結局は、自分の店の仕事を、産業組合にとられてしまふやうなものぢやないか。わしは、また、此方の顧客がふえて、うんと儲かるかと思つてゐたら、その反対の結果になるんだなあ、それに町内でも、産業組合に反対する店が、大分増してきたやうだから、この際、魚の小売を、こちらから出かけて行つてやることは、打切つてしまつたらどうぢや。この間の晩も、商工会議所の書記長さんは、藤井亭が産業組合を応援するのは悪いといつてゐられたさうな』

東助は、その時、はつきりいつた。

『利己的な動機で、産業組合の後援をすれば、反対の結果に終ることは火を睹(み)るよりも明かですよ。組合運動といふのは、利益を無視して、お互に奉仕的な精神でやらうとしてゐるのですから、食ふには困らんでせうが、儲けることは困難でせうなあ』

『産業組合つていふのは、えらいむづかしいんだなあ。わしは、みんなが儲けるために組合を作るんだと思つてゐたが、さうすると、みな奉仕的なんかいな』

頭の真中の禿げた彦吉の義父は、額に縦皺をよせながら、彦吉の差出す盃を受取つて、さういつた。

親爺の後を次いで、喧しい仲居上りのこのは、またいつた。

『まあ、とにかく、あまり儲けもないし、町内で評判の悪い産業組合ですから、その応援なんかよしませうよ。産業組合をあまり応援してゐると、町がさびれてしまひますよ』

そんな話から、折角、東助が開いた、浦里村購買組合の鮮魚部は、十日経たないうちに、中止することにきまつた。併し、産業組合の理想が、漸く解つてきた東助は、沈黙したまゝ家を抜け出し、すぐ自転車に乗り、浦里村まで飛ばした。そして、組合長の松下富太郎の家を訪れた。

恰度その日は、選挙の開票日であつた。松下富太郎が、大谷初蔵を蹴飛ばして、県会議員に当選したといふので、村はでんぐり返るほど、大騒ぎをしてゐた。

悪い処へきたとは思つたが、一言、松下の耳に入れてをかうと、祝宴の開かれてゐた処を、無理に玄関まで出て貰つて、事情を話した。すると松下は、すぐ、こんなことをいつた。

『藤井亭でやつてくれなければ、こちらでやるよ。資本金はこちらで出すから、君、働いてくれんか？　条件は、今まで通りにして、月給三十円のほか、売上高の何歩かを、賞与として、君にあげることにしよう』

それだけいつて、松下は、奥へ入つてしまつた。

成るほど、要領は、それでいゝけれども、ゆつくり話すことに馴れてゐる東助は、一分間と経たぬうちに、話がきまつたので、あまり飽気なかつた。彼は、もう一度松下を呼出して、その話に間違ひないかを、きゝ質さうと思つた。

で、彼は十分間くらゐ、玄関に立竦んで、もじもじしてゐたが、出入りする人々は、少しも、彼に注意してくれなかつた。

『時が悪い。また、明日にでも出直さう』

と思つた彼は、すぐ、また上田に引返した。

兄と弟

上田市に帰つたのは、午後十一時過ぎであつたが、今夜もまた、遅くから宴会があつたと見えて、店にも、座敷にも、電燈が、あかあかついてゐた。

彦吉は、ほろ酔ひ加減で、台所の長火鉢の前に坐つてゐた。彼は、すぐ、東助を、自分の側に呼寄せた。

『おい、東助、お前、養子に行くか？　さつき、お前が出てから、すぐ春駒さんの抱へられてゐる、鶴家のおかみさんが見えてなあ、お前をぜひ養子に貰ひたいというてきたが、どうするかい。あそこは身代も五万円くらゐあつて、二流の芸者屋だが、お前が、芸者屋でもよければ、わしは賛成するよ』

東助は、無言のまゝ、返事もせずに坐つてゐた。兄の彦吉は、長い煙管に刻煙草を詰めながら、

『おい、東助やい、どうするかいつてやい。こゝの親爺さんも大賛成で、お前が、あんな金持の家へ貰はれて行けば、いざといふ時に金を廻してもらへるからといつて、喜んで居つたよ。全くいゝ運が廻つてきたんぢや。お前は、もう、山へ行つて炭焼きなどしなくとも、店に坐つて帳面さへつけてをれば、毎月千円なり千五百円なり、お金が転がりこんでくるんぢや。どうぢや。いかんか？』

東助は、ざん切り頭を、ひとつ撫上げていつた。

『兄さん、私は、福島県に帰りたいと思つてゐるんです。もう少し産業組令を研究して、あの疲弊した村を、更生させたいと思つてゐるんです。残念ながら、養子の口は断ります』

兄の顔は、見る見るうちに変つた。

『馬鹿野郎！　お前は、食ふものがなくなつて、磐梯山の麓から、乞食しながら、上田まで出で来たんぢやないか。うちにきたばかりに、五万円も身代のある家から、養子に来てくれといつて申込があつたんぢやから、素直に、その家の後嗣になつたらどうぢや。そしたら、それを資本にして、困つた家の人をいくらでも助けてあげられるぢやないか』

鮮魚藤井亭と書いた印絆纏の上に帯をしめた東助は、大理石の彫刻物のやうに堅くなつてゐた。いくら、金銭で誘惑しても、彼の石の如き精神を動かすことは出来なかつた。

『五万円でも、十万円くれても、私は芸者屋の養子なんかになるのは、嫌ひです。人を堕落させて儲けた金は腐つてゐます。私は貧乏しても、真直な道を踏みたいんです』

さう言つてゐる処へ、義母が出てきた。彦吉に向ひ、

『どうするつて、言つてゐるの？』

『東助は、厭だと言つてゐますよ。こいつは馬鹿ですからね。田舎者は仕方がない』

一たん、床に入つてゐた彦吉の義父も、のこのこ、縕袍(どてら)をひつかけて、長火鉢の処までやつてきた。

『すると、なにかい、東助は芸者屋が嫌ひだつていふんかい？　先方では、春駒さんと娶せてもう芸者屋をやめてもいゝ、早く仕舞屋になりたいと言ふてゐるんだから、東助がうんといへば、先方も喜ぶがなあ』

東助は、相変らず黙つてゐた。彦吉は、東助の沈黙が、よほど癪にさわつたらしかつた。

『おい東助、なんとか返事せんかい。いやなら、いやと、はつきり言へよ』

『厭です。私は、産業組合を勉強して、もう一度磐梯山の麓に帰るんです』

『なに、生意気な！』

そういふなり彦吉は、そこにあつた、燐寸の軸の入つた箱を、東助に投付けた。しかしまだ、それでも痛癪玉が鎮めきれないので、立上るなり、東助の頬ぺたを劇しく殴りつけた。

『兄貴が、これだけ心配してゐるのに、少し柔順になれよ、先方は芸者屋をやめてもいゝ、お前のしたい商売をさしてやると言つてゐるのに、どこが悪いんだ。人の好意といふものは、受ける時に受けぬといかんのぢや』

東助は殴られても、眉さへ動かさないで、至極落着いてゐた。

『兄さん、あなたの御親切はよく判ります。しかし私は、一身の出世や成功を、頭に置いてゐません。私は、耶麻郡が救ひたいのです。いや、東北の饑饉に悩んでゐる地方を救ひたいのです。それで、私は、都会にむ

く人間とは思つてゐないんです』

東助は坐つたまゝ、兄の顔を見上げた。

『だから、田舎者は仕方がないんだよ。現に五万円が、そこに落ちてゐるんぢやないか。あのお女将さんが死んだら、五万円はお前のものぢやないか。それに嫁になつてくれる春駒さんは、上田の検番でも、一番の美人ぢやないか。馬鹿だなあ、わしだつたら、すぐにでも、承諾するよ……こんな変人にかゝつたら叶はんなあ。お前は、産業組合、産業組合といふが、すると、まだお前は、産業組合の鮮魚部でもやるつもりか』

『え、……』

東助は明瞭に答へた。兄の彦吉は、その簡単な答が、非常に癪にさわつたと見えて、

『貴様は、この藤井亭を潰してしまふつもりなんだな。よし、お前が、さういふ了見なら、俺にも考へがある。貴様はすぐこの家を出て行つてくれ。俺は、お前のやうに、個人商店の営業を潰しても構はない、産業組合だけ繁昌させればよいといふ声に、賛成出来ないんぢや』

さういふなり、右足で東助の左の頬ぺたを思ひきり蹴飛ばした。しかし東助は、そこにぶつ倒れても、少しも反抗しなかつた。彼は静かに坐り直して、藤井捨一に叮嚀に挨拶をした。

『おぢさん、いろいろ御世話になりました』

さう言つて、また彦吉の義母に、同じやうなことを言つて、お辞儀をした。すると、このは、二三尺、東助の方にすり寄つた。

『あんたは、これから、どこへ行くの？　ぢやあ、先方の話は、もう断るんぢやな。あなたも、ほんとに馬鹿ぢやなあ。五万円の金が、あなたの懐に転がりこんでゐるのに、ほんとに馬鹿ぢやなあ。これから、どこへ行くといふの？』

庭へ下りかけた東助は、俯向いたまゝ、小さい声で答へた。

『これから、西方の浦里村へでも行かうと思つてゐるんです』

それを聞くなり、彦吉は、跣足のまゝ庭に降りて、東助の胸倉を掴まへた。

『お前は、飽くまで、兄貴に反抗するつもりか！　お前が、産業組合でどしどし魚をやり出したら、うちの店が潰れてしまふぢやないか。馬鹿野郎！　俺は、貴様が浦里村の産業組合へ行くのは反対ぢや。今夜は、うちに寝ろ。そして、わしのいふことを聞かなければ、福島県へ帰れ？　お前が上田に居つたら、邪魔になる！』

その時。今までおとなしくしてゐた東助は急に声を荒だてた。

『兄さん、あんまりといへば、余りですね。あなたが、出て行けつていふから、出て行かうとすると、こんどは、私が上田に居ると邪魔になるといふのは、どういふことですか。あなた達は、自己の繁栄ばかりを考へて、日本国家の繁栄なんか考へてゐないんですね。今は国家の非常時ぢやないですか。私は、五万や十万の目腐れ金で、男の顔を潰されたくない。私は男です。あなたは私の顔を、その足で、よく蹴飛ばしましたね』

『おゝ、蹴飛ばした！　もつと蹴飛ばしてやらうか！』

さういふが早いか、兄は柔道の手で、弟をそこへ投付け、右足で、東助の頬ぺたの上をぎゆうぎゆうと踏みつけた。

そこへ裏口の戸を開けて入つてきたのが、左褄（ひだりづま）をとつた春駒であつた。

『おや、兄さん、なにしてるの、あなたは誰を、そんなに踏みつけてゐるの？………おや、それは東助さんぢやないの！』

『いや、こいつは生意気ですから、少しこらしめてやらぬといかんですよ』

東助は、倒されたまゝ、少しも反抗しないで、続けて地べたの上に横たはつてゐた。

『兄さん、酷いわ。東助さんは、うちの養子さんに来てくれる話が、進んでゐるぢやないの』

さう言ひながら、春駒は左褄を帯の間に突込んで、両手を伸ばして、東助を引起さうとした。

『おや、この人は重い人！　さあ、起きなさいよ、東助さん、あなたも日本男子ぢやありませんか。あなたも負けてゐないで、兄さんを投げ倒しておやんなさいよ、おほゝゝゝ』

『兄貴一人位投げつけることは、何でもないですがなあ。私は平和主義ですから、兄貴に反抗したくないんです』

さう言ふなり、東助は、顔についた土を振り落さうともせず、すつと表に出てしまつた。

春駒は、東助のことが気にかゝつたので、

『東助さん、あなた、どこへも行かないでせうね。私は、あなたに話したいことがあるから、ちよつと待つてゐて頂戴よ』

さう言つて、東助を待たしておいて、兄の彦吉に尋ねた。

『うちのおかあさんが、夕方にお伺ひしたでせう？　どう決まりましたの？』

『いや、それなんですよ。東助は、どうしても、お家に行かうといはないんです。それで、こらしめてやつたんです』

彦吉は、両腕を懐の中に突込みながら、さう言つた。

『あゝ、そんなことですか！　そんなら私にいふて下さつたら、よかつたものを、東助さんは、あんな堅い人ですからね、私が芸者をしてゐる間は、どうしても厭でせう。それで私も、明日限り、芸者をやめようと思つてゐるんです。今夜はね、それを言ひにきたんですよ』

『えゝ？　あなたは、それぢやあ、芸者をやめるんですか？』

彦吉は、びつくりしたやうな顔をして尋ねた。

『えゝ、私は、もう芸者がいやでいやで仕方がなかつたんですから、明日警察へ行つて、廃業届を出してくるつもりなんです』

彼女は入口の硝子戸に手をつけて、やさしい声で言つた。

『お休みなさい、またお伺ひしますわ』

硝子戸を静かに閉めた春駒は、すぐ東助の側に近づいた。

ゴム靴を履いた男

『東助さん、これから、あなた、私の家にきて下さらない？　一度うちのお母さんに会つて下さつたらいゝでせう？　そりや、ほんとに、いゝ人なのよ』

東助は、沈黙したまゝゆつくり歩き出した。

『あなた、これから何処へいらつしやるの？』

『私はね、浦里村の産業組合へ行かうと思つてゐるのです』

『こんなに遅いのに……明日になすつたら、どう？　私、今夜、ぜひ、あなたに聞いて貰ひたいことがあるのよ』

あまり、春駒がやさしく言つてくれるので、さすがに、意志の強い、田舎育ちの東助も、彼女の要求を、無下に退けることも出来なかつた。

彼は、印絆纏にゴム靴を履いたまゝ帽子もかぶらずに、春駒の後をついて、鶴家まで数丁の道を歩いた。その間、彼は沈黙勝ちだつたが、彼女は東助を慰めて、こんなことを言つた。

『そらね、町の人は、みな慾張だから、産業組合の必要は判りませんよ。私だつて、こんなに落ちぶれてしまふ迄、わからなかつたんですからね。私には、あなたが、産業組合を研究しようといふ気持がよく判つてよ。あなたが、産業組合の鮮魚部を引受けておやりになるのは、随分いゝと思ひますわ』

あまり解つたことを春駒がいふので、東助は、芸者の中にも賢い女があると思つて感心した。

鶴家は、門構から風流に出来てゐた。玄関までの内庭には、斜に飛石が置いてあつて、門を入ると、すぐ灯のともつた燈籠が据ゑられてあつた。その傍に、青い竹の株が残つてゐた。

春駒は、東助に、表玄関から入れと励めたけれども、遠慮勝ちな彼は、いつも刺身を配達してくる時に出入りをした勝手口から、静かに入つた。

東助の顔を見るなり、鶴家の女将は大喜びで、

『まあ、東助さん、よく来てくれましたね』

と、黄色い声を張上げて、眼尻に沢山の皺をよせた。

長火鉢の前

鶴家の女将のお竹は、絹布団を隣の部屋から持出して、長火鉢の前にそれを敷き、東助を、そこまで上つて来い、と手招いた。

『東助さん、兄さんから話を聞いてくれましたか?』

東助が、ゴムの長靴を脱いで、長火鉢の前に坐ると、お竹はすぐ、さう尋ねた。

春駒は、一度は奥へ入つたが、またすぐ傍に坐り込んだ。

『聞きはしましたが、私には、資格がないですよ』

東助は、さういつて、柱にかゝつてゐる暦を凝視した。

『ふゝゝゝ。資格つて、東助さん。それは何の資格ですの?』

お竹は、綺麗に結つた丸髷の鬢を、上に撫上げながら、東助の横顔を見つめた。

『私は、こんな田舎者ですし、金に縁がありませんでね、わはゝゝは』

東助は豪傑笑ひを一つ洩らした。その無邪気な気持が、よほどお竹に気に入つたと見えて、彼女は春駒に向つて言つた。

『お春さん、あなたが、この人に惚れるつていふのはほんとぢやなあ。こんな無邪気な人、私、知らんわ。この人だつたら私も惚れるわ』

さういつたお竹の言葉は真実であつた。お竹は、十二の時に半玉に出されてから、花柳界の酸いことも甘いことも、みな嘗めつくして、つい半年前、彼女の旦那であつた大きな製糸家の主人が死ぬまで、五人の男の妾として、随分苦労してきた女であつた。もう五十に近かつたけれども、生れつきの美貌で、おめかしをしてゐると、三十歳ぐらゐにしか見えなかつた。男縁の悪い女で、落籍(ひか)されて妾になると、その家が潰れたり、旦那が自殺したり、十年と続けて一人の男に囲はれてゐたのは、最近死んだ男が初めてゞあつた。それで彼女は、男を見る目に肥えてゐた。

『東助さん、あなたは、うちが芸者屋をしてゐるので、それで嫌ひなんでせうが、春駒さんが、明日廃業届を出したらば、うちはもう今抱へてゐる二人の妓(こ)も、よそへ片付けて、何か気楽な商売をしようと思つてゐるんですわ。それで、あなたがもし気が向いて、春駒さんと一しよになつて、年寄の私を世話してくれるなら、私は、この家も、少しばかり銀行に預けてある金も、あなたに自由にして貰はうと思つてゐるんですよ』

柱の暦から、電燈の傘に視線を移してゐた東助は、どす太い声でいつた。

『おかみさん、あなたも余程変人ですなあ。こんな田舎者に商売させたところで、損ばかりしますぜ。もう少し気のきいた人を、養子に貰つて下さいな』

それから、数分間、押問答があつたけれども、東助は、どうしても養子にならうとはいはなかつた。

それで春駒は、初めてお女将さんに振向いていつた。

『おかあさん、東助さんはね、ほんとに感心な人でしてね、どうしても、自分の故郷の磐梯山の麓の村々を救ひたいといつて居られるんですの。なんでも、よほど村が疲弊してゐて、最近などは、食物のない家が、沢山あつたんですつて』

『さうかね、そりや可哀さうね。そして、それを助けるには、どうするの？』

『東助さんは、産業組合を村々に興して、みんなの力でよくしようといふ考へを持つてゐられるんですわ』

産業組合といふことを初めて聞くお女将さんは、まだ合点がいかなかつた。

『産業組合つていふのは、そんなに村の人を助ける力があるんですか？　どうして助けるの？』

春駒は、越後で経験した自分の村のことをお竹に話した。

『おかあさん、それ、国定忠治は、大名が威張るのをおさへつけて、村々の困つた者を助けたでせう。産業組合つていふのはね。その国定忠治のやうに、みんなが助け合ひの気持で一しよに働いて、村の一番困つてゐる人を助けて、金持には儲けさゝぬやうにしようつていふんですよ』

お竹は吸ひかけてゐたシガレットを、灰の中に突差して、昂奮した口調でいつた。

『すると、東助さんは、今国定忠治といふところなの？　えらいんだね』

産業組合のことは知らないけれども、国定忠治のことをよく知つてゐるお竹は、春駒の説明で漸く、合点がいつたらしかつた。

『ほんとだね。今の金持は、あんまり威張りすぎてゐるわね。ほんとだ、ほんとだ。国定忠治が出て来て、困つた人を助けないと、日本の貧乏人は救はれません。そりや、私だつて、今日まで、金がないために、どれだけ苦労したか判らんからね。東助さんが、今国定忠治になつて、人を助けるつていふのは、いゝ考へだわ。春駒さんが、東助さんに目をつけるのは、尤もだわね』

お竹は、ひとり感心してしまつて何を感じたか。袖口で両眼の涙を拭きだした。

『お春さん、あなたはいゝ人を見付けたもんだね。こんな人が日本になけりや、日本は暗闇になりますぜ。うちも、芸者屋をやめるついでに、身代そつくりを、今国定忠治に使つて貰はうぢやありませんか』

さういつたお竹は、すぐ、東助に向き直つていつた。

『東助さん、あなたは、私等が永年芸者屋をしてゐたから、心も髄も腐つてしまつてゐるとお思ひでせうが、年はとりましても、まだ日本の国のことを思ふ大和魂が、少し残つてゐるんですからね。お国のためなら、身代の全部は勿論のこと、この命も全部投出すくらゐの勇気は、ありますんですよ。私は、今迄大勢の金持衆に交際つてきましたが、私は侠客好みですからね、金持が威張るのが、癪にさはつて仕方がなかつたんですの。今、春駒さんから、あなたが貧乏人の味方になつて、国定忠治の仕事をしてくれるといふのを聞いて、私は、生れ変つたやうな気持がしますわ。今までの罪の償ひに、せめて、この家の身代を、さうした人に使つて貰へると、お金が生きてきますね』

東助は、その言葉を聞いて、目頭が熱くなるのを覚えた。

芸者屋のお女将などいふものは、畜生か鬼のやうなもので、魂も理想もないものだと彼は思つてゐた。それが、侠客の精神をよく呑みこんで、困つた者のために、財産は勿論のこと、命を投出しても惜しくないといつてくれるのが、ほんとに嬉しかつた。世の中は、こんな人もあるので、たつて行くのだと思つた。やはり、善人を、神は決して捨てないと彼は心の中で天に感謝した。

彼の後に懸つてゐる柱時計が、十二時を打つた。

『おや、もう十二時だわ。東助さん、あなた、うちに泊つていらつしやいよ』

春駒は、さういつて、すゝめた。しかし東助は、それに賛成しなかつた。

『ぢやあ、あなたは、これから藤井亭へ帰つて寝るの？』

『いや、明日の手筈もあるので、浦里村まで、今夜中に行かうと思つてゐるんです。うちの方は追ひ出されちやつたんですからね』

お竹は、それを聞いて、不思議さうに尋ねた。

『そりやまた、どうしたの？　東助さん』

『いや、私がね、産業組合をどうしてもやると主張するものですから、兄貴が怒つてしまつて出て行けつていふんです』

春駒は傍から、笑ひながら、その言葉を修正した。

『それに、あなたは養子に来るのも厭だといつたんでせう？　おほほゝゝ、兄さんは、あなたを鶴家の養子にしたいのね……あなたは、どう決心をつけなさいました？』

『もう少し修業さして貰ひませう』

『ぢやあ、あなたは、私を嫌ひ？』

東助は笑ひ出した。

『嫌ひつていふんぢやないけれど、私には少しあなたが、勿体なさすぎますよ。わはゝゝゝ』

お竹も、笑ひながら尋ねた。

『ぢやあ。東助さん、うちは嫌ひ?』

『うちつて、芸者屋ですか? ふゝゝゝ』

『そりや、芸者屋は、あなたは嫌ひにちがひないが、このお竹を、あなたは嫌ひ?』

『大好きですよ、私は、だけれど、若い時から金を持つと、人間は黙目になりますからなあ。私は金と結婚したくないんです』

青年は立上る

東助は立上つた。

春駒は、慌てゝ、彼の着てゐた絆纏の裾を捉へた。

『どうしても、泊つて行つて下さいませんの? ぢやあ、私は、あなたについて行くわよ』

『僕は自転車ですよ』

『私を、自転車の後に乗せて行つて下さいよ、おほゝゝゝ』

『どこまでも、僕について来るつもりかね』

『さうなの。私は、地獄へでも、あなたについて行くつもりなのよ』

『困つたなあ……しかし、もう遅くなりますから、僕はこれで失礼しますよ』

ていねいにお辞儀をした東助は、静かに裏口から出た。すると春駒は、また庭に下りて東助をおつかけた。

『ちよつと待つて下さいよ。私はね、今夜ね、ぜひ、あなたに、話したいことがあるんですの』

さういつて、彼女は女将の方に振向いて尋ねた。

『おかあさん。私、ちよつと東助さんについて行つてきますから、おやすみになつてゐて下さいね、行つてきてもいゝでせう？』

そこは、芸屋の女将だけあつて、要領がいゝ。

『いゝですとも、いゝですとも、よく二人で話を決めていらつしやい。風邪をひかないやうにね』

さういつて、お女将さんは奥へ入つた。東助は、春駒と二人並んで、踏切を越え、西へ西へと歩いた街路には、軒並に電燈がついてゐるばかりで、猫の仔一匹通つてゐなかつた。

空も曇り模様で、星の一つも見えなかつた。更け行く秋のつめたい空気が、肌を刺すやうに感ぜられた。

東助には、まるで、すべてが夢のやうであつた。我ながら不思議でたまらなかつた。春駒が熱心になればなるほど、彼は冷静になつた。

『東助さん。あなた、どうしても、うちへ養子に来て下さらないの？』

さういつて、彼女は、東助の手を握つた。

『だつてね、僕はどうしても、福島県の困つてゐる村を救ひたいと思つてゐるから、養子にはなりたくないんですよ』

『ぢやあ、あなたは、私と結婚して下さる意志は無い？』

『そんな様子ぢやあ、百姓は出来んからなあ』

『してよ。私、喜んでするわ。だつて、私は上田に来るまで製糸の女工をしてゐたんですもの。私は、上諏訪の岡谷にも、十四の時から、続けて三年もゐたことがあつてよ。私は度々あなたにいつてゐるぢやないの、越後の私の家も困つてゐるから、あなたの気持もよく解るつて。鶴家のおかみさんが、私を子の様にして可愛がつてくれるものですから、私は、あなたに、あそこへ養子にきて欲しいんですけれども、あなたが賛成なさらないのでしたら、私は、あなたが産業組合の研究をお済ませになるまで、もう一度女工になつてもいいのよ』

『そんな勇気があるかね、君に――』

『私の気持が、あなたに解らないのか、ほんとにくやしいわ。東助さん、私はね、気楽に暮さうと思へば、百万長者の旦那が落籍さしてやらうと、つい此の間もいつて下さつてゐるんだし……そのお方は、去年奥様がお亡くなりになつて、独りぼつちでいらつしやるから、私を正妻として籍に入れてもいゝというて下さつてゐるんですけれども……私は、あまり好きでもない人の処へ銭金に目がくれて、ひかされて行くのは厭ですからね。だから、こんな勝手なことをいつてゐるんぢやありませんか。あなたは、芸者といへば、みんな堕落したやうに思つてゐられるんですか？　私は、今まで、芸者を三年もしてゐましたけれども、身体を売つたことはありませんよ。そりや、好きな人もありましたから、絶対に私は、清い女だとはいひませんわ。しかし、その人が奥様を貰つて、身をお固めになつてから、私は意地にも私の貞操を破つたことはないんです。私は、男の人が芸者を見れば、みんな売笑婦のやうに考へられるのが、くやしくて仕方がないんですよ。そりや芸者の中にも、売笑婦のやうな生活をしてゐる人もありますよ。しかし、それは三味線の一つも弾けない妓が堕落してするんでしてね。少し、腕のある妓でしたら、すぐ評判になりますから、そんなに堕落は出来やしませんよ。それに近頃の娘たちは、新聞や雑誌をよく読みますから、頭も進んできましてね、昔のやうなことはありませんよ。私なども家の借金を払ひたいばかりに苦労してゐるんでして、私の本心は、一生、あなたのやうな健気な人と一しよになつて、村の産業組合運動にも参加したいんですわ。三年でも五年でも待ちますから、どうか私を生き甲斐のある者にして下さいな』

さういふ春駒には、芸者とは思はれぬほどの熱心さがあつた。

『わかつた。あなたの心がよく解りましたよ。春駒さん……あなたの本名は、榎本鈴子さんでしたね、もうこれから、僕に春駒さんといふのを止して鈴子さんと呼ばして下さいね……』

その時、角のカフエから出てきた三人連の洋服の紳士が、こちらにやつてきた。

東助と春駒、二人は、脇見もしないで、そこを通り抜けようとした。三人の紳士は、みな相当に酔うてゐると見えて、なかなか真直ぐに歩けなかつた。その中でも、背の低い、マントを着た丸顔の青年紳士は、ぐでんぐでんに酔うてゐて、他の二人の背の高い男に、両腕を支へて貰つて、足を浮かしてゐた。

しかし、酔うてゐる眼にも、春駒の姿がうつつたと見えて、摺れ違ふ瞬間、背の低い酔つ払つた青年紳士は、大声に怒鳴つた。

『おい、春駒！　今頃、どこへ行きよんのぢや』

さう呼びかけられたけれども、春駒は、素知らぬ顔をして、行きすぎようとした。すると、支へてゐた背の高い男の一人も春駒を知つてゐると見え、彼女に声をかけた。

『今晩は、春駒さん、これから、どこへ行きよるの？　いゝ男の処へでも行きよるんかい』

しかし春駒は、その二人が誰であるか知らなかつた。

そこへ、もう一人の青年が、角のカフエから、飛出してきた。その男の後から、女給が出てきた。

『真田さん、よして頂戴よ、ほんとに、返して頂戴よ、その指輪を！』

と、女給は、黄色い声で叫んだ。

『一晩貸せよ、一晩』

と、いひながら、その青年は、三人の男の群に入つた。

その瞬間、春駒は身慄ひして立竦んだ。後から出てきた青年は、上田の遊廓荒しで有名な不良青年のパルチザン事真田だつた。彼が、今日まで、鶴家から巻上げた金だけでも、少しではなかつた。

彼は、春駒の有ること無いことを種にして、毎月のやうに、彼女をゆすつてゐた。彼は『夜の信州』と称する旬刊新聞を編輯して、恐喝専門にやつてゐる男であつた。

真田益吉は、春駒の顔を見るなり、大声で怒鳴つた。

『こら春駒、この間の事件、どうした！　中泉君は、ぜひ、俺に、お前に会つて、話をきめてくれといつて居つたが、今夜はいゝ処で会つた。あの話を決めてくれよ』

東助は、きまりが悪かつたので、五、六間先まで進んで、電信柱の陰でぢつと見てゐた。すると真田は、また大声でいつた。

『お前も、強情な奴ぢやなあ。中泉の大将があれだけお前に惚れとるんぢやから、頭を振らないで、落籍して貰へよ。そしたら、わしは、一万円くらゐ貰へることになつとるんぢやがなあ。まあ、今夜は、とにかく、新聞社まで来てくれんか』

『今夜は、あまり遅いですから、また、お話は、明日にでもさせて頂きますわ』

『なに、いつてるんぢや。知つてるぞ。春駒、わしは新聞記者だぞ。お前は近い中に店をしまうて、商売換へをしたいといつてるさうぢやないか。慾のない奴ぢやなあ。百万円の身代がいらんのか……まあ、兎に角、きてくれよ』

といつて、いきなり、真田は、春駒の長い袖を掴んだ。そして今まできた反対の方向に、春駒を引摺つて行つた。彼女は、二三度、後を振向いたが、声を出すと悪いと思つたのか、掴まへられた泥棒のやうに、すごすごと歩いてゐた。

東助は、彼女のことが気にかゝつたので、一丁程離れて、彼等の後を、そつとつけた。春駒がしきりに、哀訴してゐる様子だつたが、何を思つたが、真田は、急に、懐中から、短刀を坂出して、それを逆手に持つた。

『ついて来なかつたら殺すぞ。お前の命は、もう俺が貰つたんだ!』

東助は、印絆纏のまゝ、跣足になつて、そこへ駆けつけた。そして聯隊に入つてゐる時に練習した柔道の覚えがあるので、いきなり背後から、真田に飛付き、彼の短刀を持つてゐる手を、ぐつと握りしめて、すぐ短刀を奪ひとり、遠くの方に投捨てゝしまつた。

すると真田は、腰のピストルを捜した。で東助は、そのまゝ彼の両腕の上から抱きついて、わざと一しよに転んだ。そして大声に、春駒にいつた。

『春駒さん、早く逃げなさい!』

しかし、春駒は逃げようとはしなかつた。却つて接近してきて、東助にいつた。

『あまりひどい目に遇はさないやうにして下さいね、両方に怪我があつたら悪いから』

恰度そこへ、自動車が通りかゝつた。そして、もし春駒が合図をしなかつたら、二人とも、少しの差で轢殺される処であつた。車掌が下りて来た。真田も破戸漢だけあつて、なかなか喧嘩に強い。しきりに、はね起きようとした。しかし、どうしても大男の東助を跳ね返すことが出来なかつた。

その騒ぎに近所の者も起きて来た。警察へ電話を懸けるものもあつた。三人の酔払ひの連中もそこへやつとのことで着いた。近くの交番から、巡査がやつてきた。それまでに東助は肩を真田に噛みつかれ、足の先で鼻を蹴られて印絆纏一面に血がついてゐた。――巡査は、真田をよく知つてゐると見えて、

『うむ、こいつか。こいつは、うんと殴つてやつてくれ』

といつて、東助を応援する形になつた。しかし、巡査がきたので、五分間以上真田を捩伏せてゐた東助は、男らしく敵をゆるしてやつた。

『おい、これから、短刀で弱い女なんぞを苛めるなよ。お前のやうな弱味噌に苛められるやうな奴ばかりぢやないんだから』

さういつて、東助が立上ると、真田は余程癪にさはつたと見えて、また東助を殴りにきた。それを巡査が中に入つて、とにかく二人を警察に連行した。

しかし、警察では、すぐ真田を釈放した。そして却つて、印絆纏を着てゐたばかりに、東助を怪しいとにらんで、拘留処分に処してしまつた。

鬼ごつこ

生れて初めて、警察の監房に入つた東助は、貧乏人が如何に矛盾した世界に住んでゐるかを、よく理解した。をかしくつて涙さへ出て来なかつた。寄生虫のやうな真田は、洋服を着てゐたばかりに釈放せられ、真

裸一貫になつて、村の産業組合のために努力しようとする愛国者が、却つて、迫害されるかと思ふと馬鹿らしくて、開いた口が塞がらなかつた。

——これだから、警察官をも、協同組合の理想をもつて教育しなければならない、と彼は痛切に考へた。

その晩東助は、泥棒した朝鮮人と一しよに寝た。彼は一枚の煎餅布団を折畳んで、その中に横たはつたが、どうしても眠ることが出来なかつた。

——なるほど、かうした処から、却つて叛逆的な精神が生れるのだな、と彼は思つた。そして彼もまた叛逆的に傾きたがる感情を押へて、その日一日の中に起つた出来事を考へ直してみた。考へ様によれば、磐梯山の麓で茄子と蝗(いかご)ばかりを食つて苦しむより、監房で静かに寝る方が、遥かに暢気だと思つた。

——さうだ、さうだ。飢餓に苦しむより監房の方がずつといゝ。しかし、そこまで農村が疲弊すれば国家は危いのだ。一日も早く、監房を厭がる人々の増加する世界を作りたいものだ。

そんなことを考へた東助は、傍に朝鮮人が安らかに鼾(いびき)をかいて寝てゐるのを見て、産業組合の世界と犯罪との関係を瞑想した。

——産業組合の発達した国には、泥棒がない筈だ、だつて盗む者は結局自分の物を盗むんだし売りに行つた処で、怪しげなものとして買うてくれないだらう。凡ての商品は、生産組合や利用組合で、一纏めに取扱はれるから、泥棒するほど馬鹿らしいことはなくなるだらう。産業組合が発達した日には、結局泥棒するだけ損をするのだと彼は考へついた。間もなく彼は、深い眠りに陥つた。

翌日許してくれるかと思つてゐたら、その日も、彼は、監房の中に繋がれた。

『旦那、なぜ、私は、こんなに長く拘留せられるのですか?』

と巡査に訊くと、

『お前を、まだ取調べる必要がある』

と簡単に答へて、それ以上は云つてくれなかつた。

三日目の朝、やつとのことで彼は監房から出された。何だか、狐につまゝれたやうな気持で表に出ると、人生といふものか滑稽に見えて仕方がなかつた。彼は口の中で、独言をいつた。

『……人生といふものはまるで、鬼ごつこをしてゐるやうなものだなあ』

彼が、藤井亭に顔を見せると、兄の彦吉がびつくりして、どもりながら尋ねた。

『やい、東助、春駒さんを、どこへ連れて行つたんだ。やい、一昨日の夜から行方不明になつたといつて、鶴家では大騒ぎをしてゐるぢやないか』

『え？　そんなこと、ないはずだがなア。俺が、真田つていふ破戸漢に苛められてゐる春駒さんを助けてやつたので、かへつて、警察まで連行されたんだが、その時は、警察署までついてきてゐたがなあ。俺がこんな風をしてゐたんで、ルンペンに間違へられて、二晩拘留せられたんだよ。だから、もしかするとまた、あの真田に、どうかせられたか判らんね』

彦吉は、東助のいつた通り、鶴家に電話を掛けた。それで、騒ぎは、更に大きくなつた。

素跣足（すはだし）

春駒の拐帯（かいたい）されたことを、新聞は大きく書いた。そして、可哀さうに罪も何もない田中東助を裏面の人物であるかのやうに書き立てた。妙なもので新聞がさう書くと、鶴家のおかみさんまでが、東助を疑ふ口吻（くちぶり）を洩らし、兄の彦吉は勿論のこと、藤井亭の主人夫妻までが、東助を悪漢扱ひにした。とんだことになつたと思つた東助は、上田附近にゐないことが一番よいと思つたので、東京へ出て消費組合の研究でもしようといふ気になつた。しかし旅費は持つてゐなかつた。浦里村へ行つて産業組合の組合長に話せば、旅費ぐらゐの融通はつけてくれると思つたけれども、新聞の記事が気になつたので、その方へ行く足が、しぜん鈍つた。

『えい！　またルンペンの群に投じてやれ』

さう覚悟した東助は、そのまゝ家を飛出した。町外れで下駄の緒が切れたので、思ひ切つて跣足になり、下駄を片手に持つて、寒さの浸込む砂利道を破れ足袋のまゝ東へ東へと歩いた。懐には七十二銭の金が残つてゐた。それだけあれば、蕎麦を食ひながらでも東京に着けるといふ自信があつた。

すべてが殆ど夢のやうであつた。『女難といふのは、こんなことをいふんだな』と繰返し繰返し頭の中でこの数日間に起つた出来事を思ひ浮かべながら、小諸の方へ歩いた。破戸漢の恐ろしいこと、新聞記事のあてにならぬこと、産業組合の無力なこと、資本主義の強いこと、人間の性質の曲つてゐること……それから磐梯山の麓で、親兄弟が食物がなくて困つてゐること……など悪夢に襲はれたやうな気持で歩きながら考へた。小諸に着いたのは八時過ぎであつた。もう足が疲れて歩けなかつた。宿屋にとまるには金は無し、新聞記事が効いてゐると思ふので、警察へ行く勇気はなし、さればといつて、普通の民家へ飛込んで、宿を貸してもらふだけの元気はなし、寺でも探さうと、山の方へ歩き出した。三丁ほど上つたところに、キリスト教の教会堂があつた。電燈があかあか灯つて、讃美歌の声が荘重に聞えてきた。

『あゝ、さうだ。キリスト教の先生に頼めば、或ひは今夜寝かしてくれるかも知れない』

さう思つて、重い足をひき摺つて、玄関まで入らうとすると、入違ひに鳥打帽を冠り、シヤツの上にすぐ上衣を着てゐるルンペン風の男が、内から出て来た。いゝ友達がきたなと思つたので東助は彼に尋ねた。

『君、僕は、こゝの先生に会ひたいんだがね、会つてくれるだらう?』

さういふと、背の低い男は、両手をポケットに突込みながら、東助の顔を見つめて云つた。

『君もルンペンか?、君はどつちへ行きよるんだ。俺は今日、長野から来たんだが、君はどこから来たんだ?』

それで東助は、東京へ向つてゐることを話した。

『さうか、僕もこゝの牧師に頼まうと思つて、さつきから待つてゐたが、仲々済みさうもないので出て行くところなんだよ。二人で散歩して来ようぢやないか、そのうちに済むだらう』

いゝ連れが出来たと思つたので、東助は、背の低い男と肩を並べて、教会の敷地を出た。そこへ、年頃十八九の眼の大きな背のすらりと高い、お下髪の娘が坂を上つてきた。彼女は摺れ違つて教会の方へ行かうとしてゐるので、背の低い男は、すぐ彼女の後を追つた。

『私はルンペンですがね。今日一日まだ飯を食つてゐないんです。すみませんが、あなた、私に飯を食ふだけのお金を恵んでくれませんか』

さういふと、彼女はすぐ踵を返して、街路へ出てきた。

『あなたにはお連れがあるんですね……それぢやあ、私についていらつしやい。私の家はすぐそこですから、お母さんにいうて、お茶漬でも差上げませう』

まるで、親類の人を歓迎するかのやうに、彼女は二人を連れて、坂を降つた。三町ぐらゐ歩いて、彼女は左側の眼科医院の扉を開いた。

『こゝですから……どうぞお入り下さい』

二人が庭に入ると、お下髪の娘は奥へ入つて行つた。そして、上品な、彼女のお母さんと思へる人が出てきた。

『朝から何も食べていらつしやらないんですね。何もありませんけれど、お茶漬でも差上げませう……まあ、そんなところに立つてゐないで、お上りなさいましよ』

さういつて、お母さんは奥へ入つて行つた。背の低い男は、小さい声で囁いた。

『おい、今夜、こゝで泊めて貰はうか？……僕一人ぢやあ信用がねえが、君が上品な顔をしてゐるから、歓迎してくれるんだぜ』

おしやべりの彼は、余計なことをいつた。

お下髪の娘は、ていねいに、バケツに湯を入れて持つて来た。東助は『ありがたいな』と思つた。旅は情といふか、この娘は今時、珍しい心がけのいゝ女だ。と思つた。

診察室の机の上に、二つの膳が並べられた。そしてお下髪の娘はお給仕してくれた。

背の低い男は、ほんとに、朝から飯を食つてゐないと見えて、娘が笑ひ出すほど何杯も変へた。東助は、沈黙勝であつたが、背の低い男は、娘に、兄弟の数をきいたり、彼女の教育程度を尋ねたりしてゐた。

表から、髪の白い老人が帰つてきた。東助が、ていねいにお辞儀をすると、

『どうぞ、御遠慮なく』

と、にこにこしながら、二階へ上つていつた。

背の低い男は、独言のやうにいつた。

『俺は、今夜、どこで寝ようかなあ、木賃宿に行くには金がなし、警察へ行くと調べがうるさいから……お嬢さん、あの、上の教会堂では寝かしてくれませんかね。あそこのベンチの上に寝かしてくれると、ほんとに都合がいゝんだがなあ』

さういふと、娘は奥へ入つて行つた。そして母と二人で診察室へ、また出てきた。

『おかまひなければ、玄関ででも、今夜お泊り下さいまし。教会では布団がありませんから、朝方はお寒いですよ』

彼女の母も同じことをいつた。

内輪話

食事がすむと、娘の母は、患者待合室になつてゐる玄関に、お茶とお菓子とを出してくれた。そして東助に、いろいろ、ルンペンになつた事情をきいた。で、東助は少しも隠さないで、今日まで彼が踏んできた道を話した。する彼女は、

『さうですか。あなたも消費組合を研究なさらうと思つてゐられるんですか。私の甥もね、東京本所の江東消費組合つていふところへ、消費組合の研究に行つてゐるんですの。新見栄一さんが経営してゐる江東消費組合つていふのは、ずゐぶん成績がいゝんですつてね。あそこには質庫信用組合といふのもありましてね。上田にいらしつたのなら、上田の質庫信用組合も御覧になつたでせう?』

そんな話をしてゐると、診察室の電燈の下に、毛糸細工を持つてきた娘が、母と東助の会話に言葉をさしはさんだ。

『お母さん、新見栄一さんは、近頃、医療組合つていふのも、お興しになつたんだわね』

さういふと、母は笑ひながら、東助にいつた。

『さうさう、新見さんは、日本全国の医者のない村に、産業組合で医者を入れようといふ計画をお樹てになりましてね。ずゐぶん劇(はげ)しい医師会の圧迫をものともなさらないで、医療組合をおつくりになりましたんですよ』

背の低い男は、余程疲れたと見えて、横になつたきり、大きな鼾をかき始めた。産業組合の話が出たので、東助は、膝を立て直して熱心に質問を始めた。

『ふむ、産業組合で、医療組合まで経営出来ますかなあ。私の村などは福島県の山奥ですから、ちよつと誰かゞ病気になつても、十里も十五里も、医者を呼びに行かなければ来てくれませんし、病院といへば、会津若松まで出かけなければ無いんですからね。そりやいいことを聞きました。それも東京へ行けば見せてもらひませう』

『なんでも近頃、群馬県の桐生にも大きな医療組合が出来たといつて、うちの人が噂してゐましたが、あなたは群馬県をお通りになるんですから、桐生へ行つて、視ていらつしやいよ。うちの人は、医療組合が発達して、全国一万一千の村々に、産業組合の病院が建つやうになれば、今日の開業医のやうに高利貸に借金して、大きな病院を建てて、その利子を払ふのに汲々する必要はないといつて居りましたよ。この小諸などでも、借金して病院を建てたけれど、患者が来ないので困つてゐる方もあるんですよ』

眼つてゐた背の低い男は、何を思つたが、むつくり起上つてきた。

そして不思議さうな顔をして、娘の母に尋ねた。

『しかし、おかみさん、(その男は、この言葉を連発した)そんなに医療組合が発達したら、この家などは困るぢやないかね』

乱暴な口調で、片膝を両手で抱きながら彼女に質問した。

『さうですよ。開業医は、相当に困る方もできませうね。しかし今までは、医者が、ずゐぶん、ぼりましたからね。薬をあげなくともいゝところを、患者の無智につけ込んであげてゐたんですから、そんな慾張りの開業医が、社会から省かれるのは、あたりまへですわね』

背の低い男は、感心してしまつた。

『なかなか、あんたは、感心なことをいふな。実際、今日の医者はぼりすぎてゐるよ。俺の故郷の青森県の田舎でも、娘二人が肺病になつて、家が潰れたつていふ話もあるからなア』

娘の母は、背の低いルンペンの言葉を承継いた。

『青森県といへば、立派な医療組合の病院ができましたよ。あなた、御存じですか？（母は娘に尋ねた）そら、この間、「医業と社会」に東青病院と津軽病院の写真が出てゐたぢやないの。ちよつと、持つてきて御覧よ』

娘は、二階から、母のいつた医学雑誌を持つてきた。

『こゝに書いてありますわね。青森県では、医療組合が出来るまで、一人当り一年間に、医療費を三十二円二十銭払つてゐたんですつてね。それが、組合病院ができてから、九円に減つたんですつて、こんなことも日本の村々の人が知つたら、どうしても医療組合を創りますわね。この雑誌にも出てゐますが、日本には、まだ三千二百三十一の村に医者がゐないんですつて、驚きますね』

東助はその言葉を聞いてびつくりした。

『さうですかね、農村は貧乏ですから、医者も引揚げて行つてしまふんでせうね』

頓狂な背の低い男は、唇を尖らせて、娘の母に尋ねた、

『しかし、そんなものが出来たら、この家はもう医者をやめてしまはなくちやならんぢやないかね』

彼は敬語抜きで、友達にいふやうな調子で言ひはなつた、

『うちの人などは、もう年寄りですから、そんないゝ医療組合が出来れば、すぐやめてもいゝんですの。しかし、日本には、まだまだ医者が足りませんから、村々に万遍なく、お医者さんを配置すれば、医者が失業するといふことは、まあ、ありませんわね、そして、全国津々浦々に、普及すれば、新しい医者をどれくら

ゐ作つていゝか、それがはつきりして来ますし、開業医で患者がなくなることはないし、広告はしなくてもいゝし、組合で生活費を保証してあげさへすれば、医療国営には、あと一歩ですわね。健康保険なども今のやうにしないで、医療組合でやらせるやうにすれば、もう少しうまいことゆきませう。今ぢやあ、医者はできるだけ、患者をひつぱつて、多くの金を儲けようとしてゐるし、患者はまた、薬が悪いからといつて、あまり保険医を利用しないでせう』

娘は、編物の手を休めて、言葉をさし挾んだ、

『うちに来てゐる製糸女工さんなどでも、お父さんが、もう治つたから来なくともいゝ、といふのに、もう少し来さして下さい、さうすると、休んでも日給がもらへますからといつて、結膜炎のやうな怪い病気に、二月も三月も通つてきてゐる人があるのね。お母さん、政府が医療組合をつくらせて、それに任せるやうにすれば理想的でせうね』

東助は、お下髪の娘としては感心なことをいふと思つて、次の間の彼女を見つめた。

『とにかく、今日の開業医つていふのは、もうどうにかしなくちやいけませんね。うちなど奉仕的にしてゐますから、存外暢気ですけれども、お医者さんが七軒も八軒も軒を並べて開業して、一軒一軒レントゲンの設備をしなければならないといふのであれば、患者の薬代が高くなるのはあたり前ですわね』

そこへ、二階から、先生が降りてきた。

『お泊めするんだつたら、もう床を敷いてあげたら、どうだね』

といつて、便所の方へ姿を消した。

その言葉に、娘と母は、奥から布団を持出し、患者の待合室に、二つの寝床を並べて敷いた。

蛇と鳩

真夜中から降り出した雨は、朝になつて風を伴つてきた。困つたことになつたと思つた東助は五時過ぎに

は、もう起きて、出発する仕度を始めた。

お下髪の娘は、両親に先んじて起きてきて、御飯をたいてゐた。

『お早いですなあ』

と、東助が声をかけると、

『うちには女中がゐませんから、私とお母さんが、交替で、毎朝竈(かまど)の下をたきつけることになつてゐるんです』

昨夜聞いたところによると、この娘は、脊髄カリエスにかゝつて、長らく東京の病院に入院してゐたといふことであるが、一見する処、少しも病人らしくなかつた。

顔を洗つてゐると、背の低い男も起きてきた。

『君、早いなあ。今日は、貨車にたゞ乗りしようぢやないか。こんな雨降りぢや、碓氷峠はとてもえらいから、小諸のステーシヨンかどこかで、空つぽの貨車の中に入つて東京まで引張つて行つてもらはうぢやないか。この間も、俺は、さうして下関まで行つてきたぞ』

それを聞いて、娘はびつくりしてゐた。東助は、バケツに水を入れて、縁側を拭き始めた。顔を洗つてしまつた背の低い男も、東助について掃除を始めた。

掃除がすむと、娘はすぐ台所で膳を出してくれた。食べてゐる間も、東助には雨と風が気になつた。

朝飯がすむ頃、娘の母が二階から下りてきた。

『今日は、お気の毒ですね。この雨では、ずぶずぶに濡れてしまひますわね。うちに古い傘があつたね、愛子さん』

娘の名は愛子といつた。

『それに蝙蝠(こうもり)傘の壊れたのがあつたぢやないの、あれをあげたらどう?』

どこどこまでも親切な娘と母は二本の古傘を渡し、白紙に包んだ銀貨を、わづかな路銀だと二人に差出した。背の低いルンペンは、にたにた笑いながら、

『こんなうまいことはねえや。飯は食して貰ふ泊めて貰ふその上、お金まで貰つて、ほんとに済みませんなあ』

さういつて彼は、挨拶もろくろくしないで、表に出た。

東助は、玄関の上框(あがりかまち)に両手をつき、山出しの言葉を使つて、心からの感謝を述べた。そして玄関の硝子戸を開けて表に出ようとすると、娘は何を感じたか、

『ちよつと、あなた、今日は、あんまり風が劇しいですから、汽車に乗つて東京までいらつしやいよ。私が旅費をあげますから』

さういつて、彼女は一円札三枚を奥から持出して、彼に、受取れとすゝめた。

『もう一人の人は、もう坂を下りて行つてしまひましたね。あの人は、あなたのお連れぢやないんでせう?』

東助は、全く彼女の親切に感激して、目に涙を浮かべながら、それを受取つた。

眼科医院を出て停車場に行くと、背の低い男は、もう沓掛までの三等切符を買つて、得意になつて、彼にかういつた。

『俺はこの切符で、東京まで乗つて行つてやるんだ。今日は雨が降るからなあ。歩くのはいやだよ』

東助が少しもルンペン気質を出さないで、縁の拭掃除をしたり、お膳を片付けたり、別れの言葉をていねいに述べたのに、三円の金を余計に恵まれたことを、彼は背の低い男に打明けはしなかつた。黙つて上野訳までの切符を買ひ求め、二人して同じ客車に乗込んだ。

汽車は、東へ東へと走り出した軽井沢駅を過ぎ、熊ノ平を通過したけれども、検札にやつて来なかつた。磯部を通過してから、車掌が検札に廻つてきた。それと知つた背の低い男は、席を立つて、次の客車の便所の中に入つた。そして、安中を通過する頃、どこから出てきたか、また東助の傍に腰を下した。

高崎を過ぎて、客車は満員になつた。それから、背の低い男は、得意になつて、列車のだゝ乗りの話を、東助に聞かせた。

一時過ぎ、いよいよ汽車は東京に近づいた。すると、その男は、『俺はなあ、こゝで下りて、電車に乗つて行くからなあ、君は上野駅で待つてゝくれ、俺は、深川富川町の木賃宿へ、おまへを連れて行つてやるから』

と云つて彼は日暮里で降りた。

上野駅に着いた東助は十五分間ほど、ぼんやり立つてゐると、鳥打帽を冠つた小さい男は、平気な顔をして省線電車の出口から降りてきた。

『俺は小諸から上野駅まで、二十五銭しか使はずにやつてきたよ。しかし、君がゐるから二十五銭も使つたんで、俺一人であれば、入場券一枚で、東京までやつて来るんだがなあ。さあこれから、富川町の龍紋館へ行かうよ。あすこは新築したばかりだ。俺が案内してやらう。どうだ君、上野駅は大きいだらう』

深川富川町

自動車が幾十台となく続いて走る。乗合自動車が、客を満載して行違ふ。大きな広告を屋根の上にした建築物が、駅の前に並んでゐる。背の低い男は、東助を田舎者扱ひにして、

『俺について来いよ。人があまり大勢だから、はぐれると迷ひ児になるよ』

さういつて、彼は電車道まで歩いた。

生れて初めて東京を見た東助には、なんだか地獄の底に入つて行くやうな気がしてならなかつた。それといふのも、案内役があんまりインチキ屋なので、この後どんなことか起るかもわからない、と思つたからであつた。

しかし列車の中の会話によつても、この男の案内で、どこか労働の口を見付けることが出来るとよいと思つた彼は、電車に乗つてから、小さい男に尋ねた。

『君、どこかに労働の口でもありませうかねえ?』

その答は簡単であつた。

『仕事のより好みをいはなければ、あるかも知れんね。しかし東京には失業者が多いから、労働紹介所で登録してもらつても三日目に一ぺんか、四日目に一度しかないかも知れんね。去年の十月にやつてきて、登録して居れば、失業保険の組合に入れたかも知れんがなあ。失業保険の組合に入つて居れば、仕事のない日でも、毎日六十銭の手当は貰へるし、それが一ケ月三十日の中十八日まで貰へるから、失業してゐても、食ふには困りつこなしだよ』

東助はその言葉にびつくりしてしまつた。

『えツ？　遊んでゐても金がもらへるかい？　それは誰が呉れるんだい？』

『君のやうな田舎者には分らんがな。東京では、ちやんと、市役所の職業課の中に、共済組合つていふのがあつてな、労働紹介所から仕事に出た日には毎日五銭づゝ積んで行くんさ。そして資本家の方も、五銭づゝ掛けて行くんだよ。そして市役所が幾分補助を出すもんだからな、仕事のない日には、その保険金を、毎日六十銭づゝ貰ふのさ、組合つていふものは有難いものだなあ。しかし困つたことには、登録したものでなければ、そいつに入れんでのう。俺は去年十月に満洲へ高飛びして登録してなかつたんで、その失業保険にも入れなかつたよ。あまり登録をやかましくいはないで、誰にでも入れるやうにしてくれるとい、がなあ』

背の低い男は、後を振向いて、硝子戸越しに、電車がどこを走つてゐるか、注意しながらさういつた。

『それも、産業組合ですか？』

東助は、訊き直した。

『産業組合？　それは共済組合だよ。俺は産業組合つていふことは知らんよ』

背の低い男は、左翼の運動については少からず知つてゐたけれども、産業組合といふ言葉さへ知らなかつた。それで東助は産業組合の説明をした。

『うむ、君は、消費組合のことをいつてゐるんか。それは消費組合と関係ないよ。しかし日本に失業保険組合が出来ると、日本全体は助かるがなあ』

上野から約一時間も乗つたと思ふ頃、背の低い男は、東助を電車から下して、深川富川町の龍紋館といふ四階建の堂々たる木賃宿につれこんだ。

一晩二十銭だといふ部屋には、八畳敷に八人入つてゐた。布団は一枚しか借りられないので生れて初めて、かしわ布団で東助は寝なければならなかつた。

仲間の話してゐることを聞くと、三人は、行商をして居る男で、年寄りの口髯を生やした男は易者であつた。立派な風采をした男は『訪問』を専門にやつてゐると、東助の問ひに答へた。

その言葉の意味が判らなかつたので、その男が部屋を出てから、こつそり易者にきくと、

『なに、あれは高等乞食だよ、訪問しては五十銭、一円と貰つて歩くから、訪問といつてゐるんだよ』

と教へてくれた。

他の一人は香具師であつた。残りの者はみな、その日稼ぎの立ん棒であつた。

香具師(やし)の男と、小諸から一緒に来た背の低い男が、旧知のやうに話しあつてゐたので、東助は香具師に、

『あの男はどんな男ですか?』

と訊ねると、

『あいつは、訪門を専門にやつてゐるんだから、気楽にやつてゐるでせう』

といふ答であつた。

それを聞いて、東京には、訪問専門の高等乞食が多いのに、東助は驚いてしまつた。

隣の部屋では毎日、三味線が鳴つた。『門づけ』(流し)に行く三味線の稽古をしてゐるのであつた。

香具師は、東助が印絆纏(しるしばんてん)一枚の、着のみ着の儘でやつて来てゐるのが気に入つたといつて、いろいろ富川町の面白い話をきかせた、『何しろ、富川町には木賃宿だけに八千人残つてゐるんだといふからね、大したものだよ』

『さうすると、東京には困つて居る人が多いんですなあ』

それを聞いて、香具師は大声に、からからと笑つた、

階下では、酔払ひの喧嘩が始まつた、びつくりして東助は、

『あれは、何ですか？』

と香具師にきくと、彼はまたからからつと笑つて、小声にいつた、

『江戸つ子は気が荒いよ』

鳥打帽の男

塵埃の匂ひ、着物についた垢の臭気、人、人、人……深川の木賃宿に泊つてから、東助には、四季の区別さへ判らなくなつてしまつた。懐具合が悪いので、昼飯をぬいて、一日十銭の生活をつゞけることにしたが、東京に出てきた最大目的である消費組合がどこにあるか、それが判らなかつた、木賃宿の帳場に訊いても、

『さあ、ね、三業組合つてのは、玉の井にでも行けばあるかね……それは、おい、料理屋のことかね？』

東助は、ぷつと噴き出した、

『三業組合ぢやありませんよ、産業組合ですよ』

『そんなものは知らねえなあ、交番にでも行つて、訊くんだね』

東助は、富川町の交番に行つて、やつと、信用組合が山の手にあるといふことだけは判つた。しかし、どこに在るか、それは、はつきりしなかつた。巡査はていねいに、

『電話帳でも繰つてみたまへ』

と教へてくれた。

で、東助は、御籤を引くやうに、電話帳を繰つてみた。

『東京産業組合』で何か見つかるかと思つて探したが、そんなものはなかつた。『東京市信用組合』で探したが、それも見つからなかつた。『東京市消費組合』もなかつた。それで東助は、都会が、産業組合を無視

してゐるのだといふやうな気がした。

　彼は考へた。

『あれだけ、地方では産業組合、産業組合といつてるのに、東京では三業組合は知つてゐても、産業組合を知らないのは、どうしたことだらう。悲観するなあ。やはり都会は、資本主義が作るものかな……とにかく、どこかぶらぶら歩いてみよう、そして町で賢さうな男にきいてみよう』

　そんなに考へながら木賃宿に帰つてくると、戸口に、信州小諸から一しよに帰つてきた無賃乗車の名人『鳥打帽の留』（これが彼の通称であつた）が立つてゐた。そして東助の顔を見ると、いきなり、『おい、のつぽ、俺はまだ朝飯を食つてゐないんだが、十銭貸してくれ』

　と、大声でいつた。

　東助が黙つて腹掛の中から十銭掴み出して、彼に渡すと、彼は有難うともいはずに、表に出ようとした。その時、東助は、ふと彼が東京市内をよく知つてゐるといふことを思ひ出した。それで『留』を呼止めて尋ねた。

『おい、君、君は、どこかに消費組合のあるところを知らんか？』

『うむ、知つてるよ』

　かむつてゐた鳥打帽を、あみだに冠りなほして、留は答へた。

『教へてくれ、それは、どこにあるんだ？』

『さうだなあ、ずゐぶん遠いぞ。番地は忘れたなあ、たしか高円寺にあつたと思つたが』

『高円寺つて、どこだい！』

『さうだなあ、省線で行つて、新宿から大分行かなくちやならんが……君、消費組合をきいて、なにをするんぢやい。君は赤か？』

　留は、古ぼけたズボンのポケツトに手を突込んで、東助の顔を見つめた。東助は真面目くさつて、

『赤つて、なんぢやい』

『君は、赤を知らんのか！　左翼のことだよ』

東助は、もちろん、それくらゐのことは知つてゐた。

『俺は左翼ぢやないよ。俺は、消費組合を少し研究したいんだよ』

鳥打帽の留は、高円寺の消費組合の位置を、アスファルト道路の上に線をひいて、くはしく教へてくれた。

そして最後にいつた。

『あそこへ行くのもいゝが、高等刑事がいつもついてゐるぞ。とつ掴まらないやうにしろよ。わは、ゝ、ゝ』

彼は言葉を改めて更にいつた。

『おい、俺にもう十銭貸さないか。消費組合のあるところを教へてやつたんだから、十銭よこせよ。俺も仕事を見つけてきたいんだが、電車賃がねえんだ』

さういつて鳥打帽の留は、歯をむき出してにやにや笑つた。彼は、まだ顔を洗つてゐないと見えて、ところどころに垢が斑点をなして、ついてゐた。

都会の重圧

深川富川町から新宿までの電車は、すこぶる長かつた。永代橋で乗換へて東から西へ、東京市を初めて横断した東助には、すべてが驚異であつた。

『よくまあ、こんなに人間が集まつたもんだなあ――』

そんなことばかり考へられた。銀座がめづらしかつた。新聞社の建築物が、デパートのビルディングが、そして日比谷公園が面白く見えた。お堀端の柳は、みんな枯れてゐた。しかし、お堀の水は青く澄んで、緑の松が美しく影を落してゐた。

参謀本部の前を半蔵門に出て、西に屈折した電車の軌道は、真直に、四谷見附に出た。よく福島県の山奥で、東京から帰つてきた者が、四谷見附がどうのかうのといつたり、四谷怪談の話をしてゐるのを思ひ出して物珍しく感じた。四谷見附から新宿までの間の街路の混雑は、とても田舎者には想像も出来なかつた。自動車が一丁もつづいてゐた。軒並には提燈を吊るし、人道の上に二間ぐらゐの間隔をおいて紅白に塗つた棒がたてられ、それには御大典の時でなければ張らないやうな紅白の幕が、幾丁も張りまはされてあつた。

『東京人は無駄なことをするなあ。こんなに無駄づかひをすれば、国家が貧乏するのはあたりまへだよ』

田舎者の目にも、都市経済の浪費がしみじみと感ぜられた。幾千といふ群衆が新宿駅に吸込まれて行く。白煉瓦で張りつめたトンネル、赤や緑のネオンサイン、洋服の娘、振袖の女、毛皮の外套を着た貴婦人、マントの書生、ゴルフの棒を肩にかけたスポーツ服の紳士、下駄の響、靴の音、交錯する人の流れが、東助にとつては、とても不思議に感ぜられた。

『よくまあ、人間も、こんなに多く子を産んだもんだなあ』

ひとり笑ひながら、吉祥寺行の省線に乗込んだ。高円寺駅で下りて、『鳥打帽の留』に教へられたとほり、高円寺消費組合を尋ねて行つたが、それは想像以上に小さい店舗式の消費組合であつた。

『――なんだ、こんな小ぽけな組合なのか、あきれてしまふなあ。日比谷の角に建つてゐた大きなデパートに較べて、何といふ、みすぼらしい消費組合だらう。東京の消費組合にも似合はないぢやないか――』

そんなことを考へながら、彼は、表の硝子戸を開いて、中に入つた。

物言はぬ書記

そこには、コール天の洋服を着た男が、暗い所で字を書いてゐたが、東助が入つて行つても、知らぬ顔をして、相変らず忙しく算盤を弾いてゐた。

『今日は、お寒うございます』

と、言葉をかけた。が、帳簿の男は、なほも沈黙を続けてゐた。彼は相変らず、算盤を弾いて、帳簿に記入してゐた。その男には、よほど算盤が気になるらしかつた。二分、三分、四分相変らず、帳場の男は、印絆纏を着た東助には、相手になつてくれなかつた。

東助も少し癪にさはつたが、使つてもらはうと思つてきた彼は、ぐるりを見廻して、壁に貼付けられた標語などを見てゐた。

『世界の消費者よ。団結せよ！　プロレタリア万歳！』

さうした標語が、いくつもいくつも壁に貼りつけてあつた。

『――理屈の多い消費組合だなあ。これは確かに書生がやつてるにちがいないわい』

と東助は考へた。

それでも、壁によつた棚には、缶詰や壜詰が、幾百個となく意匠をこらして積上げられてあつた。また入口、硝子戸に寄つた処には、西洋菓子や、ビスケットの入つた美しい硝子瓶が、食料品店よろしくとばかりに配列されてあつた。標語の貼られた壁の下には、米の入つた麻袋が、幾十個か積上げられてゐた。砂糖の樽もかゞみが抜いてあり、醤油樽も、大きなものが五つ六つ積重なつてゐた。

配達夫が帰つてきた。尻にバスケットをくつつけた自転車を、街路の上に突立たせて、勢ひよく硝子戸を開けた。

『おい、また西沢がやられよつたぞ、ミシン屋の前に、荷物も何もすつくり放つたらかしてあるよ。どうしようなあ』

軍手を取外しながら、コール天の服を着た賢さうな、背の高い青年が、余念なく計算を続けてゐる組合の書記にいつた。

『チエツ、またか、商売にならんなあ、それぢやあ……ぢやあ君、その荷物を一旦店まで持つて帰つてくれんか。俺が昼から配給するから』

ペン軸を右の耳にはさんで、組合の書記は立上つた。そして、ぼんやり表を見てゐた東助に声をかけた。

『あなた、何か用があるんですか？』

さう声をかけられて、東助は、恭々しく礼をしながら、帳場の方へ近づいて行つた。

『私は福島県から出てきた田舎者ですがね、消費組合を研究しようと思つて東京にきたんです。月給は要らないんですが、配給人でも何でもいゝから、使つて下さいませんか』

表から帰つてきたコール天の男は、長い髪を撫上げながら、じろじろ、東助の顔から足の先まで、瞬間的に見た。そして大声でいつた。

『平河君、西沢君のかはりに、この人に働いてもらつたらどうだね？（すぐ東助の方に振向いて）君は、東京の地理をよく知つてゐますか？』

大分、就職の望ができたので、東助は、少し顔を赤らめながら、歯切れよく答へた。

『いや、私は、つい二三日前に、東京に出てきたばかりでしてね、どこも知らないんです』

そんな話をしてゐるうちに、配達夫が、次から次へ帰つてきた。一人は、裏へ廻つた。一人は二階へ上つた。しかし、口々に、西沢が警察へ検束されて行つたことを噂してゐた。

東助は、上田で、警察へ検束された覚えがあるで、すぐ監房のことを思ひ浮べた。

『──なるほど、今朝、鳥打帽の留が、高円寺消費組合が赤いといつたのは、これだな』

と、東助は感づいた。しかし、彼には、このほかに、消費組合を研究する仕事の口が見つかるとは思はなかつた。それで、警察から誤解せられても、消費組合をみつちり研究するまで、こゝに居らうと決心した。

一番早く表から帰つてきた男は、昼飯に帰つた六人の配給人を二階に集めた。そして何か小声で相談してゐたが、すぐ最初、表から帰つてきた青年が、二階から下りてきて東助にいつた。

『君は、配給でも何でもいゝんでせうね？　君は自転車に乗れるでせうね』

東助が軽くうなづくと、その青年は明確にいつた。

『ぢやあ、君、今日からでもすぐ、配給に出てくれますか？　最初二三日はまごつくでせうが、あとはすぐ馴れますよ。しかし、うちの組合は貧乏ですからね、食費のほかに風呂賃ぐらゐしか出ませんから、そのつもりで働いて下さい』

東助は飛上るほど嬉しかつた。彼は早速昼飯を食はしてもらつて、田舎から着てきた印絆纏そのまゝで、検束された西沢の後を引受けて、配給に廻ることになつた。

檜葉(ひば)の垣根

檜葉の垣が、幾丁も幾丁もつゞいた高円寺の裏通は、黒土の上に砂利が敷かれたまゝで、トラックのとほつた跡などは、自転車のタイヤが喰込むと、すぐ引繰り返りさうなところばかりであつた。番地は飛びとびになつてゐて、砂糖一斤配達するのに、小一時間も探しまはるやうな家もあつた。しかし、そこはねばり強い福島県人の東助である。彼は根気よく、一々ていねいにお辞儀をしながら、配達先を見つけた。

その日、彼は、昼から三十軒ばかりに配達した。そして漸く受持地域の地理に、少し明るくなつたやうな気がした。田舎で重い荷物を持つ癖がついてゐた彼には、リヤカーのついた自転車で炭を運ぶぐらゐは何でもなかつた。それに少し親切気を出して、炭俵の口を開けてやると、出てきたインテリ風の細君が甘つたるい言葉で、褒めそやしてくれるのであつた。

『おや、西沢さんと思つたらばあなたなの。……ずゐふん、あなたは親切ね。組合さん、ついでに、その炭を、この箱に入れて行つて下さらない？』

力の強い東助が、炭取りで運ぶやうに炭俵を持つて、台所にある石炭箱に炭をおけると、その細君の喜ぶこと、

『ありがたう、組合さん。この次ね、お醤油を一瓶持つてきて下さいな。あなたは、サービスがいゝのね、それにかぎりますわ。今まで配給せられた方が、幾人も幾人も変られたけれどもあなた一人ですよ、炭俵の口を開けて行つてくれたり、炭を箱につめてくれたりするのは。ひどい人はね、裏口に炭俵を放つたらかしておいて、持つてきたともいはないで帰つてしまふ人がありましたよ。そんな風ですからね、組合に加入してゐた人までが止めてしまつたくらゐなんです』

さういつた細君は、細顔の、背の低い女であつたが、どことなしに賢さうな目付をしてゐた。東助が、て

いねいにお辞儀をして、台所の裏口を出ると、その細君は、急に彼を呼止めた。

『西沢さんは、どうしたの？』

『検束されたさうでございますよ』

『ぢやあ、うちの人と同じ時にやられたんだわ』

と、彼女は独言のやうに口籠つた。そして彼女は、襟筋を合せながら、台所の敷居の上に立つて、東助を見つめていつた。

『あなた、ずゐぶん体格がいゝのね、組合には、いつから来たんですか？』

『今日、お世話になつたばかりなんです』

『さうですか。お郷里はどちらです？』

『福島県の者です』

『さう、私も福島県なのよ。ちつと遊びにいらつしやいな。晩方は暇でせう？　私もね、昼は原稿を書いてゐますけれどね。晩は暇ですから、遠慮せずに、遊びに来て下さいな。また国の話でも聞かせてもらひますわ』

東助は、彼女の言葉が、とても嬉しかつた。それで彼はすぐ自転車に飛乗つて、醤油の一升瓶を、消費組合の店から取つてきて、浦江夫人に届けた。

―彼女は浦江秀子といつた。

『まあ、もう行つてきたの、早いわね。お茶をくみますから、まあ、こゝにお掛けなさいよ。私も、恰度、原稿が済んだところなんです』

さういつて、彼女は、皿に饅頭を二つ入れて、奥から持出してきた。背の高い東助は、台所の入口に突立つてゐたが、遠慮しては悪いと思つたので、炊事場の揚板の上に腰を下した。

『奥さんは、小説をお書きになつてるんですつてね』

東助は、醤油を取りに帰つた時に、計算係の書記から、浦江秀子が、少女小説の作家であるといふことを聞かされてきたので、すぐ、さう尋ねたのであつた。

『えゝ、下手糞な小説を書いてゐるんですよ。しかし、今日は童話を書いてゐましたの、なにかあなた、面白い村の話でもして下さらない？　種がなくて困つてゐるんですよ』

東助は、小説家といふものは、とても芸術的な家に住んでゐると、今日まで思つてゐた。それが、みすぼらしい小つぽけな家に住んで、醤油を一升買してゐるかと思ふと、何だか、さもしい気持になつた。

しかも、彼女は、あまり、なり振りを構はない女と見えて、髪はほつれ、頚筋の後毛は垂下り襦袢の袖口は、着物の袖から一寸もとび出してゐた。帯は無雑作に結ばれ、足袋は栂指の先が破れてゐた。

しかし彼女は、配給人に菓子とお茶を持つて来るくらゐの親切さを持つてゐた。そこは、やはり東京だけあると思つた。田舎であれば、とても階級の区別が甚だしく、一家の細君が、どこの馬の骨とも判らない一労働者に、お茶をくんでくれるといふやうなことは決してないことであつた。甘い物に飢えてゐる時だつたので、東助は早速饅頭に食ひついた。そして、二つでは足らないやうな気がしてゐた。すると、人のいゝ浦江の細君は、菓子箱をそのまゝ奥から持つてきた。

『疲れると、甘いものが欲しいものね。私も、女中奉公をしてゐた時には、とても甘いものが欲しくつて困りましたよ……さあ、少ししかないけれど、これだけ、みなおあがりなさいよ、おほゝゝゝ』

まだ十四五残つてゐた饅頭を、彼女は、すつかり、台所の板間においた。彼女が、女中奉公をしたこともあると聞いて、東助も、ある尊敬を彼女に払はねばならぬと思つた。

西日が裏口からさしてきた。そして、障子が急に、まばゆく光つた。狭苦しい一坪半しかない台所が、宮殿のやうに輝いた。

『奥さまも、女中奉公をせられたことがあるんですか？』

『えゝ、え、さうね、四五年やつてゐましたよ。それから千住の方の紡績会社にも女工してゐたことがあるんです』

それを聞いて、東助は、なほびつくりした。

『え？　女工もしていらしつたんですか？』

『さうですの、女工してゐた時は短いんですがね。それでも、二年ぐらゐやつてゐたでせうか』

饅頭を二つに割つた手を膝の上におきながら、東助は、彼女が、だんだん彼の地位にまで下りてきてくれたことを、非常に愉快に思つた。

『ぢやあ、いつから小説を書くやうになられたんですか？』

浦江の細君は、板間と座敷とのあひだの、柱にもたれて坐り込んだまゝ気軽に答へた。

『さうね、もう女工の頃から書出したんですがね。小説つていつても、私のものなんか駄目なのよ、童話には少し自信があるけれど、小説には自信が、まつたくないの』

その時、東助が、視線をむけて、彼女を見つめたので、彼女は白粉気のない顔を彼に向けていつた。

『ほんとなの、私は、小説なんかに、少しも興味がないんだけれど書けば御飯が食べられるし、社会運動をするのにお金が要るもんですからね。下手糞な小説を書いてゐるんですよ』

さう言つて彼女も、手をのばして、菓子箱の饅頭をつかんだ。

東助は、彼女が少しも飾らないで、十年の知己でもあるかのやうに親しく話してくれるのが何より嬉しかつた。

（東京は、かういふところがいゝんだなあ。貧乏だけれども、こんなところに立派な人間がかくれてゐるんだなあ）

そんなことを考へてゐたところへ、少女雑誌社から、小僧が原稿を取りにきた。それを機会に東助は、また遊びに来ることを約束して浦江の裏口から抜け出た。

紫の半衿（えり）

東助は、消費組合の配給人として、よいスタートを切つた。彼の受持区域は、とびとびに、約三哩平方に散らばつてゐたが、彼が西沢のあとを継いで、配給に力を注ぎ出してからは、註文取りが毎日よい報告をしてくれた。

『おい、田中君、相川さんのところのお女中さんが、とても君を褒めてゐたぞ、奢れよ。こんど君と一しよに活動写真を見に行きたいといつてゐたから、その時は、僕もつれて行つてくれねえか、わはは、、』

さういつたのは、田中東助と相棒になつて、同じ区域を註文取りに廻つてくれる小林一太といふ青年であつた。彼は、静岡県出身の男で、神田の商業学校を中途退学したとかいふ、理窟つぽい、左翼かぶれのした、口の多い男であつた。

相川の女中といふのは、器量のいゝ、二十二、三の娘であつた。彼女の勤めてゐる所は、消費組合に加入してゐるうちでは、最もブルジョアらしい、建築請負業をしてゐる大きな家であつた。彼女の美貌は、高円寺消費組合の配給人の間では大評判で、検束された西沢の如きは、彼女に結婚を申込んだといふ噂まで、仲間の間に残つてゐた。

東助といへども、木や石でない以上、小林がそんな評判をしてくれることが、嬉しくないこともなかつた。しかし、あまり馴々しく話したことのない東助には、小林のいふことが嘘であるにきまつてゐたので、真面目に訊き直しもしなかつた。

しかし、組合の配給を始めてから恰度十日目の朝であつた。相川の裏口には、霜柱が美しく立つてゐた。東助は、その朝、醤油樽と、十五キロ入りの米を二つ、運び入れてゐた。

配給がすんで、東助が裏の潜戸(くぐりど)を出ようとすると、例の美しい女中さんが、裏口へ飛出して来て、だしぬけに言葉をかけた。

『田中さん、あなたのシヤツがずゐぶん汚れてゐるのね。私が洗つてあげますから、旦那さんにもらつたシヤツと、こゝで着換へて頂戴』

と、少しも恥かしさうな顔もしないで、相川の主人にもらつたといふ、ラクダの毛で作つた、上等のシヤツを、きれいに畳んで、彼の方に差出した。彼女の親切にびつくりした東助は、小林一太の噂が、まんざらではないといふことが判つたので、多少尻込みをした。

『いや、もう結構です。私ひとりで洗濯できますから』

『だつて、あなた、着換へがないでせう、小林さんがさういつてをられましたよ』

といつた彼女の頬ぺたは林檎のやうに赤く、彼女の二つの眼瞼の上は、ほんのり淡桃色を帯びてゐた。睫毛は、孔雀が尾を開いたやうに、美しく長くはね上り、彼女の瞳は、茶褐色に澄んでゐた。二つの憶は微笑むと玉の如く光つた。彼女は、白粉もつけないのに襟筋が雪のやうに白かつた。それがいつもつけてゐた縞の半襟に対比して、紫木綿を着てゐる彼女を、お姫様のやうに見せた。

　彼女が、美しければ美しいほど、東助は彼女から逃げたかつた。それには理由があつた。彼はもう二ケ月近くも散髪をしてゐなかつた。そして上田を出たきり、シヤツの洗濯もせず、虱がわいたと見えて、背中がかゆかつた。印絆纏の着換へがないので、着物の臭気が彼の鼻をついた。

　しかし、相川の女中は、その東助の貧乏してゐる状態に、特に同情をよせたのであつた。東助が逃げ出さうとするところを彼女は先廻りして、裏口の戸を締めてしまつた。で、東助は小学校の卒業免状をもらふ時のやうに、最敬礼をして、そのシヤツを押戴いた。

『ちよつと、田中さん、あなた、そこで着換へなさいよ。汚れてゐる方を、私が洗つてあげますわ』

『まことに済みませんね』

『いゝんですよ。御家族とも昨日から箱根の温泉にいらつしやつたんですから、私、手がすいてゐるんですよ。旦那さんに頂いた袷の着物もありますから、寝巻にして下さつてもいゝのよ』

　さういつて、彼女は、女中部屋から、綿大島の袷を持出してきた。

　東助は、二つの眼瞼が熱くなるのを覚えた。

『彼女の親切は、果して恋愛を意味してゐるだらうか、それとも、たゞ彼に対する同情からきてゐるだらうか？』

　彼はシヤツを脱ぎながら、そんなことを考へた。

謄写版刷の恋文

光陰は矢の如く過去つた。

袷をぬいで綿入に着換へ、綿入の上に羽織を着る冬が来てしまつた。しかし、東助には、着る外套さへ無かつた。それに同情してくれた相川家の女中小浜里子は、

『旦那さんのお古を頂いたんですから、着て下さらない』

と、親切にも、まださう古びてゐない黒羅紗の外套を恵んでくれた。

それを着て組合に帰ると、配給の者みんなが冷かした。

『おい、田中、貴様はうまいことしよつたなあ。奢(おご)れよ。あの女は君をラヴしてるぞ。ついでにこゝの家のハウスキーパー（家政婦）になつてもらはうぢやないか、わはゝゝ』

さういつたのは、髪の毛を長く生やした西沢佐吉であつた。彼は、いつも左翼の書物ばかり読んでゐて、恋愛問題についてはいつも極端な議論をした。

『――社会を改造するためには、恋愛も一つの手段だから、接近する女は、すべて関係をつけておいた方がよい――』と、彼は女学生であらうと、女給であらうと、さては未亡人であらうと、左翼運動の資金網を作り得るやうな女性であれば、甘つたるい口調で、いつもラヴ・レターを書き続け、本人は、それを同宿の者に読んで聞かせて、高笑するのが得意であつた。

細眼の小林一太は、そんなことが嫌ひで、顔をしかめながら西沢にいつた。

『おい、そんなにラヴ・レターを練習するなら、もう謄写版に刷つとけよ』

『うむ、それでもいゝんだよ。東京に来てゐる若い女は、みんな性に飢えてゐるからなあ。謄写版刷のラヴ・レターをもらつても、喜んでゐるよ、わはゝゝ』

しかし、田中東助は、性道徳に対する西沢の不真面目を警戒してゐた。彼は、どうしても、信州上田の芸

妓、春駒事榎本鈴子との約束を忘れかねた。

彼は、小浜里子が、普通以上に彼を愛してくれてゐることを、よく知つてゐた。しかし、それを恋愛に導くつもりは、少しもなかつた。彼は、着換へも欲しかつたし、また外套も欲しかつた。そして親切な女性が、彼に同情してくれてゐるのだといふくらゐにしか考へなかつた。

晩になつて、配給人がみんな二階で一しよに寝る時には、資本主義の攻撃か、それでなければエロの話で持ちきつた。しかし東助は髪の毛の長い連中の会話には入らなかつた。暇があれば、トドミアンの『産業組合論』の日本訳を、夜遅くまで仄暗い電燈の下で読耽つた。

その真面目さには、西沢も感心してゐた。猥褻な話を一くさり話した後、床の中に入つた西沢は、まだトドミアンの書物に読耽つてゐる田中東助の横顔を見上げて言つた。

『おい田中、お里さんを俺に譲つてくれんか？　俺はほんとに性に飢えてるんだよ、ふふゝゝゝ』

開けつ放しな気持で、西沢は野獣のやうに嘯(うそぶ)いた。東助が沈黙をつゞけてゐると、西沢は独りごとのやうに言つた。

『お里は、あいつ、消費組合の配給人には、誰にでも親切にするんでなあ。ほんとに俺たちも迷つてしまふよ』

小林は、寝そべつたまゝ、どす太い声で、東助の顔も見ずに言つた。

『田中君、君はよほど本が好きだと見えるなあ。君は、あの宮園町に住んでゐる天文学者に似てゐるぞ。こんど遊びに行つてみろ、きつと話が合ふから』

東助が返事をするまへに、西沢が話を横取りした。

『おい、天文学者つて誰のことだい？』

『富士野老人のことだよ。君、知つてるだらう、あの人を――』

『あの人が天文学者か？』

『うむ、あれで、なかなか学者なんだぞ。「星座の親しみ」つていふ本を書いてゐるぢやないか。君、知らんのか？　俺がこなひだ、日が暮れてから、あそこへ米を持つてゆくと、老人、望遠鏡でしきりに天を覗いてゐるからな、俺も見せてもらつたが、望遠鏡で見ると気が大きくなるなあ』

望遠鏡の話が出たので、東助はトドミアンの『産業組合論』を畳の上において、二人の会話に闖入つた。配給はしてゐるが、西沢も小林も、二人とも私立大学の卒業生なので、むづかしいことは相当に知つてゐた。殊に小林は、自然科学に非常な興味をもつてゐるので、天体の話などは、とても精しかつた。

ところが、少し生意気な西沢は、小林の自然科学讃美論が癪にさわつたと見えて、

『しかし、天文学ぢやあ、無産階級は解放出来んからなあ。天文学もだな、結局はブルジヨアの遊戯だよ』

それを聴いた小林は黙つてゐなかつた。

『無茶をいふなよ。おい西沢、いくら、君が無産階級に熱心だからといつて、天文学までブルジヨア階級の遊戯だと考へなくたつていいぢやないか。俺は、君のさうした態度に反対だよ』

それから、議論好きな西沢は、床の中で坐りなほして、むづかしいことをいひだした。彼は、弁証法、弁証法、といふ言葉を繰返して使つた。ところが、小林は、その弁証法といふことに反対して論陣を張つた。そこへ、書記の平河甚三郎が、上つてきた。そして西沢の議論に味方をした。しかし、小林は自然科学の研究が、あくまで謙遜な帰納的態度をもつて取扱はれなければならないことを高調した。

哲学者と店舗

そこへまた配給人の乾彦吉（いぬい）が、西洋手拭と石鹸箱を持つて上つてきた。彼は、いましがた、銭湯から帰つてきたところであつた。彼も私立大学の卒業生であるが、無産階級解放のために日常闘争を決行せねばならぬといつて、もう二年以上も、僅か五円の小使銭だけをもらつて、配給に廻つてゐる男であつた。

『おい、なにをやかましくいつとるんぢやい。そんな実際問題ととび離れた話をする時間があるなら、もう少し、うちの店のことを心配しようぢやないか……どうも、よそから帰つてくると、うちの店はきたないな

あ、これぢやあ売れぬ筈だよ。谷川君は人は良いけれども、哲学書ばかり読んでゐるから、駄目だなあ。江口君がゐた時には、一日に店売りだけでも五十円もあつたのに、今は十円も売れないといふが、少し心配になるなあ。さう思はんか、西沢君』

組合運動では、実際家として同志の間に重きをなしてゐる乾彦吉は、西沢の枕もとに腰を下して、手にもつてゐた手拭と石鹸とを、無雑作に畳の上に放り出した。そして西沢の枕もとにあつたシガレットの箱を取上げた。

小林は、すぐ、乾の発言に呼応した。

『いや、実際、少しの努力の差だな。江口君の時には、罐詰の配列などでも、ずゐぶん苦心してゐたなあ。殆ど三日おきぐらゐに、罐詰の配列を変へてゐたやうだつたなあ。それで、あの男はいつもいつてゐたよ、一生懸命にやると、このちつぽけな店でも忙しくて仕方がないつて……実際店舗の装飾といふものは、心理的な技術が要ると見えるね。谷川君は、江口君とは反対に、店先に居つて、いつも哲学の本ばかり読んでゐるんだからなあ』

西沢は大声で笑つた。

『ほんとに谷川は駄目だなあ。この間も、マルクスの『資本論』によみ耽つてゐて、一斤のパンを買ひに来てゐる組合員に、二、三分間も待たせたものだから、組合員が怒つて帰つて行つてしまつたといふぢやないかね。あれぢや仕方がないなあ。やはり、少しは奉仕せんといかんよ』

書記の平河は、小さい陶器の火鉢の中に、吸殻をたゝきこんで言つた。

『実際、この調子ぢやあ、うちの組合もつぶれるぞ。もう今年の正月から、千四百円の欠損になつてゐるよ。江口がゐた時には、店売りだけで、一ケ月千五六百円あつたものだが、哲学者が店先に坐るやうになつてから、三百円は売れないね。まつたく驚いてしまふよ。君、経済運動つていふのは、たゞ機械的には出来ぬとみえるなあ。やはり宗教家がいふやうな奉仕的精神がなくちやあ、組合は保たないね』

東助は、四人の会話に大いに開発せられるところがあつた。かうした実際的の問題にぶつかると、トドミアンの『産業組合論』にさへ書いてない、産業組合の心理的取扱ひの微妙な点が、よく解るやうな気がした。

平河は、また続けていつた。

『一体、よその消費組合の例を見てもわかるが、経営の上から見ると、人件費に毎月の支出の六割以上費つては、経済が持てないといふことになつてゐるが、節約してゐるやうに見えるけれども、うちの組合は人件費に六割五分を支出してゐるからなあ、少し無理なところがあるよ』

西沢は言つた。

『店売りが減つてくれば、どうしても配給が多くなるからね。配給費にくつてしまふんだよ。それに配給人と組合員とが、親しくなると、どうしても現金売りが断行できないからね。すぐ代金をもらへるところを三日待ち、三日待つところを十日に延ばし、とうとう一ケ月のものを二ケ月に延ばしてゐるうちに貸倒れになつてしまふのでね。こんなに世間が不景気な時には、消費組合の経営は実に困難だよ。結局こんな待遠しいことをしてをれば、無産階級の解放はできないぜ。産業組合運動などいふものは、解放運動を鈍らすやうに思ふなあ』

西沢がさう言ふと、小林は黙つてゐなかつた。

『そんなに、君のやうに慌てたつて仕方がないぢやないかね。レニンが革命をやつたところで、結局落ちて行くところは産業組合だし、イタリーのムツソリーニがファッシヨで社会党を弾圧したところで、国家改造案としては、結局産業組合を基礎にする国家のほかに解決案がないといふんだから、君のやうに慌てたことをいつたところで、何の解放運動にもならないね』

さういつてゐるところへ、スマートな洋装をした、十八九と見える若い娘が、横つちよに黒い帽子をかぶつて、荒くれ男ばかりが寝てゐる二階まで、案内なしに上つてきた。そして西沢を階段のところまでつれて行つて、小さい紙片をわたしてゐる様子だつた。

西沢は、すぐ洋服に着換へて、沈黙のまゝその娘と二人で、どこかへ出て行つてしまつた。

午前二時

その夜の午前二時頃、突然、表に、ピストルの音が響いた。警視庁の高等刑事が、それを合図に消費組合の裏表から屋内に躍込んできた。そして、そこに寝てゐた六人の者を、みな捕縄で縛りあげてしまつた。書記の平河は勿論のこと、小林も、乾も、みんなが寝てから、遅くなつてどこからか帰つてきた谷川と前後して帰つてきた筒井も、脚気で、宵の口から床に入つてゐた坂本も、みんな縛り上げられた。そして田中東助も縛りあげられた。田中はこんな経験は初めてなので、何事が起つたかとびつくりした。併し、左翼の人々は、また例の検束騒ぎが、真夜中に行はれたのだと落着いてゐたので、東助も騒がないことにした。高等刑事が首実験に廻つてきた。そして田中東助の捕縄だけは、すぐ解いてくれた。

「こいつは、左翼に関係ないんだ。ゆるしてやつてくれ……この男は、近頃出て来た田舎者だから、なにも知らずに、こゝの配給人になつてゐるんだよ」

と、いつも組合によく来る高等刑事の松野利三郎が、同僚の巡査部長に報告した。田中東助はほつと一安心した。

『西沢がをらんが、どうしたかなあ。おい、小林、西沢はどこへ行つたのか？』

背の高い高等刑事は、馴々しくさういつて小林に訊いた。捕縄で堅く両手を縛り上げられてゐる小林は、松野に答へた。

『僕は知りませんよ。僕は、あの男は寝てゐるものだとばかり思つてゐましたよ……（彼はさう言つて、また独言のやうに）少しこの捕縄をゆるめてくれませんかなあ。あまりきつく結（ゆわ）へてしまつたもんだから、肉の中に喰込んで、とても痛いですよ、わはゝゝゝ』

二十人近く来てゐた巡査は、六名の従業員を皆検束して立去つてしまつた。あとには、たつた一人、田中東助が残された。東助は、闇の中に、同僚たちの姿が消えるのを見送つて、なほも街上に立竦（たちすく）んだ。熱い涙が頬を伝ふた。

手段に於ては間違つてゐるとはいへ、これらの人々が生を賭して、無産階級の解放のために、命懸けにやつてゐる態度に、或種の悲痛なる時代相を見た。

『――さうだ！　村へ帰つて、産業組合運動をやる場合でも、この人たちの熱烈さが要る訳だ、今日の村の信用組合などが、まつたく社会改造の根本義から遠ざかつて来たのは、村の貧乏人を救ふてやらうといふ熱情を欠いてしまつた為なんだ。俺はかういふ人の群に混つてゐたゝめに、或ひは、この後誤解されるかも知れない。しかし、俺はいゝことをした。俺は、国体を尊重する点においては、彼等と大いに違ふけれども、貧民を救はんとする意気においては、彼等の精神をとらう。それで俺は、これを機会に、組合の後始末をしてから、福島県の山奥に帰つてゆかう』

雪がちらちら降つてきた。寒い木枯が、寝巻一枚しか着てゐない東助の肌に浸みこんだ。故郷が思はれてならなかつた。

『東北は、いつ救はれるだらうか？　この雪の下で、故郷の飢えたる人々は、何をしてゐるだらうか？』

さう思ふと、一刻もゆるがせにして居れない気がした。まだ早かつたけれども、彼は寝巻をコール天服に着換へて、谷川が汚くしてゐた店の整理にかゝつた。

木枯が戸を揺がせるほかは、犬の鳴声さへ聞えなかつた。

組合を守るもの

消費組合の配給は、すべて止つた。店には、たゞ一人、東助が残されたゞけで、外から通ふてゐる五人の男までが顔を見せなかつた。

『――さては、やられたかな』

と、東助は苦笑しながら、いつ客が来てもいゝやうに、昨晩、乾が言つてゐたとほり、棚の罐詰を置き変へたり、ビスケットの入つた硝子瓶を入れ変へたり、朝飯も食はないで、店舗をきれいにした。毎朝炊事に来てくれる戸田の細君も検束されたらしく、九時頃になつても顔を見せなかつた。そこへ入つてきたのは、童話作家の浦江夫人であつた。

『お早う、田中さん、みんな検束されたんですつてね……おや、きれいになつたわね、どうしたの?』

田中東助は、ていねいに彼女に挨拶をして、言つた。

『びつくりしましたよ。朝の二時頃でしたかね。表に、ピストルの音がしたんですよ。で、びつくりして飛起きてみると、もう刑事が、どこから入つてきたか、十五、六人も二階に上つて来てをりましてね。みんな縛られていつてしまつたんです……しかし、あなたは、どうして、みんなが検束されたことを御存じですか?』

『だつて今朝早く、いつも組合に来る高等刑事の杉野がやつて来ましてね。西沢さんはゐないかといつて、尋ねるんですよ。あまり変なことをいふものですからね、くわしく尋ねてみたんですよ。すると昨晩から今朝にかけて、高円寺消費組合の従業員全部を検束したといふんですからね。びつくりしてすぐ駈けつけて来たんです。……まあ、よかつた。私は、全部検束されたといふもんだから、今朝は店も開いてないと思つて、お留守番のつもりでやつてきましたの。ぢやあ、あなたゞけ残されたんですね。警察も目があるわね、おほゝゝ。うちの良人も、あれつきりなのよ。二十九日の検束を三回繰返してゐるんですよ。そら、この間、銀行ギヤングのことがあつたでせう。左翼の人があんなことをやるものだから、純真な気持で無産運動をしてゐる人にまで迷惑をかけるのね、……まあ、しかし、ずゐぶん、あなたは、きれい好きね。こんなに美しくしてをけば、入つてきても気持がいゝから、組合員には、いゝ印象を与へるでせうよ。谷川さんは、人はいゝけれど、店の方は、ほつたらかしでしたのね。あれぢやあ。いけないわね』

さう言つてゐるところへ、昨夜噂してゐた天文学者が入つてきた。

『パンを一斤くれませんか』

東助は、硝子箱に入つた食パンを一斤取出し、紙袋に入れて老人に差出した。老人はにこにこしながら、軽く頷いて、それを受取つた。そこへ、奥に入つて火鉢に火を起してくれてゐた浦江夫人が出てきた。

『あら、富士野先生、お早いですね。お買物ですか、奥様が御病気ですつてね、少しはおよろしいんですか?』

浦江夫人は、富士野の細君など、共に、消費組合婦人同盟の中央委員をしてゐるので、よくこの天文学者を知つてゐた。

『えゝ有難う、おかげさまでね、少しはいゝんですが、まだどうもはつきりしないもんですから、私は朝晩、台所をこつこつやつてゐるやうな始末なんです。病人がパンをほしいつていふもんですから、パンを買ひに来たんです。今朝早く、組合から届けてくれることになつてゐたんですが、待つてゐても配給してくれないから、のこのこ出かけて来たんですよ。大変、店がきれいになりましたね。こんなに店を清潔にしてくれると、買ひに来ても気持がいゝですなあ。いやどうも表を通つても組合の店があまり汚いと、ずつと素通りしますんでね、買ひたいものも、よそで買ふやうな気持になりますなあ……しかし今朝は、えらい。組合も静かですなあ、もう皆配給に出たんですか?』

『昨夜、検束がありましてね。十二人の従業員のうち十一人まで、検束されてしまつたんです。おほゝゝゝ、田中さんが一人しか残つてゐないもんですから、私、お手伝ひをさせて頂いてゐるんですわ』

『ぢやあ、僕も配給を手伝はうかな、わはゝゝゝ、道理で! ぢやあ、うちへいつも配給にくる青年も、検束されたんですな』

浦江夫人は、帳場の前に据ゑてある大きな火鉢に炭を盛上げて、その上に火種をおいた。富十野老人は何を考へたか、星印の北海道バターを、棚の上から取出して、田中東助にいつた。

『これを一つ貰ひませう。星印のバターつていふのがあるんですかね。うん、こりや、北海道の酪農組合で作つてゐるんですか。僕は、こんなのがあるとは知らなかつた』

浦江夫人は火鉢の火をつくろひながら澄切つた声でいつた。

『先生、あなたに御関係があるぢやありませんか。星印は天文学者には恰度いゝですわね。おほゝゝゝ、そのバターは、日本で一番評判のいゝ、バターでございますよ。何でも、北海道の飢饉を救ふたのは、この酪農組合だといつてゐましたが、私もつい最近まで、そんないゝ、バターが、産業組合でできるとは思ひませんでしたの』

富士野老人は感心してゐる様子だつた。

『いやどうも、近年の産業組合の発達は驚嘆に価しますね。我々のやうに地上のことにうといものでも、少数の特権階級が、日本の富の大部分を独占するのは間違つてゐると思つてゐました。が、この頃のやうに、産業組合が根強く発達してくれますと、無産階級は、ほんとに解放されますなあ、……どうです。ひとつ、浦江さん、産業組合を宣伝するやうなお伽噺をお書きになつては？』

『結構ですね、私もぜひさうしたいと思つてゐるんですの、ああ、さうさう、先生、先生にお聞きしたいことがあるんですの、私ね、天の川のことを、お伽噺に書かうと思つてゐたんですが、天の川つていふのは、どんなもんなんですか？』

富士野老人は、さうきかれて少し当惑したらしく。食パンをガラス箱の上において、浦江夫人の方に振向いた。

『さうですなあ、まあ一口にいへば、直径二十二万光年ある、葉巻煙草のやうな形をしたものだと思へば、間違ひないでせうなあ、一光年といふのは、御存じのとほり、一秒間に十八万六千哩走る光線が、一年間走りつゞける距離をいふんですね』

東助は、天文学者と童話作家の会話が面白いので、庭に突立つたまゝ老人の口髯を見つめながら、話に聞きとれてゐた。

『すると、先生、宇宙の幅つていふのは、どれくらゐあるんですか？　銀河が宇宙全体を形造つてゐるんですか？　それともまた、宇宙は銀河より大きいんですか？』

童話作家は、想像を逞しうして、話の種をひき出さうとした。

『なに、銀河なども、遠くから見れば、アンドロメダ星座の星雲のやうにしか見えないですな。太陽系も、銀河系統の小さい一つの星なんですが、今の程度の望遠鏡では、銀河系統の星雲のやうなものが三千ぐらゐ見えますからなあ、宇宙はまだまだ広いもんですよ。ケムブリッヂ大学のジーンス博士の計算によると、八百四十億光年ぐらゐの直径があるだらうと、今のところ想像されてゐますなあ』

東助は、それを聞いて、たまげてしまつた。広いも広いが、計算する人も計算する人だと考へた。

『よくまあ、そんな計算ができましたね』

彼は、さういつて大声に叫んだ。

そこへ、表から、相川家の女中小浜里子が入つてきた。

復活の曙光(しよこう)

『お早うございます。今朝は、見違へるほど組合が美しくなりましたね』

さういつた彼女は、こざつぱりした着物を着て、どこの令嬢かと思へるほど、髪をきれいに結ひ、薄化粧までしてゐた。

『お醤油を一樽持つてきて下さらない？　私ちよつとうつかりしてゐましてね。もうすつかり切れてゐたのを気付かずにゐたんですの』

田中は、今朝配給人が、彼のほか全部、検束されたことを、彼女に報告した。しかし彼女は少しも驚かなかつた。

『ぢやあ、今朝は配給していたゞくことはできませんのね。では私、小さい醤油樽を下げて帰りますから、出して下さらない？』

東助は、裏庭に積上げてある醤油樽を取りに行きながら考へた。（なんといふ、組合員だらうか、これが田舎の産業組合であれば、従業員十二人のうち、十一人まで検束されたといへば、組合は全滅状態になるだらうに、さすがは知識階級の作つてゐる協同組合はちがつたものだなあ、実にえらいものだ。日本の凡ての産業組合が、みんなかうした、組合意識に目覚めてくれると、やりやすいがなあ――）

彼は、十六リツトル入りの小さい樽を運んでくると、小浜里子は首をかしげ乍ら、微笑した。

『田中さん、リヤカーを貸して下さらない？　私が、それをひいて帰りますわ』

東助はすぐ、表のリヤカーに醤油樽を載せて、大声に言つた。

『配給すればいゝんですけれど、今日はさういふ事情ですから、勘弁して下さい』

『なんでもないことよ。配給の方がお揃ひになるまで店にとりにきますわ。さうすれば、あなたも助かるでせう、おほゝゝ』

彼女は、さういつて朗かに笑つた。彼女が立去ると、富士野老人もパンと、バターとを持つて表に出た。そのあとを追ふて、浦江夫人も、

『少し、ウーマンス・ギルドの若い娘たちを引張つてきますわよ。そして、今日は、娘たちに配給を手伝つてもらひませう』

と、勇ましく表に出て行つた。

三人の客が立去ると、すぐまた、数人の客が、配給人のゐない組合の店舗に、買物にきた。

そして、東助は、朝飯も食はないで、てんてこ舞ひをした。師走の太陽が、まばゆく店先を照らした。組合は、妙なところから、復活する曙光が見えた。

霙降る夜

霙の降る夜であつた。浦江夫人の狭い座敷に、高円寺消費組合家庭会の幹部六人が集まつた。家庭会には、消費組合に入つてゐる婦人が、七十九人も加入してゐた。みんな消費組合に相当の理解のある婦人たちばかりであつた。

『消費組合に欠損がつゞいたといふのも、貸売が多くなつたからですわね』

淀橋の私立学校の数学の教師をしてゐる冨永久子は、浦江夫人の顔を覗きこむやうにして、さういつた。

『ほんとにさうなの、このへんは、みんなインテリ・プロレタリア（知識階級的無産者）の集団でせう。不景気が影響して、支払がだんだん悪くなつたのよ。だから貸す。貸してゐるうちに、ある人は払ふことが出来ずに引越したり、悪意でないけれど、金を払はないうちに田舎に帰つたりする人が出て来たんですの』

浦江夫人は、彼女の前に据ゑられた茶瓶を座敷の中央に突出しながら言つた。その言葉を受けついで、婦人記者の森本綾子は、痩せぎすの頸を斜に傾けて、元気よく主張した。

『だからね、浦江さん。この際、二十円ぐらゐ一度に払込んでくれる組合員を五十人ほど募集するより途がないぢやないの……そして金廻りのいゝ人には購買券の前売に応じてもらつて、月末でなければ払へない人のために、奉仕するやうな精神で組合を経営するよりほか途がないぢやないでせうか』

それには、今まで沈黙してゐた他の三人の役員たちもうなづいた。この動議を実行することによつて、正に潰滅に瀕してゐた高円寺消費組合も難関を切抜けた。店売は激増し、現金買が殖えた。そして組合意識の発達から、附近の市場の値段とあまり違はなくとも、誰も不服をいふものがなくなつてしまつた。

もちろん、かうして復活の基礎になつたものは婦人たちの力によつてゐたけれども、その蔭には田中東助が躍つてゐた。彼は、困難な都市消費組合のやり方がよく解つたので、高円寺消費組合を辞して、少し信用組合の見習をしてみたいと思つてゐた。しかし、十二月も押迫つて、餅搗（もちつき）と餅の配給に、三晩も徹夜をした東助は、もうあと一日といふところで倒れてしまつた。しかし、困つたことは無給の約束で組合に入つた彼として、医者の薬代の払へる道理はなかつた。

発熱する、咳はつゞく。元旦もたうとう床の中で送つた。新しく来た配給人は、みんな、正月休みに遊びに出かけて、病人の彼を看てくれるものはなかつた。たうとう困つた末、彼は新しくきた炊事のおばさんに頼んで、近所の医者に来てもらふやうにした。医者はすぐ来た。そして、肺炎の初期だと診断し、注射一本をして帰つて行つた。困つたことは薬代がない。彼は、また炊事のおばさんに頼んで、小浜里子に、ちよつと組合まで来てくれと、言伝（ことづて）してやつた。

相川家の表で、暢気さうに近所の子供と羽根を突いてゐた里子は、びつくりして飛んできた。彼女は二階に上つてくるなり、

『まあ、ちつとも知りませんでしたのよ。肺炎なんですつてね。医者をお呼びになつて？　私でもよければ、幸ひ、正月休みがもらへますから、看護に寄せて頂きますわ』

といつた。彼女はさつそく薬屋に行つて、氷袋を買つてきた。東助が、医者に払ふ薬代さへないことを打明けると、義侠的な彼女は言つた。

『そんなこと、御心配にならなくともいいですわ。年末の賞与に少し頂いたのがありますから、それでお医者さまの方は払つておきますわ』

彼女は、医者のところへ薬をとりに行つた。しかし彼女は医者の薬代の高いのに、びつくりしてゐた。

『ちよつと、田中さん、私は、貧乏人は病気もできないと思ひましたわ。往診料に五円とられましたよ。そして注射料がやはり五円なんですつて』

里子は、氷を砕いて氷嚢に詰め、東助の額にそれをあてゝ、薬を匙で飲ましてくれた。美しい女性が傍に坐ることさへ昂奮を感ずるのに、人並以上に綺麗な里子が、正月の晴着を着たまゝ大理石のやうに美しい腕をさし伸べて、薬を飲ましてくれることは、東助をして異常に緊張せしめた。口数の少い東助は、小さい声で、

『この御恩は、いつかはお返しゝますから』

と言つたきり、あまり物をいはなかつたが、彼は里子の横顔を見つめてうつとりとした。しかし、その晩は、さらに発熱が激しかつた。四十度の熱が、正月二日の午後四時からつゞいて、晩の十二時になつても、ひきさうになかつた。で、たうとう小浜里子は、相川家に電話をかけて、

『お友達が肺炎で困つてをりますので、今夜は、よそで泊らせていたゞきます』

と断つた。そして、なほも引続いて、看護をした。

炊事のをばさんから事情を聞いて、浦江夫人が、夜の十時過ぎにやつて来た。

『悪いんですつてね。入院しちやあ、どう？　少し遠いけれども、中野駅の近くに東京医療組合の中野病院つていふのがありますから、そこへ入院ができるやうな手続きをとりませうかね』

その晩たうとう、里子は一睡もせずに看護してくれた。幸ひ午前四時過ぎから熱が、そろそろひき始めた。それで彼も朝方になつて少しうとうとした。そして午前六時頃まで睡つたが、眼をさました時には、熱は三十八度までひいてゐた。一晩、氷を割りつゞけた小浜里子は、東助の熱が下向きになつたので、安心して一先づ引揚げた。それと入代りに、童話作家の浦江夫人が見舞ひに来てくれた。

『あれから、医療組合の病院に電話をかけてみましたがね。病床はあいてゐないけれども、少し窮屈な処で辛抱してくれるなら、ほかの者と違つて、同じ組合の仲間でもありますしね。どこかへ割込ませてい丶といふ返事でした。向うから、小型の自動車で迎ひに来るさうですから、私でよければついて行つてあげますわ。しかし、小浜さんも今日はまだお休みがとれるんですから、看護に来てくれると思つてよ』

医療組合病院の小型自動車が迎へに来てくれたのは、それから間のないことであつた。

医療組合病院

医療組合の病院は、省線中野駅の南口からあまり遠くないところにあつた。三階建の堂々たる建築であつた。消費組合のやうなけちな建築ばかり見てゐる者には、どうしてこんな大きな病院が、組合員の手で建てられるかといふことが不思議であつた。それに、なほびつくりしたことは、診て貰ひに来てゐる患者の多いことであつた。東助は、やつと、二階に上る階段まで辿りついた。彼は、そこまで一ぱいに詰まつてゐる患者の間を縫うて、階上のアセンブリルームの一隅に、新しい寝台を入れてもらつて、そこに落着くことになつた。

それは全く夢であつた。磐梯山の麓を出る時には、村を救ふ一つの工夫を発見すればよいと思つてゐたのであつたが、東京に出て少しの間ではあつたけれども、消費組合の再興に努力し、今また農村の貧乏の最大原因である病気を救ふ工夫が、医療利用組合によつてできるといふことを眼前に見せつけられたので、なんだか新しい天地に入つて行くやうな気がした。イギリス流に、白いハンカチを髷にくつつけた看護婦が、親切に熱を計りにきてくれた。もと東京市社会局の児童係長をしてゐたといふ大瀬博士が、にこにこしながら見舞に入つて来られた。

『田中君つていふのは君ですか？ ……大丈夫ですよ、安心し給へ、君は高円寺消費組合のためにずゐぶん尽したんですつてね。少し無理しすぎたんだよ』

院長は、聴診器を取出して、東助の胸から背中にかけて、ていねいに診てくれた。

『大丈夫、大丈夫、少しこゝで静養してをれば、すぐに治るよ。あまり心配しないやうにね、何でも必要なことがあれば、看護婦にいつてくれたまへ。入院料などは心配しなくてもいゝから、安心して静養してくれたまへ。さつき、君の方の組合長の本居潔君から電話がかゝつてきてね、君の入院料は本居君個人で心配するといつてゐたから、幾日でも治るまでゐてくれたまへ』

さう言つてゐる院長の目尻には、翁面にあるやうな美しい皺が沢山寄つてゐた。院長が去つた後、浦江夫人が、院長の噂をして聞かせてくれた。それによつて、大瀬博士が東京市の高給を擲つて、プロレタリア階級の救療運動のために、もと貰つてゐた月給の四分の一くらゐで、医療組合につくしてゐると教へられた。それで、隠れた処にえらい犠牲があるのだと感心した。

東助の病気は日増しによくなつた。熱はだんだん下り、咳は四日目から止まつてしまつた。彼が消費組合に関係してゐたといふので、医療組合の主事をしてゐる白川平一郎が親切に、朝晩見舞つてくれた。そして、医療組合の全国的形勢について教へてくれた。自分が、今組合病院に世話になつてゐるだけに、白川の言葉が、彼の胸底に徹した。

白川のいふところによると、医療組合運動者の理想は、日本の医療設備を国営にすることにあるのだが、日本国家が市町村の自治体に置かれてゐるやうに、医療国営も、医療組合といふ自治団体によつて統一されねばならぬと聞かされて、田舎者の東助は、まづ、どぎもを抜かれた。

看護婦長が、親切に、ピンク色の大きなバラを薬瓶に挿して持つてきてくれた。

『あなたは産業組合のために尽くしてゐられるんですから、組合病院の看護婦から一輪の花を贈りませう』

さう言つて額の広い婦長さんは、すぐ病室を出て行つた。白川主事は言葉をつゞけた。

『こゝ二三年間に組合病院は発達しましたね。飢饉で困つてゐた東北方面が、かへつて、医療施設に於ては進歩しましたよ。青森県の如きは、村々に医療組合網ができたといふんですからね。もうこの上に、農民健康保険が施行せられて、組合の医者に保険医たるの資格ができさへすれば村の病人で、病気したために貧乏するなどいふ家は、一軒もなくなるでせうなあ』

『さうなると結構ですねえ』

東助は、母が病気をして薬代に困つた昔を思ひ出して、大声で言つた。

それから、東助は、自分の村でも医療組合を作りたいと思つてゐたので、経営上のことをいろいろ白川に教へて貰つた。白川は一々東助の質問に答へて三百戸ぐらゐの村では、一人の医者を雇ふだけの力がないことや、せいぜい六百戸ぐらゐの村でなければ、医療組合診療所を開いてはならないこと、出資金は出来るだけ多くすること、産科や歯科はあとに廻して、まづ内科外科を設け、次に耳鼻咽喉、その次に眼科といふ順序で拡張するがよいこと、組合連合会で病院を開く場合には、一人の医者に病床が五つぐらゐ持てるやうにしないと、経済が持てないこと、信用組合を中心にして病院を経営すれば、早く建設ができることまで、精しく説明してくれた。

東助は、三十分以上もその説明を聞いて、彼が入院したことも、決して無駄ではなかつたと、天に感謝した。

質物を抱へて

皮肉なのは無産者の生活であつた。

田中東助が入院してゐる間は、生活に困らなかつたけれども、明日退院するといふ一月二十一日の夕刻になると、彼は次の日から、生活を心配しなければならなかつた。

消費組合の方は配給を放つておくことができないので、新しい人がもう入つてしまつた。彼もまた、長く腰を据ゑて東京にゐるつもりでもなかつた。それで、彼は一日も早く磐梯山の麓の山里に帰らうと決心したが、旅費がない。この上、小浜里子や浦江夫人に厄介をかけることを好まなかつた。さればといつて、組合長の本居に泣きつくこともできなかつた。

そこで思ひ出したのは白川平一郎の説明のうちに、東京医療利用組合の姉妹組合に、中ノ郷質庫信用組合といふのがあることを、聞いたことであつた。東助は、事務所に下りて行つて、白川に、それがどういふ内容を持つてゐるかをきいた。そして彼が秋までゐた、信州上田の質庫信用組合と同じものであることを知つた。

それで彼は、小浜里子にもらつた外套を質入して、五円ぐらゐ借りて、すぐ故郷に帰る決心をした。

東助が、隅田川を東に渡つて、本所区東駒形町四丁目の中ノ郷質庫信用組合を訪問したのは、彼が退院した翌日の午前であつた。それは、労働者のために建てられてゐる江東消費組合といふがつちりした組合と同じ通りにあつた。磨きたてた入口の大きな硝子戸を開いて中に入ると、計算台を前にして、組合の書記が三人、ずらりに並んでゐた。その奥は、質物を預る部屋だと見えて、角帯をしめた青年が二人、忙しく着物を紙に包んでゐた。その部屋の更に奥には、金庫につけるやうな、厚い金属性の扉が、両方に開いてゐた。

東助は、あまり大きくもない建物ではあるけれども、一糸乱れないその整頓振りに感心した。彼より先に太つてゐるお婆さんが、十円札五枚を計算台において、こんなことを言つてゐた。

『おうちの皆さんは宗教的でいらつしやるから間違ひないと思ひまして、私たちは銀行より以上にこの組合を信用させていただいてゐるんでございますよ。神様を信心してゐる人は、隠れたところにでも、正直ですからね』

その言葉に、東助はぎくつとした。

（……なるほど。こゝに、組合の精神的基礎があるんだな。経済更生といふのも精神的基礎がなければ、結局不可能のことなんだな。このよぼよぼの老人が、これだけ組合を信用してるといふのは、余程のことだ）

さう考へながら東助は、老人の預金事務のすむまで、静かに待つてゐたが、強度の眼鏡をかけた、面長の、人の好ささうな事務員がすぐ東助の方に振向いて、きいてくれた。

『何か御用ですか？』

と、彼は、語尾を濁した。第一、その応接ぶりの叮嚀なのに、東助は感心した。これを高円寺消費組合の従業員が木で鼻をかんだやうな応接ぶりに比較すると、雲泥の差があつた。

『実は、少し質を入れたいと思つて来たんですが、お金を貸して下さいますかしら？』

さう言つて、彼は、新聞紙にくるんだ黒羅紗の外套を計算台の上においた。事務員が、妙な顔をするかと思つてゐると、それとは反対に、人間の悩みを吸取るかのやうに、奥から係の者を呼出して、叮嚀に言つた。

『質草を預つて下さい』

出て来た事務員は、

『奥へお通り下さいませんか』

と、北側の質専門のところへ、彼を案内してくれた。その事務員は、続けて東助に訊いた。

『いくらぐらゐ。御入用なんですか？』

『さあ、五円ぐらゐ欲しいんですがね』

『お貸ししませう。組合員になつてゐられますか？　なつてゐらつしやらなければ、この際十銭だけ払込んで、組合員におなり下さい』

わづか十銭で、信用組合の組合員になれるとは、彼もびつくりした。さつそく、彼は十銭を財布の中から取出して、計算台の上においた。すると最初彼に応待してくれた眼鏡の事務員が、組合員章を発行してくれることになつた。

待つてゐるうちに、また年の頃四十ばかりのおかみさんが入つてきた。何か悲しいことがあつたと見えて、前掛で両眼を拭きながら、風呂敷包を脇に抱へて、ぼんやり庭に立ちすくんだ。それを見た質部の事務員の一人が、小声に『いらつしやい』といつた。おかみさんは、もう一度前掛で眼を拭きながら、

『夏前に入れました私の羽織は、もう流れたでせうかね。流れてゐませんでしたら、この着物と取換へていたゞくことはできないでせうか？　うちの親爺さんの発明がまだ完成しませんでね。娘がこんど芸者にでも出て、親爺さんの発明をぜひ成功させたいといつてをりますので、あの羽織を娘に着せてやりたいんですの、御無理が願へるでせうか？」

従業員は、そのおかみさんの顔をよく知つてゐると見えて、

『そりや、お気の毒ですね、……羽織は置いてありますよ。もう期限は切れてゐるんですが、お宅さまのことですししますから、この間利息をお入れ下さるやうに手紙を出したのですが、届いたでせうね……そりやさうと、おかみさん、こんど、この組合は、府庁の許可を得て、五十円一口の生業資金を貸出すのを御存じですか？　利息も年四朱ですから、これほど安いお金は、どこにもありませんですよ。去年信用組合は、四千五百円ばかり儲けましたから、そのお金を全部組合員のうちで、一番困つていらつしやる方に低利でお貸ししようといふことになつたのです』

その話を、そばで聞いてゐた田中東助は、組合のうるはしい精神に感心してしまつた。

『なるほど、村の信用組合も、ここのやうなやり方をすれば、産業組合を通して社会事業がやれる訳だなあ。……』

と大いに教へられた。そして、すぐ思ひ出したことはトドミアンの産業組合論に、ドイツのライファイゼン式信用組合は、利益があつた場合、それを金持に分配しないで、村の最も貧しい人々に、生業資金として貸出してゐるといふことであつた、その事実が、西洋ばかりでなく。現在日本でも、東京の労働街に実行されてゐるかと思ふと、嬉しくてたまらなかつた。それで、彼は思はず、大声に叫んだ。

『さうですか。こゝぢやあ、僅か四朱で、五十円も一纏めに貸してくれるんですか。ずゐぶん助かりますね。こゝの消費組合も同じ方法でやつてゐるんですか？』

角帯をしめた従業員は、早口に答へた。

『ながく組合員の方々におつきあひしてゐると、大体どんな方が正直か判りますからね。金廻りのいゝ人にはお金は払はないで、正直でありながら困つてゐる人だけに、低利のお金を融通してあげてゐる訳です』

泣いてゐたおかみさんの顔は晴れた。持つて来た着物と、錦紗縮緬の羽織とを取換へてもらつた上に、五十円金が借りられることになつたので、おかみさんはにこにこしながらいつた。

『組合といふものは有難いものですね。これで娘を芸者に出さなくても済ませることができます。その上親爺さんの発明ができ上れば、組合は、私達一家の救主ですわ』

東助は、計算台にもたれながら、おかみさんの顔をみつめた。そして、悪漢に誘惑されたつきり行方不明になつた春駒が、村に信用組合があれば、私は身売せずに済んだのだといつたことを思ひ出した。

（――さうだ、さうだ。かうした社会事業の性質を帯びた産業組合を村に作りさへすれば、東北は救へるのだ。早く福島県に帰つて、理想的な組合をつくつてやらう）

彼は五円の金を借りたよりか、模範的な信用組合を見たことによつて、一層力づけられた。それで彼は、そこにゐた従業員に一々お辞儀をして、表に出た。

彼女は誰？

彼が表に出た時と、自動車が彼の前に停つた時とは、殆ど同じ瞬間であつた。運転手は、自動車の中から彼に尋ねた。

『おたづねしますが、産業青年会つていふのは、このへんにありませんかね？』

東助は、その時、ふと硝子越に、タクシーの中に坐つてゐる美しい婦人を、どこかで見たことがあるやうに思つた。それは確に、春駒によく似てゐた。しかし髪の形が、まつたく変つてゐた。島田に結つてゐた髪が、東京の女学生が結ふやうな形に変つてをり、着てゐる着物までがどことなしに垢抜けがしてゐて、田舎芸者の面影はなかつた。それで、彼女は榎本鈴子であるかも知れぬと思つたが、彼が今質屋から出て来たばかりであるのと、貴婦人に対して、人違ひの挨拶もできないと思つたので、すぐ、彼女から視線を外して、運転手に言つた。

『この角の家ですよ』

タクシーはすぐ直角に曲つて、産業青年会の前にとまつた。東助は、その女客が、あまりに春駒によく似てゐるので、遠くの方から、彼女が降りる姿を見てゐた。

似てゐると思へば似てゐるし、違つてゐると思へばまた違つてゐた。

（しかし彼女とても、運転手に自分が答へてゐる際に、顔を見てゐたのであるから、知つてをれば挨拶をしさうなものだ。さうしなかつたところを見ると、人違ひかも知れない、しかし、躊躇する必要はない、中に入つて尋ねてみよう）

タクシーが遠く去つて後、少し躊（ため）つてゐた東助は、女の後を追うてすぐ、産業青年会に入つた。奥から、保育園の子供等の歌ふ童謡が聞えてきた。

その声に聞きとれてゐると、急に田舎に残してある弟や妹のことか思ひ出された。背のすらりとした女事務員が出てきた。

『何か御用でございますか？』

『申し兼ねますが、今此方へ来られた女のお客様は、榎本鈴子といふ方と違ひますか。ちよつと聞いて下さいませんか』

『少しお待ち下さいませ』

さういつて、女事務員は右側の部屋へはいつた。入れ替つて出て来たのは、色の白い、秀でた額を持つたこゝの主任であつた。

『何か、御用がおありですか？』

東助は叮嚀にお辞儀をして、小声に言つた。

『今のさき此処にはいつて来られた女の方は、もしか榎本鈴子といふ人ではなかつたでせうか？』

その声を聞いて、右側の部屋から、さつき見た婦人が出て来た。

『あら、どうしませう！　田中さんでせう？　おほゝゝゝ』

さういつて、彼女は、親しげに近寄つて来た。活動写真であれば、すぐ抱きついて接吻するところである
けれども、東助は、殆ど裸体一貫であつたので、遠慮して、庭に立つたまゝ叮嚀にお辞儀をして言つた。

『不思議なところでお目にかゝりましたね、あなたは、どうしてここへいらしつたんです？』

さう訊かれた鈴子は、昔、芸者時代によくしてゐたやうに、襟元を掻きよせた。そして力強い声で言つた。

『あなたこそ、どうして此処へいらしたの？』

『私ですか、私は、隣りの信用組合へ来たんですよ』

主任は、

『まあ、お上りなさいまし、こゝだやあ、あまり騒がしいですから、裏の寄宿舎の方がお静かでせう』

さう言つて彼は、二人を、廊下を抜けて隣保事業に使つてゐる寄宿舎の方へ案内してくれた。

池の上の水蓮

『まあ、天のお佑だわ……私、こんなところであなたにお目に懸るとは思ひませんでしたよ』

さういつて、すぐ、鈴子は、ハンカチを両眼へ持つていつた。昂奮はしてゐたけれども、彼女は、少しも苦労したらしい跡もなく、豊かな二つの頰ぺたから、林檎でも落ちて来さうな若々しさを示してゐた。上田で見た時には、まだ、どことなしに、芸者風な態度があつたが、今見てゐると、さういふところはすつかり抜けてしまつて、どこかの若奥様か、それでなければ、どこかの事務所に働いてゐる職業婦人のやうに見えた。うまれつき美しい彼女は、澄切つた池の上に咲いた水蓮のやうに、水際立つて綺麗であつた。

臙脂の勝つた虹のやうな縦縞の上に淡いピンク色の羽織を着てゐるのが、彼女の頰つぺたの紅の色と対比

して、野蛮人の東助には、とても寄付けさうにもなかつた。彼が沈黙をつゞけてゐると鈴子は、

『まあ、ほんとに、私どうしませう、もうこれで死んでしまつてもいゝやうな気がしますわ』

といふなり、彼女は、飛付くやうに、東助の両手を握つた。僅か五円の金を借りるのに、東京の西から東まで、遠いところを質人れにきた東助は、鈴子の熱情的な態度にびつくりしてしまつた。

美しい女に両手を握られて、身体をわくわくさせながら東助は、誰かその光景を見てゐやしないかと、四方に目を配つた。幸ひ、そこには誰もゐなかつたので安心した。

『あなた、何しにきたの？』

東助は、いぶかつて鈴子に尋ねた。

『こゝへですか？　新見さんをお訪ねしてきたんです』

『ゐるかな？　あの人はいつも田舎にばつかり出てゐて、東京にゐる事は診らしいさうですよ』

『そんならそれでいゝわ。私、あなたに会へたら、それで目的が果されたのと同じですもの』

通された部屋は児童の図書室であつたが、何となしに落着きのある静かなところであつた。主任の立木は、

『ちよつと電話をかけて来ます』といつて立去つた。あとに残つた二人は、まるで夢心地になつて、椅子にかけた。東助とても決して、彼女に与へた約束を忘れてはゐなかつた。しかしもう半年近く別れてゐたのと、その間に、彼には一大変動があつたので、遠慮して、彼から積極的に口を開かなかつた。

するとと鈴子の方から、口を切つて、こんなことをいひ出した。

『あれからね、私はずゐぶん、えらい目に遭ひましたよ。悪漢の真田はね、私を自動車に乗せて渋の温泉へつれて行つたんですよ。そして、無理に、中泉といふ旦那の妾になれといつて、ピストルでおどされたんですがね。私はもう殺されることを覚悟して、私には約束の男子があるんですから、殺されても人の妾にはなりませんといひ張つたんですの。さうですね、それでも渋に一週間ぐらゐも閉込められてゐたでせうか。中泉の旦那も来てゐたんですけれど、あまり私が言ふことをきかないので、困つてしまつたんでせう。こんどは私の機嫌取りに、私の番をさせながらあちら此方の温泉場を連廻つてくれたんですよ。しかし私はどうし

ても、うんといはなかつたんです。たうとう、中泉の旦那も愛想がつきたと見えて、私に見限りをつけたんです。すると真田は、こんどは、東京の玉の井に、三年の年期で千五百円に、私を売飛ばしてしまひましてね。その金を持つて、どこかへ逃げてしまつたんです。それには私も弱りましてね。泣くには泣けず、夜昼番人がピストルを持つてついてゐるでせう。私はほんとに首を縊つて死なうかと思ひましたよ。破戸漢(ごろつき)はほんとに恐ろしいですね。今思ひ出しても身慄ひがしますわ』

そこまで話した時に、主任の立木道則がまた部屋に入つてきた。

『まことに失礼ですが、私、ちよつと、これから、産業組合中央会の方へ出かけなければなりませんので、一時間くらゐ、お待ちを願ふことは出来ないでせうか。ちよつと昨日から約束してゐたもんですから……すぐ帰つて来ます」

立木はにこにこしながら、叮嚀にさういつた。

『お忙しいところを、ほんとに申訳ありません。私は、一時間でも二時間でも、こゝで待たせて頂きます』

鈴子は、こみ入つた事情があると見えて、落着いてゐた。しかし東助には、産業組合中央会といふ名が、特別に慕はしく響いた。信州上田でも、また小県郡浦里村でも、さては東京の高円寺でも、産業組合の関係者は、寄るとさわると、いつも、「産業組合中央会」の名を繰返すので、一度そこが見たかつた。彼は椅子から立上つて、立木に尋ねた。

『あなた、すぐ、これから中央会へいらつしやるんですか？　私も一度、中央会を見たいと思つてゐたんですが、連れて行つて頂く訳にいかないでせうか？』

『そりや、お安い御用です』

立木は、気持よく同行を承諾した。鈴子は東助を顧みて、恨めしげな声を出していつた。

『あなたも行つてしまうの？　ぢやあ、私もついて行きたいわ』

さう独言をいつた彼女は、

『では、自動車の中ででも、私の話を聞いて下さらないでせうか。事情は手紙で申上げましたやうな事柄なんですから、ただ先方に、真田といふ男が借りてゐる金を、私が払ふ義務があるでせうか。それをお訊きしたいんでしたの』

『御心配要りませんですよ。少し古い法律ですけれども、醜業の目的で金を貸した場合には払はなくともい丶、といふやうな法律が太政官令として出てゐるんです。自由廃業をする人はみんな払つてやしないんですから、そんなことを一々気にしてゐる人はありませんよ。一番大事なことは、早くあなたが身を隠してしまふことなんですよ』

立木がきつぱりさう答へると、鈴子は、両手を組合せて、感心してゐるやうな表情をした。

『有難いですわ。それぢやあ、私が判をついた千五百円の金も、全然支払はなくてもい丶訳なんですね』

傍に聞いてゐた東助は、鈴子が思はざる災厄にか丶つて、今、自由廃業の相談にきてゐることを知り、心から彼女に同情した。

三人は、すぐ産業青年会を出て、三ツ目通りで円タクを拾ひ、日比谷公園に近い麹町区有楽町の、中金ビルデイングまで飛ばした。中金ビルデイングといふのは、産業組合中央金庫の建てた建築物であつた。で、一般から中金ビルデイングといはれてゐた。純白の七階建築で、日本銀行を凌ぐやうな壮観を呈してゐた。

六百万頭の山羊

『大きなもんですね、私は産業組合中央金庫が、こんな大きな建築物を持つてゐるとは知りませんでした』

東助は眼を丸くして、びつくりしてゐた。

『そりや、何しろ、二億円からの金を廻してゐるんですからね。中金の隠れた勢力は大きいもんですよ。将来日本を救ふ力は、まつたくこの建築物の中から出て来るでせうね』

立木は自動車から降りながら、そんなことを言つた。

東助と立木は、すぐビルデイングの中に入らうとしたが、鈴子は、

『私のやうなものが入つて行つてもいゝんですか？』

と、歩道の上に立ちすくんだ。

『御遠慮要りませんですよ。こゝは役所ではなくて、民衆の作つてゐる中央機関ですから、ちよつと見ておくことも教育になりますよ』

立木は、東助と鈴子をつれて、エレベーターで四階に上つた。そして、産業組合中央会の中心人物の一人である赤垣源太郎に、面会を求めた。数十人の人々が忙しく働いてゐる事務所を通りぬけて、赤垣の部屋に通ると、そこは非常に落着いた、光線のよく入る南向きの部屋であつた。

立木の要求は、東京市の労働階級に対する消費組合運動を、もう少し発展させるために思想的に対立したり、経営的に分裂してゐる各種の消費組合を、この際、ぜひ、中央会の尽力によつて統一してくれるやうにといふことであつた。赤垣源太郎は、――忠臣蔵に出てくる赤垣源蔵によく似た名の持主であるが、どすい太い声で、明確に答へた。

『ぜひ一つ、それを物にしようね。実際、ロッチデールの主義からいふても、産業組合運動は、思想や宗教を超越してやらなければならぬことになつてゐるんだから、あまり理屈をいはないで皆手を握り合つて、一しよにやるんですなあ』

その力強い言葉を聞いて、側の椅子に腰をかけてゐた東助は、非常に嬉しかつた。立木の話が済むと、赤垣は、東助の方に向いて尋ねた。

『君は、高円寺の消費組合を建て直した田中東助君とちがひます？』

東助は、まさか赤垣が、彼の名を知つてゐるとは思はなかつた。それで、大いに面目を施されて、すぐその席から逃げ出したいやうに思つた。赤垣は、なほも続けて言つた。

『君は、童話作家の浦江秀子さんを知つてゐるでせう。この間、あの人はとても君を褒めてゐたよ。こんど君は、福島県の方へ帰るんだつてね。君の故郷は、福島県のどこですか？』

『会津若松から七、八里山の中へ入つた大塩つていふところです』

『大塩？　あそこにはまだ産業組合は無いね。ぜひ、君、こんど帰つたら作つてくれたまへ』

赤垣は、東助の二つの瞳を見つめた。

『それを作りたいばかりに、東京へ見習ひに来たんです』

東助は、身動きもしないで、さう答へた。

『ぜひ、やりたまへ、中央の方からも大いに援助するから、最初は多少困難でも、頑張つてくれたまへ、資金が足りなければ、中央金庫の方からも応援するやうにいふから、ぜひ農村更生に努力してくれたまへ』

東助は、赤垣が、地方の事情に明るいのに感心してしまつた。

『田中君、君の方には山羊がゐるかね』

『いや、一匹もをりません』

『だから困るんだよ。君、帰つたらすぐ山羊を奨励し給へ、種がなければ、僕個人としても、種山羊を君の村へ寄附してもいゝよ。さうだなあ、日本に山羊を六百万頭から七百万頭ぐらゐ飼ふやうになると、農民はもう饑饉の時にも困らなくなるだらうね。何しろ日本は山が多いんだから、山羊はいくらでも飼へるよ。山だけで千九百万町歩あるつていふんだから、六百万頭飼つても、三町に一頭しかゐない訳だね』

日本全国のことを心配してゐるだけあつて話が大きい、然し、その大きな話のうちに、小さい村のことを心配してくれるのが嬉しかつた。殊に山羊の種をやらうといつてくれる赤垣の志を彼は感謝した。

しかし時計を見ると、もう十二時五分過ぎであつた。それで、立木は帰りを急いだ。

三人は揃つて、赤垣の部屋を出た。その時、赤垣はもう一度微笑を湛へながら、田中東助に向つていつた。

『田中君、ほんとに山羊の種を、僕は君の村に進呈するよ。ザーネン種のいゝ奴を送つてあげるよ、君が郷里へ帰つたら、すぐ、はがきを呉れたまへ、……さよなら』

赤垣の部屋を出た三人は、産業組合中央会が発行してゐる雑誌『家の光』の編輯部、全国購買組合聯合会、産業組合中央金庫、といふ順序で、ビルデイングの中を全部見て廻つて、日比谷に出た。それは、鈴子が、美松の地下室で昼食を一しよにしないかといひ出したからであつた。

地下室食堂

鈴子は、玉ノ井の破戸漢に見つかると悪いといつて、わざわざ地下室食堂の隅つこの方に席をとつた。

三人は、鰻丼を註文した。膳が来るのを待つてゐる間に、鈴子は、こんなことをいひ出した。

『私、産婆になりたいと思つてるんですが、福島県の山奥に、産婆の必要があるでせうかね』

銀鈴のやうに澄み切つた彼女の言葉は、東助の魂の底まで泌込んだ。

『無料で、奉仕的にやつてあげるんであれば、産婆の需要はいくらでもありますよ。子供は始末におへないほど、沢山産むんだから、わは丶丶丶』

鈴子の反対側に坐つてゐた立木は、賢さうな瞳を光らして言つた。

『産婆さんも、農村の産業組合の利用部の仕事としてやれば、いゝ社会事業ができますよ。私の方でも、消費組合の内部で、利用部の仕事に産婆さんを雇つてありましてね。いゝ成績があがつてをります。ぜひ、農村の方で、さうした計画をお進めになるといゝですね。もし、あなたが産婆にでもならうといふ御方針でしたら、本所の小梅業平(こうめなりひら)に賛育会といつて、毎日八、九十人の赤ん坊が生れてゐる大きな病院がありますから、そこの院長さんにお願ひして、そこの練習生に採つていたゞくと、勉強するのに都合がいいですね』

鈴子はその話を聞いて、身体を前方に乗り出した。

『私のやうなものでも、その練習生に採用して頂けるでせうか？』

彼女の両眼は光つた。

『恰度来月、新しい生徒を募集してゐますから、今からお申込みになれば、大抵採用してくれると思ひますがね。あそこの院長の河口博士は熱心な基督教信者で、立派な人格者ですから、あなたが農村のために産婆になりたいといへば、きつと道を開いて下さると思ひますがね』

『ぢやあ、ぜひ、さうお願ひしたいですわ……まあ、ほんとに、今日は、天のおひき合せでしたわ』

にこにこしながら、彼女はとても上機嫌であつた。鰻丼と吸物の載せられた膳が三つ運ばれた。

女給が去つて後、すぐ、若い女性が二人隣のブースに落着いた。

最初は気がつかなかつたが、東助が頸を伸ばして見ると、その二人は、浦江秀子夫人と彼が病気中一方ならぬ世話になつた小浜里子であつた。

『おや、誰かと思つたら、あなたたちですか』

東助は、さう大声で言つた。

『まあ、あなたが、そこにいらしつたの？　もうあなたは出歩いてもよろしいの？』

浦江夫人は、小さい声で囁くやうにいつた。

『こつちへいらつしやらない？』

浦江夫人はまたさう続けた。

『お友達と一しよだものですから今日は失礼します』

『お友達つて、どなた？』

こんどは小浜里子が折返し尋ねた。

立木は、ウーマンス・ギルド（婦人協同組合同盟）で浦江夫人をよく知つてゐた。それで、席を立つて、彼女のテーブルまで行つて、ていねいに挨拶をした。

『まあ暫くでしたね。お達者ですか？　江東消費組合も近頃はうまくいつてゐるんですつてね。羨ましいですわ。私の方の組合はやつと近頃損をしないやうになつた処なんです。それも田中さんのお蔭なんですよ。こんど田中さんに帰られると、組合が潰れやしないかと、そればかり心配してゐるんですよ。立木さん、田中さんが東京に留まるやうに頼んで下さいよ……テーブルを一しよにしませうか？』

すべてのことに心掛けのやさしい浦江秀子は、横つちよのテーブルの前から椅子を一つ運んで来て、自分はそこに腰掛け、鈴子を二人に紹介した。小浜里子を立木の傍に坐らせた。

東助は、鈴子を二人に紹介した。するど浦江夫人は、彼女の職業をきいた。彼女が答へる前に東助は代つて答へた。

『産婆さんを志願していらつしやるんですよ』

それ以上、浦江も小浜も彼女の素性については訊かなかつた。二人はライスカレーを註文した。立木は、少し急いでゐるとかで、丼を口に掻き込んで、そこを立たうとした。それを見た鈴子は、立木に尋ねた。

『新見先生は、いつお帰りになるでせうか?』

『さあ、もう四五日すればお帰りになると思ひますがね。何か特別な御用事でもあれば、電報でも打ちませうか?』

『いえ、それにも及ばないんですけれど、たゞ私、まだ居るところがきまつてゐないものですから、どこか、精神修複のできるところをと思つてゐるんですが……産業青年会に置いていただけないでせうか?』

浦江夫人は小さい声で良助に尋ねた。

『あの方、今、どこにいらつしやるんです?』

『悪漢に誘拐されて、玉の井にゐたんです』

『それはお気の毒ね。立木さんの方が、御無理でしたら、私の方へいらしつてもいゝですよ』

それを聞いた立木は、浦江夫人の方に向直つていつた。

『さう願へるといゝですね。私の方は、あまり人が大勢出入りするものですから、隠れていらつしやるのに非常に都合が悪いんです。その中に話もつくでせうし、賛育会の方で歓迎してくれるなら、すぐ寄宿舎にお入りになればいゝですから……やはり、郊外の方が、御本人のためにもいゝと思ひますね』

さう話はきまつた。

『消費組合の方にお助け願へないんでせうか?』

浦江夫人は、声を改めていつた。

『一月ぐらゐでよければ、喜んでお助けしますわ』

鈴子は歯切れよく答へた。

とにかく鈴子は、浦江夫人のところに引取られることになつた。立木は、四人に別れて、地下室を出た。東助も、立木の後を追つて、そこを立去らうとした。

『あなた、郷里へ帰るつて、ほんと?』

さう浦江夫人は尋ねた。

『え、、これからすぐ帰らうと思つてゐるところなんですよ』

『組合に、荷物なんか置いてないの?』

『何もないんですよ。たゞ、これだけで帰ればい、んです』

三人の女たちは、大声で笑つた。

『まあ、ずいふん暢気な人ね。あなたのやうに着のみ着の儘で毎日送れるとい、わね。あなた、郷里へ帰る旅費をもつてるの?』

浦注夫人は、心配して尋ねてくれた。

東助は頭を掻きながら苦笑して言つた。

『里子さんにきかれると叱られるかも知れないけれども、旅費がなかつたので、里子さんに貰つた外套を、今朝質入れしちやつたんですよ』

『いくらで?』

里子は、姉さん気質を出して、さう尋ねた。

『あのい、外套で、五円しか貸してくれませんでしたよ』

『それだけ貸してくれたらい、わ……しかしお待ちなさいよ。あなたね、汽車で帰らなくとも、貨物自動車に乗つて帰る工夫がありますが、その便があればその方になさいますか? うちの旦那様の関係してをられる運送店が、毎晩福島へ、夜行のトラックを出してゐますから、それに乗つていらつしやいよ。今、電話をかけてあげますわ』

席を立つて電話をかけに行つた里子は、すぐ帰つてきた。

『いゝんですつて、今夜九時頃新宿から出るさうですよ。頼んでおきましたから、さうなさいね。郡山で乗換へると、会津若松まで行くトラックに紹介してくれるさうです』

浦江夫人は、里子の機敏なのに感心してしまつた。

『里子さんは、ずゐぶん頭がいゝのね。トラックに乗つて帰るなんてことは、ちよつと普通の人には気がつきませんわね』

闇夜の吹雪

浦江夫人と里子は、ライスカレーを食べてしまふと、

『田中さん、私たちはちよつと、買物に四階まで行つてきますから、少し、ここで待つてゐて下さいね』

といつて、そこを立去つた。

二人の姿が消えると、鈴子は、東助に身体を摺り寄せて、小声に言つた、

『東助さん、こんなに落ちぶれてしまつた私を、まだ、あなたは思つてゐて下さいますか？』

東助は、彼女の手を握つて言つた。

『僕は男だよ、一旦約束した以上、その女の上にどんな不幸が起らうと、僕は約束を変へやしないよ、たとへ、君が死骸になつて帰らうと、君は僕の妻だ』

さういふと鈴子は、東助の手を押戴いて、彼の腕を机の上に置き、その上に彼女の顔を伏せてしまつた、

『東助さん、私は、今、あなたがおつしやつて下さつた言葉を、一生忘れませんわ、たとへ、私が死骸になつてあなたの家へ帰つて行つても、あなたは私を妻にして下さるんですわね……あゝ嬉しい！　ぢやあ、あなたは、私の罪悪をみんな許して下さるんですね』

『あゝ、許すとも、許すとも、君の肉体が穢れてゐても、君の魂はけがれてゐやしないよ、僕はそれを知つてゐる』

東助が吐き出すやうに、さういふと、鈴子は、顔を伏せたまま泣きじやくりしだした。

二三分間、彼女は、テーブルの上が涙で一ぱいになるほど泣き続けてゐたが、何を思つたか急に元気を出して、顔をハンカチで拭きながらいつた。

『やはり、私は、あなたを未来の人として目をつけたことは、間違つてゐませんでした。あなたであればこそ、私のやうな汚れた者を見棄てないで、永遠に妻といつて下さるんですわ。あゝ、勿体ない、勿体ない』

さう言つて、彼女はまたテーブルの上に泣き伏した。

しかし、また彼女は顔をあげて両眼を拭きながら、東助に言つた。

『私はきつと、立派な産婆さんになつて、あなたの妻として恥かしくない女になりますわ。だから、こゝ一、二年の間辛抱してゐて下さいね』

『そりや、此方からいふことだよ。今、君をすぐ田舎に連れて帰つても、喰はすことができんからなあ。君も精出して勉強したまへ、一、二年経つうちに、僕も産業組合を作り上げて、君を迎へに来るから』

その晩の九時過ぎ、各種の雑貨を積んだ貨物自動車が、福島に向けて新宿を立つた。あひにく激しい吹雪だつたので、見送りに来た者は、鈴子一人であつたが、東助は彼女に買つてもらつた古着のマントを身体に捲いて、助手台の隅つこにのせてもらつた。

自動車は雪を蹴つて走り出した。鈴子は手を振りながら、疳高い声で叫んだ。

『――御機嫌よう！』

風は北だ。

吹雪は吹きつもる。

循環道路を車は北へ走つた。車体が重いので、車輪が廻る毎に地鳴りがした。

トラックは早や川口町を抜け、大宮を素通りにして、北へ急いだ。

闇だ、地上は一面真白だ。運転手は瞬きもしないで前方を見つめてゐる。側の助手は居眠りをしだした。

しかし、東助は、運転手に負けまいと、吹雪に曇つた硝子越しに、闇と雪との境界線をぢつと見つめた。

淋しき炉辺

なんといふ貧乏！　なんといふ窮迫だらう。我が家に足を一歩踏込んだ時、想像に余る窮乏に、東助の胸は暗くなつた。

父は三里ばかり山奥の桧原に出稼ぎに行つて留守であつた。母はリヨウマチで寝てゐた。東助がいつも考へてゐた妹のみや子は、東京に売られてゐた。十四になる花子も、群馬県の人絹工場に女工に行つたとかで、姿を見せなかつた。尋常小学校を卒業したばかりの六三郎は、椀（わん）の木地を作る桧原の工場へ父につれられて行つてゐた。それで、家に残つてゐる者は、九つになる敏子と、四歳になる留吉であつた。

父は、もうこれ以上子供ができては、食はすことができないといつて、最後に生れた男の子に留吉と名を付けたのであつたが、希望通りに、それから子が生れなかつた。

郡山で、東京から乗つてきた貨物自動車に別れ、それから汽車に乗つて、会津盆地の喜多方町で列車を捨てるまで、彼は家に帰ると、半年ぶりに、父母の前で、可愛い弟や妹の顔を見ることができると、楽しみにして帰つてきた。喜多方から三里余りの道を、雪を踏んで歩いてきたのに、火の消えたやうになつてゐるわが家の淋しい有様を見て、がつかりしてしまつた。母は、腫れ上つた右手を寝床の中から、東助の方に差出して、哀れつぽい声を出した。

『東助、あんた、帰つて来ても、家には食ふ米も無いよ。少し暖かくなるまで東京にをればよかつたにね、会津若松の木地屋の方も不景気だからね。桧原に行つてゐるお父さんから、正月からこちらへ、たつた一円五十銭だけ小遣を送つてきたきりで、親子三人が露命をつないでゐるやうな始末なんだよ』

昼飯に食へといつて勧めてくれたものは、麦と粟の混合した、ぱらぱらしたものであつた。母の白髪は、半歳ばかり見ないうちに、ずつと白くなつてゐた。母はまた重ねて言つた。

『桧原はね、東助、去年食ふものが無かつたので、お上の方からうんとお金が下つたんですよ、処がね、この村は桧原ほどに困つてゐなかつたので、お上からお金も下らないし、匡救事業とかいふものもないし、それに、土地は狭い上に副業が無いでせう。もうほんとに、どうしてい丶かわからないね』

さういつたがと思ふと、母は、

「あ丶、痛い、痛い、痛い」

と床の中で身動きをする毎に、苦痛を訴へた。

それを僅か九つにしかならない敏子が、学校を休んで介抱してゐるのであつた。母の着てゐる蒲団には、たしかに見覚えがあつた。それは二十何年か前——東助の記憶を遡り得る幼い頃から、彼等の家に備はつてゐるボロ蒲団であつた。それを腎臓炎とリヨウマチにか丶つてゐる母がよく洗濯しなかつたと見えて、垢できらきら光つてゐた。その蒲団に比べてみると、彼が東京からもらつて帰つてきた外套や、着物類は、まるで錦にも等しかつた。彼は心の中でいつた。

(俺はよくまあ、五円の金を使はずに持つて帰つたものだ。農村では、この五円の金さへ貴いのだ。よくまあ、貨物自動車に乗つて帰つてきたものだ——)

彼は、母の枕許に両手を突いて言つた。

『お母さん、御安心下さい。東助は、これからあなたに孝行します。決して、お母さんを飢えさせるやうなことはしません』

さういふと、母は急に元気づいて、床の上にむつくり起上つた。

『東助、この村は、もう駄目だよ。い丶青年は、みんな町へ出て行つてしまつたよ。あんたが上田へ行つてから、間もなく、正造さんも東京に行つてしまつたし、喜三郎さんは、会津若松の木地屋に出て行つたし、茂吉さんは東京に三助の口があるとかで、雇はれて行つたよ。だから、お前の親しくしてゐた若い人は、みんな今は居りやしないよ……』

母は暫くして、囲炉裡の火を気にしながら、敏子に言つた。

『敏子、大きな榾柮(ほだ)を一つ囲炉裡の中にくべなさい。火が小さくなると、寒くつて仕方がない』

さういつて母は、また溜息をついて、『困つたね』と独言のやうに言つた。敏子は、大きな榾柮を二つ持つてきた。

『何が困るんですか？』

東助はきゝ直した。

『あんたが着て寝る蒲団が無いよ。今夜、どうしようね』

『なに、大丈夫ですよ、お母さん、薪があるでせう、薪があれば、囲炉裏にうんとくべて、その側でごろ寝しますよ』

母の眼はうるんだ。

『その薪が無いんだよ』

三年越し、桑にやる肥料代を払はなかつたので、僅か残つてゐた山を、会津若松の肥料屋にみんな、去年の暮、とられてしまつた。と、母は淋しさうに言つた。

『今、焚いてゐる薪はね、川に行つて敏子が拾つて来たんだよ。敏子のいふのに、皆が拾ひに行くので、近くの川には、もう薪が落ちてゐないつてさ』

衣食住は勿論のこと、暖をとる薪にさへ困つてゐる我が家を見るにつけて、東助は山村の窮乏状態がよく判つた。それで元気を出して、すぐ谷に下りて、薪を拾ひ集める決心をした。

彼はすぐ着物をぬぎ捨てた。そして、少しをかしかつたけれども、母の雪袴（ゆきはかま）を借りて、ズボンの上から覆き、父の破れた仕事着があつたので、それを肩にひつかけて、表に飛出した。

（さあ、もうかうなれば、死もの狂ひだ、凡ては一から始めるのだ。雪がなんだ、雪崩がなんだ！　更生の意気に燃えてゐる日本男子にとつては、すべての苦しみが、かへつて障碍物競争をきりぬけて行くやうなものだ）

彼は、元気よく、東京で覚えた金時踊の唄を歌ひながら表に出た。

ハイヨ進めと、またがる熊にヨ
猿が先立ちや
兎ヤ槍持ち　ヤレ供ぞろへ
菱の腹かけ　キリ、とナ
おいらが金時山育ち
　ヨーイトナ　トコ　ドッコイナ
　キントコ　ヤレコノヨーイヤナ

その元気のいゝ東助の歌声に、悲しい声を出してゐた母親は、大声をたてゝ笑つた。

『若い人にははかなはんね。わは――』

空はからりと晴れて、美しい太陽が、雪の上を照らしつけた。縄と斧とを腰につけ、母のゴム靴をはいて外に出た東助は、存外、外の暖かいのに驚いた。しかし道を通る人は誰もなかつた。みんな昨夜来の大雪に縮み上つて、炉辺にくつついてゐるらしかつた。

柴拾ひ

米沢街道を上に登つて、桧原へ行く道と細野に出る道の岐路に来た時、郵便脚夫の渡辺力蔵に会つた。彼はスキー靴をはいて、元気よく下から登つてきた。力蔵と東助は、尋常小学校の六年間同じ教室で、勉強したので、非常な親しみを持つてゐた。東助が、細野の方へ曲らうとした時、力蔵はスキーの棒を二本とも前に突出して、東助に声をかけた。

『誰かと思つたら、東助さんかい。えらい元気がいゝなあ、どこへ行くんだい?』

大きな声で呼止められたので、東助はびつくりした。彼は振返つて、郵便脚夫の方を見ながら答へた。

『薪がきれたんでね、川へ拾ひに行くんだよ……久しぶりだなあ、達者にやつてゐるかね』

『おかげさまで達者にやつてゐますよ』

『これから、どこへ行くんです？』

『桧原まで配達に行くところなんだ』

『そりやえらいね。しかし、スキーができたからいゝね』

『助かりますよ。蘭峠から向ふは、スロープがスキーに持つて来いなので実に愉快ですよ。蘭峠から此方は、少し危いですがね。しかしスキーがあるとないとで大きな違ひですなあ、ぐしやぐしや歩いてゐちやあ、とても一日仕事ですがね、スキーが出来てから半日で行つて来られるですよ』

職務とはいへ、力蔵が元気のいゝことをいつてゐるのに、大いに力を得た。

『渡辺君、何かいゝ仕事の口はないかね。今朝僕は東京から帰つてきたんだが、うちの中は火が消えたやうになつてゐて、米も買へないやうな始末なんだよ。仕方がないから、また会津若松にでも出ようかと思つてゐるんだがね』

郵便脚夫は、背に負うてゐたルックサックを揺すぶりながら答へた。

『さあ、ねえ。中ノ尻のところで、米沢の方から鯉を仕入れて、会津若松に売つてゐる男があるが、一日に、一円ぐらゐにはなるつてね』

それはいゝ思ひ付きだと思つた。なほ委しく東助は聞きたかつたが、さきの急がれる力蔵は、『さやうなら』ともいはずに、険しい坂を上り始めた。東助は彼を見送つて、暫く考へこんだ。

（この雪の深いのに、三里の山道を、桧原まで越えて行かうといふ男さへあるのに、俺も元気を出さう！）と、彼はすぐ川に降りて行つた。そして岸辺に落ちてゐる柴片のやうなものまで見逃さないで拾ひ集めた。そんなことは全く乞食のする仕事で、川の底から柴片を拾ひ集めるといふことは、村の有力な青年がなすべきことではないと思つたが、どん底に沈んだ今では、人の噂など気にしてはゐられなかつた。

有難いことには、川上の方へ五、六丁歩いて行くうちに、十日焚いてもまだ焚ききれないほどの小枝や木材の朽ちたものを、五把ほど拾ひ集めることができた。それで一把だけ残して、二把宛を縄でひつく丶つて、かついで持つて帰らうと用意してゐるところへ、村の巡査が通りか丶つた。巡査は立停つた。そして、東助の方をぎよろぎよろ見つめてゐた。

（さてはやられたかな、無案内で、他人の山林から本材を盗み出したといふ罪でも、俺は犯してゐるといはれるかも知れないな、いやなことだ）

巡査は声をかけて、こんな事をいつた。

『えらい雪だつたなあ、囲炉裡にくべる薪が無くなつたんかい。少し拾ふのを手伝つてやらうか、五、六丁奥へ行くと、前に、洪水の時に流れてきた大きな木が、まだそのま丶になつてゐるぜ。あれを割つてみろよ。冬中焚くだけの薪はあるぜ……やあ、誰かと思つたら、君は、田中君ぢやないかい！　どうしたい？　いつ帰つて来たい？』

東助は、巡査といふものが、泥棒を捕へることを専門にしてゐるものだと思つてゐたのに、貧乏人を助けるやうなことをいつてくれるので、有難くて涙がこぼれた。

巡査は、のこのこ谷まで下りてきた。そして、谷川にこだまするやうな大きな声で、元気よくいつた。

『田中君、暫くだつたね、君がゐないので、青年団は火が消えたやうになつてゐたよ。いつ帰つて来たんだね？』

東助は、腰の手拭を取出し、汗を拭くやうに見せかけて涙を拭いた。そして今朝東京から帰つてきたことを報告した。すると巡査は、（彼の名は佐藤敬一といつた）彼に同情して、言葉を続けた。

『君が半年ほど留守のうちに、村はもう疲弊のどん底に陥つてしまつて、食へない家が沢山出来たよ。殊に街道筋に沿うてゐるところで満足に食へる家は、数へるほどしかないだらうね……いいところへ帰つてきてくれた。もう一遍青年団を起して、農村更生の実をあげようぢやないか。君のところは、薪がないのか！気の毒ぢやなあ、君、ついて来い、鋸（のこぎり）を持つてゐるか？　五、六丁先の岩に挾まつてゐる材木は、もう誰がとつてもい丶ことになつてゐるから、あれを伐り落してしまはうぢやないか』

東助は斧を持つてゐたけれども、鋸を持つてゐなかつた。すると、巡査はその斧を持つて、どしどし川上へ歩いて行つた。東助は、感激の涙を手拭でふき取りながら、黙々として彼のあとに従つた。
四、五丁行くと、果せるかな、岩と岩との間に、雑木が引懸つて、長く捨てられてあつた。巡査は外套を雪の上に脱ぎ捨て、サーベルを外して、みづから斧をふるつて、その木材を小さくへし折り、男らしい、どす太い声で東助にいつた、
『君、これだけあつたら、春まであるぞ』

東助は、感激して言葉さへ出なかつた、（日本に巡査は多くあるけれども、こんなに奉仕的な巡査が何人あるだらうか、凡ての巡査がこんなであるなら、泥棒も減るだらう）と考へた、
帰りは巡査と二人であつた。十五、六丁、山から降りてくる間に、佐藤巡査は、村の疲弊状態をつぶさに話してくれた、

『繭が安いことを知つてゐて、相変らず百姓が繭に執着を持つてゐるものだから、今ぢや、もう抜きさしならぬやうになつてしまつたんだよ。それに、君んところの兄貴は、去年の秋、信州上田から帰つてきて、特約組合とかいふのを作つたが、結局、あれも、高い米と肥料を売り付けられただけのことで、少しも村のためになつてゐないね』

佐藤巡査が遠慮なしに、彼の兄貴の行動を批評してくれるので、彼が心配してゐた結果が、そのとほり現はれたのを知つた。

東助は、あまり自分の意見を吐かないで、巡査の考へばかりを聞いてゐたが、胸が暗くなつてしまつた。

彼の家の前で巡査と別れた東助は、重い荷を広い内庭に運び込んだ。妹の敏子がびつくりした。

『まあ、兄さん、どこにそんな薪が落ちてゐたの？』

『十五丁先の川の岸にあつたよ。巡査が、親切に、岩の間に挟まつてゐた雑木を教へてくれたので、ほんとに助かつたよ。少しこれを担いで、喜多方へ売りに行かうかな、あはゝゝゝ』

疲弊のどん底

巡査と別れて一時間ほど経つて、東京に売られてゐるみや子の学校友達である、彼とは同姓の田中高子といふ娘が、搗きたての寒餅を持つて、母の見舞に来てくれた。その時東助は、薪を細く割つてゐた。

高子の家は、街道筋から十町程離れた、広い沢の中央部にあつて、村のうちでも、や丶生活に余裕のある家であつた。彼女は、高等小学校を卒業して後、実科女学校に三年通ひ、そこを卒業してから、適当な養子を迎へようと、家事の手伝ひをさせられてゐた。父親が去年胃癌で死んで、あとは母親と妹一人で、女ばかりの小さい家庭は、想像以上に淋しいものであつた。

彼女が寒餅を持つて、母親を見舞に来たのは口実で、巡査から、東助が帰つてきたことを聞いて、東京の様子を聞きたいばかりに、雪の中を出て来たのであつた。

彼女は別に、優れて美しいといふ方ではなかつた、細目の面長で、身体も大きくはなかつた。しかし学校はいつも優等で、組では級長を毎年務めてゐた。

彼女は、東助の家に入つてくるなり、雪袴についた雪を振り落して、鬢の毛を撫上げ、目を俯せたま丶恥かしげに東助にお辞儀をした。二つの頬ぺたは林檎のやうに赤く、都会の疲れた女の顔ばかりを見てゐた東助の目には、純朴な彼女の顔に、云ひ知れない平和を発見した。

『おかへんなさい……。この雪の中をずゐぶん大変でしたわね。お母さんは、だんだんおよろしいですか？』

彼女は少しも顔を見ないで、冴えきつた低い調子で明確にいつた。東助が囲炉裡の傍に上るやうに勧めると、つかつかツと座敷に上つて、東助の母親の枕許に行つて病気の見舞を述べた。そして彼のす丶める渋茶をす丶りながら、東京の様子を聞かせてくれと東助に視線を向けた。

『東助さん、東京の女学生は大抵みんな洋服ですか？　みんな英語混りで話してゐるんですか？　近頃の新聞小説などを読んでも、私たちに判らない言葉ばかり出てくるんで、田舎者にはさつぱり解りませんわ……近頃は狐や狸の皮を頸巻にするのが流行んですつてね。日本の若い女性も変りましたわね』

東助は、今日まで、村の青年団と処女会の聯合大会の時のほか、彼女と膝をつき合せて話したことは一度もなかつた。村では、凡て引込思案で、娘が青年に直接話することさへ怪しく思はれることが多いので、多少親類続きになつてゐても、今日まで真面目な交際すらできなかつた。それで東助は、彼女がそんなにすら話をする女であるといふことさへ知らなかつた。しかし僅か半年でも、彼が真面目になつて産業組合を研究してきたものだから、東助の眼界は頗る広くなつてゐた。

それで、彼は、東京の若い婦人が、消費組合運動に熱心であることを聞かせた。それを聞いて彼女はびつくりしてゐた。

『それがほんとですわね、私たちのやうに実科女学校位卒業してきても、お米の値段さへろくろく知らないんですからね。悲しくなつてしまひますよ』

それから東助は、更に、自分が今年の正月、医療組合の病院で病気をなほした話をした。そこでは、普通の病院で百八十円もとるやうな盲腸炎の手術が、僅か三十五円で治療されてゐること、一日の薬価がたつた十銭であること、それでも経営がたつて行くことなどを委しく話した。彼女はそれを聞いて、びつくりしてゐた。それは彼女の父が胃癌で死んだ時、手術に三百円もとられ、入院料に千円近く支払つた経験があつたものだから、舌を巻いてびつくりしたのであつた。

彼女は、村の処女会の常任幹事をしてゐたので、その話を処女会の幹事にだけでも話してくれないかと、東助に頼んだ。

『ぢやあ、東助さん、私はね、これから皆んなに案内してきますからね、明日の晩、あなたは私の家に来て下さらない？　委員は僅か五、六人ですけれど、みんな村のことを相当心配してゐるんですからね、村の娘たちにわかるやうな話をして下さいな』

半時間ばかり話して、高子は深いゴム靴をはいて帰つて行つた。

彼女が去つてすぐ、巡査から聞いたといつて、田中高子の一軒おいて隣の軍隊友達が飛んできた。彼の名は島貫伊三郎といつて、東助とは小学校も六年間一しよであつたし、兵営生活の二年間も同じ小隊に属してゐて、頗る仲好しであつた。たゞ島貫は、東助のやうに貧乏ではなく、月に五円なり十円なり、家から小遣を送つてきてゐたので、それだけは東助と大いに違つてゐた。しかし、島貫の家は桑畑を沢山持つてゐたので、繭の暴落で、こんどはほんとに弱つてゐるらしかつた。

時候の挨拶を済ませると、島貫はすぐ、東助に訊いた。

『君、養蚕に代るやうな、い丶副業はないかね。僕のところも君の兄貴の勧誘で、いの一番に特約組合に入つたんだが、夏秋蚕が悪かつたので、今年は、肥料代さへ払へないやうなことになつてしまつてね、弱つてゐるんだよ。去年の秋には、少しは繭の値段も出るだらうと思つて、桑まで買つてやつたんだが、それもうんとあてが外れて、ひどい目にあつたよ。税金さへも払へないんでね、どうしてい丶か見当がつかんよ。産業指導員に二、三日前に会つたが、先は真暗だといつてゐたが、そんなもんかね。東助君、どうだね、農村更生の道は、どうしたらい丶か、ひとつ君の研究してきたことを教へてくれよ』

それで、東助は、信州あたりの産業組合青年聯盟の若い人たちが計画してゐる立体農業の話、産業組合の話、有畜農業の話、医療組合の話、東京中ノ郷質庫信用組合の話などをとり混ぜて、薪を割る合間合間に、ぽつりぽつり、島貫に話した。

島貫は、東助の言葉に感動して、膝を叩いて言つた。

『さうだ、東助君、君が言ふとほりだ。この村には産業組合さへない、それが疲弊の根本なのだ。一つ我々が奮発して作らうぢやないか。君、どうだね、明日の晩あたり、村の青年団の連中をみんな集めるから話してくれんかね？』

『そいつは困つたなあ、もう僕は、処女会の幹部に、産業組合の話をすることを約束しちやつた』

『そりや、君、青年団員と合流してやつて貰つたらい丶ぢやないかね』

東助は、話してゐる間も、斧を持つ手を休めないで、薪を割りつづけた。島貫は、東助があまり薪を小さ

く割るのを見て、

『君はばかに面倒臭いことをするんだね。少し大きく割ればいゝぢやないかね』

東助はくすくすと笑つて、手拭で額の汗を拭きながら答へた。

『燃料の豊なうちは、こんなに割らなくてもいゝんだが、燃料が乏しくなると、かうしないといけないんだよ。少し労力をこめて小さく割れば、竈(かまど)にくべても三分の一の燃料で済むんだよ』

『さうかね、ふゝん』

島貫は頸を傾けて感心した。

雪夜の月

次の晩は来た。空は拭うたやうに晴渡つて、一点の雲さへ無かつた。それに寒月が、まんまるく銀の皿のやうに光つて、大地の上は、全く銀世界のやうに美しかつた。

しかし、どうしたことだらう。約束の時間が来たのに、田中高子の家に集まつて来た者は、たつた二人きりであつた。その二人といふのは、高子の親友大井久子といふ、器量はいゝけれど、小さい時に怪我をして跛足になつた十七になる娘と、彼女の友達の津田良子といふ、丸顔の、ふとつた娘だけであつた。

高子は泣き出しさうな声を出して、東助に言つた。

『みんな、どうしたんでせうね、七時にきつかり集まるやうにと、私はあれだけ、島貫さんにも念を押してあつたんですがね、もう追つつけ八時でせう』

その時、良子は思ひ出したやうに、囲炉裡の中に、彼女が持つていた火箸を突刺して、大声に言つた。

『あゝ、判つてよ、今夜はね、柿ノ木の新宅で、歌留多取りがあるんだといつて、さつき、四、五人行きましたよ。きつと、みんな、そつちの方へ誘はれたに違ひないわよ。だけれど変ね、島貫さんは、昨日、自分から青年団の幹部を、こゝに今夜つれて来ると頼みに来たんぢやなかつたの』

高子の母は、庭の隅つこから、大きな椈の丸太を炉に投入れようと運んできた。それを見るなり、東助は、高子にいつた。

『高子さん。遠慮なしにいはして下さいね。村が貧乏するのはね、椈のやうな大事な木を、どんどん椀にしたり、薪にしたりして伐つてしまつて、椈の木の実を動物や人間の食糧にしないからだといつて、私は南会津の杣男に教へて貰ひましたがね、ほんとだと思ひましたね』

それを聞いた高子の母は、ぷんぷん怒つて囲炉裏の側にその薪を積上げたきり台所に入つて、いくら経つても出て来なかつた。

暫くして、表には、子供の声が聞えた。それは、柿ノ木の新宅の、息子の徳太郎であつた。彼は、内庭に入つて来るなり、

『おばさん、島貫さんがね、みんな、青年団の人も処女会の人も、柿ノ木の方へ集まつたから、高子さんも東助さんも、うちへ来て下さいつて』

それだけのことをいふと、少年はすぐ表へ消えて行つてしまつた。

囲炉裡の傍で、その伝言を聞いた東助は、

『――これだから、村はいつまで経つても救はれないんだなあ、村の青年は緊張を欠いてゐるよ。農村の更生の真面目な話より、歌留多取りの方が面白いと見える』

と、つぶやくやうに独言をいつた。

月の光りは、少年が、あとも閉めないで出て行つた隙間から内庭にさしこんだ。庭は銀で彩色したやうに見えた。

それでも、東助は淋しかつた。

一種の屈辱であるとは考へたが、村を再興するために、如何なる侮辱をも甘んじて受けることを覚悟した田中東助は、すぐ庭に下りて、長靴をはいた。

高子は口惜しがつて、彼女の母と二人で、繰返し繰返し彼を引止めた。

『まあ、いゝぢやないですか、東助さん。どうせ、歌留多取に集つた連中は、あなたの話なんか聞きやしませんよ。今夜はゆつくり東京の話でも聞かせて下さいな』

高子の母は、さういつて、彼の前に立ちふさがつた。

『ほんとに、つまらないわね』

大井久子と、津田良子も、口惜しがつて、顔を見合せた。

しかし、一旦立上つた東助は、もう坐らうとはしなかつた。

『また寄せて頂きます。しかし、ぜひ、養鶏組合ぐらゐは作りたいものですね。青年団の方がしつかりしなければ、処女会でも動かして下さいよ。もうぐづぐづしてをれば、この村は潰れるよりほか道はないんですからね』

その言葉を残して、東助は表に出た。

空は一面に晴れて、月の光が青白く、雪の上を照らしてゐた。雪は真白に、野といはず山といはず、すべてを蔽ひ尽して、あたりは、まつたくの銀世界であつた。雪の中をさくさく歩くと、水のやうな空気が、鼻の孔から肺の奥まで沁みた。

東京のやうな大勢の人間のゐる処では、それほどまでに思はなかつたが、大自然の中に放り出されると、人懐しくて仕方がなかつた。そのためか、これまで余り親しくもなかつた高子や、久子や、良子らの若き女性の友情が、この上なく嬉しかつた。

なほも、さくさく雪の中を歩いてゐると、雪と、星と、人間の組合せが、不思議に思はれた。

(よくまあ、こんな妙な世界に生れ合せたものだなあ)と思つた。

天文学者の富士野誠先生が、高円寺消費組合の門先に来て、よく、宇宙には星や天体をつくつた宇宙の神が、物質の彼岸にあるにちがひないと、口癖のやうに言つてゐたことを思ひ出した。

なほも、さくさくと、雪の中を歩いてゐると、前方から人影が、此方にやつて来るのが見えた。そしてやがて摺違(すれ)つて行過ぎたその少年が、彼の弟の六三郎に似てゐるやうな気がしたので、彼は、その子供に声をかけた。

『おい、六三郎とちがふかい？』

すると、その少年はかぶつてゐた頭巾を脱がうともしないで、

『東助兄さん、今、兄さんを呼びに行くところだつたんだよ。お母さんが、兄さんにすぐ帰つて来てくれつて言つてゐるよ。さつき便所に行かうとして、縁先で辷つて怪我をしたんだつて、兄さんに、お医者を早く呼んで来てくれつて』

それを聞いた東助は、さつそく六三郎を抱かんばかりに彼の肩に手をかけて、狭い道を並んで歩いた。

東助には、弟が、この大雪に桧原からどうして帰つて来たかが不思議であつた。それで、聞いてみると、その返事は簡単であつた。

『郵便屋さんについて帰つて来たんだよ。兄さん、僕は、学校でも、スキーが一番上手だつたからね』

と、平気な顔をして言つた。

六三郎は、目のぱつちりとした、色の白い、快活な子供であつた。そして学校でもよく出来た。で、東助はこの子が大好きで、夏休みなど、よく六三郎をつれて、椀(わん)の木地になる椈(ぶな)の木を、山奥まで伐りに行つたことを覚えてゐる。そして、秋の初めには、山の上に『かすみ』を立てゝ、小鳥を取りに行く時、六三郎を日曜日毎につれて行つたことをも記憶してゐる。

それで、貧乏な中でも、この六三郎だけは中等学校に入れてやりたいといふ念願を持つてゐた。しかし繭が悪いのと、凶作の打続いたゝめに、彼を教育するどころか、妹のみや子まで身売りさせなければならないことになつてしまつた。

（母が怪我をした？　運が悪いと災難は重なるものだ）そんなことを考へながら、また、さくさくと、雪の

中を歩いた。

橇（そり）

家に帰つてみると、母は、七転八倒して座敷中を転がりまわつてゐた。縁先で倒れた時、どうしたはづみか、腰を打つたらしく、腰が痛いといつて、眼から涙をぽろぽろ落してゐた。

医者を呼ばずに治る病気であれば、と思ひながら帰つて来たが、苦しんでゐる姿を見て、どうでもして、医者を呼んできてあげたいと思つた。しかし、その医者が、三里も離れた喜多方町に行かなければゐないし、この大雪では、呼びに行くだけに四時間以上はかゝるだらうと思ふと、急な場合に間に合はなかつた。それに、雪の中を、医者に来てもらふとなると、往診料に、どうしても、片道十円以上を支払つた上、自動車代を別に出さなければならない。そんな金はどこを探したつて、彼の身にはついてゐなかつた。

（これだから、医療組合がなければ村の経済が立たないといふのは、ほんとだ。あゝ、天は実に無情だなあ、俺がやつと五円の金を節約して、それを資本に何かやつてみようと思つて帰つて来ると、すぐ四十円なり五十円なり、金の要ることが、降りかゝつて来るのだ――）

東助は、一旦庭に下りて、両手を組合せた儘考へこんだ。その時考へ付いたことは田中高子の家にもう一度飛んで行つて、馬と橇とを借りて来ることであつた。そして、できるなら、医者の往診料を貸してくれと頼んでみることであつた。

で、彼は、また田中高子の家まで駈けつけた。

東助が再び返つてきたので、高子親娘はびつくりした。そして東助がいふまゝに、馬と橇とを貸してくれた。しかし東助はどうしても、金を貸してくれと、口に出せなかつた。

すると親切にも、高子は、東助の家に手の無いことを知つてゐたので、看護に行つてやらうと申し出てくれた。そして大井久子も、津田良子も、橇で積んで行つてくれるなら、看護に行つてもよいと、真心を示してくれた。

医者を喜多方町迄迎へに行つてくる間の留守が気にかゝつたので、東助はさつそく娘三人を橇に乗せて飛んで帰り、すぐその足で、喜多方町まで橇を飛ばした。

馬はよく走つた。橇はよく辷つた。重い病人でも抱へてゐなければ、こんな愉快なことはないと思はれるほど、野趣に富んでゐた。

雪が深いためか、それとも夜の更けてゐるためか、行き交ふ人は殆ど無かつた。たゞ、東助一人が鞭をふつて、馬の尻の上下するのを見つめてゐるだけだつた。

そして一時間足らずのうちに、はや喜多方に着いた。医者は、いつもかゝりつけの佐貫医院を選んだ。この医者は軍医上りの酒飲みではあるが、腰が軽いといふ評判で、村の人には存外受けてゐたので、今その人を頼むことにした。

玄関で案内を乞ふと、看護婦が出て来た。往診を頼んで、東助が橇を持つてきたことを話すと、看護婦は奥へ入つて行つて、すぐ出て来た。そしてこんなことを言つた。

『先生は、今夜、頭痛がおありになりまして、宵の口から早くお休みになつて居られるんです。すみませんが、どこか、他のお医者様を頼んで下さらないでせうか』

奥には碁石の音がぱちぱち鳴つてゐた。頭痛といふのは嘘だらうとは思つたが、さう断られると、強ひてといふ訳にもゆかず、看護婦から適当な医者の名を聞いて、また橇を走らせた。

火見（ひのみ）の処を南に折れて、最近開業した板原医院の門を叩くと、書生が起きてきた。東助が事情を話すと、書生は一旦奥に入つて、なかなか出て来ない。もう一度大声で案内を乞ふと、苦りきつた若い医者が、酔払つた顔をして、玄関口に出てきた。そしてそこに突立つたまゝ、往診料往復二十円だけ前納してくれと、現金なことを言ひだした。

東助はぐうつと癪にさわつたが、涙をのんで沈黙したまゝ、丁寧にお辞儀をして表に出た。

（この広い世界に、五円ぐらゐで大塩村まで往診してくれる医者はないかなあ、こんな時に医療組合があれ

ば、どんなに助かるか知れないがなあ）

彼は町角の蕎麦屋で、ステーションから先に、もう一軒医者があると教へられた。で、彼はまた橇を走らせて、福島医院といふ看板の上つてゐる家の前に停つた。

そこは門構へになつてゐて、いくら戸を叩いても起きてくれなかつた。彼は、五分間ぐらゐどんどん戸を叩いたが、うんともすんとも答がなかつた。失望した東助は、半泣きになつて、今来た道を、大塩村まで引返すことにした。

（やはり、高子さんに頼んで、お金の二十円も借りて来よう。さうしなければ、あの酔払ひの医者が往診に来てくれないのだ、しかし、あんな酔払ひの医者をつれて来て、果して母の病気が治るだらうか？　どうして今日の医者は、かうも堕落してるんだらうか？）

東助は、馬の尻に鞭をあてゝ、疾風の如く飛んで帰つてきた。

馭者台の二人

広い野原には、彼の橇のみが走つて、地上には、犬の子一匹さへ姿を見せなかつた。たゞひとつ満月が、彼を空から見守つてゐた。

橇がとまつた物音を聞いて、大井久子が戸をあけて、東助を歓迎した。

『おや、お医者さんは？』

そとに出て来た高子も、びつくりしてゐた。

『どうしたんです？　雪の中を往診するのは、いやだつていふんですか？　変な医者ね』

『往診料二十円を前納せよつていふんですよ。それを持つてゐなかつたものですから帰つて来たんです。僕は五円しか持つてゐなかつたんでね……医者を、その他二軒、叩き起したんですが、両方も駄目だつたんです。お母さんはどうですか？』

早足で入口の敷居を跨ぎながら、東助はさう尋ねた。

『蒟蒻を熱くして湿布してさしあげたんですがね。すると、今のところは暫く納まつてゐられるんですが、やはり医者に診てもらつたがいゝでせうね』

『だつて、二十円もお金がないですよ』

『ぢやあ、明日の朝まで待ちませうか。郵便局があけば、私の貯金から、それくらゐのお金は出せますよ』

高子は、東助の顔を見つめながら、さう親切に言つた。

東助は長靴をぬいで、母の枕許にそつと近づいて様子を見た。しかし、不思議に彼女はすやすや眠つてゐた。

囲炉裡の傍には、六三郎と、敏子と留吉が、布団も着ないで、屍のやうに折重なつて倒れてゐた。三人とも、母が病気でなければ、みんな同じ床に入つて寝るのであるが、母が病気であるために、遠慮して、着のみ着のまゝ囲炉裡の傍に睡眠をとつてゐるのであつた。

東助が、我家の貧しい状態を娘たちに見られたことを恥かしく思つた。高子は、囲炉裡の傍にやつて来て、小さい声で東助に尋ねた。

『お母さんはよく眠つてゐるでせう。蒟蒻で温めたのが効いたらしいんですね。もう少しして取換へてあげませう……子供さんたちに布団をかけてあげないと風邪をひくでせうね』

高子は、母親が着てゐる布団のほかに、布団のないことを知つてゐたけれども、わざと東助にさう尋ねた。それに対して、彼は暫くの間、返事を躊(ため)らつたが、隠す必要もないと思つたので、苦笑しながら答へた。

『お恥かしい話ですが、うちには、母が着てゐる布団のほかは、一枚も余分なものがないんですよ。普断は、みんな母の裾に入つて寝てゐるんです。それでも、存外、人間の温りで暖かいですよ。うふふゝゝゝ』

さう言ふと、高子は、彼女の着てゐたメリンスの羽織をぬいで、まづ、一番小さい留吉の肩にかけた。表に馬を待たせてあることを思ひだした東助は、すぐ、彼女たちを橇に乗せて送つて行くことにした。

『ぢやあ、もうお母さんは、あれでお痛みがとまつたと見えますからね。こんどお痛みのやうでしたら、蒟蒻を温かくして、お背中に当てゝあげて下さい。ぢやあ、これで失礼しますから』

高子は、さう言つて久子と良子を伴つて、橇に乗つた。

まづ、良子の家に橇を止めて、久子が彼女を家に送りこみ、その次は、また二三丁橇を走らせて、久子の家に彼女を降ろした。

馬の頭を旋らせて、高子の家の方へ道をまがると、『柿ノ木』の歌留多取が終つたと見え、二十数人の青年男女が、道路にはみ出して来た。そして、高子と東助が橇の馭者台に並んで座つてゐるのを見つけて、一人の娘が大声に嘲笑の声を洩した。

『良い人が出来ておめでたう。高子さん』

さう言つたのは、処女会の副会長高井米子であつた。米子に続いて、大勢の男女は口々に言つた。

『いゝところだなあ』『よう、いゝぞ!』『ようラヴシーン』

さういつて罵られたけれども、東助は、少しもそれを悪くとらないで、馬を止めて、高子の家の方へ帰る三人の娘と、四人の青年を橇に乗せてやつた。その中には、高子を罵つた処女会の副会長も入つてゐた。

青年の一人は、高子に、どこに行つてゐたかを尋ねた。それで、彼女は、東助の母の病態を話して、看病に行つてゐたことを小さい声で答へた。

七人の青年男女は、高子の家の前で、散り散りばらばらになつた。それで高子も、そのまゝ家に入つた。で、東助は、馬を厩屋に入れ、橇を納屋の下に引込んで、また、月を見上げつゝ、雪道を歩いて我が家に帰つた。

楢の林

その次の日も天気がつゞいた。そして、東助の母の苦痛も、けろりと忘れたやうに納まつた。ただ、毎晩、東助は、布団も着ずに、着のみ着のまゝで寝るので、身体がかゆいのと、朝起きた時、どことなくけだるかつた。それで、稗の飯で腹をこしらへた彼は藁布団を拵へようと、近所の木内といふ百姓家から藁をもつてきて、それを打始めた。

　それがすむと、彼は押入の中から襤褸浴衣や襤褸布を引張り出して、六三郎と、二人でそれを綴り始めた。それで、やつとその晩から兄弟五人が入つて寝るだけの藁布団二枚ができた。

　それに元気のついた東助は、去年の夏、山越えして信州へ行く時、南会津の杣人から教へられた椎茸作りを始めようと決心した。そして藁をくれた木内の老人と二人で、老人の所有してゐる山林に、楢を伐りに出かけた。老人は、東助の説明した椎茸作りの方法に大いに共鳴して、山を登りながら、にこにこしてゐた。

『そんなうまい方法があるなら、ひとつ、椎茸作りの組合でも作るかね。今までのやり方ぢやあ仮に百貫木を寝さしても、七十貫までは腐つてしまつて、駄目になるからね。この村の者でも、椎茸作りをしようとする者は、さうたんと無いんだよ。ふむ、あんたのいふやうなら、種木を一寸角に切つて、楢の幹に嵌めこむんだね……そりや、うまいこと行くだらう、接木するやうなものだなあ。幸ひ、うちには、椎茸の種木があるから、今日、ひとつ、やつてみようよ』

　その日、昼から、六百貫ぐらゐの楢の丸太を、東助は、彼の作つた簡単な橇に積んだ。そして、木内猛の家の前まで数度往復して、挽いて帰つた。

　東京から帰つて来て、東助は、彼の目が急に開いたやうな気がした。雪の高原に広がつてゐる楢の林を見るにつけ、または、楢の丸太を汗だくになつて、橇の上に積んで帰つて来る時でも、大自然が直接、彼に物をいつてゐるかの如くに感じるやうになつた。それで彼は、生れて初めて詩といふものを書いて見る気がした。しかし、楢の丸太を曳込んだ木内老人の家には、鉛筆の一本さへなかつた。勿論、彼の家には、硯もなければ筆も無かつた。たゞ一つの硯を妹の敏子が学校に持つて行つてゐることを今彼は思ひ出した。

　それで、彼は、楢の丸太に嵌木をしてゐた手を、ちよつと休めて、地べたの上に、自由詩を、木片の尖つた先で書いてみた。

楢の木立が　椈の木の森が
雪が　つらゝが　私を呼ぶよ
月は手をのべ　私を抱いてよ
泣くな泣くなと　すかせてくれる
山の冬越え　私は小鹿よ
跳ねて渡るよ　氷の谷を

木内の老人は、東助の目が涙でうるんでゐるのを見つけた。

『何を書いてゐるんだい？　つらいことでもあるんかいよ。東京に、よい人でも残して来たんかい？』

さう問はれて、東助は、仕事をしてゐる時だけは忘れてゐた榎本鈴子のことを思ひ出して、さつと顔を赤らめた。そして、顔をそむけて、片袖で涙をふいた。

東助は、持つてゐた木片を放り出し、また黙つて、根気よく鑿を振つて、丸太に四角形の穴を刻んだ。しかし何もいはないのも悪いと思つたので、老人の顔も見ないで、大きな声で尋ねた。

『おぢいさん、鯉売りをしようと思ふんだが、どうぢやろな？　どこで仕入れたらいゝだらうな？』

老人はすぐ、鋸をおいて答へた。

『よかんべえぞ。鯉は、柿ノ木の省七さんところで、飼つてゐたやうだつたなあ、あれを卸してもらつて、売りに行くがいいよ。倍ぐらゐにはなるさうだな。わしも少し行商をしてみようと思ふけれど、この年になると、重い物がかつげんでな』

さういつて、老人は煙草に火をつけた。

『お爺さん、仲間でやらうか？　俺が、橇を曳いて売つて廻るからね、あんたは仕入に廻つてくれよ。そして、雪が溶けると、少し、この村の渓流を利用して、鯉を飼はうぢやないかね。群馬県は盛んだなあ、全く驚いちやつたよ。この村が衰微するのは当り前だなあ、やればいくらも方法があるのに、みんな研究をしないからいいかんのだよ』

木内の老人は、さつそく立上つた。そして、柿ノ本の省七から、百貫ぐらゐまで、鯉を卸してくれるといふ交渉をつけてきた。その上彼は、鯉を入れる桶まで二つ借りてきた。

椎茸作りの嵌木(はめぎ)も済んだので、東助は、すぐ鯉の行商の準備に取りかゝつた。彼は、雪が溶けるまであと二月、どうして家計を持ち耐へるかについて気づかつてゐたので、鯉の行商の道が拓けたのが嬉しかつた。

鯉と羊と兎

木内の老人は明日からにせよといつたけれども、家の会計の心配もあつたので、また高子の家から、馬と橇とを借りて来て、その機会を逸せず、橇の上に鯉を積んで、喜多方町に行商に出かけた。彼の考へでは、もし喜多方町で売れなければ、馬を走らせて会津若松まで売りに出たいといふ計画であつた。

彼は去年の秋、信州上田で魚の行商をしたこともあつたので、その計画はうまくあたつた。

午後四時過ぎ、家を出た東助は、僅か一時間足らずのうちに、三軒の料理屋を廻り、五円だけ仕入れた鯉を全部売りつくして、三円二十銭の利益を得て、電燈が灯ると間もなく、大塩まで帰つてきた。

木内の老人に、謝礼として、利益の二割をやると、とても大喜びで、顔一面に皺を寄せてにこにこしてゐた。

それから毎日、老人は鯉の仕入れに遠くまで出かけ、東助は高子の馬と橇とを借りて会津若松まで遠征した。不思議によく売れて儲けた。利益は、五分五分に、木内の老人と分配すると主張したが、老人は馬と橇の謝礼を一分として、東助が六分、老人が三分とればよいと云ひ張つたので、彼は、貧乏な時でもあり、老人の説に従つた。

東助の儲けは、毎日二円五十銭を下らなかつた。それを聞いた柿ノ木の省七も、仲間に入れてくれと申込んで来た。東助は喜んで、省七を仲間に入れてやつた。省七は、子供が、四人もある村の中老で、相当に巾をきかしてゐる男であつたが、蚕で失敗して、借金を二千円近く持つてゐるといふことであつた。

柿ノ木の省七が、鯉の行商の仲間に加はつてきたので、東助は初めて、鯉販売組合といふ名を用ひることにした。そして、遠く山形県から群山を廻つて、列車で、会津若松まで鯉を取寄せることにした。

さうなると、雪の中でも、生活するのに少しも困らなかつた。二月一ぱいに、東助は百円近くの金を儲けた。少し景気がよくなると、村の青年男女は、誰も彼も、みな遊びに東助の家に集まつてきた。

東助と高子を罵（ののし）つた処女会の副会長、高井米子までが、鯉販売組合の仲間に入れてくれと言つてきた。

しかし、東助の考へでは、女には、別に、皮細工や羊毛のホームスパンを副業として教へたがよいと思つたので、彼は、信州小県郡神稲村で見たホームスパンの機械を東京から取寄せることにした。そして浦江夫人に手紙を書いて、往復の三等旅費を送るから、羊毛のホームスパンの先生を送つてくれと依頼してやつた。

すると、その手紙が着いてから十日も経たぬうちに、雪を踏んで、里村千代子女史が、鯉の桶の並んでゐる東助の山家を訪れてくれた。東助は、その女の先生をよく知つてゐた。東京の高円寺消費組合の店にも、しばしば買ひに来てくれた人であつた。しかし織物の先生だと知つてゐただけで、ホームスパンの先生だとは今の今まで知らなかつた。

『まあ、田中さん、ずゐぶんこゝは山奥ね。浦江さんがね、ぜひ私に行つてくれといはれるものですから、冒険だと思ひましたが、やつて来ましたよ』

暖かいホームスパンの東コート（あづまコート）に身体を包んで、里村女史は、希望に燃えてゐるやうな口調でさう言つた。

それから約三日間、田中高子の家に泊り込んだ里村女史は、十六人の処女会の会員に午前八時から午後四時まで、熱心に羊毛の紡ぎ方と、紡いだ毛糸で毛織物を作る機の立て方を教へてくれた。娘たちの多くは絹機に経験があつたので、呑み込みは早かつた。

里村女史は丁寧に染色の手引までしてくれた。羊毛が足りなかつたので、アンゴラ兎の毛を会津若松で買つて来た東助は、娘たちに、副業としてアンゴラ兎を飼ふことをすゝめた。

『しかしね、これも組合で飼はなければ、一匹や二匹飼つたんでは駄目なんだよ。みんな今まで、村の人がばらばらに仕事をするものだから、儲からないんだよ。これからは、兎を飼ふ場合でも、鯉を飼ふ場合でも、みんな組合を作つてやらうよ』

それには、娘たちの一人として反対するものはなかつた。高井米子までが、東助の顔をみつめて言つた。

『これぢやあ、この村も、もうすぐ更生しますね』

表にはまだ雪がちらついてゐた。

飢餓線の蹂躙

その日は、冬の日としては馬鹿によい天気であつた。

山形県から送つて来る筈の鯉が品切れになつたので、東助は、朝から藁細工に専念してゐた。

彼は、押入の隅に、蓆機（むしろばた）の道具が解体せられたまゝ捨てられてあつたのを再び組立てゝ、人のよい木内の爺さんから、また藁を貰つて来て、すつとん、すつとん、蓆を編みだした。もちろん彼は、蓆を買ふだけの金は持つてゐた。しかし第一、雪の中を遊んで暮すのが厭だつた。それに彼の家には、庭に敷く蓆が一枚もなかつた。で、暇なうちに、蓆を二三十枚編んでおきたいと、虫に喰はれた、古い蓆機の枠を組立てたのであつた。

彼は幼い時から、よく蓆機を織つたので、織れてゆく面白さを知つてゐた。

丁度、一枚の所を四分の三位まで織上げた時、島貫伊三郎が入つてきた。彼はきめの細かな、赫味（あかみ）を帯びた顔の皮膚を、風に吹かせてきたので、耳まで赤くしてゐた。

彼は、いきなり、蓆機のそばに立つて、大声にいつた。

『東助さん、俺あ、この間来とつた東京のホームスパンの先生に聞いたがなあ、東京では、櫟（くぬぎ）の実で鶏を飼うてゐる人があるつていふが、ほんとだらうかな』

東助は、縦筋になつてゐる縄の間に藁を引込む細い竹竿を少し休めて、島貫に言つた。

『うむ、そりや、俺も聞いたよ。ぜひやつてみたいなあ、やつてゐる人も俺あ、知つてるよ。新見栄一さんがやつてるつていふんだらう。何でも柿を六割まで混ぜてゐるといつてゐたなあ』

『驚いたなあ、櫟を六割まで混ぜて鶏が生きとるもんかね？』

『さうらしいなあ、そのほかに、樫の実、椎の実、楢、栃、などをみんな鶏にやつてゐるといつてゐたが、そんなもので鶏が飼へるとすれば、実際山村は大助かりだよ……饑饉も凶作も吹飛ばせるなあ、しかし、渋抜くのが手数だらうよ』

『いや、あまり手数ぢやないらしいぜ。しかし、ぐづぐづしないで、ひとつ早く実験をしてみようぢやないかね』

話は、さつそく纏まつた。東助は、少し前に買うて来た硯箱を奥から持つて来て、東京本所産業青年会、新見栄一宛に、手紙を書いた。そして、櫟や、楢の実で、鶏を飼育する方法を教へてくれと訊いてやつた。

その手紙の返事が、一週間目に着いた。それによつて、渋抜きの方法が解つた。で、彼は、さつそく、島貫が持つてゐた柿と栃の実を碾臼でひきわつて、鶏にやり始めた。

その話は、耳よりなことだといつて、柿ノ木の省七も、木内の爺さんもすぐやつて来た。そして、饑饉のために集めておいた栃と櫟の実が、さつそく、鶏の餌に変ることになつた。

木内の爺さんは面白がつて言つた。

『さうかい。櫟や樫の実までが、鶏の餌になるつてかい？　どれ、東助さん、その手紙を俺に見せておくれよ』

新見栄一から来た手紙を、木内の爺さんは感心して読みながら、独言をいつた。

『ふゝむ、櫟や楢は、蛋白質が少いから、大豆粕を混ぜたがいいと書いてあるなあ。成程なあ、この理窟でゆけば、山に居つても鶏の餌には困らんわい……ふゝむ……』

裏から牝鶏の鳴声が聞える。

田中東助は、相も変らず、蓆を織る手を休めなかつた。

『お爺さん、うちの牝鶏の啼声はどうだね。うちは、もう手紙が来る前からちやんと、鶏を殺すことを覚悟して、普通の餌に櫟の実を少し混ぜてゐるんぢや。それでもあんなに元気に啼いてゐるんだぜ……しかしなあ、おぢいさん、新見さんからの手紙によると、大豆粕が無い場合には、榧の実を五合に、櫟を五合混ぜると、米の含有してゐる蛋白質ができるから、さうしたらいいと書いてあるなあ、これによると、榧の実は蛋白質がよほど多いと見えるなあ』

そんな話をしてゐる間に、省七は、自分の家に帰つて、農業雑誌に出てゐた野菜、木の実、穀類、鶏肉、牛肉などの栄養価の分析表を切り抜いて持つてきた。

省七は、前高に刈込んだ髪の毛を撫であげながら、面白がつて言つた。

『俺あ、いつかこの表が参考になると思つて取つといたんだが、これを大きく書いて貼つておかないか……なるほど。これによると、榧の実の蛋白質は十二パーセント以上あることになつてゐるなあ、櫟が、僅か二・八八パーセントしかないから、半々に入れると、白米ぐらゐの蛋白質ができる訳だなあ、……わかつた、わかつた！　我々もこの表を手引にして、やつてゆけばいゝ訳なんだが、頭がないつていふのは、結局かういふことをいふんだらうよ。現に、山には、年々何万石といふ木の実が、梢から落ちてゐるに拘らず、それを腐らしてゐるところに、山村の疲弊する原因があるんだな……』

その時、東助は、膝を叩いて、大声に叫んだ。

『わかつた！　この調子でゆけるなら、きつと、兎も榧の実で養ふことができるぜ……だつて、兎はおからを食ふたらう。蛋白質をぬいてしまつたおからを兎が食ふなら、櫟だつて、榧だつて兎が食はんつていふ道理がないね。ぜひ、こりや、ひとつ実験してみようや……それにさ、豚の飼料は勿論これでよいし、鯉も、蚕の繭が無くなつた場合には、あく抜きした団栗を一度炊いて鯉にやると、きつと食ふと思ふなあ』

それを聞いて、柿ノ木の省七は、手を叩いて喜んだ。

『なるほど、気がつかなかつたよ。これが早く気がついてをれば、この山奥でも、鯉は食へるし、鶏の卵はすゝれるし、兎の肉も豚の肉も、みんな町へ、どんどん売出すことができたものを、なんといふ、わし等は阿呆だつたんだらうなあ……飼料がたゞになれば、この貧乏した山村でも結構、生活には困らないねえ』

その時、木内の老人は、思ひ出したやうに言つた、

『さうさう、わしが若い時に、盛岡で聞いた話ぢやつたがな。岩手県の山奥では、馬に楢や柏の実をやるといふことを聞いてゐたが、日本でも、今までまんざらこんな事を知らない訳ぢやなかつたんだな。たゞ余りぼんやりして、牛や馬には穀だけ食はすことにしてゐたのが間違つてゐたんぢやな』

それを聞いてゐた柿ノ木の省七が、皺枯れ声を張上げていつた。

『ぢやあ、山羊も、羊も、山にできる団栗の実があれば、養ふに困らん訳ぢやな、つまり、もう一度、自然の形に帰せばいゝ訳ぢやな』

雪崩

そんな話をしてゐるところへ、大塩の温泉宿の息子矢崎藤吉が、駆足で、東助の家に飛込んで来た。外は、朝から催してゐた吹雪で、忽ち、今まであつた雪の上に一尺ぐらいも嵩がふえた。

『おい、大変ぢや、大変ぢや！　春吉さんがよう、中ノ沢から蘭峠へかゝるところで、雪崩にやられて出来ないつてよう！』

それを聞いた東助の顔色は、忽ち蒼白に変つた。そして言葉さへ出なくなつて了つた。彼は一種の恐怖に慄へた。彼は行火に入つてゐた母に、その話を聞かせると悪いと思つたので、すぐ、表に飛出した。しかし、吹雪は激しかつた。一尺先が見えなかつた。それをも厭はず東助が走り出すと、藤吉がそれを止めた。

『やい、東助！　そんなに慌てるなよう。うちに桧原から来た馬子が居るからな、その男につれて行つてもらはなければ、親父が遭難してゐるところが解りやしないよ……それにしても、雪崩の雪を取除かなけれ

ば救ひ出すことができないんだから、青年団をさつそく、召集しようよ……そして青年団員の助力を借りて、親父を掘出さうよ』

柿ノ本の省七は、島貫の家まで走つた。木内の老人は、青年団副団長の森本金作のところまで走つた。

その間に、東助は温泉宿まで、藤吉につれられてシヤベルを持つて飛んで行つた。

それは、まだ午前十一時頃であつたが、吹雪が甚だしいので、晩方のやうに暗かつた。東助が簑の雪をふるひ落して、木賃宿のやうに小さい温泉宿に入ると、馬子はぼんやり、炉にあたりながら、焼酎を飲んでゐた。そして、東助の父春吉が、雪崩に埋没してゐることなどは、まつたく忘れてしまつたがのやうな顔付をしてゐた。

藤吉は、その呑助をすかして、もう一度現場まで引返させようとしたが、彼は、挺でも動かなかつた。

『俺あ、こんな吹雪にや、馬をつれて歩くことは出来ねえや、第一馬が可哀さうだからなあ』

東助は憤慨したが、焼酎の酔が全身に廻つてゐる馬子は、人の心配なんか、どうでもいゝつていふ態度であつた。

東助は、足が慄へて、そこに立つてゐることさへできなかつた。すぐにでも山に飛上つて行つて、雪を掻分け、父を救ひ出したい思ひで一ぱいであつた。で、彼は、酔払ひの馬子をいろいろ、すかして尋ねた。しかし、慌てゝゐないと思つても、反射的に慌てゝゐると見えて、平常どもらない彼が、どもつて仕方がなかつた。

『た、た……た……大将、う……う……うちの親父はどこで遭難してゐるんですか?』

血走つた眼を印絆纒の端で拭きながら、馬子は最敬礼の真似をした。

『あゝ、あなたですか！』

さういつて、彼は、頸の骨が折れるくらゐ頷いて、東助の顔を睨んだ。

『あなたのお父さんですか。遭難されたのは！　実は、その、なんですよ……実はその……』

実は、を繰返して、酔払ひはなかなか話を進めてくれない。

巡査の佐藤敬一が飛込んできた。

『やあ、大変ですなあ、遭難地はどこですか？』

彼も剣を外して制服の上に簑笠を被つてやつて来た。遭難地に出かけるつもりで来たらしい。なかなか要領がいゝ。制服に外套では寒くて出られないので、百姓のやうな風をしてゐるのであつた。そして、桧原の馬子が、現場を明確にいはないので、東助が弱つてゐるのを見て、佐藤巡査は、大声に叫んだ。

『おい、馬子！　酒に酔払つてぐづぐづいふと、こんな時に困るぢやないか。我々を遭難地へつれて行けよ！』

さういはれて、馬子は、底のない桶のやうな大きい声で笑つた。

『そら、可哀さうぢや……わしの前、二丁のところでやられたんだからな。わしも少しのところでやられるところだつたんだが……俺も少しは捜したが、見えなかつたわい。しかし、ひとりで捜しても駄目だと思つたので、此方へ急報に来たんだ。よくまあ命拾ひをしたもんぢや。で、わしは縁起直しに、一杯焼酎をひつかけてるんですよ。勘忍しておくんなさい』

巡査は、大声に怒鳴つた。

『おい、馬子！　お頼みだから、ひとつ、現場へつれて行つてくれんか！』

『御冗談でせう。あつしは、もう酔つちやつて、足もさばけませんですよ。だけれど、場所だけは教へてあげます。……中ノ沢の部落から此方に半里ばかり来たところです』

巡査は言つた。

『おい、馬子、それぢやあ、川を渡つてからかい？』

『ええ、あの、川を渡つて、すぐのところです。あそこに行つて御覧なさい。雪崩で道が通れないところは、一箇所しかありませんから、すぐ判りますよ』

辛うじて雪崩の場所を突止めることかできた。略見当のついた東助と、佐藤巡査は、みんなが来るのを待たないで、嶮しい、上り一里半の蘭峠を吹雪を冒して、兎のやうに飛上つて行つた。

しかし、まあ何といふ幸福なことだらう。東助が五丁位山を登ると、吹雪は忽ちやんでしまつて、日さへ照りだした。で佐藤巡査は、元気な声でいつた。

『おい！　田中君、君が孝行しようつていふから、お日さんまでが応援して、顔を見せてくれるぢやないか！』

東助は、太陽を見上げて言つた。

『有難い、これで、親父が雪の下で生きとつてくれたら、それに越したことはない』

東助は、親父のことで胸が一杯になつたと見えて、巡査を二十間も三十間もだし抜いて、ほとんど駆足の速度で、小鹿のやうに山に躍り上つた。

こんな時には、一丁の登りが一里より長く感じられた。吹雪の後に空が真青に晴れたので、会津平野が手にとるやうに見えた。その東には、磐梯山のゆるやかな斜面が、袴の裾のやうに、拡がつてゐた。

しかし、景色なんか観賞する一秒間の余裕さへなかつた。彼は佐藤巡査に、ほとんど一語も交さないで蘭峠を越えてしまつた。そして峠の一軒家から少し下つたところで見ると、なるほど馬子が言つたとほり、大きな雪崩が辷り落ちた痕跡が、明かに見えた。

『あゝ、あれだな』

と、彼は独言のやうに言つたが、あまり大きい雪崩なので、ちよつと、茫然自失といふ形であつた。

（なるほど、これぢやあ、馬子も来るのを厭がつた筈ぢやわい）

と彼は思つた。

川の脇まで、蘭峠の絶頂からは、わづか十二三丁しかなかつた。そこは恐ろしく嶮しくなつてゐて、日が照つてくると、彼の上にも、いつ雪崩が来るか知れないと思はれるほど、雪の性質が悪いやうに見えた。

駆足で上つて来たので、一里半の坂道を僅か一時間で上つて来たことを、彼自身も不思議に思つた。しかし、雪崩の面積があまり広いので、彼一人の手におへるとは思へなかつた。が、彼は待つてゐられなかつた。

持つて来たシヤベルで、彼は、まん中頃から掘出した。

それから二十分も経つて、佐藤巡査がやつて来た。そしてまた半時もして村の青年団員十五、六名が東の口から掘出した。天のひきあはせとでもいはうか、東助の掘つてゐた下に、彼の父春吉が平素から着てゐた印絆纒の端が見えた。彼は大声をあげて叫んだ。

『見えた！』

その声に、青年団員が駆けつけて来た。それで、シヤベルを揃へて、ていねいに掘起したが、もうかれこれ、遭難した時から三時間以上も経つてゐたので、春吉は既に事ぎれになつてゐた。東助は、父の死骸に取縋つて泣きつつ、耳許で呼んだ。

『お父さん！　東助です！　東助です』

が、水つ鼻のやうなものが、鼻の中から出てきたゞけで、答は無かつた。

青年団員が、交替に春吉の死体を、四人で蘭峠の絶頂まで引揚げた。そして、そこから、蓆(むしろ)一枚を借りて担架を作り、それを、また一里下の大塩村まで運んだ。

小さな恐慌

お念仏が始まつた。お通夜の酒を津田良子が買ひに走つた。村の年寄株は、お通夜をするといふのは口実で、皆台所に入つて酒を飲みだした。親切な島貫は、親類に電報を打つために、喜多方町まで橇で走つた。

木内老人は、村の住職のところへ、葬式の打合せに行つてくれた。

葬式は翌日の午後四時ときまつた。田中高子が、跛(びつこ)の大井久子と二人で握飯を、晩飯の代りに握つてくれた。

二升ほど買つて来た酒は、すぐ無くなつてしまつた。それを見た温泉宿の矢崎藤吉は東助に注意した。

『酒が無いと、あとでうるさいから、五升樽一本、うちからとつて来ようかね』

東助は、それに反対だとは言へなかつた。彼は、村にこんな悪い風習があることをまつたく忘れてゐた。

（なるほど、これだから村は疲弊するのはあたりまへだ。一方には食へない食へないと政府に請願しても、他方には、こんな半面があるのだから、村の疲弊するのはあたりまへだ。どうしてもかうした因習を打破しなければ、窮乏した山村を救ふことができない……）と、彼はしみじみと感じた。

冠婚葬祭に金を使ふ虚礼の多い山村のことを心配して、彼は、わざわざ、入口に『供花一切御遠慮申上候』と、丁寧に書いて貼出した。だが、先づ第一にその虚礼を破つたのが、柿ノ木の省七であつた。彼は鯉で儲けさせてもらつたといふので、他の五名の者を勧誘して、トラックで喜多方から一対五円もするやうな花を運んできた。それはみな、紙で作つた、けばけばしい色をした、東助の目には厭な印象を与へたものであつた。

花が来ると、どうしても葬式を奮発しなければならなくなつた。東助はつとめて葬式を質素にして、冬の間の食糧を買ふだけの金を残したいと思つてゐたが、それはすべて無効であつた。

ちよつとした葬式は三十五円以下では出来なかつた。それになほ困つたことは、死亡診断書を書いてもらふ医者を、四里近く離れた喜多方町から迎へなければならなかつた。これに、どうしても十五、六円はかゝつた。その上、葬式が済んでから、また、村の人々に酒を飲ますのが風習であつた。そんなことで、漸く苦心して鯉で儲けた百円の金が、たつた二十四時間のうちに――しかも父の葬式を出す前に消えてしまつた。

その時ほど、彼は、淋しい感情を持つたことはなかつた。彼はまつたく。村の虚礼に泣いた。葬式に来てくれてはゐても、真に誠意をもつて助けてくれてゐるのは、処女会の一部と、青年団の数名と、佐藤巡査と木内のお爺さん位のものであつた。

社交の上手な省七は、体裁ばかり喧しくいつて、すきがあると、すぐ台所に入つて飲むことばかり考へてゐた。

寺の住職が棺桶の前でお経をあげてゐる時でも、台所の方では、酒を飲みながら、養蚕の将来について、省七と青年団の三浦といふ男が、大きな声で議論をするのであつた。

電報を打つたけれども、兄の彦吉は病気で来られないと返電してきた。そして、東京に売られた妹のみや子も、とうとう顔をみせなかつた。弟の六三郎だけは、危険を犯して、桧原から帰つてきた。

そして母のつゆは落胆したと見えて、奥座敷に入つたきり、床の中から出て来なかつた。

翌日の午後四時、家には応しくない大きな葬式が出た。そして、青年団員、処女会員合せて百名近くの者が、野辺送りに出てきてくれた。それはほんとに嬉しかつた。

しかし、昨夜から今朝にかけて、五十円近くの酒を飲んでしまつた村の有志家がいくら大勢見送つてくれても、東助には少しも有難くなかつた。それは、みんな虚礼の結晶であつた。翌日から、もう東助は、鯉を買入れる資金もなく、新しい事業を始めるにも、一文も金がなかつた。

葬式が済んだ晩のことであつた。彼は、窮状を始めて佐藤巡査に訴へた。すると佐藤巡査も、

『ぜひ禁酒会を村で起さうぢやないか』といひ出した。

その話を島貫にすると、彼も大賛成であつた。木内の爺さんもすぐ賛成してくれた。処女会の高井米子も、津田良子も、大井久子も、みな村の禁酒運動には、大賛成であつた。それと共に、この際、断然虚礼を廃して、葬式も結婚式も、できるだけ費用を節約しようぢやないかと約束が成立つた。

稗料理

突然の恐慌に、東助は、また暗黒のなかに突落された。葬式が済んだ二日目には、また母や弟妹に食はす米代がなくなつてしまつた。そこで考へた末、東助は、ホームスパンの先生が、田中高子に教へて帰つた稗料理を、早速応用することにした。

里村女史は、何でも満洲で見てきたとかいつて、教へてくれた。それによると、稗一升に大豆一割を入れて臼で挽き、焙烙鍋（ほうろくなべ）、または鉄力板（ぶりきいた）の上で、煎餅（せんべい）のやうに焼けばよいのであつた。

さつそく教へられたとほりやつてみたが、とても甘くて、それが稗を材料にしてゐるとは思へないほどであつた。

こんなにして三月をとうとう迎へたが、雪がまだ消えないので、兎飼ひを始めることにした。彼は島貫が農業雑誌で見たといふ新しい方法をやつてみることにした。それは丁度彼の家が西北に、相当に高い山を控へてゐたのを幸ひなことにして、山腹に穴を掘り、穴の中で兎を飼ふことにした。しかし、穴だけは掘れても困つたことには、食用兎の種を買ふ金が無かつた。それで、また稗を大豆に混ぜて、煎餅に焼いて、一家族五人の者が二日送つた。

その時突然、久しぶりに、東京から、榎本鈴子の名で、五円の郵便為替を送つてきた。それにはこんな手紙がついてゐた。

お別れしてもう数十日は経つてしまひました。その後、私は、浦江様のお世話で、東京本所賛育会の小使に雇うていたゞきました。そして多分この四月から、正式に産婆の研究をさせて頂けることだと思つてゐます。こちらの病院長河原先生は熱心なクリスチヤンで、私のやうな穢れた女でも、普通の令嬢と同じやうに、少しも隔てなく可愛がつて下さるものですから、ほんとに、毎日々々感謝のうちに、送つてをります。

毎朝、礼拝があつて、聖書を一章づゝ読むのですが、だんだん聖書がわかつてきますので心の底にかゝつてゐた雲霧が晴れて、真人間になれるやうな気がいたします。

私は、毎日朝起きた時も、晩寝る時も、あなたのことを忘れたことはなく、いつも天地の神様に、あなたのことをお祈りいたしてをります。さぞさぞ、疲弊した農村をお救ひになることは、困難の多いことゝ察し上げます。しかし、必ず、神が日本をお救ひ下さると思ひますから、決して失望しないで御尽力下さい。私も必ず立派な産婆になつて、あなたの応援にあなたの村に行きます。あなたも、ぜひぜひ、天地の真の神を信じて、隣人を愛し、悲しみに憂ひに、一層御努力下さい。

封入しました僅かな金は、私が頂いてをります月給の中からお送りするのでありまして、決して汚れた金ではありませんから、お受取り下さい。新聞で見ますと、東北も凶作で困つてゐるとのことですから、これから毎月これくらゐお送りいたします。私は、温かい着物を着させてもらひ、衣食住には何の不自由もなく、愉快に働いてゐますから、院長様から頂くお手当を全部あなたにお送りしてもよいと考へてをりますが、あなたの気質をしつて居りますから、今度はこれだけ送らせて頂きます。

信用組合の角で、突然お目にかゝつたことは、まつたく天のおひき合せであつたと思ひます。早くお知らせしなければならなかつたのですか、あなたに書いて貰つた宛名を失つてしまひましたので、此間わざわざ、高円寺の浦江さんのところまで聞きに行つて、今日、この手紙を差上げる次第でありますお忘れにならないで下さい。私は永遠にあなたの妻です。私は、あなたに救つてもらはなければ女になれないものなのです。私は毎晩夢にあなたを見てゐます。

あまり長く書きましたから、今夜はこれで失礼いたします。

三月一日午後十二時半　　　　賛育会産院にて　榎本鈴子

請願運動

雪の中で、東助は毎日蓆を織つた。織つたものは片つ端から、殆ど二束三文に喜多方町に持つて行つて売払つた。さうでもしなければ、稗さへ買ふ金がなかつたからであつた。

こんなに困つてゐる真最中に、彼は村の青年団長に推されることになつた。

それは、これまでの団長元木春雄の家も、繭で失敗して村にゐられなくなつたので、一家を纒めて東京に出ることになつたものだから、やむを得ず、村でも評判のいゝ田中東助が、その後を継ぐことになつた。

東助が青年団長になつて四日目のこと、有志の者が、農村窮乏の実情を議会と各大臣に請願することになつた。そして東助にもぜひ、東京に出てくれといふ伝言が、村長の井田寛治からあつた。東助の胸は躍つた。

彼はその重大な使命を成遂げて村を救ふことができるなら、どんなに幸福か知れないと考へた。

しかし、東京に出る嬉しさは他にもあつた。それは、榎本鈴子に会へるといふ、絶好の機会を与へられたからであつた。

三月になつて、又、新しく降積つた雪を踏んで、東助は、井田村長から貰つた旅費を懐に捩じ込み、喜多方駅に出た。そして三等客車の人混みの中を辛抱して、上野駅に着いたのは、翌日の午前五時四十分であつた。

一行は、福島県青年団でも選り抜きの、しつかりした者ばかりであつた。彼等は先づ築地『ひさご屋』に泊つてゐる福島県選出代議士山根保憲を訪問することにした。彼は民友派の選出代議士で、この前の内閣の時には、政務次官をしてゐたこともあつた。

朝早くから、十五名の青年団の団服を着た壮漢が宿屋に押掛けて行つたので、朝寝坊をしてゐた山根代議士は、面くらつたらしかつた。頗る不機嫌で、褞袍を着たまゝ、二階座敷の床の間の前に胡座をかいて、上瞼を下に落した。そしてシガレットをむやみにくゆらせた。

『ばかに、君等早いぢやないか。今朝何処から来たんかね？』

といつた調子だつた。

『何処から来たつて、田舎から出て来たんです』

県の聯合青年団副団長の重職に着いてゐる春山幹太は、カーキ色の青年団服を着たまゝ、窮屈さうに座つて、山根に言つた。

『田舎から真つすぐにやつて来たんです』

隣りの部屋には、芸者風の女がしきりにお化粧をしてゐた。山根代議士は、その女のことがよほど気になると見えて、二分か三分間置きに、その方に視線を注いだ。気の早い東助は、その女が山根代議士の妾であると推定した。

『ずゐぶん大勢来たもんだね。なんの目的で上京してきたんだね？』

山根は、副団長春山幹太の方に振向いてさう尋ねた。

『我々はもう食へないものですから、総理大臣と帝国議会に請願しようと思つてやつて来たんです』

隅に坐つてゐた田中東助は、山根の鼻の下に生えてゐる口髯を見つめて、さう言つた。

『帝国議会に請願するつていつたところで、それは何にもならんよ。議会は法律を作るところであつて、今すぐに食へないといふ窮民を救ふ力を持つてゐないからなあ』

それを聞いた、伊達郡青年団の若山孫作といふ熱血児は、大声で怒鳴つた。

『議会が我々を救つてくれなければ、一体誰が救つてくれるんです！』

その言葉がきつかけになつて、山根代議士と青年団の間に大論戦が始まつた。若山は、大きな眼をみはつて、山根を罵(ののし)つた。

『結局、あなたたちは、総選挙の投票を集める時だけは、県民の前に頭をぺこぺこ下げておいていざといふ時になると逃げ出すんですね』

春山はまた皮肉なことを言つた。

『農村の実情を知らない代議士が多いから、実情を知つてもらはうと思つてやつて来たんです』

その時、芸者風の女は、何か探し物があると見えて、山根の後に廻つて床の間を探してゐた。

十五名の青年団の代表者は、自ら、彼女の行動に視線を注いだ。しかし、探してゐた物がなかつたと見えて、彼女は香水の匂ひだけを後に残して、隣室に去つた。

それから、山根は、訳の解らぬことを繰返して、最後にこんなことを言つた。

『そんなに君、政府を頼りにしないで、みづから更生策を講じたらどうかね！』

それを聞いた東助は、大声で叫んだ。

『もちろん、それをやらうとしてゐるんです。しかし、我々も税金を払つてゐる以上は、少しぐらゐ助けてもらつてもよいと思つて出て来たんです』

山根はその言葉を聞いて、からからと大声に笑つた。

『遅いなあ、今頃出て来たところで、もうあと二週間かそこらで、議会は閉ぢてしまふぢやないかね』

何をいつても、山根は積極的に大臣に紹介しようともいはず、さてはまた民友会の幹部に彼等を引合はせようとも言つてくれなかつた。

一時間ぐらゐ彼等は揉みに揉んで、熱血漢の若山の如きは、山根代議士を殴りつけようとまでしたが、東助が、仲裁に入り、それも事なく済んだ。実際、不憫なほど、山根は農村の実状については、何等の知識を持たず、少しも頼りにならなかつた。それで彼等は『ひさご屋』を出て、こんどは民友会本部を訪問した。

装飾なき応接室

省線有楽町の駅に近い民友会本部の前には、沢山の自動車が並んでゐた。しかし、青年団服を着た十五名の農村青年が揃うて入つて行つたので、皆びつくりしてゐる様子だつた。

春山が受付に名刺を渡すと、十五名の者は、装飾も何もない応接室に通された。そして、三十分経つても一時間経つても、誰一人応待に出て来てくれなかつた。

十時過ぎになつて、やつと三人の代議士が一塊になつて出て来た。しかし、まるで箸で鼻を括つたやうな挨拶をして、ろくろく実情をきいてくれようともしなかつた。

『これからすぐ議会が始まるんでなあ、明日の晩でもゆつくり聞かしてもらはうかなあ』

と、一人がいふかと思ふと、飲みさしのシガレットを床の上に投捨てた一人の代議士が、

『君等は福島県から来たんだね。困つてゐるさうだね。この間君等の知事をしてゐる正木君から実情を聞いたがね。なんとかしてみなければならぬと思つてゐるんだけれども、なにしろ、繭があの通りだらう。まあちよつと方法がつかんなあ』

さういつて、彼は挨拶もせずに戸口から出て行つてしまつた。

さうしてゐるところへ、また給仕が入つて来て、二人の代議士をつれて行つてしまつた。ぽかんとした十五人の請願委員は政党が余りあてにならぬことを目の前に見せつけられて、その応接室で会議を開いた。

春山は大声で言つた。

『おい、どうするぢやい？　民友会も憲友会も、殆どあてになる代議士は一人もをらんぢやないか』

それで、田中東助は言つた。

『僕はかういふ結果になることは初めから知つてゐたよ。今日の代議士なんていふものは、人民の生活に即した団体から選挙してないから、民衆の悩みなんか知りやしないよ。僕は、どうしても代議士なんかに頼らないで、この際村々の産業組合を拡大強化して、疲弊した農村を救ふより道はないと思ふね』

それに共鳴した熱血漢の若山孫作は、椅子から立上つて叫んだ。

『それに違ひないがね、しかし、君の村のやうな産業組合のないところはどうするね』

『そりやあ、作つてかゝりますよ』

『それもいゝだらう。だが、東京に来た以上は、貴族院の有力者にでも会ふか、各大臣にでも訴へるやうにしなければ、旅費をつかつて出て来た値打がないぢやないかね』

みんなは若山のいふ通りにすることに決めた。で、彼等は二人づつに別れて、少しでも多くの貴族院議員にあたり、一方内務大臣と農林大臣に時間の打合せをして、窮乏した農村を救ふ方法を講じてもらふことになつた。

彼の腕と彼女の腕

貴族院と各大臣の訪問は、比較的都合よくいつた。青年団の委員たちも非常に満足して、上京して三日目に引揚げることになつた。それまで彼等は神宮外苑の日本青年館に泊つてゐた。

で、東助は、みんなに遠慮して、榎木鈴子には電話さへかけなかつた。しかし、彼は上京して来たついでに、鈴子を一目見て帰りたかつたのと、胡桃(くるみ)の苗木を五本でも十本でも持つて帰りたかつたので、一行とは一日遅れて帰ることにした。

彼は午後四時、上野駅にみんなを送つておいて、その足で、すぐ、本所梅森町の賛育会に榎本鈴子を訪ねることにした。

上野から押上行きのバスに乗つて、もう一度乗換へて、太平町で下りると、梅森町の賛育会はすぐそこであつた。想像してゐたより遙かに大きな病院で、なんでも、本所区で生れる赤ん坊の九割が、こゝで生れると聞いて彼はびつくりしたほどであつた。

受付で名刺を出すと、鈴子は、すぐ白い看護服を着て出て来た。一目見たゞけで、東助は、鈴子に飛付きたいほど、彼女が美しく見えた。

なんといふ変りやうだらう。去年の夏、高島田に結んでゐた彼女の髪は、七分三分に分けた質素な髪に結ひかへられ、その頃厚く塗られてゐた白粉は、クリーム気さへない素顔に変つてゐた。それだのに、彼女の顔は叡智に輝き、彼女の目は希望に燃えてゐた。すべての看護婦に宗教的訓練が行きわたつてゐると見えて、若い男子が面会を申込んでも、冷かすやうな目付をする看護婦は一人もなかつた。

鈴子は、すぐ気をきかして、看護婦長の許可を得て、散歩に出るといつた。再び二階から下りて来た鈴子を見ると、彼女はきちんと紺サーヂで作つた洋服をつけ、女学生が着るやうな外套まで着てゐた。で、東助は、賛育会病院を出るなり鈴子に言つた。

『そんな風をしてゐると、昔のあなたぢやないやうだね。洋服はあなたによく似合ふよ』

さういはれて、鈴子は嬉しいと見え、そつと反射的に、自分の着てゐる洋服を見廻した。

『似合つて？　これ、私、浦江さんの奥さんのお古をもらつたのよ。浦江さんの奥さんに着換へを一枚下さいといつたら、これを下さつたの。あの奥さんほんとにいゝ方ね。まあ、私の身体にぴつたり合ふんですからね、私もおかしくなつて、ひとりで笑ふんですの』

肩を並べて二人が歩いてゐるうちに、彼女は、ちやんと、歩調を東助に合し、ごく自然的に、東助の片腕をとつて、大股に歩いた。彼女は元来、背も高い方であるのと、顔だちが西洋人によく似て、奥眼であるために、そんなに活発に歩いてくれると、東助は西洋人と一しよに歩いてゐるやうな気がした。

道々、二人は、いろいろ身の上話をした。しかし、東助が一番気になつたのは、長く芸者をしてゐた鈴子が、果して、産婆の資格を取り得るかどうかといふことであつた。で、彼は遠慮せずに訊いてみた。

『鈴子さん、産婆の資格はとれさうですか？』

『お蔭様でね、先生が親切に教へて下さるものですから、夏前に、試験を一度受けてみようと思つてゐるんですの』

さういつて、彼女は朗かに笑つた。

『鈴子さんは、いつも朗かだね』

さう東助がいふと、

『ほんとよ、東助さん、私勉強好きなの、これでもね、私ね、村の学校ではいつも級長をしてゐたんですからね。勉強をやらせてみると、できなくはないんですよ……それで、私、産婆の資格がとれたら、こんど済生会の施療病院にでも入つて、看護婦の資格をとらうかと思つたりなどしてゐるんですの』

東助には、済生会の名を聞くのは初めてであつた。それで彼は、鈴子に訊き直した。

『鈴子さん、済生会病院つていふのは何処にあるの？』

『芝公園の近くにあるんですがね、あなた御存じでせう？　ほら、明治大帝が貧しくて困つてゐる病人をお助けするやうにつて、御手許金千八百万円を御下賜下すつたことがあるでせう。そのお金で建てられたのが、済生会病院なんですよ。全国的に事業をしてゐるもんですから、今日まで一億人からの人を世話してゐるんですつてね。ほんとに有難いことですわ。私は、そんな病院に行つて、看護婦の見習ひをしながら、貧しい人のお世話をしたい気がするんですの。そして、できれば肺病の人を世話できるといゝと思つてゐるんですわ』

東助は、鈴子の心がけの殊勝なのに感心した。しかし、田舎者の東助には、一体鈴子が、彼を何処につれて行つてくれてゐるか、方角さへわからなかつた。

彼女の襟筋(えりすじ)

『鈴子さん、一体私をどこへつれて行つてくれるの?』

さういふと、鈴子はくすくす笑ひ出した。彼女は、目尻に美しい皺を寄せて、東助の顔を覗き込んだ。

『どこを歩いてゐるのか私にもわからないのよ。私は、あなたのお顔を見たゞけで嬉しくて嬉しくつて、のぼせ上つてしまつたのよ。たゞあなたのお歩きになる方向に行けばいゝんだと思つてあなたについて来たんですわ、おほほゝゝ』

『なんだ、君が大股に歩くものだから、僕は君について行けばいゝとばかり思つて、出鱈目に歩いてゐたんですよ』

『それでいゝぢやないの、私はかうして、あなたと二人で腕を組んで、明日の朝まで歩いてゐたいわ』

さういつて、彼女は、組んでゐた東助の腕を、堅く自分の脇腹に押しつけた。それが嬉しかつたので、東助も、鈴子の腕を自分の脇腹に抱締(だきし)めた。

裏通りでも、震災後の東京は道幅が広いので、二人が腕を組んで真直に歩いても障碍物にぶつかるといふことはなかつた。そして何より嬉しかつたことは、まだ日の没しない明るい時に、若い男女が手に手をとつて歩いても、東京人は少しもそれを不思議がらないほど、自由な空気が漂つてゐることであつた。

彼等は、北に真直に歩いた。そして、話をしてゐない時でも二人は幸福であつた。いや、話をしない方が却つて彼等は幸福に感じた。鈴子が、彼女の左手で東助の右腕をしつかり抱いてゐたので、彼の上膊部に鈴子の心臓の鼓動が、明かに感ぜられた。その上、彼女の柔かい腕の筋肉が羽根布団を腕の下に挾んでゐるやうな温かさを与へた。

それでも鈴子には、若い娘の羞みがあると見えて、並んで歩いてゐても、顔を東助の方に向けることは少かつた。どちらかといへば、俯向き加減に歩いて、真向ふから来る通行人の視線を避けるやうな態度をとつてゐた。だが、さうして歩くと、彼女の襟頸の生え際が特別に目立つて、美しく見えた。道々、鈴子は、こんなことを言つた。

『私ね、産婆と看護婦の免状をとればね。あなたの村に行つて、みんなに無料で病人やお産のお助けをしてあげようと思つてゐるのよ』

『そりや、理想的だね』

そんな話をしてゐるうちに、彼はもう押上電車のところまで来てしまつた。しかし彼等は、また舗道を歩いた。二人が、本所の三ツ目通りまで歩いて来た時、東助は彼女に尋ねた。

『今夜、何時までに帰つたらいゝの、あなたは？』

『さうですね。十時までに帰ればいゝんですの……』

『ぢやあ、僕が武蔵野の方へ行くのに、いつしよについて来ない？』

『行つてもいゝですか？　武蔵野へ何しにいらつしやるの？』

『胡桃の苗木を買ひに行くんですよ。北多摩郡千歳村上祖師ケ谷に、胡桃の苗木を実費で分けてくれるところがあるんだつてね。そこへ行かうと思ふんだよ』

二人は、バスで上野駅に出、省線新宿駅に降りて、京王電車に乗換へ、二十分ばかり武蔵野を西へ走つて上高井戸に降りた。その時日はもう全く暮れ、辛うじて地平線の上に仄白い光が残つてゐるのであつた。しかし、鈴子は、また東助の右腕にぶら下るやうにして野道を歩き出した時、跳び上るやうに喜んだ。杉の木立の間から紺色に染め出した富士山が見えた。それを見た鈴子は大声で叫んだ。

『まあ！　美しいこと！　こんな美しい富士山を、私見たことないわ』

さういつて、彼女は、頬つぺたを東助の肩にすりつけた。

静かな黄昏であつた。黒土の中から伸上つた欅(けやき)の梢は、レース模様のやうに黄昏の空を飾り、道の両側に並ぶ桧葉の木は、冬越しの葉を濃い緑に染めて、生活に疲れた者を、慰めるかの如く見えた。

『私は、東京にもこんな美しいところがあるとは知らなかつたわ』

さし迫る夕暮に、紺色の富士もすぐ消えてしまつた。そして梢と梢の光が一つに繋がつてしまつた。

阪川牧場の横を通つて、めぐり沢に出た二人は、坂の下に、尋ねてゐる武蔵野農民福音学校があるとは知らずに、傍らにある農家に入つて、胡桃の苗木を分けてくれる家といふのを尋ねた。朴訥な青年が、馬小屋から出て来て、すぐその下の農民福音学校の小さい建物を指差してくれた。

坂を下りると、四人の青年が、胡桃の接木に忙しく働いてゐた。

餓饉を救ふ山羊

『おえらいですなあ』

東助はさういつて、畝の間に蹲(うづく)まつて働いてゐる四人の青年に挨拶した。

東助は、彼等が接木してゐることは判つてゐたけれども、何の木に接いでゐるか。それが、判らなかつた。彼等はしきりと、畝の上に生えた苗木に、短い穂木を接いでは、一つの芽を残した外全部土の下に埋めてゐた。

『それは何の接木ですか?』

『鬼胡桃(おにぐるみ)の砧木(だいぎ)に菓子胡桃を接木してゐるところなんです』

東助は、胡桃の接木と聞いてびつくりした。

『えつ? 胡桃の接木ができますか?』

彼は、今日まで、胡桃の接木が、日本では絶対に不可能であると、繰返し繰返し聞かされてゐた。で、この眼鏡をかけた青年が、無雑作に接木してゐるのを見てびつくりした。

『えゝ、まだ他の地方ではやつてゐないやうですが、私達の同志の久宗つていふ人が、胡桃の接木に成功したものですからね。私たちは、今年初めてこんなことをやつてゐるんです』

『ふむ、すると鬼胡桃の実でも、みな拾ひ集めておく必要がある訳ですなあ』

東助は、畝の傍に蹲まりながら、尋ねた。

『もちろんですよ。鬼胡桃は日本の在来種ですからね。どうしても害虫に強いですよ。南洋から来たフランケツトやユリカは害虫に弱いですからね、どうしても日本では鬼胡桃の苗木に、接木する必要があるやうですなあ』

東助は、このやり方を見ただけで、東京に出て来た値打があつたと思つた。然し彼は、どうしても、菓子胡桃の苗木を十本か二十本、村まで土産として持つて帰りたかつた。それでそのことを眼鏡をかけてゐる青年に通してみた。すると、眼鏡の青年は、

『こちらの先生が、今山羊の乳を絞つてゐられますから、向ふへ行つてみて下さい』

と、山羊小屋の方を指差しながら、親切に教へてくれた。

で、東助と鈴子は、鶏小屋の西側にある山羊小屋まで歩いて行つた。そこでは、身体の大きな、コール天服を着た人が、しきりに山羊の乳を絞つてゐた。

『申し兼ねますが、胡桃の苗木を二十本ばかり分けて下さらないでせうか?』

柵の外側から簡単に挨拶をして東助がさういふと、その人は蹲まつたまゝ山羊の乳房を握つた手を放して振向いた。

『さあ、みんなお約束してしまつたんですがね。失礼ですが、あなたはどなた様ですか?』

『私は福島県の田舎の者ですが、村があまり困つてゐるものですから、胡桃でも植ゑて、更生策を講じてみようかと思つてゐるんです。御無理でせうが、ひとつ、少しでいゝですから、分けて下さらんでせうか?』

『よろしうございます。では、うらの分を差上げませう』

さういつて、体格のいゝ先生らしい人が、また胡桃の畑の方へ歩き出した。そして、二十本ばかり苗木を掴んで来て、山羊小屋の前に立つてゐる東助に手渡した。

『失礼ですが、一本いくらでお分け下さいますか?』

また山羊のところに帰つていつた大きな先生は無雑作に答へた。

『村の更生策として実験的におやりになるんでしたら、代価は要りませんですよ。喜んで無料で皆様に差上げてゐますから、どうぞ御自由にお持ち帰り下さい』

さういつてゐるところへ、村の鼻垂小僧が二三人、籠の中に卵を入れて持つて来た。それを先生が受取つて秤にかけ、子供等が持つて来た帳面に重量を書き込んで渡してゐた。

東助はそれを傍で見てゐたが、不思議がつて彼に尋ねた。

『あの子供等が持つて来た帳面は、あれ何ですか？』

『あゝ、あれですか！　あれは、この字だけで養鶏組合を作つてゐるんです。みな、こゝに持つて来まして、市内の消費組合へこゝから直接売ることになつてゐるんです』

鈴子はそのことを聞いて非常に感心した。東助はまた尋ねた。

『山羊は一日にどれくらゐ乳を出しますか？』

『さうですね、まあ二升でせうね……ぜひあなたが、疲弊した農村を救はうと思つていらつしやるなら、山羊をお飼ひなさいよ。接木した胡桃でもまだ四五年は待たなくちやならんですからね。それまで食ひつなぐには山羊を飼ふのが、一番いゝですよ。どんな大きな饑饉があつても、野山に雑草が無いつていふことは滅多にありませんし、山の木に葉がついてゐないといふことは、まあちよつとないですからね。困つてゐる農村に山羊が沢山をれば、饑饉が来ても絶対に大丈夫ですよ』

その言葉を聞いて、東助は深く考へた。

『そいつは、いゝことを聞きました。私の村は、ほんとに、この冬などは食ふものかなくて困つたんですが、あなたのいはれるとほり、山羊がゐれば、どんな雪の深い冬でも飢える心配はない訳ですね。こりや、いゝことを聞きました。……山羊は高いですか？』

『いや、安いですよ。仔山羊でしたら、スイツランド種の白色ザーネンで、まあ、六円ぐらゐでせうかね。乳牛の仔でしたらなかなか高いですが、山羊は実に安いですからなあ。村の貧乏人を救ふのに、これほどよい家畜はないですよ』

その言葉を聞いて、東助は膝を打つて喜んだ。

『東北でも、もう少し早く山羊を奨励しておけばよかつたなあ。東北地方は、四年に一度必ず凶作があるんだから、ぜひ、これは山羊を奨励せんと、飢饉の時は困りますなあ』

東助がさういつたので、鈴子も山羊の乳の絞り方を教へてもらはうと、小屋の中へ入つて行つた。

磐梯山の麓

東京がいくらいゝ所であつても、村のことを思ふと東助は居たゝまれないほど胸が痛んだ。

それで、彼は榎本鈴子と別れを惜しんだが、又逢ふことを楽しみにして、潔よく磐梯山の麓に帰つた。

淋しい、淋しい。銀座の華やかなネオンサインに比べて、雪の溶けない山里はいくら割引して考へても淋しかつた。

日の出るのが早くなつたので、東助は、五時前に起きて藁をたゝき、みんなが起きる前に蓆を一枚織つてしまつた。

朝飯時であつた。木内の老人が又やつて来て、東京の話を持ち出した。その話のついでに東助は彼に、ぜひ産業組合を作らなければならぬことを力説した。これを聞いた老人は大いに乗気になつた。

『やらうぜ。おれはこれから村長さんのところに行つて話して来るべえや。村長さんに組合長になつて貰つて、お前が専務理事になつてくれさへすれば、できんことはあるまいぜ』

さう、言つてゐるところへ、佐藤巡査が入つて来た。彼も産業組合に大賛成であつた。

『おれは勤務の間には村の者を勧誘して見るよ。産業組合なら、みんな直ぐ作りたいといふからな、一口二十円ぐらゐにして作らうぢやないか。三百五十口できるとして七千円、五百口として一万円あるぢやないか。さうすりやあ、多少未払込の出資金があるにしても、少しぐらゐは低利資金が借りられるぢやないか。低利資金を融通して貰へば、胡桃の苗木も毎年五千本は植付けることができるだらうからな。宣伝の方は俺が引受けた』

　巡査はえらい乗気であつた。木内老人は煙管の灰を庭に叩き落しながら、彼に尋ねた。

『巡査が産業組合の運動に関係してもいゝのかい。署長に叱られやしないのかね？』

『巡査としてするんぢやないのだよ。勤務がすんでから個人として関係するんだから、別に署長に叱られる理由はないね。いや、それどころぢやないよ。産業組合ができさへすれば犯罪が減るんだから、犯罪予防の立場から考へても、勤務の余暇に組合の組織を手伝つた方がいゝんだよ』

　木内老人は、さうした佐藤巡査の答を聞いて喜んだ。

『日本の巡査のすべてが、あなたのやうな解つた人であれば、日本はほんとに救はれるねえ』

　その晩であつた。柿ノ木の家から突然、東助を呼びに来た。何事だらうと心配して行つて見ると柿ノ木の親爺はほろ酔ひ加減で、また囲炉裡の傍で酒を呑んでゐた。

『まあ上れ』

　と、親爺がいふので、囲炉裡の傍にかしこまつて坐ると、親爺は頭から東助に、いやがらせを言ひ出した。

『君は、近ごろ少し左翼かぶれしやしないのかい。俺あさつき、学校の校長から聞いたんだが、君は今度この村で産業組合を起すさうぢやなあ。なんでも佐藤巡査は学校のひける頃、校長のところへやつて来て、君が産業組合を起すから一口入つてくれと、頼みに来たさうぢやが、本当に産業組合を起すつもりなのかい。君も知つてるだらうが、おらあ君の兄貴に頼まれて去年の夏この村で特約組合を作つたのだが、この前だけで一万五六千円貸付けた金が一文も入らんのでなあ、俺あもう、へこたれてゐるんぢや。もし君がこの際、正式の産業組合でも作らうものなら、おれの組合はもうつぶれてしまふぢやないか。そしたら借金は誰が払ふんぢやい』

　さう言つて親爺は、里芋の煮付けを箸で突きさした。

　東助は少し、癪にさはつたが、かな火箸を取上げて囲炉裡の灰をかき廻しながら、わざと親切な口調で答へた。

『おやぢさん。特約組合のことについてはな、俺も意見があるが、それはこの際、あんまり問題にしたくないんぢや。とにかくこんなに村が行詰つては、稗一升買ふこともできないんだから、この際小字々々には農事実行組合を作つてさ、桑畠を整理して、胡桃を植ゑるなり、鶏を飼ふなりして、この際一奮発せんと、村がつぶれてしまふぢやないかね』

『うむ、それあ、おれも同感ぢやがな。然し、君は喜多方町の肥料屋が産業組合のできたため、片つぱしから潰れていつたことを聞いてゐるだらう。あれはみんな、産業組合が潰したやうなものだぜ。この村でも産業組合ができると、大通りの店は片つ端から潰れてしまふだらうよ。朝公の店などは第一に潰れるだらうなあ、さうしたらお前、貧乏人を救はうと思つて、まるで貧乏人を作るやうなものぢやないか』

東助は柿ノ本の親爺があまり分らぬことをいふので、よく説明してやつた。

『おやぢさん。そんな心配はいらんぜ。鶏を飼ふなり、兎を殖やすなりすれば、食ふことにあまり困らないだらうよ。じつと坐つて居て金儲けしようと思ふやうな人間が社会に殖えることは余り感心しないねえ、この際中間商人は搾取をやめて生産者に代つてしまつたらいゝぢやないかね』

柿ノ本の親爺が、わけの分らぬ屁理窟をこね廻したが、東助は辛抱強く一々それに対して説明してやつた。一時間ぐらゐ話を聞いた後、東助は又夜業しようと囲炉裡の傍から立上つた。すると酔払つた親爺は、急に上り口のところまでやつて来て、東助の腕をつかまへて大声で言つた。

『おい東助、話が要領を得ないで帰つて行つちやあ困るぢやねえか。どうしてくれるんだい。村の小商売人と産業組合とはどちらが大切なんだい。思ひ止つてくれよ、組合を作ることだけは』

さういつて、彼は東助の前に立ちふさがつた。しかし、東助は直ぐ身をかはして庭に下り、一言の返事もしないで、そのまゝ外に出た。

おもてには山嵐が吹きすさんで、ゴム靴の上から冷気がさすやうに足にしみた。

木内老人の説伏に、村長の井田寛治は、とうとう、動き出した。村の青年団員と、処女会の会員が、秋季皇霊祭の吉日を卜(ぼく)して、大塩村産業組合結成準備会なるものを組織した。そしてその会長に東助が推薦された。そして村の組合が結成されると同時に、この準備会は産業組合青年聯盟に加入して、大塩支部と名称を変更することの決議をした。佐藤巡査は喜多方町の信用組合から、産業組合模範定款を借りて来て、村長と東助と三人で、福島県庁に提出しても恥しくないやうな大塩村産業組合定款の執筆に取りかかつた。

佐藤は高等小学校しか卒業してゐない、まだ二十四歳の青年巡査であつたが、法律のことは頗る明るいので、定款を執筆するにはもつて来いの人物であつた。定款が出来あがつたのは、それから三日後であつたが、処女会の田中高子が、大井久子と二人でそれを謄写版に五百組も刷上げた。それを手にした東助は小躍りして喜んだ。

彼はすぐ村会議員を一人々々訪問して、全村一致で産業組合を作るやうにと勧誘して廻つた。彼はさうした運動をすることによつて、殆ど明日の日の食物にさへ窮してゐたが、いま暫くの苦闘は、先に行つて、村全体を救ふことになると思つたので、喜んで犠牲になつた。

彼は朝四時から起きて、蓆を朝飯前に一枚半ぐらゐ織つてしまひ、朝飯をすませて更に一枚半織ると、すぐ、おもてに飛出して、木内老人と二人で県庁に届ける『設立許可願』に、判を取つて廻つた。

東助が疾風迅雷的に、判を取つて廻つたにも理由があつた。それは柿ノ木の省七が、村で雑貨商を営んでゐる斎藤朝吉と組を組んで、何かの運動を起してゐるといふことを、大井久子から聞いたからであつた。

三月の三十日の正午、東助はまた調印を取つて廻らうと、家を出た。するとすぐ門前で、いつも元気のいゝ郵便屋の渡辺力蔵が坂道を上つて来た。そしていきなり東助に、大声で話しかけた。

『君、しつかりしなくちやあ、だめだよ。特約組合の幹部連中は柿ノ木の省七に引率せられて、会津若松まで飲みに行つたぢやないか。何でもけふは、芸者をあげて散財するんぢやつてよう。会津若松には、信州から来てゐる、胆つ玉の太い、特約組合の支配人がゐるんでなあ、余程うまい事やらんと、村の産業組合は、できないうちに潰れてしまふぜ。先方は何しろ一千円以上もつてゐる資本家だからね。米が欲しければ米、金が欲しければ金、種がほしければ種、肥料がほしければ肥料、なんでも一年間は貸してくれるからねえ、利子さへ払ふつもりなら、特約組合は頗る便利だからなあ、ついつい百姓はその罠にかゝつてしまふよ。たゞ産業組合と違ふ点は利益を組合員に払ひ戻しをしないといふことだけだからなあ。借金に困つてゐる無智な農民は、先の百円より今の一円が欲しいばかりに、迷ふんでね』

東助は郵便屋が、蔭で行はれてゐる産業組合反対運動の消息を教へてくれたので、更に戦意を固めた。

彼はその晩すぐ、青年団の幹部全部と、処女会員の幹部総てに自宅に集まつて貰ふことにした。ところが、不思議なことには青年団の幹部のうち、副団長をつとめてゐる平泉又吉と、会計係の久世要蔵の二人が顔を見せなかつた。

田中高子のいふところによると、二人とも特約組合の方がよいといつて、柿ノ木の親爺につれられて、会津若松に出かけたといふことであつた。

『仕方がないなあ、二人とも賢さうな顔をしてゐるけれども、まつたく先のことは分らんのだなあ。あの人たちは、みすみす手に持つてるものを鳶にさらはれても平気なんだなあ』

と東助は独言をいつた。

田中高子は悲しい声を出して、東助にまた言つた。

『あの人たちはねえ、あなたに対する反感もあるのよ。平泉さんはどんな仕事でも自分を会長にしてくれなければ、決して働かないといふ傾向のある人なんですよ。だから此度などでも、あの人を準備会の会長に奉つておけば、きつと今夜でも出て来たでせうがねえ』

その言葉を受けついで、いが栗頭の島貫伊三郎が笑ひながら言つた。

『いやあ、村のことを思はないで、自分のことだけを思ふ奴はこの際、放つとくより仕方がないねえ。あの二人はどんな時でも威張るばかりで、村の為に本気で働いたことは、これまで一ぺんも無いのだから、たとへ発起人になつたところで、あんまり当てにはならない男だよ』
隅の方であぐらをかいて坐つてゐた、郵便屋の渡辺力蔵は大声で怒鳴つた。
『今頃の中学卒業生なんていふものは、みんな、あんなものなんだなあ。眼玉ばかり教育するもんだから、みんなあんなになつてしまふよ』

八字髭の先生

そんな話をしてゐるところへ、佐藤巡査が小学校の校長をつれて入つて来た。皆組合の前途に不安をもつてゐた時だつたから、小学校の校長田村直哉が幹部会に臨んでくれることを非常に喜んだ。大井久子は甘へるやうに、先生の口髭を見つめながら言つた。

『先生、何か一つお話をして下さいまし』

けれども先生はなかなかうけがはなかつた。しかし、久子が度々希望したので、終ひにこんな事を言ひ出した。

『去年の秋でしたよ。私は北海道札幌で教育会の大会があつた時、札幌酪農組合の工場を見ましたがね。実によくやつてゐるのにびつくりしましたよ。最近の凶作でも北海道の農民が困つてゐないといふのは、全く酪農組合のおかげだといひますなあ、えらいもんぢやありませんか。最近北海道では、乳製品だけで一年二千五百万円からの生産があると言ひますからなあ、……あの寒い北海道で農民が困つてゐないところを見ると、やり方によつちやあ村は救へますねえ。組合を作るなら、札幌の酪農組合のやうな、しつかりしたものをぜひ作りたいものですなあ……教育大会の時にも、鳥取県と高知県の代表者が、小学校の時代からぜひ産業組合の精神を生徒に教へる必要があると言つて、実際やつてゐるといふ報告がありましたよ。私はこんど皆さんが、この村で産業組合を作つて下さるといふことを聞いて共鳴してゐるんです』

その言葉を聞いた若き男女はみんな、大きく目を瞠つた。で、校長は彼の視察して来た、北海道石狩の沼田の農村産業組合の話、青森県黒石の林檎販売組合の内容、更に数年前彼が見た、愛知県碧海郡安城の、組織化された産業組合の輪廓を、事こまかに報告して聞かせた。

大井久子は田村校長の話が、彼女を非常に啓発したので更に尋ねた。

『先生、日本で産業組合の一番発達してゐる県は何県なのですか』

さう聞かれた田村校長は、のみさしの渋茶を、ぐつとひと飲に呑み乾て、彼女に答へた。

『先づ、福岡県と長野県でせうなあ。福岡県では、中学生や、女学生の洋服は全部、産業組合の手を通して販売してゐるんですからねえ、実に進んだものですよ。漁村の産業組合では、静岡県の焼津町のものは模範的だと言はれてゐますなあ。なんでも年六百万円からの漁獲高を、産業組合で上げてゐるといふ話でしたよ。なにしろ日本の産業組合は、その資本金だけでも十八億円からあつて、三井三菱二つ合せたところで、到底産業組合の勢力には及びませんからなあ、産業組合も大きくなつたものですよ』

半鐘が鳴る

さう言つてゐるときに、村の半鐘が鳴り出した。逸早く飛出したのが東助であつた。彼が街路に飛出して下を見ると、柿ノ木の省七の家が燃えてゐる。

『やあ、柿ノ木の省七さんの家が燃えてるぜ。――さあ、みんなそのまゝ応援に行つてくれよ！』

東助は敵をも愛する心から、柿ノ木の省七の家の火災を消し止めようと、みんなに勧誘したが郵便屋の渡辺は、おもてまで出て来たゞけで、そこから動かうともしなかつた。

『罰あたりが、われわれの産業組合運動に賛成しないから、直ぐに罰が当るんだよ』

さう言つて彼は、柿ノ木を呪つた。しかし、本当に村の事を心配してゐる東助は、柿ノ木を改心させるのはこの時だとばかり、渡辺一人を残して、皆の者と柿ノ木の家までかけ下つた。

東助が柿ノ木の家に馳けつけた時には、火はまだ屋根の一部分を、吹きぬいて僅かしか、たつてゐなかつた。

もちろん消防はまだ来てゐなかつた。東助は島貫に命令してポンプ小舎の方へ走らせた。そして自分は、青年団員と、処女会員を指揮して、女子には近所のバケツを直ぐ借りにやらせ、男にはポンプが来るまで、家財の出せるものだけを、外に持ち出すことを命令した。

ポンプが来た。東助がホースの口を持ち、青年団員も処女会員も皆一しよになつてポンプを押した。しかし、茅屋根に燃えこんだ火はなかなか消えさうにもなかつた。

それで、東助はホースの口を島貫に渡し、屋根におどり上つて燃えてゐないところから、取りこはし始めた。

ポンプを押してゐた高子は、それを見るなり、

『東助さんあぶない！』

と下から叫んだ。

火の粉は飛ぶ。ほのほは舞ひ上る。ホースの筒の狙ひが皆急所を外れてゐる。

火は天井裏を走つた。で、赤い焔が新しく北側の軒先から吹き出した。この危機一髪といふ瞬間に、鳶口を振つて東助は屋根を二間ばかりめくつたが、もうそこに立つてゐることができないほど、焔はだんだん彼の方に迫つてきた。で、彼は屋根の上から空地目がけて飛下りた。

軍隊で鍛へてゐるものだから、高いところから飛下りても少しの傷だに彼は負はなかつた。その勇敢な行動を見てゐた田中高子は、すぐ彼に飛付いて行つた。そして疳高い声で尋ねた。

『東助さん、お怪我はなかつた？　まあよかつたわ。火の走るのがあんまり早いでせう。私は、あなたが焔に包まれやしないかと心配してゐたわ』

さういつて、高子は東助の足の先から、頭の天辺まで怪我はないかと、熟視した。

東助は平気なもので、

『なあに、これくらゐのこと大丈夫だよ』

さう小さい声で言つて、又ホースの筒先の方へ走つた。

かう火が大きくなれば、一台のポンプでは何うにも手のつけやうがなかつた。屋根の半分が燃えくづれるので、省七の女房は、半狂乱の体で荷物を取出してゐたが、それも危険になつたので東助は彼女を、子供三人と共に彼の家に避難させることにした。

火事と知つた隣村の青年団も直ぐかけ付けてくれた。お蔭で屋根を七分焼いたところで、火を喰ひ止めた。しかし、もし東助が、屋根を部分的に破壊してゐなかつたら、隣の久世の家も類焼してゐたであらう。

鎮火したのは午後九時過ぎだつた。それと見た田中高子は、直ぐにハンカチを引裂いて、足に繃帯してやつた。東助は跣足で走り廻つた為にどこかで釘を踏んだと見えて足から血が止まらなかつた。

『まあよかつたわねえ、こんなに風が強いんですから、今ごろ火事が大きくなつたら大変でしたでせうねえ。まあよかつた、火事だと言つた時には少しも風が無かつたけれども、焔が高くなると急に風が出ましたねえ。要蔵さんの家が類焼を免れたのは、まつたくあなたのお蔭ですわ』

足の不自由な大井久子はびつこをひきながら、隣の家から酢を貰つて来て、東助の足の傷をも一度消毒するやうに勧めた。

二人の娘が東助の傷の手当をすると、十数人の処女会の娘たちが、東助を取巻いて一々慰めの言葉を発した。

『まあよかつたわ。荷物だけは大体取出したから、よかつたのねえ。火元は炬燵なんですつてねえ、炬燵から火が出て蒲団から畳、畳から障子へと燃えうつつたのですつて。省七さんがゐればこんなことには、ならなかつたでせうがねえ』

『今頃省七さんは、家が焼けてるとは知らないで、呑んでるでせうねえ、いゝ見せしめだわ』

娘たちは口々に、そんなことを言ひながら火事の噂をした。

その晩徹夜して青年団員は、火の用心の夜番に廻つた。しかし、その晩とうとう、柿ノ本の省七は村に帰つて来なかつた。

翌朝の十時頃、省七は雑貨屋の斎藤朝吉と青年団の副団長平泉又吉と三人連で、大塩村に帰つて来た。そして青年団員が、火事で燃えくづれた自分の家を取片づけてゐるのを見て、びつくりして青くなつてしまつた。

そしてなほ、省七が驚いたことは、彼の妻と子供を、彼の敵であると思つてゐた東助が世話してくれてゐることであつた。

上棟式

火事以来、特約組合の反対は立消えになつてしまつた。そして、省七までが進んで産業組合設立の許可書に印をついた。それで四月一日は、村長自ら福島県庁に設立許可順を持つて行つた。

省七の一家はつゞけて、東助の家に世話になつてゐた。それに対して省七は心から感謝した。省七が朝吉に洩らしたといふことを、東助は田中高子より聞いた。

『東助は、ありや仏さんの生れ変りぢやぜ。あいつに反対したら、天の罰が当るからなあ、わしはもう東助のいふとほりになるんぢや』

省七が転向したゝめであるか、朝吉までが妥協を申込んできた。

『やい、東助、うちの店を組合で使つてくれんかい。位置から言つても申分がないぜ。わしはもう貧乏な村の百姓を相手にして、はした金を儲けたところで仕方がないと思ふから、購売組合の小僧にでも使つてくれやい。その方が暢気でいゝわい』

かう申込んできたのは、村の産業組合結成準備会の同志三十七人の者が、省七の家を再建しようと、山から木を伐り出してきた日の午後であつた。

東助の考へでは、村の住宅の改造を産業組合の利用部の仕事としてやつてゆけば、住み心地のよい家が、百円も出せば、立派に建つといふのであつた。もちろん労力は全部青年聯盟の者が奉仕し、材料だけ本人に買はせて、少し上手に設計してやりさへすれば、実によい家が出来るといふのであつた。

そして実際、東助が予覚したとほり、山の立木を五十円ばかり買つたゞけで、建坪十坪ばかりの二階建のしつかりした家がわづか一週間足らずの労力奉仕によつて建上つてしまつた。青年団員は、団結の威力が如何に大きなものであるかを初めて知つた。省七は涙を流して悦んだ。

『なるほどね。こんなことは特約組合ではできませんね。私は今日まで、あんまり金のために迷ひすぎてゐましたよ』

棟上が終つた時に、省七はさうした懺悔の声を放つた。

『この力でゆけば、特約組合に借りてゐる一万三千円の金を払ふことは何でもないですなあ。実は私も、鯉の販売組合には賛成であつたけれども、購買組合が発達すると、村の小商売人が潰れるといふので反対したですがなあ、皆さんがかう親切にして下さると、反対できませんよ。今度といふ今度は、ほんとによく判りましたよ。人の和といふものがなければ、決して村は繁昌しないといふことが、私などは、家が焼けてかへつて幸ひしましたよ。たつた五十円で、こんな立派な家が建たうとは思ひませんからなあ。これも皆さんが村のことを思うて、努力を惜しまずに働いて下すつたお蔭ですよ』

上棟式を祝ふために、形ばかりの餅まきがあつた。そこには村の子供達が、殆ど全部集まつてきた。そして青年団員も処女会員も凡ての顔が揃つた。

その時、省七は、上棟式の習慣として、みんなに酒を振舞ひたいと申出た。しかし、東助はそれを断つた。そしてこの機会に、禁酒会を成立させて、絶対禁酒を村民一同が実行するやうにしたいと彼は考へた。

この話はずつと前からあつたけれども、具体的にならなかつたので、上棟式を機会に発表しようと、東助は幹部の連中に相談した。それにはみな贅成であつた。で、餅まきの済んだ後、大塩村禁酒同盟会の発会式を直ちに挙げた。

処女会副会長高井米子が司会者となり、島貫伊三郎が宣言と決議を朗読し、仕事着をきたまゝの田中東助が、約十五分の激励演説をした。

『——村の復興は良心の復興より始めなければならない。こゝに我々は、このめでたい上棟式を記念として、禁酒同盟の発会式を挙行するに至つたことを嬉しく思ふんだ。酒が貧乏の原因になり、不道徳の源泉であることは、今更いふまでもないことだ。しかし、それより恐ろしいのは、酒の害が子孫に遺伝することだ。東北地方の疲弊する一つの大きな原因は『どぶろく』を飲み過ぎることだ。我々は、断然この際、盃を打砕いて村の更生のために起ち上らうではないか……』

拍手が起つた。省七は感激して涙を流して喜んでゐた。酒を売つてゐる斎藤朝吉は、鳥打帽を眼深に被つて後に立つてゐたが、顔を俯向けてみんなの視線を避けた。

上棟式と禁酒会の発会式も無事に済んだので、東助は、高子の家から借りてきた棟木を吊上げるために使つた麻縄を返さうと、一人野路を急いだ。

彼が高子の屋敷の門を入ると、先に帰つてゐた高子が待つてゐましたとばかり、家から飛出してきて、いきなり、

『これを読んで下さらない……』

と、小声にいつて、東助の手に一通の手紙を渡した。

それとも？

いくら冷静な頭脳の持主である東助でも、美しい若い娘から、淡桃色の状袋に入れられた、長い手紙を受取つては、或る種の昂奮を感じないわけにはゆかなかつた。

彼は、何だか急に、村が狭くなつたやうな気がした。狭い村であるだけに、箸の転げたことまでも、隣近所に知れわたるので、東助は、その噂がうるさかつたのと、純真な村の娘を、少しでも迷はすことを、すまなく思つたからであつた。

それに高子が美しい娘でもなければ、彼の心も動きはしないが、彼女が、東京でも稀に見るやうな品のいゝ顔をしてゐるだけに、若い心は、おのづから動いた。鈴子は産婆と看販婦の研究をするために、二、三年村には帰つて来ないといつてゐるし、その上彼女は既に汚れた醜業生活の経験のある女であるだけに彼が村につれて帰つて来ても、彼女の素性は、すぐに暴露されてしまふだらう。さうすると、村の青年の指導の任に当つてゐる彼としては、或ひは信用を失ふかも知れない。その点は、高子であれば何等、非難のうちどころのない純真無垢な処女である。

（彼女の出方があまりに遅い、もう一年早かつたらよかつたのに！）

そんなにも彼は思つた。

家に帰ると、久しぶりに起上つた母は竈（かまど）の下で、味噌汁を炊いてゐた。昂奮してゐた東助は、母に一言、言葉をかけておいて、すぐ奥座敷に通り、探しものでもしてゐる風を見せかけて、薄暗い電気の下で、彼女の手紙を開いて読んだ。

それは三枚の書簡便に、美しい字体で、叮嚀に書いた、歯の浮くやうなラヴレターであつた。彼はそれを読んでゐて、をかしくなつてたまらなかつた。活動写真の字幕に出てくる甘い文字はすべて其処に出てゐた。あれだけ学問をした娘でも、自己を表現するに、活動写真から助けを借りて来なければならないかと思ふと、彼女の内部生活の貧弱さを思はざるを得なかつた。それに較べると、鈴子は、苦労した女だけあつて、自己の行くべき方向をはつきり握つてゐた。高子は手紙によつて判断すると、まつたく霊魂の赤ん坊であつた。しかし、それだけ彼女の恋には純なところがあつた。

（さあ、どうしたものだらう？　返事を書いてやらなければ、彼女は迷ふたらう。この際、あつさり自分には、約束した許婚の女があることをいつてやつて、彼女と純真な気持で、この後交際を続けると云つてやらう。……それとも……それとも……）

それとも、と思ふと、彼の本能的欲情が燃上つて、今にもすぐ、高子を、彼女の家から連れ出し、若草の萌（も）ゆる裏山を、二人で散歩しようかなどと思出された。

（いや、いや、さうするには、鈴子があまりに可哀さうだ……）

繰返し繰返し、高子の淡桃色の手紙を読返してみた。

愛するお兄様。私にあなたをお兄様と呼ばせて下さい。私は、明けても暮れても、たゞもうあなたの姿を見なければ、一日愉快に送れないやうな女になつてしまひました。あなたの村を思ふ雄々しい態度、火事場に働かれるあの勇敢な姿、私は肉体も、魂も、全くあなたの奴隷となつてしまひました……。

こんな調子で書綴られてある焔のやうな文字は、山の中の女と思はれないほど、近代的な表現を使つてゐた。その淡桃色の書簡箋が、また特別に魅惑的に感ぜられた。彼女は若い。瞳は澄んでゐる。鼻筋は通つてゐる。頬つぺたは彫刻的で、唇は赤豌豆（あかえんどう）の花弁のやうだ……腕は白く頸筋は白百合のやうに美しく、眉は新月のやうだ……それに、鈴子よりよいことは、彼女の若いことだ。彼女は初（うぶ）で、教育があり、親譲りの財産を持ち、しかも母親はお人好しで、彼女のいふ通りになる……

彼女を弄（もてあそ）ぶことは如何にも容易である。鈴子が村に来てくれるまで、彼女を弄ぼうか？　それとも鈴子に手紙をやつて、彼女と訣別しようか？……

しかし、東助は、すぐ、その誘惑を打消した。

彼はさつそく、走り書に一頁ほど書きつけて、妹の敏子にその手紙を、高子の家まで届けさせた。手紙には、かう書いた。

高子様――御手紙ありがたうございました。お互ひに間違ひのないために、はつきり私は告白しておきます。私には、約束した許婚の女が東京にゐるのです。今、産婆にならうと、本所の賛育会病院で勉強してゐます。この人はまことに気の毒な人で、嘗ては身売りしてゐたこともあります。いづれ村の方々にもお世話にならなければならぬと思ひますので、今から皆様に御了解を得たいと思つてゐる次第であります。何卒、お母様によろしくお伝へ下さい。

東助

その手紙を読んだ高子は、敏子を待たせておいて、すぐ返事を持つて帰らせた。それは、例の淡桃色の書簡箋にたつた一枚しか書いてなかつた。

あなたは私の永遠のお兄様です。私は、あなたが、醜業婦のやうな婦人をも、清い愛をもつて抱擁しようとしてゐられる態度に、一層感激させられます。それで、どうかこの後、私をあなたの妹にしてやるといつて下さい。私の希望はたゞそれだけなんです。私は、たとひあなたに愛せられなくとも、あなたの妹としてあなたを愛し、かつ尊敬する権利があると思つてゐます。

付箋

うまく進行するやうに見えた村の産業組合の許可は、多くの付箋がついて、一日役場へ返されて来た。その話を村長から聞いた東助は、多少がつかりした。

『なんだ。願書を出してから、もう一ケ月にもなるのに、まだ許可してくれないで、今ごろ付箋をつけて返して来るなんか、無茶だなあ』

さう言ひながら東助は、役場の、寄掛りのない椅子に腰をおろした。

窓から南会津の山々が、澄みきつた春の空を濃紫に彩つて、いかにも綺麗に見えた。

『田中君、さう短気を起すものではないよ。役所の方では許可する方針で付箋をつけて送り返して来たんだから、今日中に書入れて、すぐ県庁に宛てゝ出しさへすれば、もう二三日のうちにはきつと、許可が来るよ』

落ちつき払つた井田村長は、節約の意味で喫うてゐた、煙管の雁首から、灰を火鉢の中に叩きおとして、子供に言ひきかす様な調子で、東助にいつた。

彼が付箋のついてゐる願書を取りあげて見ると、県庁の役人は、事こまかに、字句訂正の文句の書き方まで、その付箋に教へてくれてあつた。それを見た東助は感心して言つた。

『これは感心だなあ、なるほど、こんなに丁寧に直してくれるんぢやあ、役人も有難いなあ』

村長はそれに和した。

『実際、君、産業組合課の役人は、外の役人と違つて、まつたく真剣だよ。そんな、日本の農村更生は、産業組合から始めなければならないと思つてゐるので、ある役人のごときは、日曜日さへ休まずに、村々を指導して廻つてるつていふからねえ、まつたく感心なものだよ』

で、東助は、軽卒に県庁の役人を批評したことを悔いた。そして自ら付箋通りに、字句を訂正して、その上にベタベタ判を突き、その晩、発起人会を開いて字句訂正の件を賛成してもらひ、その翌日すぐ福島県庁に郵送した。

それから一週間目であつた。薄つぺらな赤罫紙に墨で書かれた、産業組合許可書が、村役場に配達せられた。許可書を握つた東助の喜びは、譬へやうもなかつた。彼は小躍りして喜んで、さつそく願書を書いてくれた派出所の巡査、佐藤敬一のところへ飛んで行つた。

佐藤も我がことのやうに喜んで、すぐ家を飛び出した。彼は巡廻のついでに、村の有志に、組合がいよいよ許可されたことを、報告したいと思つたからであつた。

長く産業組合に反対してゐた斎藤朝吉の店を、そのまゝ購買組合に引きなほし、朝吉が百姓をやる傍ら雑貨の仕入れの手伝をすることになつてゐたので、東助はすぐ斎藤朝吉の店まで飛んで行つた。そして朝吉もこの上なく喜んでくれた。

『田中君、しつかりやらうぜ。わしは村の為なら、少しばかりの利益なんかどうでもいゝから一つこの際一しよに大いにやらうぜ』

大工の上手な島貫伊三郎は、朝吉の店を組合式に体裁よく造り変へるために、道具をもつてやつて来た。

そこへ組合が許可されたと聞いて、女子青年団の田中高子も、大井久子も津田良子も、みんなやつて来た。山で働いてゐた平泉又吉も、久世要蔵も仕事を放つておいて飛んで来た。

みんな、山の人間だけあつて、木を伐ることや、鉋（かんな）を使ふことが上手なので、信用組合の部分と購買部の部分を区別する板仕切は直ぐできた。娘たちは東助の指揮を受けて、朝吉の個人的所有物を、店の裏にある彼の私宅に運ぶことを手伝つた。

その晩理事会が開かれた。村長井田寛治は組合長である関係上、日の暮れないうちからやつて来て、店の模様替を満足げに見てゐた。

小学校々長も、理事たることを承諾してゐたので、彼も亦定刻前からやつて来て、斎藤朝吉と談じこんでゐた。木内の老人も村の信用があるために、理事に挙げられてゐた。で、人のよささうな顔を、約束の午後七時より一時間も早くから見せた。

斎藤朝吉は村でも、物持の方に数へられてゐたので、彼が産業組合運動に賛意すると同時に、理事に推薦せられた。

今夜の理事会は彼の本宅で開くことになつてゐた。斎藤朝吉と田中高子とは、親類の間柄なので、田中東助の家とも縁続きであつた。その関係でもあつたが、田中高子は、その晩は家へ帰らないで、役員たちに、お茶を汲んだり、お菓子を運んだりして、なかなか忙しく立ち働いてゐた。

村の助役も理事の一人であつたが、親類に法事があるとかで顔を見せなかつた。彼の名は高井倉三といつて、高井米子の叔父に当つてゐた。理事七人のうち、島貫伊三郎と田中東助自身を除けば、あとの者は、村でも相当にやつてゐる部類の者であつた。

村の曙

村長の井田寛治は、床の間の正面に坐つた。その隣に、口髯を撫下しながら、校長の田村先生が、面長の顔を、薄暗い電燈に向けて、何か物思ひに沈んでゐる様子だつた。それに向ひ合つて木内の老人がにたりにたりと笑ひながら、斎藤朝吉と、産業組合の将来について話し込んでゐた。

監事に就任した、大井久子の父米造と、津田良子の父源蔵は二人とも特約組合と縁を切つて、産業組合に専心努力せねばならぬといふことを、斎藤朝吉の横に坐つて談じこんでゐた。

店に棚を吊つたり、板仕切の上に厚い板を打付けて帳場を作つてゐた島貫と東助が、朝吉の母家にはいつてきた。その後から、平泉又吉が続いた。

平泉は特約組合を支持してゐたので、最初は監事に挙げられなかつたが、朝吉の転向によつて完全に特約組合を放棄することを誓ひ、村の平和のために監事に就任した。

それで、十人の役員が全部揃つた。田中高子は極り悪さうに、先づ島貫の前にお茶を配つてゆき一度台所に入つて、その次の茶碗を、東助の前に運んだ。しかし、彼女はその時、あまり昂奮してゐたので、東助の前においた茶碗を、どうした弾みか横つちよに倒してしまつた。彼女は真つ赤に顔を染めて、

『御免なさいね、畳が少しへこんでゐたものですから、真直におけませんでしたのよ』

さういつて、雑巾を取らうと奥に駆込んだ。

村長と木内老人の間には農村の不景気の話から、東北凶作の話が、取換はされてゐた。

高子が雑巾をとりに入つてゐる間に、東助は彼の腰に下げてゐた手拭を出して、彼女のこぼした茶を黙つて拭取つて知らぬ顔をしてゐた。小走りに奥から出てきた高子は、そこがきれいになつてゐるのを見て、

『おや拭いて下すつたの、すみませんでしたわね』

さういひながら、気にかゝつたと見えて、もう一度畳を拭き直して奥に入つた。

『一体、東北の凶作つていふのは、宮崎県あたりの農会の技手が岩手県に引越してきて、米を作れ、米を作れと奨励したから起つたことで、もう少し、東北に寒帯農業が紹介されてゐたなら、こんなにはならなかつたんだと、私には思はれますね』

校長の田村は、熱心に、自分の説を支持するための例証を挙げた。村長は『ふむ、ふむ』といひながらそ

れを聞いてゐた。

嘗て、北洋漁業の蟹工船に乗つて、カムチヤツカ辺まで行つたことのある島貫伊三郎は、皆がびつくりするやうな大声で、それに賛成した。

『いや、実際どうも、日本人が衣食住に対する応用性のきかないのには、北へ行つてびつくりさせられますね。何しろ、あの寒い樺太の国境あたりでも、台湾あたりと殆ど同じ格好をした家を建てゝ冬を送つてゐるんですからね。或ひは満洲式のオンドルを作るとか、ロシヤ式のペチカを各室に共通に作るとかすればいゝんでせうがね。丸木小屋の一つさへ造れず、樺太に住んでゐるオロチオンの履くやうな、坂道に辷らないスキーの一つさへ造れないんですからね。まつたく驚きますね。これは、余りにも日本の文化が東京中心になりすぎた結果ではないでせうか――』

木内老人はそれに対して、大賛成の意を表した。

『東京の新聞が、あまり稗を食ふ農民を馬鹿にするものだから、子供までが、だんだん稗を食はなくなりますなあ。百グラムに対するカロリーは、米とあまり違はないんですがなあ』

七十の坂を二つも三つも越した、白毛髯の老人が、カロリーなんかいひ出したので、並ゐる者はどつと噴出した。その時笑ひながら、木内の老人に賛成したのは、彼といつも共鳴してゐる東助であつた。

『ほんとにさうだ！　東北に向くやうな五穀類があるんだから、それを作つてをれば、飢饉なんか来ない筈だね……それにしても、今の小学校の教育から変へんといけませんなあ』

東助はさういつて、田村校長の方へ振向いた。

その晩の会合は、実に愉快であつた。これまで青年と、村の当局が一しよになつて会合する機会なんか一度もなかつたが、産業組合の仕事によつて、村の青年団の団長、副団長が、村の中堅分子と膝を交へて相語り得る機会ができたのであつた。

その晩、理事会でこんなことが決まつた。

第一、信用組合の仕事を五月十日より始め、購買組合の仕事を六月一日より始めるといふこと、第二、専務理事には田中東助が互選せられ、当分の間、無給で半日だけでも面倒を見るといふこと、田村校長は、専務理事の無給といふことに反対であつたが、東助が、基礎の固まるまで無給でよいといひ張つたので、その通り決まつてしまつた。

もちろん東助と行動を共にすることを初めから約した三十余名の青年たちは、東助が無給で働くといふことを申出たので、彼等もみんな無給で働くことを誓約した。

月の三の日は、これらの青年たちが受持区域を一々訪問して、購買品の註文取りに廻り、夕方朝吉の母家に集つて、お茶を喫みながら、その仕入方法について朝吉から、いろいろ教へてもらふことになつてゐた。そして、月の四の日には、二人の当番が、喜多方町迄出かけて、註文を取つてきた品物を買入れ、註文主は、元朝吉の店であつた現今の産業組合の店まで、品物を取りに来るやうになつてゐた。

信用組合の仕事が始まつた。最初、預金をしにきたのは田中高子であつた。彼女は現金百円を郵便局から引出して、いの一番に預け入れた。その時店には、朝吉が、昨日喜多方町から仕入れてきた荒物類を整理してゐたが、彼女は、無言のまゝ入つてきて、彼女の叔父には挨拶もしないで、机の前に坐つてゐた東助に、黙つて、十円札十枚を手渡した。彼女はあまり昂奮してゐたので、言葉が出なかつたらしい。

しかし東助は、至極落着いて、低い声で彼女に尋ねた。(裏の方では美しい声で、鶏が鳴いてゐた)

『預金ですか?』

さういふ点は頗る事務的に、東助は、すべての感情を押へて、冷静に事務を運んだ。預金帳に記入し、当座預金に百円だけ収納して、預金帳を帳場の上に差出した。

『お待たせいたしました』

さういつて、彼が丁寧に頭を下げると、高子は、顔を真つ赤にして、来た時と同様、無言のまま、挨拶もせずに出て行つた。

その日、預金に来た者は高子一人であつた。しかし、借りにきた者は六名もあつた。金額が僅かに十円以下の者が多かつたので、東助は、如何に村が疲弊してゐるかを知つた。

購買組合の仕事は、思つたより簡単に運んだ。しかし、柿ノ木の省七が特約組合の解散の方法を、東助の兄彦吉に訊いてやつたので、彦吉が突然、六月の大雨の日に信州からやつて来た。

兄の転向

『この馬鹿野郎！　貴様は、俺の営業を妨碍しやがつたな。産業組合のやうな、金がなければ加入できない組合と違つて、俺の方は、米が要るなら米、金が要るなら金、肥料であらうと種紙であらうと桑の苗であらうと、さては養蚕の道具であらうと、何に限らず無担保で貸してやるのだから、これほど農民にとつて都合のいゝ組合はないぢやないか』

彦吉は、兄を迎へようと表から帰つて来た東助の顔を見るなり、さういつて怒鳴りつけた。平素は至極柔和な東助も、組合のことについては黙つてゐなかつた。

『そこなんです、兄さん。何でも貸してくれるのはよいが、この村で、桑にやる肥料代金の払へてゐる者が、一人だつてありますか？　今年なんか、繭一貫が二円しないといふやうな有様では去年借りた肥料代は勿論のこと、桑の苗代さへ払へないぢやありませんか。製糸家が初めから繭の相場をきめて、計算が立つやうにして、肥料なり、桑なり貸してくれるのならいゝけれども、繭の値段だけは、下れば下つただけで買はれるし、供給してくれる物資だけは、高い時の値段で買はされるのぢやあ、たまりませんよ、まつたく。百姓はいつも困つてゐますからね、貸してくれるなら、いくらでも借りるでせうが、いよいよ返せなくなれば、皆、借りた代金の担保に入れた土地は取上げられてしまふぢやないですか。そんな高利貸のやうな金を借りなくとも、産業組合には、中央金庫から低利資金を借りる方法がついてゐるんです。現に、五月十五日開いたばかりの貧弱な村の信用組合に、福島県庁から五千円も低利資金を貸してやらうといつてきてゐるんです』

『東助！　貴様はまだ、お父さんの墓も建てられないくせに、生意気なことをいふな。俺は、特約組合の組合員を一人募集すれば、一人について一円の手数料をもらふ上に、組合員に売付けた金額の二歩を口銭としてもらへることになつてゐたんだが、お前がこの村に帰つて来て、俺の作つた特約組合を滅茶苦茶にしてしまつたんで、俺は、募集した時にもらつた一人一円づつの奨励金を、弁償しなければならなくなつたぢやないか。俺はその奨励金で、親父の墓を建てようと思つてゐたんだが、貴様は、親の墓も建てられないくせに、産業組合つて何ぢや！』

さういふなり、彦吉は、余程癪にさわつたと見えて、弟東助の頬つぺたを殴り付けた。

その時、表から、電報配達夫が、入つてきた。

『田中さん、電報！』

彦吉は、それを自分のものかと思つて、びつくりした様子だつたか、それが、組合に宛てたもので、拍子抜けして、彼は、上り框まで戻つた。

東助は、兄が遠のいたので、電報を戸口まで出て行つて、読んだ、

『キュウヨウアリ　スグコイ　スズコモキテヰル　コマイタケ』

発信局は上田であつた、で、その電報はまがひもなく、榎本鈴子を養女としてゐた、鶴家の女将おたけが打電してきたものに違ひなかつた。

（さては、また養子問題が復活したのだらう）と、彼は察した、しかし今その問題を、兄彦吉の前で話すると、どんな妨碍を受けるか知れなかつたので、彼は、その電報を懐に入れて、そ知らぬ顔をして、わざと兄の傍に腰を下した。

『兄さん、養蚕はどうでせうね、望みがあるでせうか？』

さういふと、そこは兄である、今までの昂奮を忘れて、紙巻煙草に燐寸を摺つて火をつけながら、

『駄目だなあ、この分ぢやあ、まあ、半分ぐらゐはやめるんぢやなあ。内地の事情も、近頃はだんだん、人絹に押されて減る一方ぢやからなあ。人絹ぐらゐ、生産費が安くつくやうにならぬともう養蚕は、駄目だとしなけりやならんだらうなあ』

『やはり駄目ですか、ぢやあ、特約組合も、もう駄目ですね』

『うむ、特約組合も駄目だなあ』

兄が正直に、特約組合にも将来のないことを告白したので、東助は、更に一歩奥へ突進んで兄に言つた。

『兄さん、特約組合に将来がないなら、兄さんも、産業組合運動に参加したらどうですか』

『俺は、今になつて後悔してゐるよ。お前が、手をつけた、あの魚の消費組合なあ、あれが、とても今頃盛んになつて、藤井の店は、もう近頃、とんと売れなくなつてしまつたよ。俺は、こんなに急激に消費組合が発達するとは思はなかつたよ。鶴家のおたけさんまでが、この頃はうちで買はないで、消費組合から魚を買ふやうになつたからなあ、……どうぢや、東助、お前、もう一度川西の消費組合に、わしを紹介してくれんか』

兄の著しい転向ぶりに弟は全くびつくりしてしまつた。

『できるでせう、兄さん、二人で上田へ行きませうか？………』

さう言つて、東助は立上つた。

錠と鍵の世界

静かだつた街路が、急に騒がしくなつた。藤井亭の前通を銀行の預金帳を手にして、大声で話しながら、西へ西へ急ぐ男女の数が殖えた。

兄の彦吉が、慌しく表から入つてきた。そして、新聞を読んでゐた東助の後を通つて、奥座敷で、掛売りの計算をしてゐた彦吉は養父捨一に、大声で言つた。

『浅間銀行が潰れるつてよう。みんな通帳と判を持つて押しかけてきよるが……うちもすぐ引出さんと銀行にお金を奪はれてしまふかも知れんよ』

便所に入つてゐた養母が、その声を聞いて、びつくりして飛出してきた。彼女は、金切声を張上げて、半泣きになつて言つた。

『そら大変ぢや。お父さん、あなた、判を持つて、すぐに引出しにいらつしやいよ』

親爺もびつくりして、箪笥の抽出(ひきだし)に手をかけた。

『そら大変ぢや！　もう遅いかな』

表から魚屋の『七』が——彼は七兵衛といふ名を親から貰つてゐたが、仲間では『七』と呼ばれてゐた——店先にとび込んできて、大声で怒鳴つた。

『おい！　浅間銀行が潰れるつてよう！　お前さんとこは大丈夫か？』

その声を聞いて、彦吉の養父は、見る見るうちに血相が変り、両足が立つてゐられないほど震へ出した。そして箪笥の一番上の抽出の錠を開けることさへ容易ではなかつた。彼の女房のこのも慌てゝゐたので言葉さへ碌々出なかつた。養父の捨一は、二、三十持つた鍵の中、どれが預金帳を入れた抽出の錠に合ふのか判らないので、一つ一つ突込んでみてはぬき、さし込んではやめてしまひ、鍵と錠とをがたがたいはせてゐた。

見るに見かねた彦吉は、

『お父さん、私がやつてみませうか？』

と、申出たが、金を命より大事にしてゐる養父の捨一は、養子にすらその鍵を渡さなかつた。

女房のこのがやつてみた。しかしこれも同じこと余り慌ててしまつて、どの鍵が合ふのか、全くわからなかつた。大きい鍵を持つて行つたが、鍵穴に入らず、小さいものを持つて行つてもぐづぐづであり、丁度よく入つても先がつかへて居る。このは殆ど半泣きになつた。

表通には、銀行に急ぐ人数が、ますます殖えた。エプロン姿で飛出すおかみさんもあれば、子供を背負うて走る印絆纏の職人風の男もあつた。

十五分間ぐらゐ、捨一夫婦は、鍵をがたがたいはせてゐた。彦吉も癪に障つたと見えて、表に飛出して、銀行に急ぐ人の流れを見守つた。

捨一はとうとう、鑿(のみ)と金槌を持つて来て、錠前をぶち壊すといひ出した。で、新聞を読んでゐた東助は、静かに立上つて、捨一に言つた。

『私が開けてみませう』

さすがに困つたと見えて、こんどは、東助に黙つて鍵を渡した。東助は、三十に近い鍵を一々調べて、鍵穴に相応しいものを一つ取出した。そして、ぐうとそれを突込んで捻廻すと、ぴんと開いた。老人二人は、それを見て、手を叩いて喜んだ。

『欲のない人が開けると、この通りすぐ開くのぢやな。わははは、』

捨一はさう云つて笑つた。

これは、昨日磐梯山の裏から出て来た東助が、鶴家の女将に見込まれて、上田に出て来るならすぐ鶴家の全財産を、東助の名義に書換へてやると言つてくれたものを、彼が、即座に蹴飛ばしてしまつたことを意味してゐたのであつた。

捨一は、抽出から通帳を取出して、店まで飛出した。しかし、慌てゝしまつた彼は、男下駄を履かないで、そこにあつた女下駄をつつかけて、表に出た。しかしあまり力を入れて走り出したものだから、戸口を出るなり、すぐ鼻緒を切つてしまつた。また違つた下駄に履き代へに帰つて来たので、東助が自分の下駄を提供してやつた。すると、彼は喜んで表に出た。

東助は、魚屋の店にあつた長靴を履いて、老人の後からついて行つた。兄の彦吉も銀行の方に走つて行つたと見えて、もう其処にはゐなかつた。

閉ざされた鉄扉

上田でも、目抜きの場所になつてゐる大通の中央に、堅牢な石造の建築物があつた。そこは、コリント式の柱頭をつけた、この附近には珍らしい立派な建物であつたが、その前に数千人の者が集まつてわいわい騒いでゐた。銀行の扉は堅く閉ざされて、その前に巡査が張番をしてゐた。

『ひどいなあ、全くこんな事を知つてゐたら、俺は昨日引出しとく筈ぢやつたなあ』

洋服を着た、色の白い青年が、傍に立つてゐる商人風の男に言つた。

『よもやと思ひましたがね……やはり、これも、生糸の暴落からなんでせうが、三千万円の資本金を持つてゐる銀行が、かうなるとは思ひませんでしたなあ』

そこへ、人垣を掻分けてやつて来たのが、藤井亭の主人藤井捨一であつた。彼は、発狂者のやうになつて、大声に怒鳴りちらした。

『おい！ そこを開けんか、そこを、いつまで愚図々々しとるんぢや！ 人の金を預かつておいて、よこさないつて、何ぢや！』

鉄の扉を厳重に守つてゐた巡査がやつて来た。そして、拾一に言つた。

『こら、そこへ障つちや、いかん！』

さう云つても、親爺は聞かなかつた。

『おい、ここからでもい丶から、金を出してくれやい、金を！』

さういつて、捨一は頭から預金帳を取出して、窓の方に突出した。傍に立つてゐた巡査は、その預金帳を取上げて熟視した。

そこには『二千七百九拾八円参拾壱銭』と記入してあつた。巡査はにこりともしないで言つた。

『えらい沢山あるなあ、百円以下の者なら明日来れば、二割だけ引出せるけれども、それ以上の者は銀行の整理がつくまで、待たなくちやならんだらうなあ』

親爺はそれを聞いて、がつかりした様子だつた。彼は目を据ゑて、巡査に言つた。

『そりや、あんまり酷いなあ、わしが一生か丶つて溜めた金を案内なしに取上げてしまふつて、あんまりむごたらしいなあ』

東助は、捨一のことを心配したので、遠くの方から彼の行動を注意してゐた。しかし、子供を背負うてゐるおかみさんが、青年団の服装をしてゐる東助を見て何と思つたか、彼に、銀行の預金帳を渡して、裏からでもい丶から取つて来てくれと頼み込んだのには、彼も弱つてしまつた。

彼が、その預金帳を返すと、彼女はこんなことを言つた。

『このお金が無くなつてしまへば、私は明日の日から食ふに困るのよ。銀行なんか詰らないものね。こんな銀行の頭取は、みんなで殴り殺してしまつたらいゝわね』

その脇に立つてゐた四十恰好のおかみさんは、前掛で顔を蔽ひ、しくしく泣いてゐた。藤井の親爺が出て来た。彼の目はすわり、髪は突立ち、下顎は下り、帯は解け、殆ど気狂ひのやうな恰好をしてゐた。

『お父さん、駄目でせう』

東助がさう言葉をかけたけれども、その声は彼の気に移らなかつた。

あちら此方に銀行を罵る声が聞えた。それに混つて、女の泣声や歔欷（すすりなき）の声がした。

その時東助は、資本主義の末路を見届けたやうに思つた。街を埋めた群集は、朝から立通してゐるといふのに、九時になつても十時になつても、身動きもしなかつた。

捨一の姿は何処かに消えてしまつた。東助は、鶴家の女将のことが心配になつたので、その上捨一の後を追はないで、群衆から離れてすぐ鶴家に廻つた。

その結果

正月以来芸者屋を廃業した鶴屋は、門の看板も外してしまひ、表門は閉めて、傍の潜戸から出入りするやうになつてゐた。

東助が、小さい潜戸を入ると、庭には、女中のお松と、銀行の噂をしながら、鈴子が玄関に立つてゐるのを発見した。鈴子は芸者屋には似合はない紺サーヂのワンピースを着て、女学生のやうな髪を結ふてゐた。

彼女は東助の顔を見るなり、至極落着いた調子で尋ねた。

『あなた、浅間銀行の前を通つていらつしたの！　うちのお母さんに会はなかつた？　大変な騒ぎね。うちのお母さんも八時過ぎから、あそこに立つていらつしやるんですよ。……しかし、ひどいのね、何千万円といふ預金が、すつかり駄目になつてしまふんでせうね、罰が当つたのよ。中泉亭はこれで目が醒めるでせうよ』

『中泉亭つて誰？』

東助は訊き直した。

『そら、いつかもあなたに云つたぢやないの、浅間銀行の頭取してゐる猩々爺さんですよ。こんどの事は、私を苛めた罰よ。悪いことはできないものね』

東助は独言のやうに、鈴子の秀でた顔を凝視しながら言つた。

『あゝ、あの人の銀行ですか！　やはり取付にあふ理由があつたんだね』

『かうなると不断から節約してゐる人が一番詰らないのね。だから今も、お松さんと話してるところなんですよ、信用組合はこんな無茶なことをしないから大丈夫だつて』

鈴子は、暢気さうに格子戸に寄りかゝつて、植込みの松の枝を見上げた。

『お母さんは、大分やられたでせうね。どれ位銀行にあつたんですか？』

東助は、格子戸の近く迄進みながら、尋ねた。

『さあ、二万円ぐらゐ銀行に入れて置いたんぢやないでせうか……しかし大丈夫なのよ。お母さんはね、昨日あなたから産業組合の話を聞いたでせう。それでね、すぐあれから一万円だけ信用組合に持つて行かれたのよ。ですから、全くやられなくてよかつたのよ、先づ一万円だけは助かつた訳ね。だから、先刻も喜んでいらつしたわ、東助さんが来たお蔭で一万円拾つたといつて』

表から、女主人のお竹が帰つて来た。彼女は、黒縮緬の羽織をひつ懸け、髪は七分三分に分けた束髪に結んで、どこか貴婦人のやうに見えた。東助の顔を見るなり、

『まあ大変ね、御覧になつた？　私、初めてよ、こんなこと、あの銀行に二万円奪られちやつたわ。こんなことになるんだつたら、昨日、あんな事をいつてゐる間に、みんなとつて来て、あなたに上げてしまへばよかつたものをね。おほゝゝゝ。けれど、あなたが昨日教へてくれたお蔭で、一万円だけ、あれから信用組合

へ持つて行つたのよ。今も帰りにね、信用組合へ寄つてみましたら、大丈夫ですつて……まあお入りなさいよ、お茶でも入れませう』

お竹は、格子戸を開けて玄関に入つた。その時、また後から入つて来た一人の青年があつた。その男は東京新聞の通信員でお竹とは非常に仲が好かつた。銀行の取付で町が騒いでゐるので、お竹の預金を心配して駆付けてくれたのであつた。

『今、長野支局に電話が入りましたがね。知事の要求によつて臨時県会を召集してゐるさうです。知事の要求は、県が保証して、中央金庫から、大至急四百万円を、長野県信用組合連合会に借入れ、更に、信用組合連合会は、浅間銀行を救済する目的を以て、二百万円だけ、浅間銀行に預金させるんですつて、さうなれば、明日は銀行の扉だけは開けることができる予定ださうです。さうしないと、信用組合が、浅間銀行に預けてある預金もすつかり取られてしまふさうです。知事も太つ腹だが、信用組合つていふものも、えらいものですなあ。全く、信用組合のお蔭で、こんどは銀行の当事者も命を拾つた訳ですよ。私は信用組合に、そんなに大きな力があらうとは知りませんでしたなあ。今日では、全国の信用組合が十八億円の金を廻してゐるんですつてね。えらいものですね。やはり団結の力ですなあ』

玄関先に立つたまゝ、鼻の下にちよつぴり髯を生やした、背のあまり高くない青年記者は髪を撫上げながら感心した。

玄関に坐り込んだお竹は、東助の顔を見ながら言つた。

『やはり、あなたのいふのは本当だつたんだわね。もう時代が来てゐるんですね。銀行のやうな、自分だけ儲ければいゝといふ組織は、時代遅れなんですね』

青年記者は、上框に腰を下しながら、紙巻煙草に火をつけた。東助は、横つちよの柱に身体をもたせて、鈴子と並んで立つてゐた。

『あなたが言つてゐた養子さんつて、この方なんですね』

新聞記者は、軽く東助に会釈しながら、お竹に尋ねた。

『えゝ、さうなんですの、漸く昨日正式にきまりましたんでね。近いうちに、婚礼をしたいと思つてゐるんですのよ。しかし……私安心しましたわ。ぢやあ、浅間銀行に預けてあるお金も今すぐでなければ取れるんですね』

お竹は、雲の途切れ目から洩れて来る美しい太陽の光線が、庭の植込みに、いろいろの模様を作るのを眺めながら、さう云つた。

新聞記者から、いゝ話を聞いたので、早速その事を、藤井亭の親爺に知らせてやらうと、東助は大急ぎで、鶴家を出た。しかし、藤井の店まで帰つて来ると、これはまたどうしたことか、奥の方で、おばあさんのこのが歔欷(すすりなき)してゐる声が聞えた。どうしたことが起つたかと、東助は奥を覗いた。すると、そこには、このが、捨一の堅くなつた死骸に抱付いて泣いてゐた。

どうして、そんなに早く、老人が死んでしまつたかを、彼は彦吉に尋ねた。すると兄は、

『ふたんから医者に、非常に血圧が高いから注意するやうにといはれてゐたんだがね。あまり心配したから、ぐつと来たんだらうと思ふんだよ。さつきな、表から帰つて来て、店先に腰を下したと思ふと、ぱたつと倒れてしまつてな。それつきり脈もとまつてしまふし、呼吸もなくなつてしまつたんだよ。それで三軒目のお医者さんに来て貰つたけれど、もう事切れしてゐるといつて診察もろくろく、しないで、帰つて行つてしまつたんだよ。去年もちよつと、こんなことがあつたんだがな。その時は、卒倒したばかりで、一週間ぐらゐしてすぐ治つたが、いやほんたうに人間つていふものは分らんもんだね。こんなに脆(もろ)くゆくとは思はなかつたなあ』

人生の染色

彦吉の養父の葬式や、自分の結婚式の日取を決めることで手間取つた東助は、村で始めたばかりの産業組合が気にかゝつたので、葬式が済んだ翌日、兄を浦里村の産業組合に紹介しておいてその日の昼頃、鈴子を

つれて、磐梯山の裏まで帰ることにした。

その時、東助の唯一つの心配は、母と鈴子との折合の問題であつた。鈴子は越後の貧乏な家に育つたとはいへ、長年贅沢な芸者生活をしてゐたので、質素な山奥の生活に、全く馴れてゐなかつた。第一、村で洋服を着てゐる女は、小学校の体操の先生一人で、その他に家庭の女で洋服を着てゐる若い婦人さへ見出せないくらゐの地方であるから、どれくらゐ鈴子が老い且つ病んでゐる彼の母を労つてくれるかゞ疑問であつた。しかし、鈴子は気のよくつく苦労性の女であつた。

『私、きつと働くわよ。炭焼でも、柴刈りにでも行くわよ。私はもともと田舎が好きなんですから、きつと、お母さんに孝行して、あなたに褒めて貰ひますわ』

さういつて、彼女は、上田から出る時に、木綿の袷一枚と、メリンスの帯と、エプロン一枚を風呂敷に包んで、汽車の中に持つて入つた。

汽車の旅は楽しかつた。二人で向き合つて坐り、外の景色を見るより、顔を見合せて笑顔を作る時の方が多かつた。鈴子がむいてくれる林檎を、東助が半分食ひ、彼がむいた蜜柑を、鈴子が半分食つた。高崎で小山線に乗換へ、小山でまた郡山行きの汽車に乗り、三度目に郡山で新津行きの列車に乗換へた。磐梯の裏の大塩村に帰つたのは、晩の九時過ぎであつたが、母は、東助の嫁が一しよに帰つたと聞いて、寝床の中から起上つて来た。鈴子はそれを恐縮がつて、平身低頭して、うやくしくお辞儀をした。そして、すぐ洋服を木綿着に着換へ、汚い台所へ下りて、東助のためにお茶漬の準備をした。その態度を見て、東助は安心した。

次の朝彼女は五時前に起きて、朝の炊事を一人でやつてしまひ、それが済むと、東助につれて行つて貰つて、産業組合の店の掃除に出かけた。

郵便脚夫の渡辺力蔵が、先づ第一に、彼女に会つた。で、彼は、配達する先々で、その事を吹聴して廻つた。そのために、組合もその日は、東助の花嫁の顔を見ようとやつて来た客で大入満員であつた。嬉しかつたのは、田中高子と鈴子が、馬鹿に仲好くなつてくれたことであつた。

『私、ほんとに嬉しいわ……だつて、こんな良いお姉さんが、村へ帰つて来て下さつたんですもの』

と、高子が、店に来たお客様の品物を棚から下しながら、大声にいふと、客も鈴子の方を見てにこつと笑つた。客が帰つて行くと、高子の持つて来た毛糸の編物を、鈴子は取上げて、

『少しお手伝ひしませうね』

と、云ひながら、手際よく編出した。

『あなた、随分上手だね。どこで習つたの？』

東助は鈴子の方に向いて、尋ねた。

『……』

鈴子は小声で、編目のことを、高子と話しながら、東助の問には答へなかつた。それと云ふのも、彼女は玉ノ井の暗い生活の数ケ月間に、悲しさを忘れようと同じ悲しい友達に教へられて、毛糸の編物や毛糸の織物、さては植物染料で作る手染の稽古までしたからであつた。その思ひ出があまり悲しかつたので、彼女は高子の聞いてゐる前で、その秘密を打明けなかつた。

高子は、ホームスパンの話を持出した。すると鈴子もそれを織つたことがあると云ひだした。二人の話はぴつたり合つた。

『自分でお染めになつて？　この地方でしたら植物染料は、ずゐぶん沢山有るでせうね』

鈴子は、忙しく編棒を動かしながら、高子に尋ねた。高子は染料について、あまり知らなかつた。それで帳場に坐つてゐた東助に訊き直した。

『このあたりに、植物染料の原料があるのよ。何でせうね』

『さあ、どんぐりの皮もいゝし、榛（はん）の木も使へるでせうね』

『藍（あい）と鉄漿（かね）は、よそから買はなければならないでせうが、揚梅樹（ももかわ）や刈安や、うこんなんかはきつと、有るでせう？』

東助は、鈴子が賢いことをいふのに感心してしまつた。

『有るだらうね』

彼は、さういつてお茶を濁した。鈴子は、猶も続けて言つた。

『中村式卓上織機は此方に来てゐませうか？　あれはずゐぶん便利ね』

高子は東助が書上げた正札をバケツに貼付けながら、

『ええ、来てゐますのよ。里村先生が一つ持つていらしたのがあるんですけれど、余り使はずに放つたらかしてあるんです……あなた、あの機械をお使ひになつて？』

『えゝあれでしたら、少しは織れますのよ』

そんな話から、鈴子は、植物染料の使用法を、高子に教へる約束ができた。それを聞いた大井久子も、津田良子も、そして高井米子までが、高子と一しよに植物染料の煮方や染方を教はることになつた。そして鈴子は、三日目に、ちやんと綺麗な木綿縞一反を高子の家で織上げて、組合まで持つて来た。それが村の娘たちの間に、大評判になつた。

器量は良し、人好きはするし、今まで人にもまれて来たゞけあつて、どんな身分の低い者に対しても、悪い顔もしないで、一々愛想よく応待するものだから、鈴子の評判は、村の小作人の間で、特によかつた。それは、彼女が組合の店にゐると、貧乏の者ほど、お米でも計りをよくし、晒木綿を買ひに来ても、ちよつと負けてやるとか、苦労した女でなければ気のつかないところに注意したからであつた。

水が暖かくなるとともに、鯉の種が山形県から五万匹届いた。木内の老人は、さつそく柿ノ木の省七と連れだつて、村の戸毎に、鯉を飼ふようにと勧めて廻つた。青年団の平泉も、久世も、それには大賛成であつた。さつそく渓流を利用して、小さい池が、あちら此方に築造せられた。

村は希望に燃えた。更生の道が見えた。

桑畑の算盤

しかし、なほ一つ未解決で残つてゐたのは桑畑の整理の問題であつた。春蚕の掃立の時期は迫つてゐた。

種紙は、平泉又吉の家まで、特約組合から既に届いてゐた。そして、今年もまた去年と同じやうに、特約組合が肥料も諸器具も――そして必要ならば、飯米も貸すと、平泉又吉が村に布令で廻つた。

去年の秋繭は、一貫二円を割つて居り、今年もそれ以上の高値は出ないと考へられてゐるに拘らず、また自分の畑に桑を植ゑてゐる自作農の連中は、畑を遊ばすことが惜しいので、今年もまた、皆種紙を、半枚なり一枚なり買ひたいと、平泉のところまで申込む者が、続々出て来た。

そして産業組合の監事をしてゐる大井米造までが、東助にこんなことを言つた。

『安ければ二倍作るより外、方法は無いね。貫二円にしか売れなければ、二倍作ると四円になるからね』

その簡単な経済学を聞いて、東助はびつくりした。

『米造さん、その考へは危いね、値段といふものはね、必要以上に一割多くとれると三割下り、二割多くとれると六割下り、三割多くとれ過ぎると、値段はたゞの様になつてしまふものですよ。……みんなにこのことが判らぬから困るね。一割少く作れば値段が三割上り、三割少く作れば九割値段が上るんだから、日本の繭はこの際思ひきつて、桑を三割引つこ抜いて、値段を倍に吊上げた方がいゝですよ』

東助は、帳簿の整理をしてゐたペン先を休めて、さう言つた。

しかし、大井米造は、東助の言葉を信じなかつた。

『そんなことは無いよ。安い時に倍作らなければ、二倍の金が入らないよ。算盤ではさう出るからなあ』

この無智な経済学が、また今年の春も、村を災厄に導いた。自作農といふ自作農で、特約組合から、種紙を去年の二倍近く買はないものはなかつた。

静岡県沼津の春蚕の当り相場は果して悪かつた。その標準で行くと、村の悪い繭などは、一貫八十銭ぐらゐにしか売れないことが分つた。

長く音信が無いので心配してゐた妹のみや子から、初めてはがきが届いた。それによつて、みや子が満洲に行つてゐるといふことが解つた。暢気な父も、死ぬ前には、みや子のことを余程気にしてゐたと見えて、

『みや子は、わしを恨んでゐるだらうなあ、百五十円あれば、取返して来たいなあ』

と、口癖のやうに言つてゐた。

『お父さん。みや子をいくらで売つたんです?』

と東助が訊き直すと、

『三百円といふ約束だつたがな、わしの手許に入つたのは、僅か百五十円で、あとは仕度料だとか、旅費だとか、手数料だとかいつて収られてしまつたんだよ』

『ぢやあ、お父さん、みや子を何処へ売つたんです?』

と訊くと、

『亀井戸の銘酒屋とかいつてゐたが、その番地をな、紙に書いて貰つて蓙の下に敷いておいたんだが、この前の大掃除の時に無くしてしまつたんだよ』

さういつたきりで、父は余り答へなかつた。そして母も、娘の居所を知らなかつた。娘を売つて貰つた金は、借金の利息に皆取られてしまひ、父は八百円に近い借金をよう払はずに死んでしまつた。

みや子のはがきは、大連の病院で書いたらしく、非常に悲観したものであつた。


一筆示し上げます。

私は只今、下の病気にかゝり入院致して居ります。満洲に来てから少しもよいことはなく、だんだん借金は嵩むばかりで、毎日毎日、内地に帰りたいと泣いて許り居ります。これも親不孝をした罰だと思つて諦めてゐます。出来ればお金を五円お送り下さい。書きたいことは山程ありますけれども、今日はこれで失礼いたします。

大通病院四〇九号室　　田中みや子

表の宛名は、死んだ父の春吉になつてゐた。

そのはがきを握つた時、東助は、彼の妹が、父の死も知らずに満洲に醜業婦として売られてゐることを、鈴子に話してよいかどうかを疑つた。鈴子には、みや子のことを、一度頼んだこともあつた。併し、それきりになつてゐた。彼女は、たゞ群馬県の人絹工場に働いてゐる花子のことだけを耳に入れてをつた。

鶴家の女主人お竹も、東助と鈴子が結婚すれば、上田を畳んで、東助について大塩村に引越してもよいといふ意見を洩らしてゐたから、家の事情は、早晩、彼等の耳に入るだらうと思つてはゐた。しかし、今迄みや子の居所が判らなかつたゝめに、うつちやらかしておいた。

東助は五円の金を大運病院に送つた後、妹をどうかして救ひ出したいと、胸の中で神に祈りつゝも、鈴子にいふことを遠慮した。

ところが、村で蚕の掃立てが始まつたといふ、五月の太陽のまばゆく照らす朝であつた。巡査の佐藤敬一が、巡回のついでに産業組合に立寄つて、真面目な顔をしていつた。

『おい、田中君、君は結婚式を信州の方で挙げるのか。それともこの村でやるのか？　青年団員の意向では、ぜひ、この村で挙げて欲しいといつてゐるが、どういふ都合になつてゐるんだね。ひとつ、今までの結婚式の型を破つて、『産業組合結婚』つていふものをやつてみちやあ、どうだね。今までのやうだと、金ばかりかゝつて、後に借金が残るやうになつてゐるが、結婚式には組合員が全部出席するやうにして、たゞ飲み食ひに金を使はないでさ、小学校の講堂でも借りて、厳かにやつては――』

佐藤巡査はさういつて、帳場の上に帽子を置いた。

『そりや、大賛成だね。実は、結婚式をどこでやるか、まだそれも決まつてゐないんですがな。私を養子に貰ひたいといつてゐる鈴子の義理の母といふのが、なかなかしつかり者でしてね。籍を駒井家に入れてくれさへすれば、その他の事は、私のいふ通りになるといつてくれてゐるんです。ですから、青年団の有志の諸君が、産業組合青年連盟と協力して、村で私の結婚式をしてやらうとおつしやつて下さるなら、私達も皆さんの御意見通りに従ひませう』

その晩、農業倉庫設立の相談会が、産業組合の帳場で開かれた。話はすぐ設立に決まつたが、その後の座談で、校長の田村直哉が佐藤巡査から聞いたといつて、東助の結婚式を村の小学校でやらうぢやないかと、いひ出した。理事の面々もそれに賛成した。村長の井田光治は、

『そいつは善い思ひ付きだ。結婚式を小学校でやり、村民の有志者が全部出席すれば、村の風儀も非常によくなるだらうし、万事に一致することが出来るやうになるからいゝなあ。そして出来れば、会費を十銭位取つて、産業組合がお祝ひの意味で、一人あたり十銭位足してさ、二十銭の菓子の箱を来会者に配るやうにすると、非常に結構だなあ』

木内の老人も、斎藤朝吉も、助役の高井倉三も、それには大賛成であつた。

『それはまことに結構ですなあ。今までの結婚式は余り金が要りすぎまして、嫁をやるのにも娶るのにも、ちよつと大きくやると千円位は飛んでしまひますからなあ。みんなが会費を出して、産業組合がその儲けの中から御祝儀として、さうした度毎に幾分出せるやうになれば、村はのんびりしますなあ』

かう決まつてしまふと、上田でする予定であつたものが出来なくなつてしまつた。日取も六月一日と決まつた以上、ぐづぐづ出来なかつた。

鈴子は早速、電報を、上田の養母お竹の処に打つた。そして、その翌日すぐ、品のよいお竹が喜多方町から借切りの自動車で、村の産業組合まで乗りつけて来た。

ところが困つたことに、東助の家には、畳の敷いた部屋が一つも無かつた。それで一先づ、斎藤朝吉の家に落着いて貰ひ、田中高子に交渉して、その家の一室を借りることにした。そして、お竹と鈴子がその部屋に引越した。

組合結婚

結婚式の話が進むにつれて、式に参列する兄弟の噂が、お竹の口から話題に上つた。

『お兄弟が八人、おありになるんぢやなかつたですかね。一番上の姉さんは、結婚していらつしやるんですね。その次は彦吉さん、次があなた、その次の姐さんは、今どこに居られるんです?』

さう訊かれて、東助は、心臓に釘を刺されたやうな気持になつた。しかし、嘘の嫌ひな東助はほんとの話をした。

『今大連に行つてゐるんです』

『この姉さんですね、いつか、うちにお話のあつた方は……あゝ、さうですか……それから、その次の方は?』

『今、群馬県の人絹工場に働いてゐるんです。結婚式には帰つて来ません』

田中高子の家の表座敷の縁側に腰を下した東助は、厚司を着たまま、お竹の顔を凝視してさう答へた。

『では、御出席になれるのは、あなたのすぐの弟さんの六三郎さんと、敏ちやんと、留ちやんのお三人ですね。彦吉さんはどうしても帰つて来られませんわね。浦里村の購買組合のお仕事がお忙がしいでせうから……』

お竹はさういつて考へ込んでゐたが、やがて、何を思つたか、

『みや子さんは、大連で何をしていらつしやるの?』

『入院してゐるんですよ』

『御病気は重いんですか?』

『いや、それは判らないんですがね、この間来たはがきには、ずゐぶん悲観してゐるやうでした。あの子はうちが貧乏した時に東京に出たものですから、一番可哀さうなんですよ。どうかして救つてやりたいと思つ

てゐるんですがね』

それだけいふと、察しのいゝお竹は、

『東助さん、お金で出来ることなら、私も相談に乗つてよ』

といつた。さうはいつてくれたけれども、東助は、余りに厚かましいと思つたので、

『はあ、有難う、またお願ひしなければならないと思つてゐるんですがね……』

と、あとを濁した。

結婚式の当日が来た。

村の青年団と、産業紙合青年聯盟の有志者は、村長と助役の家から、幔幕（まんまく）を借て来て、相当に広い講堂の三方を幕で張詰めた。そして天井には、紙で作つた万国旗をぶら下げ、講堂の正面には、青年団の団旗と、産業組合青年聯盟旗が飾られてあつた。講堂の傍らには、大きな花瓶に松の木を生け、正面の扁額は、大豆と小豆の粒で、『祝結婚』の三字が現はされてあつた。

結婚式は晩の八時に始まるといふのに、七時には、もう略々（ほぼ）村の戸主全部と、産業組合聯盟、青年団、処女会の会員全部が参集して、講堂は一つの空席も無いほど、大入満員であつた。それに、結婚式といへば、いつも見たがる村のおかみさん達や子供迄が、校庭に一杯になつて、初夏の晴れきつた星月夜を楽しんでゐた。

『おそいなあ、まだ、花嫁さんは来ないかい？』

子供を背負つた四十恰好のおかみさんが、同じく子供を背負つたおかみさんの一人にさう言つた。

『まだ来ないつてよう。結婚式は八時だつていつたよ。今のさき七時打つたばかりだから、まだ一時間あるだよ……わしもこんな結婚式をして欲しかつたなあ、これぢや借金しなくとも婚礼ができるわね。これから結婚する者は有難いこつちやわい。万事この式でやるべえや』

さういつて、おかみさんは手鼻をかんだ。勢ひよく花火が上つた。

『やあ、勢ひがいゝなあ、わしも婚礼の時に、花火の一つ位あげて欲しかつたなあ』

さういつたのは、青年団副団長の平泉又吉であつた。彼は受付に立つて、入場券と引換に菓子箱を渡す役割を引受けてゐた。青年団の会計係の久世要蔵もその傍に立つてゐたが、花火の音を聞いて、羨ましさうに云つた。

『この方がいゝなあ、三々九度なんか、十人か十五人の人間が部屋の中でこそこそやつてゐたつて、仕方がないなあ』

三々九度の盃

花嫁、花婿が打揃うて、徒歩で入つて来た。小学校長の命令によつて、産業組合青年聯盟と、青年団と、処女会の会員約八十名の者は、校門の両側に、四十名づゝ約一間半の間隔を置いて二列に並んだ。彼等は拍手をもつて、花嫁花婿の一行を歓迎した。そんな規則整然たる訓練が出来てゐるとは思はなかつたので、田中東助も、少々度胆を抜かれた。

校長は、結婚式の司会者であつたが、彼等の一行を応接間に通し、すぐ講堂にはいつて音楽の上手な手塚といふ小学校教師に、結婚行進曲を奏くことを頼んだ。

総員は起立した。コール天地で作つた折襟の産業組合青年聯盟支部の制服を着た田中東助は、仲介人の斎藤朝吉と並び、同じくコール天地で作つたツーピースの僅か六円しかかからない婦人服を着た鈴子は、朝吉の妻操と並んで、講堂にはいつて来た。

駒井のお竹さんは、黒の木綿の五つ紋の袷を着込んだ東助の母おつゆと並んで坐り、彼女の傍には、六三郎と、敏子と、今年五歳になつた腕白盛りの留吉の三人が黒地の木綿に、矢車の紋のついた揃ひの着物を着て、腰をかけた。

新郎新婦が、講壇に向つて起立すると、朝吉夫妻は、彼等の背後に立つて、不動の姿勢をとつた。西条八十氏が作つた産業組合歌を、総員起立で合唱し始めた。

深山の奥の杣人(そまびと)も
磯に釣する蜑(あま)の子も
聴くや時代の暁(あけ)の鐘
共存同栄と響くなり

今日に限つて、組合歌が身に浸みるやうに感ぜられる。

二節を歌ひ始めた時、前列にサーベルを外して腰かけてゐた巡査の佐藤敬一を、郵便配達夫の渡辺力蔵が呼びに来た。

時の潮は荒ぶとも
誓はかたき相互扶助
愛の鎖に世を巻きて
やがて築かん理想郷

東助の母おつゆは、嬉し涙にむせんで、顔も上げられずに、床ばかり見付めてゐた。

組合歌がすむと、村長は恭々しく、戊申詔書を拝読した。それが済むと、一同は着席した。校長は、講壇の三宝の上に載せられてあつた三つ重ねの盃を、東助の前の机の上に持つて行き、甘酒のはいつた赤い漆器の長柄の杓を捧げ持つて、三滴づつ三度盃に注いだ。東助はそれを恭々しく飲干すと、自らその盃を鈴子に渡した。すると、校長は、また三滴づゝ三度、甘酒を盃に注いだ。彼女がそれを飲干すと、鈴子の養母お竹が、机の前に進み出て、次の盃を頂き、東助の母つゆがそれに続いた。二人が終ると、斎藤朝吉夫妻が机の前に進み出て、その甘酒の盃を飲干した。その式がすむと、謡の上手な村の助役高井倉三が、よい声で『高砂』を謡つた。場内には一種の厳粛な空気が漲つた。

それがすむと、校長は、もう一度総員を起立させ、貝原益軒の言葉と、新約聖書に出てゐる愛の教訓を、二人に読んで聞かせた。

たとひ我もろもろの国人の言（ことば）および御使の言を語るとも、愛なくば鳴る鐘や響く鐃鈸（ねうはち）の如し。仮令（たとひ）われ予言する能力あり、またすべての奥義と凡ての知識とに達し、また山を移すほどの大なる信仰ありとも、愛なくば数ふるに足らず。たとひ我わが財産をことごとく施し、又わが体を焼かるゝ為に付（わた）すとも、愛なくば我に益なし。愛は寛容にして慈悲あり。愛は妬まず、愛は誇らず、驕（たかぶ）らず、非礼を行はず、己の利を求めず、憤（いきど）ほらず、人の悪を念（おも）はず、不義を喜ばずして、真理の喜ぶところを喜び、凡そ事忍び、おほよそ事信じ、おほよそ事望み、おほよそ事耐ふるなり、

鈴子は、校長が聖書とはいはないで、彼女が最も好きなコリント前書十三章を読み始めたのでびつくりしてしまつた。朗読が済むと、オルガンにつれて、君が代を二唱した。新郎新婦は、それで椅子に腰を下し、産業組合を代表して、木内の老人が祝詞を述べ、産業組合青年聯盟を代表して平泉又吉、青年団を代表して久世要蔵が祝詞を述べた。処女会を代表して、田中高子が祝詞を述べることになつてゐたが、どうしたことか顔を見せないので、高井米子が要領よく、簡単に祝詞を述べた。しかし、一般の会衆には、高子が出ようと、米子が彼女に代らうと何等差がなかつた。たゞ、東助にとつては、それが一つの気懸りであつた。果せるかな、式がすんで、応接室にはいると、青年団と処女会の連中は、田中高子が書置きを残して、何処かへ行つてしまつたといつて、大騒ぎをしてゐた。

式の真最中、渡辺が、佐藤巡査を呼出しに来たのは、全くそのためであつた。

さては、気の小さい高子は、表面体裁を繕つてゐたけれども、内心納まらない処があつて、つい爆発したのかと、東助は考へた。

結婚式に灯して来た提燈は、田中高子を捜しに出る提燈に変つてしまつた。高子の母は鎮守の森へ、お百度を踏みに行つた。青年団の幹部連は、四人が一組になつて、一隊は下の方に、一隊は桧原に、もう一組は細野の方へ探しに出た。

遺書には、あまり長つたらしい事は書いてなかつた。たゞ

こんな詰らない浮世に住んでゐても何の望もありませんから、私は早くこの世に諦めをつけます。お母様、親不孝の罪をどうぞお許し下さいまし。

不幸な娘　高子

母上様

と書いてあつたゞけで、なぜ、そんなに悲観しなければならない理由があつたが、その訳が解らなかつた。

十時過ぎであつた。細野へ探しに行つた佐藤巡査の一行が、桧原湖の方から坂道を下りて来る高子に、ぱつたり出会した。佐藤巡査が提燈を、彼女の顔につきつけて、

『まあ、よかつた！　あなた、どこへ行つてゐたんですか？』

と訊くと、彼女は、両手で顔を蔽うて、しくしく泣き出した。

『一旦、死なうと桧原湖迄行つたんですけれど、またお母様のことが気になつたものですから、死ぬのを止して帰つて来たんです。どうか、これ以上聞かないで下さい』

さういつて沈黙してしまつた。

高子が見つかつたので、村の者の喜びは並大抵ではなかつた。彼等は結婚式で祝つた以上に喜んだ。喜多方へ出かけた捜索隊に知らせようと、青年の一人が自転車で走つた。桧原方面へ探しに行つた東助の一行に知らせるために、久世要蔵が馬で走つた。

霊か？　肉か？

高子が自宅に帰つたのは、十一時過ぎであつた。彼女の母もお竹も、まだ寝ずに起きてゐた。捜索隊は、彼女を母に送届けると、すぐに帰つて行つてしまつた。桧原の方へ探しに行つてゐた東助の一行も、思つた

より早く帰つて来た。

　鈴子は、東助を産業組合の帳場で待つてゐるうちに、高井米子から、初めて高子と東助の関係を聞かされた。

『そら、高子さんが自殺を思ひつくのは当然ですわ。とつても白熱的だつたんですからね……東助さんがあの人に熱心だつていふんぢやないんですよ、まあ片思ひつていふんでせうね。高子さんは、東助さんに、あなたのやうないゝ人があることを、全く知らなかつたらしいんですよ。それで、あなたと結婚すると、村の人に発表したもんですから、全くがつかりしたものと見えますね、まあ、その気の落し方つたらなかつたんですよ。見る目も可哀さうだつたわ。だけど、あなたが、少しも蟠りなくお交際なさるものですから、少し陽気になつてゐたんですけれど、いよいよ、結婚式が近づいたんで、とうとう爆発したんでせうね』

　その言葉を聞いた鈴子は、新しい煩悶を持つやうになつた。

『私、どうしたらいゝでせうね。高子さんが、もう少し早く云つて下すつたら、私、あの人を、高子さんにお譲りしてもよかつたんですのにね』

　コール天地の婦人服のボタンをいぢりながら、鈴子は真面目にさう言つた。そこには、大井久子も津田良子も、みんな、ぼんやり高子の早く見出されることを念じつゝ、うち沈んで待つてゐたが、鈴子が、あまりあつさりしたことをいふので、三人とも皆笑ひ出した。

　米子は、手を伸ばして、彼女の肩を叩いて言つた。

『まあ、あきれるわ。あなたにそんな元気があるの？　おほゝゝゝ、品物ぢやあるまいし、東助さんが頭振つたらどうするの』

　津田良子も、大井久子も、鈴子が、超世間的な考へを持つてゐるのに、舌を捲いてしまつた。彼等は、鈴子の半生を少しも知らなかつた。

『まあ、あなたはえらいのね。私だつたら、譲れないわ。だつて、東助さんは、ほんたうに偉いんですもの、おほゝゝゝ』

久子は、鈴子の顔を、さういひながら見つめた。

『久子さん、あなた、そんなに東助さんを崇拝してゐるなら、鈴子さんに譲つて貰ひなさい、おほゝゝゝ』

久子は、その言葉を受次いで、高声に笑つた。

『ほんとに譲つて貰ひませうか。この村の娘で、東助さんを好きでない人が、何人あるでせうね。米子さんも、いつか好きだといつてゐたぢやないの、おほゝゝゝ』

『まあ、ひどいわ』

米子は、大きな袂(たもと)で顔をかくした。

『だつて、ほんとぢやないの、おほゝゝゝ』

津田良子は、久子の言葉を否定しなかつた。

『鈴子さんは幸福者よ。私だつて、東助さんが結婚してやるといつたら、すぐ、あの人の家へ飛込んで行きますわ。だつて、あの人のやうなの、珍しいんですものね』

鈴子は頬笑みながらも、心の落着きを失はなかつた。

『ぢやあ、私一人が東助さんを独占するのは、無理なのね、村の娘の共有にしませうか、ほほゝゝゝ』

さういつてゐる処へ、店に、まだ光が灯つてゐるのを見た渡辺が、ちよつと障子を開けて、米子に言つた。

『居たよ、高子さんはゐたよ。細野の方に行つてゐたんだつて、みんなで今の先、家に送り届けてきたよ』

さういつて、また、戸口の硝子戸を閉めた。

『ぢやあ、私、お見舞に行つて来よう』

鈴子は、先づ第一に椅子から立上つた。

『ぢやあ、私も行くわ』

米子がさういつた。

『ぢやあ、私も』

『私も』

久子と良子が、次々に席を立つた。

四人の娘が打揃うて、高子の家に着いた時は、もう十二時近くであつた。しかし、まだ高子は昂奮してゐると見えて、居室の長火鉢の前に坐つて、母と二人で身上話をしてゐる様子だつた。高子の母は、娘たちの中に鈴子の混つてゐるのを見て、びつくりしたやうだつた。

『まあ、とんだことをしでかしましてね。ほんとに皆様に御迷惑をおかけして済みませんでした。せつかく、おめでたい晩でしたのにね。そのおめでたい晩に、大騒ぎをさせて、ほんとに申訳ありません』

さうはいつたもの丶、高子の母はやはり我が子が可愛いと見えて、鈴子に対してよい感じを持つてゐなかつた。で、彼女は、すぐ奥の間に入つて、蒲団の中にもぐりこんだ。久子は、高子の傍に坐つて、彼女の肩に手をかけて言つた。

『まあ、よかつたわ。私ね、お母さんから、あなたの書置きを見せられた時、ほんとにどうしようかと思ひましたわ。それで、式の最中だつたけれど、佐藤巡査に出て貰ひましてね。早速喜多方の警察署に電話を懸けて貰ふやら、大騒ぎしたんですのよ……まあ、よかつた、これで安心しましたわ』

高子の真正面に坐つた鈴子は、少しも昂奮しないで、銀の鈴を響かせるやうな、澄みきつた口調で云つた。

『高子さん、ほんとに私すまないことをしたと思つて、今後悔してゐるんですの。私、あなたが、そんなに、あの人の事を思つて下さるんでしたら、あの人を、あなたにお譲りしてもよかつたんですのよ』

鈴子が、真面目にさういひ出したので、高子は泣き出した。そしで鈴子も、両眼に雫を溜てゐた。

二人が泣くので、他の三人の娘達も、頭を伏せてしまつた。二三分間沈黙が続いた後、鈴子は顔を上げていつた。

『高子さん、私達は、まだ結婚式を挙げたばかりで、肉体上の交渉は少しも持つてゐないんですから、もし、あなたがおよろしければ、私は、いつ何時でも、あなたにあの人をお譲りしてもよいと思つてゐるんですの……私は、何も痩我慢でさういつてゐるんぢやないんですのよ。私はねまだ皆様に申上げてゐませんけれど、皆さんとは少し素性が違つて居りましてね、人間には、あきあきしてゐる方なんですのよ。かういつてもお解りにならないでせうね。私はもと芸者をしてゐたんです』
　さういつたので、三人の娘達はびつくりしたらしかつた。皆、思ひ合したやうに顔を上げて、鈴子の横顔をみつめた。
『ですから、私は、東助さんの魂に惚れてゐるんでして、必ず、あの人を独占しなければならぬといふ理由も無いんですの』

桑畑の畦道

　その思ひ切つた鈴子の言葉に、高子と、彼女の三人の友達は、全く魅せられてしまつた。高子は、俯向いたまゝ、膝の上に落ちた涙を、薬指で着物の上に拡げてゐたが、鈴子の胆力の据はつた態度に共鳴して言つた。

『鈴子さん、あなたのお心持、よく判りましたわ。こんな大騒ぎをさせて、ほんとに済まなかつたと、私は後悔してるんですの。私はあなたのお心の万分の一でも学びたいと思ひますわ。私は、ほんとに、今になると、馬鹿な考へを持つてゐたと、自分で自分がをかしくなるんですの。ほんとをいふと、私は東助さんを独占したかつたんですの、私は、あなたのやうな広い心が持てない田舎娘なものですからね。東助さんから、あなたとお約束があると聞いて、ほんとにがつかりしてしまつたんですのよ。私は、あなたがいはれるやうに、あの人の霊魂を愛するなんてことを、今の今まで考へもしませんでしたわ』

　高子は、懐から紙を出して、両眼の涙を拭き取つた、すると、鈴子は、顔に似合はない海山千年の苦労をして来たといふやうな口調で、娘たちに言つてきかせた、

『皆さんは、まだお若いですから、そして恋愛問題に苦労をしていらつしやらないから、よくお解りにならないでせうがね。肉体的に接触するといふことなどは、恋愛の世界では、ごく一小部分の役割しか持つてゐないやうに私には思へますわ。ほんとにその人を、清く、長く、愛してゆかうと思へば、全然、肉体的関係

を持たないでゐて、十分愛してゆけるやうにしなければ、その愛は永く続かないと私は思ひますのよ。結婚は墓場だと或人がいつたさうですが、なるほどさうだと思ひますわ。こんなことをあなたたちに言つて笑はれるかも知れないですけど、芸妓のやうな色気のある商売をしてゐますとね、却つて反動的に、肉体関係を卑しむやうな気持になるものなんですよ。ですから私は、たとへ、東助さんをあなたにお譲りしても、私の、あの人に対する尊敬と愛とを、ちつとも変らずに持つことができると思ひますわ』

鈴子は、彼女の体験を通して、露骨な恋愛観を、村の娘たちに聞かせた。

大井久子は彼女の優れた性格に共鳴してゐたので、すぐ、彼女の言つてゐることを理解した。それで、その晩はみんな家路につくことになつた。

しかし、帰る家に迷つたのは鈴子であつた。東助の家には帰りたいし、東助を高子に譲りたくはあるし、高子に譲るといへば、彼女は一層煩悶するだらうし、彼女は、ひとり、いつもの道を通らないで、裏道沿ひに桑畑の畦をうろついた。

巣の鳴く夜

あまり帰りの遅いことを心配した東助は、わざわざ迎へにやつて来た。

『おや、鈴子さん、今頃まで、こゝで何をしてゐたの？　高子さんの家に尋ねに行つたところがとつくの昔に帰つたといふぢやないか。また、高子さんの二の舞をしたんではないかと心配したよ……』

『御免なさいね……わたし、少し考へることがあつたもんですからね、裏道を通つて来たんですのよ』

さういつてゐる鈴子は、いつもの明朗さを欠いてゐた。ハンカチで眼を拭いてゐるのが、闇を透かして見えた。

『鈴ちやん、どうしたの？　あなた泣いてゐるの？　元気をつけなさいよ！　今夜は結婚式ぢやないか！』

『さうなのよ、わたし、結婚式のこと、よく知つてゐてよ……だから、煩悶してゐるのぢやないの……』

『結婚式の晩に、煩悶も何もいりやしないぢやないか！』

　東助が、鈴子の頸に腕を廻しながら云つた。

『御免なさいね、今夜のやうな晩に、あなたを心配させて……しかし、ほんとをいはせて下さいね、あなた、私のお願ひを聞いて下さらない？………』

『何を改まつて言つてゐるんだね……あなたのお願ひつて、一体なに？　聞けることであれば聞いてあげるよ！』

『ではね、怒らないで、聞いて下さいね。私のお願ひですから、あなた高子さんと結婚して下さらない！』

『無茶を云つちやあいかんよ！　僕は高子なんかに恋はしとらんよ』

『だつて、あんなに、あなたを恋慕つていらつしやるのに、あなたも少しひどいわ』

『無茶云つちやあいかんよ！　恋愛は恋愛、義理は義理だよ！　君の言ふとほりにすれば、僕は僕に片恋してゐるものと、みな結婚しなければならんぢやないか』

『おほゝゝ、結婚して上げたらいゝぢやないですか』

『そんなことができるものか』

　雲の切れ目、切れ目から、夏の星がのぞく。

『私はね、高子さんに、あなたをお譲りするつて言つて来たところなのよ』

『ほんとに？』

『ほんとよ！』

『君もどうかしてゐるなあ……あの女、僕にラブレターを送つたり、媚（こび）をよせたりするので、僕は、とうの昔拒絶しておいたのだよ。今更そんなことができるかよ。君も、どうかしてゐるよ』

　鈴子は、東助の顔を見つめて真面目に言つた。

『東助さん、私ね、結婚したいのは山々ですけれども、よく考へてみますとね、私は汚れた身でせう、子供が生れないやうになつてゐるの。……それで、あなたと結婚しても、後継が生れないだらうと思つて心配してゐるんですの……あなたのためを思ふと、私よりか、純真な高子さんと結婚して下さつた方が、ずつとあなたは幸福であるやうに思ふんですの』

『そんなことは百も承知だよ。子供ができなければ、他人の子を貰へばいゝぢやないか』

『だつて、結婚して、五年も十年も子供が無ければ、淋しいでせうね』

『産業組合の仕事が忙がしいから、子供のことなんか考へてゐる暇はないよ……それに、君と僕が結婚せずに、他処へでも行くとすれば、お母さんはどうするんだね、わざわざ上田から引越して来られたあのお母さんを……』

二人は、桑畑の畦道に腰を下した。

『ですから、全く縁を切るといふのぢやないんですよ。表面は結婚した形で結構なんです。しかし、高子さんも、愛してあげて頂きたいと云ふんですの』

『友人としてか？』

『いゝえ、あなたを思つてゐる愛人として』

『そんなことはできやしないね……僕には、君一人しか、愛人なんかありやしないよ』

鈴子は東助の手をいぢりながら、彼の胸によりかゝつて尋ねた。

『男の愛といふものが、そんなに狭いものですか？　…私は、もう少し広いものだと思つてゐましたよ』

夜もだんだん更けた。遠くに梟が鳴いてゐる。一番鶏もうたつてゐる。

『今頃になつて、そんなことをいひ出したつて、仕方が無いぢやないかね。そんなことを一々問題にしてゐれば、結婚なんかできないぢやないかね』

さう言つて、東助は鈴子をせき立てゝ、家に連れ帰らうとした。しかし鈴子は、どうしても帰らうとはいはない。

『私はね、今夜、お母さんのところへ行つて寝ますから、また明日お目にかゝりませう』

さう言つて、鈴子は、今来た道をまた逃げるやうにして、走つて帰つた。

で、東助も、彼女のなすに委せて、別に追つかけもしなかつた。冷静な気持を破らないで、独りわが家に帰つて寝た。

愛の経済

翌日、東助は、朝早くから組合に出て、帳簿の整理をしてゐた。

するど、鈴子が組合の店にやつて来て、簡単に言つた。

『東助さん、私、産婆の試験を受けに、東京に、今日出たいと思ふのですが、どうでせうね』

『さう?………行きたければ行つていらつしやい!』

東助は、鈴子が、昨夜の騒動から少し拗すねて居ると思つたので、強いて反対しなかつた。

そこへ、木内の老人がはいつて来た。

『東助さ、困つたことが出来たよ、内の孫娘の――そら、此間わしを世話してくれるといつて、会津若松から帰つて来たばかりの娘が、この四五日高い熱が出てひかないと思つてゐると、今日医者のところからことづけがあつてな、チフスぢやつて云ふことぢやが、避病院に入れなければならんが、付いて行く者が無いんぢやつて、誰か頼める人無いかの?』

それを机の傍で聞いてゐた鈴子は、すぐ帳場に出て行つた。

『をぢさん、私でよければ、お世話いたしませう……』

『まあ、おまへさんが? 花嫁さんが? そら勿体ない!(東助を顧みて、老人は尋ねた)いゝのかい、おまへの花嫁さを取つて?』

東助は、即座に答へた。

『当人が承知すれば、それでいゝですよ。なんなら、わしが行つてもいゝのですがね』

鈴子は、すぐ木内老人のところへ、コールテン服のまゝ飛んで行つた。そして、老人の孫娘妙子は戸板に乗せられて、一里近く離れた野原の真中に、ぽつんと一軒だけ立つてゐる避病院に運ばれた。そして、鈴子は、平気な顔をして、ひとり病人の看護に余念もなかつた。

そんなこと丶は露知らぬ高井米子は、その日の朝から、鈴子がもと芸者であつたといふことを村中にふれ廻つた。彼女は先づ第一に、村の助役である彼の父の耳に入れた。父はびつくりして言つた。

『まさか。―どうして、東助がもと芸者をしてゐたやうな女と懇り合ひになれるものか考へてみいよ、あの女は、少しも芸者らしいところなんかないぢやないか』

『だつて、お父様、ほんとなんですよ。私は、あの人の口から直接に聞いたんですもの』

『さうとすると、東助は、どうかしてゐるなあ』

その話が村長に伝はり、村長から村会議員に、村会議員から小学校々長に、そして、小学校々長はその噂を聞いて、色を失つてしまつた。

それは、もと芸者してゐたやうな者の媒酌を産業組合の理事がなし、その結婚式を小学校の講堂で、而も校長の司会の下に行つたと県庁に聞えると、首になるかも知れないと心配したからであつた。

その噂を聞いて、佐藤巡査は、すぐ信州上田の警察署長宛に照会状を出した。平泉又吉は、東助排斥の策動を始めた。それは、東助がゐると、特約組合がうまく行かないのと、彼が青年団の団長になれないからであつた。

『御真影の奉安所の前で、元醜業婦であつた女と結婚式を挙げるのは、実に村民を欺瞞するにも程がある……』といふのが、彼の主旨であつた。

その晩、平泉又吉の家で、青年団幹部有志の相談会が開かれた。そして飽くまで、東助を糾弾することに決定した。処女会でも、ほぼ同じ歩調を取ることにきまつた。

その噂を、最初に東助の耳に入れたのは、東助の無二の友人島貫伊三郎であつた。

『おい、田中君、平泉の野郎、妙な策動をしよるぞ。あいつは君の欠点を拾ふことばかり専門にしてゐるから、君もさぞかし組合を纏めるに困難を感じるだらうなあ。月給一文も貰つてゐなくて、小言ばかり言はれちやあ、全く堪らないね』

東助が裏の小さい池に出て、鯉に蛹を餌に与へてゐるところにやつて来て、島貫はさう云つて憤慨した。

しかし、東助は案外人の批評に対して平気であつた。

『何とでも言はせておけ。君、俺は別に悪いことをした覚えはないんだし、もと芸妓をしてゐた女と、小学校で結婚式を挙げて悪い道理は、何処にもないぢやないか？　却つて一人の女が足抜きして、立派に身の振り方をつけ得ることを、歓迎すべきぢやないか。そんな胆つ玉の小さいことを言つてゐたつて始まらないよ。全く……』

しかし、この結婚騒ぎのために、村の組合運動は、一時全く停頓してしまつた。出資金の払込は止まり、春から始めてゐた養鶏組合の卵を組合に持つて来るものさへ無くなつて了つた。で、東助は、村の青年団長を辞任し、組合の専務理事の職をも、平泉又吉に譲らねばならぬことになつた。

かうした経験によつて、東助は人類の経済行動は、全くマルクスの唯物史観で説明できないものだと云ふことを、よく了解することができた。彼は考へた――村民の精神的結束が無ければ、絶対に協同組合の運動を成功させることができないといふこと、そして経済と云ふものも、結局は人間の意識の目醒の階段に従ふといふことを、即ち、我儘なものには資本主義経済が適合し、階級的利己心を持つものには、階級的共産主義が採用せられ、全民族意識に立つものにはファッシヨ経済が悦ばれ、全人類意識に立つものにして初めて、愛の協同組合経済が理解できるのだ――と。

で、彼は、暫く退いて、村のために、農民協同組合学校でも開く計画をたて、村民の意識開拓に努力することにした。で、彼は、里村千代子女史に手紙を書いて、

『――できれば、武蔵野農民福音学校の藤島精一氏に、一週間位大塩村に来て貰へないか？』といふことを交渉してみた。

返事を今日か、明日かと待つた。しかし、『足の渡辺』——彼は健脚なので、そんなニツクネームがついてゐた——はよき便りを東京から持つて来てくれなかつた。

鈴子が、木内妙子の付添になつて、避病舎にあてられてゐる野中の一軒家に引越してから、毎日のやうに雨が降つた。その雨が馬鹿に淋しく東助の眼に映つた。それは、春先から鈴子と結婚すれば、少しは生活が楽になるであらう……彼女の養母のお竹が、少しは補助をしてくれるであらう、と思つてゐたことが、すつかり予算が崩れてしまひ、彼女の共稼ぎができて、少しは家の収入も殖えるであらうと思つてゐたことも、見当違ひになつてしまつた。

お竹は村の生活に満足してゐた。彼女は田中高子の表座敷を借りて、里村千代子女史の教へてくれた卓上織機で、毎日面白さうに、屑繭の糸を原料に織つてゐた。しかし、上田の財産の整理については一言も口に出さなかつた。彼女は、結婚式の晩の出来事について、決して東助を疑つてはゐなかつた。さればといつて、高子を田舎娘扱ひにもしなかつた。彼女は、高子を自分の娘のやうに愛して、機を織るのでも、毎日一しよに織つた。

『あなた、随分お早いのね。私はこんなことするのは、こんどが初めてなんですから、肩が凝つて、ちつとも捗らないわ』

と、お竹は並んで織つてゐる高子を顧みた。

『ですけれど、をば様はお上手ですわ』

高子も、上品なこのをば様が大好きであつた。お竹も最初は、喜多方町に住んで、町らしい生活をしたいと思つたが、高子の親娘が身内のやうにしてくれるので、喜多方町に移住するのをよしてしまつた。

しかし、困つたのは東助であつた。朝早くから蓆を織ることの外に固定収入があるではなし、結婚式は、ロハでやれたとは云へ、結婚したといふのに、家の畳を買ふ金さへ無かつた。六月になつてから、桧原の木地屋に勤めてゐる六三郎の前借が二十円できたのと、東助が箱で飼つてゐた兎が十四五円で売れたのと、蓆の織賃が、夏になつてから、一枚について三銭上つたので、彼もやつと、一家族を飢えさせない程度の金を廻してゐた。

六月の長雨は、苗代を作る者にとつては幸であつた。東助の家も、学校の下に、三反歩ばかり小作してゐたので、彼の小字だけで作つてゐる農事実行組合のもとで、苗代を作つた。彼の小字はたつた十二軒しか無いので、苗代を作つても、働けるものは、彼と、木内老人の北隣の森下茂吉の女房だけであつた。木内の老人は、七十を越えて水には入れず、彼の親友である戸田正造は、東京に出て居り、学校友達の田中喜三郎は、会津若松の木地屋へ奉公して居り、兵隊に一しよに行つてゐた森下茂吉は、東京の風呂屋の三助に出て、ゐなかつた。で、後に残つてゐるものは、老人と女手ばかりであつた。その女手といふのが、子供が多いために仕事には何の役にも立たなかつた。

苗は大きくなつた。田植は済んだ。しかし、妙子は、まだ退院できなかつた。いや、その反対に、木内の老人が腸チブスに、伝染して、妙子と頭を並べて、避病院で寝るといふ始末になつてしまつた。雨はまだ止まない！　木内の老人は病床に寝て、予言めいたことを云ひ出した。

『ひよつとすると、今年は稲作が悪いかも知れねえなあ！　旱魃に飢饉なしと言ふが、こんなに雨が続くと、稲の育ちが悪いよ。あまり雨が降り過ぎて、山津浪でもなければいゝがなあ』

見舞がてら、鈴子の顔を見に行つた東助を掴まへて、老人はそんなことを言つた。

鈴子は至極元気で、東京の賛育会病院で教はつたとほり、消毒から洗濯まで、実に行届いた看護振りを見せてゐた。しかし妙子の病勢は少しも快方に向はず、日毎に細り行くばかりであつた。東助は、晩になると、必ず三里半の道を、自転車で、喜多方町まで氷を買ひに走らなければならなかつた。そして医者も、そこから二日に一度、避病院に来診してくれるのであつた。そんな時ほど、彼は、医療組合の必要を感じたことはなかつた。しかし、村民が目醒めないばかりに、彼はそんな話を持ち出すことさへできなかつた。

山津浪

二週間目にやつと、待つてゐた里村千代子女史の返事が来た。そして八月の盆の農閑期に一週間だけ、藤島先生がやつて来てくれることになつた。

然し、その吉報の着いた日の午後から、三週間以上少しも止まないで降つてゐた雨が、更に大降りになつた。鯉池は見る見るうちに氾濫して、小さい鯉はみな何処かに逃げて行つて了つた。それはまだ善い方だ、桧原から流れて来てゐる渓谷は忽ち増水して、東助が小作してゐた三反歩の田は、水に没してしまつた。木内の老人が云つた通り、山津浪の兆候さへ現れた。平常水気の全くない山腹から、水が、噴水か滝の如く流れ出して来た。それらは、みな地層の切れ目切れ目になつてゐて地下水の噴出してくるものであつた。それが集まつて、河のないところに河ができ、山崩れの兆候は随所に現れて来た。この地質的異変を見た東助は、すぐ、島貫伊三郎を呼びに行つた。

『おい島貫君、こらア山津浪が出るぞ！　気をつけないと、とんでもない家が流されるかも知れないから、下流の方へ通知しようぢやないか』

さう言つてゐるうちに風さへ加はつた。頬ぺたに打衝る水滴さへ切込むやうな痛みを与へた。後で新聞で知つたことであつたが、その時の風速は一秒間五十米以下ではなかつたとのことであつた。村の藁屋根で、一部分でも剥取られないものは無かつた。

そんな暴風も、僅か二時間で過ぎ去つた。だが、その結果はどうだ。東助の小作地は勿論のこと柿ノ木の省七の二反歩の田も、木内老人所有の五反歩の土地も、戸田正造、田中喜三郎、森下茂吉の小作地もみな流れてしまつた。そして地主は、東助のものは田中高子の家のものであつたが、他のものは平泉又吉と、高井倉三のものであつた。

合計約三町六反五畝の、村としては最上の田圃が、砂と礫岩（れきがん）の河原となつてしまつた。村の損害は、こ、許りではなかつた。文字通りの山津浪に、崖といはず、山腹といはず、常識で判断の出来ないところから地下水が噴出して、岩壁を崩壊させ、土砂を流し、階段式に築き上げてゐた短冊型の田圃を滅茶苦茶にして、殆ど村は全滅状態になつてしまつた。期せずして村の老若男女は誰と云はず産業組合の前に集まつて来た。そして、絶望の声を挙げた。

しかし、東助は暴風の真最中に、避病院に入つてゐる木内妙子が非常に悪いので、鈴子の血を輸血すると、朝早くお竹が知らせて来たので、その方に行つて留守であつた。幸ひ、輸血の後、鈴子もひどく弱らず、妙子も大いに元気づいて来たので、東助は一縷の希望を繋いで、産業組合の前まで帰つて来た。すると、村は各方面の情報を持ちよつて、でんぐり返つてゐた。

こんな時になると、平泉又吉では、村の青年が承知しなかつた。第一彼は、昨夜から、村役場の近くのカフエーの女と喜多方町に芝居を見に行つたとかで、村にゐなかつた。それで、結婚問題で、殆ど理由なく東助を排斥してゐた佐藤巡査までが頭を下げて東助の家に頼みに来た。

『君、頼むがな、一つ片肌脱いでくれんか。今日までの感情の行違ひは一先づ預りとしてさ、今は村の非常時ぢやないか。さあ、かうなつちやあ、どこから村を復興させてよいか見当がつかないんだから、ひとつ君の智慧を貸してくれたまへ、ね、君』

さうせがまれても、今度は、おいそれと引受けることはできなかつた。彼は、『まあ、考へてみよう』と、中心になることだけは預りにして、先づ、村で最も緊急を要することは、尾根を直すことであつたので、わが家の屋根を直すのは後に廻して、最も激しくやられた彼の仇敵、平泉又吉の家の屋根を、島貫、久世、大井、津田、斎藤等の青年たちと一緒に直した。

島貫は、東助が屋根の最も危険な所に上つて、黙々として、彼を攻撃し、中傷し、遂に彼より青年団長の職責を奪ひ取つてしまつた平泉の家を、修繕してゐるのを見て感激してゐた。

被害地と地割制度

その黄昏、東助はまた、雨が降止んだのを幸にして、喜多方まで氷を買ひに走つた。そして木内老人に避病舎で会つた。すると、老人は面白い智慧を東助に授けてくれた。

『おい、東助さんよ。わしは若い時に、越後の長岡の醤油造りに雇はれて行つたことがあつたがなあ、あそこには『地割り』といふものがあつたことを覚えてゐるぞい。それはなあ、信濃川が毎年のやうに氾濫して、村民が困るので、みな組合を作つて、砂を田畑から舁(かつ)き出して、元通りになつた土地を、村民の戸数だけに頭割りにして、耕作するんだつて云ふことだつたよ……なんでも、それを地割りとかいつてゐたな……それをこの村で、こんどやるべえか？』

それに暗示を得た東助は、その地割制度を現代的に、荒廃地回復の土地利用組合として、生かしてやらうと決心した。

彼はすぐ次の朝、斎藤朝吉の母屋を修繕してゐた青年団員の集まつてゐる所へ走つた。そしてその晩すぐに、小学校で村民大会を開く準備をした。そして小字小字に区劃して失地回復の地割制度を、村の産業組合と引付けて実行せしむる決議をさせることにした。

その晩、村の戸主で、土地を大小なりとも流してしまつたものはみな集まつた。で、東助は、彼の計画を話した。

『地主さんは、一旦みんな村の産業組合に土地を貸して下さい。失地は五年間小作料を免じて下さい。そして、小作人諸君は、必ず、土地を組合を通して借りるやうにして下さい。但し荒廃地の復旧事業に対しては、村の凡てのものが、総掛りで土砂を運び出し、復旧した土地から小字の戸数に均等に分け、耕作してもらふことにします。五年度になれば、地主さんには組合から少しづゝ小作料を払ふことにしますから、地主さんも安心して下さい』

東助が同じことを繰返し繰返し説明したので、よく趣旨は徹底した。地主も小作人も安心して帰つて行つた。

そんな重大な決議ができたと知らなかつた平泉又吉は、お菊といふ女給と、その晩遅く村に帰つて来たが、いつも彼の遊びに行つて居る留守に緊急な事件が起るので、全く面目を潰してしまつた。

翌朝未明から、村の青年は勿論のこと、女も、老人も、子供も（学校は一週間休みになつた）みな畚（ふご）と棒を持つて砂舁（すなかつ）ぎに出て来た。

東助は、喜多方町の土木請負業者から、レールとトロツコを借りて来て、学校下の荒廃地に敷設した。子供たちまでが面白がつて、砂運びをする。で、その日一日の仕事の進捗は大したものであつた。

しかし、困つたのは、仕事をする人間の兵糧であつた。村の信用組合の鍵は平泉又吉が握つてゐて、一文も出さぬといつて頑張つた。で、東助は初めて、お竹のところへ相談に行つた。

『おかあさん、私を助けると思つて、お金を五百円ぐらゐ借してくれませんか！　村の小作人たちの資金にしようと思ふんだから』

さう東助が頼むと、お竹は、ぽんと東助の前へ、一万五千円と記入してある銀行の預金帳を笑ひながら抛り出した。

『ホ……ホ……ホヽヽ、こんな時に使つてもらはうと思つてゐたお金ですから、みなでもお使ひなさいよ』

東助は、その預金帳を静かに拾ひ上げて、彼女に軽く感謝した。

色懺悔

『大人物でなければ、大金は上手に使へるものではないよ……平泉にその金を見せるなよ。きつとあいつはカフエーに、その金を捨ててしまふから……』

と、東助が、避病院で、お竹が抛り出してくれた一万五千円の金の話をすると、木内の老人は言つた。

で、誠に残念ではあつたが、その金をすぐ村の信用組合の預金に移さないで、お竹が最初から入れておいた銀行に置くことにして、先づ東助は、五百円だけその中から引出し、村の小作人の中で、米に困つてゐるものに対して、必要なだけ貸出すことにした。これは特約組合の米を借りると、後にいろいろ条件がくつついてゐて、なかなかうるさいので、小作人救済の方法を取つたのであつた。

それから、彼はお竹に頼んで、山羊を二十頭と、蜜蜂の巣箱を二十箱、小作人のために買つてもらふことにした。山羊は仔を孕んでゐるものを一頭二十円ぐらゐで、信州から送つてもらふことにし、蜜蜂は一箱十五円前後のものを、岐阜から取寄せることにした。

実は、村の信用組合が充実すれば、そこから金を引出して、村の生産事業として山羊と蜜蜂をやるつもりであつた、結婚問題から一頓挫を来して、二進も三進もゆかぬやうになつたものだから、とうとうお竹の資金に頼るやうになつたのであつた。

お竹は元来が侠客肌の女だし、彼女の養子を絶対に信頼してゐるので、彼がたとひ一万五千円の金を全部すつてしまつても、何にもいはぬと言明してゐた。

『お金なんていふものは、天下の廻りものだから、真直な人が使つてくれるなら、その人が、溝の中に捨てようと結構ですよ』

こんなことを平気で、東助や島貫の前で言つた。

実際、お竹が東助を信用してゐる事は非常なものであつた。

『酒は呑まんし、煙草は喫はぬ、それに女は嫌ひ、たゞ人のために一生懸命に働くといふ人は、さう世界に多くはないわね。考へて御覧なさいよ。東助さんは聖人ですよ。私だつて、もう少し若けりや、東助さんに惚れますよ。あんな人に惚れなければ、誰に惚れますかい。ね……』

彼女は、机上織機で屑繭の糸を織りながら、並んで織つてゐる高子にさう言ふのであつた。さういふ彼女も、今は全くの聖人であつた。彼女は、新聞や雑誌で、某公爵の妾が尼になつたとか東京のある名妓が、托(たく)鉢(はつ)に出るやうになつたといふやうな記事を読む度に、東助に言つた。

『……髪こそ切らないが、私の心の中は尼さんよ。私は色懺悔をする積りで、あなたの産業組合を助けに来たのよ……つまり私は、産業組合の尼さんなのよ。おほゝゝゝ、ほんとですよ。今まで社会のことも、経済のことも、何もわからなかつた間は、たゞもう、金、金、金と、お金を神様のやうに思つてゐたんですけれども、銀行が潰れたり、大きな会社が破産するのを見ると、私だつて、産業組合主義者になりますわよ……おほほほ』

こんな判つたことを、心から東助に言つた。それで彼も安心して、彼女の金を使ひ、彼女の戸籍に養子として籍を移したのであつた。（で、東助は駒井東助となり、六三郎が田中家の戸主となつた）

元来お竹は、東京下谷の生れで、彼女の父が口入屋で、幡随院長兵衛と同じ職業であつたとかで、幼い頃から幡随院長兵衛が非常に好きで、東京の赤坂に芸妓に出された時でも、仲間の間では、侠客芸者で知られてゐた程の変り者であつた。

で彼女は、弱い者を可愛がるのか大好きで、金持は倒しても、貧乏人を助けなければならないといふ信仰心を小さい時から持つてゐた。それが信州上田の旦那に落籍されて、上田で芸者屋を開業するやうになり、大勢のものを抱へるやうになつても、その精神でみな娘たちを可愛がつて来たのであつた。だから春駒として席に出てゐた鈴子までが、養女になつて来て、いつとはなしに、お竹の性質がうつり、大金持の旦那が持てるものを、わざわざ、山奥も山奥も、日本でも一番貧乏な東北の山の中に嵌り込むことを、名誉とするやうになつたのであつた。

そのために、彼女は、最初『……小さい家でも村端れに建てて、親子三人で、気安く暮さうか……』などと、鈴子と東助を前に置いて言つたこともあつたが、今は凡て東助任せで、鈴子の拗ねた気持が直るまで、何年でも、田中高子の家に佗住居してゐてもよいと、暢気なことを言つてゐた。

そのくせ、彼女の趣味はなかなか高く、村に来てゐても、退屈すると、一人お茶をたて、花を生け、夕方になると、必ずその日の感想を三十一文字に綴つて、日記帳に記入するといふ調子であつた。

実言ふと、東助は彼女にそんな高い趣味があるとは、彼女を山奥に迎へるまで知らなかつた、しかし、彼女が暴風雨のあつた次の朝、見舞に行つた東助に見せた歌によつて、彼女が相当に歌心のあることを知つた。

旅鳥つばさすぼめて床さがす時化(しけ)の夕の黄昏の空

といふのが彼女の歌であつたが、彼女の内部生活をも詠つてゐることを東助は知つた、そんなことから、村の娘たちは競うて、彼女の周囲に集るやうになつた。そしてあるものは彼女にお茶を教へてもらひ、あるものは彼女に華道の手ほどきをしてくれとせがんだ。また彼女が、琴の免許を持つてゐると、鈴子に聞かされた大井久子の如きは、自宅から琴を運んで琴の教授を受けるといふことになつた。

明鏡の如く

お竹の心配は、鈴子があまり高子に義理立てをするために、東助を疲れさせはしないかといふことであつた。で、彼女はわざわざ避病院を訪問して、鈴子と一晩でも交代して、彼女を東助の懐に返さうと努力してみた。しかし、彼女は悪びれもせず、冷静に答へた。

『お母さん、御心配なさらないでよ。私は何も東助さんがいやになつたんぢやないんですよ。たゞ、高子さんがあまり可哀さうなものですから、少し同情してゐるだけなんですの。私は別に、東助さんがいやになつたんでもないし、外に男を思つてゐるんでもないんですから、御安心下さいまし……』

彼女は、氷を三十日以上も割り続けたために、ふやけてしまつた両手を碁盤縞のエプロンで拭きながら、さう言つて笑つた。

『だけれど、鈴子さん、結婚式を挙げてからまる一ケ月も、旦那さんを一人寝かす奥様も世間には余りないだらうね。私は、東助さんが可哀さうでならないわ』

お竹は、病室のお勝手の裏口に立つたまゝ、鈴子をたしなめるやうに言つた。

『お母さん、私、ほんとに東助さんを愛してゐるんです……けれどね……』

さう言ふと、彼女は碁盤縞のエプロンを顔に持つて行つた。

『けれどつて……なあに?』

『私は、あの人を愛してゐればゐるだけ、あの人を遠くから愛してゐたいんです……』

『それはまた妙なことを言ふね、近くで愛したつて構はんだらうにね……』

『ですけれども、お母さん、二人の間に子供が出来なくつても、夫婦と言ふことが出来るでせうか?』

　鈴子は眼球を充血させて、呟くやうに言つた、

『あなたは、そんな取越苦労をするから駄目よ……夫婦といふものは子供を生むことだけが目的ではないわ。二人の魂も肉体も一つになつて、互に助け合ふのが楽しみなので、せつかく結婚式まで挙げておいて、今更、子供が生れないかも知れないことを心配して、一しよにならないといふことは、あんまり賞めた奥様ぢやないと、私は思ふわ』

『でもね、お母さん、私はね、どうしても、東助さんを高子さんにお譲りしたがいゝと思ふんですの……』

『だつて、東助さんは、高子さんを愛さないと言つて居るぢやないの』

『ぢやあ、お母さん、私一人が東助さんを独占してもいゝですか?』

『いゝですとも、いゝですとも、ひとりで独占して、ちつとも差支へがあるものですか?』

『それぢやあ、高子さんが可哀さうだわ』

『そんなことは、あなたの取越苦労といふものよ。公然と結婚式を挙げたものを、今になつて、譲歩する必要はないわよ』

『それでいゝんでせうか?』

『それで、ちつとも差支へはないよ』

『だけどね、お母さん。私もう一つ、心配なことがあるんですの。それはね、言ひにくいですけれども、私ね、梅毒があるんですの……そら、玉ノ井にやられてゐたでせう。あの時に病気の人から感染してしまつたんですのよ。で、すぐ私はそんなことになると悪いと思つたんで、死ぬまで反抗するつもりでゐたんですけれども、ゴロツキがピストルで脅かすでせう。私はたうとう、敗けてしまつたんです……あの時のことを思

ひ出すと、ぞつとしますわ……』

『サルバルサンは注射しなかつたのかい？』

お竹は、初めて聞く養女の懺悔話に、眉をひそめて、訊き直した。

『え、すぐ、医者にはかゝつたのですが、何しろ、あんなところは一本注射しても高いでせう。そして、それが、みな私の借金になるでせう。どれくらゐ、お母さんに電報を打つて助けを求めようかと考へたか知れませんでしたの……しかし、ゴロツキがちつとも私から眼を放さないでせう、私はまる三ケ月といふものは、泣いてばかりゐましたわ』

『何本刺したの？』

『十本ぐらゐは刺さなければならないと医者にいはれたのでしたが、たつた二本でよしてしまつたんです』

『それは、全部しないと悪いね。なぜ、東京にゐる時に、その注射をしなかつたの？』

お竹は、鈴子の腕を取上げて、医者が診察するやう只皮膚を凝視しながら尋ねた。

『だつて、産婆学校に入つてゐると恥かしいですもの』

『ぢやあ、こゝが片付いたら、保養に行くといつて、上州草津の温泉に行つて、温泉にも入るし医者にも注射をしてもらつておいでよ』

『有難う。お母さん、さうさせて頂きませう……私は東京の賛育会病院で、一晩に赤ん坊が六十人から生れるのを見ましてね、梅毒気のあるお母さんから生れた赤ん坊と、さうでない人の赤ん坊を較べてみて、身震ひしましたの！　それで、梅毒気のある人の結婚は全く罪悪だとつくづく思ひましたわ。それがまた、日本では恐ろしく近頃は増加して来てゐるんですから、私、盲目的な結婚なんかしたくないんですの』

蛇目傘

梅雨晴れの空が、また曇つて来た。鈴子は木内老人の氷嚢を換へるときが来てゐたので、急いで、また病室へ入つて行つた。恰度それと入れ代りに、田中高子が大きな蛇目傘をさして、畦道伝ひに、避病舎の裏口にやつて来た。雨はその頃から激しく降り出してゐた。

『また、いやな雨が降つて来ましたのね……今日は妙子さんも、をぢさんも少しはおよろしいのでせうか？ 今の先、私は桑摘みから帰つて来ましたのよ。するとね。うちのお母さんがね、駒井のおば様が、避病舎へ看護にいらしつたから、おまへ、鈴子さんにお代りして、おば様と鈴子さんに帰つて頂くやうに言はれましたので、飛んでまゐりましたの……』

さういへば、彼女は紺飛白に紺の上つ張をつけて、畑から帰つたばかりの様子をしてゐた。

『まあ、さう？ ほんとに御親切ありがたう！』

お竹は雨に濡れるのを恐れて、裏口に入つた。しかし、高子は伝染病の方が、雨より更にこわいと見えて、戸口にさへ近寄らなかつた。彼女は傘をさしたまゝ、激しく降る雨の中を表に立竦んでゐた。

『チブスが流行ると見えますね。平泉又吉さんも、どうやらチブスらしいと、郵便屋さんが言つて居りましたですわ。平泉さんのうちでは、お母さんも妹さんも、弟さんも、四人ともみな枕を並べて寝ていらつしやるんですつてね。その中でも、お妹さんが一等重くつて、或ひは危いかもしれないんですつてね』

高子は、蛇目の傘を肩に担ぎ、片手を裏口の柱に寄せかけて、さう小声に言つた。

『まあ、伝染したんですね。みな喜多方町に関係のある人がやられるところを見ると、喜多方町には悪い病気がはやつてゐるんですね……しかし、平泉さんのおうちも可哀さうね。四人病気すると、みんなでせう？ 誰が介抱してあげるんでせうね？』

お竹は表口の戸に寄せかけてゐた体を起して改めて尋ねた。

『町から看護婦さんが来てゐたさうですが、その人にも伝染したとかで今朝自動車が迎へに来て帰つて行かれたといふことでした。さあ今日は誰も介抱する人が無いのぢやないでせうか？』

『そりやいけないわ、村の処女会でも義勇的に奉仕しなければいけないわ……こんな時は』

侠客肌のお竹は声を励まして言つた。

『ですけれどもね、平泉さんは、平常からあまり威張るから、村の娘たちの間には評判が悪いんですの』

高子は苦笑して言つた。

『評判が悪くつたつて、伝染病の時には誰かゞ見てあげなきや、まして、あの人は青年団の団長でせう』

『だつて、あの団長といふのも、無理に東助さんを押し退けてなつたんですから、処女会の幹部は、寧ろ東助さんに同情してゐるんですわ』

『それはさうとしてさ、ね、誰かゞ看護に行つてあげなきや、みな死んでしまふぢやありませんか』

『だつて、あんな人、みな死んでしまつた方がいゝわ！　村の貧乏人を搾取しては、みな町の芸者や、カフエーの女給に入れ上げてしまふんですもの』

高子は、傘をくるくる廻しながら、真面目な顔をして鋭いことを言つた。

『あなたは、優しい顔に似合はないことを云ふのね』

『金があるもんですから、お医者さんを買収して、伝染病を隠匿した罰が当つたんですよ』

高子は、なほ追撃する。

『だけど、そんなことを言つて放つてをくと、村の他の人に伝染するぢやないの。困つてゐる時こそ世話してあげなければ、改心させる機会が与へられないぢやないの』

『そりや、私たち娘の力では出来さうもありませんわ。伝染病をうつして貰ふのでも、もう少し優しい方から、うつして貰ひたいわ……』

『ぢやあ、東助さんだつたら、すぐ看護に行つてあげるんでせう、おほゝゝ』

『をばさん、いやよ。そんなに冷かしちや……』

泣声を出して、高子は大きな袂を右手で持つて、お竹を袂の先で打つ真似をした。

そこへ、東助が、自転車の尻に氷を積んで、頭から背中からびしよ濡れになつてやつて来た。東助の姿を見るなり、高子は恥かしいので傘で顔を隠した。お竹は思はず大声で笑つた。

『御苦労様、噂をすれば影とやらとはよく言つたものね。今、あなたの噂をしてゐたところなのよ……』

高子は、事件が有つてから直接、東助と顔を合せたことがなかつたので、傘で顔を隠したまゝ避病舎の表に廻つて行つてしまつた。その後姿を見送りながら、東助は尋ねた。

『あの人は、誰ですか?』

『あれは高子さんよ！　鈴子さんと代つてあげようといつて、親切に来てくれたのよ。あなたもお礼を一言言つてあげて頂戴！　さうすれば、あの娘も喜ぶから、あの娘は、あの大騒動以来、あなたに済まないといつて、今日まで、一月以上も、畑へ行くほか、家を出たことがなかつたのよ』

さういふなり、お竹は傘もさゝないで、高子を追つかけた。その間に、東助は自転車の氷をほどいて、お勝手のバケツの中に移した。その物音を聞いて、鈴子が病室から飛出して来た。

『まあ大変でしたね。随分お濡れになつたことね』

さう言つて、彼女は、病室から手拭を持つて来た。東助が鈴子の手からタオルを受取つて、シヤツを脱ぎ、身体を拭いてゐるところへ高子が顔を見せた。

東助は、お竹に言はれてゐたので、すぐ彼女に声をかけた。

『高子さん、有難う。鈴子さんと交替して下さるんですつて！』

澄み切つた、しかし力強い声でさう言つたので、高子は顔も上げられないで、前半身をぐつと曲げ、丁寧なお辞儀をして、囁くやうな小さい声で言つた。

『何も出来ないんですけど、……』

東助の声がかゝると高子は急に元気づいた。今まで、臆病で、避病舎の中に入れなかつたのに、急に傘をたゝんで、病室の中に入つて行つた。そして鈴子が昼から一度掃いたところをまた掃き出した。

鈴子はそれを見て、をかしかつたけれども、笑を忍んで、彼女がするまゝにまかせておいた。

お竹は、鈴子に交替するやうに勧めた。しかし、彼女はどうしても頑張ると言つてきかなかつた。お竹は、平泉の一族がまたチフスで倒れてゐることを東助に話した。すると彼はこんなことを言つた。

『平素から、保健組合なり、看護組合なり作つておけば、こんな時に慌てなくてい、んだけれども、村の人には、そんな意識が全く無いから困るなあ』

その東助の言葉を受継いで、お竹は言つた——

『だけど、妙にみな、チブスとか、伝染病だと言へば、こわがるやうね。娘たちでも皆しつかりしないね』

その言葉がすむと、鈴子は歯切れよく言つた。

『そりや、お母さん、無理はありませんよ。今時の娘には、宗教的信念がありませんからね』

『ほんたうにさうだよ』

東助がそれに合槌を打つた。

お竹がすぐ突つ込んだ。

『豪(えら)いこと言ふが、ぢやあ、鈴子さんは何を信心してゐるの？』

『私？　私はちやんと、これをいつも離さないで持つてゐるんですよ、感心でせう、おほほ』

さう言つて、彼女は、懐中から小型の新約聖書を取り出して、養母に見せた。

『おや、えらいものを持つてゐるのね。どれ、見せて頂戴！』

お竹は、鈴子の手から皮表紙の聖書を手に取つて、ページを繰りひろげて言つた。

『私も、すこし聖書を読ませてもらひませうかね、これから、鈴ちやん、あなた余分の聖書を持つてゐない？』

『ええ、ありますよ。宅の戸棚の行李の中に大きいのが入つてゐてよ』

お竹は、また尋ねた。

『道理で、鈴子さんが前とずゐぶん違つて来たと思つてゐたら、あなたは聖書の感化を受けてゐたんだね。あなたは、前には癇癪持(かんしやくもち)で、何か癪にさはると、二日も三日も御飯も食べなかつたのに、近頃はころりと変つて、随分素直になつて優しい人になつたと思つてゐたら……道理でね』

東助は黙つて、二人の会話を聞いてゐたが真面目な顔をして、お竹に尋ねた。

『村の青年たちも、すこし聖書でも読んで貰ひたいんですが、どうしたらよいでせうね？　この八月に村へ来て下さる武蔵野農民福音学校の先生は、宗教に基いて農村改造の話をして下さるやうですがね。青年達が、自ら進んで精神的にならないと駄目ですよ。村の娘たちが伝染病を見てこわがるといふのも、結局、その根本は、精神問題だと思ひますね』

『ほんとにさうね』

と、お竹がそれに共鳴した。

箒を持つたまゝ、高子が病室から出て来た。そして、三人の立ち話を盗み聞きしてゐた。東助は太い声を出して言つた。

『平泉君の方は、僕でも行つてやりませう……あそこは避病院へ連れて来ると言つても、四人も人変でせうから』

話はそれできまつた。また鈴子はそのまゝそこに残り、東助とお竹の二人が、平泉又吉の一族の世話をみることになつた。

乳と蜜の流るゝ郷

伝染病は軒から軒に拡まつた。平泉の一家族が倒れると、その向ふ側の久世要蔵の一家族がすぐやられた。そして臨時村会は、村の大消毒を行ふことを決議したが、消毒のあつた日に、二軒の家からチブス患者を出し、その翌日また三人の患者を出した。そしてそれから二日目に、たうとう久世要蔵の母が、チブスで死亡した。

しかもその患者は、死ぬ最後の瞬間に医者が間に合はず、『医者はまだか、医者はまだか』と、医者を呼びつゝ、死んだといふのであつた。この光景を見た東助は、この際どうしても郡全体が一団となり、産業組合連合会を動かして、医療利用組合を作り、その分院か出張所を、大塩村に作つてもらふ外に方法はないと考へた。しかし、彼は平泉一族の看護に手が抜けないので、養母のお竹に、喜多方町に行つて、連合会に交渉してもらふことにした。

何が幸ひになるか判らなかつた。お竹の金で買つた山羊の乳が、一頭平均一升出るので、病人に少しづゝ飲ませることが出来た。ただ困つたのは氷買ひであつた。小字に六軒も患者が出来たので、一軒づつ買ひに行つてゐては、時間と労力が大変なので村の産青連（産業組合青年連盟の略称）の有志が、交替に喜多方町に買ひに行き、それを一旦、村の組合の購買部に持つて帰り、患家は購買部から戸別に配給を受けることにした。

ところが、幸ひなことに、これが購買組合の発達を促す原因となつた。東助は、村の娘達に進んで、チブス患者の看護でもするやうな犠牲的精神を起させようとしたが、結局駄目なので、せめては、病気の日用必需品の註文取を当番に当つたものが聞いて廻ることにして貰つた。そして、その序に、その付近の家で、喜多方町で買つて来たい物品はないかと、訊いて廻つてもらふことにした。

この成績は、最初の日から大成功であつた。初日は、田中高子と高井米子の二人が廻つたが、七十円からの註文を取つて来た。で、村の産青連の連中が、これも当番制にして、喜多方町へリヤカアをつけた自転車で走ることにした。これで購買組合の組織は完全に出来た。この当番制によると、二週間に約半日づつ村に奉仕すれば、購買部に常任の配給人を置かなくとも、運転がつくことになつてゐた。そして帳簿は高井米子と田中高子が責任を持ち、金銭の出納は駒井竹子が専ら当るといふことに、自然きまつてしまつた。彼女が、村の重大な責任を分担し得ると知つた時の喜びは譬へやうもなかつた。

『さあ、これで女ばかりの大会社が出来たのと同じですよ。みなさん、しつかりなさいよ！　男の人に敗けちやあ恥をかきますよ。東京あたりでも、女の人が一生懸命やつてゐる消費組合は、うまいことといつてゐるといふから、敗けないやうにやりませうよ！』

器量はよし、気性はさつぱりしてゐるし、その上、言葉は上品で、侠客肌ときてゐるもんだから、お竹の組合への出現は、村の繁栄には劃期的出来事であつた。青年たちが町から帰つてくると、お茶が汲まれる、お菓子が出る、坂道を重い荷をのせて自転車で登つて来るので、みな汗みどろになつて来る。それをお竹は、わが子を可愛がるやうに自ら手拭を絞つて、背中まで拭いてやるので、青年たちは、それだけに早感激してしまつて、当番でないものまでが、当番のものについて、町へ仕入れに出るといふやうな愉快な光景を呈して来た。

「こらあ、養母さん、あなたに専務理事になつてもらつて、私があなだの下で主事になつた方が仕事の成績が上りさうですよ。わは、、、」

東助は大声に笑つた。

村にチブスは流行したけれども、水害地帯の『地割』の仕事は非常に捗り、約七割の耕地は、稗だと遅蒔ながら、今から植ゑることが出来る見込がついた。その上、有難いことは、岐阜から買入れた蜜蜂の巣箱が、栃の開花期に間に合つて、蘭峠の近くに運んだ箱から、三日間に、一箱につき蜂蜜を一斗五升も集めることが出来た。

それで東助は、どんな荒野にも、乳と蜜が流れてゐるのだと言ふことを固く信ずるやうになつた。そして日本の多くの農民が、今日までの平面農業に執着して、多角形的立体農業に眼醒めず、徒らに自然の恩寵を蹂躙してゐることが農村窮乏の最大原因であることを、彼は漸く認識するやうになつた。

吸血虫

東助は、蜂蜜を詰めたブリキ罐を、森下勉のリアカアに五個積み、島貫は、戸田秀二のリアカアに残りの五個を積んだ。

彼等が、将に出発せんとした瞬間に、久世要蔵が東助の家までやつて来た。彼はハイカラな絹地の夏服を着込み、どこの重役かと思はれるやうな金縁眼鏡をかけ、ステッキまでついてゐた。それを見た島貫はひやかした。

『今日は馬鹿にめかしてるぢやないか。どこへ行くんぢや？』

『わしかい？　代議士の山根さんが来てなあ、平泉君や僕たちに御馳走するつて言ふから、若松まで、ちよつと出ようと思つてるところなんだ』

吸口まで喫ひつめたシガレットを溝の中に抛り込んで、久世は得意になつてゐる。

『平泉君は行けるかい？　あの身体で？』

島貫は折返し尋ねた。

『いや、もう行つてしまつた！　自動車が迎へに来て、……何でも、今度、山根代議士などの肝入りで、この大塩村を流れてゐる渓谷に堰を造つて、水力電気を起さうといふ計画ができてゐるらしいね。そのことについて、山根代議士が僕たちに賛成を求めるらしいね。どうも、平泉君は、手紙を見せて僕にそんなことを言つてゐたよ』

東助はその話を聞いて、黙つてゐた。しかし心の中では——（平泉の野郎、一家族が倒れてゐる時には僕等の世話になつてゐながら、世話になつたものにお礼の一言も言はないのに、利益を見せられるとすぐ権力者に走るのだな。こんどもきつと村有の水利権を個人会社にうまいこと言つて、渡してしまふに違ひなした……）とつぶやいた。

乗合自動車が組合の前で停つた。久世要蔵は、麦藁帽子が飛ばないやうに、帽子の上に手をやつて、息も切れぎれに『乗合』まで走つて行つた。乗合はすぐ、喜多方町に向けて走り出した。その後から、勉と秀二の二人は、乗合に敗けまいと、リアカアを牽いて坂道を馳せ下つた。彼等を見送つた東助は、島貫の顔を見つめて言つた。

『おい島貫君、君、大変なことが計画されてゐるんだなあ、山根代議士のやうな男に、この水利権を取上げられたら、どんなことになるか判りやしないぞ！　あいつは山師だから、幽霊会社を作りやがつて、プレミアムを巻上げるために、村民をまたおだてゝ一儲けしようとしてゐるらしいぞ』

『さうだなあ、こりや村長の耳に入れておく必要があるなあ』

島貫は腕組をして、さう答へた。二人はすぐ自転車で、村役場へ走つた。村長も高井助役といつしよに、山根代議士に招待されて、会津若松の料理屋に行つたと聞かされた。

さてはいよいよ山根の魔手が、村の理事者全部に廻つたと思つた東助は、村民が最も多く集つて、地割の砂運びをしてゐた学校下に走つた。そこは工事も非常に進んで、あと一日か二日で済むといふことになつてゐた。村にチブスが突発してから、工事が思つたより遅れたが、病人の世話をするものや、産業組合のために働くものは、半日交替になつてゐたので、東助はその日、午後からそこに出ることになつてゐた。

東助と伊三郎は、少し時間より早かつたけれども、昼休みまで黙つて砂運びを手伝ひ、昼休みを待つて、そこに働いてゐた者を皆集め、村に新しい問題が起つたことを説明した。

『今度山根代議士が、この大塩川を堰きとめて、水力電気会社をつくるらしいよ。さうなると、村の水力は大きな市の会社に独占せられてしまひ、村はその会社から電力の供給を受けるといふ変なことになるよ。僕の言ふのは空想のやうだが、できないことはないと思つてゐるがね——疲弊した村を救ふには、一厘でも村外に現金を出さないやうにするほか途はないのだから、村にある水力は村が利用するやうにして、大きな会社に渡さないことにしようよ。この村でできなければ、産業組合耶摩郡連合会の力を借りても、僕は電気利用組合の事業は完成したいと思つてゐるんですがね、みな賛成してくれませんか！　すぐ賛成できなくとも、近所隣にその趣旨を宣伝して下さい。村の有志と称する者の中には、自己の利益ばかり計るために、村の共有物を我物顔に金持に売払つてしまはうとしてゐるものがありますからね。我々は大いに戦ふ必要があると思ふんです！』

東助の最後の言葉は、村民の心に一種の不安な感を与へた。

それから一週間は過ぎた。大塩川の渓谷を、赤と白とに塗分けた測量用の棒を持つて、印絆纏を着た男が、うろうろし始めた。村の小さい温泉宿は——温泉と言つても、みな沸かすものばかりであるが——測量隊の一行で満員になつた。

七月の太陽は、ギラギラ大空に輝いた。木の葉の緑は黒さを加へ、地割の跡に植えた稗は、大分のびた。夏蚕をやつてゐるものは、毎日のやうに徹夜をしてゐた。

そんなに忙しくしても、繭の値は一向よくならなかつた。山の働きに出てゐるもののほか、殆ど村民の九割までが繭に関係を持つてゐるだけに、山羊や、蜂の成績が少しよくとも、村民の愁眉を開くことはできなかつた。

それに、七月に入つても、チブスは少しも終熄せず、結婚式の翌日から避病舎に入つた鈴子はまだ帰つて来ることができなかつた。木内の老人とその孫娘は、やつとのことで全快したけれども、後から後から患者が入院した。

だが、鈴子は大悦びであつた。彼女は東京の賛育会病院で覚えた讃美歌を、患者に歌つて聞かせたり、また折々に、患者の慰安になるやうな書物を読んで聞かせた。彼女の親切が村人に判明して来ると共に、村の老人たちの中には、彼女を観世音の生れ変りだと言ふ者さへ出て来た。

地割は済んだ。夏蚕も繭になつた。しかし鈴子は、避病舎からなかなか出て来られなかつた。その間に東助は、医療利用組合の病院を、産業組合耶摩郡連合会でつくる基礎を作り上げてしまひ、その出張所を大塩村にも設けてもらふことに成功した。その話を聞いたお竹は、診療所の建築に五千円を寄付すると言ひ出した。

しかし、縺（もつ）れて来たのは、大塩川の水利問題であつた。東助を中心とする村の小作人階級の一団は、特約組合に絶対反対を声明した関係上、こんども平泉又吉を中心とする水利権譲渡派とも言ふべき、村の有産者階級と自ら対立するやうになつてしまつた。

東助が苦心したのは、こゝにあつた。もし村を有産者階級対無産者階級の対立として分裂させてしまへば、今後到底、全村一致の更生運動は困難になると考へた。で、彼は、村民を搾取せんとするあらゆる運動に反対せねばならないが、また一方階級闘争を激発しないやうに努力した。そして、結論はいつでも産業組合の徹底にあつた。だが村の産業組合の中心に坐つてゐながら、猶その地位を利用して、村を搾取せんとする不徹底な組合員を、如何に目醒ますべきかに就て、東助も、どれだけ迷つたか知れなかつた。

裏面の策動

しかし、たうとうその時期が来た。東助は、八月の盆休みを利用した『夏期農村産業組合学校』を小学校の講堂を借りてやることに定めてゐた。田村校長もそれに賛成してゐた。時間割もきまつた。講師の交渉もすんでゐた。講師には、武蔵野農民福音学校の教授藤島農学士のほかに、東京協同組合学校々長、新見栄一氏がきまつてゐた。最初は、藤島農学士一人と思つてゐたが、鈴子が新見栄一氏をよく知つてゐるといふので、東助は直接手紙を彼に書いた。すると、新見氏は喜んで無料で来てやると返事してくれた。で、八月十三日から三日間、二人の講師を招いて、朝七時から、一日八時間づつ講義をきくことになつてゐた。

ところが、突然、そこに問題が起つた。といふのは、平泉又吉が、新見栄一を講師として招くことに、正面から反対し出したからであつた。その理由は、新見が無産政党の顧問をしてゐるから困る——といふのが、唯一つの理由であつた。しかしその裏面には、東助を中心とする小作人階級のものが、新見栄一を招聘したついでに、大塩川の水利権問題を種に会津若松か喜多方町で大演説会を開きはしないかといふ恐怖を持つてゐた。で、平泉は卑怯にも、喜多方町の警察署に電話をかけて、新見栄一が、大塩村へ来ることを阻止する運動までしたのであつた。ところが警察署では、それを取上げなかつた。で、彼は井田村長のところへ持つて行つた。

『村長、あいつが来て村を掻廻したら、実にうるさくなるからね、一つ、講堂を貸さないやうにしてくれんかね』

山根代議士と心易くなつてからは、村でも一流の政治家になつたつもりでゐる平泉は、そんな言葉使ひで、村長に迫つた。ところが、村長は、平泉又吉が村で多額納税者である関係と、彼が山根代議士の乾分（こぶん）であり、村会議員を操縦するのに、山根派の言ふことを聞いておかないと、万事に都合が悪いので、語尾は濁つたが、たうとう、東助一派に小学校の講堂を貸さないことにした。しかし、一旦貸すと云つた手前、何かの口実をつくらねばならなかつた。で、八月の十三日に衛生問題の講演会を昼間開き、夜は伝染病予防の活動写真会を開くといふことにした。で、東助の方の準備が全部出来上つた八月十日の朝になつて、突然会場を貸さぬといひ出した。

東助はびつくりして、村役場に飛んで行つた。しかし、村長は真面目くさつて弁解した。

『県庁のフイルムが、その日だけしかあいてゐないつていふもんだからね、どうも已むを得ないが今度は譲つてくれ、村には伝染病も多いことなんだからね！』

東助の目算はがらりと外れた。東助は、平泉又吉が蔭に隠れて反対運動をしてゐることを、すぐ役場の書記をしてゐる谷田真治といふ小作人の息子から聞いた。彼も夏期農村産業組合学校に出席することを楽しみにしてゐたので、平泉の態度に憤慨して東助に報告して来たのであつた。で、東助は斎藤朝吉の母屋を借りて、そこで三日間の学校をやることにした。

農村産業組合学校

八月十二日が来た。その晩遅く、東京から新見栄一と、藤島農学士がいつしよにやつて来た。お竹は、二人をすぐ田中高子の家につれて行き彼女の借りてゐる室を講師に提供した。（彼女は平泉のために二晩徹夜してチブスの介抱をしたが、三日目から看護婦が来たので引揚げてきた）

いよいよ八月十三日午前八時から、村では始めての試みである産業組合学校が始まつた。ところが驚くべし……聴講生はたつた十六名しか来なかつた。

それまで東助は、ビラを二千枚も新聞にはさんで耶摩郡一円に広告し、大塩村まで、百五十枚の大きなビラを貼つて廻つた。そしてその結果が、これであつた。それには理由があつた。八月十二日の朝、会津若松で発行せられてゐる日刊新聞に『大塩村の産業組合左傾す』といふ見出で無産政党の顧問、新見栄一が農民産業組合学校に来るが、この後必ず、小作争議が頻発し、耶摩郡の農民の思想は左傾するであらうとデマを書いたのが祟つたのであつた。

その新聞は、山根代議士が社長をしてゐる新聞だから、平泉の言葉通りに嘘八百を並べて、でかでかと書いたものである。

それを見た村民は縮み上つてしまつた。その前日まで、村の産業組合青年連盟のもので、必ず出席すると言つてゐたものまでが、門まで来て帰つて行つてしまつた。

開校式は終つた。藤島農学士の立体農業の講義が始まつた。講義の半ば頃であつた。聴衆に混って聞いてゐたお竹を、斎藤朝吉が呼出して来た。そして隣室でこんなことを言つた。

『お竹さん、誠にすみませんがね、産業組合学校の会場を他に変更するやうに、東助さんに言つて下さらないでせうか——村の青年団が、今夜、宅の庭で盆踊をやるとかで、これから舞台を作りたいんださうです』

お竹は、その話を聞いて苦笑ひした。

『……また会場を変へるの？　朝吉さん、青年団つて平泉又吉さんからその話が出たのでせう。あの人は無茶ですよ。あなたは、今朝の新聞を見て怖気づいたのと違ふの？』

お竹はさう言つて、浴衣の襟をすかせた。朝吉はじやん切り頭を撫で上げながら、また答へた。

『いや、さうでもないんですがね。厄払に、今年は盆踊を盛んにやりたいと、青年たちが言ひますのでねえ……』

お竹は、その由を座敷の隅つこで聞いてゐた東助に通じた。が、東助は聞いて、聞かない振りをして、第一時間目を終つてしまつた。朝吉は、直接、東助に会場を明けるやうに話を持ちかけた。話の最中に、二時間目が始まつた。新見栄一が床の間に倚せかけた黒板を後にして、机の前に立つた。講義の題目は『農村産業組合の根本回題』といふのであつた。新見は、先づ黒板に講義の梗概を白墨で書いて講義に移つた。

『……諸君、諸君は、今日農村に於ける産業組合の行詰りをよく御存じだと思ひます。これは何に原因してゐるでせうか？　それは組合員の組合意識の欠乏から来てゐるのであります……本来組合といふものが、営利を離れて共存共栄の目的を以て組織せられ、且経営せられねばならないに拘らず、未だに組合員中には、私利私欲を根本として組合に加盟してゐるものが多数あるのであります』

そこまで話を進めた時に、表に待つてゐた久世要蔵が、東助の母屋に入つて来た。早く産業組合学校を放り出せと催促に来たのである。表座敷では講義が進む。

『……凡そ農村の無産化は四つの方向から攻めよせて来るものであります。第一は生活不安、第二は資本に対する従属性、即ち借地、借家、借器具等がそれであります。第三は不信用、第四は放浪性であります……』

久世はまた表に出て行つた。朝吉の女房が、講義を聞いてゐた田中高子を呼び出しに来た。そして、隣座敷で、みんなに聞えよがしに泣声を出して、座敷をあけてくれと懇願した。

表から、平泉又吉が、久世と二人で内庭に入つて来た。新見の講義がよく聞える。

『この農民の無産化を防止するためには、資本主義の搾取制度を破壊して、利益を組合員に払ひ戻すやうにしなければならないのであります。特約組合などは、名称こそ組合ではあるが、利益の払ひ戻しは絶対にしてくれないのであります。つまり特約組合と称するものは、資本主義が、農村を搾取する最後の擬体であります……』

そこまで聞いた平泉は、よほど癪にさわつたと見え、

『馬鹿野郎！　何を言つてゐるんだ！』と怒鳴りながら、表に飛び出した。そして、自宅の前に集つてゐた測量隊の人夫今村の青年達を指揮して、舞台を作る『柱』や材木を三台の荷車に積んで朝吉の庭へ、『ワッシヨ、ワッシヨ、ワッシヨ』と、かけ声よろしく曳き込んだ。

そんな迫害に慣れてゐる新見は、平気の平左で講義を続けた。

『……農民の金は一厘たりとも、資本主義に搾収されないやうにしなければならぬ。それには、今日の四種の産業組合以外に生産組合と、各種保険組合と、共済組合の三つを加へなければ十分であるとはいへない』

隣の室では、朝吉の女房が、お竹と高子を口説いてゐる。

『……宅が、つい、うつかりしてお貸しすると言つたのは責任がありますけれども、新見さんが社会主義者だとは知らずにお貸ししたんですから……どうぞ、宅の不明はお詫びいたします、どうか早く座敷をお開け下さるやう頼んで下さい……社会主義者をお盆の日に、この屋根の下に入れたと言へば、御先祖様に対して申訳がないですから……』

同じことを繰返し繰返し、疳高いで朝吉の女房が喚きたてる。それで新見の講義は殆ど聞えない。その上、杙打ちが始まつた。お竹は、朝吉の妻に一生懸命に弁明した。

『東助さんは、社会主義者ぢやありませんよ』

『さうですか。新見さんはどうですか？』

『新見さんは組合主義者ですよ。あの人は社会をよくするのに、組合でなければよくならないと言はれるのです』

庭には、『エンヤー　ヤイトコー　マイタ！』と、わざと大声で囃子を入れて杙を打つてゐる。

たうとう、新見は、第一講の終るまで喧噪の中を頑張つた。東助も、この上、村の青年たちを対手にして戦ふことは得策でないと思つたので、会場を田中高子の家に移した。その晩、夜つぴで太鼓が鳴つた。産業組合学校に出席しない村の青年男女は、大抵朝まで踊り抜いた。

狂風怒濤

三日間の農村産業組合学校は無事に済んだ。しかし、盆が過ぎると、村には大事件が起つた。それは平泉又吉が代表してゐる特約組合が、繭の引取方を拒んだことである。その理由には滞貨が一杯で、一貫目八十銭でもいやだと言ふのであつた。村に乾繭倉庫はなし、ぐづぐづしてゐると、蛾が繭から飛出してくるといふ危機に遭遇した。

東助はこれまで、特約組合と養蚕を共にしないで、『組合製糸を小さくやらうぢやないか！』と村民に何度言つてきかせたか知れなかつた。しかし村民は、一度だつて、それを聞き入れてくれなかつた。かうなると、町の仲買人さへ見向きもしなかつた。つひに東助は、お竹に縋つて、一万円を出資して貰ひ、危急を救ふための組合製糸をつくつた。

ところが、平泉又吉は、それにつけ込んで、猛烈に肥料代、飯米代金の催促をした。村民は金を借りてゐる間は、平泉にぺこぺこ頭を下げてゐたが、特約組合に今年も瞞されたと知つて、憤慨しないものは一人もなかつた。なかには平泉の家へ怒鳴り込んだものもあつた。

この混乱の真最中に、村会は大塩川水利権譲渡問題を付議することになつた。で、東助は、島貫と、戸田秀二、森下勉の四人と聯絡をとつて、すべての村会議員を訪問し、その決議を否決させた。もし平泉の特約組合が成功してをれば、さう都合よく行かなかつたらうが、幸ひ、村で平泉の信用が落ちてゐた時だつたし、村民の多くが、お竹に助けてもらつた時だつたから、万事好都合にいつた。

しかし避病舎に入つてゐた、村でも一番貧乏な小作人小田徳太郎の、七歳になる子供が入院中に死んでしまつた。

それをどうして言ひ出したか、鈴子が毒を呑ませて殺したんだと、村中にふれ廻つた。それは、これまで、村には一つの迷信が有つて、避病院に行くと殺されると、多くの者が信してゐるので、その子の場合でも、鈴子が毒を呑まして殺したんだと、ほんとに信じたのであつた。それといふのも、医者は二日目に一度しか町から来てくれず、特志看護婦として働いてゐるのは鈴子一人なので、鈴子が三度三度薬を与へたために、こんな噂が立つたのであつた。子供の小さい屍が戸板の上に寝かされて家に運び出された時、徳太郎の女房は、鈴子の顔も見ないで、こんなことを言つた。

『こんな処で殺されるのであれば、いつそ、荒屋でも、自分の家で死なせた方がよかつたよ』

鈴子は、その言葉を聞いて、びつくりした。が、徳太郎の女房は避病舎の門を出るなり、なほも激しい言葉で鈴子を罵つた。

『こら、淫売婦！　よくも俺んとこの娘を毒殺しやがつたなあ！』

鈴子はあきれて、開いた口が塞がらなかつた。戸板の担架が野道を向ふに消えるまで、玄関の柱にもたれて泣いた。

避病舎には、まだ四人の患者が入つてゐた。そして鈴子がゐなければ、誰も世話するものの無いものが、二人もその中にあつた。で、彼女は、その晩寝ずに患者を介抱しながら泣き明した。村では、ますます鈴子の噂が立つた。

たうとう九月三日、喜多方警察署から鈴子に呼出状が来た。そこで鈴子は半日以上調べられたがまだ帰してくれなかつた。東助は心配して警察署まで飛んで行つた。しかし、面会を許してくれなかつた。たうとうその晩、鈴子は警察署に留め置かれた。それは証人になる医者が忙がしくて出てこなかつたためであつた。

翌日、鈴子は十時過ぎ釈放されたが、彼女は東助と並んで、大塩村に歩いて帰る途中、妙なことを言ひ出して、急に立停つた。

闇！　闇！　闇！

『東助さん、私ね。眼が見えなくなつたから手を引いて頂戴！……ほんとに可笑しいわ！　私、急に今の先から両眼とも見えなくなつてしまつたのよ！』

さう言ふ声は澄んでゐたが、彼女の態度は変であつた。彼女の瞳は据り、瞬きさへ稀にしかしなかつた。

『私があまり泣いたもんだから、泣き潰してしまつたのかも知れない！　まあ、どうしませうね。東助さんに御心配ばかりかけては、ほんとに済みませんわね……』

さう言つた彼女は、道端にしやがんでしまつた。

東助は、鈴子の黒い瞳を覗き込むやうにして見つめた。しかし角膜には何等の変化も起つてゐなかつた。

『をかしいね、外側は何ともなつてゐないよ』

『どうしたのでせうね……この五本の指が見えないのよ』

さう言つて、彼女は右の五本の指を自分の眼の前に差出した。東助は泣くにも泣けなかつた。それは余りにも突然な出来事で彼にとつては致命的傷手であつた。道端にしやがんだ鈴子は、俯向いたまま東助に言つた。

『もう一度、あなたの顔が見たいけれども、もう見えなくなつてしまつた、……網膜炎になつたのかも知れませんわね』

彼等は、すぐ喜多方町の眼科医まで引返した。そして、医者もやはり、鈴子が心配してゐた通り、網膜炎だといふ診断を下した。原因は、梅毒の治療を怠つてゐた上に、あまり病人の看護に疲労した為だと医者は言つてゐた。

『網膜炎は手術をしても、癒るか癒らぬか判らないから入院しても馬鹿らしいですね。梅毒の注射だけしておきますから』

さう言つて、医者は、東助と鈴子の服装があまり醜いので、相手にしてくれなかつた。で、六〇六号だけ注射してもらつて二人はまた『乗合』に乗つて、山奥へ帰つて行つた。

東助は、結婚後初めて、鈴子を自分の家に連れて帰つて、蒲団の中に寝かせた。お竹は鈴子の代りに避病舎に看護に行つて留守であつた。で、東助は家のものにさへ、鈴子の両眼が突然潰れたことは発表しなかつた。

その晩、鈴子は昂奮して、泣いてゐるばかりであつた。で、東助は、頭痛を訴へる彼女のこめかみを揉んだり、肩を叩いたりして、彼女を慰めた。

夜になると、表の人通りも絶え、蚊帳の隅に忍び込んだ鈴虫が、特別に哀調を帯びて鳴いた。

『あ……鈴虫が泣いてゐるわ……私に同情してくれてるんでせうね』

さういつて、鈴子はまた、ハンカチで涙を拭いた。

『ほんとに、私はあなたを助けて、村を復興したいといふ希望に燃えてゐたのよ……それに、まだ目的の万分の一も果さないうちに、こんな事になつてしまつて、私は口惜しくて仕方がない……勘忍して下さいね、みんな私が悪いんだから……』

さう言つてまた、彼女は黙り込んでしまつた。鈴子は蒲団の上に起上つて、どうしても睡らないので、東助は彼女の昂奮を鎮めようと、静かに彼女の肩を揉んだ。

すると彼女は、右手を延して、東助の右手を捕へ、そつと、彼女の唇に持つていつた。

『東助さん、有難うよ！　あなたは、私が盲目になつても、まだ私を可愛がつて下さるの？』

『眼明きであらうと、盲目であらうと、私にちつとも区別はないよ……君は僕の妻ぢやないか』

東助が力強い声でさう言ふと、彼女は、後に向直つて、東助の腕を抱いたまゝ、泣き倒れてしまつた。

『あゝうれしい！　うれしい！　あなたは私が盲目になつても私を見捨てないで、あなたの家に置いて下さるのね……』

家が古くて、納戸がよく締らないものだから、美しい秋の月が蚊帳の中までさして来た。裏の森には、松虫、鈴虫、轡虫がとりどりに鳴いてゐた。

どんぐりの秋

秋風が立つた。森の下草が葉を萎ませた。渡り鳥が五羽、十羽と、北から帰つて来た。楓は娘のやうに頬つぺたを赤く染め、欅は傘屋のやうに、骨組を山腹に拡げた。野鼠は忙しく冬籠りの準備をし、栗鼠は木の実の収穫に余念がなかつた。

団栗拾ひが始つた。学校の先生は気をきかせて、昼から学校を休みにした。それで、子供らはみな、袋を持つて、山に入つた。

あるわ、あるわ、楢、小楢、櫟、栗、椈、あべまき等の穀斗科のものを初め、鬼胡桃、栃、はしばみの堅果が、どこの山にも捨てる程落ちてゐた。榧の実も、到るところに落ちてゐた。子供たちは、それを拾ひ集めると、東助が中心となつてゐる養鶏組合の青年たちが、それを袋につめて、馬に積み、産業組合まで運んで、あるものを製粉した。

それが僅か二日間の中に、五十石以上も集つた。村の人々は驚きの眼を瞠つた。しかし、この調子で拾ひ集めれば、十月の半ば頃までに千石以上集めることは容易であると思はれた。島貫伊三郎の喜びは非常なものであつた、
山腹で団栗を拾ひ集めてゐた子供は帰つた。森は静かになつた。

島貫は、栃の実を詰める袋の口を持つてゐた田中高子に言つた。

『こんなに、団栗が、家畜の飼料になるといふことを、もう少し早く知つてゐれば、もう少し早く集めるとよかつたね……ほんとに惜しいことをしたね」

高子は手拭を頭に冠り、絣の上つ張りをひつかけて、雪袴をはいてゐた。伊三郎は笊に一杯、栃の実を袋に入れた。高子は袋の口を締めた。それをまた伊三郎が手伝つた。四つの手が忙しく縄を締めつける。高子は、かはいい瞳を伊三郎に向けて言つた。

『これぢや、この村も復活しさうね。養鶏と、養豚も飼料の問題を解決したから、労賃だけに廻りさへすれば、いいわけね』

伊三郎は、高子の美しい鼻筋を見つめて答へた。

『全く助かるね、兎も、山羊も、羊も、鯉も、そして人間も、これで飼へるつていふから大したもんだよ、ハ、ハ、ハ、ハ、ハ、藤島先生は、全くいいことを教へて帰つてくれたもんだよ……それに、東助君は、今度、沢庵も販売事業でやると言つてゐるねえ、今日あたり、樽が百ぐらゐも、若松から着く筈だよ』

『さう、儲かるの？』

『よそでは相当に成績がいいから、やれば相当の成績が上るだらうと思ふね』

袋の口は閉ぢてしまつた。高子は、新しい他の袋を持つて来て口を開いた。それに伊三郎は栃を詰めた。

『鈴子さんはかはいさうだね。もう癒らないだらうか？』

『癒らないらしいのね。鈴子さんも諦めてゐるらしいわ……しかし、東助さんが、鈴子さんに尽くしてゐられる態度は、ほんとにいぢらしいのね。今日も、注射に行くんだといつて、鈴子さんの手をひいて、喜多方に出て行くのを見てね……あんなにいい旦那さんは、日本にないと思ひましたわ……』

高子は、伊三郎の顔を凝視してさう言つた。

『しかし、東助君は、鈴子さんを、ずつと、細君として守つて行く積りなのかな？……あれで、まだ一度も性的には関係がないんだつてね。実にあの男も変つてゐるね——君が拗ねたから、鈴子さんも、君の顔を立てゝゐるんださうだね。君は、東助君と結婚するとでも言つたのかい？』

高子はさう問はれて、急に顔を俯向けた。

『なんにも、そんなことなんか言はないわ。あれは、鈴子さん一人がきめてたのよ……しかし鈴子さんもいい人ねぇ。私、感心してしまつたわ。東助さんが大事にするのは、あたりまへだと思ふわ。気性はしつかりしてゐるし、頭はいいし、それに、あんなに気のつく人は珍しいでせうね。その上に、美人と来てゐるでせう……眼を開けてあげたいわ。ほんとに、眼病になつてから、まあ窶れ方つてないのね。ほんとに気の毒だわ！　駒井のをばさんも、持つていらしつた一万五千円のお金は、すつかり、村のために出してしまはれたでせう。かはいさうに、鈴子さんの療養費が、もうないんですつてね』

森の中で、百舌鳥が鋭い声で鳴く。伊三郎はまた袋を一杯にした。

『さうだつてね……あんまり、避病院でみんなのために尽くし過ぎたのだね』

『私は、東助さんの代りに、鈴子さんを、この間町へ連れて行つてあげて、鈴子さんの今日までの苦労話を、初めて聞かせてもらつてね、あの人はほんとにえらいと思つてよ。あの人の境遇に私が置かれてゐたら、私はとうの昔に死んでゐるでせうね』

さう言つて、高子は鬢のほつれを撫で上げた。

『僕は、君が、鈴子さんをかはいがつてあげるのを見て実に美しいことだと感心してゐるんだ！　あの精神でないと、人間はいかんね』

高子は褒められて、顔を赤くした。

伊三郎は、袋を持つて来て、高子にその口を持たせた。

『しかし、島貫さん、それは鈴子さんがえらいからよ。あの人は嫉妬といふものを少しも持つてゐない人ね。私は白状しますがね、今では、東助さん以上に、鈴子さんが好きになつてしまつたのよ……あの人とであれば、心中でもする元気があつてよ。オホ、ホホホ……』

『危い、危い。また同性心中なんとか……新聞に書かれるから、それだけは止してくれ給へよ、ハ、ハ、ハ、ハ』

日も西側の高い山蔭に隠れて、森は急に薄暗くなつた。

『で、私はね、鈴子さんと約束したのよ。私一生、鈴子さんと姉妹の縁を結んで、東助さんを二人で大切にしてあげるつて――』

『ぢやあ、東助君との問題は片づいたのかね……』

『なにも、初めから東助さんが相手になつてくれないのに、問題なんかないわよ』

『ぢやあ、なぜ結婚式の晩に、あんな大騒ぎをしたんだね？』

『あの時？　あの時は余り悲しかつたからなの……もう。そんな古いこと訊かないで頂戴よ！　――島貫さん、早く仕舞はないと、森の中が暗くなつて来ますよ』

さう言はれても、伊三郎は、暢気に拵（こしら）へてゐた。袋の口を高子と向ひ合つて締めながら、また尋ねた。

『高子さんは、僕と東助君の関係をよく知つてゐますか？』

彼は、謎のやうな問を発した。

『知つてゐてよ！　兄弟の約束をしていらつしやるんでせう……ずゐぶん仲がいいのね。私はお二人の仲がほんとに羨ましいわ。私は、村ではひとりぼつちでせう……だつて、米子さんも、鈴子さんも、良子さんも、みんなお嫁に行つてしまへばおしまひでせう……』

袋の口を結ぶ縄が短くなつて、高子の手が伊三郎の手に触れた。その瞬間、伊三郎は突然、高子の手を袋の上に、押さへて言つた。

『高子さん、あなたが一人ぼつちで淋しければ、私はいつても、あなたの味方になりますよ』

高子は、押付けられた島貫の手を払はうとはしなかつた。寧ろ逆に、『あなた、私のお兄様になつて下さる？　まあ、嬉しいこと！　私、心強いわ』

その伊三郎は、すかさず言つた。

『東助君と、鈴子さんと、あなたと私と、四人兄弟になりませうか？』

『まあ、うれしいこと！　あなたはお兄様、これから、私に、あなたをさう呼ばせて下さいね』

伊三郎はそれに答へないで、静かに、両手で、高子の右手を堅く握りしめた。

二人の沈黙は続いた。森の遠くの方で、栃の実のぽたりぽたり落ちる音が、二人の耳に入つた。

男一匹

東助も男である。平泉又吉が組合の内部にゐながら、あらゆる迫害を彼の産業組合運動に加へて来る以上、彼も沈黙してゐることができなかつた。今や山根一派は、縣会に手をのばして、上から圧迫しかけてゐた。で、彼は十月一日、外部から何等の応援もなかつたけれども、喜多方劇場をかりて、『電燈料値下電力利用組合促進演説会』を開催することにした。現金なもので、電燈値下問題と聞いて――来るは、来るは、定刻前から、喜多方劇場は満員になつた。流言蜚語が放たれた！　そして、山根の一派が、演説会の打壊しに土方を乗込ませて、東助をひどい目に遭はせるといふデマもあつた。

その晩、東助と伊三郎の二人が大塩川の水利問題を中心にして地方の人々に訴へた。果して、山根派の無頼漢（ごろつき）が大勢二階の桟敷に頑張つてゐて、島貫の演説中、猛烈な弥次を試みて、彼を演壇から下してしまつた。

その後に東助が立つた。

『売国奴！　引込め！』

『こら、ロシアの犬、死んでしまへ！』

無頼漢は、東助が演壇に現はれるや否や、大声に弥次り出した。しかし、郡内から集まつて来たもの、多くが組合の者であつたので、群衆は東助に同情した。そして下劣な弥次に反対した。そのために無頼漢も少し静かになつた。

東助は論旨を進めた。

『……我等は、電力の国営を主張するものである。既に、日本でも、山口県外二県に於て、電力の県営を試みてゐるが、日本の自然資源を一部の特権階級に壟断されることは、国家の一大損失であります……』

二階の隅つこから、平泉又吉が大声で怒鳴つた。

『貴様が何を知るか？　糞！　共産主義者！』

『黙れ！』『シッ！』

東助は、聴衆が彼を支持してくれてゐるのを知つたので、更に一段声を張り上げた。

『しかし電力の国営は、各地農村の電力利用組合が発達して、初めて完備するものである。電力が国営になつても、これを利用するものが搾取の手段に使用すれば、何の役にも立たない！　これは凡ての国営についていふことができる……』

さう言つてゐる瞬間、廊下に、平泉又吉の姿が現はれた。彼は小走りに、東助の演壇まで近づき、いきなり、平手で東助の頬つぺたを擲りつけた。

『こら！　共産主義者！　演壇を降りろ！』

それを見た平場にゐた土方の一人が、周囲に坐つてゐた土方をさし招いて、演壇に駆上つた。彼等は平泉を応援するかと思つてゐると、忽ち平泉を取巻き、拳固で殴り付けた。巡査が飛んで来た。それを見た土方の連中は、蜘蛛の子を散らす如く、さつと演壇から姿を消してしまつた。馬鹿を見たのは平泉であつた。警察署に連行され、その晩、留置場に投込まれた。

その混乱が収まると、会場はまた静かになつた。今度は弥次る者などは一人もなくなつた。で、東助は、思ふ存分、電燈料値下問題を論じ、農村の電力利用組合の必要を説いて九時半頃閉会した。

東助は、島貫、戸田、森、渡辺を初め、村から応援に出て来た娘たちと一緒に、『乗合』を一台借り切つて村に帰つた。演説会で、東助を応援した土方のことが、帰り途の話題にのぼつた。

『飼犬に手を噛まれたやうなものだね』

と、森下勉が面白かつて笑ふ。

『平泉に、何か遺恨があつたものと見えるね』

と、戸田秀二が言葉を加へる。

渡辺は村を歩いてゐるだけに、事情に明るい。

『あれはね、測量に来てゐた土方連中が、平泉に賃銀の貸があるのを催促したところが、くれないので、ストライキをするといつてゐたんだよ。そこへ平泉が、生意気なことをするので、彼を擲つてしまふといふことになつたんださうな……土方の　人が小屋の中で、そんな話をしてゐたよ』

さう言つて、渡辺は、みんなを笑はせた。乗合自動車は闇の中を走つた。そして、笑声は、村で車が止まるまで続いた。

闇の力

しかし、留置場から出て来た平泉は、自分の悪いことは棚にあげて、東助の攻撃を始めた。そして最大の理由は、東助が土方を煽動して擲らせたと言ふのであつた。

平泉の父は、東助の家に怒鳴り込んで来た。

『こら東助！　貴様は小作人の身分で、今日まで世話になつた地主の息子を警察に拘引させるといふことがあるか？　そんな恩義を知らない奴は、この村から出て行け！――おまへの女房はどうぢや！　天罰が当つて、両眼が潰れたぢやねえか』

脊の低い、顔の皺くちやな親爺が、口を歪めて東助を罵つた。近所から、大勢子供たちが見物に来た。その時、盲目の鈴子は、東助の実母おつゆに教へてもらひながら、手探りに屑繭を紡いでゐたが、老人が、あまり激しく彼女を罵るので、奥に逃げこんだ。恰度その時、表から、お竹が入つて来た。

『まあ、お爺さん、そんなに怒らないでね……なにも、東助さんが擲らせたのと違つて、あなたの息子が、土方に賃銀をやらなかつたから、その復讐に、舞台に上つて行つたんだといふぢやありませんか。東助さん一人をそんなに恨まないで、もう一度息子さんに、土方に賃銀をやつたかどうか聞いていらつしやいよ……」

さういつて、彼女は、お爺さんを表に連れ出した。

しかし、収まらないのは平泉であつた。彼は産業組合の脱退届を井田組合長につきつけた。そして山根派の新聞に、大袈裟に、彼の脱退を左翼運動に対抗するためでもあるかの如く書かせた。山根派の新聞もまた——産業組合が発達して、開業医から広告も取れなくなり、商売人の広告もなくなり、電燈会社の広告料も入らなくなれば、結局新聞自身の存在が危くなると思つたので、東助の悪い事を殆ど毎日のやうに書き立てた。その『見出し』は『耶麿の左翼陣営』といふのであつたが、書くは、書くは、あることないこと凡てを書立てた。そして、どこで知つたか、東助の妹が大連で芸妓をしてゐることまで新聞に暴露した。

その新聞宣伝は、東助にとつて、全く致命傷であつた。鈴子の過去も、お竹の妾生活のことも、芸者屋をしてゐたことも、すつかり書いてしまつた。気の強いお竹までが、その新聞を見て、二日間も寝込んでしまつた程、激烈なものであつた。

『ね、わたし、東京に出たいと思ふが、あなたも行つてくれない?』

お竹は、蒲団の中から首をつき出して、東助にさう言つた。

『……あなたのお母さんの仕送りのことは私が心配してあげるわよ……上田の家を売つてしまへば、まだ五六千円は浮いて来るから、毎月二十円かそこいらお送りすればいいんでせう……養鶏組合も、あれできちんとしたし、これから、お家の鶏も毎日五十位は卵を生むでせう。山羊も乳を出してゐるし、沢庵漬も売れて行けば、さう毎月送らなくていいわね』

しかし、東助は、まだ村を思ひきることが出来なかつた。

『お養母さん……あなたと鈴子だけ、一足先に東京にお出まし下さらないでせうか？　私はもう少し『地割』の土地利用組合を整理したり、医療組合や、組合製糸をきちんとさせて、島貫君一人になつても十分やつて行かれるやうにしておかんと、折角、お養母さんが、村のために尽くして下さつた努力が、水泡に帰しますからね……』

『それもさうね。ぢやあ、私と鈴子さんと二人だけ、明日にでも東京へ出ますよ……だけど、平泉もあまり卑怯だわね。今年の夏も、あれだけ私に世話させておいて、自分に不利益だとかうだからね……まあしかし、鈴子さんには、眼の保養が出来て却つて好都合かも知れないことよ』

その翌日、お竹と、鈴子と東助の三人は、抜け出すやうに村を出た。それは、まだあたりの家の起きてゐない暁方（あけがた）であつた。東助は鈴子の手をひき、片手に大きな鞄をさげてゐた。少し遅れたお竹は、二人の後姿を見て、ハンカチで涙を拭いてゐた。

霜枯時

運が悪いといへば、この落日に、また、群馬県の人絹工場に行つてゐた花子が、肋膜炎だといつて帰つて来た。東助が、お竹と鈴子を喜多方まで送つてゆき、少し医療組合の建築のことについて、聯合会の方に立寄つて帰つてくると、花子が先に帰つて来てゐた。彼女は肋膜の水を三升位も取つたとかで、五眠のお蚕さんのやうに、透き通るやうな皮膚を青く膨れ上らせてゐた。

その晩であつた――大連から電報が来て、『カヘルカネスグオクレミヤコ』と通知して来た。勿論、東助に、大連から福島県大塩村までの旅費の貯へのあらう道理がない。早速、彼は島貫に相談に行つた。島貫はまた田中高子に話を持ちかけた。そしてやつと、三十円の金を苦面してくれた。信用組合がしつかりしてをれば何でもないのだが、平泉がまだ鍵を握つてゐて、何等の役に立たないものだから、こんな苦しいことをしたのであつた。

東助は、不安と焦慮を切抜けて行くことには、もう慣れてゐた。彼が真正直にして、最大の努力を捧げてをれば、天地の神が不思議に局面を打開してくれるとの信念は、いつとはなしに、彼の胸に植ゑつけられた。

彼の所有の一切は、襤褸(ぼろ)の仕事着一枚であつた。家にあつた凡てのものは、弟の六三郎に譲つてしまつた。彼が工夫して造つた鶏小屋も、豚小屋も、山羊の小舎も、今は彼のものではなかつた。彼の唯一の念願は、村の組合を盛り立てることであつた。しかし、それが、容易ぢやなかつた。

彼は今日まで義母の金一万五千円（この外に少しあつたが）をみな村の組合のために使つてしまつた。そして、まだ組合は片跛(かたちんば)であつた。

彼はつくづくと産業組合運動といふものが、人格運動であるといふことを学んだ。

お竹と鈴子が東京に着いてすぐ、善い手紙が来た。彼等二人は、新見栄一と藤島精一とを頼りに、東京に出たのであつたが、手紙を見ると、世田谷区上北沢二丁目に、十一円で小さい一軒の家を借りて、そこに住むことにしたといふことであつた。更にその手紙の中に、お竹は、新見さんに鈴子を預けて、近い中に上田に帰つて、家を整理してくると書いてゐた。

薄氷を踏むもの

村の伝染病は漸くをさまつた。村役場の吏員は、皆愁眉を開いた。そして東助も大きな責任を下したやうに感じた。

しかし此処にまた、新しい問題が起つて来た。それは、県会議員の補欠選挙が十一月にあるといふことであつた。

斎藤朝吉は、どうしてそんな野心を持つたものか、山根派の唯一の候補者として立候補するといひ出した。勿論、その蔭に平泉又吉が糸をひいてゐることは疑ひなかつた。選挙事務長には、柿木省七が推されてゐた。実は、村の人が、こんなに政治的野心を持つてゐると知らなかつた平泉は、今更ながらロッチデール主義の所謂産業組合に於ける政治的中立の必要といふことを痛切に感じた。

ところが困つたことに、斎藤朝吉は、社会的地位を少しも持つてゐなかつた。それで睨んだのは、村の産業組合長の椅子であつた。井田寛治は、財産に於て斎藤朝吉より遥かに劣つてゐた。そして井田が村長になつたのも、斎藤朝吉の推薦のためであつた。で、井田も賢いものだから、組合長の椅子を斎藤に譲ると言明した。

しかし、それに対して、木内の老人は不服であつた。

『成立してから半年も経たないのに、組合長をすぐ替へたといつて、県庁に届け出るのは恥かしいから、俺は反対だ』

と、その為に走り廻つてゐる柿木省七にあつさり言つてのけた。で、省七は、東助の家には寄らずに、帰つて行つてしまつた。かうなつて来ると平泉は、産業組合の役員の辞職届を急に取下げて、多数決を以て斎藤朝吉を組合長に推すといひ出した。監事をしてゐる大井米造や、津田源蔵は『なまこ』のやうな人々で、どちらにでも附く、悪く言へば骨の無い人物ばかりであつた。

理事会は、斎藤、田村、高井の三名が斎藤派、木内、島貫、東助の三名が現状派といふことになつた。勿論井田寛治を入れるなら、斎藤派は四名になるが、井田は、組合長の椅子を斎藤に譲ると言明しつゝも、腹の底では木内老人の説に賛成してゐるのであつた。それは、理事会の開催を出来るだけ遅延せしめようとしてゐることでも判つてゐた。

世間慣れてゐる柿本省七は、最後の切札を投げた。それは、斎藤を組合長にしなければ、組合が、今、使つてゐる店をすぐ開けてくれといふのであつた。

これは更に大問題であつた。産業組合の事務所の変更は、産業組合法の建前上、総会の決議を要することであり、しかも、組合の総会は、二週間前に通知しておかなければならないので、すぐといふ訳にはゆかなかつた。

その返事を東助が持つて行くと、斎藤朝吉は非常に不服であつた。彼は即座に、今日まで無償で貸してくれたその店に月二十円の家賃を呉れと言ひ出した。東助が専務理事をやめてから、平泉が実権を握つてゐたが、専務理事の肩書は、朝吉が名刺に刷込んでゐた。

それで、村の組合運動が如何に困難であるか判つてゐる筈だのに、彼は、名誉のためには、凡てを犠牲にせんとしてゐた。

候補者の届出期日がだんだん切迫して来た。それでも組合の方は、少しも話が片づかなかつた。で、せいて来たのは省七であつた。彼は卑怯にも、平泉と策謀して、沢庵販売組合の売上代金に不正があると言つて、帳簿の検査を始めた。幸にも、東助は沢庵の事務を凡て島貫に委せておいて、何も関係しなかつたが、島貫は組合式簿記のやり方が判らないのと、若松の方面に売出した五十樽の中十七樽ばかりの未回収金の価格を明瞭に帳簿に書いてなかつた。そして島貫が自家用に買ひ求めた八円の古自転車の代金を、自分が当然組合から取れる約五十円の沢庵の売上金の中から差引けるものとして、他の方面に支払ふべき売上金の中から、融通しておいたのだつた。

それを平泉が、不正事件としてゴタゴタいひ出した。木内老人は、その金をすぐ持つて来て埋めたが、平泉は、東助一派を組合から追出さうとしてゐるので、なかなか承知しない——彼はたゞそれだけのことを、山根派の新聞に、産業組合の不正事件として、大きな活字で、また書かせた。

人はいいけれども気の弱い島貫は、たうとう東助に相談しないで平泉の家へ辞職届を持つて行つた。それを聞いて驚いたのは東助であつた。いよいよ今度は彼の番だと覚悟を決めた。

すると、島貫が辞職したその晩、柿木省七が土地利用組合の契約は合法的な順序を踏んでゐないから、平泉も、斎藤も、『地割』即ち土地利用組合から脱退すると、今になつていやがらせをいつて来た。（組合製糸のことも、平泉が加入してゐたら、きつとけちをつけて来たであらうが、彼の家では、今年は蚕をやらなか

つたので、けちの附けやうがなかつた）

柿木省七の言ひ方は、東助に助けられた彼としては随分露骨であつた。彼は苦笑ひをしながらこんなことを言つた。

『無理なことをいふやうぢやが、君は組合の理事をやめてくれんか。さうしなければ、この問題は片がつかんぞ。なあ、君……平泉君は、君を目の敵にしてゐるからなあ、君が村の平和を思うてくれるなら、この際潔よく理事を辞職してくれ給へ。さうすれば、地割の問題も、その儘、うまいこと行くだらうし、朝吉さんも組合長になれるから、なあ……まあ、組合の将来のことを思つてさうしてくれ給へ！』

東助は考へた。（土地利用組合を破壊することは、村の更生計画を破壊することだ。己が理事をやめて土地利用組合が生きるなら、己は欣んでやめよう――）

村の更生のためには、凡てを捨てゝかゝつてゐる東助は、即座に答へた。

『話は判りました。欣んで、理事を辞職しませう』

さう言つて、すらすらと辞職届を半紙に書いて、印鑑をついて渡した。

霊魂の領域

いぢらしいほど、鈴子はすべての苦痛を堪忍んだ。生れつき感謝の心の深い彼女は、事ごとに、お竹や東助に礼をいつて、口許に微笑が絶えず漂うてゐた。

『鈴子さん、あなたはほんとに仕合せな人だわね。あなたのやうに、いつも笑顔を作ることが出来るなら、どんな人でもあなたのために尽したい気になりますよ』

さういつてお竹は笑つた。それほど鈴子の性格は、透明性を帯びて来た。で、彼女の周囲にゐるものも、彼女の霊魂が成長するにつれて、霊界の領域を拡げた。

鈴子にとつて唯一の慰めは、毎朝旧約聖書イザヤ書を一章づつ東助に読んでもらふことであつた。

なんぢの神いひたまはく、なぐさめよ、汝等わが民をなぐさめよ。懇ろにエルサレムに語り、これによばはり告げよ、その服役の期すでに終り、その咎すでに赦されたり、そのもろもろの罪によりて、神の手よりうけしところは倍したりと――

東助がさう読み出したとき、鈴子は、襦袢の袖口で軽く涙を拭うた。それを見たお竹も、帯の間からハンカチを出して、そつと二つの眼に押しあてた。

裏の幼稚園の森に百舌鳥が来て、声高く鳴いてゐた。狭い路次の屋根越しに太陽が、覗くやうに格子入の東窓を照らした。

『――そこをもう一度読んで下さらない！』

鈴子は、さうせがんだ。

読み終つて、東助が聖書を膝の上におくと、鈴子は見えない眼の瞼を大きく瞠（みは）つて、ひとり言を言つた。

『ほんとにありがたいことですのね。私は今まで、一生かゝつて罪悪ばかり犯して来ましたのに、神様から頂くお恵みは、人の五倍も十倍も多いですのね。もつたいないですわ』

さういつて、鈴子はまた涙を押拭うた。

その時、東窓から覗く男があつた。見るからに人相の悪い、ごろつきのやうな風采をしてゐた。

『ようお竹さん！』

どす太い声で、彼はお竹に呼びかけた。東助は、一目彼の姿を見るなり、ずつと前に、鈴子を誘拐して玉ノ井に売つた悪漢、真田益吉であると気がついた。かつて、上田市のカフエの前で彼と組打ちをした覚えがあるので、彼の顔をよく記憶してゐた。

『うむ田中東助もこゝに来とるんか、ちよつと俺も入らして貰はうかな』

さういふなり、真田は玄関の格子戸を聞き、誰の許可をも得ないで、つかつかと奥座敷に入つて来た。眼の見えない鈴子は、声で真田が座敷に上つて来たことを知つたが、昂奮した感情を押さへて沈黙をつゞけた。で、東助もその場を立たないで、無言のまゝ坐つてゐた。お竹は、自分の義理の娘を苛（いじ）めぬいて、盲にしてしまつた敵が、またやつて来たとは気づいたが、復讐心を殺して丁寧にお辞儀をした。

『暫くでした。お変りありませんか』

さういつて、彼女は、彼に座布団を勧めた。

『ほんとに暫くだつたね、お竹さん。あれから俺もえらい目に会つたよ。中泉の経営してゐた銀行が潰れたらう。それを俺が新聞にすつぱぬいたんさ。それで、脅喝罪に問はれて、つい二週間前まで刑務所に放り込まれてゐたんだよ。世間は妙なものでね、俺が刑務所へ行つて来ると、皆が俺を怖ろしがつてね、誰も相手にしてくれないんだよ。で、お竹さんが昔、俺たちに親切であつたことを思ひ出して、実はあなたを頼つて上田まで行つたんだがね、あなたが会津若松に行つてると聞いたんで、三日前に会津若松に訪ねて行つたところが、またこつちに出てゐるといふので、昨夜の夜行で、先刻上野駅に着いたばかりですよ。お竹さんどうです。こんなにあなたを慕うて来たんですが、僕を一人前の男にしてくれませんかな。ねえ、頼みますよ。世間が不景気でなければ雇つてくれる新聞社もあるでせうかね。一旦刑務所に行つて来ると、誰も相手にしてくれませんからなあ、弱つてゐるんですよ』

それに対してお竹は、一言も答へなかつた。

『いや、ほんとに鈴子さんを苛めた私としては、あなたのところへ、こんなことをいつて来る資格はないんですがね、もうかうなつちやあ、満洲にでも行つて少し働いて来るより仕方がないと思つてゐるんですよ。どうですお竹さん、満洲行きの旅費でも借してくれませんか』

鈴子は急にそこを立上つた。そして何を思つたが、下駄を履いて表に出ようとした。東助は、彼女が心配になつたので、彼女の後から表に出た。

路次を半町ほど出て、鈴子は東助にいつた。

『真田は改心してゐませんよ。あれは、やはりゆすりに来たんですよ。ほんとに煩さいのね、私は少し幼稚園の庭の方へ行つて、子供の歌でも聞いて来ますから、あなたはお母さんのところへ帰つてあげて頂戴、真田は無茶な男ですから、どんなことをするか判らないのよ、あの人は』

二人が出て行つたあと、お竹は丁寧に、困つてゐる事情を打明けて、真田に諒解を求めてゐた。

『ぢやあ、お竹さん、もう一度上田まで帰るだけの旅費を下さいな』

お竹がそれをも断ると、

『では、横浜へ行つて仕事を探して来ますから、横浜までの電車賃をくれませんか』

さういつてゐるところへ、東助が入つて来た。

『真田さん、あなたも見たらお判りでせう。水商売をしてゐた昔と違つて、うちには一円の金だつて、今ありませんよ』

お竹はいつて聞かすやうに、冷静な口調でさう断つた。

『冗談でせう、上田で聞いて来ましたよ。あなたは最近、骨董品を売つて、大分お金が出来たといふことを専ら噂してゐましたよ』

庭に下りた真田は、編上げの靴紐を結びながら、俯むいてさういつた。

お竹は懐中から紙を取出して五十銭銀貨を一枚包み、真田に先廻りして、玄関の土間に立つた。そして恭々しくその紙包を真田の方へ差出した。

『これはほんのお志なんですが、電車賃のたしにでもして下さい』

真田は無言のまゝそれを鷲掴みにしてすぐ、ポケットに捩込んだ。そして逃げるやうにして、電車道の方へ急いだ。

微笑の引力

真田が帰ると入れ違ひに、浦江夫人が電車道から下りて来た。そして幼稚園まで鈴子を呼びに行つてゐた東助と、ぱつたり、路地の真中で会つた。鈴子は杖もつかず、人通りのないのを幸ひに、ぽつりぽつり後から帰つて来た。

『田中さん、あなたの仕事、あつてよ。江東消費組合があなたなら使つてあげますつて、仕入係が一人欲しいんださうです。これから私と一緒に本所まで行かない？　連れて行つてあげるわよ。あ、さうさう。それからね、医療組合の大瀬博士が鈴子さんにマラリヤ菌を注射して見たらどうかつて、いつてをられましたよ。マラリヤの熱で、どうかすると梅毒が治るんですつてね。その上治らなければ、大瀬博士の知つてゐる小野といふ眼科の博士に、組合病院で手術して貰ふやうな便利を計つてあげますつて――さういつていらつしやいましたよ』

鈴子はすぐお竹に伴なはれて中野の組合病院に入院することになつた。そして東助も江東消費組合へ、浦江夫人に連れられて行つた。

江東消費組合は、東助がこの前見て来た約一年前とは比較にならないほど、躍進ぶりを示し、支部が二ケ所に出来、組合員もおつつけ千人を突破するであらうと考へられてゐた。専務理事の立木道則を助けて、主事として一生懸命に努力してゐる野水清太郎は、にこにこしながら田中東助を歓迎してくれた。朝ほど、真田益吉の恐ろしい顔を見てきた東助にとつては、野水のやさしい微笑が仏の顔のやうに見えた。

彼は心の中で思つた。

『こんな優しい顔をしてゐる人が組合にをれば、組合は成功する筈だ。組合は要するに、心と心の結合から生れて来るのだからなあ』

彼は、村を追はれた苦い経験から、唯物史観で解けない経済行動の精神的基礎を深く考へた。

立木道則もやつて来た。しかし、立木も野水も二人とも、余り喋らない方なので、浦江夫人が彼等に代つて、組合の事情を東助に話した。

『無産者階級の消費組合が二十六七も一時はありましたがね、大抵潰れたり、経済的困難に陥つてゐるんだけれど、こゝだけは不思議にうまいこと行つてゐるといふのは、立木さんや野水さんの献身的努力にもよるでせうが、余り理窟をいはないで、組合運動することとその事が、無産者の解放になると思つて尽くして来られた結果が、今日の大をなしたんでせうね。だから、あなたも一生懸命に立木さんを助けて、組合の拡充に努力なさいよ』
東助は黙々としてうなづいた。彼はその晩から、すぐ組合の二階に住込んで、仕入部の仕事を受持つことになつた。

光明への歓喜

中野の医療組合病院に入院してマラリヤ菌の注射をして貰つた鈴子の成績は非常によかつた。一時は四十二度近くも発熱して、囈言（うわごと）ばかりいふので、どうなることかと、附添ひに行つてゐたお竹も心配したが、結果は非常によかつた。入院してから五日目に、鈴子は右の眼が見えるやうになつたといつて、病床の上で、お竹に喜びのあまりしがみついた。

実際、それまで、少しも見えなかつた眼が、マラリアの熱で梅毒菌を殺したと見え、不思議に右の眼が見え出した。最初は五本の指が一尺くらゐのところで判別出来るやうになつた。それでも鈴子は大悦びであつた。六日目の朝、彼女が目を覚すと、二間先を歩いてゐる人間が、棒のやうに見えた。喜んだのは鈴子よりお竹であつた。早速、江東消費組合に電話をかけた。

『おめでたう、東助さん、鈴子さんの眼が開いてよ。もう手術する必要なんかないわよ。大瀬先生は、これなら大丈夫、左もおつつけ見えるやうになるだらうといつてゐられますよ。ほんとに奇蹟ね。今夜は祝賀会をしようと思つてゐますから、あなたも是非、中野まで来て頂戴ね』

鈴子の眼が開いたと聞いて東助はもう嬉しくてたまらなかつた。彼は一人で万歳を三唱した。それを野水は傍らで聞いてゐた。

『田中さん、景気が好さゝうですね、何か嬉しいことがあるんですか！』

『あるもあるも、大ありなんですよ、盲であつた私の妻の眼が開いたんですよ』

『眼が開いた？』

さういつて配給人の赤垣源太郎が、倉庫の方から飛出して来た。昨日の伝票を整理してゐた立木道則も、算盤を弾く手を少し休めて、にこにこしながらお祝ひの言葉を述べた。倉庫に再び帰つた赤垣は、大声にひとりで讃美歌を歌ひ出した。

あゝ神のいでます日　　荒野にも花咲きて
跛足(あしなえ)は躍り立ち　　盲人の目ひらけん
みすくひをうけしもの　　かちうたをシオンにあげ
悦びはみちみちて　　かなしみは消えなん

その声が、澄み切つた秋の空気を揺るがせて、遠くの方まで聞えた。店で、紙袋に一斤づゝ砂糖をつめてゐた東助は、喜びの涙をそつと、シヤツの袂(たもと)で拭いた。

天国に続く地上

年末が近づいた。東助は江東消費組合が加入してゐる東京消費組合聯合会の共同仕入をするために、立木道則に頼まれて、北海道酪農組合のバターと、青森弘前の林檎を仕入れるために、東北に旅行せねばならなかつた。彼は、消費組合聯合会からも絶対の信任を受けてゐたので、三千円に近い現金を懐中にして、悠々と旅行出来る身を感謝せずにはゐられなかつた。

金を持つてみると、彼はよく判つた。『要するに金といふものは、社会的勢力の表象であつて人格的にこれを使用する場合にのみ、社会向上の資本に使用せられるといふことを――』

で、彼は、足かけ三年前の無一文時代と、現在の自分とを比較して、まるで夢心地がした。彼には鈴子といふ、彼に過ぎた優しい女が家に待つてゐた。いや、眼病を患つてから、彼女の容色は昔のやうに美しくはなかつたが、彼女の性格の美しさは想像以上であつた。その上お竹といふ牡丹の花のやうに明るい、そして天使のやうに意志の強い義理の母が、彼のために祈つてゐることを、彼は意識せざるを得なかつた。彼はそれを思ふと、地上は確かに天国の続きであると思つた。

上野を出た汽車は仙台で夜が明け、北上川に沿うて朝の間走つた。一ノ関で乗つた年とつた客は彼の隣りに腰を下して、問はず語りに、東北の疲弊を物語つた。

『何しろ。今日になるまでには、長い歴史が筋をひいてゐますよ。旧幕時代には窓に税金をかけたといふんですからなあ、今日考へると嘘のやうな話ですが、事実、私の母などはさういつてゐましたから、それは間違ひないでせうなあ』

さういつた老人は、懐からシガレットを取出して、東助に一本を勧めた。東助は、

『私は煙草を頂かないんです』

と軽く辞退した。すると、老人は感心したやうな顔つきをして、胡麻塩まじりの頭髪を撫で上げた。

『いや、こんなに疲弊してゐても贅沢だけは覚えますからなあ、村は立つてはゆけませんよ』

さうしたことを冒頭に、老人は稲作中心の農業が東北で失敗であること、どうしても多角形農業をやらねばならないことを繰返して述べた。東助も彼に調子を合はせて、福島県の山奥で経験した実際を、老人に物語つた。

その老人と、盛岡で別れて彼が弘前に着いたのは午後一時過ぎであつた。それから彼は支線に乗換へて、黒石町の産業組合を訪問した。そこの専務理事は、もと無産運動に関係してゐた力石初三郎といふ男で、江東消費組合の立木をよく知つてゐた。非常に彼を歓迎してくれて、青森県の林檎の販売組合が、大成功であることを、詳しく彼に物語つた。

『君、何しろ今ぢやあ、この地方では、林檎を年に二千万円から生産するんだからね。馬鹿に出来ないですよ。これが、五十年前には青森県に林檎の木一本もなかつたといふんだからね。何でも藤崎村の佐藤勝三郎といふ老人が、イングといふ米国の宣教師からクリスマスに、贈物として貰つた林檎をそのまゝ庭に植ゑた

のが始まりだといふんですからね。面白い因縁もあつたもんですよ。それで今日ぢやあ、他の東北地方がどんなに困つてゐても、林檎の木の植はつてゐる岩木山のほとりだけは、饑饉の時にも困らんといふんですからね。企く林檎一つを食はずに持つて帰つたその克己心から、南津軽を救ふことが出来たといふもんですよ――』

それから、彼は、林檎販売組合の倉庫を案内してもらつたが江東消費組合のやうな小さい店を見てゐるものにとつては、想像もつかないほど大きいものであつた。東助は、産業組合の威力をそれによつて知り得たと共に、東北を救ふ立体農業の秘策がこのあたりに伏在してゐるやうに思はれて嬉しかつた。彼はさし当り、林檎を千箱だけ組合に註文して、北海道に渡つた。

生まれて初めて津軽海峡を北に越えると、何だか自分の身体までがのびのびした。函館を素通りにして、大沼公園の晩秋の景色を汽車の窓から眺めつゝ、小樽を経て札幌に着いたのは、その日の午後四時過ぎであつた。

早速、駅から北海道酪農組合に電話をかけて、工場と打合はせ、少し遅かつたけれども、そこを訪問することにした。

工場は、外観に於てやゝ貧弱に見えたけれども、内に入ると、その規模の近代的なのと、設備の完全してゐるのに一驚した。案内してくれた佐藤理事はバターをつくる工場を彼に見せながらこんなことをいつた。

『田中さん、全く資本家といふものは我が儘なものでしてね。少し景気のいゝ時には北海道までやつて来て、牛を飼へ、牛を飼へと勧めておきながら、一旦不況が来ると、万に近い百姓の窮状も察しないで、夜逃げするやうにして、東京へ引揚げて行つてしまふんですからね。で、私たちは、背水の陣を敷いて、見棄てられた農村を、後から後から纏めてゆき、今では殆ど全北海道を一つに組織したんです。いや、こゝまで来るには、宇都宮仙太郎さんのやうな先輩があつたればこそ出来たんですよ。東北六県が饑饉で困つてゐても、北海道が少しも困つてゐないといふのは、全く乳製品のおかげだといへませうなあ。実際農作物の出来工合は、東北より北海道の方が悪いのですがなあ。牛の乳があるばかりに年二千五百万円の収入があり、大いに百姓は助かつてをります』

それを聞いて、東助は、こゝにも東北を救ふ根本原則が実証されてゐることに気がついた。で彼は、酪農組合の製造品である雪印のバターを一万五千ポンド注文した。そして手附金として千五百円を即座に入れた。

その晩、彼は、佐藤氏の家に世話になつて、北海道の農村産業組合の成功を聞かされて、全く嬉しくなつた。で、彼は、北海道に来たついでを利用して、少し遠かつたけれども、石狩平野の真中にある沼田の産業組合だけを視察することにした。実に堂々たるもので、会津若松市にもちよつと見られないやうな大規模の事業ぶりであつた。その農業倉庫の完備してゐる様子、また、購買部が、デパートメント・ストアにも負けないやうな、広い店舗を持つてゐるのを見て、羨ましかつた。ぜひ東北地方にも一つくらゐ、こんなものが欲しいと思つた。他にも二、三模範的な組合のあることを知つてゐたけれど、時間が許さないので、彼はすぐ札幌に引返し、その晩直に東京行きの急行に乗つた。

逆風

上野駅に降りると、彼は松沢の家には帰らないで、すぐ本所の江東消費組合にかけつけた。仕事服を着た野水清太郎が、米の配給に出掛けるのか、モーターサイクルに油をさしてゐた。

『お早うございます、只今帰りました』

と、東助が愛想よくお辞儀をすると、野水は腰を伸ばして、例の微笑を二つの頬にたゝへながら東助を歓迎した。

『御苦労様、すぐ、バターも林檎も鉄道便で送つてくれるやうに頼んでくれましたか？　暮に押詰まると、あゝいふものは売りにくいですからね――あゝさうさう、君、妙な新聞記事が出てゐましたよ』

さういつて、野水は帳場の机の抽斗（ひきだし）から福島県の地方新聞を一枚取出して、彼に見せた。それは、彼の全く思ひがけない暴露記事で『又々産業組合の使ひ込み』と初号活字で、三面六段抜きの特種として報ぜられてゐた。それを読んでゆくと、組合の混乱したことを長く書いたあとに、こんなことが掲げてあつた。

――先に大塩村より放逐せられたる田中東助は、旧悪の暴露を恐れて行方をくらましてゐるが、最近県産業組合課の調査するところによると、彼が村の信用組合の預金を使ひ込んだ金額だけでも、約一万二千円にのぼり、その金は大部分彼が妾として囲うてゐた上田市の芸者春駒事榎木鈴子を落籍さすために消費せられたものである。その他田中東助の背任横領行為は枚挙に遑なく、或は私印偽造、公文書偽造の罪をも構成してゐる点は数十にのぼり、それを隠蔽するために帳簿は殆ど廃棄せられてゐる。県産業組合課は、直にこの問題を告発して、司直の手に委ねることになつた由。

『なんだ、嘘を書くにも程があるね』

東助は苦笑した。

『君、この記事はほんとぢやないんかね?』

『こんな事は覚えないですがね。きつと私を排斥してゐる男が、何か大きな穴でもあけ、私を罪に陥れようとしてゐるんだとしか考へられないんですよ』

東助は、さうはいつたもの丶、平泉一派のやり口があまりに陋劣なことに憤慨せざるを得なかつた。野水は、東助を裏口に連れ出して、こんな事をいつた。

『原庭署の司法刑事が、昨日は二人揃つて三度もやつて来ましたよ。だからもう少しすると、きつと来ると思ふが、君、検束される準備をしとき給へよ』

『野水さん、ほんとですか? 私は正直者ですから、信用組合の金なんか使ひ込んだ覚えはありませんよ。時代が悪いですからね。どんな聖人でも酷い目に遭はされますよ。ぢやあ、検束される準備をしませう。しかし俺のやうな罪のない男を、こんなにまで苛めなくてもよささうなものだがなあ』

さういつてゐるところへ、二人の私服巡査が入つて来た。

野水の顔を見るなり、表から大声に叫んだ。

『田中はもう帰つて来ましたか?』

その声を聞いて、東助は何等臆するところなく、裏庭から表へ出て来た。

そして至極落着いた口調で、私服巡査にいつた。

『私が田中です』

『君が、田中東助か。すぐ警察署に来てくれ給へ、福島県の方から通知が来て、君を逮捕するやうに依頼せられたんでね。判つとるだらう?』

『ぢやあ、ちよつと準備させて貰ひます』

『いや、準備なんかしなくてい丶よ。差入物は後から持つて来てもらつたらい丶ぢやないか』

野水はすぐに気をきかせて、そこにあつた歯ブラシと、歯磨粉と、紙と手拭を、ハンカチに巻いて、二人の刑事に曳かれて行く東助の後から追つかけて、それを彼に手渡した。

東助は、それを押し戴いて、洋服のポケツトの中へねぢ込んだが、あまりの馬鹿らしさに、お礼の言葉さへ発するのが面倒くさかつた。彼は、地方に根を張る悪徳代議士の経営する新聞記事に禍ひされて一生立ち上ることが出来ない痛手を受けつつあることを自覚せざるを得なかつた。しかし、これらの事件は既に数ケ月以上経つてをり、その間発覚せられないで、今になつて暴露したといふことが、何だか、そこに隠謀があるやうに思はれた。

警察署に来た。監房の戸は開いた。

約束手形

東助が検束された知らせを聞いて、鈴子はびつくりした。しかし、お竹は平気を装うて顔面筋肉の一つだつて動かさなかつた。

『何かの間違ひでせう、また平泉がいたづらをして、大きな穴をあけて、その尻を東助さんに持って行つてるんだわよ。それに違ひないわ。仕方がないね』

見透しのつく彼女は、さういひながらすぐ本所に出かけ、弁護士を入れる手筈を決めた。

お竹が、存外落着いてゐるに反して、高円寺消費組合の同志達は、みな東助の性格をよく知つてゐるだけに、大いに憤慨した。いつも和服を着てゐる浦江夫人は、珍しく洋服を着込み弁護士に払ふ資金を作るために家庭会の主脳部を、一軒々々訪問し始めた。天文学者の富士野誠は、原庭署に飛んで行つて、警察署長に抗議を申し込んだ。しかし、それらの努力はすべて無効に終つた。東助は検束された翌日、司法刑事に附添はれて、福島市まで護送せられた。

第一回の取調べが福島警察で行はれたが、東助は全部を否定した。しかし、

『現に、君の書いた約束手形が発行せられてゐるぢやないか。これは君の判だらう』

係警部はさういつて、彼に約束手形三枚を示した。その額面はいづれも大口であつた。最初示されたものは三千六百円となつてをり、二番目に示されたものは、千七百五拾弐円参拾七銭也と書いてあつた。

この二枚は発行人が、田中東助になつてゐた。そして、字体までが明らかに東助の筆蹟によく似てゐた。印鑑は確かに彼のものに違ひなく、日附は、彼が専務理事をしてゐた、今年の六月十三日、六月十七日になつてゐた。

係の警部は、第三枚目のものを東助に示したが、それは額面四千六百九拾五円拾参銭也とあつた。これは組合長井田寛治が発行人で、裏書人が田中東助となつてゐた。前の二枚とも組合長の井田寛治が裏書人としてあつた。その三枚の手形を東助が見た時、彼の頭の中に閃いたことは、彼が組合をやめて東京に出る時、彼の実印を、木内老人に預けてまだその儘になつてゐるといふことであつた。彼の辞職に伴ふ官庁への届け出などのために、ぜひ印鑑証明のしてある実印が必要であつた。それを一々東京まで判を取りに来るのでは大変な手間が要ると思つたので、木内老人を信用して、それを任せて来た。

『この印鑑は君のものに違ひないだらう？』

『はい。違ひないと思ひます』

『それを君は何故知らないといつて、突張るんだ』

『こんな多額の金銭を私は扱つた覚えがないんです』

『嘘をつくな！　お前は信州上田の芸者を落籍してゐるぢやないか』

東助はその言葉を聞いて苦笑した。

『冗談ぢやありませんよ、警部さん。先方から私を養子に貰ひに来たんです。芸者屋をしてゐた駒井竹といふ婦人が、只今私の妻になつてゐます榎本鈴子といふ者を養女に致しましたので、私が見込まれてその養子になつたんです。私は目下駒井東助と申しまして村役場にも駒井東助と届けてあります。ですから田中東助で約束手形を発行した覚えはありません』

警部は紙巻煙草の端に火をつけながら、じろじろ東助の顔を見つめた。

『お前は喜多方町に医療組合といふものを作つたらう。その土地の買入れに、お前はこの約束手形を発行したのと違ふんか』

警部は、傍に燃えてゐるストーブの端で煙草の灰を叩き落した。そして尚も訊問をつづけた。

『お前はこの宛名人を知つてゐるだらう。喜多方町の松代与吉といふのは、お前が医療組合の病院を建てるために土地を買入れた時の地主だらう』

『さうでございます』

『あの時の代金はどうして払つたんだ』

『私の養母駒井竹が確かに山根代議士に現金一万円を渡しました。――三百坪を二十八円の割で買取ることになつてゐたからであります』

『現金で渡したのか』

警部はいぶかるやうに口をとぎらして、東助を見つめた。

『そんな金は一文も入つてをりやせんが』

それを聞いて、東助はたまげてしまつた。

『いや、確かに払つた筈です』

『その証拠を見せてみろ……あの土地といふものは元来伊達郡選出の代議士山根保憲の所有地とは違ふんか。あの時、山根代議士は坪当り二十八円を支払つて松代与吉から買ひ取つたことになつてゐるが、山根代議士が医療組合に土地を提供して、組合病院を建築させたんぢやないんか』

その話を聞かされて、東助は一層びつくりしてしまつた。

小使がストーブに燻べる石炭を運んで来た。窓の外には、餌を漁る雀が、降積つた雪の上におりて、いそがしく餌を啄んでゐた。

傷める葦

東助が、産業組合の金を使ひ込んだといふ嫌疑によつて、福島の未決監に投獄せられてゐることを知つた村の人々の意見は区々であつた。

芸者と関係してゐるところを見ると本当に詐欺行為があつたかも知れない――といふのが、村役場を中心とした有力者間の与論であつた。殊に怒つてゐるのは、村長の井田寛治であつた。東助が跡始末も十分つけないで、村を搔廻した揚句、現金一万円を投出したといふ噂だけたてゝおいて、実際は九千円以上の約束手形をその儘にして、村を立つたといふことが実に悪辣であるといふのであつた。

しかし、お竹や鈴子と長く交際して東助の性格をよく知つてゐる田中高子を始め、大井久子、津川良子、高井米子らの産業組合女子青年聯盟の幹部達は、どうしても東助がそんな大それた悪事をする人間とは思へなかつた。

殊に田中高子は、一万円の小切手をお竹に見せて貰つたこともあつたので、東助が現金を渡さないで、三枚の約束手形を書いたといふことを、絶対に信ずることが出来なかつた。

『それはきつと、平泉さんが、蔭で悪いことをしてゐるに違ひないですよ』
と、彼女は同志の間に公然といひ放つた。

実際、平泉その後の行動は、村人にも大いに問題になつてゐた。会津若松の芸者屋の間では誰一人彼の不品行を知らない者がなかつた。暫くの間、村に連れて帰つてゐた素性の判らない女を彼はすぐ離縁し、その後は三日にあけず会津若松まで遊びに出かけてゐた。若い舞妓の間で彼はエロ気狂ひで通つてゐた。彼は十五六の美しい舞妓を見ると、殆ど発狂状態になつて彼等をどこまでも追廻した。また会津若松の年増芸者の間では『香水の旦那』で通つてゐた。それは、どの芸者を見ても、『君はどんな香水をいつも使ふんだ？香水を知らぬやうな芸者が人前に出るのは間違つてゐるよ』と切り出して、香水の名を知らない芸者をいぢめるのが彼の悪い癖であつた。

しかし彼と一緒に最もよく遊んだのは、例の山根代議士であつたので、芸者達は平泉の遊興費を山根が支払つてゐると思つてゐた。しかし実際はその反対で、山根の遊興費まで平泉が支払つてゐるのであつた。十一月の補欠選挙に失敗した斎藤朝吉を見限つて、山根は平泉をこの次の県会議員の総選挙の時に、憲友会公認の候補者として推薦するといふ約束を彼に与へた。その権力欲に引懸つた平泉は、山根の欲心を買ふために、殆ど芸者屋を事務所のやうにしてゐた。勿論放蕩費の出所がなかつた。その結果、山根保憲は平泉を『株』に誘ふた。そして平泉又吉は父の財産まで全部抵当に入れて、株に負けてしまつた。ちやうどその時、喜多方町では医療組合の病院建築の問題が起つてゐた。

そこで平泉と斎藤は、腹を合はせて、松代与吉を説き、実際の価格は坪十四円しかしないものを、その倍額二十八円として、山根保憲に売り渡し、山根保憲は又、井田寛治に病院に必要な三百坪だけを、坪二十八円で譲り渡すといふインチキ仕事をしたのであつた。

で、駒井お竹が、山根代議士を信用して渡した一万円の金は組合からの金として松代に支払はれないで、山根保憲個人の金として支払はれたのであつた。その時まで、東助は山根代議士を非常に信じてゐたので、そんな裏があるとは知らなかつた。却つて平泉から、こんどの事件について山根代議士が大いに骨折つてくれてゐると聞かされて、感謝してゐた。

東京の浦江夫人に頼まれてやつて来た弁護士三和寿太郎は、まづ福島市の未決監に東助を訪問して、事件の黒幕に、山根代議士のゐることを発見した。それから彼は、土地の売買の仲介人になつたといふ平泉又吉、斎藤朝吉の人格について詳しく聞き質し、その足ですぐ、磐梯山に近い大塩村まで飛んで行つた。そして平泉又吉に面会しようと努力したが、平泉又吉は、今度の事件の起る一ケ月前に、村の信用組合の専務理事をやめて、東京に出たといふことが判つた。

三和寿太郎は、更に東助が印鑑を渡したといふ木内老人を訪問したが、木内老人は、

『その判なら平泉に渡したきり、木だに返してくれない』

と、老人らしい暢気なことをいつてゐた。印鑑の所在地はそれで判つた。

で、三和弁護士は、問題の地主松代与吉を喜多方町に訪問した。憤慨してゐる松代はこんな事をいつた。

『実は、平泉又吉は、私の親類に当るものですから、あいつのいふことなら信じてもよいと思つて、六百坪だけ山根代議士に売る約束をしたんです。すると、何でもその土地へは、医療組合の病院が建つといはれるので、約束手形を二枚だけ貰つて、すぐ売買契約を成立させたのです。ところがあとの半分をどうしても、約束期間に入れてくれないので請求したところが、平泉が四千六百九十五円十三銭といふ端数のついた手形を持つて来たんです。で、私は銀行に割引して貰つてその金を使つてゐましたところが、六十日経つて、銀行から呼出しが来たぢやありませんか。それで、びつくりしたやうな訳なんです。それから私は井田村長に交渉したんですが、井田村長はそんな事は知らないと突つ放されるし、仕方がなしに警察の問題にしたんです。しかし、あの代議士の山根保憲つていふ奴は悪いやつですよ。私の方からは坪十四円で買ひ取つておいて、組合へは坪二十八円で売つてゐるんですからね』

話の筋道は大体弁護士に理解が出来た。たゞ困つたのは平泉又吉が行方をくらましてゐることであつた。で、三和弁護士は、三百坪の土地を推薦したといふ斎藤朝吉を訪問した。しかし、朝吉は言葉を濁して明確な答をしなかつた。

『へえ、その一万円といふのは私も見せて貰つたことがあります。それは何も、土地を買ふために出したといふんではなく、建築資金にお竹さんが寄附するといふので、確か山根さんがその金を受取られて、保存してをられると思ひますがね。医療組合の創立委員長はそのとき山根さんでしたからね……』

話は五里霧中に入つた。権謀術数に富んでゐる海山千年の背徳代議士が、抜け目のないやうにからくりを廻してゐるといふことは、斎藤の言葉でも推察出来た。

たゞ、かあいさうなのは東助であつた。つめたい監房の中で、新年を迎へ、監房内の煎餅蒲団にくるまつて、傷める葦として極寒の夜を慄へながら過さねばならなかつた。

悪による悪の制止

弁護士の三和は、東助に罪のないことを確信した。しかし、裁判所に廻つて来る三枚の約束手形が彼の印鑑を盗用して、平泉が作成したものであるといふ証拠をあげることが出来ないので、どうしても東助を救ひ出すことが出来なかつた。

鈴子は、毎夜丑満頃に、井戸の水をかぶつて夫が救ひ出されるやうにと神に祈願を籠めた。それがもう、かれこれ二月もつゞいた。

不思議なもので、彼女が水垢離をとるやうになつてから、彼女の視力はますます回復してきた。そして近頃は右の眼で、新聞の活字が読めるやうになつた。

二月十八日の午後であつた。彼女はお勝手仕事の傍ら、未決監にゐる東助に差入れしようと、スエターを編んでゐた。そこへまた例の悪漢真田益吉が窓から顔を出した。お竹はその時、夕餉の支度のために北沢の市場に行つて留守であつた。

『おい、鈴子さん、近頃少し眼はいゝんかい』

真田は小さい声で、さう呼びかけた。

近頃、真田もめつきりおとなしくなつたのであまり鈴子も彼を怖れなかつた。たゞ顔を出す度に、その都度五十銭か一円かの小遣銭を与へて追返してゐた。しかし、あまり優しくすると多くの金を取られるので、彼女は沈黙を続けた。すると、真田は、妙なことをいひ出した。

『おい、鈴子さん、平泉又吉に会つたよ。君は平泉又吉のゐるところをたづねてるんだらう。あいつは悪い奴だなあ。弁護士の三和さんに聞いたが、あいつに違ひないぜ約束手形を偽造したのは、東助はかあいさうだなあ。俺は東助のやうなりつぱな人物を救つてやりたいやうな気がするよ。俺も悪漢だけれども、近頃は改心してゐるんでなあ、俺は東助をどうしても救ひ出してやりたいと思つてゐるんだ。教へてやらうか、鈴子さん、平泉又吉のゐるところを……しかし、たゞで教へてやるのは詰らぬなあ、質入れした外套を出してくれるなら教へてやつてもいゝよ。俺は外套がなくて寒くてやりきれないんだ』

鈴子は、真田益吉がうまいことをいつて、彼女から金を捲上げる工夫を考へてゐるのだと思つた。しかし、東助のためには又だまされてもいゝと考へたものだから、彼の外套を質受けする約束をした。

『ぢやあ、教へてやらう。今、平泉は象潟警察(さきかた)の監房にゐるよ。俺も象潟署から昨日出て来たばかりなんだが、きやつは、どこかの銀行の小切手を偽造したとかで掴まつて来てゐたよ……それは何でもきやつは、食料品店にこの間まで雇はれてゐたんだつて。僕は、平泉つていふ男を最初知らなかつたんだが、同じ監房の中に三日ほど一緒にゐるうちに心安くなつてさ、君の話からたうとう、東助さんの噂まで出たんだよ。それで僕は東助が約束手形の問題で、今福島の未決監に入つてゐるといつたら、あいつはびつくりしてゐたよ。悪彼奴は、この際何もかも白状するから、警察を出たら、鈴子さんに謝罪に行つてくれと懺悔してゐたよ。悪いことは出来ぬものだなあ、一時はうまいことやつとるやうに見えても、いつかはしつぽが出るからなあ』

その話を聞いて鈴子は大喜びであつた。早速彼女は、真田を連れて、三和弁護士を訪問した。三和弁護士は、二人を連れてすぐ自動車で象潟署に走り、平泉の懺悔を聞いて司法主任に相談して、東助の釈放方を、福島県に打電した。

それから三日目であつた。約七十日の監獄生活から釈放されて、東助は平気な顔をして出て来た。お竹と鈴子の二人は、三和弁護士に伴はれて、福島市まで彼を迎へに行つた。

その日は冬に珍しいよい天気で、信夫の山々が、紫色に照り輝いてゐた。鈴子は視力の回復した眼をぱつちり開き、獄門を出て来た東助の両手を堅く握つて、澄切つた声でいつた。

『ほんとに御苦労様でしたね』

それだけいつて、彼女はもう泣いてゐた。

更に一歩前へ

それだけ村から苛められても、東助は組合運動から逃出さうとはしなかつた。お竹も、三和弁護士も東京に帰ることを勧めたけれども、彼は、この際断然、村に帰つて、産業組合を再興するといつて、一歩も譲らなかつた。で、お竹と三和弁護士はすぐ東京に帰り、東助と鈴子は、福島からまつすぐに、磐梯山の近くへ帰つて行くことになつた。

村に帰つた東助夫妻を第一に歓迎したのは田中高子であつた。彼女は、村の産業組合女子青年聯盟の娘達を集めて、東助の侘しい家に押掛けて行つた。そして、彼等が東助を決して疑つてゐなかつたこと、又東助がゐなければ、村の産業組合がうまくゆかないことなどを口々に説いた。

しかし、彼らの言葉を綜合したところによると、村の組合は実に悲観的なものであつた。信用組合の活動は全く止まり、購買組合の運転は中止され、販売組合も、利用組合も殆ど利用するものがなく、医療組合の建築は建てかけたまゝ放つてあり、村の地割組合も、その後世話する人がなくなつたので、全く棄てゝ顧みられないといふことであつた。

そのなかで、産業組合女子青年聯盟だけは、同志の間だけでも消費組合の運動を辛うして続けて来た。そして今日まで相当の成績を納めてゐるといふことであつた。

こゝに於ても東助は、経済といふものが結局、唯物的なものではなくして人間意識の活動に外ならないといふことを認識せざるを得なかつた。無自覚的利己主義は資本主義を生み、全意識的他愛主義のみが真の組合経済の基礎を形成するといふことを、よく理解した。

『ずゐぶん監房は寒かつたでせう？』

さう高子が慰めるやうにいふと、

『なに、毎日聖書と経済学の本ばかり読んでゐたから勉強になつたですよ、あははは』

と、東助は、豪傑笑ひを洩らした。

平素から賑やかなことの好きな高井米子は、甲高い声を張上げて東助に報告した。

『東助さんあなたのお留守に、めでたい話が沢山あるんですのよ』

さういつて、彼女は大井久子を顧みた。

『ねえ、いつてもいゝでせう？』

そばに坐つてゐた久子は、米子の袖をひいて、小声にいつた。

『およしなさいよ、そんなこと』

しかし米子は、そ知らぬ顔をして、みんないつてしまつた。

『大井さんはね。こんど郵便局に出てゐる渡辺力蔵さんと結婚なさるお約束が出来たんですの。御両親もそれを承諾なさいましてね、近いうちには結婚式をお挙げになるんですのよ』

さういふと、久子は負けてゐなかつた。

『ぢやあ私もいゝ報告を一つさせて頂きますわ。高井さんもこんど戸田秀二さんと結婚なさる約束がお出来になつたんですの。しかしお父さんが反対なさるので、あなたから助役さんに頼んで下さるとほんとにいゝと思ひますわ。お母さんは非常に賛成で、財産より人物が好いから、ぜひ戸田さんのところへ嫁りたいといつて賛成していらつしやるんですの。田中高子さんも、こんど島貫伊三郎さんと御両親の許可を得て結婚されることにお決まりになりましたの』

その話は東助にとつて、全くの初耳であつた。大井久子はなほも続けた。

『津田良子さんだけは、どうしても結婚なさらないといつて、こんどいよいよ、この間婦人雑誌に出てゐた沖縄県の癩療養所へ、看護婦としておはいりになる決心でいらつしやるのよ。えらいですわよ』

　みんなの視線は自ら津田良子に集つた。良子は視線を畳に移して、決心の色を見せた。外では、大塩川が雨のやうな淋しい音をたて、流れてゐた。

収穫

　戦へば戦ふほど、東助には自信がついた。彼は反対や困難を逆風にたとへた。逆風は無風帯よりましだと、彼は口癖のやうにいつた。

『逆風には船をよぎつてやることが出来るが、無風帯では帆をかけることが出来ないからな』

と、東助は鈴子に繰返した。

　不思議にも、東助が村に帰ると間もなく、今まで出稼ぎに出てゐた親友の戸田正造は、肺を患つて東京から帰つて来た。また会津若松の木地屋に奉公してゐた田中喜三郎も、東京で風呂屋の三助をしてゐた森下茂吉もみな村に帰つて来た。

　そして思ひ合はせたやうに、東助のところにやつて来て、産業組合でなければ村を興すことが出来ないといふことを、異口同音に強調した。

　これは東助にとつて何より大きな力であつた。東助はこの三人がもう少し早く村に帰つて来てくれてゐたら、彼もかう苦しまなくて済んだであらうと、彼らにいつた。

　幸ひにも、彼の家庭はその後、二年前より遥かに明るくなつてゐた。一時は死にはしないかと心配してゐた妹の花子の肋膜炎も、今ではすつかりよくなり、家で台所の手伝ひが出来るやうになつてゐた。桧原湖畔の木地屋に奉公に出てゐた弟の六三郎は喜多方町の木地屋に移つた。身売させられてゐた今年二十一歳になるみや子は、朝鮮のある実業家に落籍せられて、妹の敏子まで引取つて世話が出来る身分になつた。それで、彼の家には四月から小学校に出ることになつてゐた弟の留吉と、病気揚句の今年十七になる花子だけが母の傍(そば)に残つてゐた。そして母のつゆも、近頃は見違へるほど元気になつて、大きな蓆機(むしろはた)が自由に織れるやうになつた。母に対する小遣もこれまでお竹が面倒を見てくれて、毎月東京から送つてゐた。が、朝鮮にゐるみや子の夫も、いろいろ心配してくれて、落ちてゐた壁は塗りかへられ、桟の壊れてゐた障子は新しいものと変り、裏口には小さい湯殿まで増築されてゐた。

嫌疑が晴れて村に帰つたので、東助は積極的に、村長の井田寛治のところへ挨拶に行つた。井田は彼の顔を見るなり、

『いや、実に、君には済まないことをしましたよ。まさかと思つてゐましたがね。どうも計画的にやられると、何も判らない田舎者は、根こそぎやられますからなあ。こんどはあの背徳代議士と平泉又吉に背負投げを食ひましたよ。まあしかし、よく出て来られましたなあ。組合病院の建築も屋根だけ葺いて、もう半年も放つたらかしてあるんだから、ぜひあれは君の手で完成して欲しいね。診療所の方の経営は相当うまくゆき、組合員も今では三千人から出来、四十円や五千円の土地に払ふ金は、何も山根代議士に頼まなくても払ひますから、この際さつぱり払つてしまはうぢやないですか。そしてあとの三百坪の問題は初めから我々に関係ないんだから、松代さんと山根さんの間の問題として残しておいて、こちらはこちらで進めて行かうぢやないですか。喜多方の町長も是非さういふ方針で進んでゆきたいといつてゐますから、この際、君が専務理事になつてやつて下さいよ』

彼がいひ出して出来た組合でもあるので、彼は喜んで専務理事の仕事を引受けた。工事は進んだ。そして、四月三日の神武天皇祭には開所式が出来るといふ見当までついた。

雪が溶けた。駒鳥が帰つて来た。木の若芽がふくらんだ。河水は温んで、めだかや鮒(ふな)が、畦に沿うて流れる小川を遡つた。嫁菜やよもぎは、春の太陽に頭を撫て貰ふと、黒土の間から逸早く芽を出した。そして、雲雀も南から帰つて来た。

四月三日が来た。一万五千円かけた三階建ての医療組合病院は竣工した。表門には日の丸の国旗が掲げら

れ、赤と白との幔幕(まんまく)は、入口から式場にあてられた二階の大広間まで張り廻された。

辞任した山根代議士の後を嗣いで組合長に就任した喜多方町長佐藤邦三郎はにこにこしながら、フロックコートにシルクハットをかむつて、会場に乗込んで来た。副組合長の井田寛治も、微笑しながら入つて来た。看護婦長に就任した榎本鈴子は、白衣の衿筋も正しく、アメリカ流の白のナプキンを髪の上に置いて、開所式に詰めかけて来る客の応接に暇なかつた。

福島県知事の代理として、産業課長が自動車で乗込んで来た。朝早くから徒歩でやつて来た田中高子、大井久子、津田良子、高井米子の四人は、かひがひしく接待係の徽章(きしよう)をつけて、医療組合の定款、事業報告書、第二期計画書等を一纏めにして、来会者に一々配つた。

『君ケ代』が始まつた。戊申詔書が、恭々しく拝読せられた。組合長の挨拶に次いで、田中東助は、建築完成までの一切の事務報告を朴訥(ぼくとつ)な口調で演壇より述べた。それを見上げて会場の入口に立つてゐた榎本鈴子は、そつと涙を拭いた。

敵を愛する心

平泉又吉に判決が下つた。そして彼は一年六ケ月の懲役に処せられた。その報をもたらして、平泉又吉の父又平が、泣き乍ら東助の家にやつて来た。

『東助さんよ、ほんとに頼むからよ、この年寄の這入つてゐる家だけ、人手に渡らぬやうに助けてお呉んなさいよ。儂(わし)も今日まで地主風を吹かせて、子供を我儘に育てたことが大間違であつたからよ、こんなことになつて了つたわい。今迄人には云はなかつたがのう、あいつは儂の判も盗み出してさ、家も土地も、建物もみんな人手に渡つてゐるんだよ。だから近いうちに、うちの土地も建物もみんな競売になつて、儂等は這入る家さへ無くなつて了ふんだよ』

さう云つて又平は、東助に競売通知書を見せた。

『お願ひだから、一つ東助さんが宅地と家だけでも安く落してくれんかよ』

東助は喜んで、その要求に応じた。彼は去年の夏、この老人に頭からきめつけられたことも忘れて、大きな度胸で老人を慰めた。老人は東助を拝むやうにして帰つて行つた。

すると間もなく、又平の女房がやつて来た。そして又同じ様な泣事を云ふて、競売に出る諸道具のうち、仏壇だけは是非置いてをきたいから、東助にせり落してくれと頼んだ。それも東助は喜んで引受けた。で、東助はすぐ、組合の事務を執つてくれてゐる戸田秀二に、産業組合青年聯盟と、産業組合女子青年聯盟の幹部の家を廻らせた。そして平泉又平救済の方策に就て協議したいから、東助の家に、晩の七時半頃集まつてくれと通知した。

その晩集まつたものは、産青聯の方で島貫伊三郎、久世要蔵、戸田正造、その弟の戸田秀二、田中喜三郎、森下茂吉、その弟の森下勉の七人と、女子産青聯の田中高子、大井久子、津田良子、高井米子の十一人であつた。彼等は勿論、東助が平泉又吉の父又平を救済しようといふ精神に対して、何等の反対の意見はなかつた。むしろそれとは逆に、戸田正造などは、東助の度胸の広いのに感心してゐた。

『やはり君は、大きい処があるなア。普通から云へば自分を苦しめた敵の家を叩き潰して了ひたい処なんだが、君が飽く迄敵の家まで愛して行かうといふ精神は、実に見上げたものだなア』

勿論、村の青年達も、東助の志のある処を汲んで、競売のある日には、みな申合せて、競りに行かないことにした。但し土地だけは組合の資金を以て、組合が全部之を買ひ取り、土地利用組合によつて、これを耕作するといふ約束をした。

競売

又平が故障を申立てたので、二日遅れ三日延ばした競売の日がとうとう来た。

執達吏が巡査を二人まで連れてやつて来た。その後から背の低い、だぶだぶの洋服を着た変な男が喰つ付いて来た。彼は執達吏側の廻し者で、安いものは何でも競売に附して引取つて行く仕事師であつた。その他の者で競売場に這入つたものは一人も無かつた。ただ東助と島貫伊三郎だけが、青年聯盟を代表して這入つて行つた。

競売は先づ山林三十七町歩二段三畝九合から競り始められた。それをゴロツキ風の男がたつた三百円に値を付けた。で、東助は四百円で競り落した。その次は水田五町歩七段三畝が競りに出た。これは僅か三千円の抵当に入つてゐるものであつた。それを背の低い男は二千円に値を付けた。で、東助は二千五百円を奮発した。そして見事之を落札させた。畑地十二町三段七畝が競売に出た。これは僅か千五百円の抵当に入つてゐたが、執達吏の廻し者が五百円とつけた。それを島貫が七百円に競り落した。第四番目に宅地二反六畝七坪二勺が僅か三百円で東助のものになつた。之は、面倒臭いといつて、町から来たものが札を入れなかつたので、東助は思つたより奮発した。その次は、家、倉、納屋が全部七棟一しよくたに競売に附せられた。町から来た背の低い男は、狡猾さうな顔をして大声に云ふた。

『こんなもの買ふても仕方がないなア、建坪一円もないわ。潰して持つて帰るだけ損ぢや、ええイ、薪代として百五十円につけてをけ！』

で、東助は百五十一円につけた。それで、家、倉、納屋建坪総計約四百二十坪が、たつた百五十一円といふ篦棒(べらぼう)な価格で東助のものになつた。愈々東助が、僅か百五十一円で競り落したと判つた時、町から来た背の低い男は、東助に云ふた。

『君はうまい事をしたね！　今建てるとしたら、この家でも一万や一万五千円はかゝるぜ、ア、ハ、ハ、ハ、ヽ』

島貫伊三郎が、無事に、家屋敷だけは、東助の手によつて落札したから安心なさいと、裏座敷に小さくなつてゐた平泉又平に通知すると、老人夫婦は、両手を合せて島貫伊三郎を拝んだ。

最後に残つたのは倉の中の諸道具であつたが、執達吏が貼紙をする迄に、価値のあるものは近所隣や、喜多方町の親類の家に預けたので、あとに残つてゐるのは、がらくた道具ばかりであつた。それに対して競売業者はたつた三十円をつけた。で、島貫は思ひ切つて三十五円を奮発し、それもまた落札させた。

競売が済むと、巡査と執達吏はすぐ帰つて行つてしまつた。あとに残つた競売業者は笑ひ乍ら東助の処へやつて来た。

『今日は日当にもならぬなア、済まぬけれど、少し自動車代でも奮発してくれませんか。あなたに厭がらせをしようと思へば出来たんだが、あなたの方にも御計劃があると思つて遠慮したんです』

で、東助は十円紙幣一枚を紙に包んで彼に渡した。

『済みませんなア、どうも』

想像したよりも礼儀正しく彼はそれを受取つて、煙草を薫らせながら、往還を南に消えた。

翌日東助は、彼の名で信用組合から四千八十六円を借出し、それを執達吏の処へ持つて行つた。そして水田五町七段三畝と、畑地十二町三段七畝は、土地利用組合の所有地として、今借りてゐる小作人にその儘作らせることにした。但し、山林三十七町歩は、産青聯の手で立体農業的に経営するといふことに決めた。

東助は僅か五百円足らずの金で、大きな家屋敷を手に入れたので、もし之が私慾に燃えた男であれば、すぐお竹にでもいふて金を出して貰ひ、その家に引越しすることが出来たのだけれども、東助にはそんな考へは毛頭もなかつた。彼は大きい家に住んだからといつて、人間に価値があるとは少しも考へなかつた。で、彼は、東京のお竹に手紙を書いて五百円の金を送つて貰ひ、それを平泉又平のために立替えて信用組合へ支払つた。この親切な行為に、村の人は全くあきれて了つた。

ロックフオートとカシミヤ

又、今年も、洪水と、旱魃と、冷害が一緒になつたので、福島県耶摩郡一帯は饑饉の恐れがあつた。で、東助は、山野にある雑草で食物になるもの、凡てを塩漬にするやうに奨めた。また、家々の裏山には、産青聯の手によつて大きな穴が掘られ、組合の手によつて買求められた肉兎の番ひが、家並に配布せられた。これなら半年のうちに数十匹に殖えるので、肉を食つて皮を鞣(なめ)して、一枚五六十銭に売る可能性があつた。

『組合があると強いもんだよ、もうどんな饑饉があつても大丈夫だよ』

東助は、平泉又平の為めに、穴を掘りに来た青年達にさう云ふた。

村の山羊の数も殖えた。去年の夏、乳山羊を信州から二十頭だけ村に入れたが、今ではもう七十頭以上に殖えて、山羊の乳を喜多方町に配達して、一家族を支へてゐる家が何軒か出来た。

東助は、北海道で見て来た酪農組合の方法を以て、山羊の乳でチーズを作る計劃を立てた。そのために武蔵野農民福音学校の教授江藤農学士が、山羊乳チーズの製造法を講習にやつて来てくれた。

こんどは村の当局もよく理解してゐるので、講習会々場には小学校を使つた。江藤先生は、滑稽混りにこんな事を云ふた。

『……支那では昔から、羊といふ字の下に艸(くき)を書いて口をつけて、その字を善と読ませてゐたし、羊の下に大といふ字を書いて美と読ましたでせう。示扁(しめすへん)に羊を書いて祥といふ意味を表してゐましたね。山羊も、羊の一種ですから、村を善くし、村を美しく、また祥(さいわい)にしようと思へば、どうしても山羊を飼はないと駄目ですよ。フランスにはロツクフォードといふチーズがありますがね。これは全く山羊の乳で作つた最も高等なチーズで、西洋人はとてもこれを珍重しますよ。チーズを食ふと長生きしますからね。諸君も山羊の乳で、ロツクフォード以上のチーズを作つて長生きしようぢやありませんか、わはゝゝゝ』

それで、生徒も一緒になつて笑つた。こんどの講習生は前回と違つて、男女合して六十名もあつた。で、江藤農学士も頗る元気で、一々標本を示して山の中の青年にも容易に理解出来るやうな講義をした。

『……ついでに云つときますがね、山羊の乳や皮や肉が効用あるのみならず。山羊の毛も決して馬鹿にならない織物の原料ですから、諸君もよくその事を記憶してをいて下さい』

さう云つて彼は、一枚のシヤツを演壇の上に拡げた。

諸君、このシヤツは何の毛で作つたと思ひますか？　之はカシミヤと云ひましてね、支那山羊の毛で織つたものなんですよ。山羊の毛は人間の髪の毛と同じやうに、表面が滑かなので、羊の毛のやうに鱗(うろこ)が付いてゐませんから、最上等といふことは出来ないんですが、決して馬鹿にならない織物の原料になることだけは、諸君に認めて貰ひたいのです。日本では最近、羊毛熱が大いに盛んで、実に結構ですが、私は飼ひにくい羊を苦心して百頭飼ふよりか、羊と山羊を五十匹づゝ飼ふて、毛は羊より取り、食糧は山羊より取るやうにすればいゝと思つてゐるんです。小亜細亜（アジア）あたりの人々が、大抵、羊と山羊を半々に飼ふてゐる処を見ると、あまり羊に偏すると危険が多いと見えますね』

青年達は、感心して、江藤農学士の話を聞き続けた。

『……実際、計算から云つても、羊一匹で年十五円儲けるよりか、山羊の乳を毎日一升づゝ三百日間搾つた方が、収入から云つても羊の十倍以上の利益がありますからね。東北地方の饑饉地帯では、羊を飼ふと共に、是非とも山羊も飼ふて貰ひたいものです。それには、もう少し良い乳山羊を作るために、一村に一つづゝ山羊の種畜場を設ける必要があると思ひますね。デンマークには山羊の種畜場が七十二ケ所もあると聞いてゐますよ。羨ましいですね。日本のやうな山国で、山羊の種畜場が一ケ所もないといふのは全く恥かしいぢやありませんか……』

公休日を利用して、山羊の講義に出席してゐた郵便脚夫の渡辺力蔵は、大声で同感の意を示した。

『全くさうだなア、この村などでも、山羊が入つてから、もう饑饉の憂ひがなくなつたからなア』

その声があまり大きいので、一同の者はどつと笑つた。どうして迷つて来たか、背の高い白色ザーネン種の牡山羊が教室の窓から首を突出した。で、聴講生一同は、またどつと笑つた。

檜原湖畔の楽土

村は、経済的に完全に更生した。然し、村民の不幸は容易に絶滅しさうにもなかつた。出稼ぎに出てゐた人絹工場の女工達は、既に十数人まで呼吸器を悪くして村に帰つて来た。その中には家が狭いために、すぐ家族の者に伝染したものもあつた。呼吸器を患つて帰つて来た東助の友人戸田正造がまた喀血した。

東助は自分の妹花子が、肋膜炎を患つて人絹工場から帰つて来た苦い経験があるので、彼等に心より同情した。

困つた事に、医療組合は僅か二十床しかベッドが無いので、之等の不幸な患者を入れる余裕がなかつた。その上、仮令入院させてあげても、医療費が続かなかつた。で、東助は国民健康保険組合の必要を痛感した。『――もし毎月、米の一升、或ひはお金三十銭位積立て丶をいて、病気の時には薬代を七割位割引することが出来るやうになれば、それに越したことはない』

と東助は考へた。彼は、（無料にすると却つて、薬や医者を粗末にする傾向があることを、西洋の書物で読んだので、僅かでも薬代を取る方がよい）と思つた。

然し、結核療養所の必要は焦眉の急に迫つてゐた。東助は、みんなと相談して、桧原湖畔の絶景の地に、結核療養所を建築しようと計劃した。恰度都合のよいことに、競売で落札した平泉の山林が湖水を廻らした実に風景のよい処にあつた。其処には家を建てるに持つて来いの木材も沢山あつた。

で、村の産青聯の連中は、先づ三百坪だけ雑木林を伐り拓き、そこに建坪五坪のコテーヂを五つ建てることにした。そして一軒に就て患者を二人づ丶其処に収容することに決めた。杣の上手な森下勉は、友人三人を連れて、六月十五日の休みの日に、約一段歩の土地を綺麗に伐り拓いた。伐倒した大きな材木は、一旦大塩村まで引出されて、製材機械にかけられた。そして大工を一人だけ頼んで、彼に指揮して貰ひ、会員が替るがわる行つて、木組みの孔を掘つた。それで、七月五日には五棟全部の棟上が出来た。

屋根は杉皮を厚く葺き、窓硝子は二重に嵌めて、防寒設備を完全にした。出来上つた処を見ると、実に珍しい結核療養所になつた。村の人々は大喜びであつた。たゞ、困つたことには、専門の医者をこ丶に置くことが出来ないので、この療養所を医療組合の分院と定め、組合の医者に替るがわる来て貰ふことにした。そして、食事は全部自炊にし、軽症患者が少し労働して、食費を自給することになつた。こ丶にも乳山羊三頭と、蜜蜂の巣箱五つ、鶏五十羽を運んだ。湖水からは鮒や鯉が沢山とれ、山からは椎茸が採集出来た。

困つたのは看護婦の問題であつた。結核療養所は貧乏人だけ入れるので、どうしても正式の看護婦に給料を払ふことが出来なかつた。その事を東助が鈴子に話すと、鈴子は喜んで、本院の看護婦長をやめ、無給でその療養所に働くと云ひ出した。東助も、彼女にさうした奉仕的精神のあることを見て、非常に喜んだ。で、東助も療養所の傍に、十坪の家を建てゝ、そこから村の産業組合に通ふことに決めた。高原結核療養所はすぐ満員になつた。それで、村の産業組合は、上半期の純益金の一部分を割いて、なほ五棟のコテーヂを造ることに決定した。

この企てを聞いて、耶摩郡産業組合聯合会も参加を申込んだ。それで、小舎の数は全部で十五棟建て増されることになつた。又約千坪の雑木林が伐払(きり)はれ、湖水に臨んで新しく二十棟の小舎が建て並べられた。小舎の前には菜園が出来、後方には鶏小屋が建てられた。

かうしたことがきつかけになつて、産業組合が人道的であるといふことが、よく組合員に徹底した。そのために、組合運動では最も遅れてゐた耶摩郡が日本でも最も組合運動の進んだ地方となつた。

明治二十一年の七月十九日の大爆発で、桧原湖は今の形になつたが、その附近は不毛の地として、人々に忘れられてゐた。それを東助が高原療養所に応用したので、今では却つて、日本の肺病患者百二十万人のための結核療養の楽土と化した。

お竹も東京から帰つて来た。そして彼女は東助の勧めに従つて、常設の農村保育所を経営することになつた。この保育所も産業組合式に、保育組合を作つて、子供を持つてゐるものが、毎月お米三升を出資することにした。

平泉又平は喜んで、その広い家を保育組合に開放した。で、五十名に近い幼児が嬉々として集まつた。村は見る見るうちに変つた。信用組合の預金は増し、死亡率は減退した。小学校々長田村直哉も進んで産業組合教育を小学児童に授けた。小学校内に模擬産業組合が出来た。そして児童達自らがその経営に当つた。これなら、もう大丈夫だといふ自信が、村の青年達の間に起つた。それで彼等は更に進んで、東北地方の遅れた村に、この組合の組織運動を拡充しなければならないと、新しい意気に燃えた。

然し、東北のみならず、沖縄県も非常に疲弊してゐることを聞いて、大塩村の産業組合女子青年聯盟の同志は、津田良子を彼等の代表者として沖縄県の救済に送ることを非常に光栄とした。

『ぢやあ行つて来ますわよ。沖縄で『乳山羊と蜜蜂とを飼ふて、あそこも乳と蜜の流るゝ郷にしてみせてあげますよ』

そんな元気のいゝことを云ふて、津田良子は沖縄へ立つた。

桜咲く国

それから約半年経つた。また新しい春がやつて来た。四月十五日全国産業組合大会が、九州福岡で開かれた。その機会を利用して、全国医療組合協議会も開催されることになつた。で、産業組合中央会福島県支会からも、東助に是非それに出席するやうにとの要求があつた。そして、東助は全国大会に対して生命保険会社を買収し、信用組合内に生命保険を経営することといふ議案と、医療組合を基礎としたる国民健康保険組合創設の件といふ二つの議案を、福島県支会を通して村の組合の名に於て大会に提出した。で、東助はその説明者として出席することになつた。

だが、東助には、大会に出席するほかに、各地の産業組合を視察したいといふ希望もあつた。彼は、鈴子に後を任せてをいて、四月十日に村を立つた。そして彼は先づ、静岡県焼津の漁村産業組合を視察し、その強大な力に深い印象を受けた。

次の日、彼は三河の安城（あんじょう）で下車して、三河デンマークと云はれてゐる碧海郡（へきかいぐん）産業組合聯合会の事業を見せて貰つた。そして統制のとれた米穀倉庫、鶏卵販売組合、組合経営による鶏卵孵化場等を見せて貰つて、成程と感心した。

殊に幾万となく生れて来る鶏の雛を、一々雌雄の判別をしてゐる技術家の熟練さにびつくりさせられた。そして斯うした偉大な組織の出来上つたのも、全く安城農学校の校長であつた山崎延吉先生の感化であると聞いて、経済に及ぼす教育の威力を痛切に感じた。

三日目の朝、彼は初めて見る関西の風光に接して、のんびりした気持になつた。彼は余程京都や奈良を見物したかつたが、それはこの次に延ばすことにして、此度は産業組合の研究を専門にした。で、彼は、東京でよく聞いてゐた兵庫県灘購買組合を視察するために大阪駅で下りた。そして阪神電車に乗換えて住吉に降りた。

灘購買組合は、年百万円以上の売上高があつて、日本の都市消費組合としては最も有力なものと聞いてゐたので、将来農村の産業組合と、都市消費組合の連絡が、どういふ風に円滑にやれるか、それを研究するために立寄つたのであつた。

阪神国道に近く、組合本部は堂々たる店舗を持つてゐた。然しそれより感心したのは、寧ろその経営振りであつた。こゝは資本主義の価格政策を組合に応用して、米麦薪炭類を一年中最も安い時期に大量に仕入れ、価格の高い端境期(はざかいき)などでも決して慌てる必要がないやうに、価格統制を完全に行つてゐた。組合長の那須善次郎翁が、昔、大阪北浜や大阪堂島の取引所に関係した経験で、物価に対する周期律的認識が完全であるといふことを聞かされて、新しい産業組合による統制経済の時代になつても、資本主義経済の物価に関する知識を看過してはならないと、大いに教へられた。

それから彼は、神戸消費組合を布引の滝の近くに訪問した。そしてその従業員の間に訓練のあることを見て感心した。殊に、主事をやつてゐる山中日吉丸君が欧洲戦争の時シベリアに出征した計理士であり、而も計理士として金鵄勲章まで持つてゐる隠れたる有能の士であることを知つて、組合の成功する理由が、やはり人物経済にあることを認識した。

毎日の視察に疲れた東助は、その晩ゆつくり汽車の中で寝た。汽車は一瀉千里(いつしやせんり)下関まで飛んだ。大会までにはまだ一日あるので、東助は福岡を通り越して、大牟田市の消費組合を見学することにした。こゝはもと、大資本家三井王国の保護の下に、三万の鉱山労働者を基礎にした消費組合であつた。今では独立して日本随一の都市消費組合となつてゐた。東助はそれが見たかつた。然し、東助にとつては余り規模が大きすぎるので、殆ど参考にはならなかつた。

大会は始まつた。六千人も坐れるといふ大天幕の下で、全国から集まつた組合主義者が、救国済世の理想に燃えた。東助は斯うまで盛んな大会が、毎年催されてゐるとは知らなかつた。唯、残念に思つたのは、天幕が不完全なために、後の方に坐つてゐると演説が充分聞えなかつた。マイクロホンを付けてあつたが、それがまた余り声が高いので聞き難かつた。

開会式が済み、議題は一題五分間と限られて説明せられた。東助の議題は第二日目の朝になつてゐた。で、彼は、四月十六日の朝、生れて初めて、全国の代表者六千人を目の前にして、信用組合が生命保険を兼営せねばならぬことを説明した。

彼が演壇に立つと、万雷の如き拍手が起つた。

『諸君、日本の信用組合には、普通銀行と同じ程度の危険性があります。それは、信用組合に定期預金として預け入れた金を、少し不景気になると、組合員が皆、期限の来るのを待たないで引出すことから起る危険性であります。この危険性を防ぐ唯一の工夫は、生命保険を兼営することであります。生命保険は死ぬ迄の定期預金でありますから、銀行の定期預金のやうに、一年の約束のものを一ケ月とか二ケ月して引出すことは出来ないのであります。で、世界の金融傾向を見ますのに、今日では生命保険会社が最も多額の金を集めて居ります。この最も安全な、そして最も多額な金銭を恐慌率の最も高い資本主義経営に任せてをくことは、一番危険でありまするが故に、私は信用組合中央金庫をして生命保険組合の事業を開始せしめるか、或は生命保険会社を中央金庫が買収して、これを産業組合的に経営して欲しいのであります。……』

『賛成！　賛成！』

会場の隅から拍手が起つた。議長席に就いてゐた中央会の千石理事は、歯切れよく叫んだ。

『次の議案をも、ついでに説明願ひます』

また拍手が起つた。

『日本には現今九千六百の村があります。然るに、農村の疲弊が日一日甚だしくなつた結果、目下三千五百の村には医者がゐないのであります。又、都会の労働階級には強制労働保険があつても、三百五十万軒の商家に雇はれてゐる使用人には、健康保険の制度がないのであります。で、日本に於ても将来ドイツ、イギリス、フランス、デンマークの如く、一般的国民健康保険を施行せねばならないと思ひます。然し、欧洲の例を見ても、産業組合的に健康保険をやつてゐる処は成功して居りますけれども、組合を基礎としないものは、医者も不満足であり、患者もその制度を嫌つて居ります。イギリスやドイツの例を見ればよく判ります。で、私は日本に於て将来施行せらるべき国民健康保険は、必ず産業組合的に経営せられるやう、この大会を通してその筋に建議せられたいのであります。以上』

また堂を揺がすやうな拍手が各方面から起つた。東助が演壇から下りて来ると、福島県支会の主事児玉正道が、すぐやつて来て、

『大出来！　大出来！　よく徹底したよ』

と云つて、彼に握手を求めた。中央金庫の貸付部長川西要之助もやつて来て、微笑を含み乍ら東助に云ふた。

『全く君の云ふ通りだ。生命保険の性質上、あれは協同組合的にやるのが本当だからなア』

公園の散り初めた桜が、天幕の接ぎ目から見える。緊張した気持を柔げるために、東助は、天幕を抜け出て、桜の下をひとり散歩した。彼がぼんやり公園のベンチに腰かけてゐると、突然何処から出て来たか彼の兄の彦吉が大会の徽章（きしよう）を胸に付けて、ベンチの傍にやつて来た。そして、こぼれるやうな微笑を湛（たた）えて、東助の手を握つた。

『東助、許して呉れよ。俺は君を随分長く誤解してゐたよ。こんど俺も上田の産業組合へ入つて、愈々理事として働くことになつたよ。実は最近まで特約組合に関係してゐたが、それでは永久に農民を救ふことが出来ないといふことが判つたからなア、俺は此度真剣に、小県郡（ちいさがたぐん）全体の魚類の販売を産業組合でやることにしたよ』

東助は、その言葉を聞いて、ベンチからつと立上り、両手で兄彦吉の手をぐつと握り締めた。

『兄さん、有りがたう。一緒に大いにやりませう。日本を救はうと思へば、協同組合の力に依るほか道はあ

りませんからね』
黄金色の太陽の光線が、爛漫たる桜の花弁に反射して、その辺りの空気は薄桃色に見えた。遠くの方には、元寇（げんこう）で名高い多々羅（たたら）浜辺の松原が、紫色に続いてゐた。
議事が中休みになつたのであらう。会場からは、組合歌のレコードが手に取るやうに聞えて来た。
『……共存同栄
我等が社会……』
その歌声が特別に、東助の胸を打つた。

第三巻『一粒の麦』『乳と密の流るる郷』へのコメント

鳥飼慶陽
（番町出合いの家牧師）

賀川豊彦は、明治四二年に神戸で生まれ、昭和三五年に東京の自宅で七二年の生涯を閉じました。没後すぐ『神はわが牧者─賀川豊彦の生涯と其の事業』（イエスの友大阪支部）が編まれ、その巻頭には、評論家として知られる大宅壮一の「噫々、賀川豊彦先生」という名台詞がおどりました。

「明治、大正、昭和の三代を通じて、日本民族の最も大きな影響を与えた人物ベスト・テンを選んだ場合、その中に必ず入るのは賀川豊彦である。ベスト・スリーに入るかもしれない。

西郷隆盛、伊藤博文、原敬、乃木希典、夏目漱石、西田幾多郎、湯川秀樹などと云う名前を思いつくままにあげて見ても、この人達の仕事の範囲はそう広くはない。

そこへ行くと我が賀川豊彦は、その出発点であり、到達点でもある宗教の面は言うまでもなく、現在文化のあらゆる分野に、その影響力が及んでいる。大衆の生活に即した新しい政治運動、社会運動、組合運動、農民運動、協同組合運動など、およそ運動と名のつくものの大部分は、賀川豊彦に源を発していると云っても、決して云いすぎではない。」と。

昨年暮れのBS朝日「昭和偉人伝」でも「賀川豊彦」が取り上げられていました。昭和六三年には「賀川豊彦生誕百年」を迎え、平成二一年には「賀川豊彦献身百年」を記念して、それぞれ大規模な記念事業が展開され「賀川ルネサンス」の盛り上がりをみせました。

戦前（昭和一二年）賀川が米国で行った講演「キリスト教的友愛と経済再建」が世界二五ヶ国で出版されていたものが、七三年の時を経て『友愛の政治経済学』（監修：野尻武敏、翻訳：加山久夫・石部公男）

として日本生活協同組合連合会より刊行されたり、彼の代表作『宇宙の目的—Purpose of Univers』(昭和三三年、毎日新聞社)が、平成二六年になって『Cosmic Purpose』(Cascade Books)として世界にお披露目となるなどしています。

賀川豊彦は、戦後間もない昭和二二年と二三年に、二年連続でノーベル文学賞の候補にあがり、さらに昭和二九年から三一年には、三年連続でノーベル平和賞の候補であがったこともひろく知られています。

本巻には賀川豊彦の円熟期ともいえる四〇代の名作ふたつが収まりました。ひとつは、昭和六年二月に講談社より刊行された『一粒の麦』、もひとつはその四年後、昭和一〇年に改造社より刊行された『乳と密の流る々郷』です。

最初の小説『一粒の麦』は、昭和四年一一月より雑誌「雄弁」に掲載開始され異常な反響を呼びました。「憂鬱な日本を救ふ道はあるだらうか？　私は、そんなことを考へながら、都会に、貧民窟に、また農村に、魂のうづきを感じつつ歩いて廻った。(中略)私は農民福音学校を開いてから、もう四年になる。一緒に同じ鍋から飯を食った四十余人の同志達は、全国各地に散って、みんな一粒の麦の努力をしつつある。(中略)ああ、今日われわれに欠けたるものは、神に対する愛と、困苦を突破する信仰である。私は日本の山奥に埋もれた麗しい物語を思い出しながら、日本の行く末を、この物語のうちに発見せられんことを、私の愛する読者たちに要求したいのである。」(序)

因みに手元の原本は、初版発行後ひと月余りのうちに六七版を数えたもので、この版は二二〇版を重ねたといわれています。

賀川豊彦は杉山元治郎と共に大正一一年に日本農民組合を創立させ、四年後の大正一五年には兵庫県武庫郡瓦木村(現在の西宮市)に移住して「日本農民福音学校」を開校しますが、本書の売り上げでこの場所に本格的な学び舎をつくり「一麦(いちばく)寮」と名付けました。

最近のことですが、昭和七年に封切されたサイレント映画「一粒の麦」の16ミリフィルムが神戸映画資料館でみつかり上映会が開かれました。神戸大学の板倉史明先生によれば、「この映画は当時の記録から日本語と英語併記の字幕だったとみられ、二箇国語の字幕は、戦前の日本映画では他に例を知らず、賀川の国際的活動を前提に、当初から海外上映を考えていたのではないか」と解説しておられました。あらためて賀川豊彦の年表をめくってみますと、「昭和一〇年一二月九日　ＪＯＡＫより劇「一粒の麦」放送あり　同年一二月　小説「一粒の麦」歌舞伎座にて日本俳優学校生徒上演」と記された個所もありました。

ところでこの小説『一粒の麦』は戦後（昭和二二年）、読売展望社（木村毅）によって複版がでました。これは木村荘八画伯の素敵な装丁で、本文も読みやすく仕上げられ、このときも「甚大な世間的反響があった」といわれます。本書はその後、昭和二八年には社会思想研究会出版部の現代教養文庫の一冊に加えられ、昭和五八年には新漢字・現代仮名遣いにして「新版」もできて広く読み継がれました。さらに平成一九年にも「賀川豊彦『一粒の麦』を再版する会」によって、日野原重明先生の「序文」の入った『再版 一粒の麦』も出版されました。しかし現在では社会思想社は廃業となり『再版 一粒の麦』も品切れになっています。

さて、本巻に収められたもうひとつの長編小説『乳と蜜の流る々郷』は、昭和九年から翌年にかけて、農村向けの月刊雑誌『家の光』（菊版八八頁）に二四回にわたって連載され大好評となり、連載の完結を待たずに、昭和一〇年一一月に、改造社から刊行されました。改造社というのは、賀川のあの出世作『死線を越えて』の三部作をはじめ、『生存競争の哲学』『空中征服』『雷鳥の目醒むる前』『雲水遍路』などを刊行していました。

雑誌『家の光』は「家庭から協同の心を育むことを目的とした家庭雑誌」として、大正一四年にＪＡ全中の前身である産業組合中央会から創刊され、昭和六年には発行部数が十万部を突破、賀川のこの小説の連載が開始された年には五三万部、翌年には百十七万部を数えたと言われます。

賀川はこの連載の「予告」にこう書きました。

「農村の荒廃は極度に達し、都会の混沌は言葉に盡せない。それを救ふ道は産業組合の外に無い。（中略）東北の一寒村に育ち共愛共助の運動に恵まれぬ一青年が、如何に苦心して自己の村を再建するか？　それにまつはる愛欲の軌道は何を示すか。（中略）日本は産業組合の外に救ふことは出来ない。そして、この運動こそ最も劇的な問題を提供するのだ。」と。

久しく絶版となっていた本書は、三五年後の昭和四三年に「家の光協会」より、関係者の思い出など加えて、箱入りの上製本が再刊され、さらに賀川豊彦献身百年記念の平成二一年にも、同じ「家の光協会」より「復刻版」が上梓されました。しかしいずれも現在では入手困難な状態が続いていて、今回の『選集』の中に上記の名作ふたつが収められることになったことは、私たちにとって誠に大きな吉報といわねばなりません。

（平成二九年一〇月一〇日記す）

賀川豊彦（かがわとよひこ）

1888年（明治21年）7月10日—1960年（昭和35年）4月23日）。大正・昭和期のキリスト教社会運動家、社会改良家。戦前日本の労働運動、農民運動、無産政党運動、生活協同組合運動の創立と普及において重要な役割を果たした。日本農民組合創設者で「イエス団」創始者。キリスト教における博愛の精神を実践し、教育界においても幼児教育から大学教育に至るまで大きな足跡を残した。『死線を越えて』をはじめとする主要著作は戦前期を通じ、空前のベストセラーとなり社会現象となる。英訳本も多く、その社会活動は3度もノーベル賞にノミネートされた。20世紀の「貧民街の聖者」として日本以上に世界的な知名度が高い。戦後『賀川豊彦全集』全24巻がキリスト教新聞社より発行された。

賀川豊彦著作選集 第3巻

一粒の麦、乳と蜜の流るゝ郷

2017年11月7日　初版第1刷発行

著　者　賀川　豊彦

編　者　『賀川豊彦著作選集』刊行編集委員会

発行者　川西　重忠

発行所　一般財団法人 アジア・ユーラシア総合研究所

〒151-0051　東京都渋谷区千駄ヶ谷1-1-12

Tel・Fax：03-5413-8912

E-mail: n-e-a@obirin.ac.jp

印刷所　株式会社厚徳社

2017 Printed in Japan

ISBN978-4-904794-92-0